21世纪
年度
小说选

2024 中篇小说

Annual Collection of Fiction in the 21st Century

人民文学出版社编辑部 编

图书在版编目（CIP）数据

2024中篇小说 ／ 人民文学出版社编辑部编 . ── 北京：人民文学出版社，2025. ──（21世纪年度小说选）.
ISBN 978-7-02-019269-4

Ⅰ. I247.5

中国国家版本馆CIP数据核字第20252CⅠ9U4号

责任编辑　徐晨亮　黄岭贝
装帧设计　李思安
责任校对　杨益民
责任印制　王重艺

出版发行　人民文学出版社
社　　址　北京市朝内大街166号
邮政编码　100705

印　　刷　大厂回族自治县彩虹印刷有限公司
经　　销　全国新华书店等

字　　数　425千字
开　　本　880毫米×1230毫米　1/32
印　　张　17.125　插页3
印　　数　1—4000
版　　次　2025年7月北京第1版
印　　次　2025年7月第1次印刷

书　　号　978-7-02-019269-4
定　　价　68.00元

如有印装质量问题，请与本社图书销售中心调换。电话：010-59905336

出 版 说 明

　　我社自1977年起，即每年编选和出版年度短篇小说选和中篇小说选，两种年选曾经深得读者的喜爱，在文学界和读者中具有广泛影响。1994年后，这项工作一度中断。21世纪肇始，根据文学界人士和读者的建议，我社决定恢复中、短篇小说年选的编选和出版工作，以便及时总结年度中、短篇小说创作的成绩，向读者集中推荐优秀的中、短篇小说，也为新世纪的文学积累做出我们的贡献。

　　恢复出版的中、短篇小说年选总冠名为"21世纪年度小说选"，以示我们一百年不动摇，长期做下去的决心。"21世纪年度小说选"分中篇小说和短篇小说，各编一册，于次年出版；编选范围为当年全国各报刊上发表的中、短篇小说，入选篇目的排列以作品发表时间先后为序。

　　"21世纪年度小说选"的编选工作得到许多著名文学评论家和编辑家的支持和帮助，他们应我社之邀，对当年的中、短篇小说创作状况进行深入、广泛的研讨，提出许多极有价值的选目。我们在广泛阅读的基础上，充分参考专家们的意见，严格进行编选。在此，谨向诸位专家深表谢忱。

人民文学出版社编辑部

目录

·001· 支离的席勒　白　琳

·051· 与永莉有关的七个名词　张　楚

·095· 微不足道的一切　哲　贵

·154· 三昧真火　杜　梨

·214· 截岔往事　孙　频

·275· 手可摘星辰　黄昱宁

·333· 巴旦木也叫婆淡树　杨　方

·378· 讲述姚君　罗伟章

·475· 羊毛苹果　崔曼莉

支离的席勒

白 琳

一

这次回国，赶上了席勒的婚礼。他当然不会邀请我，五年前我们在罗马大打出手之后就再也没联系过。那是个雨夜，他让正在发烧的女友小菊拖来两只二十八寸墨绿色行李箱，加上他的两只行李箱，他在房间里猛塞一阵，接着一只只搬下楼梯。他没有打车，而是将帽兜围起，硬生生把四只行李箱拖到地铁口。当然，他一个人是做不到的，帮他拖行李的还有小菊。

他有帽子，我什么都没有，烧到三十八九摄氏度，淋着雨跟在他后面拖行李拖了一公里。我跟他说我们打车吧，这笔钱我来付。他好像没听到似的。坐地铁前我以为他要去我那里暂时住一两天，可他说他要去 Ponte Lungo（庞特伦格）的一个朋友那里住。我比他先到站，就那样在地铁里分手，我是说真的分手。快要下车时，他看我走到门口，在背后叫住我，我回头，他两只手各拉一箱行李，双腿打开，里面卡着两只,就那样古怪地环抱他所有物件,跟我说我们分手吧,然后我就到站了。我下了车才想到自己的两只行李箱怎么办。对他提分手倒是没什么大的意外。其实我心里早就认定我们分手的事实了。不过那时候我还是很傻嘛,回家大哭了一场。我以为淋了雨又失恋,我的病会越发严重,但是没想到第二天我烧退了,一身轻松。后来我们再没联系,我想行李箱就算了,我不要了。过了一阵子我好奇上他的微信朋友圈去看,发现自己大概被删掉了,也就把他删掉了。

小菊抱着李德才,坐在我家阳台上说。李德才在她怀里扭成麻花,急着逃走,她按住它的头,说,这猫怎么越来越认生?我记得以前一来它就黏人。

前段时间它翻围栏跑出去一次,我到处找,以为它再也不回来,结果有天下雨它又灰溜溜回来了。他们都说我应当带它去绝育,所以我就又花了五百欧元给它做手术……雨晴说。

这猫真的烧钱,我可养不起。

没办法,我那学姐说如果送不了人就扔了它,带回家的时候也没想着这么麻烦。

猫还是挣脱了小菊双臂的捆绑,从软椅的边缘翻滚下来,蹭着雨晴的小腿挤进厨房,在自己的饭碗前徘徊片刻,一脸厌弃地走了。

它平时吃惯的猫粮卖完了,这次换了新的,就闹开了绝食。雨晴有些忧心地抱怨。

和席勒一样,挑得不得了。小菊应和。

我那时站在阳台上看你们,想着下那么大雨,你们总得打辆车走,结果就那么直接上了马路,我当下就觉得这个男的也太不像话了。

其实我早习惯了,他一直都这样。小菊说,伸手一捞,够着置物架上的滚筒,粘掉卫衣上李德才的灰毛。

席勒消失之后,小菊还来过我们家两次。一次是雨晴生日,我们一起吃了晚餐，她送了一支蕾莉欧的绣球花香水给她。最后一次是她要回国，我们托她带一份文件回去，她收我们二十欧元。往后我们再没见过，但微信还留着。偶尔翻到，也知晓近况。两年前她结了婚，一年前又宣布了单身，现在在深圳工作。

她也许是当时在罗马的那一拨朋友中最后见到席勒的人。我身边的所有人，都是在那晚与席勒失联的。没有人知道他去了哪里，那位住在 Ponte Lungo 的朋友是谁。我们向住在那附近的小林询问，他说他并没有见到席勒，对方已经很久没有与他联系了。也许就是哪个女人，他补充说，他关系复杂得很，谁知道是什么。

异国他乡的留学生活，周遭都是来来去去的影子，很难建立长久的友谊。又过几年，我博士毕业，身边已经更换了一批友人，没有人再知道席勒。时间非常深邃，充满晦暗的沟壑，若不刻意追忆，我也不大能够想得起他。决定长居之后，我和雨晴买下租住了五年的房子，房东要回博洛尼亚老家照顾年迈的母亲，价钱出得十分合理。我们整理那套三室一厅的公寓时，在储藏室兼猫房里翻出了一些东西，装在一个橘黄色LV（路易威登）的购物袋里，塞到床底，外面堆着零散的闲置物品，落满灰尘。雨晴把内容物掏出来，一只化妆包、一盒没有拆封的兰蔻乳霜、一些香水小样，还有一个女士Gucci（古驰）背包。

我没有这个，是你前女友的？雨晴问。

我不记得她有这个，再说她也不会把东西放在这个房间。

那是谁的？

很可能是他的。

你说席勒？她把乳霜翻来掉去地看了一遍，说，也不知道什么时候生产的，应该早过期了。

要是他的话至少也五年了。

现在怎么办？她放下手里的东西，拉开化妆包，问。

不知道。

那个 Gucci 的包也不算便宜。雨晴把化妆包里的口红、睫毛膏一一拿出来瞧了瞧，又塞回去，可惜道，都是好东西，丢了这个的女孩子一定找了好久，心疼死了。

我们确实不知道如何处理这些东西，只能把它们拎到客厅。后来整个家里粉刷干净，它们又回到了床底。李德才很喜欢和它们窝在一起，对自己另外一只用 LV 盒子做成的猫窝不感兴趣。

这大概是席勒留下的最后印记，也不是他的印记。

他干吗把女人的东西拿回家？不会是小菊的吧？有天忽而又想起来，话头接续。

你问问。

不是她的。过了两天雨晴说，她没有丢过东西。

那就那样扔着吧。

你知道她还说了什么？

小菊吗？说席勒？

嗯。

不知道？

她说席勒在上海当了阵子 MB。

什么是 MB？

Money Boy，就是夜店男公关。

她怎么知道？

消费时碰到的。胆子真大，花名仍叫席勒。

然后呢？

然后就没然后了，店都关了。

她确定？

确定，而且说他应该是那家店里最老的。

什么时候的事？

她刚结婚那阵子，二〇一九年年底。

二

我与席勒是在二〇一八年初春的一个雨夜里打架的，那之前互相忍耐已有一段时间。动手之前，他是我在意大利相识最久的朋友。我们一起在佩鲁贾上了语言学校，又一起读了大学，五年后我读了研，他没能毕业，转去另一家私立学校念奢侈品管理专业。又过了两年，他仍然未能毕业。不过他在罗马活得还算闲适，除了家里资助之外，自己偶有兼职。私立学校也是贵族学校，他和一群上流子弟混在一起，连续两年拿到了米兰时装周的邀请函。他身高一米九，五官深邃，社交圈浸淫过久，一些秀场的模特工作会找来，有阵子收入很好，也更加大手大脚。罗马多的是满足他时尚欲望的精品店，他名牌加身，我们偶尔聚在一起，他谈的也大多是另外一个世界。我们交流自然稀薄起来，也渐行渐远。

最初在佩鲁贾那座山城与席勒相遇时，他刚满十九岁，我比他大几个月。我们被不同留学机构输送而来，他是山东人，我是山西人。那年一起来的人里面一多半男生身高都不过一米七，剩下的也就在一米七二、一米七三徘徊。我身高一米八五，席勒说他一米九，我总觉得他至少有一米九二。总之，我们是这群人里最高的。只有和我走在一起，他才不会将身体蜷曲成虾米，那时候他很内向，容易害羞，甚至因为身高感到自卑——也可能是过瘦的原因，他看起来易折易损，弱不禁风。

佩鲁贾是一座中世纪的山城，矗立在翁布里亚大区台伯河谷的一座小山上，外圈被树木环绕，郁郁葱葱，是古朴的中世纪村庄。内圈则热烈沸腾，坚固的城墙内，拥有一流的博物馆、丰富的历史古迹，是一座壮丽的艺术之城。但是我们在抵达之前对于它的了解，几乎来自二〇〇七年发生于此地的一起凶杀案。那年一个英国来的交换生在住所被谋杀，尸体在她卧室的地板上被发现。现场满是血迹。案情曲折，噱头颇多，媒体争相报道，猜测凶嫌，到最后草草结案，留下许多疑点。

佩鲁贾有语言大学，是许多外国留学生到意大利的第一站，尤其是中国人。国内大型留学机构把人们往这里一倒，接下来就听天由命，自由发展。当时的状况是，案件发生之后的几年里，所有的中国留学生在中介的宣传下都小心翼翼，几乎全部住在一起。女孩子们在安全上非常谨慎，男生们也不例外，生怕惹出不必要的麻烦。

中介为中国留学生租住了两栋五层楼公寓，都离学校不远。我和席勒就在那里不期而遇，被安排在其中一套，又同居一室。三室一厅的另外两室，一间较大的带独立卫浴的，住着两个从重庆过来的女孩子，剩下一个单间，住着一个洛阳来的女人——那时候我们觉得她有些年纪，其实当时她不过也才二十七岁。

女人名叫阮如安。名字拗口，她让人喊她软软，说这是昵称。但通常我们都叫她阮姐、如安姐。也不知道是哪个，发音听上去都差不多。

两个重庆女孩黏在一起，上课下课，进了房间就不再出门，和我们交流不多。阮如安不同，她常在家中做饭，又得和我们共用一个卫生间，因而打照面不可避免。

阮如安的房间只有八平方米，说是一室，其实应该只是隔出来的一小间，以前用作储物室，连窗户都没有，只能放下一张九十厘米宽的小床以及一张窄窄的写字台。衣服悬在床尾的一排架子上，没有几件。最初中介安排她和两个重庆女孩分租有独立卫浴的大卧室，每人每月三百五十欧元。这个单间另外还有人住，和我与席勒那间一样，每人每月三百二十欧元。

谁知两个重庆女孩并不愿意，质疑中介赚了黑心钱，明明一整套房子租下来都用不了九百欧元，现在三人间竟然要出租成六人间，价格翻了一倍都多。她们两个站在客厅与中介对质，说如果不能合理解决，就要告到政府房管部门。尽管几个小孩子闹不出大问题，但也许还是想着多一事不如少一事，中介就问阮如安要不要住这间屋子，黑是黑了些，但好歹是个单间，甚至价格更便宜。有一个独立单间，阮如安也乐得其所。事情真就这么解决了。

安顿下来之后，重庆女孩除了偶尔烧饭，并不利用公共空间，自然也不会搞脏，阮如安比较爱干净，总会顺手收拾。席勒那时腼腆，也颇为整洁，再加上男孩子事少，我们居住环境比起别的公寓，竟然也算十分和谐。

尽管念了同一所语言大学，但是课程程度各不相同。阮如安的语言水平更好，分在了外国人班里，读B2。实际上她在国内已经通过了考试，选择再来读语言，是没有申请到合适的学校。她本科毕业于一所211大学，土木工程系，在建筑院工作了四五年才选择出来念书。和我们一群来读大学的不一样，她目标明确，知道自己想要什么。

阮如安称得上漂亮，个子不高，最多一米六，骨架纤细，头发丝滑。她的脸比较平整，看上去清新舒服。我当时国内还有女朋友，注意力被分散出去，对身边的女生都一概忽略，甚至现在连同住的两个重庆女孩叫什么名字都忘得一干二净，却在分开许久之后还能记得阮如安举手投足的一些片段。我想不止我如此，那年与我们一同在佩鲁贾的中国人最后对她应该多少都存了些印象。她不是一眼突出的女生，起初也因为年纪略大，并没有什么中国人追她。但开课一个月之后，她便在外国留学生里斩获了人气，常见往来的，有一个英国人、一个西班牙人，以及一个越南人。

语言学校里外国学生和中国留学生最大的区别是上课的长度。他们通常不会选择从头念到尾，基本上都是根据自己需要的程度短暂地学习，或者视经济状况而定，念到一个令自己满意或者可以负担得起的程度就随时结束。

所以两个月之后，西班牙人离开，他的空缺很快补上了一个韩国人。也正是这个韩国人，让席勒第一次掀起了震动。

那是个周末，小考过后，好不容易有休息的时间，我就到城里最好的超市去采购。快到中午的时候，席勒睡醒起来，去卫生间小便，看到韩国人和阮如安在厨房忙碌，心生厌烦。

虽然没有明文规定，但通常这样的学生混租宿舍是不应该随便带访客来的，至少要征询大家的同意。可偏偏家里只有他一个人，两个重庆女孩趁假日去佛罗伦萨，他的意见与权利似乎无关紧要，不舒适也只能忍耐。更何况他从卫生间出来，耷着头发经过厨房时，阮如安还问他要不要一起午餐。

不了。席勒说。转眼给我发消息，家里来了一个韩国男的，你回来给我带块比萨。

半小时后，我在楼下买了三块钱的吞拿鱼比萨，上楼时嗅到浓浓的醋味，一进家看到的就是一地玻璃碴和一摊黑色的醋渍。

怎么回事儿？

我打着游戏，听到她叫，跑出去一看，那个男的正把她按在灶台上，裤子都脱了，我也不知道怎么了，一着急伸手就拿了个瓶子……他指着地上说，我也不知道要不要收拾，他说他要叫警察……

阮姐呢？

她陪那男的去缝针了。

大事化小。对于所有外国人都一样，谁也不想搞出大麻烦。到傍晚，她回来了，神色如常，我们谁也没有就此多谈，不过很快，阮如安在留学生圈子里更出名了。

他们真的就在厨房里做？不少人好奇，私下拉我打听。

不知道，没看见。遇到这样的问题，我也只能如实回答。过后我问席勒，他们到底有没有什么？

不知道，不过当时她穿得倒是好好的。

你在外面说过这个？

没有。

那大家怎么都知道？

反正不是我。席勒说。

宿舍生活继续，两个重庆女孩知道这件事之后，明显对阮如安生出几分嫌弃。她们连样子都不肯装，从前还能打个招呼，现在在公共空间遇到，完全无视。我看到过她尝试和她们讲话，而对方则把她当成空气。这显然让阮如安不自在起来，遇到我们难免露怯。而我多少也觉得尴尬，并且随着时间过去，尴尬非但没有消减，反倒膨胀起来。一种不舒适的张力充满整个公寓，往后大家就变成心照不宣地错时出现，有好一阵子都不再讲话。

我的不适感来自自我的怀疑。那之后或多或少，阮如安的身上忽然多了几分诱人的气息，很偶尔碰到她穿着睡衣去卫生间时，我的身体多少都会有些反应，甚至有几次，她替代了女朋友的模样，成了我幻想的对象。一开始我觉得非常疑惑，甚至怀疑对她是不是有了些许情愫，这令我感到不安。与此同时，席勒也逐渐古怪起来，面对阮如安时他忽而有些扭捏，甚至有几次落荒而逃。

情欲的气息弥漫整个公寓，我略微放下心来，明白了这不是情感悸动，只是"荷尔蒙"作祟。

阮如安课程结束得早，第二年春天，她就不再上全天课程，大部分时间在离住所不到一公里远的一家餐厅兼酒吧里工作，就像一些廉价侦探小说里的故事一样，来来去去、形形色色的人聚在一起，在古老建筑里创造现代生活无聊的乐趣。

餐厅是一个意大利本地人开的，文艺复兴风格的普通砖石结构，底部有花岗岩柱子和薄薄的古典檐口。一共三层，最上面是一个顶楼花园，摆着几张咖啡桌，可以将远处山谷的景色尽收眼底——穿过教堂的尖顶，果园和农场在远处延伸。这是一栋古老建筑，外观看上去还算坚固，但二楼吧台后面一道锯齿状的裂缝正沿着墙面攀爬，阮如安站在裂痕前打奶泡。

工作是西班牙人介绍给她的，他以前曾在那里工作过一小阵子。原本都以为他回国之后再不复返，但复活节他短暂来了一次，约阮如安在周边游玩一圈。

复活节语言学校放了一周长假，我飞去德国看望刚刚抵达的女友。重庆女孩们再一次选择出游，席勒又落了单。我问他为什么不找点事做，或者出去玩玩，他说不想与不熟悉的人同游，也提不起旅行的兴趣，不如在房间里打打游戏。席勒出不了门的真实原因只有一个，对于他而言，语言实在是负累，学了又学，也仍在A2的水平，连接下来申请大学都万分麻烦。

意外的是只短短一周，等我们从各地回巢，却发现阮如安已经搬走，没有留下任何讯息或痕迹。她或许离开了佩鲁贾，离开了翁布里亚，甚至离开了意大利。没人知道她去了哪里。她没有交新一期的房租，也没有分摊两个月以来的物业费、水电费、燃气费，为了这个，我们和中介又大闹一场，让他拿阮如安押在那里的押金来抵。整个过程席勒尤其沉默，我问他知不知道发生了什么，他摇了摇头，闭口不言。

她搬出去总有个动静吧？

她要悄悄地走我怎么能知道?

不会是出了什么事吧? 一个大活人忽然就消失了。留学生群里也热烈讨论起来。

不是说行李都拿走了吗?

她关系那么复杂,谁知道是不是被奸杀?

没必要这么诅咒人吧……

有人知道她家人的联系方式吗?

…………

过两天,群主发了一则声明,通知所有人阮如安现今落脚巴塞罗那,正在上一个短期的建筑课程。也已联系家人,一切安好。

就这样一小波风浪止息。尽管偶尔还有人时不时翻出她的过往咀嚼两下,但随着时间的流逝,关于她的一切都模糊不清了。

时值春日,正是留学生青黄不接的季节,阮如安的小单间一直没有租出去,空在那里。起初席勒只是进去睡个午觉,他说没有光线反而睡得安心,之后他夜里也睡过去,再往后他的一半行李也搬了进去。后来他干脆白天夜里都缩在屋内,不知道做些什么。到了夏天,我们都勉强通过了考试,八月离开这座山城时,他才从那个幽黑的壳里走了出来。

三

你吃什么长这么高?

后来的生活里,很多女孩子问过席勒这个问题。我总会听到一样的答案:一种插了根棍子的一块钱面包。

棍子面包?

嗯。

骗人。

没骗你。我上初中的时候都不吃饭，只吃这个。

为什么不吃饭？挑食？

我父母忙着捡垃圾，顾不上给我做饭。

捡垃圾？

嗯，我父母是捡垃圾的。

我不信，捡垃圾你能在这儿？

要饭的比高管赚得还多。

倒也是。那也不能就让你饿着，他们也不给你钱？

一天五十元钱。

那很多了。为什么只吃面包？

垃圾场旁边有个小卖部，我去的时候顺手买一根，不是吃它还不一定能长这么高。

骗人，我不相信。

…………

对话总是在娇嗔与戏谑中进行，席勒说的却也是实话。

他在垃圾中度过了童年少年。家里拥有一个非常大的金属废料场，高中住校之前他常常在周末去那里，翻找成堆的散热器和成桶的破管、铜锅、锡制门挡、装饰艺术风格的烟灰缸和黄铜模具，他与这些东西为伴，坐在废品堆里练习素描多过与人交流。他还有个姐姐，大他十五岁，在他来意大利之前已经开始跟父亲学做生意。垃圾场确实不是那么简单的垃圾场，姐姐也不是简单的垃圾场场主，她从波士顿大学拿到金融学位，在爱尔兰的一家银行工作了几个月，然后就回了家，在金属废料场工作，主要负责金属加工和与客户打交道。姐姐感情淡泊，个性强悍，没有等到席勒成年，就告诉他他只是块废料，不要肖想（闽南方言，妄想）这份家产。

这一点上席勒的父母也早有安排，他们从未想过要把产业留给他，比起一个打小成绩优异的继承人，凡事乏善可陈的席勒身上唯一的优点恐怕只有身高了。他们对于他的期望，就是在外读一个学位，回乡安排稳定的工作，过庸常却从容的一生。

离开佩鲁贾，我与席勒一同到了罗马，他读一所艺术院校，我选择了金融专业。学校分处两个不同的区域，于是也就各自重新找了房子。忙碌着适应了一年，都有了不少变化，那是我们急剧成熟的阶段——至少我们都如此认为，互相较劲，装作世故，彰显在异国他乡过得游刃有余，但也时不时来场崩溃。

那一年我的生活里发生了一件大事，就是与初恋女友分了手。这不是我们第一次分手，但却是最后一次。我们高中谈了三年，我准备出国那段时间在北京学语言，短暂分开过一阵子。五一劳动节回家，却接到了她的电话，她约我去看电影，在影院里主动和我接吻，那之后我们去了酒店，完成了人生中的第一次蜕变。

我以为我是要和她结婚的，这个纯情的想法一直持续很久。我认定她当时也是这样想的，因此哪怕是在分手之后的好几年，我又谈了两段感情之后，也仍然对她的转变百思不解。

她比我晚半年来欧洲，这之前什么问题都没有，反而是到了德国之后，忽然就与我疏远起来。从佩鲁贾的那个复活节开始，我满心欢喜地去找她，以为两个人会浓情蜜意黏在一起，但却独自睡了一周的宿舍。她给我找了一个临时住所，是一个出游的朋友空下的房间，也是与另外三个人分租，居住条件甚至比佩鲁贾更为艰苦，厨房里爬满蟑螂。每天半晌午她来找我，我们就在火车道边走走，去镇上的香肠店买点食物果腹，夜里她从不留宿——不方便，她说。

我们可以去找别的地方住。我数次提议，但都被拒绝。钱要省着点花，我家没你家的条件，等等。她说。我实在不清楚她的想法，这一切听上去都是借口。如今想来，那次德国之行，似乎我满脑子都是与她上床的念头，对坐落在河岸森林密布的山坡、小镇上被绿树掩映着的街道、周边参差错落的红色屋顶、大片绿色的葡萄园以及雨后发出铁锈味的火车道全都视而不见。

我与她睡觉的次数有限，在分开的时间里，身体上的感觉淤积起来，急需宣泄，她不会没有意识到。在返回意大利的飞机上，一个隐匿的念头浮上心头，我努力挣脱，却无论如何都甩不干净。我想她大概有了别人。

这个想法得到了否定的回答。没有别的男人，她说，从来都没有。

我只能相信。

来到罗马之后，我尚未完全适应新的大学生活，在每天听不懂课程的焦头烂额中收到了她的分手短信。她说我们不合适在一起了，因为远距离的关系，等等。我再次询问她是不是有了新恋情。

没有关系，你实话告诉我就行，我不会说你什么。

没有。她斩钉截铁。

那因为什么？

就是我跟你说的那些。

我仔细回想她究竟说了哪些话，浪费了诸多时间却毫无建树。过去的细节搅成一团，绒球一般，找出线头都极为艰难。

那之后我与她纠缠了一段时间，圣诞节还飞去寻求复合。但到了小镇才被她的原室友告知，她已经转去了法兰克福上学。我发消息问她的住所，等了一天都没有收到回复。半夜里我鬼魅一般沿着和她走过的铁道走了半个小时，实在受不了冬夜的严寒，打着战返回了酒店，第二天一早飞了回来，就这样了结了一切。

到底是为什么？她是不是觉得和我在一起自卑，我花钱太多？她总是说想要公平一点，可我就是想要她玩开心一些。再说也真没有多少钱,男女朋友算那么清楚干什么? 我喝着酒询问席勒。

我不是她第一个吗,怎么就分得这么草率?

我觉得她是爱我的,对不对?

为什么一定要分手? 也没有那么远,飞机票那么便宜,见一面多简单的事儿……

我知道她没有男朋友。我找了人问,都说没有。

她微博也不更新了,要是有男朋友应该会晒出来。

…………

也许厌烦了我诉苦良久,喋喋不休,席勒终于开口,淡淡道,可能换成了IG(照片墙,一种社交应用软件)。

这句话点醒了我。那时候我还没有开始使用这些社交软件,为了她我当即注册了账号。下一步怎么办呢? 我该怎么找到她? 我问席勒。

你可以试试看她经常用的昵称,或者她名字的拼音,或者现在用的音译,或者试试看加上生日数字…… 他建议。

我尝试了许久,刷过几百个可能相关的用户,还是没有结果,只能再次求助。

怎么办?

联系她认识的人去问。

原本就应该这样。很快我就问到了她的账号,甚至还附带了别的软件账号。一个个追踪,发现自己需要通过验证。

如果告诉她是我的话,她一定不会同意。不如你帮我加加看。

我也不怎么用。

我只想看看她现在到底怎么样,你加她试试。

席勒犹豫片刻,还是照我说的做了。

大约一周之后,他打电话来告诉我,她通过了他的申请,他们在网上聊了一小会儿天。他问她有没有男朋友，她大大方方告诉他不是男朋友，是女朋友。

这个信息我消化了几天，最后还是忍不住去找席勒，通过他的账号把她放在社交媒体上的照片翻了个底朝天。后来我才意识到，她的新恋人就是旧室友。她们联合起来，把我耍得团团转。继而我又想起曾对她提到过席勒，不止一次，也让她看过照片，所以她无论如何，都要用这种迂回的方式，告诉我事情的真相。

等我冷静下来，所有复杂的线索都证明一切事件都在以某种方式井然有序地进行。生命无限丰富也总会清晰。在初秋傍晚的暮色中，我坐在席勒画室的窗前，抬起头来，目光涣散。画室所处的街道充满个性——松弛的声音、没有品种的狗、自由散漫的着装方式。那一刻非常宁静，也特别平和。人类生活的复杂性是无法摆脱的。我们是一个潮汐池，充满了各种物种。我们在公共汽车上、在超市里、在咖啡馆里，都是做出各种不同选择的人。我想这个世界本就应该充满各种观念、倾向、品位、想法、信条和行为，世界上的每个人生来就有个性，并且完全有权表达它。

这种想法令我略感振奋，也可能前女友爱上一个女人而不是男人，对我而言耻辱感降低许多。我只是不能够理解那些年自己存在的意义。我看着楼下并不匆忙的人们，想如果我拦住这些人中的任何一个并仔细盘问他们，我们会不会有共同的经历？

这一切想法都让我很头疼，我攥着手机，丧失了再看一遍的意愿，况且，在我面对自己的惊奇时，还有另外一个更为巨大的惊讶在我的嘴巴里盘旋。

席勒确实不怎么用 IG，他的账户只关注了两个人。退出页面的时候我看到了一张照片，一个女人侧身站在阳台上，穿着只用几根细线绑好的比基尼，乳尖下坠，屁股翘挺，好身材一览无余。她秀发如瀑，模样清晰,下面写着"Ruanruan0222"。

这不是阮如安吗?我忍了又忍,最终还是指着屏幕问。

他一把从我手中夺过手机,有些恼火,随后他缩回沙发,双唇紧闭,不再讲话。他皱着眉头盯着屏幕,指头忙碌,打起了游戏。我在房间里尴尬了一小会儿,想说什么都觉得堵塞,最后默默背起包起身离开。

我上了地铁的第一件事就是搜索这个账户,阮如安没有设置权限,照片可供所有访客尽情浏览。但我很快关闭了页面,因为那上面统统是一些大尺度的照片。

我迫不及待地回到公寓,全然淡忘了自己的事儿,专注在这一重大发现上。我一帧一帧翻看了阮如安的照片和文字,接着顺其自然找到了更"精彩"的内容。

所有正规社交网站都在竭尽全力阻止成人内容的肆意宣传,但注定是一场失败的战斗。这里几乎成了色情明星的引流通道。阮如安不是大博主,当时只有三万四千名的追踪者,但不妨碍她在其他视频网站上的播放量数倍数十倍地增长。很快我就找到了她的一些"作品",只看了几个封面介绍,身体就有了反应。

接下来的许多天,我沉迷在这些视频中不可自拔,像只发情期的兽类,跟着阮如安的起伏不断攀上高峰。在这个过程里,我也充满疑问与好奇,我联系席勒,却打不通他的电话,短信也有去无回。

席勒沉没了,再无音信。

我并没有想到这样和他一别就是整两年。初期我多次尝试邀约,但几度无回复之后我很快就投入自己的生活。学业进入正轨,交了新的女朋友,也很快发生了关系,但有好一阵子,能够刺激我深层欲望的,仍是阮如安的视频。她发布的这些内容的定位都在意大利,说明有中文有英文有意大利文。在那个领域,她算是播放量比较高的亚洲博主，有几个比较固定的搭档，也有一些偶尔新鲜的怡情。总之再次见到席勒之前，我已经对阮如安的身体了如指掌。这是我在佩鲁贾时万万不会想到的。

席勒再次来我家是在一个仲夏夜。他拎了几瓶啤酒，从玄关走进来，个子似乎又高了，顶到门沿，头发长到肩颈，有些自然卷曲。他看上去更不快乐了，或者更确切地说，他承认了一种似乎一直存在于他内心的不快乐。

傍晚收到短信时我十分意外。你还住不住那里，晚上我去喝一杯？他写。

来吧。我回复。

我与席勒的友谊就这么接续上了，其实它在我心里似乎也从未真实地断裂过。他穿过我的房间，拉开推拉门，走上阳台，在一把棕色折叠椅上坐了下来，将酒瓶扔在脚边，自然得就像是昨天方才见过，也从未发生争执。晚上八点钟，楼下的餐厅刚刚开始营业，街面上的车辆也川流不息。马达声、人语声、杯盘碗盏的叮咣声从四面八方传来，十分嘈杂喧闹，与暑气热浪一同沸腾。这样的环境让他很是舒心。

我和她还有联系。不等我问，他直接说。

一直都有？

也不是，断过一阵子，前阵子又联系上了。

怎么回事？

你看了，那些视频？

嗯。我老实点头。

她跟我说想要拍一期新鲜的，问我有没有兴趣。不用露脸，戴面具就好。

你怎么说？

我拒绝了。她说是有报酬的。她说了一个数字，很高。

那你呢？

我现在在犹豫。

你缺钱？

有一些。

不是家里会给你？

总之是我自己想不清楚。他回避掉我的问题。

这个涉及隐私，我觉得还是不要问。

你知不知道她现在靠这个赚了好多？

应该。但如果是我，还是……我原本想要说拒绝，可是话到嘴边，却感受到了下腹一阵没来由的悸动。我意识到自己的身体早已经被阮如安蛊惑，除了报酬之外，想到更多的是和她真实的接触，于是我转口问，你是不是很想和她真的有一次？

席勒抬眼看看我，忽然笑了，说，我已经跟她做过了。

做过了？什么时候？

在佩鲁贾，她是我的第一次。

四

在佩鲁贾，复活节假期众人离开之后，阮如安重蹈覆辙，把男人带回了家。进入了春夜，空气清新，充满湿润的草木味。阮如安带着西班牙人，穿过前门，进入我们的隐私空间。陌生和熟悉远近交织，她知道席勒的存在。

这一次她是夜里悄悄回来的，但还是在房间里弄出不小的动静。他们连体行走，穿过厚重的呼吸，穿过客厅里椅子的阴影，穿过厨房里散不去的烟雾，任自己的倒影在物质上滑过。当天的冷雨扼杀了一半的春天，明明应该柔和，却是佩鲁贾真正悲伤的时刻，因为它不自然,一个年轻的灵魂无缘无故死了。当然,席勒并不能感知,而是忍无可忍,半夜敲响了八平方米储物室的门。

我们说过不能把人带回家里。阮如安走出来的时候他厉声指责,却意外地发现了她的鬓角有拭过血的痕迹。

怎么回事?

没关系。

他打你吗?

和你想的不一样。

西班牙人从阮如安的身后走出来,身材瘦小,棕黑色头发向后梳直。他面色苍白,轮廓分明,鼻子略长,在她的嘴唇上吻了一吻。来找我。他说。随时都可以。

好。

把他送出公寓,折返回来,阮如安在餐厅一角坐下,和喝冰镇可乐的席勒面对面。

我要他这样的,但是他对这种事很陌生,没有掌握好分寸,也吓了一跳。不怪他。

你不能继续这样,如果被人知道……

那就帮我保守秘密。

不是我帮不帮你,是你不能这样……

怎样?阮如安将支起的腿放下,又缓缓搭在他身上。如果你想,也可以。

第一次的诱惑,是逃也一般地抛下的。

第二天中午在厨房碰到她,她刚冲过澡,洗去前夜的所有痕迹和气味,收藏了疲倦的皮肤,穿好衣服,煮咖啡,打开窗户。阳光透进来,她用两只手握住杯子。外面是一碧如洗的晴天白日,她温婉而柔软,清爽且沉静,看着和欲望不大沾边。然而席勒正好相反,他一夜未眠，心乱如麻，在凌晨合了眼，却又被噩梦反复扯醒，再次睁眼已经过了中午十二点。从床上爬起时他恍惚而茫然，试图阻止那些同样逐渐清醒的、微小而细密的念头吞噬意志，也知道自己注定失败。

他听得到她在外面制造的声响，还是硬着头皮走了出去。从卫生间返回时她截住他，说，反正我们没有什么事，一起出去走走怎么样？

他莫名地点了头，吃掉一块她做的三明治，穿戴整齐走了出去。

从住所下楼，沿着大街一直往上，走到头就是小镇的最高处，观景台下郁郁葱葱中一片又一片漂亮房子，一直延续到二十公里外的阿西西。天气好的时候，坐在城墙上眺望远方，山脉丘陵配着蓝天白云，一幅诗意盎然的美景。当夜晚降临，坐在城墙上，看着远方星星点点的灯火，就像是一块巨大的黑丝绒上面镶嵌了无数的碎钻。

午后日光浓烈，却是什么风景都干巴巴的。佩鲁贾的古城中心小而紧凑，差不多半天时间就能转完。他们沿着历史中心往边缘走去。假日里所有的店铺都大门紧闭，街面上没有人迹，有一刹那，席勒觉得自己和阮如安是世界上仅存的人类。

我工作台对面的墙上挂着一幅特别糟糕的画，你有没有印象？路过打工的餐馆时阮如安问。

不记得了。席勒软弱地说。仅仅是四月，太阳就要把他晒化了。他问，什么样子的画？

一个男人的肖像，靠着窗子，吸了烟斗，看起来像一个邪恶的机器人。

没有印象。他努力想了想，还是毫无印象。原本那家餐馆他去的次数就很有限。

你什么时候开始学画画的？她转换了话题。

小学吧。一开始就是自己画，正式学是在读高中的时候，感觉成绩考不上大学才学的。

那你小时候是喜欢画画的?

就是玩。我爸的工厂出售再生木材,整天都在拆迁现场,他们在残骸中寻找可以打捞的东西,我跟着一起。他主要是去收牛羊圈里找来的托梁,或者老房子里卸下来的横梁。我不喜欢那些,就看他们堆在院子里的锅碗瓢盆、旧门板、牌匾、煤气灯什么的,自己在作业本上乱画。

可能那里面有些宝贝。我在郑州读书的时候,有时去古玩市场看看,里面有卖以前旧的木材,卖得很贱。我老师很喜欢收那些东西,可以根据木材看出年代,他是搞古建的。

嗯。

虽则是漫无目的,但最后还是走到了 Orto Medievale。这座中世纪花园矗立在一座小山上,是古老本笃会修道院的花园。说是花园,其实是修道士种植草药和蔬菜的地方,现在成了佩鲁贾大学植物园。从前花园中的草木,连位置布置都是根据宗教和文化标准做出的,炼金术士的实验室就在旁边,在那里诞生了许多传说、迷信和符号。现实、形状和维度总是与超然的事物联系在一起。

说这里有两百多种植物。两个人在花园里穿行而过,四周静悄悄的。阮如安指着一个说明牌,说,这片花坛里有药用和食用药草,还有僧侣们周五的主菜。

为什么只有周五?

不清楚。

万籁俱寂。面对山谷,却感到空间变得紧缩受限。生活可以在修道院的范围内开始和结束。灵魂和身体所需求的范围也许很小。

山谷边凉风习习,身上的汗意减退了许多。席勒在喷泉上接了水,一口灌下,这才看到阮如安洗了脸,胸前浸湿了一大片。

你以后是要当画家吗? 她坐在背向山道的长椅上,出其不意地问。

不会，我没那个天分，只能看到实实在在的物体，没有更多想象。好作品应该有感情，以及多重层次，而不仅仅是一个平面。

我不喜欢。

为什么？

感觉高高在上。好像有感情就高高在上。我觉得只看到外观，仔细看，也很了不起。

嗯。

我问你一个庸俗的问题。

什么？

你有没有什么理想？就是你有没有什么想要做的事？

暂时好像没有。

你不问问我吗？

不是当建筑师吗？

那有什么可称为理想的。

那是什么？

我想要当个妓女，很小的时候就很想当妓女。

Minimetrò（迷你地铁）往山上攀爬的时候，阮如安站在车厢头，十分兴奋地说，这是我第一次坐过山车。

这不是过山车。

对我来说就是。

这种小型地铁建在高架场地上，悬挂于建筑之间，连接山下与古城，全长四公里，有两个终点站和五个中间站，穿过两条隧道。行至名为Pincetto的中央总站，抵达历史中心。每两分钟就会有一班，它沿着轨道攀上山丘，驶入隧道，最终把人们带入佩鲁贾。

回程时他们一同搭乘了这种玩具式的交通工具，她站在窄小的车厢前端欢呼，看着像一个小女孩，与昨夜跟前夜的她极具反差。他走累了，和她在一起时他很紧张，挺直肩膀，把棒球帽拉得很低。

　　下车后他们经过了几个正在修建的路段，蜿蜒前行通过脚手架和胶合板屏障、施工坑和铁丝网围栏。

　　我第一次就是在工地上。她转头去看席勒，那时候和你差不多大。当时觉得自己很小，现在感觉也没有很小。

　　他不知道如何应对，肩颈缩了起来。

　　我知道你觉得我那个，但是我确实喜欢。高中我就想过去援交，念大一的时候也做过一阵子小公主——只卖酒陪唱的那种，但在我陪酒之前，我想做的确实就是当小姐，陪酒反而是最后退而求其次的选择。那时候我身边的人都跟我说，陪酒还好，但绝不要堕入风尘。是不是很好笑，她们竟然还这样劝我？

　　为什么非得这样？他迟疑着问。

　　她没有理会这个问题，自顾自说下去，我大学那时候，觉得自己快要活不下去了，没有价值。后来我就好起来，还赚了一点钱，然后我就觉得自己可以过普通人的生活，然后我就恋爱……简直是我最错误的选择。

　　到底为什么……席勒觉得有些词句在努力撑开并拢的牙齿。他好奇，却不知道怎么接续这样的对谈。不过她好像对他的局促感到满意。

　　我也想过，是不是为了……寻求认可？她悻悻地说，很好笑吧，可能我太想被爱太想被需要，所以我认为这是唯一可以自我实现的途径。我天然地对自己去做这件事没有心理负担。我认为世上的女孩子都理应有比做妓女更好的人生，可我也同样认为，我是不一样的。可能在我心里，觉得自己不值得。

　　不值得什么？

　　不值得……被爱吧。所以如果有人愿意买我这个垃圾，无论是以什么形式，我就该知足了。尤其是拿到钱的那时刻一定是有价值的。

钱就是最好的、不会说谎的证明。不过，这种自怨自艾的论调也不是我的根本。前几天我在微博上看到一条帖子，大意说的是，一个在日本的女留学生经语言学校的朋友介绍，去中国人开的奶茶店打工，到了才发现是那种地方。当时的情况很危险，她跳了窗好不容易才逃脱。我知道这么说很奇怪，在看到这条微博后，我第一反应是幸亏她逃走了，第二反应是怎么不是我，我应该不会跑，现在我想去那样的店工作都不知道该怎么找。

他们走到了开阔的街道上。傍晚时分，路上的行人多了一些，她高声说着这些，他庆幸只有自己听得懂中文。人们缓慢地走路，沉默着，微笑着，大笑着，眼睛直视前方，赶往他们要去的地方，并不特别注意这两个中国人。这座山城里的居民对异国的面孔反应迟钝。

回家吧。席勒说。

好，先去店里取一下我的东西。阮如安回答。

他们穿过复活了的街道，对着傍晚拥入的人群感到疑惑，后来才想起这是假期的最后一天。他们从中心走出来，又经过了大门紧闭的一些烟酒商店、咖啡馆，最后停在一扇铁铸玻璃门前。阮如安掏出钥匙开门，率先走了进去。

一层是一家仅仅有五张四人座桌子的狭长餐厅，走到尽头是一个窄小厨房。右侧是一条陡峭的楼梯，他们一前一后攀爬上去。阮如安的臀部并不饱满，席勒把视线垂向脚尖。

爬上楼梯，他才意识到自己一直屏住了呼吸。现在气流终于可以从肺部流淌起来。是一对玉米状的器官，由海绵状、粉灰色的组织构成，占据胸腔的大部分空间。他觉得那里变得很紧，完全不能够容纳六升的空气。阮如安比他年纪大很多，但是却舒缓而通畅地呼吸着。他在她的微喘里又一次感到窒息，心脏不规律地跳动着。他调整了好几次鼻息，才缓慢把躁动压制下去。

我们要不要等一下天黑？从工作台下取出一个小包，阮如安问。

为什么？

到时候可以去上面的露台。她伸手指了指头顶，我们在那里做爱，可以看到远处的树林。今天天气好，还有星空。

他感到自己面红耳赤。

或者就在这里。她忽然笑出来，指了指吧台后面。

你在这里做过？他忍不住问。

当然，不止一次。还有一次我帮人用手，之后没顾上洗手就给客人打了一杯卡布奇诺。她不知羞耻地炫耀。

现在回去吧。一种奇怪的仇恨或悲伤的感受四处蔓延，席勒想要驯服它。

骗你的。阮如安再次哈哈大笑起来。他反倒觉得她说的一切都是真的。

晚上他们一起做了饭，把冰箱里的食材都掏出来，煮了火锅。两个人都默不作声，三居室的空间比以往都更加寂静。随后席勒去卫生间冲凉，阮如安走了进去，再然后他们一起回到了那间漆黑的没有窗户的八平方米储藏室。

五

晚上十点钟，楼下还是一片笑语喧哗。席勒的回忆充满细节，她的触感、她的声音，等等，碎屑一样从席勒的口腔里掉落下来，在我面前凝聚成新的画面。不能再真实了，我仿佛跨越空间，站在密闭的黑暗中，跟他们一起进行了一场酣畅淋漓的性爱。

她说要是你在，还会约你一起。说完他调侃地一笑，两边唇角翘起来几道从未出现在他面颊上的沟壑。他从前不这么笑。我没有说话，也许有许多的疑问，但更想努力压制自己的情绪。我又拿起来一罐啤酒，预备把喉管中的僵硬冲下去，然而它轻飘飘的，我忘记它已经空了，不需要我仰头，于是又重新将它放在脚下。席勒将用来下酒的无花果干丢进嘴里，舔了舔沾满白色糖霜的手指。

不过现在还有机会，如果你愿意，我可以问问她是不是OK。你知道吗？现在她不是一般的有名，很多人都想跟她拍一次。

我当然不。我脱口而出，过于急促。于是我冷静下来补充，我对她完全没兴趣，对这种事也根本不想碰。

他笑了，我感到了自己的蜷缩。

这次再见席勒，他待我轻松自如，我却觉得他已远离。一年未见，他已经褪去大半青涩，脸上也不再显现羞怯的神色。关于性的话题，他说得云淡风轻，这已经不是强作镇定，他由内而外散发着熟练的味道，一切都由身体通往了心灵——是一个并不短暂的过程。

他像是一只给无花果授过粉的黄蜂，参与了某种独特的秘密。阮如安则是封闭的花球，除了自己选定的独特物种之外，任何虫子都不能爬进去。席勒将卵产于其中，然后咀嚼一条通往地表的隧道，并在完成任务后死亡。不过，对阮如安来说，她的花苞里拥有过许多的席勒，他们都是催其壮大的工具。一棵大的无花果树的枝条可以延伸数里，一次开花可以结出一百万个无花果。棕色、红色、白色、橙色、黄色或绿色，它们的种子在其他植物会挣扎的地方发芽——屋顶、悬崖边、火山岛，活得胆战心惊又欣欣向荣。

你变了很多。尽管知道这是一句干枯的调式，我还是忍不住说。

你指什么，开放吗？

也不完全……我勉力让自己的声音听上去稳定平和。

她给的钱很多。这次他没有露出戏谑的表情，而是很认真地说。

自那之后，我停止观看阮如安的视频，自己也说不清是为了什么。也许我并不想看到只有面孔被遮蔽的席勒，更不想对着每一个戴着面具的男人的躯干判断他的属性。不过那时我还仍旧持续追踪阮如安的更新，只在页面上阅读概要说明。从另一个角度看，我或许又在等待席勒的出演——我混乱且纠结，持续感到不安，一种深潜的念头几度要浮上海面，被我强压下来。到最后，席勒竟然像是一条我的防线，将我与阮如安隔离开来，仿佛什么时候他再次钻进阮如安的体内，就会引来一场我的悲剧。无花果的入口处设置了诱杀装置，以摧毁来访者的翅膀，这样它就永远无法拜访其他植物——至少我明白自己一定会被捕杀，死在花苞里，成为人们嘴里咀嚼的无花果黄蜂木乃伊。

接下来的时间阮如安的粉丝爆炸式增长，大概因为她开始和不同人合拍影片。其中几个合作伙伴，在平台上早已经是百万播主，他们显然帮她引来了不少流量，我想这是普通人席勒无法做到的。

她为什么对席勒提出邀约？偶尔这个问题很模糊地在我脑海里一闪而过，我劝说自己离他们更远一些，这也许是动物趋利避害的本能。我不再努力分解自己，追踪深层的内核，而是很快乐地融入普通的留学生活。为了和其他人一样，我放弃了四分之三的自己，这让我感到安全。

虽然和席勒再次有了联系，但是我们的关系明显没有在佩鲁贾时那么亲近，这是必然，丝毫没有令我感到失落和不安。接下来的几年，我更加体会到人生就是不断地相遇与告别，我有了新的社交生活，与席勒的联系并不密切，有时候两三个月见一次，也有时候一年半载不打照面。倒不是我薄情，而是席勒似乎异常忙碌，有好几次约他见面，他都说没有时间，再往后我就不再主动。但华人圈子真的不大，六人定律让我时不时从根本不熟悉席勒的人口中听到他的消息，断断续续能够拼凑出一些零星章节，他与多个熟龄女性过从甚密，某种能力在传言中得到了夸张的强调，他也因此小有名气。

他自己并不避讳和姐姐们交往的事实，和我见面时也偶有谈及。印象比较深的是一个他称为瑞姐的女人，我们二十四岁时她四十二岁，在 Lucio（卢西奥）开一家自助日料店。不知道是什么原因，也许是为了在无所事事中寻找新鲜，二十四岁的席勒在那里工作了半年。

这家店我去过，通常是和外国朋友一起。店门口挂几只灯笼，上面写着些日文。内部装修称得上马虎，全部是棕红色调，占地面积很大，前厅是小隔间，往后是一个椭圆形"肚腩"，容纳了四五十张四人座，再往后靠墙一溜跃层，是沙发和卡座的集合，供给人数多的团体。这种吃到饱的日料店都是中国人开的，在罗马颇有人气，因为实惠便宜。午餐十四点九九欧元，晚餐十八点九九欧元，菜单上不遗余力地标注多种语言，除了供应日料，当然还有中餐，但是大部分人主要来吃寿司，从玉子烧、金枪鱼腩、腌鱼子，到星鳗、鳗鱼、海胆、鲍鱼，还有几十种寿司可供选择。尽管昂贵的食材总会因各种理由没有货，但不影响食客在这里感受到低廉消费的快意满足。

起初我以为席勒的工作是端盘服务员，却不料他在后厨握寿司卷。

这个工种赚得多。他说。

但要有技术，我看……我想说我看过一部日本寿司的纪录片，几乎是以艺术的形式对待每一个手握寿司。

根本不需要。席勒打断我，你指望在这里吃到什么？能给你好好捏就不错了，我只学了半个下午就能上岗，反正醋饭和生鱼片都已经由师傅调制好了。他边说边从自己的碗里舀出一团米饭，放置在左手四个手指上，右手的大拇指与食指圈成 U 形，把饭团的轮廓捏成椭圆，同时用左手大拇指轻压，把一片蘸酱牛肉铺在上面，反复又压了几次。全程竟然有模有样。

不过你还是别去那里吃了。席勒向我展示了最后成品，将它丢进垃圾桶说。

为什么?

你下去过没有?

下去,哪里?

餐厅的下层。

如果不是席勒,我想我永远不会晓得这家寿司店还有地下一层空间。那里有一个意想不到的大卫生间,男女各有三个隔间。大理石盥洗台前甚至还配着整面玻璃,水池上摆着洗手液和乳液。之所以令人感到惊讶,是因为这种在国内随处可见的设计,在欧洲窄小的餐馆里无处安置。它是充满中国特色的罕见角落,连熏香都是茉莉花味。

"一叶扁舟轻帆卷,暂泊楚江南岸",中规中矩的楷书下面还有一行英文:

> My shallop' sail is low withdrawn
> At River Chu on southern shore, to touch

不知是谁译的,全无意蕴。这张打印的字画被装上红木色镜框,悬在墙壁上,以它为界,是男女的分别。洗过手,我在卡座上坐下,抽一支烟,知道是最后一次到这家店里来。二〇二一年的三月十三日,罗马城里正在飞雪,如果不是为了吃一顿免费午餐,我的朋友们应该都不会赏光,即便是到场的友人,也多少有些带着笑意地抱怨,怎么会定今天?

算好的日子,家里人说现在回不去,但事情还是得定下来。

订婚也得选吉日?

长辈们定的。

大约是好久没有这么多的客人,老板娘现了身,手里拿了两瓶竹叶青，说，今天也是办喜事，这是姐送你们的。她面盘饱满，是有福气的长相。

虽然是寿司店，但大家还是点了中餐，在高台围起一扇屏风，不一会儿就喝得满面酡红。

上完卫生间，我还是不想回到人群中去。除了在一条细长通道的尽头隐藏的厨房里卖力炒菜的厨师，整个地下一层只有我一个人。关于席勒的记忆洪水一样涌来，很快渗入了腥臭和油烟。

自从他提出不要到这家店吃东西，我就再也没有来过。因为他举着自己的手对我说，如果你想要吃一只用搞过那些地方的手握出来的寿司，我也不介意。

你这么做？

应该说我们都这么做。

都？

反正我们几个人都以此为乐。

为什么不洗手？

起初我也这么觉得，不过只有亲自感受，你才会知道那种隐秘的快感。

我无法理解这种感觉，也觉得此生没有必要理解。我再也不吃寿司了，不光是这家店，我停止光顾所有罗马城中的中餐馆。

地下一层的装修风格和地上算是统一，不同的是多了些红丝绒覆面的长沙发软座。这显然是一个错误的决定，时间过去，它们吸满了油烟恶臭，让这个空间始终不能够清爽干净。在每一个沙发上，都留下了席勒和瑞姐欢爱的遗迹。他喜欢释放在猩红的阴影里，灯光昏暗，谁都看不到印痕，甚至他根本无需浪费纸巾，伸手一抚，就是一片新的平整。

楼上是有洗手间的，我还是走了下来。到这家寿司店请客是雨晴提出的，我没有异议。之所以选在这里，完全是因为它便宜又空阔，疫情之后，来的人少了许多，零星只有一两桌食客，可以容纳中国式喧嚣。订婚毕竟是喜事一桩，我也希望拥有一场有热度的庆祝。

关于席勒的故事，我多少对雨晴讲过一些，她一点点听进去，又一点点遗忘。那个人不会在她的世界留下划痕。我们都咀嚼了席勒的经历，也知道被吞噬的动物的痛苦永远大于吞噬者的快乐。

瑞姐是个大方的老板娘，送过席勒一只两万五千欧元的手表、两三只Gucci包，以及一些其他零星碎片。这是每一个午后他额外工时的报酬。如果不是出了意外，我想席勒还会在这里继续工作下去。一支烟吸完，我觉得疲倦，在沙发上躺了下来。五分钟就好，我对自己说。许久没有群聚过了，过量的声音令我头疼。现在的卫生间里没有血迹和精液，有的只是氨、硫化水素、三甲基胺、硫化氢、甲硫醇、吲哚引发的恶臭，成排的红丝绒沙发上粘着死去的精子，我没有洁癖，并不觉得肮脏。这个地下室更像是一个昏暗的墓穴，里面充盈着令人松弛的宁静。

哐当的门反复开合，我终于忍耐不了，坐起来，揉了揉眼睛，摇摇晃晃地走到发出声响的女卫生间门口，发现她坐在坐便器上，咒骂着，翻着包。她的灰色运动裤的裤裆和一条腿下面都染成了黑色。我问她是否还好，头顶却传来飞机轰鸣而过的声响，沐浴在模糊的困惑中，我想她是不是被导弹袭击，却瞬间转移了场景。她在猩红的长沙发上弓起身，用口音很重的英语呼唤吼叫。当她转身时，她骨盆里有什么东西爆裂，液体顺着她的腿流下。我确定听到了爆裂的声音，清脆地充满汁水。有一些溅到我的眼睛里，我双目紧闭，用手去擦。等我再次睁眼，她的双腿在我面前撑开，像一只巨大的蜘蛛。她拽了拽自己的运动裤，我从脚踝处抓住它并将它脱掉。一些不属于我的智慧在体内涌动，我把它卷起来放在她的腰部下方。一瞬间一团东西滑了出来。

啊……我听到从自己喉咙里挤出的一丝软弱呼救，挣扎着醒来，是一场混乱的梦。我以为自己睡了漫长一觉，抬手看了表，刚刚过去七分钟，比预想的短暂。

我走上楼去，重新在人群中坐下，并未有人特别在意一刻钟内的空白，只有雨晴问一句：

怎么去了那么久？

好久没喝白酒了，有点头晕。

老板娘不见了，人们已经分成几组，各自有不同的话题，最后又凝聚成一个主题。大流行期间的故事，似乎可以说个没完。

瑞姐走了？我问。

就坐了一小会儿……现在也挺不容易的，她刚才说想要把这个地方顶出去。

不是已经过去了？

还是不行，她说每个月都要赔二十万欧元。

这么严重？

嗯。血本再厚也经不住。最多再等半年，看看情况能不能好转。

我想起了自己的梦，血液从瑞姐的下体源源不断地淌出来。但那个爆破的声音却不属于她，因为我一抬头看到的却是阮如安的脸。

它显然是臆想与现实的合体，我也根本不能确定自己是不是完全地沉浸在梦里。几年前，有天傍晚席勒来找我，他脱去外套，卫衣上染满血渍。

怎么回事？

他寂然不动，在阳台喝掉了我递给他的一杯冰水。过了许久许久，他才喃喃开口，女人实在有些恶心。

第二天他再次令我意外地打来电话，说有个朋友在海边有座度假用的小房子，他想去待两天，但又不想一个人去，问我愿不愿意。我同意了。

那是在安琪奥的一座临海小屋，只有一层，夹在两个收拾得很整齐的院子中间。前面的那个花园前方有一条斜坡直达路边；另一个花园被维护得很好，边缘有一条很干净的小路，靠墙种着些植物，已是深秋，却还有几朵叫不出名字的花开着。我站在中间这处荒芜的庭院，看着他走到屋角右侧，爬过矮墙，把头埋进邻居家的花丛。

还好这片住宅过了夏日就基本上被废弃了，没有人阻止他随便闯入别人的庭院，也无人会因他嗅花香而觉得需要呵责。有一刻我觉得自己有成为诗人的潜力，席勒则是我的缪斯。我看到他的面前长出了两条通道，一条堕落，一条救赎。也许他已经做出了选择。他不再徘徊，与那些把他弄昏的支路纠缠不清。

落日时他在沙滩上喝了酒，然后沿着木板路漫步。我问他要住多久，他说到不想住为止。我感觉他并不急于返回，去面对等待着他的困境。尽管他的讲解断断续续，在火车上、在庭院中、在海边，我还是能够捕捉到旋即惊散的他的欲望与痛苦。尽管不知道究竟为什么，我也仍可清晰地感觉到那时候的他就像一艘纸船，正在毫无心智地漂向世界的边际。无论他多么努力掌握航向，都是虚弱的，巨大的失望和恐惧堆积起来，他随时都会成为一团泡烂的纸浆。

我他妈的，生活完全被阮如安那个婊子毁了。醉酒后的席勒说。

第二天一早醒来时，我发现他已经走了。

我坐早上的车去米兰。把门锁好。凌晨四点钟，他给我发微信留言。

六

等到"阮如安"这三个字狠狠撞进了我的耳膜，我才意识到她已经离开我的生活很久了。也不知何时，我开始失去兴趣，再也想不起她。即便是回忆再次被点燃，也溅不出几星火花。

不过，仍像是无意间掀起一片秋日的落叶，却发现阮如安如藏在后面的毛虫，软软地从席勒的小舌尽头爬行回来。我再次登录了许久不去的网站，她发片的次数减少了一些，甚至有大半年，没有再更新一个片段。

我迅速浏览了一些视频，也很快发觉自己已对她生不出任何的兴趣。最后我找到了一个短视频，四分半钟。她没有赤身裸体，而是穿着件红绿相间的宽松高领长毛衣，光着两条腿，布置室内陈设。她说自己在准备过圣诞，我看了一下上传时间，是二〇一五年的十二月。

阮如安的公寓并不如想象中舒适整洁，它普普通通，甚至有些粗糙简陋，意大利常见的橙黄花色地砖，用旧了总看着像是没有清理干净。她在狭窄的客厅角落摆了棵小型圣诞树，录视频的时候边讲话边把从中国超市买来的廉价塑料球和玻璃彩灯挂上去。后来她走到卧室里去，出来的时候已经脱去了毛衣，身上穿一套羽毛遮蔽的情趣内衣，在镜头前故意抖动了两下，一些事物若有若无显现出来，我关掉了页面。

我想很多男人都提不起兴趣，因为她无论怎么卖弄性感，也压不住一丝落寞的憔悴的气色。这让我忽然想起了在佩鲁贾的某一个时刻，我放学回来，看到她在厨房坐着，背对窗户，一动不动。阳光打在她的脊背上，刻印进她黑色的发丛里，她故意回避了正视这束光明，而把自己埋在背阴处。这样的坐姿，之后我也见过几次，有时雨水哗哗拍打十九世纪的石头建筑，我们都觉得冷，宁愿窝在房中，而她却还赤脚坐在那扇窗前，仍是用后背面对冰冷的潮气。她朝某种阴暗的、湿淋淋黏糊糊的东西望去，一种软塌塌的氛围折叠在厨房里，令低矮的空间更显局促。我总有种预感，觉得她离死亡很近，却不知它会以哪条管道进入她的体内。

熟悉的疑问再次拱上心头，但已经失去了寻找答案的热情。尽管我仍然想知道席勒是不是有和她合作，却不再拥有极度的好奇心。这个问题经过长时间的克制，已经是滑落下去的欲望，勉强挑动起来，都懒得再去纠缠。

没过多久，席勒从米兰回来，整个人好了很多。他很迅速地办理了转学，把学籍转到了一所知名私立设计学院，念奢侈品管理专业。

在大教堂前的石凳上我们默默无言地喝了两瓶酒，那之后感到一阵透心凉，身子都有些发僵。酒是我买的，在街角的冰激凌店边的冷柜里取出来，一瓶五欧元。似乎和席勒在一起时，他从未付过账，大大小小，他总会心安理得地接受。

看到他在石凳上熟练地把瓶盖撬开，我知道自己已经对这份友谊感到厌倦，从裂缝到崩塌，不是漫长的旅行。

忽然开始下雨，从我们的脚下升起一种新鲜的湿润，鸽子们缩在文艺复兴的拱廊下，他皱着眉，把空掉的酒瓶直接扔进草丛，站起身。走吧，他说，我晚上还要见一群人。

谁？我弯腰捡起他扔掉的玻璃瓶，又在石凳下找到瓶盖。

我的金主。

金主？

不然我怎么付每学期一万七千欧元的学费。

一万七千欧元，每个学期？听到要花掉这么多钱之后，我有点惊讶。

嗯。

那每年就差不多四万欧元？之前那个不是一年才四千欧元？

嗯。

你父母……

钱反正不是他们出的,我没告诉他们我换学校的事。

那从哪里来?

你不懂。他直接砍断我的问题,走吧。

也许我过于敏感,从席勒的嘴里听到了一丝不屑,也同时意识到或许他是正确的,更何况他交多少钱读书,并不与我相关,我闭上了嘴。

我推测席勒所说的"金主"仍旧是他日常混迹的圈层,不过这次显然不是瑞姐。

瑞姐在席勒面前流产之后,他就再不去那家店里了。从米兰回来后他提起过她仍希望他能够回去上班,但是被他拒绝。他告诉她自己接下来要认真念书了,不会有很多打工的时间,于是她又给他别的提议,他仍然拒绝了。之所以这样,是因为他心里有了一个感到羞愧的疙瘩,他并不计较一个中年女人血肉模糊的下体,反而对自己当天发出的问句后悔不迭。

是我的吗?他站在马桶边说。

不知道。瑞姐眉头锁紧。她把整个运动裤都脱了下来,上衣也捞起,两腿叉开,囤积着脂肪的肚子不断紧缩。她面目狰狞,咬牙切齿,排宿便一样蹲在马桶上使劲。

这药也太强了,我还没准备好就……她憋着气说。

好了。最后她松懈下来,起身低头去看。

他别开了眼睛。

这个片段扎在了席勒的心头,我想不通他为什么如此,也懒得专心探究。妄想挖掘他人的内在,实在不自量力。真正的理解不需要通过挖掘,就是一个直接的知道和懂得。我和席勒越来越不相同,因此无论怎么努力了解,最后都是白费心机。

那天我在教堂外受了寒,回到家里就犯了肠胃炎。当时的女朋友照顾了我一夜，在我发着烧昏昏欲睡的时候，她说，这个人有毒，这种 toxic relationship（毒性关系）你不应该再留恋，不然他会把你的能量带低。

我厌烦地翻身，觉得自己与她的关系也在往有毒的方向发展。她不知何时开始学习灵修和塔罗牌，每一次占卜到的都不是什么好东西。有次她来我家，面色阴沉地说让我远离席勒，因为那阵子有一种巨大的邪恶能量在吞噬席勒的灵魂。看着她越来越疯癫的状况，我提出了分手，她也欣然接受。

你知道你为什么不想和我在一起吗？搬离租屋时她把我喊出来，短短讲了几句，因为我们的频率不一样了。我的频率提高了，而你的还在低频状态，因此你对我始终会有一种……抗拒？对真相的抗拒吧？也不准确……总之我知道你的状况，也了解。我也早就占卜出来你的想法，从去年冬天开始我就知道你在犹豫。但是神谕说这是你的一次灵性课题，你认真思考之后会得到一次跃升，我应该陪你度过这段时间，我是一个工具一样的存在，所以我也在等你的结论。后面要靠你自己了。你要正视自己的内心，不要回避恐惧。

不知所云。

分手让我短暂地轻松了一阵子，而后忽然陷入一种恐慌。我意识到前女友在某种意义上给过我稳定感，现在它化散而去，需要我独自支撑。她搬走之后，我从穿衣镜的侧下方拾到一条发带和一盒塔罗牌。我拆开包装，取出纸牌，试着按照她的方式洗了几遍，最后抽出来一张。一名穿着蓝色上衣、红色紧身裤和黄鞋子的年轻男子双手反绑，被人倒吊在 T 字形的树干上，双腿交织成十字，他虽被吊，却意外地悠闲。我盯着这牌看了一会儿，又上网看了说明，却根本解不出来。我自己都不知道想要知道什么，后来我把它卡在镜面的边角，在群里发了消息。三居室的房子里只剩下我自己，空空荡荡的感受和高昂的房租让我不得不马上寻找新的租客。

楼下成片的地中海荬蒎开了花,起初是细小的黄绿色花蕾,不多久茂密的殷红色覆盖枝顶,和白色的香花融在墨绿色的树冠中。雨晴搬进来时正下冷雨,十二月中旬,她前一个室友突然产生幻觉,在浴室里和"一个人"交流许久,她感到害怕,联系对方家人之后就搬了出来。我放在群里的房源信息与她的要求并不匹配。价格、性别,这些原本无法接受的内容本可以瞬间否决,但她还是来了。

我只想短租两三个月,可以吗?她问。

可以。

石子路坑坑洼洼,街道中央机动车轰鸣,两侧是露台和门面平整的店铺,大多是酒吧和餐馆,令穿行更加不易。风雨剥落了树上的叶子,它们坠落下来,有许多顺着黑色雨水滑到湿漉漉的街道边沿,我将行李箱拉上人行道,休息了一下。从地铁站走过来,通常只要八分钟,但因为行李箱过重,把它从地铁里抬出来时就消耗掉了大量的力气。

是什么?我喘着气问。

书,一整箱书,而且大部分是图册。她说。

我了解地点头,看到她手里拎着的一个塑料袋已经深深勒进指节。

离家不远了。我说。

雨水流进了眼眶,雨水在下水道里哗哗作响。

天气预报说今天只是小雨,哪想到现在几乎是暴雨。

我们终于到了,擦了把眼睛,从口袋里掏出钥匙,才注意到一个笔直的人站在大门的前院里,撑一把伞,一半身子在檐下,一半在伞底。

我给你打了好几个电话,正要走。看到我时他说。

我们进了楼道,门厅里没有灯,有些昏暗。席勒从我们手里接过了皮箱，搭电梯上三楼。这栋建筑有五层，下面的一层住着一个老人，另外一间大多数时间都空着，据说主人是位演奏家，常年在海外巡演。我和雨晴扶梯而上，声音在空荡荡的楼梯间回荡。

他是你朋友？她压低声量问。

嗯。

寒冬时节，罗马的丘陵上覆盖了最后一层褐色树叶，远处的绿地难免露出干枯之色。土地的皮肤也龟裂起来。傍晚总会有额外的灰暗从地平线模糊的边缘渗入进来，让人感到冷。

偏偏刚进屋，雨势就小了一些。席勒已经把箱子都挪进了客厅，看到我们进门，他问，住哪间？

他不是朝我发问的，而是面向雨晴。二十七岁的席勒面对女性已经游刃有余，纪梵希秋季新品羊绒大衣更加彰显了他的自信。

我带雨晴去她的房间，把窗帘拉好，打算留她独自收拾，席勒却也跟了过来，说，我帮你吧。

她没有拒绝，而是弓起身，将箱子放倒，拉开拉链。他们合力把书都搬出来，席勒按照她的吩咐，按照大小次序将它们陈列在靠墙一排空出来的书架上。

好多建筑……你学建筑的？他问，手里拿着本厚重的八开铜版纸印刷品，翻开的插页里是一座教堂的建筑图纸。

嗯，现在在读博士。

啊……那他也在读博。他指了指我，接着又道，你们都厉害，我现在连本科都没读完。

他玩世不恭，带了点戏谑，语气里一点都不妄自菲薄。她和气地笑了。

趁我做饭的工夫，他们把房间大概整理完毕。我听到他们在客厅讲话，内容已经足够亲近。她讲了自己到罗马这几年的生活状态，他跟她说去米兰参加时装节遇到的国内明星。

我打了火锅，热汤滚起来，三个人围坐在小餐桌旁。这样的场景让我恍惚回到了佩鲁贾，也是一样窄小的厨房，餐桌的一面对着墙，我们三个坐成一个躺倒的 L 形。大约有些巧合，雨晴的气质与阮如安竟有几分相似，这从我在地铁站看到她的那一刻起，就清晰感知到了——一种湿冷的苍白。

席勒揭开锅盖，看似不经意地对我说，我搬过来怎么样，不是有个房间还空着吗？我想暂时住一段时间。

你现在不是有地方住吗？我有些惊讶。

我早不在那里了，从米兰回来之后就搬出去了。

那住在哪里？

我女朋友那里。不过她那里住了三个女生，确实不方便。

怎么不找房子？

没钱付押金。

你怎么会没钱？

没钱不是很正常吗？

不是有工作吗？

又不是随时都有。接了活就去干。

你父母……

我早就不跟他们拿钱了，都这么大了还伸手要钱……他说。我感到他在暗讽我。

你每个月付多少？我犹豫了一下，问。

她多少我多少。他指了指雨晴。

你可以吗？我转头去问雨晴，期待她给出一个否定答案。

可以。然而她答应得很痛快，看得出来对席勒已经有了些许好感。

太好了。席勒说，我尽快整理好搬进来，不会很久的，过完年就搬出去。

他说的应该是中国新年，已经十二月了，罗马时刻都在下冷雨，搬家找房都颇为不易。他垂头吃饭，和她聊起了建筑。在美院读书的时候他上过建筑课，每次考试都在十八分以下，但不妨碍他把罗马的教堂说得头头是道。不一会儿，餐桌上的食物下得慢了，雨晴已经脱掉了外套，穿着件浅灰色紧身毛衣，露出好看的胸形。她双颊红润，像是微醺。稠密的对话落地，一小阵沉默后，席勒不经意地问，我认识一个人，好像也在你那所建筑院干过。不知你知不知道她？

不过短短几个小时，他就似乎已经掌握了她所有信息，甚至语带亲昵。

你在建筑院工作过？我转头问雨晴，有些吃惊。

就是大学毕业待了半年，现在算是停薪留职。

什么时候毕业的？

二〇〇八年。

我点了点头，知道席勒想问的是谁了。刚要继续岔开话题，就听到一个名字轻飘飘地从席勒的嘴里晃荡出来。

阮如安，你知道吗？

忽然断了电，房间里一片漆黑，锅子也停息了嗡鸣。我起身，用火枪点了塞在置物架角落的蜡烛，他们的影子投在对面的墙上，凝固且疏离。

怎么回事？雨晴在身后问，她喉咙收缩，声音有些崎岖。

应该是跳闸了。我一面说一面打开电盒，把掉下来的闸门推了上去，眼前一亮，冰箱和电炉同时响起了哔的一声，我听到雨晴在身后继续发问，阮如安……你们怎么会认识她？

以前一起在语言学校上过课，最早来意大利的时候。我抢先回答。

现在还有联系？

早没了。我说，就在山上待了一小阵子。

啊。她了然地点了点头，松弛了一些，说，应该就是她吧，我有照片，你们看看是不是。

她低下头，在手机里找了好半天，才从QQ空间里翻出来一张合影，前排领导坐在椅子上，连成一排，后面站着一排女人，再往后是男人。他们在阶梯上列队。第二排，右边第四个，一个女人留着棕色齐肩发，面部瘦削，没有笑意。

在那里。雨晴多余地指了一指，接下来道，阮如安，荡妇中的荡妇。

七

阮如安不会没有迹象就消失，她始终隐匿于我们的宇宙，在坍缩的过程中将其他东西拉进去。阮如安是恒星也是黑洞。

过去对现在没有任何影响。在建筑院的阮如安也好，在佩鲁贾的阮姐也好，在拍片的软软也好，是无数个阮如安的穿插交叠。妄想搞懂她的一切，无疑自视甚高。我们从别人的口腔里，能够感受到宇宙爆炸的震动。我们是宇宙认识自己的一种方式，宇宙也是我们认识自己的一个途径。只不过，从一根外观纤细的喉管中通向所谓真相，往往过于潦草。一颗恒星爆炸，垂死的红超巨星剧烈活动，我们看到它产生这样那样的发光体，然后坍塌和燃烧，这似乎还不够。

怎么成荡妇了？于是席勒问。

雨晴不发一言，想了好久，才说，可能我用词过激了，不过还有更难听的。但我也不想再说了。

第二天天气放晴，席勒就把一只箱子搬了过来，这之后他陆陆续续和女友小菊一起，送来许多零碎。有几件秀场上的成衣，被他珍宝一样挂在防尘袋里。他房间没有适合挂大衣的柜子，于是腾出来我的半扇衣柜。

之后我找到买家把它们卖掉，就搬出去。他说。

他住进来只一周，圣诞节假期就来了。他再一次动身去了米兰，那里一定有他的狐朋狗友。那座意大利最繁华的都市是席勒的能量充电站，每次他回来，都一改之前的颓丧，整个人风光起来，从内而外。

新年我和雨晴一起去看了烟花，从斗兽场往回走的途中，她扯掉坠在耳朵上的耳环。夹得我耳朵疼，她说，帮我拿一下耳环。我伸开手，她把金色的镂空耳环放在我的手心，整理好头发，拉高衣领，最后又从我手中取走了它们。

戴好耳环，她的手再次放了下来，仍是放在我的掌心。我感受到了她指尖的热度，没有就此打住，而是把它们一起裹进了我的大衣口袋。

农历新年到了，席勒仍然没有回来，也并没有如期给我租金。我发消息去问，他却让一个我不认识的人登门，取走了挂在我衣橱里的那些他寄存的衣物。

又过了一个月，罗马的春天已然登场，席勒杳无音信，雨晴也没有搬走，而是住进了我的房间。她接来了李德才，安置在席勒的房间。

四月份有几天连续下冷雨，却赶上我和导师合作项目，要去博洛尼亚出差。刚刚住下的第一晚，就收到雨晴的消息，说席勒回来了。

我并未多想，只说回去便能见到。接下来事务烦琐，也再未收到雨晴的消息。我并未多想，却在第三天接到了雨晴的电话，她在那边哭诉，说席勒羞辱她。

她语意不明，没有逻辑，只余混乱慌张。会议结束之后我很快跟导师告了假，婉拒了主办方的晚宴，买了返程火车票。晚上回到家中的时候，公寓里静悄悄的，我推开卧室门，看到雨晴正趴在床上刷一个综艺节目，视频里闹哄哄的，但显然她整个人情绪十分低落。

怎么回事？席勒还在吗？我走过去，在她身边坐下。

他好像出去了。她关掉视频，跪坐起来。

到底怎么了？

她忽然支吾，犹豫许久，最后还是鼓足勇气，冲我说，他回来了，我有一瞬间很恍惚，觉得自己可能喜欢他，我跟他说了，他就想要睡我。我拒绝了。就这样。

她很简短地总结了三天来的全部，听上去过于直白荒唐，却也似乎合情合理。

我放下她，走出房间，在厨房倒了杯水，但丝毫没有渴意。我把水倒进盥洗池，双手撑在不锈钢水池边缘，虎口发白。我也许要感受到某种愤怒，但并未如此。我很意外我什么都没有思考，也不觉得痛苦。

你真的爱他吗？我问。

不是，就是短暂的迷恋。

那你现在想怎么样？

其实没有发生什么。如果你介意，我就搬出去。

我考虑一下。

我回到书房，席勒确实不在那里。他的东西不少，凌乱无序地堆着。我找了一个角落坐下，没有开灯，但是周围的光还是映照进来。我忽而想起在佩鲁贾的阮如安的房间，那里不会有这些错综复杂的光线，如果这一刻我坐在那里，应该拥有完整的宁静。

快晚上九点席勒才回到家中，开灯时我吓了他一跳。

我马上搬走。不等我开口，他就这么说。

我点了点头，心里有种不明不白的滞涩。甚至有一刻，很短暂的一刻，我因为觉得我与他友谊走到尽头的理由竟然是雨晴而感到荒唐。

我不知道她是你女朋友。他说。看得出来他本来是不想解释的。

我知道。我说，房租怎么办？

我现在很紧张，到处都需要用钱。

你只要不买这些东西就行。我指着地上的东西说。

这不是我买的。现在我确实也要卖掉它们。之后有能力了我一定把钱汇给你。

我没有吭气，确实也不想再让这样的对话进行下去，于是转而问，你到底有什么事？

是良久的沉默。但我知道只要自己拥有耐心，就一定会得到一个答案。

你一直问我为什么不问我父母要生活费，现在我告诉你，我来的第二年我们家就破产了。我姐姐染上了赌瘾，输了几千万元，资金链断裂。他们叫我回去，我回去有什么用？他们什么都不懂。他们从小就说她怎么怎么优秀，那就这样吧。

我不知道……

我也没打算让你们知道。我自己能搞定。我就是这么想的。但是我确实想简单了，我一边打工一边念书根本就搞不下来。然后有个人就知道了，她帮了我，这几年一直。

阮如安？

嗯。

她给你钱？

嗯。

她让你干什么，拍片吗？脱口而出的一瞬间，我有些后悔。果然，席勒听到这个，整个人都紧绷起来，他朝我走近几步，取走被我压了一角的衣物，似乎咬紧牙关地说，我什么都不想说了，你出去吧，我明天就搬走。

我从房间里退出，在厨房的犄角里看到了杵立的雨晴。她大概也因为听到席勒回来的动静，已经在外面待了一小会儿了。

他收拾东西走，最迟明天下午。

我们还没有把事情讲清楚，至少他得跟我道个歉。她说。接着又问，他和阮如安是什么关系？

没什么关系。我说完，试着把她带回房间。

可是她忽然激愤起来，不依不饶，甚至有些歇斯底里。她冲到席勒的房门口，朝着席勒，说，你到底和她是什么关系？

席勒走了出来，斜靠在墙壁边，他实在太高了，还是那么瘦。他俯身下来，朝雨晴说，我没什么好道歉的。你来我房间玩，说喜欢我。你说她是荡妇中的荡妇，你是什么？婊子中的婊子？

有意识的时候，才感觉到关节的疼痛。席勒的鼻腔出了血，我把拳头挥在了他的脸上。但很快我被他按倒在走廊里，我没有想到他竟然如此有力，不过，在意识混沌中，我想起来在佩鲁贾，他也曾把一个韩国人打到头破血流。

他从来都不是弱不禁风。

你什么都不懂，蠢货！他一拳又一拳，反复重复着。

爬起来，擦血，湿热的毛巾让我全脸肿胀。我把自己关进了房间。

席勒走了，我等待雨晴搬出去，但是她却没有这么做，只是从我的房间重新搬回了以前的房间。

我马上要毕业了，折腾不起。她如是说。有好一阵子，我们总是默默无言。再往后我们慢慢有了一些对话，朋友一样，不再刻意显现自己良好的一面。

我还是讲出了阮如安的事，她好奇地要上网看看，却发现阮如安在另外的世界也消失了。账号被注销，无迹可寻。但是雨晴不肯放弃，辗转好几个平台，最后用几个关键词搜出了一个视频，首页上是一个穿着紧身衣的形象，她想了想，还是没有在我面前打开。

我想席勒那天那么生气，大概跟我说了阮如安有关。很久以后，她才这样告诉我。那时候我们在佩鲁贾，她说来意大利快十年了，也没去那里看看，我就陪她去了一趟。迄今为止，雨晴都没有完整复述过她和席勒之间的纠葛，但我想，每一个人都会有令自己感到羞耻的一刻，也许那三天中的某一刻，就如此地存在于她的生活中。

我在去佩鲁贾的路上听了一个还算完整的阮如安前传，只能说，雨晴口中的阮如安，也只是时空的一个碎片，和雨晴附着在一起的一个碎片。二〇〇八年之前，阮如安是建筑院院长方志刚的情人，再往前，她是建筑院方志刚教授的学生。二〇〇四年阮如安在卡拉OK兼职做"小公主"时接待了方志刚，那之后他们保持了许久的不正当关系。

不知道是不是一种聪明的做法，阮如安并没有把自己绑定在方志刚一个人身上，她行事放荡，在建筑院工作的三年里，睡过不少同事。据传她曾经多次堕胎，堕到才小小年纪一侧输卵管切除。后来她看到雨晴要到意大利来，大概眼红嫉妒，临走时她搞到了一些钱，有誓死不再回来的决绝。后来建筑院天朗气清，再没有涌动的情欲赤裸裸晃上台面。

我爸爸给了她二十万元。雨晴说，比我花得多。我念书的时候就在学校里学了语言，她还得去上培训班。那时候她要申请米兰的大学，我为了避开她，没有报米兰理工大学。现在想想很后悔，为什么是我要躲着她？

我不置可否，阮如安在我面前交织起来。我想起席勒曾经说过，那个女人曾意味深长地对他感慨——我的悲剧在于我总想去爱。

在佩鲁贾故地重游，我将曾经住过的公寓遥遥指给雨晴，却并没有走过去。我带着她进了一家酒吧，上了二楼，我想起来墙上似乎应该有一张画或一个古怪的机器人什么的。但只在落座的墙角看到一幅街景，其中一个面孔像戴面具的妓女在难以区分的男人中占据了街道的中心，她看上去写实又不写实，色彩丰裕，却也冷淡无情。她赤身裸体，抽象的脸庞上布满阴郁，年纪轻轻就已经知道世界的伤感。

毕业之后，雨晴很快被米兰一家建筑设计公司聘用。再过一阵子，我也毕业了，决定在罗马待下来。她想要和我一起创业，我们决定结婚。

事情就是这样，到了三十岁，考虑的事情既复杂又简单。不过，在某一段时间，我频繁地往返于米兰和罗马两地之间。有天我坐在火车上，忽而想到，也许席勒每一次去米兰，都只是去见阮如安。每一次席勒消失的时候，软软就同时消失了。

应该是很深刻的一段互相救赎，爱欲纠缠。

这只是我的猜测。

八

海的远处是灰色的，靠近过来，就泛起粼粼白光。渔船在地平线上滑行，礁石是参差不齐的发际线。这里有一种不言自明的冷寂。

二〇二三年春天，我在日照开会。海水还是刺骨的，已经有情侣在沙滩上拍摄婚纱照。我坐在沙滩边的长椅上抽烟，一个高耸的身影映入眼帘。我看了他很久，觉得他很像席勒。有一刻我觉得我与席勒都进入了另外的空间，是另外的我与另外的他的重逢，是陌生的我与陌生的他的相遇。有一瞬我觉得他似乎有意识地望向我这边，但很快又掉转了视线。他身边的女性个子很高，是另一个空间里我从未遇到过的人。

有个小贩过来卖太阳眼镜。这么荒僻的地方，竟然还有人在做生意。我摆了摆手，他沉默着走了。他穿了件橄榄色夹克衫，出奇的大，被海风一吹，后背鼓起一个大包。

　　我没有和雨晴结婚。时间过去，很多感情稀释。有一天我对罗马充满了厌倦，我就回了国，突如其来地。也许最初的起点不过就是李德才不肯吃新的猫粮，我去超市买了好几种都受到责备。

　　你买的它都不爱吃。她说。

　　我突然想到，我可能永远不会对任何事情了解太多。

原刊《收获》第 2 期

与永莉有关的七个名词

张 楚

屋 顶

郭永莉的自行车老是慢撒气。她想换条轮胎，刘兰英说，换啥换！换条轮胎七块钱，腿子肉才六块五一斤！吃得比母猪多，留着蠢劲做啥用？刘兰英说这话时正忙着往槽子里扤猪食。她养了十六头约克猪。

郭永莉瘦瘦的，饭量却顶两个刘兰英。她嘟着嘴跨上自行车，去村口的赤脚医生家借打气筒。通常气还没打完，郭亮和肖恩慧就一前一后到了。她束手束脚地站旁边，看着郭亮将轮胎打得梆硬。郭亮脑袋大，人家都管他叫郭大脑袋。

郭大脑袋他们仨，都在镇上的中学念书。

郭永莉一直想不明白，为啥要读书，那些不读书的同学，都去县城里打工了，没关系的去了百货大楼，去了小饭馆，有关系的去了轧钢厂，去了药房，去了桃源宾馆。他们回家的时候，骑着鲜艳的电动摩托车，女孩子们涂着口红，男孩子们叼着万宝路香烟。他们疾驰而过，柏油路上扬起的灰尘通常会让郭亮大声咳嗽起来。有啥洋气的，郭亮撇着嘴说，不就是个破电动车吗，又不是奔驰宝马！他嘴上这么说，郭永莉还是能看到他艳羡的目光。一个口是心非的人，郭永莉心里想，郭亮是个口是心非的人。他爸妈有钱，可有钱的爸妈就是不给他买摩托车。他们拒绝的理由很符合他们的身份和秉性：车多辆多的，出了肇事咋整？

不过，无论郭亮说什么，她都是信的。郭亮说，郭永莉长得瘦，可眼睛大，是她们三姊妹里最受看的。郭亮说，郭永莉脑子笨点，可能吃苦，对她能在镇中的英语比赛中获得纪念奖很是钦佩。郭亮说这些话时，通常正跟她并肩骑着自行车行驶在乡间的柏油路上。路两边全是白杨树，芒种后叶子黑亮黑亮的，路上拉铁矿石的大解放车更多了，他的声音要跨过解放车的喇叭声、堵车时司机的咒骂声，还有肖恩慧那只土狗的吠声，才能断断续续传进她的耳朵。她不说话，满脸通红，时不时偷偷瞄一眼跟屁虫般尾随着他们的肖恩慧，小腿将慢撒气的自行车蹬得更快了。

肖恩慧总是带着他那只狗。肖恩慧上课时，它就在校门口撒欢，要么跟野狗们去田野鬼混。肖恩慧一张丝瓜瓢子脸，单眼皮常年抹搭着，看人时白眼仁多黑眼仁少。说实话，郭亮长得比他威武多了，大头粗颈，不过十六七岁，却早早蕴了肚囊。你能快点吗？他不耐烦地扭头朝肖恩慧喊，死螃蟹没沫！肖恩慧也不生气，朝他们俏皮地吹着口哨。口哨响亮，颤抖的尾音似乎将那大卡车的鸣笛声都盖了过去。

镇上的中学离家并不远，可中午和晚上她还是在学校吃。相对于母亲身上浓烈的猪圈味儿，她更喜欢学校食堂里飘着的剩菜馊味。她最稀罕的一道菜是干豆腐片炒辣椒，翻来拣去总能挑出几片油腻的肥肉。郭亮呢，顿顿都买最贵的，猪肉炖粉条、油炸鲤鱼啥的，不住往郭永莉碗里搛，郭永莉却不吃，最后剩碗里。郭亮也不恼，似乎将好吃的给了她就好，她吃不吃倒不打紧。有时郭永莉将肉片再搛到肖恩慧碗里，肖恩慧会小心翼翼地将肉挑出来，犹豫着放到餐桌上，时不时地朝那块肉瞄两眼。绿头蝇很快乌泱乌泱扑过来，滚成一团黑云，肖恩慧嘴角抽搐，舞动着筷子将苍蝇们掸走，喉结涌动几下，快速地扒拉着碗里的米饭咸菜。

　　肖恩慧只有一个奶奶。奶奶是瞎子。郭永莉还没见过这么能干的瞎子，种地、做饭、洗衣晾衣、养鸡，啥都会，只是家里像垃圾场。头次去肖恩慧家，郭永莉难免皱起眉头。她母亲忙得吃饭都蹲猪圈里吃，可家里照例拾掇得溜光水滑，而肖恩慧他们家，灶台上的灰尘积得比冬天的雪还厚，灶具黑腻，沾着菜叶米粒，地板上是尘土、碎纸屑、破鞋烂袜。"你忒懒，"郭永莉对肖恩慧说，"你奶瞎，你又不瞎。"肖恩慧耷拉的单眼皮微微挑了挑。郭永莉再去他家，地板明显干净许多，衣裳也叠摆得四致。肖恩慧奶奶咧着嘴给她和郭亮递茄子吃。郭永莉看到紫茄子上沾了块鸡屎般的黄泥，没敢吃。

　　郭亮家他们倒是常去。他爸妈在县城里卖烤鸭，家里少有人迹。他们仨就在宽阔的客厅里写作业。只有她和肖恩慧写，郭亮忙着给他们做吃食。说实话，郭亮做饭比学习有天分。他炸的鸡柳金灿灿的，上面还撒了咖喱粉和黑胡椒；他煮的素面里会加哈尔滨红肠和沙瓤西红柿，吃起来酸爽微甜；他用木柴烤的老玉米，饱满脆生的焦皮轻烫着口腔，当粒芯被牙齿挤压出来时，焦煳的香气和水嫩的甘甜立马混淆着扑进鼻腔……当然，她和肖恩慧的待遇是不同的，郭亮分给她的鸡柳，总比给肖恩慧的多两块，面汤里的甜肠也多两根。肖恩慧才不介意呢，也许长这么大，他还从来没尝过这么好的吃食呢。他爸原先在煤矿上班，下夜班时被拉矿石的解放车碾死了，他妈拿着补偿金跟卖保险的东北人跑到三亚开饭馆去了。未过半载,他爷查出是肺癌晚期,在炕头熬了不过几天,睁眼死了。从小学四年级开始,他跟奶奶过。瞎眼奶奶哪里都好,只不过炒菜时,会弄混糖罐和盐罐,酱油瓶和醋瓶。

有年夏天,好像快出伏了,晚上,郭亮给他们炖了锅莲藕糖醋排骨。郭亮嫌热,说,我们去屋顶吃吧。郭永莉说,你个神经病,不怕被邻居笑话吗?郭亮说,我在自个儿家屋顶上吃饭,关他们屁事!郭永莉去瞅肖恩慧,肖恩慧没吭声,径自去搬梯子。他们仨一个往屋顶端排骨,一个往屋顶拿碗筷,还有一个往屋顶拎啤酒。

屋顶也热,坐在上面犹如坐在炭火才熄灭的炉上。不过有风,虽是晚夏的热风,多少掺了些夜晚的凉意。郭永莉声明她不喝酒,郭亮还是嘻嘻着给她倒了一碗。排骨里的糖放多了,齁甜,郭亮为他的手艺失常先干了碗啤酒。肖恩慧的白眼仁瞥着长满豌豆的院子,也喝了碗,喝完后就打嗝,他说,这是他第一次喝啤酒,咋是泔水味。郭亮说,原来你还老喝泔水啊?肖恩慧佯装去打他,郭亮嘿嘿着又给他倒酒,说,喝吧,喝吧,不醉不归。郭永莉不敢大口喝,只小口小口抿。她坐在郭亮跟肖恩慧中间,老怕屋檐下路过的街坊邻居瞅到。天色越来越黑,听不到蝉鸣,倒能听到蟋蟀的叫声,夏天很快就要过去了。喝着喝着,郭亮跟肖恩慧直挺挺躺下了,不久鼾声浮起。郭永莉俯视着被夜色覆盖的村庄,既觉得舒心,又觉得有点难过。可为啥难过呢?她想不明白。后来她也迷迷糊糊睡去了。等骤然醒来,发觉郭亮的手搂着她的腰,她皱着眉头甩掉,另一条胳膊又围圈过来。她干脆起身盘腿坐好。肖恩慧也醒了,坐在空酒瓶旁端看着他们。

他的脸庞只是团黑乎乎的细长影子。她便问,喝多了?肖恩慧说,没。她又悄声问,你……想啥呢……肖恩慧沉默了片刻说,真羡慕你们。她本来想问他羡慕啥,可想想他的瞎眼奶奶,就没吱声,后来她起身走过去，站他身旁摸了摸他的头发。她能感到他的身子颤了两颤。他们谁都没再说话，她重新坐到郭亮身边，从锅里拣出块排骨慢慢地啃。排骨凉了，腻口，她就嘬了点啤酒。不久，便听到刘兰英扯着嗓门儿喊她的名字，似乎恨不得全庄的人都能听到。她不敢应声。肖恩慧替她扶着梯子，她一步一步往下爬。肖恩慧的脑袋像夜空中滑过的萤火虫一样离她越来越远，四野阒然，连犬吠声和蟋蟀声都没有，整个世界也在静默中透亮起来。她想，能跟他们在屋顶上坐一辈子，也挺好的。当她跳下最后一根槽木时，不禁朝屋顶望了望，不料脚没站稳，崴了下。她龇牙咧嘴地揉了揉，刘兰英呼喊的声音犹如浪潮涌来。她仰着脖子看屋顶，肖恩慧正机械地朝她摆手，还笑了笑。他刷牙不用牙膏，都是用精盐，可能刷得过于用力，牙被盐渍出了颗粒状的凹槽。他笑起来特别像一只修长而害羞的绿扁蚂蚱。

　　刘兰英拎个手电筒，母女俩一前一后往家走。刘兰英边走边发出轻微的呼噜声，仿佛走着走着睡着了。她的呼噜声跟那些心宽膘肥的母猪越来越像。她很少管教郭永莉，她跟邻居说，这是最让她省心的一个闺女，看上去傻乎乎的，可又没傻到会被人拐走的份上，心又宽，万事都不入眼。也许她的话没错。郭永莉还有两个姐姐，她行三，熟络的人都喊她郭三。大姐辍了学，跟刘兰英养猪。她跟郭永莉长得像，只是左眼有点斜视，相看了几个对象，男方都有些嫌弃，这心气就一天比一天低。二姐呢，高中才毕业，去县服装厂上了班，不过个把月，就找了男朋友，还喜滋滋带到家里来，把刘兰英气得一宿没睡。郭永莉她爸有个战友，在山海关卖水果，战友有个儿子，在京唐港当海员，两家从小就定了娃娃亲，单等到了合适年岁，战友变亲家。二姐呢，属辣椒的，呛人是常事，七八天没回家了。要不是家里的那头母猪快生崽了，刘兰英早攥着擀面杖去厂里抽她了。

水 塔

　　学校里有座水塔，红色，砖砌，不高，顺着铁质扶手能爬上去。有鸟在塔上鸣叫，不是麻雀，不是喜鹊，也不是斑鸠。每回打热水从塔下路过，郭永莉都忍不住驻足仰望。她想，叫得那么好听，肯定是夜莺吧？她没见过夜莺，也不知道夜莺是否会在白天鸣唱。有天晚上，郭亮爬了上去，将腿从塔沿耷拉下来，讨好似的朝郭永莉招手。郭永莉将暖水瓶放下，贼眉鼠眼地环顾四周，校园里静悄悄的，快打熄灯铃了，孩子们正在洗漱，她就弓着腰爬上去。失望是难免的，上面蔓生着杂草，草里有只死斑鸠，肉腐烂了，只几根灰羽支棱着。她捂着鼻子将斑鸠扔到塔下，还没来得及擦手，郭亮就将她扑翻。她挣扎了两下。

　　这年他们上高一，都考的县第二中学。开学前，郭亮父母先是派了村里的媒婆到郭永莉家说媒，后来又亲自登门拜访。郭永莉家向来是刘兰英当家。父亲有哮喘病，整日在村委会屋檐前跟老头儿们晒太阳，家里的大事小情从不过问，早习惯了做甩手掌柜。刘兰英想了想说，这俩孩子，倒是般配，天天腻歪一块，只是年岁太小，要不，再等等？媒婆说，大嫂子啊，等啥呀，郭家两口子在县城卖烤鸭，光楼房就有两套，就这么根独苗，多少人家盯着呢！狼多肉少，可别等着快到手的鸭子再飞走。刘兰英当时正在拌猪食，她将一大袋添加剂倒进热气腾腾的桶里，又吭哧吭哧搅拌半响，这才直起腰盯着媒婆说，行，过年了，给你送条猪背腿。郭亮的父母是开着夏利车来的，后备箱里装了八只烤鸭，还有台爱多VCD。刘兰英让二闺女骑着自行车，将烤鸭送给了娘家人。她有五个兄长、三个弟弟。她当时暗自庆幸，亏得爹妈没再给她多生养几个兄弟。

　　郭永莉呢，也没多说啥。这个连一千五百米都跑不下来的胖子，如今是连喝粥也要鼻尖沁汗。可他对她是真好。两人不在一个班，没下早自习，郭亮就偷偷摸摸去打饭。郭永莉的碗里总有个剥了皮的鸡蛋，中午更不消说，肉菜、青菜荤素搭配，营养均衡。晚自习后，他拽了郭永莉偷偷爬上水塔，从兜里掏出橘子，剥好，一瓣瓣喂她嘴里。郭永莉扭捏着掸掉他的手。他说，有啥害臊的，媳妇？郭永莉说，滚，谁是你媳妇？郭亮嘻嘻笑着来摸她。他的手没干过农活，软而肥，比郭永莉的手还要柔滑，不过倒是常帮他爸杀鸭烤鸭，能闻到股松果的香味。有时两人搂抱着昏昏睡去，等秋风顺着尾椎骨爬蹿，郭永莉才打个寒战，揉揉眼愣愣地盯着郭亮。她真的要嫁给他？真的要跟他在土炕上睡一辈子？他这么胖，老了会不会得脑溢血或心衰？他真的稀罕自己？听着熄灯的铃声，看着一盏盏的灯次第灭掉，她心里空荡荡的。此时，肖恩慧的脸就在静谧的黑暗中浮升起来。

  肖恩慧跟郭永莉一个班，前后桌，两人很少说话，仿佛他们以前根本不认识。碰到了不懂的题目，郭永莉就扭头问他，他也讲，却从不正眼瞅她，自说自话。郭永莉难免有些生闷气，他讲完了，她就狠狠瞪他两眼。他斜着眼，装作没看见。也许他真的没看见吧。他的白眼仁那么多，瞳孔又小，没准还散光。他也没再跟郭永莉他们一起吃饭，有时郭亮也叫他，声音懒懒的，肖恩慧就摇摇头，自己端着饭盆大踏步走了。他很瘦，走起路来轻飘飘的。有一次郭永莉问他，你的黄狗呢？肖恩慧摸了摸鼻子，说，生了窝小狗。郭永莉呀了声，说，我最稀罕小猫小狗了。她期待着他说，你要稀罕，我送你。可他半晌没吱声，她有些赌气似的说，那，你送我一只呗？他仍不吭声，顾自埋头做数学题。郭永莉觉得肖恩慧越来越小气了，很长一段时间都没有搭理他。跩啥呢？她瞥他两眼，看到他头顶上生了白头发。活该，她恨恨地想。

  还是郭亮对她好，才入冬就买了小护士护手霜，说怕她的手皲了，还买了顶粉色针织帽，帽顶缀着苹果大的绒球。他说，等下了雪，就让她戴着这顶帽子打雪仗。他还给她买了爱立信手机。她说，我们家连电话都没有，我要这玩意儿干啥？郭亮说，等着我打给你啊。郭永莉把手机给了刘兰英。经常有外镇的猪贩子找她，电话都是打到邻居家。这下好了，无论她是在猪圈里还是在集市上买饲料，猪经纪们都能听到她浓重的鼻音了。

天冷了，他们去塔上的次数也少了。放寒假的前一天晚上，很多同学都回家了，校园里黑乎乎的。郭亮偏拉着她爬水塔。郭永莉说，你有毛病啊！冷飕飕的，灌西北风啊？郭亮嘿嘿地笑着，犹如一头北极熊缓缓爬上去，从怀里掏出只烧鸡，撕巴撕巴，先吃了个鸡腿，又掏出瓶北大仓白酒，吱喳着喝了口。郭永莉抓着冰凉的扶梯扶手往上爬，爬到半腰处，便听到有人喊，喂！干啥呢？声音粗重，一听便是保卫处的老王。老王可能也不太老，只是满脸络腮胡，脸上是那种因常年酗酒浸成的酒斑。同学们都怕他，尤其是女同学。他最喜欢跟女同学聊天。

郭永莉忙朝水塔上望，郭亮却不见了踪影，又朝梯子下瞄了两眼，凛冽的西风携带着酒气。她嗫嚅着说，我在锻炼身体。老王喝道，小小年纪就撒谎！给我爬下来！郭永莉就乖乖下来，搓了搓手转身想走。老王说，你哪个镇的？放假了也不回家！等野汉子是吧！郭永莉吃惊地瞪着他，实在是没料到他会说出这么恶心的话。老王又说，你是不是冷啊？郭永莉嗯了声。老王欺身过来，说，冷的话，叔给你暖暖手。一对熊掌箍住了她的手。郭永莉挣扎了两下，老王就将她搂进怀里，胳膊夹着她的脖子将她往水塔后边拖。水塔后面没有路灯，黑漆漆的，郭永莉扯着嗓子喊，郭亮！郭亮！郭亮也没动静，老王的手又钳住她腰身，嘴巴先凑了过来，郭永莉这才彻底醒过来，大声喊，郭亮！郭亮！救我！一双散发着柴油味道的大手瞬息堵住了她的嘴巴。她浑身颤抖，猛地挣了几挣，却发现老王那厢似乎松软下去，她喘息着小跑到一杆路灯下,看到有团影子正跟老王滚翻到一起,擦了擦眼,迷迷糊糊的,只晃到那团瘦削的身子,一会儿在上面,一会儿被老王压在身下。老王大声咒骂着,朝着影子就是几记老拳。正在发怔,手却被攥住,她哆嗦着扭头,却是郭亮,不禁骂道,死胖子!你跑哪里去了?跑哪里去了?!郭亮左手拎着烧鸡,右手拽着她,手指放在唇边嘘了声,又朝老王那边瞅了眼,说,快跑!快跑!

他们那晚住在了学校附近的宾馆。宾馆没有暖气,只有台漏风的空调呼噜呼噜着躁响。郭永莉蜷在床上,风寒病患者般筛抖。郭亮帮她脱了鞋袜,又去褪她的衣服。她噘着嘴掸掉他的手。郭亮说,他方才吃鸡腿,噎住了,灌了口酒,又呛着了,跪在塔顶抠喉咙,想将鸡腿吐出来,听到她呼喊,却没听清她喊的是啥,寻思她冷,不来塔上了,等那只鸡腿总算吐到草丛里,才看到她在路灯下哆嗦,那边呢,却是穿着保安服的老王在跟人打架,怕沾包,这才拉她跑出来……郭永莉不想听他说话,她觉得他说的全是假话,她疯了似的喊救命,难道他都没听到?那个跟老王干仗的人,看身形倒有些像肖恩慧。肖恩慧……不会有事吧?想着想着,郭永莉困顿了,似乎睡着了,又似乎清醒着,老感觉身上压了座山,动也动不得,睁了眼,却是郭亮趴她身上乱动,动了没几下,就安生了。他躺在她身旁喘着粗气,她战战兢兢地摸了摸下身,还好,套着秋裤,只不过,秋裤湿漉漉的。

翌日午时,两人才懒洋洋地爬起来,郭永莉也没有搭理郭亮。郭亮买了豆包和奶茶,她一口没吃,一口没喝,两人偷偷去学校拿行李,却发现学校门口贴着张白榜,上面写着:高一(二)班的肖恩慧同学,违反学校纪律谈恋爱,被保安处工作人员发现,恼羞成怒,殴打保安,性质恶劣,开除学籍。

郭永莉身子晃了几晃,郭亮扶住她,手也在抖。郭永莉说,学校真混账!信口雌黄,明明是肖恩慧救了我……郭亮忙捂住她嘴巴。

她的嘴巴很大，嘴唇很厚，郭亮的手显得那么稚嫩娇小。郭永莉扯开他的手说，我去找校长！我要告老王非礼我！郭亮贴着她耳朵说，乖乖，你别没事找事，你差点被他强奸，这要是被村里人知道了，我们家这张脸往哪里搁？！郭永莉木木地望着他。他的脸又白又胖，没有一丝血色。

寒假那些日子，郭永莉老想去肖恩慧家看看。有几次走到他家门口，却只躲在麦秸垛后面。别人家全是红砖垒砌的院墙，只他家是高粱秆和玉米秸搭就，稀稀拉拉，站在狭长的院子里，也能望到外面的行人。郭永莉听到肖恩慧奶奶的咳嗽声、说话声、洗衣裳的声音、吆喝狗的声音，却唯独听不到肖恩慧的动静。有次郭永莉听到了老人哭泣的声音。老人们哭起来，是没有大声息的，气流从喉咙里艰难地淌出来，仿佛被人扼住了脖子，咿咿嘤嘤，呜呜嗯嗯……她听到老太太呜咽着喊，这可咋好呢？这可咋好呢？郭永莉转身小跑着回了家，边帮着刘兰英淘泔水，边盘算着，要不，到学校把事说清楚？肖恩慧成绩那么好，肯定能考出去的，不过，眼下放了假，学校里除了值班的老师，也不会有啥校领导，不如等开学再说吧。

大年初一那天，要挨家挨户拜年。到了肖恩慧家，只他奶奶坐炕沿上。她说，恩慧一早就出去了，估计是上祖坟放炮仗去了。等回了家，刘兰英说，肖恩慧来过了，这个可怜的崽子，说是开春就出去做工了，他念书不挺好吗？郭永莉没敢接话茬。大年初六，从郭亮家吃饭回来，路过小卖店时，忽听到有人喊她，不是肖恩慧是谁呢？她心里突突的，站住，想转身，这身子却锈住，或许过年这些天，肉吃得太多了些。后来她又听到肖恩慧弱弱地喊了声她的名字，她猛地转过身，却发觉身后空无一人。难道是自己惊乍了？她四处瞅了瞅，只看到灰色雪花一朵朵落下，落到睫毛上，落到黑魆魆的槐树枝干上，落到冒着烟的烟囱上，落到她手里的那只烤鸭上。

过年最糟心，平日里不怎么往来的亲戚也要走访一遍，嘴里说着吉祥喜庆的话。别人家都是男孩拎着白酒跟点心去拜年，他们家呢，仨丫头，大姐呢，是属夜来香的，白天见不了人，二姐呢，属刺猬的，逮谁扎谁，这拜年的活就落在郭永莉头上了。等拜完年，郭亮母亲又邀她去家里小住了几日。这些年的风俗就是如此，只要定了亲，女方就搬到男方家，住上几年，够了结婚年龄再办仪式。她和郭亮还在读书，平时也难得去，便在刘兰英撺掇下索性住了三晚。第一晚还跟郭亮母亲睡，第二晚郭亮就不干了，搬过来陪她。陪也不好好陪，老鼓捣那些让她脸红的事，不过，刘兰英叮嘱过，要矜贵些，不该给的，死活不要给，免得被男人轻贱，越是守得牢把得紧，男人家越是敬你重你。郭永莉向来听刘兰英的话，把郭亮气得险些动粗。郭永莉就有些委屈，又不能哭，就对着墙生闷气。

很久，郭亮说，你知道不，肖恩慧走了。郭永莉没搭茬。郭亮又说，他表舅在丽江开宾馆，他去帮忙了。郭永莉半晌才闷闷地问了句，丽江在哪儿，远不？郭亮说，在云南，听说有六千里地呢。飞机也要飞半天。那晚郭亮喝了酒，也没闹，老实得很。丽江，六千里。她嘴里轻声念叨着，用食指在墙上默默写着"丽江"两个字。她听说过九寨沟，听说过神农架，还听说过桂林，可没听说过丽江。六千里，有多远呢？她眼前浮现出肖恩慧那张丝瓜脸，那双老是抹搭着的眼睛，又想到那只又老又馋的黄狗。

肖恩慧说老狗生了崽。他真抠儿，一只都舍不得给她。

岗　上

郭亮辍学跟他爸去烤鸭子了。他时常骑着他爸的摩托车来学校。同学们都知道她有个男朋友，卖烤鸭的，便有那嘴馋的，时不时托郭永莉买几只,好歹一只能便宜三五块。郭亮就跑得格外勤。郭永莉呢,书读得好不到哪里,也孬不到哪里。老师说,照这成绩,日后读理科的话,上个卫校或专科啥的不成问题。她也没往心里去。她从小到大,都是个没主意的人,人家说啥,就是啥,说不是啥,就啥也不是。高二暑假时,她又在郭亮家里住了些时日。这年闹猪瘟,刘兰英养猪赔了个底掉,郭家知晓了,送来了两万块钱,说是先把饥荒还了。刘兰英就跟郭永莉说,你们定亲也两年了,上你婆婆家住些天吧。

郭家在县城买了两处楼房,有处早已装修好了,看来是等着结婚用的。头个晚上,铺的红被罩、红床单,连枕套都是艳红色,绣着对小鸳鸯。郭亮有些手忙脚乱,可该做的也都做了。郭永莉倒有些心不在焉,似乎什么都不懂,又什么都懂,也没啥可在乎的,可又觉得女孩最在乎的,瞬息就没了,终归觉得委屈,可话又说回来,委屈个啥呢,村里的女孩都这样,早早找了婆家,吃喝拉撒睡,炕上一条被。她觉得她跟那些女孩不一样,哪里不一样?委实想不明白。该来月事那几天,干干净净的,她也没在意,又过了俩月,还是如此,她难免有些狐疑,可正赶上高三月考,日日学得蓬头垢面,这狐疑便姑且被放一旁。等肚子渐渐鼓囊起来,先就被刘兰英察觉,忙带她到镇医院检查。医生说快四个月了。已经立秋,郭永莉骑着自行车,跟刘兰英往家里赶。她懵懂着想,咋整呢,明年春天分娩,夏天就高考,要奶着孩子去考场吗?半路上刘兰英钻到玉米地里小解,钻出来时边系裤腰带边说,丫头,打掉吧,可要跟郭家说声,毕竟是他们家的种。郭永莉咬着牙想,日后再不跟郭亮搞事情了,敢情他舒坦了,却耽搁了自己考试,让他戴避孕套,偏不听。就说,妈,我也觉得孩子不能要,我才多大,孩子生下来谁养活?刘兰英说,三儿,郭家对咱不薄,于情于理,还是跟郭家念诵声,听话,啊。

当晚郭家将郭亮跟他父母请过来。他们一家听说郭永莉怀了身孕,瞳孔立时变成了灯泡,险些射出光来。还没等刘兰英往下说话,郭亮扑通一声跪在地上,求郭永莉将孩子生下来。郭永莉整个晚上都没说话,大人们却聒噪个不停。郭亮他妈说,翌日起就要保胎了,正是婴儿长脑子的关键时刻,明天就去买些新疆大枣核桃,排骨人参汤是要日日喝的,鸭子呢,先不要吃了,性寒凉。等闺女生了,请专职保姆伺候,断不能委屈辛苦了她。等孩子大些,就给他们操持婚礼,用不着郭永莉家陪嫁,房子、家电、宝马车,通通他们出,还要给郭永莉二十万元的彩礼钱。说着说着嘴就咧成朵蜀葵。

　　全家人只二姐不同意,她说,我妹又不是生育机器,这么小当妈,一把屎一把尿地拉扯孩子,啥时是个头?你们要真心疼她,赶紧带她去妇幼医院堕胎……话音未落,刘兰英的巴掌就扇了过去,叱呵道,先将你的糟心事料理好!哪里有闲心说三道四!二姐瞥了眼郭永莉,摔门拂袖离开。前些日子,她跟那个染头发的男孩分了手,找了个有家室的出租车司机。

　　书是暂且念不了了,只得跟学校办了休学。郭亮隔三岔五往她家跑,钱是舍得的,毕竟一只烤鸭能赚九块钱呢,他大包小包地送,鱼虾牛羊地拎,郭家人哪里敢嫌弃?见了郭永莉,他总是先趴在她小腹上细细地听,还轻声哼着小调,唱给那看不见的孩子听。总之,郭亮很有副做父亲的派头。郭永莉看着他耳朵后面的汗珠,听着他由于蹲蹴而稍显急促的呼吸声,埋怨也就稀淡了,一种园丁培育胎芽的喜悦感暗自涌动着,从心房拱出来。我就要当妈了,这么想着,很快,一股巨大的、沉默的恐惧感攫住了她的心房,让她坐卧不安,听着母猪的哼哼声也心烦,甚至看着清晨猪圈顶上绽放的倭瓜花,也有种欲哭的念头。

　　挺着肚子的郭永莉时常到村西的高岗上散步。小时候,高岗是片荒地,她老跟肖恩慧、郭亮来岗上挖田鼠,岗上还有片密林,他们用粘网粘斑鸠和麻雀。如今高岗上种满红薯，眼瞅着也要刨了。她躺在茂密的红薯秧子上，看着瓦蓝的天空。不时有飞机如儿童玩具般飞过，拉出又细又长的白线，线一截一截断掉，他们常常朝着飞机拉线的方向跑，跑着跑着，飞机就消失在肉眼瞅不到的天尽头，变成一个白点，融入云层。她揪了片红薯叶子，默默嚼着，怎么就念起了肖恩慧。不晓得他在那个叫丽江的地方活得咋样。还那么瘦吗？吃住得惯吗？他表舅待他如何？又想到他的瞎眼奶奶，唯有叹息。

等孩子生下来，正是春暖花开的时节。郭家大宴宾客三日，村里人家俱来贺喜。是个男孩，又白嫩又肥胖，特别爱笑。出了月子，阳光好时，她抱着孩子去高岗上晒太阳。郭亮仍跟他父母在县城烤鸭子、卖鸭子。郭家没请保姆，她也没去郭家住。婴儿是种多么奇妙的物种啊，话不会说，歌不会唱，饭不会吃，除了拉屎、尿尿、睡觉，啥都不会，可他们有着神奇的本领，让生养他们的人，甚至是不相干的人，都愿意为他们的睡眠、吃食和排泄焦虑、奔走、失眠。他们哭哭啼啼，他们咿咿呀呀，他们白白胖胖，他们快活如佛。反正郭永莉闹不懂婴儿是咋回事，想到自己也曾经是个婴儿，难免讶异。

高考最后一天，她偷偷抱着孩子坐着公交车去了县城。考场被警察围圈起来，画了黄线。她抱着孩子在附近转悠，转累了，跑到商场给儿子买玩具。临近晌午，又踅摸着去考场，正赶上散场，学生们乌乌泱泱拥出来，看得她有些眼晕。有个女孩径直朝她走过来，到近处才看清，是曾经的同桌。同桌长了口龅牙，人都叫她龇牙龅。见到郭永莉她无疑很开心，见了孩子却是一脸茫然，忙问是谁家的？当初郭永莉只是谎称生病，办了休学手续，没人晓得她是去生孩子。郭永莉支支吾吾地说，这是她弟弟，来县城打疫苗。龇牙龅摸着婴儿的脸颊说，哎，可惜你生了病，不然今年肯定高中，题简单着呢。郭永莉蔫头蔫脑地问她，打算报哪里的大学？龇牙龅说，她想去沧州念书，都十八岁了,还没出过市呢。郭永莉有些黯然,她不仅没出过市,连邻近的县城都没去过。龅牙龆摸了摸婴儿的大耳朵,说,看样子你的病也好多了,秋后赶紧返校吧,以前大家老念叨你。哎,你跟肖恩慧,可惜了呢。

郭永莉听到肖恩慧的名字,脑子嗡了下。龅牙龆又说,哎,你运气比肖恩慧好多了,听说他在丽江当导游,出了车祸,还在昏迷当中呢,也不知道啥时能醒过来。郭永莉闻听此言大惊,忙问,你咋知道?我们一个村的,都没人提起。龅牙龆说,肖恩慧的表舅,是我们家隔壁的连襟,打电话时提起,说有个远方外甥,姓肖,没爹没妈,高中没毕业,奔他去了,在宾馆当服务员,有时也带游客,不承想出了车祸,把他愁死了。你说,不是肖恩慧是谁?郭永莉说,你别瞎说了!要是出了车祸,他奶能不知道?!龅牙龆说,你傻呀,谁忍心把这话传给一个又老又瞎的人?不说,留个念想,真要说了,老太太还能活?

看着眉头紧皱的郭永莉,龅牙龆笑了笑,又说了几句客套话,走了。郭永莉乘公共汽车回了家,也没心思喂娃了,刘兰英唤她帮忙去大队交电费,她也不应,只在厢房里枯坐了半晌。思来想去,肖恩慧八成无恙,那么可怜的人,菩萨会怜惜的……她干脆抱了孩子佯装在村里转悠,转着转着便到了肖恩慧家。老太太正坐院子里择豆子,眉眼和善,不像是家里出了灾祸的模样。她心里踏实了些,正要走,忽听老太太问,是三儿吗?郭永莉屏住呼吸,不敢应声。老太太说,进来吧。郭永莉抱着孩子进了庭院,坐马扎上看她剥豆子。老太太说,你好久没来了呢。听说你结了婚,又生了个大胖儿子?多好的命啊。郭永莉嗯了声,老太太站起来进屋,出来后手里捏着封信,递给她,说,这是恩慧走前留给你的,一直晃不到你面,在我手里都快攥熟了。

郭永莉接过信,招呼也没打,抱着孩子跟跟跄跄出了庭院,寻了块干净石头坐下,将信拆开,里面只有张白纸,白纸中央有行字:三儿,等你考上了大学,来丽江玩。

这么简单的几个字,却让郭永莉打了个寒噤。她又从头到尾看了几遍,这才将信撕成碎片,随手扔了。

到了八月,郭亮回村里时,郭永莉跟他念叨,她想接着去读高三。郭亮的眉毛惊得险些掉下来,问道,你说啥?郭永莉说,你耳朵聋吗?孩子也生下来了,我想接着念书。郭亮哈哈大笑起来,说,你去念书,儿子咋整?这还没断奶呢。郭永莉说,你妈当初不是说,要请保姆的吗?郭亮问,你要考上大学咋整?郭永莉想了想,说,考上就读。郭亮问,然后呢?郭永莉说,毕业了就跟你结婚。郭亮说,你说的可是真话?郭永莉说,我跟你连孩子都有了,为啥说假话?郭亮说,我先跟我爸妈商量下。郭永莉说,不管他们同意还是不同意,我都铁了心要去读。郭亮冷冷地瞥了她两眼,又哼两声,将儿子抱了过去。

不承想郭家对她去念书的事倒是欣然应允,反倒是刘兰英颇为震怒。她骂道,不知好歹的玩意儿!念书有屁用,毕业了不也是到企业打工,就是考上了,也没钱给你交学费!

郭永莉只是埋头整理行李,将书一包包用麻绳捆好。

丽 江

她比谁都能吃苦。班里的同学她也不认识谁,同学们对这位插班生也不感兴趣,她只管歪歪摸摸读书。婆婆还真找了个保姆,保姆没有奶水,每天早中晚,她都要跑到楼房给孩子喂奶。奶水本也不多,郭亮就托人从香港买奶粉。闻听奶粉的价格,她委实吓了一跳。跳也白跳,她也没钱,只是听说店里烤鸭的价格涨了两块。

她体验到了一种从未有过的……快乐。学校晚上十点半准时熄灯,她睡不着,点了蜡烛在教室做题,被巡查的发现,将她训了一顿,后来,她干脆猫被窝里打着手电筒背英语单词。期中考试,她考了班级第十九名。到了期末,她考了全年级第十一名。她浑身总有使不完的劲,日日跑三趟郭家,将肿胀的奶头塞进嗷嗷哭闹的孩子嘴里。不过她很少留宿,她骗郭亮说,宿管每日都查寝,要是被发现夜不归宿,是要挨处分的。郭亮斜着眼瞥她,问,老王还在当保安吗?你提防些。郭永莉说,他天天喝酒,早被教务处开除了。郭亮说,哎,不知道肖恩慧咋样了,真是对不住他。

她也没言语。

有天傍晚,她老是心神不定,似乎听到婴孩的哭声,她悄悄地走出教室,在昏黑的走廊里,她看到郭亮抱着孩子木桩般站在那里。孩子在哭,不过声音很小,像是猫崽的哼唧声。她才猛然想起,课外活动加塞数学周测,忘了回去给孩子喂奶。郭亮明显有些恼,绷着脸,将孩子塞给她。她慌里慌张地看了看四周,这才扒开衣襟给孩子吃奶。郭亮说,别念了,咱回去吧,念书有个屁用,公务员也没有我卖烤鸭赚得多。郭永莉不说话,警惕地瞄了瞄走廊尽头,那厢传来高跟鞋的声音,肯定是老师们来讲题了。郭亮说,你是聋子吗,没听到我说话吗?!郭永莉忙堵住他的嘴巴,将散发着鸭油味的牢骚按下去。郭亮一把抢过孩子,说,不想过就别过了!我找啥样的女人找不到!郭永莉战战兢兢地抻了抻他衣角,郭亮掸掉她的手,抱着孩子走了。他越来越胖,又有些猫腰,不过十八九的年岁,从背影看竟像是位老人。孩子没吃饱,哇啦哇啦地号哭着,哭得她心烦意乱,她又怕被别人瞧见,小跑着进了教室,坐在座位上,一个字都看不进去。她感觉自己正走在一条幽深狭长的隧道里,隧道里只有微弱的光,她蹑手蹑脚地往前走,却不晓得要走到哪里,何时才会走到尽头。

开春时,模拟考试一轮接一轮,她的成绩也像涑河的春水一天天地涨。一模的时候,她竟考了全年级第五,按这个成绩,是能上211

大学的。老师们对这个木讷寡言的学生充满了好奇，长得矮矮瘦瘦，脑瓜竟还灵光。他们这所高中，本来就是所普通中学，升学率不高，对成绩好点的学生，要格外照顾，前二十名的，各科教师都要开小灶。小灶是开了，这一日三次喂奶的时间，便又被缩减了。为了节省时间，她央求郭亮给她买辆电动车。郭亮说，你自己的事，你自己解决吧，我没那闲钱。她也就作罢，毕竟这世上，除了割肉疼，就是掏钱疼。反正春天到了，阳光酥痒得很，空气里满是黄刺玫的香气，她的腿脚伶俐许多。

有天晚上，郭亮来找她，说孩子发烧了，让她回去照看一晚。她就偷偷回了家。孩子的烧已经退了，不过小脸仍是通红，时不时手脚抽搐。她将孩子紧紧抱在怀里，想，当初自己多傻，稀里糊涂把他生出来，又不能好好照看他，鼻子一酸，眼泪就落在了孩子脸上。她向来是个别人说啥是啥的人，天生不知道"主意"两个字咋写，耳朵软，每走一步，似乎都是听别人吆喝，仿佛一头蒙着眼罩的驴子。当初要是铁了心堕胎，哪里有如今的委屈？郭亮面子活做得好，日后若真要结了婚，还不见得是如何的模样，这才几天啊，还天天甩脸子。她又念起前些年，一起骑着自行车上学的日子，竟恍若旧梦。我说啥也要读大学，她用酒精棉球擦拭着孩子的耳朵，想，大不了，我抱着儿子去读。

这天气一天比一天热，教室里别说空调，连吊扇都没有。她的大腿和胸腹生了一层层痱子，痒得很，抹了痱子粉，还是一层一层地胡生。那天她正在做化学高考真题，忽就身旁矗了个人，挑眼去看，却是郭亮。郭亮手里拿个空尿素袋子，先是甩地板上，随即将她书桌上的卷子课本抱起，一股脑儿往里塞。郭永莉怔怔地看他，脑子里却还在想着化学公式，不知道他这是耍啥么蛾子。郭亮又将她手中的试卷抢过来，揉巴揉巴扔了。她这才反应过来，颤声问道，你想干啥？你这是在干啥？郭亮大声道，走，回家！他的声音很响亮，也很板正，仿佛播音员在字正腔圆地播音。回去！不念了！郭亮扯着嗓子喊，别他妈给脸不要！边喊边继续往尿素袋子里塞书。

教室里的同学都放下手中的笔，好奇地抻着脖颈朝这厢张望。郭永莉的脸颊涨成猪肝色，蹲伏下去，将袋子中的书一本本往外掏。郭亮一脚将她踹倒在地。这时同学们都围圈过来，大声质问着他为何打人，又有旁的同学去喊班主任。郭永莉从地上爬起来，死死地盯着郭亮。郭亮将她所有的书和卷子全卷进袋子，掏出条铁丝，扎紧袋口，押着往外走。郭永莉的下嘴唇被她咬出了血珠子。从小到大，她还从来没有这般丢过人。

郭永莉就这么着回了家。班主任寻过几次，都被郭亮赶跑了，去找刘兰英，刘兰英不养猪了，开始养貉子，庭院里散发着尿臊气。她听班主任讲明来意，这才说，郭永莉早就是郭亮家的人了，嫁出去的闺女泼出去的水，她不好掺和，也不好撕破脸，小两口的事情，就让他们自己看着办吧。班主任怏怏回了，又拜托校长来找郭亮。郭亮倒是挺给校长面子，给校长沏茶点烟，说是郭永莉当了母亲，就要尽当母亲的责任，哪里有当妈的不给婴孩喂奶的道理呢？哪里有当老婆的不跟男人睡一张床的呢？校长被他说得一愣一愣，瞅了瞅郭永莉怀里的孩子，叹息两声，只得撤了。临走前，郭亮给校长拎了两只烤鸭，说，以后去我们店里买熟食，我给您打五折啊。

郭永莉整日神情恍惚。她显然是被郭亮唬住了。她从未想到过，一个白净的胖子有这么大脾气。她白天侍弄孩子，晚上还要伺候郭亮。郭亮花样更迭，每每让她羞愧，觉得被羞辱了般，将他推下身，他就更兴奋难耐，攥按住她的手，将夜晚变得更为漫长。他佯装变得蛮横起来，或许他知道只是暂时将郭永莉的气焰灭了，若是不压住，哪天郭永莉心头的火再烧起来，可就是大麻烦了。每次离家前，郭亮都先将菜买好，将房门反锁，这才去烤鸭店。保姆原先是饭店的面点师傅，手艺不错，烙饼、蒸饺、甜点、馅饼样样拿手，郭永莉很快就胖了一圈。她也不再跟郭亮提高考的事，还有半个多月就到日子了，这样子，也没法进考场。她每日傻吃荼睡，眼看赶上以前刘兰英养的约克猪了。郭亮对她的看管放松了些，允许她抱着孩子到烤鸭店里逛一逛。郭永莉站在店门口，抱着孩子看那路上的行人。她目光呆滞，少言寡语，渐渐地连走路都稍显迟缓。

刘兰英探望过她两次，见了她，老觉得哪里不对劲，就跟郭亮说，小两口过日子，可不能动手，胆敢欺负我闺女，我饶不了你！郭亮对刘兰英颇为忌惮，他见过刘兰英骟猪，晓得这老女人手黑得很。刘兰英又对郭亮母亲说，要把郭永莉接到村里住些日子，郭永莉性子拧得很，要是想不开，有啥三长两短，孩子不就成孤儿了？郭亮父亲便亲自开车，将刘兰英和郭永莉母子送了回去。

郭永莉呢，一直在娘家住到六月初，其间她偷偷跑到镇上的高中，跟在那里复读的老同学借三模的试卷。同学大概也闻听了她的事，安慰她说，反正高考早就报了名，实在不行，直接去考试，看他能把你怎么样！还能杀了你不成！郭永莉只是嘟囔着道谢，并没有理会同学的话。她没体检，也没领准考证，考啥呢？六月中旬，郭亮将她接回县城。他看来是彻底放心了，高考结束，郭永莉也没耍闹，一切都很好，像他预料的那么好，他得意地抽着烟，摸着郭永莉的手说，我们去商场逛逛吧？给你买几条裙子。郭永莉慢吞吞地说，有啥逛的，下午去妇幼医院给孩子打疫苗。

没想到医院的婴儿那么多，鬼哭狼嚎的，郭永莉怏怏地跟保姆说，太热了，我去商店买瓶水，你先排队。等她出了医院，正好有辆车停靠在路边。那是通往北京的长途汽车。大抵出了点小故障，司机趴在车辘轳下修理，郭永莉怔怔地在旁边看他拿钳子东敲西敲的，鼓捣了很久。等司机爬出来,看着郭永莉站在一旁,以为是旅客在看热闹,就说,弄好了,赶紧上车吧!郭永莉问,啥?司机说,快上车吧,热死人的。郭永莉犹豫着被他推上了车。车上的旅客并不多,午后的阳光和热风把他们都催眠了,除了发动机的声音,听不到旁的动静。

郭永莉挑了个靠窗的位子,呆呆地想,为啥要上这辆长途车呢?孩子跟保姆还在医院,疫苗还没有打呢,想到这里,她趔趔趄趄地走到车门处,不承想哐当一声,门就关上了,司机皱着眉头说,你瞎跑啥?还不赶紧坐好!前几天有个老太磕破了头,跟我们要了两千块的医药费!这世道!郭永莉支支吾吾地说,我……我……我不是……坐在前排小憩的售票员忽然苏醒过来,她望着郭永莉说,咦,你刚上来的吧?赶紧买票。郭永莉掏了掏裤兜,裤兜里有四百块钱,是郭亮让她买裙子的。售票员翻着白眼说,你没有零钱吗?郭永莉又摸了摸上衣,掏出五十块钱。售票员一把夺过,又找了她十块。郭永莉弱弱地问,终点站是哪儿?售票员说,北京四惠!郭永莉问,四惠有火车吗?售票员说,有地铁,想去哪个火车站都行。郭永莉又问,有直达丽江的火车吗?售票员明显被她问得有些不耐烦了,说,不知道!郭永莉低声哦了声,自言自语道,那咋样才能到丽江呢?

这时司机师傅戴上墨镜,嚼着口香糖说,妹子啊,想去丽江?简单得很,从北京坐火车,一天一宿就到了。郭永莉望着窗外一闪而逝的白杨树,没有吭声。师傅就说,怕啥呢?买张卧铺票,睡醒了,就到了。哎,你们这些孩子啊,总是没耐心,老嫌时间过得太慢。

阁 楼

很长一段时间,饭馆的人都寻思郭永莉是个哑巴。勤快是勤快的,手脚不识闲,忙完了,低眉耷眼缩在一角,等有人大声呼喊她的名字,她才激灵下,仿佛梦中惊醒般。闲来无事,她便和郝丽梅偷溜到门口,郝丽梅点着支中南海,大口大口地抽,仿若濒死的人在贪婪地呼吸,她则靠着墙壁看着郝丽梅发呆,间或贼眉鼠眼地往店里瞄两眼。郝丽梅抽完烟,朝她使个眼色,两人便一前一后踅进去。在外人看来,她像是郝丽梅的跟班。郝丽梅颧骨高,唇线长,手骨节比男人的大,油亮的短发摸上去像是老刺猬的棘刺。只不过说话时,一双眼眯成线,瞳孔被硬生生挤碎,闪出恍惚流离的光。

这家小饭馆跟某知名大学隔了条马路,主营烤鱼,生意倒也红火。老板给他们租住的房子就在饭馆后边的胡同里。她和郝丽梅住阁楼,没有床,铺了张海绵垫,躺久了腰酸肉疼,也没有空调和电风扇,郝丽梅买了两把折扇,通常一边赌气地扇着,一边絮叨着家长里短。郭永莉这才知道,她攒的钱大部分都寄回家里,将来好给弟弟盖婚房。郭永莉听不出她话里的埋怨,相反,她的语气中倒透露出一种难以自抑的得意。她的男朋友,就在马路对面的那所大学读金融。说着说着她打起哈欠,翻个身的空,呼噜声便嘹亮起来。窗外的蝉不死不活地叫着,郭永莉睁着眼,看着黑魆魆的墙角,恍惚间便听到孩子的哭闹声。

让她惊讶的是,自己已然忘了孩子的模样,只有郭亮的大脑袋时不时于黑幕中浮现。他们肯定到派出所报了案,在电视台循环播放着寻人启事,不出意外,汽车站旁的电线杆上、人劳局的招聘栏里也贴满了她的照片。如今,她和他们被密密匝匝的高楼大厦隔开,他们看不到她,她也不想再看到他们。那天,当她走出四惠长途汽车站顺着台阶迈上天桥时,巨大的声浪险些让她崩溃。她心里明白,不可能去丽江的。想到丽江,肖恩慧的脸便从天桥下的车流中朝她张望。她看不清,禁不住扶住栏杆将身子微探出去。随着一辆接一辆的轿车飞驰,肖恩慧的那张脸被碾碎了,脸颊上满是汽车轮胎的印痕。她噙住泪,压着自己的胸口,不让自己哭出声息。

每个月,郝丽梅有那么几天在外面留宿。不用猜,肯定是跟男友出去了。她攒的那点钱,除了给家里,大部分都花在男友身上。她自己呢？舍不得乱花一分。她爱吃糖炒栗子,每次路过栗子店,都要犹豫良久才支支吾吾地跟店家讲,要三十颗,三十颗哦。十颗分给郭永莉,剩下的她直接灌进裤兜,也不用纸裹一裹,她讪笑着说,草纸最吸油和糖呢。她吃栗子的模样多年后郭永莉也忘不了:随着嘎嘣嘎嘣的脆响,栗子皮被完整地吐出来,全然看不出没了果肉。那时郭永莉觉得,这个女孩真不简单。

每次郝丽梅外出,都要凌晨才回来,然后蹑手蹑脚地爬到阁楼。郭永莉能听到她轻轻褪掉衣服的窸窣声。她浑身散发着一种奇异的味道。不久,天光缓缓爬上她的脸。郭永莉侧身盯着她,看光线从她的乳房浮游到她的下颌,再从下颌攀到嘴角。她的嘴角上翘,让她黑瘦的脸庞有种油画般的明朗。她没有心事吗？她会和男朋友结婚吗？恍惚听她念叨过,其实她想跟她姑姑一样,当名企业会计,每天在财务室喝喝茶,做做账,既体面,薪水又高……一想到这些,郭永莉总是有些难过。她搞不清楚,自己为什么会难过。从前是头蒙了眼罩的驴子被人牵着走,倒也省心,如今牵绳子的人没了,眼罩也摘了,却委实不知道往哪里走。

亏得有郝丽梅。她来北京的时间比郭永莉长,去过故宫和颐和园。她是那种永远对名胜古迹充满了好奇心的女孩,哪怕每个礼拜只有半天休息时间,她还是拽着郭永莉爬了长城,去动物园看了蟒蛇和孔雀,到雍和宫烧了香,还去延庆游了青龙峡。"十一"期间,她又拽着郭永莉去香山看红叶。同行的还有郝丽梅的男友岑亚楠。

那是郭永莉第一次见到岑亚楠。他朴素得很,脸红扑扑的,穿着双布鞋。岑亚楠不是个话多的人,只朝她咧嘴笑了笑。他满嘴的四环素牙。郭永莉便隐约有些失望，觉得他长得有些太老相，配不上郝丽梅。不过郝丽梅可不这么想，她蹦来跳去的像只春天的花栗鼠，一会儿往他嘴里塞栗子，一会儿抱着他胳膊假装荡秋千，即便有游客朝他们这厢张望，她也只是咯咯笑。她像一团总也灭不了的火，没有灰烬和影子的火。待在她身边，郭永莉觉得自己也是暖和的。那天傍晚，他们在小吃店吃的卤煮和包子。岑亚楠嘴巴小，包子却一口一个，看得郭永莉有些眼晕，等筷子冷不丁掉地上俯身去捡，便听身后有人说，×，这酸豆汁也忒难喝了！她的身子立马僵住，半晌动弹不得，竖了耳朵细听，那人又埋怨道，天斗（气）也匄古，比家里冷忒多。她勉强直起腰身，猛地将凳子往前拽了拽。郝丽梅问，咋了你？小脸煞白煞白的。她抓起张餐巾纸擦了擦嘴角，没吭声。

　　听身后那人说话的口音，明显是桃源县的人，不仅如此，声线跟郭亮还有些像，咬字重，声音却含混，仿佛嘴里随时含着块糖。她没敢吭声，也没敢回头，直到那人离开，才颤抖着对郝丽梅说，走吧，我们赶紧回。岑亚楠一直盯着她看，半晌指了指自己的嘴角，闷声闷气地说，菜叶。她嗯了声，却没动。郝丽梅似乎察觉出她的异样，凑到她耳边问，咋？来事了？她羞涩地摇了摇头，又瞄了瞄岑亚楠。

　　那晚，郝丽梅没回阁楼。她没睡着。

　　郝丽梅是个好干净的人，空闲时最喜欢洗衣裳。不光洗她自己的，洗岑亚楠的，连郭永莉的也一起洗。这阁楼只七八平方米的样子，没有阳台，只能在窗前抻了条绳子，拴在钉子上，免得水滴落地板革上，下面通常会接连摆放三五个洗脸盆，花花绿绿盛大得很。入了冬，没有拧干的水就冻成了细长的冰锥。那件郝丽梅最喜欢的桃红色羊绒大衣让她很是懊恼，嘀咕着说，咋起了这么多球？唉，该去干洗的。

　　腊月二十三，郝丽梅也正是穿着这件羊绒大衣，拉着郭永莉去的大红门批发市场。公交车上人很多,渐渐两个人就被挤散了,郭永莉正打着瞌睡,忽听到声尖叫。她慌忙着起身探头,就见一团红影跟一团黑影纠缠扭打在一起,耳畔回荡着郝丽梅的喊声,臭流氓!打死你!臭流氓!打死你!郭永莉挤过去,屏气站在郝丽梅身旁。公共汽车也停下,围观的乘客才明白是如何一回事。原来是个中年男人不停用下体蹭郝丽梅后腰。郝丽梅将那男人骑在身下,不停扇着他耳光,边扇边喊,臭不要脸的!老娘就这么件好衣裳,还被你糟蹋了!

那人好不容易挣脱开,捂着脸仓皇逃走,两人也下了车。郝丽梅的眼眶有些湿,不停嘟囔,是亚楠给我买的呢,是亚楠给我买的呢。郭永莉便安慰她说,快过年了,我送你件羽绒服吧。郝丽梅梗梗着脖子说,不用!别乱花钱,又说,你记住了,永莉,对坏人千万不能手软。郭永莉想了想,这辈子好像还没有遇到过坏人,不过还是郑重地点了点头。郝丽梅似乎处于一种莫名的亢奋中,也许公交车上的遭遇让她的神经过于紧张。这种亢奋一直持续到晚上。

这天客人尤多,其中有一桌大概喝高了,结账的男人摇摇晃晃过来,恰巧吧台妹子出去如厕,托郭永莉帮忙收账。总共是二百四十六元,男人打着嗝说,二百三,二百三。郭永莉忙说,店里没有打折的规矩。男人蹙着眉头骂道,你傻×啊!把你们老板喊来!郭永莉小声说道,老板不在。男人咧嘴笑了笑,说,那你把剩下的钱找给我。

郭永莉有些发蒙,盯着男人不知所措。男人说,我给了你三百块,你不该找给我五十四块吗?郭永莉支吾着说,先生,您还没付款呢。男人拍了拍桌子嚷道,你还讲理不!我明明付了三百块钱!怎么睁眼说瞎话!想私吞啊!他这一闹,那桌酒友们便围圈过来,酒气熏天,朝着郭永莉大声斥责。郭永莉满面通红,一时语塞,这时郝丽梅背着手走过来,慢条斯理地说,大哥,吃霸王餐也没你这种吃法,太难看。我一直旁边站着,啥都看得一清二楚。您哪,可是一毛没拔呢。

男人扫了郝丽梅两眼，忽就抬手扇了她一记耳光，郝丽梅想也没想，反抽了男人一记耳光，嘴里还骂着，吃不起饭去吃屎！欺负我们打工的乡下人，算什么男人！众人都愣住，男人似乎也清醒些，铁青着脸掏出钱，啪地拍到桌上，又死死盯了郝丽梅半晌，这才挥了挥手，连同那桌人闪出了屋。郭永莉和另外几位服务员呆呆地望着郝丽梅，郝丽梅笑了笑说，看啥看？我这件羽绒服是不是很漂亮？是永莉送我的新年礼物哦。

下班后，郝丽梅说出去一趟。郭永莉晓得她是去会岑亚楠，也没多嘴。那晚郝丽梅没回阁楼，她也没往旁处多想。第二天上午十点，才到饭馆不久，老板便接到电话。什么？老板的声音颤抖起来，没错，郝丽梅是我们饭店的，啥？死了？咋可能！昨晚还端盘子呢！我不认得她家人！我们小饭馆的服务员，都属苍蝇的，四处飞来飞去……

郭永莉两三天没睡着觉。听饭馆里的人说，郝丽梅是横穿马路时被辆黑色桑塔纳撞死的，车主逃逸，她男友眼睛近视，也没看清车牌号。派出所通知郝丽梅的家人去认尸。是她父亲去的，一个罗锅，没有灶台高，满嘴鸟语。郭永莉将郝丽梅的衣裳一件件叠好，小心翼翼地装进空尿素袋，专等着她父亲来拿，等了几日也没动静。后来又听人说，郝丽梅父亲抱着骨灰盒坐着绿皮火车回家了。

郭永莉没流一滴眼泪。有天深夜，她一丝睡意也没有，随口便说，丽梅，我睡不着，可咋整？数绵羊也不好使呢。说完她马上意识到什么，环视着屋内，黑乎乎的，只听到风从窗隙吹进来的细小呜咽声。她打开灯，将衣橱里的那件桃红色羊绒大衣摘下来。她记得，这件衣服郝丽梅本来是要扔掉的，郭永莉劝她说，你个败家娘儿们，洗洗不就干净了？郝丽梅将香烟捻灭，说，我明明知道脏了啊，别扭。恰巧赶着去上班，郭永莉手忙脚乱地将大衣重新挂进衣橱……她将衣服平铺在海绵垫上，用湿毛巾将秽物痕迹擦了又擦，拿熨斗将褶皱熨平，仔细叠好，坐着发愣。腿麻了她才起身，却发现地板上有张卡片，捡起来看，是郝丽梅的身份证。身份证上的郝丽梅看不出长得黑还是白，头发翘着，一双眼朝她眨呀眨的。郭永莉鼻子猛地一酸，起初只是短促的、时断时续的抽泣，后来便是大滴大滴地落泪，怕楼下的同事听到，她用手死死捂住嘴巴。窗外黑魆魆的，百鬼夜行，连只麻雀的影子都没有。

那天下班出门，郭永莉便看到岑亚楠矗电线杆下，见到她时他木木地晃过来，没待郭永莉说话便拽着她胳膊抽噎。郭永莉半晌没动弹，后来见他哭累了，才嗫嚅着说，会好的，会好的。岑亚楠点着头，却仍哭个不停，好不容易停住，才说，都怪我，都怪我，去北海公园玩，回来晚了，在学校门口碰到巡逻的，要查暂住证，她便慌了，小跑起来……不过，我后来想了想，那辆黑色轿车，好像一直跟着我俩……都怪我懒，眼镜坏了也没修……都怪我……都怪我……郭永莉蹑手蹑脚走过去，犹豫着拍了拍他肩膀。岑亚楠一把抱住她，喃喃道，你不知道，她怀孕了……法医说的……郭永莉身子晃了晃。岑亚楠说，估计她自己也不知道吧……大大咧咧的，假小子似的……从初中就那个傻样儿……

郭永莉咬着嘴唇问，派出所那边，有线索了没？

岑亚楠又抽泣了半晌，才说，没。

过年时，岑亚楠也没有回家。他邀请她吃老北京菜。他本壮实得很，如今却缩了半圈，一口四环素牙更黑更黄了。郭永莉有些心疼他，却委实不晓得该如何劝慰，只得偷偷结了账。岑亚楠似乎很是恼怒，非吵嚷着将饭钱给她，推搡间手就碰到了她的胸部。两人都呆住。岑亚楠结结巴巴地道着歉，郭永莉说，我那里，还有她很多衣裳，要不，你去阁楼拿一下？

房子里难得的安静。岑亚楠随郭永莉上了楼。她将那个鼓鼓囊囊的尿素袋子从衣橱里拽出，弯腰推至岑亚楠腿边。岑亚楠呢，只是面无表情地看着窗外。窗外间或传来鞭炮声和孩子们的喧闹声。她便说，不想留的话，你给个住址，我邮到丽梅家里。岑亚楠不言语，径直躺到海绵垫上，双臂枕在脑后。郭永莉问，喝水吗？岑亚楠嘟囔道，不。郭永莉问，为啥不回家过年？岑亚楠说，我得留在这儿，陪她。她一个人，多孤单呢，她可最好热闹。郭永莉心头一紧，郝丽梅死了不过七天，按照老家的风俗，这日恰巧是头七，便说，要不，我们上街烧些纸钱？岑亚楠哽咽着说，人死如灯灭，收不到的。

　　郭永莉不晓得如何接话。岑亚楠缓缓搂住了她的腰身，她没有躲闪。后来，两个人肩靠肩躺着。岑亚楠说，我和丽梅早商量好了，一毕业就结婚的。郭永莉嗯了声。岑亚楠说，我们从初中就是同学，她不爱学习，淘得很，我来北京上学，她非跟着来打工。郭永莉嗯了声。岑亚楠说，你信命吗？郭永莉嗯了声，随即又说，不信。岑亚楠说，你为啥出来打工？在老家多好。郭永莉没有回答，而是问，你们学校有会计专业吗？岑亚楠说，有啊。郭永莉问，能蹭课吗？岑亚楠说，当然能。郭永莉一把攥住他的手，说，我想参加自学考试。岑亚楠反手攥住她纤细的手腕，翻身将她压在身底下。她没有动，他也没有动。半晌，他叹息着翻身下来。

　　郭永莉又听到了断断续续的哽咽声，她将头扭向窗外，一大朵烟花恰巧从楼隙间升腾起来，只是屋檐太低，又有衣物遮掩，她没看到烟花是如何在黑夜中裂碎的。她想起往常家里过年，都是她负责串亲戚，二姐负责放鞭炮，她会跟大姐、爸妈远远站檐下捂着耳朵张望。那年，落下的火焰将麦秸垛点燃了，熊熊大火将天空都映亮，整个村子的人都慌里慌张地来灭火，大姐不慎摔了一跤，磕掉了半颗门牙……

筒子楼

郭永莉是在考点认识的宋佳欣。考完一科，郭永莉在厕所门口看到个女孩东张西望，难免多瞅了两眼。女孩便迈着小碎步过来，轻声问，我来事了……你有卫生巾没？郭永莉摇摇头，窸窸窣窣从包里翻出包纸巾。饭店最不缺的就是餐巾纸。中午，考生都聚集在校门口的小吃店。郭永莉到了家拉面馆，只见人头攒动、闹语喧腾，哪里还有空座。才想去旁边的饺子馆，便看到个女孩站起来，倾着上身朝她拼命招手。

女孩就是宋佳欣，她是个自来熟，不光给郭永莉点了面，还点了烤串和酸奶。很快郭永莉便晓得了她的名字，不光晓得了她的名字，还晓得她是青岛人，目前在酒店做服务员。她父亲呢，是个渔民，哥哥叫宋德明，在朝阳区一家鲁菜馆当大厨。郭永莉不时颔首微笑。后来宋佳欣说得有些疲累，这才漫不经心地问，呀，倒是忘了问，你叫啥名字？

郭永莉说，我叫郝丽梅。

宋佳欣问，老家哪儿的？郭永莉说，安阳。

宋佳欣又问了些有的没的，她问啥，郭永莉答啥，一个多余的字也没有。宋佳欣似乎看出她谈兴不高，索性闭了嘴。闭了嘴的宋佳欣娴静漂亮，一双丹凤眼显得羞涩明亮。

考完这一科，就能拿到专科毕业证了。想一想这三年是如何熬过来的，但凡得闲，她便去岑亚楠他们学校蹭课，下了班，就猫在阁楼读书。岑亚楠呢，倒极少联系。他找过她几次，要么请她吃饭，要么邀她游玩，都被她婉言推辞了。她知道，他可能对她有点意思，不过，这点意思到底是源于对郝丽梅的念想，还是源自本心，她搞不清楚。

她也不想搞清楚。最好的选择,大概就是慢慢断掉往来吧,反正两人委实也没啥,除了除夕夜晚的拥抱,他们连手都没牵过。后来岑亚楠便不再找她,只是到了郝丽梅忌日那天,会给她发个短信。她通常也不回复,买些草纸,夜深人静时偷偷寻个马路岔口,一张一张地烧,看着黄色草纸被火舌吞成黑色灰烬,看着黑色灰烬被疾风旋走,她心里觉得无比踏实。一晃离家五年了,这五年来,她很少想到家人。想到郭亮时,记得的只有松果烤鸭的香味。那个在她怀里蠕动的婴儿该上幼儿园中班了吧?他长得像郭亮,还是像自己?一个没妈的野孩子……想到他肥胖的小脚小手,想到他吃奶时的贪婪小嘴,她的心难免会抽搐不已。

没想到在学校门口,她又碰到了宋佳欣。宋佳欣笑着跑过来,说,好巧啊,我哥待会儿来接我,你住哪儿?让他送你回去。郭永莉忙说不用了,我住海淀黄庄那边。宋佳欣哇了声,说,好巧啊!我住万柳,离得真近呢。不一会儿宋德明开着辆掉漆的夏利来了。第一眼看到他,郭永莉暗暗吃了一惊。他长得太像肖恩慧了,丝瓜瓤子脸,债主单眼皮,只是看着比肖恩慧老,眼角处多雕了几丝皱纹。宋德明见到她也没问啥,只说赶紧上车。也许,对于妹妹的诸多闺密,他早习以为常了吧。

先送的宋佳欣,后送的郭永莉。郭永莉下车时,宋德明说,你手机号多少?我那妹妹,可不让我省心,日后有啥事,少不了麻烦你。郭永莉说,佳欣是多可爱的女孩啊,有啥不省心的?宋德明说,嗐,一个字,傻。

没想到翌日傍晚便接到了宋德明的电话。他问,丽梅啊,你吃猪大肠吗?郭永莉说,吃呀,逢年过节,我爸都会做一道焦熘大肠呢。宋德明说,太好了!我才做了九转大肠,给你来份?郭永莉没吭声。认识不过一天,他委实有点吓到她了。宋德明说,没别的意思,这道菜以前是用微火炒，讲究酸甜香咸，我做了点改良，味道偏辣——你得意辣口不？郭永莉说，大老远的瞎跑啥，谢谢你昨天送我回来，改天请你们吃麻辣烫。她没说"你"，而是强调的"你们"。宋德明叹了口气说，倒不麻烦，是佳欣想吃，我多炒了份儿，才给佳欣送过去，这不顺路嘛，给你也捎份儿。这时后厨催着上菜，郭永莉慌忙道了声谢谢，挂了电话。

　　第二天临下班前，郭永莉听到门口有人大声喊着什么，她并未留意，后来有个服务员说，真是见了鬼，丽梅都死这么久了，咋还有人在外面叫魂呢？郭永莉打个冷战，三步并作两步出去，却见宋佳欣正梗着脖子叫嚷，忙将她拽到角落，问，你咋来了？边说边逡巡着四周。宋佳欣一把掸掉她的手，问，你慌个啥？我下班了，闲得无聊，想找你去吃消夜呢。郭永莉这才长舒口气，说，想吃啥？我请你。宋佳欣懒洋洋地说，我想吃小龙虾，我想吃好多好多小龙虾。

　　那晚郭永莉彻夜未眠，晨起便跑到饭馆，跟老板辞了职。阁楼是不能住了，她忙着找房，找来找去，在回龙观寻了处筒子楼。搬家那天，她扔了很多衣裳，可郝丽梅的那袋衣服却没舍得丢。搬完家她立马注销了手机号。二〇〇四年时，她就去了趟郝丽梅的老家安阳，在派出所换了第二代身份证。她也搞不明白，郝丽梅的家人为何一直没有注销户口。无论如何，无人知晓那个叫"郭永莉"的县城女孩死去了，而早已化成灰烬的女孩"郝丽梅"，又在京城的茫茫人海中诞生了。

　　工作倒是好找，不消几日，她便去了家川菜馆当服务员。日子变得更为乏味，除了端菜便是读书。她报考了本科自学考试。这一天，跟剩下的所有"这一天"，并没什么不同，就像一个老人的影子，不会再蜷缩，也不会再膨胀。郭永莉觉得对她来讲，日子无非一个字，熬。她长期处于一种惶恐中，仿佛被判了死刑的犯人，无比焦灼地等待着行刑日的来临。她跟这个世界彻底失联了，那些她认识的人，认识她的人，都被缓缓吸入到肉眼看不到的二维空间，匿身于只有长和宽的世界。可是安全感并没有随着那些人的消失而变得牢固，相反，她老感觉有只看不见的、浑身冒着血腥气的巨兽在缓缓朝她逼近。她不知道那头巨兽是什么东西，不过她能闻到它腌臜的气味，听到它巨爪抓挠的声响……这种不祥感常常让她失眠，导致她次日总是带着浓重的黑眼圈去饭馆上班。即便如此，她还是胖了些，让她惊讶的是，个子也高了些。有一天她望着镜子里的自己，都不敢认了。这是个丰腴得并不过分的女人，眼神空洞，贴皮短发犹如刺猬棘刺，当她咧开嘴巴，她仿佛看到了郝丽梅正在朝她心不在焉地微笑。没错，除了眼神，她跟郝丽梅越来越像。她讷讷着想，其实郝丽梅并没有抵达另一个世界，她的魂灵跟自己的魂灵住在同一具躯壳里，只不过她的魂灵一直在睡觉，没有打扰自己；没准，是她一直都醒着，自己在沉睡，镜中的自己，原本就是她。

又一晃三年过去，她拿到了本科毕业证。她发现，没有比考试更容易、更纯粹的事了。那是北京奥运会的第二年，世界似乎更喧闹了，一派欣欣向荣的景象。她揣着毕业证去了几家规模很小的私营企业，可并没有被聘用。那些公司的财务人员，不是海归的留学生便是985院校的高才生，她的文凭在旁人看来，简直是既可疑又可笑。癞蛤蟆想吃天鹅肉，她难免自嘲。吃了几次闭门羹，她便想开了，继续在饭馆打工。三更半夜睡不着，她又蠢蠢欲动，想报考中央财经大学的研究生。没了绳子和眼罩的驴子豁然开朗，已然知道走哪条路。路都是没有尽头的，唯有没有尽头的路，才让人心生念想。

"五一"劳动节时，北京已是盛夏，她劳累一天，浑身黏糊糊的，快要下班时，又来了拨客人，明显是来旅游的。上菜时有位顾客不时瞄她，瞄来瞄去似乎再也憋不住，一把抓住她胳膊大声道，郭永莉！郭永莉！你是郭永莉吗？！

郭永莉？多熟悉的名字啊。她怔怔地看着那人，是个妇女，黄脸庞，头发油腻，看着面熟，却愣是想不起。女人惊喜地喊道，天哪，真的是你！只瞥了你一眼，我就知道是你！天哪！原来你在北京！原来你还活着！说罢上上下下打量着她。她木木地盯着女人说，对不起，您认错人了。女人见她神色冷淡，又一口标准的普通话，顷刻间便有些委顿，喃喃道，咋这么像呢……哎，又不太像。女人讪讪着撒开她胳膊，视线却黏在她身上。

郭永莉蓦然想起，这女人不是别人，正是她的高中同学龇牙鲍。多年前高考时，她抱着儿子在校门口遇到过她，也正是从她嘴里知道了肖恩慧出车祸的消息。她转身去了后厨，咕咚咕咚喝了杯冰水，喝完冰水后她立马意识到，必须打消龇牙鲍的疑虑，不然就没法安生了。当她上完那盘夫妻肺片，便装作有一搭无一搭地问龇牙鲍，这位大姐，饿坏了吧？出来旅游啊，就是遭罪。

龇牙鲍勉强笑了笑，能看得出，她很是为自己方才的莽撞感到尴尬。郭永莉轻声道，您刚才提到的那个……啥啥莉，是你们家亲戚？龇牙鲍叹了口气说，哎，不瞒你说，是我同学，七八年前失踪了，有说是被人贩子拐走了，也有说精神出了问题，失足掉河里淹死了，反正是活不见人死不见尸。郭永莉说，年纪轻轻，可惜啊。龇牙鲍说，可不是吗？听说她丈夫抱着儿子，找了四五年，天南海北都跑遍了，从三亚到乌鲁木齐，从西宁到福州，拉萨也去了呢，连个人影儿都没找到。那男人啊，失心疯了……郭永莉咳嗽两声，问，她公婆也不管？龇牙鲍说，管不了，那男人啊，就是头犟驴，为了找媳妇，前前后后花了四五十万块。四五十万块啊！连他们家的烤鸭店也兑出去了呢。

郭永莉唉声叹气，半晌才说，天底下竟有这样的男人。龇牙鲍说，不是咋地，后来，他丈母娘怜惜他，将大女儿许配给他了，听说这两年好歹安稳些……就是永莉啊，不知道是死是活，哎，可怜的永莉，当年可是班里的学习尖子……

这些年来,她从不敢去细想自己出走后,家里到底发生了如何的变故。她只隐约觉得,像郭亮那般没心没肺的人,肯定早娶了别家姑娘,没想到他这么轴。咋就这么轴呢? 她竟一点都不了解他。这么想时,难免有些心酸。又倏地想起水塔上的日子,想到他白皙的、柔弱无骨的手变魔术般烹炸出的各种佳肴……她坐马桶上,呆呆地望着厕所门……心乱如麻,端了盘水果去大厅,龇牙龅一帮人早结账离开了。站在干燥的热风中,她萌生出一股强烈的念头:她要回家,要回去看郭亮和儿子,看爸妈,看姐姐们,看肖恩慧奶奶……

当然,也只是想了想。想了想而已。

她早没有家了。她只有她自己。连自己也是假的。

翌日早早醒了,她抓了把糙米煮粥,一晚没睡踏实,难免又是打哈欠又是流眼泪,才从厕所出来,便听到个女人尖声叫道,郝丽梅! 郝丽梅! 是你吗?!

这两天的遭遇让她心脏时刻处于爆炸的边缘。她捂着胸口缓缓抬头,却是宋佳欣。

一晃多年未见,宋佳欣还是那个宋佳欣。她找了个男朋友,是房地产公司的销售员,她呢,早不在宾馆当服务员了,去了燕郊一家家具厂当会计。"五一"前领了结婚证,只是还没举办婚礼。你这个坏人,宋佳欣嗔怪道,莫名其妙就失踪了! 又是搬家又是销号! 难不成犯了滔天罪行? 郭永莉强挤出一丝笑容,说,嗐,家里出点事,待了段时间,我也是才回北京不久。你看你呀,真是越来越漂亮。宋佳欣嘻嘻笑着说,对了,我哥还老打听你呢! 他呀,如今做老板了,开了家湘菜馆,生意火得很呢。

宋德明,如果没记错,她哥哥好像叫这个名字。她说,你哥哥手艺好,饭馆不火才怪。宋佳欣拉着她的手说,晚上我们去他那儿蹭饭吧！让他好好款待款待你。他要是见到你，八成要乐得跳起来。

见到郭永莉时，宋德明没有跳起来，只不过手里的铲子掉到了地上。他比前几年老了，脸短了些，单眼皮也有些肿胀。他有些拘谨地走上前，想跟郭永莉握手，可能觉得手不干净，忙在围裙上蹭了蹭。郭永莉一把攥住他的手，说，恭喜啊恭喜，都当大老板了。宋德明似乎才缓过神，哈哈大笑两声，说，丽梅啊，你这是从哪块石头里蹦出来的？当年我和佳欣可是把海淀区翻了个遍。宋佳欣说，可不是呢，我哥还以为你出了事，非拽着我去派出所报案呢。

郭永莉沉默片刻，这才笑着拧了拧宋佳欣的腮帮子，说，我这种无才无貌的，最安全了。

宋德明那晚陪她俩吃的饭。他的眼睛一直盯着郭永莉，盯得她汗毛都竖起来了，就说，宋大哥，你忙你的，千万别耽误了买卖。宋德明笑了笑说，也好，你们姐俩好好亲热亲热。

那晚回到筒子楼，宋佳欣也没让她好好睡，咕咕唧唧说了一晚闲话。翌日她迷迷糊糊才到饭店，便看到门口停了辆奔驰，心想，啥好日子啊，这么早就上客了？不料车门推开，宋德明从里面钻出来。郭永莉疑惑地看着他，他嘿嘿笑着说，走吧。郭永莉问，去哪儿？宋德明说，上班啊。郭永莉更是糊涂了。宋德明说，我帮你把工作辞了。郭永莉问，你是不是没睡醒，说梦话？宋德明说，你昨个儿也看到了，我们店缺个大堂经理，我呀，觉得你是最合适的人选。你不是学过会计吗？可以兼职管账，我给你开双倍工资。郭永莉哭笑不得，方想质问，却被他径直拉进了轿车。郭永莉说，你这人，强买强卖啊。宋德明说，这不是为了你好吗？郭永莉说，总得事先跟我商量商量吧？哪儿有你这样鲁莽的。宋德明便佯装打自己的脸，说，罪过罪过，我这不是怕夜长梦多吗？

就这么着到了宋德明店里。

店位于芍药居，虽是湘菜馆，他最拿手的九转大肠啊，葱烧海参啊，爆炒双脆啊，却都还留着。店有些窄，却也被分割出三个像模像样的包厢，无论中午晚上都人满为患。宋德明呢，是主厨，手下还有两位师傅，每日忙得俱是脚尖朝后。郭永莉呢，也察觉到大堂经理的不易。下班回了家，脑子里仍是顾客嗡嗡的讲话声，做梦都在手忙脚乱地算账数钱。更让她不安的是，无论多晚，宋德明都开车送她回家。推辞了几次，宋德明便说，咱们店十二点才打烊，地铁公交都没了，难道你要天天打车回？他的话不无道理，不过，时间长了，难免招致店员们的闲言碎语，她干脆将回龙观的筒子楼退了，在芍药居附近租了间十多平方米的住处。宋佳欣甚是不满，嫌郭永莉没跟她事先商量，做不成邻居了。新住处离饭馆四五里地，即便步行也很是方便。宋德明咧着大嘴笑说，好得很，好得很，现在送你是捎带脚，这下你没话说了吧？郭永莉哭笑不得，只好应了他。

　　春节放假，又只剩她自己。除夕那晚，她早早吃完速冻饺子，便去楼下放烟花。她觉得人老了，仪式感总归要有。积雪尚未消融，北京冬日的风吹在脸上，生疼，烟花也没她想象中那般美，瞬息便随风坠落。她快快着回到房间，打开电视看春晚。不久有人砰砰敲门，透过猫眼，便晃到宋德明那张丝瓜脸。

　　他不是空手来的。他几乎把饭馆库存的食材悉数搬来了。郭永莉说，我才吃完，你这是唱哪出戏？宋德明也不搭理她，转身去了厨房。不一会儿，便听到厨房里传来咔嚓咔嚓的切菜声、火苗噗噗噗噗的燃烧声、食材滑入油锅的嗞啦嗞啦声，听着听着便有些困顿，她竟趴桌上睡过去了。等宋德明将她唤醒，她才发觉窄小的饭桌上挤满了菜，热气腾腾的，勾得肠胃也咕噜着响，便说，奇了怪了，你不回青岛了吗？宋德明嘿嘿笑两声，并未言语，倒了两杯白酒，说，你一个人在北京过年，我还真放心不下，反正父母有佳欣陪着，我也省心。郭永莉接过杯子，说，那嫂子和孩子们呢？她听宋佳欣偶然提及，宋德明早有了家室，是三个女孩的父亲。

宋德明说，一年又一年，人比草木老得快。郭永莉见他未搭话，便说，男人啊，心肠硬起来，跟钻石一样，嫂子在老家拉扯孩子，容易吗？宋德明跟她碰了碰杯，说，你这人啊，让人捉摸不透，人家好心好意陪你过年，偏问那丧气的话。郭永莉觉得他似有难言之隐，也不好再过问。

宋德明说，你要真想听，我不妨给你讲个故事。郭永莉给他搛了块猪肝，说，快说，八卦下酒，越喝越有。宋德明将猪肝塞嘴里说，从前哪，有个小伙子，早早娶了媳妇，后来去北京打工，平时很少回家。老婆呢，给他生了仨闺女。那年回家，老三生了病，要输血，男人便让医生抽他的，他知道自己和老婆都是O型血。医生说，你女儿是B型，只能用血库的血。男人有些发蒙。他文化不高，可好歹上过高中，清楚父母如果是O型血，子女必定也是O型血，难免起了疑心……

郭永莉目不转睛盯着他，他垂头笑了笑，说，后来，男人偷偷带孩子做了亲子鉴定，跟他猜的一样，闺女不是他的。他本来是暴脾气，那一刻却并未发作。后来，他又带老大老二的头发去做鉴定，你猜，是啥结果？

郭永莉盯着他肿胀的眼泡，心里早有了答案。他嘴角耷挂片韭菜，她忍不住伸手替他擦掉。宋德明笑着说，男人获得了自由，却再没信过女人。直到有天，他遇到了妹妹的朋友。郭永莉的手有些抖，却仍装出副心不在焉的样子，问，他咋那么肯定，这女人跟他前妻不是一类？宋德明给她搛了块海参，说，她的眼睛，比水晶都亮，她的身上，随时都穿着铠甲。你说，这样的女人，怎么会跟她一样？郭永莉的眼眶潮得很。还从来没有哪个男人如此赞美过她。

宋德明说，吃吧，吃吧。郭永莉问，那男人，有啥想法呢？宋德明说，他呀，想娶她。说着便去拉郭永莉的手，郭永莉拿筷子掸掉，说，要是那女人比男人的秘密还多，他会咋想？宋德明说，男人管天管地，管不住女人的过去。谁没有过去呢？武则天还当过尼姑呢。郭永莉扑哧笑了。宋德明得意扬扬地说，男人想好了，要送女人最好的聘礼。郭永莉将头扭向窗外，一大团烟花刚好炸裂，在空中绽成朵巨型牡丹。她不禁叹道，真美啊。宋德明又去拉她的手。这次她没躲。宋德明说，我打算，把我的饭馆送给她。你说，这份聘礼是不是很有创意？

年后一上班，宋德明便带郭永莉去行政审批中心变更了各种登记。其实郭永莉倒觉得无所谓，如果两人结了婚，法人代表是谁又有何关系？可宋德明倔得很，仿佛她若不应了他，便是瞧他不起。她觉得他这种想法很可笑，可内心又涌动着难言的感动与欢喜。接下去便是商量结婚的具体事宜。按照宋德明的意思，要在十月份办三场婚礼，一场在老家，一场在北京，还有一场在安阳。老家的婚礼是走个样子，给爹妈看，给那些喜欢看热闹的乡亲们看，他要让他们知道，他新娶的老婆是何等的神仙人物，让那些嘲笑了他多年的狗眼们彻底闭嘴；北京的婚礼是给老乡们看，给同行的老板们看，为了让他们知道他的实力和魄力，婚礼要在最昂贵的五星级酒店举办，烟要摆中华，酒要摆茅台；安阳的婚礼当然是给郭永莉的家人们看，让他们知道，她嫁给了一个有钱的好男人，他们要是不放心，那这个世界上就再没有更好的女婿了。郭永莉说，安阳那边没什么亲戚，就算了，更不用回门，另外，即便是在北京操办婚礼，也不用这样大张旗鼓，两个人是否幸福，跟别人的祝福和赞美都没关系，也用不着名烟名酒，抽进嘴里喝进胃里，无非变成烟和屎。死要面子活受罪的事，只有蠢人才干。

宋德明竖起大拇指，说，丽梅啊，你不愧是学会计的，算得精，道理讲得更清！

一晃到了春天。郭永莉最喜欢北京的春天，空气中满是槐花香味，虽说有点干燥，可干燥得恰到好处，身体被阳光抚晒得舒泰自如。那天下午，她和宋德明抽空在元大都遗址公园转了转。宋德明说，等结完婚，我们就在太阳宫附近开家分店，北京真是古怪，明明又热又干，人却偏喜欢吃辣。郭永莉说，报纸上不说了嘛，孩子们压力大，辣椒素能刺激人体释放那什么肽，类似麻醉效果，能减轻疲劳，让人身心愉悦呢。宋德明说，我说呢，自从跟你在一起，浑身便总有使不完的劲儿，原来你就是一棵辣椒啊！说完猛地亲了她一口。郭永莉佯装去打他，他机敏地跳到百叶蔷薇花丛后，晃着丝瓜脸朝她傻笑。

那晚店里的顾客格外多，郭永莉有条不紊地结账、催菜，叮嘱新来的服务员千万别上错菜，为了安抚一对从干锅肥肠里吃出头发丝的情侣，她特意送了他们一份湘西外婆菜。她老想去趟厕所，那泡尿憋了足有半个小时，可要么洗手间有人，要么恰巧顾客来结账，好不容易抽空去了，才蹲下，便听到嘭的一声巨响。开始她以为是压路机在碾压路面，斜对面的那条路刚铺好沥青和碎石，然而像塑料积木般倾斜着坍塌的墙壁让她立马惊声尖叫起来。她最后的意识是想站起来系好裤腰带，可在第二声震耳欲聋的爆炸声响中，她很快失去了知觉。

地下室

没想到会在学校碰到岑亚楠。郭永莉没认出他，可他随口就喊出了她的名字。她眯眼打量他半晌，才迟疑着问，岑……岑亚楠？岑亚楠点点头，说，神奇啊神奇！我们多少年没见了？他掰着手指算了半天，十六年？还是十七年？你呀你，这些年跑哪儿去了？那时我还去烤鱼店找过你，老板说你早辞职了。

岑亚楠穿着黑色西裤、黑色夹克，夹克里是雪白衬衣，脚上却是双布鞋。她记得他上大学时就天天穿布鞋。她低头看了看自己，套着件桃红色羊绒大衣。大衣不仅满是毛球，还褪了色，跟被春雨打落的海棠花仿佛。她笑了笑说，天南海北地瞎跑，混口饭吃。

岑亚楠又细细扫看她半晌，问，在哪里高就？她沉默了会儿说，唉，待业。岑亚楠若有所思地看着她，看得她不自在起来，就问，你留校了？岑亚楠说，在后勤处。她便说，当领导了吧？他面无表情地点点头，说，副处长。她忙说恭喜恭喜！当初以为你会搞学术，没想到从政了。从政好，路更宽，以后有啥事啊，我就找岑处长。

岑亚楠抖了抖眉说，我们后勤啊，缺宿管，你要愿意，不妨屈尊降贵。她愣了愣，立马说，天上掉的馅饼，我当然得接着。岑亚楠咧嘴笑了笑。他嘴巴小，只露出上面的牙齿和下面的牙龈。她留意到他以前的四环素牙如今比牛奶都白。

那个案子……郭永莉将目光移向旁边的灌木丛，淡淡地问道，派出所后来有消息吗？

岑亚楠愣住，半晌才回过神，木木地摇了摇头。两人一时都无话，只听到楸树上喜鹊的叫声。后来岑亚楠说，永莉啊，你下个礼拜一去后勤处报到，就说岑处长介绍的，填个表盖个章，就完事了。

郭永莉赶紧上前握了握他的手。他的手比从前软多了。

他说，永莉啊，我们加个微信吧，联系起来方便。

郭永莉尴尬地笑了笑，说，不好意思，我没微信。要不，你记下我的手机号码？

岑亚楠肯定不知道，她不仅没微信，也没抖音、快手和小红书。她不会网购，不知道淘宝、京东、美团、拼多多和当当，买东西都是跑商场，吃饭都是下饭馆，买书都是去新华书店。她也没下载打车软件，无论白天黑夜，很少能打到车。坐地铁的时候，看到无论男女老幼都垂头看手机，她心里难免犯嘀咕。她惊讶地发现，手机已经变成了人体器官，变成了公交卡，变成了钱包，变成了身份证，变成了贷款机器，变成了照相机，变成了电影院，变成了收音机，变成了婚姻介绍所。仅仅七年时间，这个世界像是一部被谁按了快进键的电影，她无论如何也难以想象，中间错过了如何翻天覆地的剧情。

她在牢里整整待了七年。

对于当年那场著名的饭馆煤气泄漏爆炸案，京城各大媒体都做过详尽报道。死亡三人，重伤六人，轻伤十四人。死了的三人俱是饭馆的大师傅，当然也包括宋德明。重伤的有服务员，还有三名前来吃饭的大学生。郭永莉是轻伤，头部被砸，腰部脊椎受损。两位大师傅的老婆从湖南乡下急匆匆赶来，哭天抢地，要求赔偿每人六十万元，另一名死者是位才退休的老干部，家属要求赔偿两百万元，还有那些重伤的……作为手里只有五万元积蓄的法人代表，郭永莉没有别的选择。这个选择，大概就是最好的选择。

租住的那间地下室，离学校有点远，她每日都是先坐地铁，再转公交，最后步行。她的工作很清闲，就是防止陌生人和女生进入男生宿舍楼。为了记清每位学生的长相，她天天翻看着学生登记表。除此之外，还要偷偷复习英语和政治。那天来学校，她就是问询一下研究生招生事宜。她想十月份报考会计专业的研究生。

除此之外，她好像也没有什么好惦念的。

出狱后，她先去了趟丽江古城。这么多年来，她还记得当时肖恩慧留给她的那封信，信很短，只有十三个字：三儿，等你考上了大学，来丽江玩。她不知道肖恩慧是活着，还是死了。虽然没考上大学，丽江总是要去一趟的。等她到了丽江，发觉跟想象中的不一样，那么多的花儿，那么多的水，那么多的植物，完全不像是高原，倒像是江南。她去的时候正是五月，天天落着细雨，她在宾馆里昏睡了两天后，终于撑起伞去了趟狮子山公园。狮子山不高，但是能俯瞰到古城全貌，望着灰扑扑成片的老房，她想，肖恩慧如果还活着，如果还在丽江，哪一间房子是属于他的呢？他结婚了吗？孩子多大了？狮子山上有很多柏树，她从石阶上捡了很多柏树子，随手揣进裤兜，下山时她在一个小酒吧坐了很久，喝了杯啤酒，花五十块钱点了首歌。回到北京后，洗衣服时，那些柏树子便四处散落开去，她捡起来随手扔进花盆，不承想，没多久柏树子便发芽了。她有些吃惊，这么阴潮的地下室，柏树都能长出来，这个世界上，还有什么是不可能发生的呢？

从丽江归来不久，她又回了趟老家。从四惠汽车站到县城的长途客车又添了好多趟。听着身边的人说着陌生的家乡话，她努力让自己变成个聋子。到县城后，她直接打了辆出租车奔村子。站在黄昏的村头，她有些难过。这么多年了，村子几乎没有变化，村口的诊所还开着，小卖店的招牌也没变，仿佛她不是离开了十八载，而仅仅是一个昼夜。

她忐忑地朝家里走去，每挪一步，心脏便爆破一次，在她怀疑自己快要晕倒前，一个抱着皮球的孩子从身旁跑过。她一把将他拽住，问道，小家伙，你叫啥名儿？很明显孩子有些意外，他气呼呼地盯着她问，你是谁？从哪儿来的？她笑着塞给他几颗奶糖。孩子说，你是坏人吗？我妈说，坏人诱拐小孩时，都会给糖吃。她柔声道，我不是坏人，我就是这个村子的啊。我问你，你认识刘兰英吗？

孩子摇摇头，她只得指着自己家的房子问，就是这家，刘兰英以前养猪，后来养貂子。孩子歪着头想了想说，你问的是二奶奶吗？她有三个女儿。她赶紧说，没错，三个女儿，有个女儿……还离家出走了。孩子脆生生地说，你来晚了，二奶奶二爷爷早死了。她眼睛倏地一下黑了。孩子又说，二奶奶后来不养貂子了，又养猪，犯了心脏病，给猪接生时，死在猪圈里。二爷爷第二年也死了。

她只觉呼吸困难，缓缓蹲下身去。孩子问，你没事吧阿姨？她皱着眉头摆摆手。孩子没再说话，转身跑开了。后来她站起来，朝着家门口蹭。大铁门生了锈，锁头也生了锈，透过栅栏，她看到院子里堆满了塑料垃圾和柴火，猪圈上蔓草丛生，麻雀扑棱着蹦来蹦去，原先种西葫芦的墙根处，挣扎着几棵瘦小的蜀葵。恍惚间，她仿佛听到刘兰英在大声呼喊自己的名字，倾耳细听，也只有夜风拂过的声音。这个家的灯，再也不会亮了吧？后来，她捂着胸口坐到大门口的石头上，呆呆地看着夜色一点一点将村庄笼罩，将牲畜和树木笼罩，将活人和死人笼罩。

那是她最后一次回家。

这栋男生楼的宿管有三个人，轮流值班。其中有个大姐，退休前是北京自来水厂的职工，喜欢看小说，跟她很是聊得来，知道她至今仍是单身，便张罗着给她介绍对象。她说，我都这把年岁了，还找啥男朋友啊？大姐便说，你可不能轻贱自己，不过才三十六七岁嘛，还是朵花呢。她便垂头不语，大姐又说，别整天跟哑巴似的不说话，人都有惰性，你不跟人往来，人家咋能猜到你是啥心思？我有个表弟，是公交车司机，不到五十岁，有车有房，儿子开地铁，老婆得癌症没了，你要没意见，不妨见上一面？

她只是机械地翻着学生登记表，不说一句话。

到底是没见。大姐待她便不似先前那般热情。她很是满意。秋天开学后，新生便要入住了。北京的秋天比春天好，凉飕飕的，鸽子的哨音在楼间萦绕，野猫不停扑逮着喜鹊，蟋蟀在鸢尾花丛里嘶鸣，一切都仿佛要结束，一切都仿佛要开始。或许是受了些风寒，她在家里躺了几天，等回去上班，新生已入住。她百无聊赖地盯着一张张娇嫩的面孔推开门，又关上门。

有天晚上她洗了头，正用吹风机吹头发，一个男生抱着脸盆从门外走进来，看样子才洗澡回来。她并没在意。男生看到她似乎愣了下，随后喊了声，阿姨好。她边整理头发边说，同学好，你是大一新生吗？

男生说，是啊。她漫不经心地问了句，老家哪儿的啊？男生说，兰若市桃源县的。她咦了声,是吗?男生不无得意地说,我们老家有河有海,有虾有蟹,物华天宝。

看来男生是个很健谈的孩子,生硬的普通话并没有阻止他交流的热忱。她朝他笑了笑,男生说,阿姨,您是哪儿人啊?她想了想说,我跟你是老乡,也是桃源的。

男生戴着副厚厚的眼镜。她看到他的眼睛闪了闪,他说,老乡见老乡,两眼泪汪汪,唉,我又想我爸了。

她便打趣道,男孩都跟妈亲,难道,你不想妈妈吗?

男孩迟疑了会儿,说,我没有妈妈。我一周岁多点,她……她就失踪了。

她心里咯噔了下,随口说道,唉,可怜的孩子……难怪你跟爸亲近呢。

男生笑着说,我爸厉害着呢,专跟家禽牲畜打交道。以前卖烤鸭,人称桃源鸭王,后来养貉子,貉子皮返销东北呢。

透过玻璃窗,她目不转睛地盯着男生。她的嘴巴翕张了几次。她以为自己在说话,实际上,她没有听到任何声音。

原刊《长江文艺》第3期

微不足道的一切
——献给我的父亲

哲 贵

壹

丁小武碰到难题了。其实,不是他的难题,是父亲丁铁山痴呆了。不过,反过来讲,这也是他的难题。

丁铁山的病,是半年前出现征兆的,走着走着,迷路了。他是个四海为家的人,是个探路和开路的人,迷路,对他来讲就是耻辱。他出现的另一个症状是遗忘,迎面碰到一个人,记忆中似曾相识,却想不起"来者何人"。

刚开始,丁铁山并没有认真对待,他对身体很自信。他年轻时练南拳的刚柔法,一身硬功夫,两三个人近不了他的身。他了解自己的身体,也充分信赖,只要休息两天,就能调整过来。

丁铁山的病来得猛烈,像夏天的雷阵雨,一声霹雷炸响,雨点迫不及待地砸下来，好像是蓄谋已久，更好像是不由分说。不到半年时间，就完全失去了记忆。有人叫他"丁铁山"，他认真地问："丁铁山是谁？"

痴呆后，丁铁山还是喜欢到处走，这个职业习惯他依然保持着。可他找不到回家的路了，更找不到家门，只能站在路边发呆，直到有人问他："你是谁？"

他说："丁小武。"

"在这里等谁？"

"丁小武。"

"你家住哪里？"

"丁小武。"

"你家里还有什么人？"

"丁小武。"

警察每一次都将电话打到丁小武手机上。丁小武就得放下手头的活，开着富康车，急匆匆赶往派出所。隔两天，丁小武又得去一趟派出所。

丁小武带他去信河街人民医院做检查，身体各个器官都没问题，也都有点问题。没有查出病因，医生没办法对症下药。换一家医院，也一样。

丁小武思来想去，最后将他送入养老院。

丁铁山在养老院住了不到一个月，就被遣送回来了，因为他在里面演绎"武打片"。他功夫还在，出手动脚更是没轻没重。话说回来，打养老院里的老头老太太也不太需要功夫，丁铁山一伸手，撂倒一个，一抬腿，又一个躺下了。相当地轻松，相当地好玩。他上了瘾了，乐此不疲。

养老院只好将他送回来。再不送他回来，肯定出人命。

丁小武将他送回石坦巷的单身宿舍，请了一个保姆照顾他。丁铁山这一次倒没有对保姆"动手动脚"，他知道这是在自己家，要斯文。

但是，一个月后，保姆跑了，因为丁铁山在床上拉屎拉尿。不管不顾了。丁小武一连请了三个保姆，每一个都做不到一个月，最后一个只做了一天，不辞而别了。

丁小武每一次去石坦巷，丁铁山都会面无表情地高喊一声"丁——小——武——"。每一个字都有一个后音，"武"字拉得更长，像唱歌。丁铁山每喊一声，丁小武心里就刺一下，莫名其妙地想大哭一场。

在丁小武看来，父亲是决绝性格，从不拖泥带水，从不儿女情长，说话从来是斩钉截铁的。当然，这只是丁小武的看法，他和父亲没有做过沟通。他对父亲的认识，从来是站在外围观看。而父亲呢，在丁小武的记忆中，也从来没有主动跟自己谈过心。在丁小武心里，父亲像个战士，他在销售科工作，东征西战，周游全国。而丁小武只是一个工人，一个模具工人，他的世界只是一个车间。他们是两个世界的人。相貌也不同。父亲是瘦高个，手长脚长，像只鹭鸶。丁小武的个子不算矮，接近一米七，但他骨骼粗壮，像只猩猩。还有，他有两颗明显的虎牙，父亲没有。最主要的是，两个人不亲。父子之间亲不亲，不是指两个人之间有没有话，能不能聊得来，而是指两个人见面，什么话也不用说，甚至都不用看对方一眼，那股血脉关系的亲情就会流淌起来，就会荡漾起来。丁小武和丁铁山没有这种感觉，不亲。

丁小武自认不是一个冷漠的人，用妻子柯又红的话说，他是"拖拉机"。丁小武承认，在很多时候，他是犹豫不决的，是能拖就拖的。他是个软性格。相比之下，丁铁山立场坚定，处事果断。

有一件事，丁小武印象深刻。他和柯又红属于"无证驾驶"，结婚前就住在一起——柯又红的宿舍，很小，只有二十三个平方米。丁铁山住在石坦巷,他的宿舍有二十六个平方米,多出来的三平方米,是一个卫生间。结婚前,柯又红让丁小武去跟丁铁山商量:"我们结婚,你爸一分钱没拿,对换一下宿舍总可以吧?"

柯又红这么说是有道理的。信河街的风俗,子女结婚,男方父母是要准备一间婚房的。而他父亲"屁也没放一个"。其实,丁小武并没有对丁铁山说过结婚的事,丁铁山并不知道有柯又红这个人。柯又红想跟丁铁山对调房子,让丁小武为难了。他开不了口。柯又红干脆将话挑明了:"如果你开不了口,这个坏人让我做。我去讲。"

"还是我去吧。"说出这句话,是丁小武的本能反应。他知道柯又红说到做到,而她和丁铁山根本没有见过面,一见面就说调换房子的事,想想都难为情。但是,话一出口,丁小武就后悔了,后悔死了。柯又红想去,让她去好了,是她想调房子的。

丁小武一直拖着没去见丁铁山,拖一天是一天。直到结婚前一个月,柯又红再一次问丁小武:"调换房子的事,你爸怎么说?"

丁小武这次老实了:"我还没说。"

柯又红早就猜到丁小武会这么说了,不抱希望了:"你是不是不想问了?"

丁小武觉得还是要实事求是:"我实在开不了口。"

柯又红生气了,应该说是很生气。跟自己父亲有什么开不了口的?又不是抢他的房子,是调换,只差三个平方米而已。但柯又红没有发作,她很清楚,对丁小武发作有什么用? 解决不了问题的。她说:"我知道你脸皮薄,我脸皮厚,我去总行吧?"

这一次,丁小武没有说行,也没有说不行。他本来想说——"要不要我跟你一起去",话到嘴边,又吞下去了。

柯又红去石坦巷12号201室找丁铁山。

进门之后,柯又红先环顾了一下房子。其实,也不需要"环顾",

单身宿舍的结构都差不多。柯又红关注的重点是卫生间。她只关注卫生间。就在靠近阳台的角落里，卫生间的门开着，一览无余。很小，小得刚刚容得下一个人，如果是个胖子，转身都困难。可是，够了，足够了。这不是大与小的问题，而是有与无的问题。其实，也不是有与无的问题，这是先进与落后的问题。更进一步讲，这是生活质量的问题。有卫生间的生活是完满的，没卫生间的生活是不完满的。差别就在那三平方米，就这么简单。对于柯又红来讲，她马上要跟丁小武结婚了，跟丁小武父亲调换一下有卫生间的宿舍，过分吗？当然不过分。名正言顺。理所当然。

柯又红先做了简单的自我介绍，然后说了调换宿舍的事。言简意赅，直奔主题。不是商量，不是要求，不是请求，而是宣布。丁铁山直直地看了她好长一段时间，他觉得这个女人的脑子肯定进水了，肯定塌掉了，丁小武的眼睛肯定也瞎掉了，找了这么个"条直"的女人，这种事轮得到她来讲吗？要来也是丁小武呀，她还没过门呢，算个毬？丁铁山斩钉截铁地说："想要我的宿舍，门都没有。"

柯又红纠正说："不是要，是调换。"

丁铁山更坚定地说："调换也不行。"

一开始就僵住了。也不是僵住，而是一开口就谈崩了。不可调和。不留余地。双方各踞一边，互不相让。也不存在让的问题，没有沟通，没有商量，事情从一开始就变成水火不容。两个人都是气势汹汹。两个人都是杀气腾腾。

柯又红生气了。她的生气是理直气壮的，是义正词严的，她质问丁铁山："丁小武是不是你的儿子？"

这个问题火上浇油了。这不是质问，而是侮辱，丁铁山的态度已经很不好了："是又怎样？不是又怎样？"

柯又红听出了挑衅，听出了无可无不可，听出了逃避。哪有这样做父亲的？一个父亲怎么能说出这种混账话？柯又红不是生气了，而是可怜；不是可怜自己，而是可怜丁小武，他有父亲，又没有父亲。她为丁小武感到不值，也感到羞辱，她对丁铁山说："如果是，你就承担责任；如果不是，以后丁小武就没你这个父亲。"

这就是威胁了。丁铁山原本是冷静的，这时更加冷静了，跟一个脑子不灵清的人，有什么好讲的？他准备速战速决："那是我和丁小武的事，轮不到你来指手画脚。"

柯又红很伤心，但她没有表现出来。那就铁了心吧，不就是三平方米的卫生间吗？不要了。她突然对丁铁山笑了一下，说："是的，确实轮不到，再见。"

柯又红说的"再见"，其实就是不见。从转身离开201室的那一刻开始，她就迅速删除了调换的念头，同时，也删除了丁铁山这个人。他不是丁小武的父亲，丁小武没有这个父亲。退一步说，即使他是丁小武的父亲，跟她也没有关系，没有任何关系。她割断了这层关系。本来就没有连在一起，一割就断。此生不再相见。

所以，他们结婚时，丁铁山没有出现。是柯又红不让丁小武通知他的。柯又红对丁小武说"有他没我"。但丁小武还是偷偷告诉丁铁山了，结婚这么大的事，于情于理都应该说一声，但他没有说结婚日期。丁铁山问他有什么需要，他说没有。丁铁山又问："确实没有？"他说："确实没有。"丁铁山就不再问了。摆结婚酒席时，只有女方家长出席，有人问起来，丁小武说他父亲出差了。酒席地点是柯又红定的，在华侨饭店，四星级，当时信河街只有这一家四星级饭店。柯又红不是一个铺张浪费的人，但是，她说了："丁小武，结婚就一次，铺张浪费怎么啦？"

丁小武连连点头。

柯又红说到做到，从那之后，再也没有提过丁铁山的名字。在她的生活里，丁铁山是一个不存在的人。包括他们的女儿丁点点出世，包括他们搬迁到公爵山庄新居，丁铁山都是"缺席"的。但她知道，丁小武跟丁铁山有来往，包括派出所给丁小武打电话，让他去领丁铁山，她每一回都听得明明白白的，但从不过问。她只有一个要求，是在他们结婚之前提出来的：丁小武不能在家里提丁铁山的名字。当然，丁小武也不会提。在家里提丁铁山的名字，不是没事找事吗？

丁小武没觉得这种关系有什么不对，不来往就不来往，双方都清净。眼不见，心不烦，挺好。可是，现在的问题是，丁铁山成了一个生活不能自理的傻子，柯又红可以不管，他能不管吗？丁小武觉得不能。也不是内疚，不是，只是每一次看着已经不认识自己的丁铁山，他会心酸，也不是心酸，而是无端地悲从中来。

他当然没有哭。一次也没有。又过了半年，就在除夕的那一天，丁小武突然跳出一个念头——将丁铁山接到公爵山庄。

这个念头太疯狂了。无法通过柯又红那一关。过不了的。柯又红不可能接受丁铁山住进公爵山庄，她会毫不犹豫地捍卫自己的主权和领土的完整。公爵山庄是她的家，是她的城堡，是她的王国，她绝不会让别人踏入一步。丁铁山更别想。是的，即使他变成了傻子也不行。

但是，作为丁小武来讲，明知柯又红不会答应，却还是要将这话讲出来。果然，柯又红听了之后，没有任何犹豫地说了两个字："不行。"

停了一下，她又补充一句："你如果一定要他住进来，我搬出去。"

这就是断了退路了。她没有理由搬出去的，也不会搬出去。这是"没有商量"的意思了。丁小武当然明白她的意思，也早就料到她会这么说。可他还是想从柯又红嘴里得到证实。他满意了？当然不满意。他站在满意和不满意之间，一头是父亲，另一头是妻子。他想平衡两头，可是，做不到。不过，当他听到柯又红的答复时，居然有一种如释重负的感觉，居然有一种身轻如燕的感觉，他用犹豫却又坚决的口吻说："你不用搬出去嘛，我搬出去。"

出乎意料了。柯又红不能理解丁小武的话，更不能理解丁小武的行为，她跟这个男人睡了几十年，却一点也不了解他。她的心突然冷下来了，是绝望的冷，她面无表情地说："随便。"

贰

这一年，丁点点大学毕业了。

四年大学，她做了五件事：家教、支教、旅游、当学生会副主席和谈恋爱。当学生会副主席是在大二，当上之后，发现还要到社会上拉赞助，立即谈恋爱去了。

丁点点在大学谈了两次恋爱。第一次是和学生会里的师兄，是师兄主动追她，说"你是我梦寐以求的人"。毕业时，他的"梦"醒了，双方很客气地说"拜拜"。第二个是学生会里的师弟，名字叫季增石，比她低一届，是她主动的，属于"老牛吃嫩草"。她追季增石只有一个原因，他笑起来时，会露出两颗小兔牙，相当地讨她欢心。丁点点毕竟谈过一次恋爱，是"过来人"，不再矜持，几乎没有征求季增石的意见，直接将他收归"麾下"。

季增石读的专业是营销。这个专业相当"开阔"，什么都学，却又什么都没学，很神奇的。季增石是个沉默的人，一天说话不超过三句。他觉得这样很酷，很有个性，更主要的是，他觉得自在，有什么话可以在脑子里和自己说，自得其乐。丁点点和他谈恋爱后，他对丁点点也是"惜话如金"，丁点点威胁他："你是不是不喜欢我？为什么半天没跟我说一句话？"

他立即用眼睛无辜地看着丁点点，露出两颗小兔牙。丁点点继续威胁他:"你再不说话,我真的生气了。"

　　这话一出口,丁点点都觉得自己有点"为老不尊"了,忍不住笑了起来。季增石见她笑个不停,摸着脑袋,一脸惶恐地看着她,喃喃地说:"我说我说。"

　　他还是什么也没有说。

　　季增石在学生会负责电脑维护,没有他解决不了的电脑问题。丁点点发现,他看电脑的眼神比看她的眼神明亮得多,完全是要一口将电脑吃掉的架势。这让她嫉妒,丁点点希望他能用这种眼神看自己。好多次丁点点故意弄坏学生会的电脑,以泄心头之愤。后来她发现,这一招正中他下怀,让他有更多时间和电脑待在一起。丁点点立即改变策略,学生会的电脑谁也不能动,她让季增石加了锁,只有她才能打开。

　　毕业了,丁点点也和季增石"拜拜"了,没有举行任何"仪式",甚至连招呼也没有正经打一个。根本不需要嘛,潮涨潮落,缘聚缘散,随便了。本来就算不上有很深厚的感情,也就不存在离散的痛苦。毕业之前,丁点点已经考入一所中学当语文老师。实习啊,毕业论文啊,答辩啊,各种聚会啊,忙得晕头转向。到了上班的学校,新手上路,手忙脚乱,根本顾不上"痛苦"。

　　丁点点算是走向社会了,有了一份正式工作。学校离家只有十五分钟路程,丁点点也没想在外面租房子单住。她知道,如果提出来,柯又红肯定会同意的。丁小武心里估计舍不得,但他肯定不会说出来。丁点点觉得住家里挺好,空间够大,最主要的是,他们不管,晚上多迟回去他们也不管,夜不归宿也不会问。柯又红是不愿意问。丁小武是想问又不好意思问。丁点点知道他们是"故意"的,都这么多年了,成自然了。这很好。这地方免费吃住,又不干涉个人自由,当然得住。再说了,这是丁小武和柯又红的家,同时也是她的家。

　　丁点点指的家,已经不是校场巷的宿舍了,而是公爵山庄的套房。

丁点点成长的二十年，是信河街翻天覆地的二十年，丁小武的经历没有大风大浪，却也算随波逐流。丁小武原来是信河街模具厂工人，喜欢写点小文章，后来招聘进文化局下属的杂志社。再后来，杂志封面登了一张大屁股女人照，他这个编辑就当到头啦，只好下海和朋友李其龙办打火机厂。

李其龙和丁小武是朋友，和柯又红是工友。柯又红是信河街火柴厂仓库保管员，李其龙是车间主任。丁小武和柯又红的认识，就是他牵线的。

李其龙做的是整机，分两大类：一类是一次性打火机，另一类是充气式打火机。李其龙胸怀大志，目标是做出世界上最好的打火机，比"都彭""登喜路"还要高级的打火机。为此，他专门去上海恒隆广场，花两万四千四百四十元，买来五只"都彭"打火机，将机身拆解，研究各个零部件和构成。他要做到知己知彼。

丁小武先跟李其龙合伙做了一年整机。他们是好朋友，却有本质区别。区别最先体现在"世界观"上。李其龙要的是"大"，工厂名字也体现他的追求：大世界打火机厂。工人和老板加起来不到二十人，厂房也是租来的，哪来的"大世界"？李其龙不管，这是他的气势，是他的格局，更是他的人生追求。"大"是李其龙的特点。丁小武有自知之明，他把握不了"大"，他的选择都是从"我"出发的，他对世界的认识是"小"，他只能想象看到的东西，只对看到的东西有把握。

工厂的生意"还可以"。什么概念呢？一年生意做下来，纳完税，还清货款，付清房租，发完工人工资，一结算，两个老板寒碜了，除了每月预支的两千元工资，年终分红也是两千元。

这种状况可以理解，两个老板的心思不在一块儿，力量也使不到一起。

那年春节过后，丁小武主动和李其龙谈了"分家"的事。丁小武对李其龙说:"你做整机,我做配件。我还是归你管。"

丁小武又对李其龙说:"我不是不想做世界上最好的打火机,而是不敢想。我要赚钱,要尽快买一套带卫生间的房子。"

紧接着,丁小武又补充一句:"这也是柯又红的想法。"

话说到这个份儿上,李其龙还能说什么? 放行。

丁小武独立出来后,办了一家小工厂,做的配件是镍片,信河街人叫银片、限流片。限流片是打火机里的一个出火装置,出火口只有六微米,比头发丝还细,是真正的小本生意,赚的是辛苦钱。丁小武是做模具出身的,只要有一台冲床,火箭都能做出来,限流片不在话下。对于丁小武来讲,只要能赚到钱,累和苦,他不怕。

限流片做了十年后,丁小武终于实现愿望,购买了公爵山庄的房子。房子是柯又红看中的,顶楼,跃层,九跃十,最主要的是大,二百三十个平方米,楼上楼下加起来,有三个卫生间,也就是说,他们一家三口,每个人都有一个卫生间,怎么用都行。为了奖励丁小武,柯又红给他买了一辆富康轿车。

又过了十年,信河街的限流片泛滥成灾了,从最开始只有丁小武一家,变成了几百家。价格从一片一元,压到一片一毛 —— 这生意没法做了。

刚好,丁小武将工厂关闭了,一门心思去石坦巷照顾丁铁山。

自从丁小武搬进宿舍后,丁铁山再也没有在床上拉屎拉尿过。他会突然高喊一声"丁 —— 小 —— 武 ——",丁小武会像屁股被人捅了一刀,一跃而起,一把将他抱起来,冲入三平方米的卫生间。丁铁山的喊声一天最少要响十次,没有任何规律,没有任何征兆,完全是突发性的,有时是午夜零点,有时是凌晨两点,中气十足,声音凌厉。

没有人理解丁小武为什么要这么做。从外人的眼光看,他是丁铁山的儿子,他在尽一个儿子的责任。但丁小武知道,这不是主要原因。

主要原因是，他没想到，自己会以这种方式找回父亲，并以这种方式找回自己。很多时候，丁小武觉得，自己并不是在照顾父亲丁铁山，而是在照顾另一个自己。

还有一个更隐秘的原因。这个原因，连丁小武自己也否认，但肯定存在：父亲丁铁山曾经是那么强壮和强大的人，现在却变成一个需要他照顾的傻子。孱弱。无知。浑浑噩噩。生不如死。他心里似有所得，却又怅然若失。实在是五味杂陈。

这种结果也是柯又红没有料到的。对于她来讲，她不能接受丁铁山来公爵山庄，也不能接受丁小武住到石坦巷宿舍。丁小武是"她的人"，她不会和任何人"分享"，即使丁铁山也不行。所以，丁小武搬到石坦巷，柯又红是有意见的，而且相当大。可是，如果必须在"搬进来"和"搬出去"之间做选择，她选择后者。这是她的态度。但是，更大的问题来了，她没想到，丁小武居然连家也不回了，不闻不问了，"他的眼里只有父亲"，父亲成了他的命，成了"他的唯一"。

对于丁小武，柯又红是不满意的，几乎心灰意冷了。什么叫家庭？什么叫夫妻？只有同心同德才叫家庭，才叫夫妻。丁小武的行为极大地伤害了她，他居然为了那个无情无义的父亲抛弃了这个家，抛弃了她。她不能原谅丁小武这种行为，这辈子都不会原谅。柯又红做好了一切准备了，她不会低头的，绝对不会。她要有力地证明给丁小武看：没有他，这个家照样是个家；没有了他，她也依然是她，而且，活得更逍遥更自在。

柯又红对丁小武的不满另有隐情，丁小武一身肌肉，看起来"凶猛"，可是，在"那个事"上表现欠佳，最大问题是毫无章法。每一次都是横冲直撞，好像牛入羊群。可是，每当他找到出口，马上就全力以赴了，救火似的。每一次，柯又红的兴致刚刚上来，丁小武就兀自鸣金收兵了。柯又红不满意，不满意极了。她每一次都让丁小武"慢一点",柯又红说:你是做模具出身的,就当我是你手中一个模具,你要有耐心,要循序渐进,要精益求精,要把我当成一件艺术品来打磨。什么叫打磨? 就是要有"打"有"磨",要双管齐下,比翼双飞,而不是急吼吼地独自赶路。可是,丁小武屡教不改,不开窍,很不开窍。柯又红兴致索然了。而丁小武也知道自己没有"做"好,他每一次都想努力"表现",可是,他越是努力,表现却是越差,几乎"无功而返"了,都心理自卑了。愧疚成了阴影,压力相当大。日子一长,"那个事"成了两个人的禁忌,成了刻意避开的禁地。身体的荒芜慢慢演变成内心的荒凉,疏远了,很疏远了。似乎变得可有可无了,可内心的渴望却越发激烈。急死人了。从柯又红的角度来讲,这样的丁小武在不在身边有什么区别? 根本无所谓嘛。有点赌气吗? 有点。赌气的点在于,丁小武是个"有能力"的男人,他却"故意"把事办砸。这就不可原谅了。这些话不能摆到桌面上来讲,羞于启齿啊。那么好吧,眼不见为净。这样的人有什么好留恋的?

　　柯又红对丁小武的不满,还跟一个叫董南妮的女人有关。

　　董南妮曾经是丁小武的"正牌女友",或者说是"绯闻女友"——丁小武去兰州给董南妮送过毛衣。从信河街到兰州,何止千里,就为了送一件毛衣。这是什么情况嘛。明摆着的,这不是送一件毛衣那么简单。丁小武的解释是,他们是同事,同事间应该互相帮忙。那时,丁小武在文化局当编辑,董南妮也是。有半年时间,她在兰州大学培训。她到了兰州后,给丁小武打电话,说没想到兰州这么冷,冷得骨头都麻了。最要命的是,她忘带最喜欢的红色高领毛衣了。丁小武接到电话后,立即联想到西北的冰天雪地,仿佛看见瘦弱的董南妮被冻得瑟瑟发抖,甚至奄奄一息了。他立即决定千里送毛衣。他说这完全是自告奋勇,是本能反应,跟一个人掉进江里他伸手去救是一个道理。而且,毛衣送到之后,他赶当天的火车回来了。是一趟纯粹的送毛衣之旅，纯粹的好人好事。但是，在柯又红看来，这个解释根本站不住脚，漏洞百出啊。第一，董南妮去兰州不可能忘记带毛衣，而且是她最喜欢的毛衣。女人出门，可以忘记回家的路，甚至可以忘记自己的姓名，绝对不会忘记带最喜欢的衣服。这是女人的天性。也就是说，董南妮"忘记带毛衣"是故意的。第二，董南妮忘记带毛衣，为什么选择给你丁小武打电话？她怎么可能让一个非亲非故的男人千里送一件毛衣？于情于理都说不通。事情是明摆着的，她有想法。很明确了。第三，你去哪里拿董南妮的毛衣？当然是董南妮家。也就是说，这件事，董南妮爸妈是知道的，也是首肯的。他们如果不认可，不会让你进他们家门，更不会让你拿走毛衣，没有毛衣，你去兰州送什么？第四，也是最重要的，董南妮一个电话，就将你招到了兰州。你奋不顾身地去了，是心甘情愿的。好了，你情我愿了，还有什么好讲的？嗯？

　　柯又红无法接受自己和丁小武之间藏匿着另一段故事，无论丁小武如何辩解都不行。柯又红拥有一个女人最敏锐最准确的直觉，丁小武不可能对董南妮没有"意思"，否则，他不可能送毛衣去兰州。除了爱情的力量，男人不可能有这么大的动力。

　　柯又红去过一趟文化局，也是唯一一次。以柯又红的性格，是不愿去丁小武单位的。她是自尊的。她是"工人编制"，进了"机关"，有无形压力，有巨大自卑。但柯又红决定去一趟。这一趟不一样了，她是以胜利者的姿态进入文化局的，她是以视察封地的姿态进入丁小武单位的。她必须走一趟。在丁小武还没有介绍之前，她越过所有障碍，一眼就看到了娇小玲珑的董南妮。就是这么精准，就是这么神奇。她以为董南妮会慌张，会落荒而逃，甚至当场落泪。出妖怪了，董南妮居然同时盯上了她，四目相对，剑拔弩张。谁也没有开口，谁也不愿退缩。"战争"一开始就进入胶着状态，气氛相当激烈，相当惨烈。柯又红这次来文化局，属于"突袭"，她完全打了丁小武一个措手不及，丁小武完全乱了阵脚。一看见柯又红和董南妮对峙的架势，他腿都软了。他预感到，此时自己无论说什么，都会变成一条导火线，一场"战争"难以避免，而他肯定是引火烧身的。可是，这种情况之下，如果他不开口，这种无声的"战争"更加可怕，更有杀伤力，后果不堪设想。所以，丁小武只能"牺牲"自己，只能将笑容堆到脸上，拉着柯又红对大家说："这是我的女朋友柯又红，大家也可以叫她阿红。"

是这句话挽救了一场一触即发的"战争"。或者，换一句话说，是这句话让这场"战争"分出胜负 —— 柯又红完胜。她和董南妮在"僵持"，在"角力"。两人都没有挑明，两人都心知肚明，完全是一场精神上的"争夺战"，谁也不让。谁也不会让，谁让谁输。可是，丁小武一开口，胜负立判了。柯又红要的就是这句话，她很满意。丁小武通过了她的考验。她更满意的是，这次彻底击垮了董南妮，从精神上击垮了她。但她没有轻易放过丁小武，她不会的，这辈子都不会。在出了文化局大门后，她向丁小武颁发了一道"圣旨"："从今往后，你不能和那个女人讲一句话，一个字都不能。"

董南妮后来嫁给一个文化局科员，嫁得相当潦草。没想到的是，她父亲作为文化局领导，放出话来，"在我退休之前不能提拔我的女婿"。这是什么混账逻辑？不提拔也就罢了，为什么要说出来？不说出来会死人吗？科员生气了，绝望了，更主要的是赌气，辞职下海去了。丁小武听文化局老同事讲，董南妮和科员婚后的生活并不顺，应该说是相当的不顺，据说科员办了一家外贸公司，生意做得一般，私生活却相当出彩。董南妮提出离婚，他不肯，他说："你爸为了标榜自己清廉和正派，要将我耗死，他妈的，老子现在跟你死耗。"

就这么耗着。一直到科员查出结肠癌，他终于同意和她去民政局办离婚手续。出人意料的是，董南妮反而不离了。科员骂她："他妈的，你跟你爸一个德行，又臭又硬。"董南妮不还嘴。科员动手打她，她也不还手。她带科员去各地找医生，带他去上海做手术。去上海之前，她找到丁小武，向他借了十万元。工厂的钱由柯又红掌控，丁小武不敢动，也动不了。他是从客户那里直接提走货款，借给董南妮的。

　　柯又红知道这件事后，不肯了，她没有跟丁小武哭和闹，她只有一个要求，必须将十万元追回来。丁小武可以将钱借给任何人，但"那个女人"不行。丁小武后来将十万元交还给她，至于是不是从"那个女人"处追回来的，柯又红没问，伤心透了。

　　有了这两个"污点"，丁小武还值得珍惜吗？还值得挽留吗？随他去好了。她不需要这样的男人。不需要。

　　半年之后，考验柯又红的时候到了，她必须面对一个问题，这问题是她之前没有想过的：她的生活将如何"维持"？从表面上看，这个问题不堪一击，因为柯又红未来的生活根本不需要"维持"。这些年，丁小武赚了一些钱，不出意外的话，这些钱足够柯又红用一辈子。再说，她有工资，退休之后会有退休金。她无需为未来的生活担忧。但是，面对未来，柯又红第一次乱了方寸，产生了深深的恐惧。她的恐惧来源于：即使安坐在二百三十平方米的套房，她的眼前依然是一片虚无。此时，她才发现，丁小武对于她是多么重要，对于这个家是多么重要。丁小武在时，他的意义和作用被日常生活屏蔽了。一旦离开，他的重要性凸显出来了，他的作用不只是在现实层面，更具精神意义。也是在这时，柯又红才猛然明白过来，她这辈子，不管愿意不愿意，也不管满意不满意，已经和丁小武捆绑在一起了。离不开了。

叁

　　柯又红对丁点点说："你去叫你爸搬回来。"

　　柯又红跟丁点点讲这句话时是一个周末，虽然住在一起，两人平时却很少交流。丁点点一日三餐基本在学校食堂吃,不是食堂的菜好,而是她不愿面对柯又红。丁小武搬出去后,柯又红的面容再也没有舒展过,好像丁点点欠她五千元,有种压迫感。丁小武在家时,他的虎牙能部分消解柯又红的"凝重",丁小武一走,丁点点觉得家里的空气凝固了,好像空气也欠她五千元。喘气都吃力,何况吃饭。丁点点看了看她,故意说:"他要服侍爷爷的。"

柯又红脸上没有表情:"叫你爸带他回来。"

丁点点坚决地摇了摇头说:"我不去。"

紧接着说:"要去你自己去。"

柯又红撇了撇嘴,骂了一句:"你这个死丫头,什么事都不干,养你有什么用?"

丁点点不会去的。这是母亲和父亲的事,是母亲和爷爷的事,是父亲和爷爷的事。他们的事他们处理,她不干涉。也不是不干涉,而是无法干涉,不能干涉。母亲既然要让父亲搬回来,她必须自己去面对。更重要的是,母亲还要面对爷爷。这是最重要的。这不是小事情,更不是一天两天的事情。母亲肯定知道,如果将爷爷接进家门,他将会在此生活到死,而谁也不知道爷爷什么时候会死。毫无疑问,这将是一个漫长的对峙过程。没错,对于母亲来讲,就是对峙。母亲每天得面对爷爷,这将是她此后每一天的重要课题。

柯又红亲自出马了。这是她这些年来第一次来石坦巷。自从上次离开这里,她再也没有来过,路过这里也是绕开走的。这一次,她豁出去了。

她对丁小武说明来意后,提了两个条件:第一,她不负责照看病人;不会给病人煮饭烧菜,不会洗一件衣服,不会烧一杯开水。摔倒不扶,死活不管。她只是提供一个栖身之处,不承担赡养义务。第二,丁小武必须重新办一家工厂,什么工厂不管,工厂大小也不管,但必须能赚钱。

丁小武接受了柯又红的条件，因为他看到了柯又红的变化：柯又红接纳了他父亲，虽然她提出什么都不管。这不重要，重要的是，柯又红松口了，同意让父亲搬进公爵山庄，而且，她亲自来石坦巷了。她的行动说明了一切。对于丁小武来讲，只要柯又红同意让父亲搬进公爵山庄，他什么条件都答应，做牛做马都行。

丁小武要感谢柯又红，是柯又红成全了他，成全了他作为一个丈夫的名义，也成全了他作为一个父亲的名义，更成全了他作为一个儿子的名义。他是在意这个名义的。他不认为名义是虚无的，于他而言，正好相反，这个世界是虚无的。世界是个巨大的实体，看得见摸得着，可是，丁小武却悲观地认为，这一切终将化为乌有，跟他没有任何关系。或者换一句话讲，这个巨大的世界终将抛弃他，将他湮灭，成为灰烬，什么痕迹也不会留下。而名义呢？虽然看不见摸不着，可它却有无比坚韧的生命力，可以穿透历史，更可以穿透人心，流传在人们的记忆和传说之中。丁小武有时也反问自己，这是不是软弱的表现？在面对坚硬的现实世界时，只能自欺欺人，抱着一个无用的名义用来安慰。

看起来，丁小武接受重新办工厂的条件，直接因素是柯又红，是迫于她的压力。他是被迫的。对于丁小武来讲，重新办工厂更是他内心的需求。他在石坦巷照顾父亲的这段时间，是一个寻找和弥补的过程。他找到了，也得到了。他很满足。同时，他也发现了一个巨大的问题，在和父亲相处的过程中，他丧失了直接面对父亲的勇气。说到底，谁也不能接受自己老了变成一个傻子。不能。所以，也可以讲，是柯又红为他提供走出困境的一个机会，他不能一直和父亲待在一起，他必须有自己的生活，必须找到不同于父亲的人生形态。他必须给自己一个信心，他的未来，不是父亲的翻版。

搬回公爵山庄后,丁小武将父亲安置在跃层的顶楼。这当然也是柯又红的意思。父亲在顶楼,他下不来,她不上去,生死不来往,死活不相见。这样也好。但是,丁小武的问题来了,他要办工厂,虽然还没决定办什么工厂,但无论办什么工厂,他不可能将父亲带在身边,他得出去见熟人,得花时间找人办事,得去了解市场动态。这跟他以前去菜场买菜不同了,菜场是被动的,菜也是被动的,他是主动的,时间是可控的。而现在不同了,谈业务,办工厂,对象是人,有的是他找对方,有的是对方找他,时间变得不可控了。

丁小武跟父亲做了一次"谈话",很正式很认真地"谈"。

父亲躺在床上,丁小武坐在收起的折叠床上。两个人的构图是一竖一点,像个"卜"字。丁小武拉着父亲的手,看着他的眼睛,父亲的眼睛也看着他,但父亲的眼神穿过他,看向更辽阔的过去和未来。丁小武说:"我得出去办工厂。"

父亲一动不动。

"我不能带着你出去办工厂,对不对?"

父亲还是一动不动。

"可是,将你留在家里我又不放心。"

父亲依然一动不动。

"你有什么好的建议吗?如果有的话,你跟我讲讲。"丁小武停了一会儿,看着父亲,似乎在等待。又过了一会儿,丁小武说:"你不开口也没关系,点点头,眨眨眼睛,都行。"

父亲没有点头,也没有眨眼睛。丁小武等了一会儿,继续说:"那好,既然你没有建议,我倒有一个建议,你看行不行?"

父亲依然没有点头。

"我每天早上出去,中午回来;下午出去,晚上回来。在我出去的这段时间里,你能不能憋住?"

父亲的眼睛还是没有眨。

"我相信你能憋住。我对你很有信心。"

父亲这时突然张开嘴巴,喊道:"丁——小——武——"

丁小武马上伸手将他从床里捞上来,抱着他往卫生间跑,一边跑一边说:"这就对了嘛,这就对了嘛。你这算是同意了,说话要算数的。"

跟父亲"谈"过之后,丁小武去找李其龙。当然,丁小武和李其龙的见面从没断过,只不过,他"专职"照看父亲后,去不了李其龙的"大世界",都是李其龙来石坦巷。李其龙过一段时间会找他谈一次话,都已经是一种心理需求了,不谈不行的。

"都彭"打火机为李其龙打开了一个新天地,他对丁小武说:"老子现在才知道什么叫作井底之蛙了。"

丁小武只是笑笑,不点头也不摇头。他知道,以李其龙的性格,一般是不会讲这样的话,他从来都是蔑视一切的。李其龙马上接着说:"不过,认真研究之后,也没什么了不起,老子一定能做出更好的打火机。一定能。"

形势明朗了,丁小武拼命地点头。他相信李其龙,李其龙说能做出来就能做出来。李其龙如果说,他能做出一只比上海东方明珠电视塔还高的打火机,他也相信。

李其龙将新产品命名为"麒麟"。传说中,麒麟是能吐火的神兽,他喜欢这个名字,神气,张牙舞爪,有力量感。自从准备做"麒麟",李其龙就换掉了所有设备,原来设备做出的配件精确度不行,打个比方吧,原来的配件像猪八戒的嘴巴,多一点少一点,感觉不到差别。而"麒麟"对配件的要求就不一样了,它是孙悟空的火眼金睛,那就不是眼睛里容不得一粒沙子的问题了,差一丝一毫就是"妖怪",就要显出原形。李其龙从德国引进一套全新的设备,他发现,德国的设备最多只能做出跟"都彭"差不多的打火机，做不出他要的"麒麟"。这当然不行，他的"麒麟"必须超过"都彭"。必须。他拿着新的参数，又高价向德国厂家定制设备。

整整用了三年时间，李其龙才做出他想要的"麒麟"。为此，他付出的代价是卖掉了房子，第二任老婆跟他离了婚，并开走了跑车。不过，对于李其龙来讲，这根本不算什么代价，"麒麟"就是他的房子，就是他的老婆，就是他的全部。

"麒麟"的零售价是五千元。这是李其龙的底线，也是他的底气。他的产品必须比"都彭"卖得贵，"麒麟"的品质一定要胜过"都彭"，这一点不能商量。

"麒麟"走上了市场。"走"得相当好。他到北京、上海、广州招合作伙伴，在电视上打广告，来加盟的人络绎不绝。他去各大商场谈合作，商场也非常乐意给"麒麟"开设专柜。很了不起了。在知名商场里开专柜是一种荣耀，是市场认可的标志，是身份的象征。要知道，在这之前，只有国际大品牌才有资格开专柜，国内的打火机想都不敢想。

李其龙特意去了上海恒隆广场，他曾经对这里的"都彭"专柜服务员说过"再见"。他是个言而有信的人。专柜就设在"都彭"边上，"都彭"专柜的美女服务员还在。李其龙对她说"你好"，她也笑着对李其龙说"你好"，笑容很甜，很迷人，甚至比三年前更甜更迷人。但是，李其龙发现，她对他的笑容是职业化的，是千篇一律的，是空洞的，也就是说，她已经将李其龙忘记了，彻底忘记了。这让李其龙有点伤心。他心心念念了三年，每天想着"打回来"，而在美女眼里，他只是一个顾客，根本没往心里去。不过，李其龙也明白，这无关紧要，要紧的是他"回来"了，跟她"再见"了。他兑现了诺言。

最多的时候，李其龙在全国知名商场里开了近三百家专柜，最好的专柜，一天能卖出十只"麒麟"。这是一个了不起的数字。当然不只是钱的问题，钱是重要的，没有钱，他不可能做出"麒麟"来。但是，做出"麒麟"之后，钱就退到次要位置了。李其龙知道，时候到了。李其龙所谓的"时候"，指的是将"都彭"啊"登喜路"啊"芝宝"啊统统压下去。李其龙不"赶"它们，"赶"是多么野蛮的手段，多么地武力，多么地血腥。他现在要做的是蔑视它们。他眼里只有"麒麟"，能做好的也只有"麒麟"。他要将"麒麟"做大。不对，"做大"显得低档，很不上台面。他要做的是"扩大"。"扩大"温和多了，有内涵多了，有文化多了，同时也有力量得多。相较于"做大"而言，"扩大"是看不见的，是循序渐进的，是潜移默化的，是滴水穿石的。但是，"扩大"的力量也正在于此，它是不知不觉的，是暗潮汹涌的。

李其龙就是想用"扩大"的方式，一点点拓展"麒麟"的版图。在他的脑子里，这个版图里有江河湖海，还有草原和戈壁，甚至还有"都彭"和"登喜路"们的老家。他不急，一点也不急。他急什么呢？"麒麟"是他研制和生产的，是他"生"的，谁也抢不去。

但是，意想不到的事情发生了，李其龙没有想到，市场上很快出现了"麒麟"的仿制品。一看就是假冒伪劣产品，做工粗糙，连抛光都不均匀呢。这样的产品，李其龙看不上。更让李其龙不能接受的是，假冒的"麒麟"卖得那么便宜，一只售价仅五十元。

他对这种情况很不满意，感受到莫大的侮辱。那么多企业明目张胆地仿冒"麒麟"，完全无视他的存在。假冒产品在蔓延，病毒一样扩散开来，无边无际，无法无天。而他却不能站出来讲一句话，那么多人都在仿冒"麒麟"，有什么办法制止他们？没有，成千上万，无从下手。

李其龙深受打击。这种打击是精神上的，是灵魂深处的，是致命的。这种打击使他对这个世界产生了失望，很深很深，他觉得全世界都在欺负他，合起伙来欺负他。明摆着欺负人嘛。既然如此，他也不想反抗了。他妈的，既然你们要，都拿去好了，老子不玩了。

丁小武就是这个时候找到李其龙的，丁小武说："你不能这样消沉嘛，你这么做正中了别人下怀。"

李其龙摇摇头说："老子知道，可老子累了，真的累了。"

丁小武说："这不是我认识的李其龙嘛，我的朋友李其龙是个打不败击不垮的大英雄，他雄心万丈，意志坚强，是个从来不认输的人。"

没等李其龙接话，丁小武接着说："李其龙你要知道，如果一定要找一个能打败你的人，那就是你自己。"

李其龙见丁小武这么说，突然哇地放声哭了起来。相当意外，相当放肆。他一把抱住丁小武说："小武，老子心里苦哇。"

这是丁小武第一次见李其龙哭，而且是抱着他的头，号啕大哭。泪水滂沱。山崩地裂。势不可挡。泣不成声了。丁小武不知道他心里到底有多苦，但他猜想，李其龙的哭，也不完全是因为仿冒"麒麟"的事。这些年来，他的付出，他的坚持，他的勇往直前，他的坚硬如铁。对外，他是一个超人形象，战无不胜，无所不能。可是，丁小武知道，李其龙不是超人，他是一个人，所有人的弱点他都有，他只不过是将这些弱点和软肋包裹起来，埋藏起来，将坚强的一面呈现出来。他比普通人过得更累，更辛苦。其实，丁小武何尝不是如此？他比李其龙做得好的只有一点，他会示弱，他会认输，这对他来讲就是放松，就是缓解。他可以脱下盔甲，暴露所有缺点，这是身体的放松，也是精神的放松，这就是调和，就是平衡。李其龙没有，他的人生一直是铜墙铁壁，一直战车滚滚。作为朋友，丁小武能够感受到，那哭声从李其龙心底奔涌而出，那是抑制不住的哭声，是委屈和无辜的哭声，甚至是无助的哭声。丁小武深受感染，他抱着李其龙，也大声痛哭了起来。这是一次不同凡响的碰头，在丁小武和李其龙交往史上是载入史册的，也是最释放的一次"碰撞"。两个人足足抱头哭了半个钟头，泪水几乎把对方的肩膀变成沼泽，甚至是一条河流。哭完之后，两个人互相看看对方，都朝对方羞涩地笑了笑。李其龙很快恢复了常态，将头高高抬起，用俯视的眼神打量周围的一切，好像什么事情都没有发生过，更没有哭过。没有，李其龙怎么可能哭？不可能的。

丁小武告诉李其龙，他想重新办工厂。李其龙这次没有拉他入伙，问他要办什么工厂，丁小武说想办一家眼镜厂，他想征求李其龙的意见。李其龙看着丁小武，没有讲话，但他的眼神似乎在讲话。

肆

人的一生，冥冥之中，似乎有某种定数。当然，"定数"这种东西，信则有，不信则无。丁小武介于信与不信之间。他自己或许不信，可是，他的所作所为，包括思维方式，显示并注定了他的某种归宿。

做打火机时，丁小武选择了最不起眼的限流片。没有再小的了，微乎其微了。办眼镜厂，他还是做了最简单的选择。他做的配件叫中梁，就是两个镜框中的横梁。眼镜主要由四部分构成：镜脚、镜框、镜片和中梁，中梁的位置处于两个镜片中间位置，相对而言，作用最弱，价值最低。有意思的地方就在这里。在中国人的观念中，正中位置肯定是最重要的，最尊贵、最有价值。在眼镜的构造中恰恰相反，中梁只是起到过渡和衔接作用，它可以无限简化，直至用一根铝钛合金来替代。但是，中梁又是无可替代的，没有中梁，眼镜就无法架到鼻子上，无法起到眼镜应有的作用。可以这么讲，没有中梁，眼镜是不成立的。

这大概是丁小武选择做中梁的最主要理由，也是他人生的必然选择。往形而上方面讲，这是他的人生观在起作用，也是他给自己的定位：他的人生无足轻重，却又必不可少。当然，这肯定不是他的初衷。他的初衷想必有更大的理想，否则，不会从模具厂考到文化局。那么，他是从什么时候改变了初衷？是什么原因让他篡改了人生定位？这个原因，丁小武没有说。他不会讲。更大的可能是，他也不知道。

眼镜配件厂的名字叫：小日子眼镜配件厂。

这中间有一段插曲。丁小武去工商部门登记注册时，被告知小日子限流片厂还没有注销。丁小武说，那个工厂早就停办啦。工商的人说，这是两个概念，停办是个人行为，注销是法律程序。如果没有注销，法律上认定工厂一直在生产，各项税收还得照样缴纳。丁小武大吃一惊，问道，那我岂不成了偷税漏税的人了？工商的人看了看他，一副见怪不怪的样子，说，可不是嘛。丁小武说，我补缴行不行？工商的人说，这不是行不行的问题，你必须补税，注销税务登记，再注销工商登记，才能再登记注册。这是程序。丁小武问，补缴之后，我还算偷税漏税吗？工商的人突然呵呵笑起来，说，你这个同志很有趣，问的问题也很天真烂漫。

丁小武补缴了税款，也缴了滞纳金，然后回到工商局注销了"小日子限流片厂"，再重新登记注册"小日子眼镜配件厂"。但是，丁小武知道，从此以后，他的人生不完美了，他有污点了。这个污点将像胎记一样，伴随他的人生，甚至铭刻上他的墓碑。这让他脸红，让他羞愧，让他沮丧。他一生的清白毁于一旦了。

丁小武的"小日子眼镜配件厂"做得不算好，但也不算差。他有他的原则。他的原则是所有中梁的模具都是他亲手设计的，他让厂家自己选。当然，他也可以根据厂家的要求设计模具。他有这个信心，也有这个能力。他不急，更不贪，心态好得不成样子。他有一个准则，绝不允许质量不过关的产品离开工厂。一个也不行。这为他的工厂赢得了口碑，当然，这也是他的口碑。这是声誉，是他办工厂以来一直努力的方向。他很看重这一点。反过来讲，他的追求，从某种程度上也制约了他。在一个缺少规则的混乱时期，坚守往往能成就一个人，但从更大的方面来讲，也限制了一个人。

柯又红关心的是，丁小武的眼镜配件厂能不能赚钱。当然，赚得越多越好。她的底线是不能赔钱。这一点，丁小武做到了。柯又红是"言出必行"的，她果然对丁铁山不闻不问，完全无视他的存在。

出人意料的是丁铁山。他居然"听"进了丁小武的话，成功地"憋住"了。自从住进公爵山庄，他没有在床上拉屎拉尿，每天中午都能"憋"到丁小武回来。他对丁小武是有感应的，丁小武的小车刚进小区，他的身体就开始蠕动，嘴唇开始颤抖，脸色发红，小声地念着"丁小武"。随着身体蠕动得越来越激烈，叫喊声也越来越响亮，脸色越发地红亮了。当丁小武开门进来时，他的叫声已经变成嘶吼了，脸色乌青，整个身体猛烈抖动，他拉开喉咙喊"丁——小——武——"。丁小武鞋子也顾不得脱，袋鼠一样蹿上顶层，嘴里喊着"来了来了"，抱起丁铁山往卫生间冲刺。

从卫生间出来，丁小武将父亲放在床上，两个人似乎都经历了一次凶险的长途跋涉，惊涛骇浪，同舟共济。船到静水区，他们耗尽了力气，像两条垂死的鱼，张着嘴巴，大口地吸气和吐气。

至于丁铁山是否每一次都能"憋住"，这事只有丁小武知道。对一个失智的人来讲，是很难做到这一点的。他根本无法控制自己嘛。有这个意识的人不可能失智。不可否认，丁铁山在公爵山庄的表现，是个不大不小的奇迹。

当然，丁小武也参与了奇迹创造。他在顶层另起炉灶，包揽了丁铁山所有生活上的事务，烧饭、煮菜、洗衣、洗碗、洗澡，都是他一手包办。他毫无怨言。他不但对丁铁山没有怨言，对柯又红也没有。她接纳了父亲。以丁小武对柯又红的了解，她很难接受这个现实。可是，她接受了，没有任何不良情绪的表露。所以，丁小武没有任何怨言。他觉得这种生活是踏实和满足的。能够和家人住在一起，又能将工厂办起来。他觉得生活又有了希望，他还能做事，还没有被生活打败。这让他觉得充实，这让他觉得幸福。

丁小武的生活基本上算是走上了正轨，丁点点的生活却还在不停地"颠簸"。她在学校当了一年老师后，考到信河街晚报当记者。

丁点点离开学校，并非不喜欢当老师。如果她有什么朦朦胧胧的想法的话，或许，当一名老师曾经是她唯一动过的念头。当然算不上理想。说理想太沉重了，甚至过于美化了，最多只能算是一个美好的憧憬。丁点点进入学校才知道，自己还是过于"理想"了。她没有后悔当初的选择，也不怀疑当老师的意义。但是，她发现，自己不适合当一名老师。老师虽然也是个体劳动，但在整个教育体制里，却有一种深深的"无力感"。简单地说，就是她想在课堂上告诉学生的，却不能讲；而她平时所讲的，却不是最想讲的。更主要的是，她不知道自己想讲什么。

至于到报社当记者，这也不是丁点点的人生选择，她对人生并没有清晰的规划。从来没有人要求她怎么做，她不会硬性要求自己做成什么样。丁点点不想做父亲那样的人，更不想变得像母亲。她想过跟他们不一样的生活。问题的关键在于，她找不到自己生活的轨迹，甚至连方向也没有。但是，丁点点没有觉得这有什么不好，因为她知道一个简单的道理，这个道理是从她父母身上反照到的，她不希望自己的生活轨迹太明显，更不要有一个明确的方向。

每个记者有一条主跑线，丁点点跑的是旅游线。这是她喜欢的。只要愿意，可以到处跑。只要跟大自然接触，只要跟山水接触，她都愿意。相对来讲，她更喜欢跟山相伴，山有一个优点，能给人自信心，特别地提气。和水相遇，则要忧伤得多，有一种无端的忧愁。而丁点点却不知道，这种忧伤和忧愁从哪里来，因何而来，更不知道如何排解，或者，干脆就没想去排解。

丁点点是在海南采访时接到季增石的电话的。面对着大海，海风将椰子树吹得如泣如诉，吹乱了她的头发，乱得一团糟。她很伤感，无端地想找一个人倾诉。手机一响，她看见是季增石打来的。刚开始，她有点恍惚，有那么一刹那，心里在想，季增石是谁？毕业之后，她换过一次手机，但没有将季增石的号码删掉。没有特别的意思，只是觉得删掉也没有意思。这期间，她和季增石之间，没有通过电话，连念头都没有动过，她似乎真的将他忘记了。但是，当她站在海南的海边，忧伤弥漫之时，接到了季增石的电话，突然有点茫然失措了。

从海南回来后，她和季增石见了一面。季增石毕业后，和朋友办了一家网络公司。他办网络公司，丁点点能理解，他没有理由荒废了电脑技术，那是他的强项。

从那之后，他们又恢复了来往。这一次，是季增石主动的。他约丁点点去看电影，还请她吃四川火锅。但他还是话少。与以前不同的是，他更喜欢笑，一笑就露出两颗小兔牙。一看见那两颗小兔牙，丁点点心里就充满了温暖。她有时会想，她可以不要季增石这个人，把他嘴里那两颗小兔牙拔给她就行。当然，她清楚地知道，如果那两颗小兔牙离开了季增石的口腔，也就失去了意义，她也不会要它们了。这真是个两难的选择。

丁点点去了季增石家。他父亲很早就死了。季增石一开始没有告诉她父亲是"生病死的"，他只说父亲在他很小时候就"没了"。丁点点后来才知道，他父亲是得肝癌死的。季增石的家在信河街西角，他母亲原来是信河街玩具厂的技术员，"改制"后，去私人办的儿童玩具厂当工程师，工资比以前高了十倍，但他们住的依然是老房子。房价此时已经升到每平方米两万元，可以看到瓯江的房子卖到每平方米八万元以上，依靠工资，很难买得起好楼房了。丁点点看得出，季增石母亲的眼神里有一种"讨好"的成分。她的眼神是谨慎的，带有技术员的"较真"。

丁点点也带季增石到公爵山庄,一起吃了一顿饭。丁点点还带季增石到顶层见了爷爷,季增石主动叫了"爷爷",爷爷睁着眼睛,一眨不眨,眼神辽阔而空洞,嘴巴张成O形,似乎想说什么,又像什么也不想说。

丁点点能够感觉出来,母亲不满意季增石。她的不满意是写在脸上的,也表现在态度上。她虽然接待了季增石,去菜场买了对虾和江蟹,可她的姿态是明显的,是高高在上的,甚至是盛气凌人的。她曾经向丁点点打听季增石的家庭情况,丁点点告诉她三个字——"你别管"。可丁点点知道,柯又红不可能"不管"。她三句两句就套出了季增石的家庭情况。来公爵山庄之前,丁点点交代过季增石,无论柯又红问他什么,他都不要回答。可是,进了家,季增石立即将丁点点的"交代"忘得一干二净,柯又红问什么,他回答什么,比派出所审问还老实。丁点点感觉到,柯又红每问一句,姿态就上升一层,最后像雄鹰一样盘踞在半空中。丁点点一开始挺替季增石着急:太实在了,太不把我的话当话了。后来一想,我急个毛,柯又红想打探一件事,连玉皇大帝都阻止不了,我阻止有什么用?退一步说,自己和季增石的事,作为母亲的柯又红问问也没有什么不对。最主要的是,她打探得水落石出有什么用?我的事,我可以自己决定。

打发走季增石后,柯又红给丁点点下了一道"懿旨":"你不能和季增石在一起。"

丁点点早就等着她这句话了,立即回答说:"我偏要。"

柯又红见她这么说,口气突然柔和了下来:"我是为你好。"

丁点点说:"我马上和他结婚。"

"我不是嫌弃他家贫,也不是嫌弃他的公司看不到前途。"柯又红停了一下,叹了口气,说,"我担心的是他的身体,他父亲得的是肝癌,他爷爷也是,这就是基因。不出意外,他的肝以后也会出问题,而且是大问题。"

柯又红这么说,大大出乎丁点点的意料。她确实没有考虑到这一层。这是个很现实的问题。但是,她不准备听从柯又红的意见,恰好相反,柯又红如果不跟她说明这个问题,自己跟季增石在不在一起真的无所谓,现在,柯又红把问题摆上桌面,她就必须跟季增石在一起了。

是不是有点怄气?丁点点承认有一点。但她不认为全是怄气,她这么做只是想向柯又红表明:世界不是都像你看到的那样,也不是都如你所想的那样。有例外的。她要允许有例外。而我,就是一个例外,是个活生生的例外。所以,丁点点的态度相当坚决:"我决定了,他就是现在得肝癌,我也要和他在一起。"

丁小武什么话也没有说。当然,柯又红也没有征求他的意见。丁点点也没有。丁点点甚至看不出他脸部表情的变化。当然啦,她也没有细看。在这种时候,丁点点更多关注自己的内心情绪,以及做出决定后的坦然,至于别人的看法,实在不是很重要。相反,如果这时阻力越大,转化成的动力也越大。

第二天,丁点点就和季增石去了民政局,领了结婚证。然后,去了一趟银饰店,季增石花了一百二十八元,给她买了一枚银戒指,套在她左手的无名指上。结婚了。

柯又红很生气。她没有跟丁点点争吵,甚至也没有骂她一句。只是不理她了,看也不看一眼。柯又红的态度,促使丁点点更快地逃离这个家。丁点点太了解母亲了,她的没有态度就是明确的态度。可她又拿丁点点没有办法,她对付丁小武那一套手段对丁点点无效。在丁小武眼里,她是中心,她的一喜一怒都会掀起风暴。在丁点点这里,她只是一个家的概念,而丁点点随时随地准备离开这个家。这就是丁点点和父亲的区别。这种区别，也是这么多年来，丁点点从他们相处的关系中学到的。她不会让别人成为她的中心，她不会让别人影响她的决定。她的中心和决定必须来源于自己，虽然她也不知道自己到底需要的是什么。

丁点点有一点点积蓄，季增石是一点也没有。买房是不可能的。西角的老房子，她也不想住。只能租房。他们在报社旁边租下了房子。那天晚上，丁点点回了一趟公爵山庄，在房间整理自己的衣物。柯又红知道她回来干什么，不闻不问。这挺好。这才是丁点点认识的母亲，这才是柯又红。如果这时问东问西，那不是她的风格。丁小武进了她的房间。印象中，读高中后，这是父亲第一次进她的房间。他站了一会儿，见丁点点忙着收拾衣物，也没有开口。丁点点见他站了很久，就问："有事吗？"

他受惊吓的样子，连忙摇头说："没事没事。"

见丁点点没有再说什么，他停了一下，小心翼翼地问："需要钱吗？"

丁点点摇头说："不需要。"

他更加小心地说："如果买房子，我给你付首付。"

丁点点看了他一眼。她当然知道他的意思，但依然摇头说："不需要。"

他叹了一口气，像失望，又像松了口气，说："有需要就跟我说嘛。"

"嗯。"丁点点点点头。这次没敢抬头看他。丁点点担心，一看见他的眼神，会忍不住流泪。在这种时候，特别是在父亲面前，丁点点不想落泪。她不想在他面前流露真实情感，更不想给他负担。

"你保护好自己。"他走出房间前，轻轻地说。

丁点点觉得，这句话由她讲出来才对。老实讲，丁点点对他不放心，很不放心。这种不放心毫无来由，却又挥之不去。丁点点总有一个不好的预感，总觉得他会出事，却又不知道他会出什么事，更不知道会在什么时候出事。最主要的是，她帮不上忙，相当地无能为力。

伍

丁小武的眼镜配件厂办到第八个年头，丁铁山的病情出现了变化。其实，也不是病情有变化，只是晚上不睡觉了，不停地喊"丁——小——武——"。

丁铁山喊一声"丁——小——武——"，丁小武必须回一声"我在"，否则他会一直喊下去。到了这个地步，丁铁山的喊叫已经不是上卫生间了，他需要丁小武在身边。只有丁小武答应"我在"，他才会稍微安静片刻。丁小武的夜晚被撕得粉碎。丁小武晚上不能睡觉，白天却要去工厂上班，睡眠严重不足。睡眠不足带来一个后果，他总是在等红灯时睡过去，引得后面的汽车狂按喇叭，甚至跑下车来，指着他的鼻子，骂他是"猪头"。丁小武被"骂醒"后，不停地说"对不起"，赶紧开车走人。更为严重的是，经常被交警抓住。交警怀疑他酒驾，不由分说，先是吹气，再带到医院抽血检查。验血结果出来后，交警很严肃地对他说，疲劳驾驶是最大的安全隐患，危害比酒驾还大。丁小武笑着对交警说"是是是"，以后一定"整改"。有一个交警和他"特别有缘"，抓了他十多次，都抓出交情了，一看见他就说，老丁啊，做企业不要这么拼命，命没了，赚再多的钱有什么用？丁小武很赞同他的看法，笑着说，是是是，你说得很对。我以后不拼命了。

无论在外面，还是在家里，丁小武从来没有叫过一声苦。无论丁铁山怎么喊，他都是带着笑意说"我在"。回应及时，态度诚恳。但是，丁小武的变化是明显的，他的体重从七十五公斤降到了六十公斤。

嚣张的胸肌消失了,像瘪了气的皮球。手臂上飞扬跋扈的肌肉不见了,变成有气无力的皮。特别显而易见的是他的脸,原来是国字形,瘦成倒三角。用"形销骨立"来形容一点不过分。他的眼睛又大又空洞,猛地一看,相当吓人。

这样的日子,丁小武又坚持了一年多。突然有一天,丁铁山不吃东西了。他不是不吃,而是吃不进了。他胃口一直很好,每顿一大碗米饭。丁小武调羹还没将米饭打好,他的嘴巴早就张得像隧道,嗷嗷待哺。饭一送进去,几乎没有经过口腔嚼动,直接被送进了肚子。丁铁山有牛一样的反刍功能,闲着没事,他的口腔一直在嚅动,两个嘴角经常挂着几滴白色唾沫。

丁铁山的变化是突如其来的,他不会反刍了,直接将吃进去的东西吐出来,吃多少吐多少。丁小武将米饭换成稀饭,他照样吐。吐了两天,丁小武将他送到信河街人民医院。医生给他做了包括肾功能项目的全面检查,最后得出一个结论:机器老化,回天无力。也就是说,丁铁山不能反刍,不是身体里某个零件出问题了,而是所有零件的责任。

第二天,丁小武将他运回公爵山庄。

此后十天,丁铁山粒米未进。他依然会喊丁小武的名字,声音已经很微弱了,如蚊蝇之声。如果丁小武不在,他会一直叫下去。那已经不是叫了,是哀号,是饮泣。那是肝肠寸断的寻觅,是绝望的呼唤。

第五天,丁铁山进入昏迷状态,偶尔醒来,嘴里挤出的唯一声音是"丁——小——武——"。他已经没有力气了,声音像呻吟。丁小武立即应道:"我在我在。"

第九天中午,丁铁山像一副皮囊在漏气。丁小武知道,他大限将至。

午夜零点刚过,丁铁山突然高叫了三声"丁——小——武——",

喉咙里发出一阵咕噜声，然后便归于寂静了。

这中间大约有十来分钟的停顿，仿佛时间静止了。

丁铁山去世的前一天夜里，丁点点的羊水破了。季增石紧急将她送到医院待产。比预产期提前了十天。

躺在医院的病床上，一轮阵痛过后，丁点点给柯又红发了一条微信，柯又红立即回了两个字：就来。

丁点点和柯又红的关系，是在她怀孕后"修复"的。本来就没有深仇大恨嘛，只是因为人生观的不同，产生了"裂痕"而已。于柯又红而言，大约是出于对丁点点的失望，辛苦抚养，不但不知报恩，反而一意孤行，让她伤了心。更主要的是担忧，担忧丁点点的未来。可是，这孩子太固执了，太让人寒心了。无论如何，丁点点是她肚子里掉出来的肉，她可以失望，可以生气，可以愤怒，甚至可以怨恨，但是，她没有办法不牵挂。不过，她终究是骄傲的性格，不会主动联系。而丁点点呢，虽也有过主动向母亲示好的念头，可实在不知如何表达。最主要的是，她觉得来日方长，有的是时间和机会，何必急于一时？所以，当她得知自己有了身孕后，并没有告诉柯又红，而是告诉了父亲。丁小武当然是高兴的，他们虽然只是通了微信，但丁点点可以想象，父亲一定露出了他的两颗虎牙。很快，父亲又给她发了一条微信，希望她将这个好消息告诉母亲，他的微信是这么写的：你妈肯定会很高兴的。丁点点想想也是，就主动加了母亲微信。半个小时后，柯又红通过了她的微信，丁点点将这个消息告诉她，她回了一句：你这个死丫头，为什么不早告诉我。

完全是冰释前嫌的口气了。

从那之后，柯又红每周来一趟出租房，每次都带来烧好的菜。刚开始是对虾、子梅鱼等海鲜，后来是炖鸡汤和炖鸭汤，再后来是燕窝、鱼胶等补品。丁点点怀孕六个月，已经胖得不像样子，体重从五十公斤飙升到六十五公斤,身体横向发展,原来的瓜子脸,变成了国字脸。体现尤为突出的是肚子,她觉得肚子里装着的不是一个孩子,而是一个班级的孩子。不能好好走路了,只能依靠身体的晃动前行,左摇右摆,相当艰难,也相当霸气。

丁点点已经从报社请假在家。请假的原因是她心绪不稳定。由于身形的巨大变化,让她心情灰暗、懊恼、自卑、怀疑一切、怀恨一切,不想见人了。可是,另一方面,她又无比骄傲,因为肚子里怀着孩子。在她看来,那不仅仅是一个孩子,而且是一个完整的世界,一个独一无二的世界。她是这个世界的创造者和孕育者,完全有理由为自己骄傲。怀孕期间,丁点点一直在这两种情绪之间来回跳跃:上一刻灰心丧气,下一刻斗志昂扬;上一刻泪流满面,下一刻转悲为喜。这种近似精神病的状态,弄得她身心俱疲。离预产期还有三个月,她决定请假在家。也是从那时起,柯又红每天下午都来陪她,她还是每次带菜过来,没有空过一次手。

丁点点能感受到,柯又红不喜欢他们租住的房子。也对,八十平方米的老房子,陈旧、简陋,怎么能和公爵山庄的跃层房相比?最主要的是,这是租住房,没有安全感,没有归属感。但柯又红没有说出来。丁小武顺路来过几次,提出让他们搬回去住,丁点点没同意。

丁点点是在第二天中午十二点产下女儿季笑笑的。这个名字是她和季增石商量好的,不论是男孩还是女孩,都叫季笑笑。没有特别含义,只是希望孩子将来快乐,多笑。

季笑笑跟她的太爷爷丁铁山擦肩而过了。

没有人告诉丁点点这个消息。她还处在产后恍惚中。让她略感意外的是,丁小武没有来医院,但一想到他要照顾丁铁山,还要去工厂,也就没往深处想了。有点反常的是柯又红,经常走神,惘然若失的样子。那天下午,她回了一趟公爵山庄,不到两个小时,依然回到医院。丁点点问她，有事吗？柯又红只当没听见，也没回话。

丁点点在医院住了三天，第四天，丁小武开着车，将他们一家三口接回公爵山庄。柯又红还是什么话也没讲，丁点点也没问。但丁点点知道，这事肯定是母亲和父亲商量好的。她住在原来的房间，但房间已经"面目全非"，到处摆满婴儿用品，婴儿床、婴儿服、儿童玩具以及尿不湿等等，墙上贴满了各种儿童照片，喜怒哀乐，各种表情都有。丁点点发现，居然有一张她的儿童照，上半身裸露着，下半身包着布包，张着嘴巴，挂着哈喇子。照片上的人肯定是她，可她从未见过。

一开始，丁点点只想在公爵山庄住到满月。她要搬回租住房，那里才是她的家。季增石的母亲去过医院，也来过公爵山庄，热情里夹带着客气。这种客气是距离，是生疏，是楚河汉界。她每一次来看孙女，都是坐坐就走。其实，丁点点看得出来，她想多待一会儿，甚至想一直待下来。可她是理智的，也可以说是矜持的，时间基本控制在半个小时。短了太急促，显得迫不及待；长了不得体，似乎赖着不走。她做得很有分寸。这种分寸其实就是排斥，就是对立，丁点点甚至想到了仇恨。丁点点有时会想，季增石的母亲会不会仇恨自己呢？多少会有一些吧，她的客气说明了一个问题，她对自己不亲。亲不起来。丁点点想，或许搬回租住房后，季增石的母亲可以不那么拘谨了，季增石是她的儿子，季笑笑是她的孙女，她想什么时候来都可以，想待多久都可以。她有这个权利。这样的话，她可能会和自己亲一些。丁点点觉得自己对季增石母亲算不上好，但她的节制和自尊让她有好感，让丁点点会站在她的角度想问题。或许，这也算慢慢成长的一个标志吧。特别是她怀上季笑笑后，似乎对这个世界和人事多了一份理解和包容。

柯又红自作主张退了租住房，叫了搬家公司，将家具和衣物运回公爵山庄。她没讲任何理由，对丁点点说："如果你过意不去，每个月可以给我伙食费和保姆工资。"

她说的当然不是真话。自从有了季笑笑，丁点点发现母亲跟从前判若两人。她从前是不会主动对人示好的，脸上是见不到笑容的。现在不一样了，她这是主动要求他们住在公爵山庄呢。要知道，这套房子是她的私人领地，她不会与任何人分享的。她现在主动要求他们留下来，主要是因为季笑笑。当然了，在接纳季笑笑的同时，也接纳了她，也接纳了季增石，更接纳了季增石的母亲——她不能不让季增石的母亲来看望孙女是不是？丁点点觉得，柯又红能够接纳季增石的母亲，等于接纳了整个世界。相当开阔了。丁点点觉得柯又红最大的变化还是笑容，她现在每天笑声不断，抱起季笑笑，讨好地说："笑一个，宝贝给外婆笑一个。"

然后是做鬼脸，身体做出各种扭动的姿势。柯又红的身体一扭动，季笑笑就咧开了嘴。她大惊小怪地说："笑了笑了，宝贝对外婆笑了。"

从语气和表情看得出来，柯又红得到了巨大的奖赏，无比满足。她是真的快乐。而且，她的快乐是"主动追求"得来的，这种快乐是"敞开"的。

父亲丁小武当然也希望他们住下来，只是他没有说出来。不会讲的。他用商量的口吻问丁点点："住得习惯吗？"

这话问得太客气了，见外了。这是她的家啊，即使出嫁了，依然是她的家。丁点点知道父亲还有一句潜台词：习惯就一直住下来。这是他的心愿。他已经习惯了隐藏自己的心愿。

季增石的网络公司两年前就不开了，没有业务，赚不到钱。他开始在网上开商店，卖他母亲工厂生产的玩具，当然也卖其他工厂生产的玩具。

丁点点一开始没有将季增石的"转行"当一回事，更没有将他的网店当一回事，只知道他比过去忙，手机就有好几部，还叫了几个工人帮忙。丁点点还替他担心，每个月能否按时给工人发工资。担心归担心,她没有问季增石。她从来没有问过季增石网络公司的事,他也从来不说。只在公司关闭时跟她打了一个招呼,她"哦"了一声,等于没有任何反应。那个时候,她还没有怀上季笑笑,还是喜欢到处跑。她和季增石是两条各自奔跑的线,不同的是,他是画圈圈,她是画各种直线。他们唯一的结合点是租住房。那是他们的家。

他们在公爵山庄住了半年多,到了腊八那一天晚上,季笑笑已经睡下了,季增石对她说:"咱们买一套房子吧。"

丁点点故意问道:"发财了?"

他说:"我手头有两百万元,首付应该没问题。"

丁点点说:"你没做什么违法的事吧?"

他说:"没有,都是我这两年开网店赚来的。"

季增石的回答让她吃惊。太出乎意料了。丁点点没有想到,他不声不响赚了这么多钱。果然是个沉得住气的人。她更没想到的是,开网店这么能赚钱。她说:"那就买。"

季增石问:"买哪里好?"

丁点点说:"无所谓,钱是你的,你想买哪里都行。"

次日,丁点点将季增石想买房的消息告诉了母亲。她觉得这事越早说越好,不需要偷偷摸摸的。母亲一听,立即说:"我昨天刚好看到小区贴了一张启事,楼下有一套房子要出售。"

这事母亲比她和季增石积极性高,联系好后,让她和季增石去看房子。房子就在同一幢楼,在七层,是单层,面积一百一十二平方米。所有费用加起来,刚好三百万。丁点点咨询了单位,可以贷款八十万公积金,加上季增石两百万,还差二十万。母亲自告奋勇地说:"我借你们二十万。"

就这么定下来了。办完过户手续后,父亲找了一个装修队,将房子重新粉刷一遍,只花了两万元。

买房子这件事,最高兴的人是父亲。当他听到这个消息后,两颗虎牙闪闪发光,说:"好嘛,好嘛,楼上楼下,你们不用开伙,就在这里吃。"

母亲白了他一眼,说:"你奴役我还不够吗?"

父亲讨好地笑了起来,说:"我负责买菜和烧菜,洗碗也包了。"

母亲说:"做好你的事,把工厂办好。"

父亲不停地点头说:"那当然,那当然。"

母亲表面上没有表现出来,可她的高兴是难以掩饰的。她主动借二十万就是证明。她的高兴还表现在和季笑笑的对话中,她扭着身体对季笑笑说:"宝贝买房子咯。"

季笑笑咯咯咯地对她笑。

母亲又说:"以后外婆每天都可以抱宝贝咯。"

季笑笑当然还不知道"买房子"的概念。她不到一周岁,话还不会讲呢。"买房子"的概念是外婆讲的。外婆终于暴露了内心的秘密,她想"每天和宝贝在一起"。

丁点点能感觉出来母亲对笑笑的爱,几乎到了依赖的地步了,去菜场买菜都是小跑着回来的,进门第一件事就是叫"宝贝"。她的眼睛似乎有了特殊功能,总能第一眼抓到季笑笑所处的位置。季笑笑也没有辜负外婆,她跟外婆特别亲,无论哭得有多凶,只要外婆一抱,哭声戛然而止。外婆一扭身体,她立即破涕为笑。她自己可能不知道,她将最多的笑声给了外婆,也将最美的笑容给了外婆。外婆身心得到极大的满足。

产假结束后,丁点点回单位上班。短短半年,世界发生了巨变。首先是外部的,自媒体对传统媒体造成了巨大冲击。这种冲击是现实的,看得见的,也是摸得着的,对报纸的发行和经营都产生了很大的影响。丁点点觉得,最主要的影响还是人心。从事传统媒体的人心里慌了，乱了。一个乱了阵脚的人，还能打仗吗？还能打胜仗吗？不可能嘛。人人自危，自己把自己吓死了。其次是丁点点的变化。她以前没有中心，如果有中心的话，她就是中心。她是太阳，也是流水。可是，有了季笑笑后，丁点点发现自己完蛋了，她不是太阳了，也不是流水了。太阳还在，换成了季笑笑。季笑笑成了中心，成了她的中心。做任何事情，她的出发点都是从季笑笑那里开始的。丁点点不无悲伤地发现，自己无时无刻不在想念她、牵挂她，甚至担心她。在媒体上看到关于儿童的新闻特别敏感，特别容易伤心落泪，已经完全堕落成一个多愁善感的人了。

半年之后，丁点点从单位离职了。她想成立一家自己的旅行社，开辟几条专门针对年轻人的旅游线路。

在此之前，季增石找她商量，他扩大了网店规模，成立了公司，想让她辞职去他公司管财务。她没同意。她的理由只有一个，如果去了他公司，她将失去独立性。季增石说："你管钱，我给你打工，行不行？"

"不是这个意思。"她对季增石说，"我要的独立性是指两条各自运行的线，如果我去了你的公司，我们就成了一条线。"

季增石没有强求。他从来没有强求过她。

开旅行社的事，丁点点跟父亲说过。是"说"，不是商量。父亲想也没想就说："好嘛。"

丁点点知道，他的支持，是态度的支持，可态度有时很重要。

陆

丁铁山死后，丁小武并没有显得多么悲伤。丁点点和柯又红都为他松了一口气，为了丁铁山，丁小武累得只剩一副骨架。以前那个"铁塔"一样的壮汉消失了,丁铁山如果再拖延半年,丁小武的身体状况让人不敢想象。从这个角度来讲,丁点点和柯又红是盼望丁铁山早点"走"的。他的"走",从某种意义上讲"挽救"了丁小武。

李其龙专门送了两大袋海参过来,他对柯又红下命令:"让他当饭吃。"

李其龙不喜欢自己是个"肌肉男",但他希望丁小武恢复成"肌肉男",他说,那样的丁小武,看起来很有力量,给人很有希望的感觉,有一种蓬勃茂盛的生命力。他喜欢那种状态的丁小武。

李其龙没有将"都彭"和"登喜路"赶跑。他现在知道了,世界是圆的,事物是流通的,堵是堵不住的。他不能阻止任何事情。一个人怎么可能阻止地球运转呢?这是个简单的道理。那段时间,他怨恨过,怀疑过,消沉过,甚至想到过放弃。他最终发现,能要求的只有自己,能做好的只有自己。只能如此。他不能要求别人不仿冒"麒麟",他能做的,只有将"麒麟"做得更好。

李其龙告诉丁小武,他最近接待了好几拨天使投资人,他们都想投资"麒麟",一起将"麒麟"打造成高级工艺品级别的打火机,甚至是艺术品级别的打火机。李其龙说:"活了这么多年头,老子总算有点明白了。想做成一件大事,单靠一个人的力量不行,要学会借力。别人有大把的钱,想跟老子做大事。傻瓜才会拒绝呢。"

丁小武为李其龙"活明白了"高兴,他一直担心李其龙钻牛角尖,李其龙确实一直在钻牛角尖,现在他终于不钻了,他看到了一头牛,甚至是比一头牛更宽广得多的世界。这多么好。

李其龙发出邀请,说:"来吧,小武,咱们一起干。"

丁小武很感激李其龙的邀请,但他不会接受,他说:"我争取将中梁做好。"

丁小武不担心李其龙的"麒麟",作为朋友,他担心李其龙的生活。

一个人的生活总是动荡不安的，总是兵荒马乱的。丁小武劝李其龙"再找一个"，他说："要一个小孩吧，有一个小孩就有了未来。"

李其龙想了一会儿，问丁小武："你知道咱们的区别在哪里吗？"

丁小武说："你比我勇敢。"

李其龙摇摇头说："不对，是你比我勇敢。"

停了一下，李其龙补充说："我有时想，会不会变成你爸那样。"

丁小武摇摇头说："你不会的。"

李其龙说："谁说得清楚呢？"

刚说完，他对丁小武挥挥手说："不说了，小武，老子很高兴，交了你这样的朋友。很荣幸。"

丁小武对李其龙说："我也很高兴，交了你这样的朋友。很荣幸。"

丁小武决定"好好干活"。父亲丁铁山走完了他的一生，画上了句号。外孙女季笑笑刚开始她的人生之旅，未来不可知。他的旅程还得继续。他自觉责任重大。他得根据柯又红的指示，好好赚钱，将眼镜配件厂办好。这是他的责任。他承诺过的。

那年春天，季笑笑两周岁了。丁点点的"丁点点旅行社"运作顺畅。季增石还清了柯又红的二十万。一切似乎都很顺利。一切似乎都向着美好的方向发展。

那年清明节，一家人去给丁铁山扫墓。晚上，丁点点发现了父亲的问题。是季笑笑先发现的，吃晚餐时，丁小武用筷子去夹一只对虾，对虾没夹住，结果把筷子夹掉了。季笑笑拍着手说："哦喔，外公害怕大虾咯。"

这是丁点点第一次注意到父亲的手在颤抖，平时她很少注意这些细节。他拿筷子的右手像钟摆一样抖动，不停地抖动，好像很冷，抑制不住地冷。见她看着他的手，父亲摇摇头说："没事嘛，最近突然手抖，抖一阵就好了。"

父亲说完，想努力做个笑容。可丁点点发现，他的脸上像戴着一个面具，他的脸部肌肉是僵硬的，是缺少变化的。丁点点问他："多长时间了？"

父亲说："一个来月。"

丁点点说："找个时间，我陪你去医院看一下。"

父亲连忙说："不用的，我的身体我知道，没事的。"

丁点点看看母亲，她正在给季笑笑喂饭。丁点点没有再说什么。这时再看父亲的手，已经不抖了，很轻松地夹起一只对虾。但丁点点发现，父亲的手已经瘦得只剩皮包骨头了，颜色是黄褐色的，好像被烟熏过。在丁点点的记忆中，父亲的手曾经是多么粗壮有力啊，他的手就是一个饱满而生动的世界，不仅能写文章，还能做各种模具，还能烧出各种美味佳肴。她印象最深的是，小时候只要他抱着她，她就觉得那是世界上最安全的地方。他的手就是温暖的家，可以为她阻挡一切。看着父亲的手，她感慨的不只是父亲的老去，她有一种隐隐的担忧，有那么一天，父亲也会像爷爷那样。这担忧令丁点点不寒而栗。

父亲出事是在三个月后，丁点点接到母亲在信河街人民医院急诊室打来的电话。母亲说父亲从工厂回家的路上，将车开出了马路。马路外是斜坡，斜坡下面是瓯江。江水正在退潮，水流湍急，如果掉进瓯江，不消片刻，人和车便会被冲进东海。幸好斜坡有一块巨石，父亲的轿车一头撞了上去，整个车头都被撞烂了。父亲被撞昏迷了。交通警察将他送到信河街人民医院他才醒来，他请求警察不要通知家人，但他全身是血，样子相当吓人。警察决定通知家人，父亲没办法，才给母亲打了电话。母亲接了电话，抱着季笑笑急忙赶到医院。见到父亲后，父亲让她不要告诉丁点点，免得女儿担心。

母亲是偷偷给丁点点打的电话，她说："你爸的脾气你是知道的，平时让他来医院，比割肉都难。这次既然进了医院，干脆做个全面检查。"

丁点点完全同意母亲的想法,在电话里说:"我马上来。"

丁点点到了医院,季笑笑指着推床说:"哦喔,外公打败仗了,成了伤兵。"

她还伸出两根食指在自己的小脸蛋上刮几下。她觉得外公给她丢脸了。

父亲的额头被车玻璃扎了一个口子,医生给他做了处理,绑上了纱布,很像电视剧里的伤兵。他见季笑笑这么说,有点不好意思地笑了。他的笑容很不好看,很不自然,僵硬的面部肌肉挤不出生动的笑容,反倒增添了悲哀,一种日薄西山的悲凉。他肯定是不愿意将内心的情绪流露出来的,躺在推床上对丁点点说:"我没事嘛,你跟医生说,我们马上出院。"

丁点点说:"好的,我去跟医生商量。"

丁点点转身去找医生,不是办出院手续,而是交了押金,办理了住院手续。她跟医生商量好了,给父亲做全面检查。

一周之后,检查结果出来了。一个好消息,一个不好的消息。好消息是,父亲身体状况不错,对于一个年近六十的人,没有"三高",很难得的。这大概得益于他年轻时的健身,底子好,也得益于他多年来的良好习惯,吃什么都讲究适度。不好的消息是,医生诊断他得了帕金森病。他这次出车祸,就是帕金森病惹的祸,让他身体反应迟钝,甚至失去反应能力,眼看着轿车驶出马路,心里明白,身体却无能为力。

丁点点上网查了一下,结果让她一喜一忧。喜的是,这种病对父亲的生命没有直接威胁,它只是大大降低了父亲的生活质量。也就是说,从此之后,父亲要与这种疾病共存亡,两者既是朋友,也是敌人,既要和平共处,又要相互竞争。忧的是,到目前为止,只知道这是一种神经系统病变的疾病，无法对症下药，无法"集中火力打击"。没有特效药，也没有针对性的手术。可以这么讲，以目前的医疗水平而言，这种病是"无解"的。

父亲知道自己得了帕金森病后，显得相当平静，平静得看不出这事是发生在他身上的。要知道，帕金森病虽然不是绝症，却是一种顽疾，极其难缠的。丁点点猜想，父亲的平静是表面的平静，是做给大家看的。丁点点想，当父亲知道自己得了帕金森病，了解了帕金森病之后，他的内心肯定是灰暗的，甚至是绝望的。这意味着，他的余生将背上一个巨大包袱，这个包袱是他的，也是这个家的。丁点点觉得，他最大的负担正在于此，他是最不愿给别人增添负担的人，对朋友如此，对家里至亲也是如此。可是，现在得了这种"无期徒刑"的疾病，肯定要给家人带来无尽的负担。一想到这一点，他必定充满愧疚。正因如此，他更要表现得平静，他笑着说："我出院后马上去健身馆。"

季笑笑马上接话说："哦喔，外公说话要算数。"

父亲说："外公说话当然算数。"

父亲在医院住了两周，强烈要求出院。丁点点和医生商量，医生同意出院，并给父亲开了药，要求他每两个月来检查一次。医生给父亲开了三种药，让他每天按量吃药，一天三次。这三种药是目前国内能买到的最好的药，分别是森福罗、柯丹和美多芭。后来，因为美多芭对父亲的身体有副作用，换成了息宁。丁点点算了一下，按照医生的治疗计划，父亲每年吃药的花费约一万五千元。这笔费用不会是很大的负担。

父亲出院后，将小日子眼镜配件厂转让给了别人。这事是母亲决定的，手续也是母亲办的。她绝不恋战。消息放出去后，第二天就有人来谈判，开了三百五十万的转让价，母亲一口就答应了。母亲有点虚张声势地告诉对方，工厂最少值五百万，但跟父亲的身体相比，一百五十万不在话下，卖了，连厂名一起卖了。

父亲恳求说："让我继续办嘛。"

这一次，母亲态度坚决，她说："不办了。"

父亲说："轿车报废了，我以后不开车了嘛，不会再出交通事故了。"

母亲说："我不管什么交通事故，我要的是一个放心。你这种状况，我怎么能放心？"

这是母亲第一次对父亲说这种话，表面生硬，内心温柔，坚决里有体贴，已经很接近矫情了。

父亲说："你不是有驾照嘛，我们再买一辆轿车，你每天接送我上下班。"

母亲撇了下嘴说："呸，你想得美。"

母亲的坚决是有原因的。父亲的病情发展得特别快，快得让人心慌。不到一年时间，他已经到了完全依赖药品的程度。吃了那三种药，半个小时后，药气上来了，他的身体才能"活"过来。脸上的笑容也有了，手也不抖了，腿也能迈开了。这种状态最多维持两个小时，先是从后脑勺儿开始发紧发硬，慢慢扩展到全身。这种扩展和蔓延是清晰可感的，水一样流淌，"流"到哪里，身体僵硬到哪里。好像流水被冻住了，整个身体也被冻住了。只有手不可抑制地抖起来，抖动的幅度越来越大，像狂风中的一片叶子。医生告诉过丁点点，帕金森的病情是不可抑制的，得了这种病，就像一块巨石从山顶朝下滚，医生能做的，是尽量让这块巨石滚动得缓慢一些。也就是说，医生能做的，是尽量减缓病情的发展，延长患者的有效生命，因为帕金森病到了后期，患者会失去自理能力，甚至失智。

这正是丁点点最担心的。她想起了爷爷丁铁山生命最后的那些年，如果不是父亲的服侍，他完全没有"生命"可言，更谈不上"体面"和

"尊严"。丁点点的隐忧正在此,父亲是否遗传了爷爷的疾病基因? 他的人生晚年,是否将是爷爷的"翻版"? 丁点点问过医生,爷爷和父亲得了这样的病,她得病的概率是多少? 医生的答复比较含糊,只说"有可能"。她上网查,网上泥沙俱下,有一种说法最可怕,她得病的概率有百分之八十。丁点点当时没有太大的触动,也说不上担忧,当她将这事联想到季增石时,不一样了。季增石父亲是得肝癌去世的,他爷爷也是,季增石身体里是否隐藏着疾病基因? 那么,季笑笑呢? 一想到季笑笑,丁点点两眼一黑、双腿一软,几乎瘫坐下去。她觉得前方一片黑暗。

到了此时,丁点点才体会到母亲当年的心情,才感觉到母亲对她的提醒是多么用心良苦。而她的一意孤行,是多么让母亲伤心和失望。

柒

丁小武的病情让医生惊讶,医生说下坠速度这么快的病例,还是第一次碰到。两年不到,巨石已从山顶滚到半山腰。按照这个趋势,不到三年,巨石就可能到底。

丁小武的坚强这时显现出来了。他没有食言,从医院出来后,就去家对面的东方健身馆办了年卡,每天一大早去"撸铁"。锻炼当然是好事,丁点点和柯又红劝他吃了药再去,药气上来后,身体灵活。他偏不。他不吃药的状况很不好,身体不能弯曲,不能正常走路,只能小步跳,是挪着脚步跳。他跳得吃力,看的人更吃力。但丁小武坚决不吃药,很固执的。是的,医生对丁点点说过,帕金森病会改变人的性格,变得无比固执。当然,也可能是药物的副作用。

柯又红觉得不能让丁小武这么"任性"下去,在健身房一练就是四个钟头,铁打的人也受不了,更不用说一个帕金森病人。她强势出手了，规定丁小武只能健身两个小时，两个小时到了，她立即去健身馆，把他从器械上拉下来，绝不手软。其次，柯又红规定丁小武每顿吃两个煮鸡蛋，必须吃。吃完煮鸡蛋后，再喝一碗高压锅打出来的老番鸭汤。这是补品，是运动的有力后盾。必须这么吃。

除了控制运动时间和增加营养，柯又红做了另一件事，到处搜寻治疗帕金森病的偏方。在柯又红眼里，没有中医西医之分，她只有一个目的，将丁小武的帕金森病治好。柯又红的想法非常简单，她不相信世界上有治不好的病，所谓"治不好"，只不过是没有遇到对的医生和对的治疗方法，当然，包括对症的药。

柯又红打听到，南京有一家医院，专门治疗帕金森病，是可以动手术的。柯又红得到这个消息是秋天，她对丁点点说："想带你爸去江苏散散心。"

丁点点说，我可以替你们安排好江苏之行的路线，包括预订好住宿的酒店。母亲不让丁点点预订，她说他们要"自由行"，预订好线路和酒店，就失去"自由"了。

也不是没有道理。不就是去一趟江苏嘛，又不是徒步穿越罗布泊，没什么好担心的。丁点点给他们买了去南京的动车票。买了一等座，空间大一些，也安静一些。他们出发那天早上，丁点点开车送他们去动车站。母亲带了一个巨大的行李箱，还带了一个不大不小的行李箱。丁点点当时也有疑问，问她："又不是搬家，带这么多行李干什么？"

她回答说："你爸这种情况，出门多带点东西总没错。"

丁点点想想也是，就没有深问。

他们一到南京，当晚就住进了医院。三天以后，丁小武的头顶被开了一刀。

这些情况，丁点点都是后来才知道的。父亲住院期间，母亲每天和她微信聊天，她只说父亲想在南京住几天，过几天再去苏州逛逛。

这是丁点点的疏忽，她多次去过南京，如果多问几句他们去过什么地方游玩，母亲肯定会露出破绽。他们根本没有离开医院。

丁点点是在第七天上午十一点接到母亲的电话，她在电话里严肃地说："跟你说实话吧，我和你爸来南京不是为了旅游，是做手术。"

丁点点的脑袋立即膨胀了。出事了。她听医生介绍过，也上网看了很多资料，知道天津有一家医院，几乎是目前国内最权威的专门做帕金森病手术的正规医院。她没有带父亲去，不是因为费用问题，更不是时间排不出来，而是手术成功率并不高。说它"不高"，是指手术之后，对患者的症状并没有"革命性"的改变。也就是说，手术效果不明显。意义不大嘛。丁点点一听母亲的话，第一个念头就是他们遇到江湖骗子了，赶紧问："还没做吧？"

母亲说："做了。"

"怎么样？"话是这么问，心里却想，完蛋了，花点钱没关系，父亲要白白挨一刀了。白挨一刀也就罢了，丁点点担心的是，这一刀会加速病情恶化。

"本来还不错的，没想到，伤口出现感染。"母亲犹豫了一下，接着说，"医生说，如果只是伤口外面感染还好处理，担心伤口里面也被感染了。"

"医生检查了？"丁点点问。

母亲说："医生正在检查，我想来想去，还是给你打个电话。"

丁点点说："给我地址，我马上赶过去。"

挂完电话后，丁点点跟季增石说了父母的情况。他说，你赶快去南京吧，我让奶奶过来带笑笑。丁点点立即上网，买了最近一趟去南京的动车票。

丁点点也知道，自己去南京，起不了什么作用。她不是神仙，甚至连个医生都不是，于父亲的病情无补。但她知道自己的作用很大，

143

非常大。父亲现在处于危险的境地，而母亲目前的处境是孤立无援。他们需要一个后援，需要一个精神上的支持和鼓励。此时得有一个人跟他们站在一起，他们两个人是站不稳的，是摇摇欲坠的。有了她以后，情况不一样了，三足鼎立了。这是一个牢不可破的结构。这点太重要了。

上动车之后，丁点点接到母亲的电话，她说医生已经处理好父亲的伤口了，只是外部感染，但医生要求，父亲这几天最好住到无菌病房里，对伤口的恢复有好处。丁点点说，立即转到无菌病房，不要考虑费用。母亲说，我也是这么想的。

丁点点赶到父亲的病房时，已是晚上七点多了。隔着玻璃，看见呆坐在病床上的父亲，他这次真的像"伤兵"了。上次出车祸时，他头上也受伤，纱布是从前到后绑一圈，有点像运动员。这次纱布是由上而下包扎，跟影视剧里伤兵的包扎方式是一样的，看起来特别悲惨，也特别悲伤。

丁点点不能进病房，只能隔着玻璃叫了一声"爸"，父亲没有反应，母亲在边上，提高了声音说："点点来了，你的宝贝女儿来了。"

病房的走廊很安静，只有母亲的声音在回荡。

父亲的脑袋朝她们这边慢慢转过来了，他直直地看着丁点点。丁点点看见他喉结上下滚动几次，张开嘴。她似乎能听见他的声音，却不真切。那声音断断续续的，从他的嘴型判断，似乎是："你——怎——么——来——了——嘛？"

丁点点感觉得到，那声音是空心的，是干枯的，甚至是腐朽的，好像是从地底下挤出来的。他来南京之前不是这样的，虽然讲话语速缓慢，但每个字是清晰的，是真实有力的。丁点点赶紧说："我来接你回家。"

他的姿势没有动，眼睛还是直直地看着她，又似乎是看着她身后无尽的远方，张了张嘴，似乎在问："笑——笑——呢？"

丁点点知道他关心外孙女，大声说："你放心，有她奶奶和季增石陪着呢。"

丁点点本想说"笑笑等着你回去呢"，又觉得这话过于哀伤了，好像父亲已经不行了，回不了信河街了。再说，看他在病房里的样子，未必能听见外面的话，就将话咽了回去。

母亲这时欣喜地指给她看："你看，你爸的手是不是不抖了？"

丁点点仔细盯着父亲的右手看了一会儿，是的，千真万确，他的右手不抖了。母亲有点得意了。这是他们这趟出行的"成果"，是母亲的"战利品"，她有理由得意。丁点点当然为父亲高兴，手抖是帕金森的"特色"，这个"特色"已严重影响了父亲的生活。让父亲的手恢复"平静"，是母亲和父亲的梦想。现在，这个梦想实现了，她没有理由不高兴。

看完父亲，丁点点和母亲从医院出来吃饭。她们走了一段不短的路，才找到一家稍微像样一点的酒家，名字叫淮扬人家。所谓"像样一点"，就是干净一点，不要看起来油腻腻脏兮兮的。丁点点点了清炖蟹粉狮子头、烫干丝、松鼠鳜鱼和马兰头。母亲每样只夹了一两筷子，说菜有一股"泥味"。丁点点的肚子是饿的，但没胃口。好像这顿饭只是为了完成一个仪式，一个吃饭的仪式。母亲和她好像已经将该讲的话都讲完了，她问季笑笑的情况，丁点点拨通了季增石的电话，让她和季笑笑在电话里聊天。母亲一听到季笑笑的声音，脸上立刻焕发出了灿烂笑容，声音盖过了酒家里的一切杂音。问"宝贝"在幼儿园听话不听话？问"宝贝"吃了没有？问"宝贝"乖不乖？问"宝贝"想没想外婆？她和"宝贝"有讲不完的话。

半个小时不到，她们结账离开淮扬人家。她和母亲住在医院旁的一家全季酒店，是家连锁酒店。酒店不大，好在干净。这是丁点点成年以后,第一次和母亲共睡一室。感受相当奇特。有点陌生,却又如此亲近;有点疏远,却又如此亲密;有点忐忑,却又如此安然;有点排斥,却又充满好奇。两个人离得如此之近,却好像远隔万水千山,似乎有千言万语,却不知从何说起。

两人都没有讲话,丁点点先去卫生间冲了澡,然后是母亲去冲澡。两人躺在床上,也没有开电视。丁点点用微信交代了两件旅行社的事,时间已是晚上十点半,母亲看了她一眼说:"睡吧。"

丁点点也看她一眼,点点头说:"好。"

关了灯,各自钻进被窝。丁点点想了一会儿呆坐在无菌病房里的父亲,觉得他太孤独了。但她没有伤心,迷迷糊糊中,很快睡着了。至少她是这样的。

第二天起来,天已大亮。全季酒店的装修很有特色,全部以竹子为原材料,房间以黄色为主调,显得特别亮,视线特别开阔。丁点点睁开眼睛,第一件事是去看邻床的母亲,发现母亲也正看着她。这一看,再加上昨天晚上一夜同宿,让丁点点觉得,她和母亲的关系似乎发生了某种质的变化,仔细一想,却又没有变化。

早上,丁点点和母亲去医院找主治医生。她怀疑母亲私下给过医生"好处",至少送过信河街的虾干、虾皮什么的,医生出乎意料的客气,首先说父亲的伤口没有问题,只是外部轻微感染,已经处理好了,让她们不用担心;其次是极力描述父亲手术的成功,从他的描述来看,这种成功是"历史性的",是里程碑。父亲是多么幸运。医生说得越好,丁点点越是怀疑,总觉得他是在表扬自己,非常夸张地表扬自己。丁点点对他讲话的真实性产生了极大怀疑。

后来的事实证明,至少有一点,医生讲的是事实,父亲的伤口确实被他们处理好了。三天之后,医生检查过父亲的伤口和身体指标后,表示可以出院。丁点点问:"伤口上的线还没有拆,能出院吗?"

医生说:"现在不用拆线了,可以被身体吸收;吸收不了,线头会自行脱落。"

但伤口还是明显的,刚好在脑门儿上,如一条一指长的大蜈蚣,有点触目惊心。丁点点去运动专卖店给他买了一顶阿迪达斯运动帽:一是为了遮盖伤口;二是帕金森病人是"不喜欢阳光的生物",日照直射,会加重病情的。

好了,丁点点去财务室结账,一共花了四万一千元。母亲觉得太贵了,不就是在头上挖一个洞嘛,用得了这么多钱吗?这个数额丁点点能接受,她疑虑的是父亲以后的身体状况。丁点点认为,手抖只是细枝末节,父亲的整个身体机能和精神状态才是主干。如果这次手术是本末倒置,那就得不偿失了。

不过,值得高兴的是,终于可以回信河街了,而且是将他们两人完整带回去。还有比这更令人欣慰的事吗?

捌

在南京时,丁点点就发现了一个问题,父亲说话含糊不清了,好像他的舌头被拉直了。丁点点以为是手术之后的暂时反应,总需要一段时间恢复嘛。回到信河街后,她发现,父亲的舌头卷不起来了。

丁小武是个很自尊的人,当他发现别人听不懂他的话时,立即选择了闭口不言。他原来就是一个沉默寡言的人,决定"闭口不言"后,他就成了一尊"雕塑"。除了吃饭和健身,他就木坐在卧室里。他不喜欢开灯,窗帘布拉得紧紧的。卧室里一片漆黑。他是黑的,沙发也是黑色的,他坐在沙发里,就像掉进黑暗里,和黑暗融为一体了。没有任何动静,好像凭空消失了。

丁小武当然在的。他成了非常顽固的存在。丁点点以前每两个月带他去一趟医院，让医生做一次检查，或者调整一下药量。他现在不去了。无论怎么劝说，他不动。

他的顽固还体现在吃药上，他只听自己的，只按照自己的节奏吃药。一天两次：上午十二点一次，下午五点一次。丁点点和母亲劝他多吃一次，他坚决不吃。

丁小武不去健身馆了，开始跑步，选择去家边上的秀山公园跑步。他每天六点半起床，不吃药，"跳"着上卫生间，"跳"着去刷牙、洗脸，"跳"着去喝一杯牛奶，然后，换上跑步衣服，戴上丁点点在南京给他买的运动帽，"跳"着去秀山公园跑步。他不是一般性的跑，而是"长跑"，从早上八点，一直跑到十一点。绕着秀山公园，一圈又一圈。一圈是一点六公里，他每天跑五圈，少一点都不肯。他跑得跌跌撞撞，跑得气喘吁吁，跑得身体严重倾斜，跑得面目狰狞。可他一直咬着牙在跑，谁也阻止不了他的脚步。

丁小武的跑步风雨无阻。他不管。他的目的是跑，至于天气，他不在乎。跟他没关系的。

有关系的是柯又红。她不想让丁小武跑。也不是不想让他跑，而是不想让他这么跑。这哪里是跑步？是玩命嘛。但是，柯又红阻止不了。她劝过丁小武，跑步是好事，医生也说了，"适当跑步有好处"，但丁小武已经完全超越了"适当"。柯又红对他说："咱们慢慢跑，跑一个小时就够了。"

丁小武没有回答，他已经迈开脚步了，这一迈开就是三个小时。时间不到，他是不会"踩刹车"的。柯又红能把他锁在家里不让出门吗？不能。能在他跑完一个小时后拉住不让跑吗？她当然拉过，她一拉，丁小武就停下来。但丁小武一直处于"待机状态"，她一松手，他又跑起来了，拉回家里也没用，他照样跑出去。

柯又红做了一个意想不到的决定，她上网买了亚瑟士的运动行头，还帮丁小武买了亚瑟士的运动帽。她陪他一起跑,一起风雨无阻。

柯又红这么做有两个原因:第一,她确实不放心丁小武一个人跑,她得跟着,反正他跑得也不快,她跟得上;第二,她发现,跑步之后,丁小武虽然还是没有开口讲话,但他脸上似乎有了若隐若现的笑容。对柯又红来讲,这笑容就是阳光,就是甘露,是世间的瑰宝。只要丁小武愿意,只要他高兴,她做什么事都愿意。

这就是柯又红最大的改变了。她的改变是从丁小武生病开始的。这个家,原来是以她为中心的。她心情的"风雨阴晴",决定了这个家的"喜怒哀乐"。丁小武每天看她的脸色行事,小心翼翼,战战兢兢。现在反过来了,丁小武谁的脸色也不看,也不给任何人脸色。他完全活成了自己。这个时候,柯又红变成了以前的丁小武,她每天小心谨慎地观察丁小武的脸色,她知道丁小武不会生气,可总是担心丁小武不高兴。她变得絮絮叨叨了,不停地对丁小武说话,什么话都说,连去菜场买菜的见闻都说,连昨天晚上做的梦都说,甚至连小区里两只宠物狗打架也说。事无巨细,不厌其烦。她知道丁小武不会给她反应,可依然在说。她的絮絮叨叨变成了自言自语,成了一道风景。用季笑笑的话说,"哦喔,外婆是一台讲话机器"。

母亲的变化让丁点点吃惊。这不是她想象中的母亲,她应该居高临下,应该盛气凌人,应该神经质,应该让人难以捉摸。可是,现在的母亲,变得如此婆婆妈妈,如此琐碎繁杂,如此家长里短,如此普通平凡。原来那个母亲呢?

丁点点一时不能适应,难以接受。

李其龙经常来坐坐。他一来,柯又红异常热情,连忙对着卧室喊:"你的朋友李其龙来了。"

丁小武从卧室"跳"出来,坐在客厅的沙发上,面无表情地看着李其龙,连眼睛也不眨一下。都是李其龙在讲。李其龙告诉他最新进展,他和一家投资公司签了合作协议，对方投资一点五亿，共同打造"麒麟"品牌。李其龙告诉他，第一期五千万已经打入账户了。李其龙告诉他，自己又买房了，又买跑车了。他想明白了，生意要做，而且要做好，生活上也不能亏待自己。李其龙告诉他，自己还是想和他一起做事，一起将"麒麟"打造成世界品牌，他非常有信心。现在资金有了，如果有了他的加盟，他会更加有信心。李其龙每一次都是以这样一句话结束会面："好了，这次就聊到这里。你再想想，下次来时，你将决定告诉我。"

柯又红留李其龙吃饭，李其龙总是说："下次，下次一定留下来吃。"

李其龙开门离去，丁小武的眼睛依然看着他离去的方向，然后，他不声不响地站起来，"跳"回卧室。

季笑笑读小学一年级了。丁小武得病已经六年。他除了每天早上三个小时的跑步，其他时间都在卧室枯坐。他已经很久没有讲一句话了，甚至连眼睛都很少眨。他成了一个"活死人"。这话是季笑笑说的，她偷偷对丁点点说："哦喔，我觉得外公已经死了。"

丁点点问她："你知道什么是死吗？"

她说："就像外公那样一动不动呀。"

丁点点很认真地告诉她："外公不是不动，是不想动。他太累了，需要休息。"

"哦喔。"小家伙似懂非懂地点点头。

那年中秋节后的一个周末，下午三点，家里门铃响了，是柯又红去开的门。两个人的眼神对了一下。虽然这么多年过去了，柯又红还是一眼就认出了她。没错，是董南妮。柯又红第一句话是脱口而出的："你来干什么？"

柯又红的口气是生硬的，态度是鲜明的。

董南妮变化不大。她的娇小是没法变的。三十多年过去了，她还是那么瘦，还可以用清秀来形容。她的眼睛还是那么大、那么黑，皮肤还是那么白。她化了淡妆，看得出来，皮肤不如以前细腻、紧致了。这是岁月的痕迹，谁也不能幸免。发型变了，她以前扎着一个马尾辫，现在剪成了露耳短发。董南妮肯定也认出柯又红了，她朝柯又红身后看了一眼："我来看看丁小武，听说他病了？"

董南妮声音很轻，但她吐字清晰，每一个字都说得明明白白。她的声音是有力量的，不是从嘴里飘出来，好像是从胸腔里钻出来。她的表情有点腼腆，但声音似乎更能代表她的内心。她是坦然的。

"小病，问题不大。"柯又红依然站在门口，一手抓着门的把手。她的姿态很明确，她不想让董南妮进门。这不是待客之道。但是，对于柯又红来讲，她从来没有将董南妮当作客人。她可以接受世界上的任何人，但董南妮除外。她没有下逐客令，是看在丁小武的面子上。

"我想见一见他。"董南妮讲这句话时，态度是坚决的，她的口气里没有恳求，更不是商量。

"他在休息。"柯又红的回答坚定而决绝，是没有商量的。

"我要见他一面。"董南妮毫不气馁，更是毫不退缩，"我欠他一笔钱，我来还债。"

柯又红想起来了。她其实早就应该想起来，那笔十万元的债，她怎么可能忘记？虽然丁小武后来将账目补齐了，但她知道，他是从李其龙那里借来的，她只是不说破而已。说破有什么意义？她不能逼着丁小武去向董南妮要债。她不想丁小武再见到董南妮，即使能要回十万元也不想。

"这些年，我办作文培训班。"董南妮抬了抬手中的黑色皮包，接着说，"这些钱都是我办培训班赚来的。"

柯又红犹豫了。谁愿意和钱过不去呢？当然，也不完全是钱的问题。她显然是被董南妮的行为打动了，她一直没有忘记还债，一直记挂在心上。这样的人值得尊重。应该让她见丁小武一面。柯又红犹豫的是她和丁小武曾经的关系，这是柯又红这辈子最大的禁区，是个死角，谁也不能碰，谁碰炸谁。

"我只想见一面，这是最后一面。"董南妮看着她说。

花言巧语。柯又红不会相信这样的言辞，她不相信甜言蜜语，更不相信信誓旦旦。她不会被这样的说辞打动的，她说："你把钱交给我就行。我会转告他的。"

"我必须见他一面，否则我于心不安。"董南妮看着柯又红，过了一会儿说，"我听说他得了帕金森病，已经失智了。如果需要的话，我随时可以来帮你照顾他。"

"不需要。"柯又红毫不犹豫地说，她突然提高了声调。她被董南妮那句话惹怒了，她不需要别人来照顾丁小武，更不需要董南妮。但是，说出这三个字后，她居然松开了门把上的手。

柯又红让董南妮到客厅，她去卧室扶丁小武。丁小武是自己"跳"出来的，他看见了董南妮，身体似乎颤抖了一下。董南妮看着丁小武，往前走了一步，马上又停了下来。丁小武"跳"到沙发边，坐了下来，依然看着董南妮，似乎又没有看着她。

董南妮这时转向柯又红，问道："真的失智了？"

柯又红说："他认得你。"

"真的？"

"他对你笑了。"柯又红冷笑了一声，接着说，"他对别人不笑的。"

董南妮原本想在沙发上坐下来的，一听柯又红这么说，弯下去的身体立即拉直了。她向前一步，打开黑色皮包的拉链，从里面拿出一捆一百元的钞票，轻轻放在丁小武面前的茶几上。然后，她退后一步，对丁小武鞠了一躬。当她抬起头来时，已经是满脸泪水了。她捂着嘴巴，对柯又红也鞠了个躬，转身冲出门去。

这个出乎意料的变化，是柯又红没有料到的。直到董南妮跑下楼去，她才回过神来。当她转头去看丁小武时，发现他的眼睛里似乎也噙着一汪晶莹的泪水。

柯又红看着丁小武，她发现，自己突然之间就不恨董南妮了，甚至产生了喊她回来的冲动。当然，她没有开口。怎么可能呢？

丁小武依然木然地看着董南妮离去的方向。柯又红慢慢走过去，在丁小武身边坐下来。坐了一会儿，突然呜呜呜地哭起来。

原刊《收获》第3期

三昧真火

杜 梨

1

闷蒸的热天,太阳的芒刺从云朵里伸出,钩住了眼皮,恼人的刺痛。陈娜迦时不时就想到小弟阴沉的脸,发青的嘴唇,黑白分明的大眼,像被天狗咬剩的月,黑瞳里游荡的只有空。

八岁那年,陈娜迦被迫懂事,爸妈吩咐她,若在家,要带好五岁的小弟陈力源,谁人敲门也不许开。"生"字能出头,"工"字出不了头。爸妈一直在用打工的钱做小生意,跟着潮水走,循环往复,败了还来。爸妈去进货躲债,她便带小弟躲进大柜里剥花生和瓜子。门外的粗话像潮水那样冲进门缝,潮起潮落,卷噬灵魂。他们用铁棍痛扁门窗,音弹从高空落下。

她骗小弟是在做游戏,等外面人一走,他们就胜利了,可以出去买辣条唐僧肉、仙人掌大辣片和奥特曼子弹糖。

他们捂住耳朵,凝神看着彼此,没有掉过一滴眼泪。

小弟忽闪着眼睛讲:"阿姊,有钱乌龟坐大厅,没钱我们躲衣柜喔。"

她把手伸过去,摸摸他的小圆头,头发掠过手心,像青苔那样柔软毛绒,"小弟真巧①!待伊走了,阿姊挈你去粘田婴②。"

那日,保生大帝巡境,他们在自家门口摆出香案、蜡烛、敬茶、香、金纸、五果和糕饼点心。小弟起床太早,实在肚饿,偷食了一块龟粿,由此受了罚。之后,阿嬷提起来就要怪妈妈,慌慌乱乱,没给小弟吃饱饭。小弟后来变那样,厝里人都说,是他偷食的错。

2

很多说唱歌手都暗里比谁穿得帅,范思哲的棒球衫,Off-White 的裤子,ROA 的皮靴,一件衣服顶娜迦 Nagaraja 几次出场费。她很羡慕,但穿不起。有段时间,为了多口闲饭,她会在"甜蜜蜜"打工,四处凑演出拼盘,挣录音的钱。

上次在街头击败快乐王子后,粉丝们几乎扒了娜迦一层皮。那天现场簇拥着那个男孩的歌迷,满满一场都是烧水壶的尖叫。当主持人举起她的手,粉丝们大闹,嘘声四起,攻击她的长相与打扮。她压低帽檐,慢慢地从他们面前走过。那些年轻的脸,被愤怒扭曲,失去了美丽。新款手机掷过来就像臭鸡蛋,屏幕碎了一地,蛮像蛋壳。她想捡起来还给对方,想着它还有抢救的机会,但很快迈过去,责备自己的财迷。

那晚,她熬了很久才躲进别人的车离开。手机上的私信多了几百条,攻击、谩骂、黑幕,怎样新鲜的词语搭配都有。后来她才听说网

---

① 闽南方言,形容小孩聪明。
② 闽南方言,蜻蜓。

上有个"口吐莲花"的生成器。

也就是从那时起,她开始关注代购那些说唱歌手所穿名牌的商家,想添置一些体面的衣服。有小姐妹介绍莆田系给她,她便跟着一起买。家里的剪标货和出口原单堆了两个简易柜。算下来,还不及成都的街娃儿一身。好在夜场灯光暗,没人细看针脚到底匀不匀。

直到一次去给人打碟。一个满头小辫子的知名说唱歌手,戴着黄玻璃偏色镜,唱完从台上跳下来,盯着她胸前的老虎头看了一会儿,随即丢一句:"嘿 girl,你的老虎跑线了。"

娜迦装没听见,把碟狠搓了一下。舞池里的一些人向她看来,窃窃地笑,吹起斑驳的口哨。

那晚回到家,她把所有 A 货都装进一个老式的红色布皮行李箱,像装一具尸体,刚好够她的重量,拖到楼下那个橙色的衣物回收箱。她查过,乱扔衣服不环保,不如进入回收。

做完这一切,她坐在回收桶箱边抽烟,伸直腿,摇着双脚。拖鞋上香奈儿的白山茶花接近象牙色,行李箱磕碰了一路,她以为这朵花已经掉了,莆田系到底是结实。她脱下鞋,准备扔到身后垃圾站,又心软了。

她站起来拍拍屁股,留下了那双鞋。她发誓在出人头地前,要好好留着这双结实的假山茶花。走上楼,拎了空空的行李箱,这才感觉到心酸,恨不得把那些衣服再从回收桶里掏出来。算了。

当晚,娜迦放着 XXXTentacion 的歌,抓着头发喝着速溶黑咖啡写了一晚上的 verse①,心就像一颗土笋冻,截断的星虫在里发颤。写到天空既白,打开手机,没有一句新的问候,也没有什么厂牌邀请。她发誓一定要把这首歌唱给那个小辫子听。

---

① 在说唱音乐中指主歌部分的歌词。

拉开窗帘往下一看，夜晚去地下王国跳舞的猫咪们回来了。她只有打折的猫粮给它们。她踢着那双山茶花，下楼去给它们添猫粮，刷干净的塑料盒。她抚摸着那些粗糙的猫猫头，流到下巴的眼泪怎么也抹不完。

大兴，六环外高速边，废弃工厂房改造的一片 loft 公寓楼，花三千块就能租到的二十八平方米上下小隔断。早晨七点半，会有工厂用大喇叭放进行曲，督促附近服装厂的工人早起做操。这时她总想到儿时住的古厝，每逢有什么大事，总先播一段南音，再通知各种事。

受到启发，她让好友制作人 NeZha 李截取了福建南音《梅花操》中的一段做 loop，对此进行升调和加速，琵琶音色加上偏 disco 的鼓点，配上古老的丝竹管弦，让最后成形的 beat 变得更加现代，海浪中打拼的摩登闽南。NeZha 李学民乐出身，家里要求他回武汉，继承船厂零件的生意。他誓死不从，现在主要给厂牌"武昌鱼"和一些独立歌手做歌。方言不是问题，很多摇滚乐队都唱家乡话，旋律的作用大于歌词，大众更加会痴迷旋律，哪怕是复杂的闽南话，粉丝们也会鹦鹉学舌跟着一起唱，只要副歌够吸引人。

3

过了两个月，是 China Bling Bling MC Queen（中文说唱武则天）的华北区决赛。她索性穿着"甜蜜蜜"的工作服，黑色 T 恤，左边胸口贴着一只胖墩墩的小黑熊，举着它的冰激凌，衣领之间蒸发着黑珍冰激凌的甜和茉香奶绿的香，短暂缓解了她的紧张。让她重新回到了那个不停唱着《甜蜜蜜》的小柜台里，无人认识她，可以机械做事，双手打好几支冰激凌的轻松又回来了。她戴了小黑熊的棒球帽，压低脸，默默坐在角落听歌。不想见到那些似曾相识的熟脸，对她这身行头冷嘲热讽。

后台女孩们互相交流,有人拿来像是嫁妆的金链子戴在脖子上,互相夸张地称赞。她想,真是够拼,可我一定要赢。

地下拼盘练就的灵活控场,在那天全部迸发出来。她的喉头不再发紧,甚至咬字都比以往更加掷地有声。在最后的一对一环节,她碰上了留美回国的说唱歌手雾都辉夜。两人将用即兴说唱的方式来进行对决,谁的话语更锋利、赢得的呼声更高,就能拿下华北区的女子说唱冠军。

雾都辉夜有一头闪闪发光的栗色大波浪,金属浅紫色的吊带和银纹流动的流苏斜裙,耳朵边的钻石长坠飞出两双翅膀,声音缠出很多棉花糖,伴着夜场的波浪黏在身上。

哟哟哟 whassup,怎么今天没穿你的杜嘉班纳,甜蜜蜜反而成了你的独家,还不赶紧回去做你的波霸,反正卖多少杯奶茶也成不了 2Pac……

台下响起哄笑和热烈的欢呼,不断有尖厉的口哨声传来。巨大的镁光灯后,颤抖的乌暗,似小弟的眼睛,冷冷地望她。

她这才知道他们早就看破,甚至传为佳话,她的汗凝在鬓边和后背,居然是冷的。手中不断交换着麦克风,等一段新的 beat——

嘿,哟,看个动漫就以为自己是四宫辉夜,到哪里走都装作大小姐。当你觥筹交错我忙碌在每一个深夜,我早已写完《琵琶行》你只会嘈嘈切切。这位虚荣又无知的 missy,要论听说读写,你还不如我的椰椰拿铁,S-A-D!

一个从头上倾倒饮品的手势，干净的爆点，没有一句粗话。她无疑炸翻了整个池子，观众山呼海啸。她低着头，汗才热起来，头稍微抬起一点。

哟，check，都什么年代还在翻老掉牙的唐诗，A货林黛玉快点来学会真实。我生来就在争斗从来不肯认输，对付老娘之前请先摆摆态度！当你在北京搬砖而我在洛杉矶发新专，我乘着宇宙飞船到了银河系的边缘，哦你还在地心想啥子地球的方圆。你来自底层而我从来就在顶峰，我想告诉你不是啥子百万富翁都来自贫民窟！

用了重庆方言，标志性的娇憨，雾都辉夜绵里藏针。惑人的摆动和夸张的手势，烘得台下的气氛烈火烹油。

你的说唱就像乌鸡国的小儿，哭哭啼啼我根本听不清楚？Hold！嘿来自雾都的辉夜小姐，你刚才说落汤鸡还是什么落山鸡？高仿的"麻辣鸡"不如来盘辣子鸡！你在怡红院做你的红楼梦，我在花果山大话我的西游，闽南的热天我在工厂的流水线，太上老君的熔炉里我历经淬炼。再说一遍，老子去西天取的是真经，不信看我现在三打白骨精！

她用力甩了麦，摔了可赔不起。台下的欢呼一浪高过一浪，娜迦知道自己赢了。

本来，那些人并没有对女性说唱歌手的即兴对决有多少期待。国内女性说唱始终被什么压着，似乎不适合过于激烈的对战和人身攻击。毕竟大多数女孩都被教得很乖，克制住自己，降伏野性，不要出头，踏实工作，快点结婚。女性说唱要背负着比男性更多的压力，更少的曝光量，也要承受更多的质疑和冷嘲热讽。临场的爆发力、遣词的攻击性和控场的强大，无一不来自多年的磋磨，甚至是深藏的火焰岩浆。

蛋糕就这么大，更何况这个行业的男女比例严重失衡，有些女说唱歌手只能帮一些男说唱歌手唱 hook 或比较抓耳的副歌，总被称赞声线优美、有记忆点，仿佛进来就是做蛋糕上的漂亮裱花。有些女孩太爱美国说唱明星卡迪碧，便去注射丰唇，涂亮色唇膏，一切向偶像看齐。有些女孩剃短头发，以此来挣脱洋娃娃装扮，风格中性，自成一派。

最后一段几乎不用比了。

雾都辉夜的眼睛如蒙上一层蓝雾，娜迦很久都没有见过这种蓝雾了。上次还是站在台上，穿着普通，不费吹灰之力就将那个快乐王子击溃的时候。

娜迦走下台，狂欢的人群纷纷打手势表示尊重，或是冲过来和她撞肩拥抱。很久都没这么多人压过来，她浑身不自在。她礼貌露齿微笑，笑线僵化。心脏像进入黑洞旅行，被扯碎在黑洞的边缘，进入无的状态。

又走出很远，站定，娜迦才敢装作不经意地回头一瞥。雾都辉夜仍站在舞台一侧，没哭也没笑，只看着她。那也许是看见灰姑娘盛装上了南瓜马车的眼神。娜迦既没有华美的衣裙，也没有仙女教母，只有小黑熊帽子陪着她。她此刻只想喝一杯春风蜜桃，多加蜜桃酱。

4

拿了奖牌，连连鞠躬，和几个厂牌的主理人打招呼，随便聊聊创作计划。终于解放去洗手间，有人拿着酒杯，半路劫了道："嘿，台上挺帅啊！我看你跟我挺像的，不如一起做首歌儿，怎么样？"

刚好她疲于应对，心里七上八下，听到悦耳的声音，像被人群赶至悬崖边，纵身一跳，燥热的身体坠入海中，水母在肋边游走，清凉刺痛。定睛一看，一顶渔夫帽，钻石耳环和项链，晒得均匀的棕色皮肤，穿着海魂衫和白短裤，脚踩一双蓝格的Vans滑板鞋。他的脸似乎很熟，但她一时想不起来是谁。

盛夏的夜晚，热气蒸这么狠，彩妆的汁液流进眼中蜇得有点痛。对方眉骨上一道疤痕在这种疼痛下撞入她眼睑。涂了金粉的浅浅眼窝，眼皮折出细褶儿，西域般的高鼻梁，薄薄的嘴唇被酒精点得很红。她忽然记起他的歌，"手持金箍棒、掀起万钧雷霆，我已成佛奈何还掀不翻这天庭！"

杨青桃当年这首《斗战胜佛》因为多变的韵律、抓耳的副歌和颇具内涵的歌词，传唱度相当高，频频上热搜。前后因为种种原因，上下架几次，他坚持不改，错过大火的风口，却成了地下的传说。早年，美猴王杨青桃曾在地下说唱对决大赛"长安三万里"和"燕云十六骑"中勇夺双魁，用丰富的词汇量和现代派反押韵来肢解传统说唱。他很少说粗话，也不唱香车宝马，而是利用碾压式韵律技巧和天马行空的想象力将听众的心脏牢牢囚禁在乌鸡国的小儿笼中。有人叫他"大圣"，有人叫他"师尊"，美猴王的出场总能带给大家无限惊喜。

从高中就开始玩儿说唱，美猴王早以悦耳的中国风和精妙的歌词赢得了大批听众。他甚至没有很多说唱歌手的地下漂泊史。他仿佛一出江湖就带着些道法自然，古典音乐的音律，非洲部落的鼓点，昭和时代的霓虹，信手拈来。

氛围环绕的音乐，极度透明的人，下雨天的池塘边点上一滴蜻蜓的水，高炉边就黄酒撕几块烧鸡填满燃烧的胃，在暴雨的昆明湖中坐着小船,绿色水藻缠绕着清凉的龙尾,消去几百年风雨后那些疲惫……

如今,唱出这一切的美猴王杨青桃就站在她眼前。

她说:"好,但我想先喝一杯饮料,口很干。"

美猴王哈哈大笑,"来吧,我请客。"

她第二句话是:"您是美猴王?怎么会在这里?"

他说这场比赛的主办方是他哥们儿,也有熟悉的朋友,赞助方的咖啡很好喝,过来尝尝。没想到有惊喜。俩人走在暗夜里,避了炽热的大灯,穿过喧闹的人群。娜迦比赛时的汗凉下来,湿衣服贴着后背,周身浸泡在湖里。

她又问:"不会是因为我说去西天取经,让你想到了斗战胜佛吧,咱们先说清楚,我可没有套你的词。"

他又是大笑,"那倒不是因为这个。"

周围的酒吧挤满了看比赛的人群。美猴王说可以走几公里去一个叫"杜子美"的酒吧,那边环境不错。

"肚子美?哈哈哈这名有意思。"

"是杜甫的名字,不过就是兼顾两者的意思。"

两人走出环岛,绕到高耸的立交桥下,雾霾如怪物的上颚抵在天边,一口吞不下又吐不出的闷。

娜迦在古厝时想象的北京可比现实中的北京要精彩得多。摩天的灯红酒绿,穿梭的空中电梯,永不停歇的巧克力喷泉,在云霞和玉宇交相辉映的地方,拖着长腔的京剧,跳迪斯科的人群和音乐节的酒精。说唱歌手不惧这一切,说唱歌手看透这一切,说唱歌手敢唱很多个紫禁城。

北京的说唱在当年是全国的传奇,南城的几个著名说唱组合都爱闹天宫,他们很有态度,经常提着口舌兵器去敲敲南天门,闯进王母娘娘的桃园，说这蟠桃尝起来都是民脂民膏，而玉帝面前的宫廷玉液酒，也不止一百八一杯。他们看到这座城市很快修起云梯，可以供人们攀上天宫，可下方却狼藉一片，人们在爬云梯的过程中逐渐被云梯吞食，变成云梯不可替代的骨头。可到了天宫，发现里面也不过就是些海市蜃楼和红粉骷髅。

最开始，大家都用最原始的技巧唱一些有深度的歌词，哪怕是脏话，哪怕是抱怨，哪怕是些片儿汤话，出来还有些"喻世明言"的味道，虽然听起来粗糙，但确实原汁原味，能闻到立交桥下的尾气和建筑工地的土腥味。他们去Livehouse或音乐节上表达自己的态度，保持态度和呼吸，做出新的歌，发出新的声音。直到新鲜的资本注入，将说唱提到台前，包装出很多光鲜的舞台对垒，制造出大量抓耳的旋律和空洞的歌词。每个人都在说自己的艰辛和不易，想快点吃上蟠桃盛宴，喝上宫廷玉液酒。北京的说唱组合有些隐入烟尘，有些人尝试新风格，有些人枯守老三板，有些人到处跑，想分上一杯羹。最后，地域特色最终剩下的大多是口音，城市故事里大多都是些陈情表。全国的厂牌霜天竞自由，地方口味最终开成了连锁店，特色菜都变成了预制菜。

在那间叫"杜子美"的酒吧里，墙面书柜里果然放着精装的杜甫诗歌全集，这里四处坐着打扮文艺的男女，但没什么人看杜子美，大家只想要肚子美。没人来打扰，嗡嗡的人声让她感觉安全。她狂饮几杯柠檬水。

杨青桃说他最近在做一张以《西游记》为主题的专辑，可以卖推广曲，赚点钱。但他又不想做得太茶，最近灵感枯竭，还想请她一起来看看，有什么新的想法。

她手一摊，因紧张又要了杯海盐鸡尾酒，"我可不会给你唱hook，先告诉你，我不会唱副歌。"

他呷了口"蜀道难咖啡",用勺子在瓷杯上敲出音阶,偏黑的皮肤显得年轻,但也看不出什么表情,"钻石、黄金、琉璃、宝珠,这天地间有一切的好东西。卷帘大将打翻了琉璃盏被流沙河里的人头所吞噬,沉香劈开莲花峰本想救母却带来了新的末世。如果叫你来就是为了唱副歌,岂不是大材小用。"

"你说的,当真吗?"

"真假美猴王,我是六耳猕猴、赤尻马猴、通背猿猴还是灵明石猴,你能靠肉眼就看出来吗,你只要知道孙悟空是盘古的心脏,就够了。"

"原来你是大猩猩。"娜迦被他转的词弄笑了,手心里出了汗。

他伸了个懒腰,微微一笑。

她把头埋进臂弯里,细嗅自己的汗味,有些像铁锈。

他的声音凉下来:"这早已不是一个爱与和平的世界,多点张牙舞爪也没什么坏处。我听过你那首歌,如果用闽南话唱会怎样?"

"唐僧有遇见过说闽南话的妖怪吗? 更何况我已经很少讲闽南话。"

美猴王哈哈大笑。他们聊到酒吧打烊,天一拳地一脚,仿佛在喊山,仿佛在移山。她起初头昏脑涨,慢慢冷却下来。进入他拿语言浇灌出的绿色湖面,看河狸在水中漂流,啮咬柳树枝,忙着拼凑起温暖的小窝。

5

当晚,有人将她的对决视频传到了网上,随即繁衍出无数标题:"甜蜜蜜员工说唱比赛夺冠""甜蜜蜜的幕后奶茶大佬""奶茶小妹娜迦对阵白富美雾都辉夜,跨阶级的逆袭暴打!"……

正值那首广告歌《甜蜜蜜》火遍大街小巷的时段,她作为"甜蜜蜜"的临时工,很快被人曝出来。努力这么多年,吃了这么多苦,却因为偶然的视频,病毒式的传播,将她的形象重新钉死。从"地摊公主"到"甜蜜蜜",无论是哪个称号都让她觉得好逊。她并不希望通过这种形式被固定想象,可却注定成为她被包装和多次创作的来源。

视频迅速火遍大小媒介窗口——"仿佛看到了小人物的崛起,在看一出平民英雄传……""英雄不问出处,总有人大闹天宫……""是不是有点儿美猴王当年那意思?""最高端的食材总是出自最简单的烹饪……""娜迦是不是受到了说唱圈儿的排挤?我记得她之前对战Amber的那场,被快乐王子的粉丝冲得太厉害了……"

娜迦以前总穿些原单衣服。据我所知,一些说唱歌手没红的时候都这么干过,但不知为什么就她成了靶子,可能得罪了谁吧。后来她因为这个被圈里人嘲笑,这次她只身穿上"甜蜜蜜"的战袍平地翻身,这就是咱们贫民窟的百万富翁。

娜迦仔细看了看那段科普评论,觉得这人语气很眼熟,看了看ID——NZL。一时又想不起来是谁,刷评论到半夜,默默睡了过去。

"甜蜜蜜"的小店里竟出了一个说唱歌手,文化类媒体和特稿记者闻风而动,几乎打爆了总部、分公司和小店里的电话。微博堆满了各式各样的私信,打听她的、采访她的、赞美她的、说闲话的甚至是来羞辱她的。娜迦又一次经历了备受瞩目的风暴。虽说这次不像上次那样被网上的食死徒抽走了灵魂,她拉上窗帘蒙着被子,在三十多度的天气里,蝉鸣高嘶时仍然觉得寒冷。这是复出的第一战,也是打的一场翻身仗。她口干舌燥,扬眉吐气之余,心中还是寸草不生。望着略带光芒的星,她想,赢的不是该赢的。

没有厂牌,没有公司,更没有经纪人。她只靠圈内的朋友介绍,所有物料信息都自己在群里对接。她不断接到各个大小媒体的采访,直到最后说话已经练出了肌肉记忆。

只有奶茶店的店长打电话过来告诉她要小心谨慎，现在的网络喜欢造沙神，可以瞬间捧你上天堂，也可以瞬间让你下地狱。店长还说，不知是谁泄露了她的这个打工地点，自拍杆和稳定器蜂拥而至，比北京动物园看大熊猫更甚，甚至影响到了平日正常的生意。店员忙得不可开交，城管都来过好几次。听那架势，娜迦还以为自己夺了格莱美。店长劝她先不要来，说已经紧急招了几个实习生，怕她来了以后导致更严重的拥堵。

"那我还能回来上班吗？万一钱不够花。"

店长在那头哈哈大笑，"行，如果你还会回来上班的话，你之后把假期补上就可以了。"

"苍蝇腿也是肉。"她小声在这头念，看了看晾在阳台的工作服，一阵伤感像把隐翅虫不小心拍在肤上，转瞬洇出刻骨的刺痛，灼伤的红疤又痛又痒。她在打雪顶咖啡时，总是想象雪顶咖啡的顶端是乞力马扎罗或是珠穆朗玛峰，都是她还去不了的地方。每次看谁又成功登顶珠穆朗玛，她都在想，那个人为什么不是我。这样想着，雪顶咖啡的尖就歪了，崭新的奶油纹路，冰激凌细腻的肌肤，被夕阳染成了金色山脉。之后，她迅速用塑模机一压，金色山顶就压塌了，封好口，递给顾客。

算了，那个人怎么也不会是我。

6

如今，在时尚杂志里，她穿着香奈儿的西服和芬迪的短裤，又提了巴黎世家的编织袋、范斯的黑帆布，扎了一头张牙舞爪的小辫子。整个人看起来就像刚从北京动物园批发市场出来，准备赶绿皮去广州集贸市场进货的。

她很想开口抗议，我只是卖奶茶的，哪怕没有星巴克那么高端，出单量还是大的，到底有没有搞错。但她还是保持了礼貌的微笑，任造型师将她化出风吹日晒的沧桑感。

灯光将她的脸打得惨白。她在取景地表现出一种枯竭的奋斗感，一种绝地反击，轻轻咬着嘴唇，涂的是圣罗兰的贪婪，柿子红里带着些樱桃，眼神空而远，琥珀色的瞳仁映出远处的枯枝，细看去，枯枝上似乎还站着一只灰头伯劳。不自觉咬紧嘴唇，竭力收腹，做出胸口疼、腿疼和腰疼的姿态，努力拍好这些照片。

一说收工，整个人的脸像冬天的柿饼，被灯烤得通红，还挂着层流油的糖霜。来不及洗脸，拍拍吸油的纸巾，赶往下一个目的地。

妈妈打来视频，正麻利地穿着多春鱼。她说经过报刊亭，看见查仔在封面上光芒万丈，忙喊老板买下来，回来给店里的人炫耀："看，这系吾婴囝①。"店里便响起啧啧声一片，称赞水渣某②，即个真厉害，成大明星了！又问她辛不辛苦，赚了多少钱。小弟也听说了她的事，为她欢喜……

娜迦靠在快车的椅背上，困得神游物外。一听到小弟，蜂子蜇了心，一万只马蜂在皮肤里游。她慢慢问道："小弟缺钱了？"

妈妈的喜悦夹在眼角，粉熠熠地生出愕然，随即又堆上笑脸，"你还是保重自己要紧。"

她细细看，妈妈眼角颧骨处似乎有乌青，肿起来一块，她皮肤黑不太显，还是用粉遮了。

"爸爸打的？"

妈妈摇摇头。

---

① 这是我的宝宝。
② 漂亮女孩。

"小弟打的？"

妈妈不说话。

娜迦和妈妈各静止半秒，随即她挂掉视频，给妈妈转了三千块，账户里还剩下两千块，够用了。妈妈恐怕以为她成了明星，家里终于熬出头了。她拼命想摆脱，远远逃离的龟壳，终究又像金钟罩那样把她压在地上。

她默默揩眼泪，擤擤鼻涕，把帽檐压很低，重新补了妆，又涂了层口红。快车司机戴着口罩，在后视镜里盯着她。她知趣地戴上口罩，把纸巾团成一团，捏在手心。

她很早就把小弟拉黑了，担心他会用狐朋狗友的电话打过来骚扰她。为了离开那个家，她很早就逃来北京打工。绿皮火车都要走三天，永远也不要留在厦漳泉。说唱也不敢用闽南话，生怕被家人发现追来。他们以为她最远也就到广州。

大概有很多年，她推说工作忙，没有再回过家。

7

收工后，她走向地铁，站都站不稳，手机里很多条信息。她来不及甄别回复，直接回家埋头大睡。睡到凌晨一点多，手机多了很多来自厦门的未接来电。她直觉是小弟，浑身发抖，连忙屏蔽掉。很快，又看到了杨青桃的 QQ 消息。

他说："最近看到好几个你的通告，还忙得过来吗？歌曲有什么想法了吗？"

那天晚上加的好友，为此她重新下载了 QQ。美猴王喜欢用 QQ 聊天，上论坛灌水，沿袭了千禧年的习惯，没少被朋友笑老派。他说 QQ 上传音乐、照片都无损，很方便。而且 QQ 更加开放，孩子们也在用，还有过去黄金十年的稻花香，哪怕那时候大家都不富裕，可是一切蓬勃，心里很甜。

她睡意全无，想到他说的那句"还是打歌实在"，遂发消息过去："还没睡？在写词吗？"

对方很快回复："我在看《西游记》，找找新灵感。最近听了 The Brave 的 Scared Spirit，美洲原住民布鲁斯和古典乐的融合，小提琴合奏的旋律特别柔和，里面的吟唱又像咱们的老头儿民歌，有时候你会感觉整个世界没什么差别。"

"哈哈哈，老头民歌，是信天游吗？"

"是你们的歌仔戏，哈哈哈。"

杨青桃的初步想法是，去西天取经的那几首歌，可以用梵音风格的伴奏带，再加点电子乐进去。像许镜清做《西游记》主题音乐时，用线条化的电子乐来营造出那种如梦似幻又充满探险精神的感觉，音乐攀快速阶梯上升，给人以无限的神往和快乐。

"大之则弥于宇宙，细之则摄于毫厘。无灭无生，历千劫而亘古；若隐若现，运百福而长今。上报四重恩，下济三途苦。若有见闻者，悉发菩提心。同生极乐国，尽报此一身。十方三世一切佛，诸尊菩萨摩诃萨，摩诃般若波罗蜜。这是他们最后取得正果之际，作者给他们写的大结局赞歌。"

"十方三世一切佛，诸尊菩萨摩诃萨，摩诃般若波罗蜜。我觉得这句做 hook 不错，特别有历尽千帆、众神归位的感觉。"娜迦把这句话发过去，又用语音发了一遍节奏，"十方、三世、一切佛，诸尊、菩萨、摩诃萨，摩诃、般若、波罗蜜。"

这句念慢，一句定，天地开。她缩在小屋里，天还是乌的。鏖战后拨开云雾而天地瞬开，瞬开后只有一丝金光。

她在聊天中很快睡去。

8

文化杂志的记者染着一头棕色的短发,戴着黑框眼镜,大眼睛藏在眼镜框后,不时咧嘴大笑。和娜迦怕说错话引起网暴相比,对方显得如此轻松。娜迦暗生羡慕。

对方问起她的童年,关于那些创伤,娜迦选择一笔勾销。她给自己虚构了一个打工者的家庭,说虽然父母总是在外面做工或做些小生意,但总体来说,家庭幸福,母慈女孝。

"你还有别的兄弟姊妹吗?我听说你们那边当时由于传统,家里如果第一胎生的是女儿,那么第二胎可以要个儿子。"

正中痛点。墨西哥娃娃蒙着眼睛打中皮纳塔,正中胸口的闷痛。有那么一瞬间,她希望小弟从这个世界上消失,那种无法摆脱的梦魇,不断纠缠又不断大笑。仿佛是美猴王面对六耳猕猴时那份羞辱、痛苦、不甘和冲天而起的愤怒。只有地藏菩萨和释迦牟尼知道,哦,还有那头大象。

她张了张嘴,绞动手指,补了一句:"可以不写我的家庭吗?"

"好的。没问题,我写完后会给你看一下稿子的,别担心。"

娜迦微微挪了下屁股,椅垫上有些黏。

大众感兴趣的是她在"甜蜜蜜"奶茶店上班这个点,怎么一个说唱歌手可以甘心去"甜蜜蜜"上班呢,是因为接触社会多了,才可以写出更深刻的句子吗?还是因为受了什么挫折,想换种不一样的方式生活?还是故意炒作,用"甜蜜蜜"的工服来制造噱头?

"你不知道老孙是盖天下有名的贼头。我当年偷蟠桃、盗御酒、窃灵丹,也不曾有人敢与我分用……"恍惚间,她想起杨青桃给她发的这段话,说这段话唱出来会很帅,搞一个现代的朋克孙悟空。杨青桃不叫自己"孙悟空",而是用了更为理想主义的"美猴王"。

娜迦托着腮,没头没脑来一句:"您觉得孙悟空为什么要去做弼马温呢?"

"他那时并不知道玉帝骗他,大家都是来看他笑话的吧。"记者愣了一下,随口回答。

"是这样的,那家'甜蜜蜜'加盟店就在我住处附近,我老去买就比较熟。之前有段时间比较低沉,店长说让我去兼职,赚点零花也透口气。钱不多,但人一忙起来,就不会想太多没用的。我穿'甜蜜蜜'的工服就是想穿而已,也没什么其他好选择。"

对方笑笑,"有想过会爆火吗?"

"我是觉得,孙悟空去西天取经也没什么意思,无论如何也没有在花果山自由快乐。"娜迦的咖啡酸了,她喝了口柠檬水。

"即使是孙悟空也得去西天取经,没法细想。"

娜迦笑笑,不知该怎么接话。

她逐渐适应了这些密集的采访,看见自己年轻的脸出现在各个杂志和娱乐版块,一些歌唱节目和活动的邀约滚滚而来。名利是雪花球,是孙悟空拔下的毫毛,四散去远方。

9

我恍如从东土大唐看见漫天的曼陀罗盛开,禅中余音拨弄着耳中的漩涡神经,我好像才饮了黄河的水,又破戒喝了天竺的酒,似醉非醉,似醒非醒——如何解得《般若心经》,师父说我解得是无言语文字,方是真解。我说解得解得,不走这若干路又如何解得。既吃过蟠桃,也吃铁弹,又喝铜汁,五百年没吃过茶饭,响当当的铜豌豆,五行大山也压不住我的筋斗云。甭管是菩提老祖,玉帝老儿,观音菩萨还是释迦牟尼,不如在花果山打一杯鲜榨果泥……十方、三世、一切佛,诸尊、菩萨、摩诃萨,摩诃、般若、波罗蜜……

杨青桃给她发来一些颇有印巴风情的伴奏带,说这个旋律变化多样,编曲时总能跟着那颇具特色的人声吟唱,激发出很多不一样的灵感。他尝试着录了一段小样发到了各个平台上,收到了不错的反响。

"第一次听到了咖喱味儿的《西游记》,感觉很奇特。"

"哈哈哈哈在花果山打鲜榨果泥也是醉了……"

"用鲜榨果泥押韵释迦牟尼,不得不说咱们猴儿哥真是有两把刷子的!"

娜迦看了网友评论笑得不行,随即问杨青桃,他的鲜榨果泥是不是抄她的椰椰拿铁。

他说:"我觉得在歌词里加一些新鲜元素看起来很juicy,你那边有什么新的想法吗?"

"我能不能从妖魔鬼怪的角度去写?"

"我觉得也是个不错的选择。白骨精?红孩儿?小钻风?奔波儿灞和灞波儿奔?还有什么,金角大王和银角大王?"

"你没有说女儿国的国王,我真的是很感谢了。"

"女儿情,若有来世……被说过太多次,都审美疲劳了。"

她从未想过杨青桃是这样活泼,交流起来很有安全感,你永远不会觉得你的话语落单,遁入空寂。这是一个靠得住的朋友。她没有跟任何人说起和美猴王合作这件事,甚至是说唱节目认识的好朋友,只是觉得一切在待定状态,没必要多说。最重要的,还是保证眼下的作品。

10

深夜,从节目现场出来,出舞台后门透口气,身上贴着被汗水浸湿的塑料演出服,汗一下变冷。周围有工作人员蹲在地上抽烟,疲惫到无法聊天,只有粗声的呼吸和短暂的轻咳。天空中的星子贴着还在燃烧的脸庞,那亿万年外的冰凉气息吹进脖颈。娜迦恍然觉得自己浸泡在遥远的星际尘埃中,星河涌进她的四肢和躯干,将内脏变得锋利透明,世界退她很远。

想起刚才在舞台上那首不得不唱的《闽南热天》,最简单的修辞和最古早的旋律,在视频软件上被切割成碎片。到处都能听见她那快节奏的"闽南,闽南,关关难过关关过。再难,再难,再难不过过闽南……"

她强迫自己屏蔽这昼夜不停的旋律,放空大脑,去听听星子擦过风的声音。这里没有聚光灯,她走到背离人群的草丛中,看到被塞满盒饭的垃圾堆和惊惶讨饭的流浪猫咪。忽然想起小弟曾拿着红瓦片重重打向墙边的小黄猫。她那时大叫一声:"累匆虾米?! ①"

小弟回头咯咯笑起来,"阿姊,猫崽不听我的话,不听我话就会猫赞哇②。"

如今想来,小弟别有一份语言天赋。如果小弟很小就开始砸小黄猫,那……她不敢再往下想。最初她还想过,要赚钱,带小弟来北京去看最好的精神科医生。她看报纸上说,只要积极治疗,未来还有希望。

起初阿嬷宠小弟,坚决不肯承认小弟有病,只是说小男孩长大了,

---

① 你在干什么?!
② 死得很惨。

难免脾气冲撞一些。况且男人是要出海闯荡的，当然气势要足一点。妈妈翻白眼，说团仔长大又不会去打鱼。可小弟的脾气不只是变差，他甚至无来由地用铅笔扎同桌，对方把他踹倒在地，正中下体。小弟吃痛举起小椅，砸破了对方的头，那小孩子破了相。

万幸小弟没有扎伤对方的眼睛，不然倾家荡产也赔不起。两家人经历了报警、厮打和调停，各自找宗族撑过腰，又上了乡镇法庭。经医生检查判断，小弟的问题显然比对方小孩脸上的疤严重。小弟的下体肿得很高，过了一段，就像摘了豆儿的荚，再无什么精神，不知是否影响日后的生育能力，简直是要了全家的命。妈妈身体不好，生小弟大出血，不能再生养。

法庭判决对方赔八万块，对方不服，又提起上诉。后他们和家里磨到六万，又不给钱，打算趁天黑一跑了之。

听人报信，爸爸妈妈叫了一帮亲戚，抄菜刀持铁棍，气势汹汹冲去对方的家门。平日素来点头哈腰，给各种老板赔笑脸，求人宽限几天的爸爸，脸憋得像关公，眉毛从脸上飞起来，整个人炸起几倍大，将那小孩的家门用铁棒砸得震天动地，里面的狗叫得声嘶力竭，似要把这多年的气都撒到那家人身上。到群情激愤处，还要打破那家的神龛。那家人报警，警察来是来，可沾亲带故，又讲不动情。

家里蹲了两日，对方才肯松口，举手投降，赶紧赔钱。

日子久了，小弟又常常闹，阿嬷看出缘由，再也不说是脾气大，而是怪妈妈没看好小弟，让他吃了保生大帝的龟粿。妈妈气不过，跟阿嬷大小声，说还不是阿仄①一家赶他们走，立刻甩了锅铲带小弟走。

阿嬷呆呆地坐着，对着墙骂，说是夫妻俩造孽不该做生意，追债的追到头上，把小弟吓病了。娜迦站在一边，缩手缩脚地帮阿嬷往碾

---

① 叔叔。

里上浇凉水。

阿嬷会做各种各样的糕和粿。小弟出事以后,她日日都要给神龛和宗祠送糕送糖,雪白的米浆,掺上红糖白糖,做成各色糕粿,一歪一扭挪出门去。儿子给的生活钱几乎都捐了厝里的公庙。

做这些事情时,阿嬷嘴里念念有词:一枝草,一点露,求观音菩萨保庇我的细囝平安无代志。阿弥陀佛,观世音菩萨保佑。观音塑金身,华美殊胜,衣袂飘飘,善财龙女与善财童子左右侍奉。

没出事前,他们两个小孩在阿嬷家看《西游记》,看到观音菩萨收红孩儿。阿嬷递来西瓜说,你们都要好好拜拜。你看那红孩儿本事再大又怎样,还不是被观音收做善财童子啦!

小弟赶忙大叫道,阿姊!原来善财童子就是红孩儿啦,阿嬷的观音边有红孩儿啦!又跑去门外神龛,装模作样拜上几拜,不知在拜谁。接着小弟又跑回来,一脸快乐地对她嚷,阿姊!龙女长得好像你!那我就是红孩儿啦!原来我们都在观音身边喔!

阿嬷每天都早起,拿晒了太阳的圣水,往观音身上点洒一遍,希望观音显灵,让小弟的病早点好。做这些事的时候,阿嬷从没看过娜迦一眼。娜迦也习惯了沉默,一直帮阿嬷打下手,期望爸妈的生意早点能稳定,快点,快点离开古厝,去城镇读书,远远地离开这漫长的溽暑,听说城里空调很足。高温捂住她的口鼻,她不停地擦滚进眼睛里的汗,想快点做完手中的活计,去食一碗冰。

刚刚聚光灯下,旁边的模特趁着休息夸她的皮肤闪闪发光,浅浅的棕色甚至让光都折射出了奇异的金,问她平时都怎么保养皮肤,连一丝毛孔也没有。娜迦随意答,多运动就好了。闽南的风都可以吹黑人,那时还不懂得擦防晒,日久,自然晒了这样一身铜色。过去的岁月竟然算镀金,好可笑。

手机忽然响起,晚风吹得她一个激灵。她没有看号码,以为是节目组打来叫她去收尾。

"阿姊,是我……"

她猛地把电话摁掉,噩梦方醒。有人从后背拍她一下,她吓得几乎弹起来。"娜迦老师,节目还剩最后一点……"

等到一切终于结束,她已经困过了劲儿,脑子像被裹了一层塑料膜,沉湎在深沉的雾中,难以再应对任何复杂事。手机上弹出一些信息:"阿姊,你现在很火,你一定很害怕大家知道有我这个小弟吧? 我也并不是要怎样。最近不太好混,你那边有什么工吗? 只要你肯,我绝对不会惹麻烦。阿姊,你看到了吗? 这么久不回家,爸妈和我都很想你。只给你一天时间。看到回复下。"

她知道这一天早晚会来,小弟是苍蝇,嗅到肉味就冲来。那么多年,他装疯卖傻和混吃等死,四处混到音讯全无。全家人提心吊胆怕警察找上门,看见报纸或网络的命案都吓得好几天睡不着,每次都怕是小弟闯祸。

对方发来最后一条信息:"我很快就能坐车到北京,列车班次发给你了,你看着办。"

陈娜迦眼前一黑。

当夜做梦,又梦见小时的弟,还是那张阴鸷的脸,黑白分明的大眼睛和紧抿的嘴唇,穿着洗旧的科比篮球背心和裤衩,全身湿答答的站在河塘边,"阿姊,你为什么要丢下我?"说着,手指竟长出很多绿水草,远远飞过来,用力地窒住她的脖颈。她瞬间憋醒,发现手摁在胸口,久久不能喘气。还好是梦,可是这个噩梦的成长版,就要到来。

还好,这段时间通告赶完,她可以匀出半天去接小弟。

11

夏日的北京,湿度竟然赶上了闽南,皮肤上包裹的这份湿度,窗外浓艳刺眼的绿色和暴躁夸张的蝉鸣,又将她带回了那个午后。

那天和杨青桃说到以妖怪入手,她下意识就想到了红孩儿。自从受了刺激,小弟失了魂魄,变得怪里怪气,如红孩儿那样惹人讨厌。后来阿嬷问得紧了,她便砸碎阿嬷侍奉的观音,像红孩儿当年袭击观音菩萨。在家里人看来,简直是大不敬。可是谁也没有怪在她头上,小弟竟然也没有说她什么,甚至装作什么都没有发生。只是从那以后,一切都变了。

地铁里冷气开得很足,好在现在大家都戴口罩,她穿得再普通不过。没人看得出来她是谁,哪怕不远处的综艺小广告的边缘,还闪着她的脸。小弟打来电话,说还有一个多小时到站。她随即挂掉,回复"收到"。

她是那么害怕小弟,连个字也不敢吐。小弟手指放出的水藻,缠得她无法喘息。她更是恨妈,竟把她的联系方式给了小弟。她早就在悄悄寻找另一处住所,想趁小弟不备,以工作的名义,远远逃离。可惜小弟来得太快,她没法迅速脱身,甚至不敢撒谎。真恨自己使不出白骨精的金蝉脱壳计。

穿过一众连锁店的招牌,她在出站口等小弟。过了两股人束,还是没有小弟的影子。她大大松了口气,心想也许只是小弟在耍她,心中的小鼓慢慢弱下来,后背的蚂蚁也归了巢。等到零星几个人,她正转身要走,忽然肩膀被敲了一下,她吃痛转身,撞上了那双黑白分明的大眼睛。这双眼就像蜻蜓的复眼,狠狠瞪她,复眼折射出无数个她,她差点叫出声。

小弟拖着灰蓝色的行李箱，穿着耐克的白色短袖和黑短裤，趿拉着一双拖鞋，个子没怎么变，瘦得像个螺钉，皮肤像在酱油里泡过，呈现出油亮的棕色，像刚从海里打鱼回来，周身还散发着潮湿的腥气。火车上的汗热，人都馊了。

她回过头，面无表情往前走，经过李先生牛肉面、星巴克、麦当劳，留意商店的橱窗反射，看身后的小弟会不会突然掏出什么凶器。她觉得自己神经过敏，又不住害怕，毕竟他经常推搡妈，妈又不敢说。

她把他带到地铁，他才突然开口："怎么？你现在连个车子都没有？"

娜迦的怒气点满，"没有，不坐就滚。"

小弟的呼吸加重了，想说什么，又嗫了下嘴唇。上了地铁，他盯着那张海报看，又侧过头盯着她，盯得她有些发毛。她转过头瞪他，又往一边挪了几步。

他凑到她旁边低语："水渣某哦水渣某。"

她不说话。

他又说："阿姊，好久不见。"

像是十三岁那年，一家人去派出所接他，他出门就踢飞一块石，"妈你怎么才来，我肚好饿。"她气得浑身发抖，跟在爸妈身后，想狠拍他的脸，又怕爸妈说她吓飞了小弟的魂。

那时阵，小弟已经开始跟网友拉帮结派，年纪小，下手狠，没人管，也抓不住，给人当催债马仔，给人家门泼红油漆，写债鬼上门，得一两百块。冲去网吧，全充了QQ的炫舞飞车，跟人斗舞，常常摔坏好几个键盘。爸妈把门锁了，他就喊人拿锤子把窗砸开。

爸妈在家门口放了火盆驱邪，他一脚把火盆踢得老远。院子里阿嬷送来的鸡鸭吓得四处飞，翅膀差点被燎出洞。火盆里的符纸瞬间黑化炭灭。爸妈还是什么都没说，爸爸去收拾，妈妈去炒海鲜。娜迦脸色铁青,一口都没吃。

小弟没吃两筷,就跑去了网吧。他走了很久,妈才在碗池边抽噎起来。

12

下了地铁,她问小弟想吃什么,要不要一起去菜市场看看。小弟点点头,像小时那样乖。她一时有错觉。

放了行李,两人打车去物美挑青菜。小弟把几个货架看了一圈,"北京水果太少,不如我们那里。咱们还在厝里偷过莲雾,你还记得吗,你最爱吃的。"

她冷冷地说:"早就不吃了,快点吧。"

小弟在人参果那里看了半天,最终拿了两个。他坚持要付钱,她冷笑:"还有钱买菜?"

她想好了,妈妈挨打是她一向惯着小弟,她必须每一句都压过小弟,不然小弟真对她动手,她根本打不过。报警又会激化矛盾,不利于事业。她不想三番五次出现在冲浪榜单上,免得别人总说她是靠炒作出位,败坏路人缘。明星们都先从黑料发家,后期再靠强大的公关洗白。但她躲惯了,受够了网暴,不想再惹事。

这是她渴望已久才得来的机会,绝不能让小弟毁了她。

他们付了钱,经过海鲜市场,她问小弟要不要。小弟摆摆手,"算了,这里不便宜。"

她赌气似的装了几斤北美白虾,拎在手上,径直去了收银台。经过酒水柜,她对小弟说:"想喝酒自己拿。"

等她结账,小弟放了几罐燕京啤酒,"我尝尝你们北京的啤酒。"

两人回到小屋,小弟身上的味道更重了。她催促小弟去洗澡,想起小时候她给小弟洗澡。小弟把黄皮鸭子放在嘴里咬,吃了不少泡沫,害得她被阿爸吼。

白灼一盘虾,又炒了两个菜,电饭煲煲了米饭。她给自己倒一小杯白葡萄酒,加了冰块,投屏看《西游记》。小弟穿着背心短裤出来,瞪大了眼睛看她,"看这个干什么?"

她不耐烦地敲筷子,"工作需要。吃完饭你刷碗。"

这集放的是奔波儿灞和灞波儿奔。她觉得这两个名字很适合押韵,心中默数节拍。小弟呆呆地剥虾,看着电视出神。过了一会儿,他说:"阿姊,我也觉得我像孙悟空那样,戴了个箍,时常头痛,什么事也做不了。"

她被打断思绪有些不悦,刚想发作,又想起小弟是真的有病,或许她应该听听。小弟穿过束身衣,做过电疗,如果这也算紧箍咒,倒是贴切。她问小弟:"那是什么感觉呢?"

小弟拿眼睛瞥她,喉结上下滑动,"就头痛啊。"

"你进医院穿紧身衣,是不是很痛苦?"

"勒得喘不过来气,胳膊也抬不起来,像鬼压床。"

"既然难受,就控制住自己。"她努力勒住怒马,"打你妈大逆不道,早晚雷公要劈死的。"

"那又不是我,我有时候鬼上身。阿嬷说我是偷吃了保生大帝……"

"你不要跟我在这里搞神神鬼鬼!北京医院很多!"

"那你还看什么《西游记》!"小弟咕哝一句,倏地站起身,冲到行李箱前。

娜迦以为小弟要拿箱子砸过来,下意识地弹到厨房边,抄起锅铲看着小弟。

小弟在行李箱里翻找半天,从里面掏出几盒药扔到茶几上,"你妈是不是没有跟你讲我每天都在吃药?"

下一秒,小弟反应过来,"你这样子是在干什么?"

她拿着锅铲抱着头，顺势瘫在沙发上，望着窗台上的仙人掌，深深浅浅地喘气。

小弟冷笑几声，就势躺在地上，皮肤擦过瓷砖，水渍声作响。过了很久，地上才嗡嗡传来一句："我该吃药了，不能错过时间。"

"喝酒能吃药吗？"娜迦深深吸了口气，"你骗鬼吧。"

"喝酒没关系，就是会昏头睡到晚上，起来熬夜没什么的。"

娜迦夺过他的药，随即在手机上狂按一气，小弟的身份证号她熟稔于心，很快挂了北大六院和安定医院的号。

地上传来小弟的碎碎念："碳酸锂我一直在吃，一天三片，医生说不能再加了。妈是被我推了一下，不小心撞到门框的。对了，喹硫平还有好几盒，我朋友帮忙拿的……"

她闭上眼睛。幼年的小弟躲在柜里抱着头，闪着极亮的大眼睛，"阿姊，有钱乌龟坐大厅，没钱我们躲衣柜喔。"

现在的小弟躺在地上，像条刚被刀拍晕的鱼。

13

晚上，杨青桃来电话。娜迦有些心烦，说小弟来家里了，还没顾得上想这些。杨青桃在那边叹口气，说时间有点儿紧，有什么灵感，他可以也帮着一起想。

小弟在远处玩游戏，脸上闪着红绿紫的色块，眼睛射出缤纷的光，偶尔骂一两句。此时的他，看起来和正常年轻人无异。

小时候，阿嬷抱着小弟在竹椅子上纳凉，夸阿婴的眼睛比月娘还要光，火金姑① 看了都羞死，一面嘴里念念有词："一年仔倥倥，二年

---

① 萤火虫。

仔孙悟空，三年仔吐剑光，四年仔爱膨风，五年仔上帝公，六年仔阎罗王，阎罗王……"

全家所有欢喜只在臭弟一人身上。

杨青桃在那边叫她很多声，她才回过神，"灵感有的，先挂了，我QQ上跟你细说。"

"怎么了？不方便说话？"杨青桃问。

娜迦岔开话题，她不想让小弟知道自己是以他为灵感写的歌。他是一个太过沉重的负担，这么多年来，她还躲在那个衣柜中，阴暗发霉。只有小弟的眼睛闪闪发光，把生命全部输给她的那种发光，让月娘也害怕。她有时梦见自己从柜子里出来，柜子里却空空如也。柜子吃了小弟，或小弟从未存在。

"我有想法了，结合闽南童谣，做首红孩儿的歌。"

"那太好了，一定要比《闽南热天》还要炸！我周四正好去三环的录音室，咱们现场选一些喜欢的 Beat？"

娜迦双臂前伸搭在桌上，掐指算算，周三送小弟去医院，周四就要去录音棚试词。她还有几天零碎时间来仔细琢磨红孩儿和小弟。她已经想好要以闽南童谣作为 Intro 和 Outro，用阿卡贝拉的方式呈现，进歌的时候不要太急，不赶拍子。

快递到了，她消毒后拆了包装，是中华书局的典藏版《西游记》，杨青桃推荐的黄周星定本的西游证道书。

杨青桃说他更想带给听众的是一种绝妙的氛围，似在云中，又在雾里，腾云驾雾，眼花雀乱。说唱不只是攻击与愤怒，写出好的歌词和钩子一样重要，跳出情绪的叙事说唱更加恐怖。

杨青桃说完就出门跑步，他说坚持锻炼身体对维持气口儿很重要，也可以保证快嘴的时候口齿伶俐，不至于让观众看字幕才能听得懂。杨青桃对于自己的咬字要求很严，他不喜欢自己的表达带太多北京滑音。

"圣婴大王红孩儿",娜迦看到红孩儿的名号,玩味地想,"圣婴大王"和"巨婴大王"都令人头疼。她拿手指弯成望远镜,窥了眼弟弟。

不如让杨青桃以孙悟空的形象介入到这首歌中,说一些接地气的诨话:"你既是好人家儿女,怎么这等骨头轻?""我儿呵,你弄甚么重身法压我老爷哩!""想我老孙五百年前,曾与牛魔王结七兄弟。这妖精是他的儿子,若论起来,还该叫我老叔哩。"

不知何时,小弟已经站在了门边,灼灼地盯着她。娜迦看他一眼,视线又飘回草稿纸上的涂鸦。红孩儿比小弟的本事大,小弟是古厝里的红孩儿。古厝里有个弟就够受的了。

小弟问她:"你最近在做什么?有什么工可以让我做?"

"你除了会混还会做什么?"娜迦冷笑,"如果让别人知道我有个这样的小弟,我还怎么混?"

"你不说,谁会知道?"小弟伸出手来,"要么你给我一笔钱,我自己去想办法。"

"我看你是真疯了,现在工作这么难找,你有案底有病史还会打人,谁要你真他娘的鬼遮眼。"一看见小弟那无辜作态,她就想起妈那乌青的眼。

小弟占尽热爱又不成器,别人穿金戴银,我只能穿莆田。小弟发疯起来,咱厝全知道,都说他是邪魔附体。爸妈溺爱他,进出医院十几次,生意败了再换一家做,热炉添炭,着力紧败。这样,小弟的病总是反复,总也治不好,回家总跑出去,不然就把家里翻个底朝天。

阿嬷还是照常在家庙和公庙里拜,说小弟不发作的时候是天使,发作的时候是天神荡罪。可小弟再也没看过阿嬷一眼,连古厝也不再回去。

阿嬷搭着进城卖西瓜的三轮电动车,带着大包小包的吃食,顶着逐渐升起的日头，和西瓜们一起摇摇晃晃地寻到镇上，再转车去他们家。每次上门，婆媳都会吵一架。再后来，阿嬷生了癌，走不动。臭弟只去医院晃几下，又不知道跑到哪里去。阿嬷最疼的阿婴，也没能在她床边。

阿嬷紧拖着爸的手说些天公疼憨人的安慰，又拉着娜迦让她帮小弟渡难关，说小弟最听阿姊话，只有她能拉小弟一把。可她给小弟发的消息、打的电话都石沉大海。从那时日起，她彻底对小弟心死。

<h2 style="text-align:center">14</h2>

日头一天天从东到西，爸妈从最初的绝望过渡到窃喜，还好小弟没有沾上毒品和赌博，否则早就衰到贴地，一家落土。而她十七岁职高毕业，学了美容美发，去一家台湾人开的理发店里实习，手日夜浸泡在药水中，烧得脱皮。

那年，蕾哈娜和埃米纳姆合作的一首歌火遍大街小巷。很多人都爱听蕾哈娜唱的副歌，娜迦只觉得埃米纳姆的吐字惊为天人。在此之前，她只知道周杰伦、陈奕迅和林肯公园。她有空就插着耳机听这首歌，在网上四处搜寻组织，认识了很多年轻的说唱歌手，知道了东海岸、西海岸、Old School、New School、Trap、2 Pac、Biggie、Nas、Wu Tang、Jay Z……走在路上就听 2 Pac 吟诗，琢磨他的技术和吐词方式。她每天下笔写词，却发现"匪帮说唱"中那种愤怒她无法抽出，她只有热天的白昼，出门黏在身上的潮湿。那种潮湿从皮肤撕拉出来，撕出来透明的一个小弟。她只能不断延续在初中的习惯，不断读诗词和小说，解决心中的慌乱和词汇的空旷。

正好小姐妹要来北京见网友，两人一起，坐上了去北京的绿皮车。整顿好行李，落了一身的汗，看着站牌上的字逐渐远去，终于可以告别这热天。这场告别用了这么多年。她在心中播种,默默攒钱,终于长出藤蔓。她顺着藤蔓爬出厝边头尾,甩掉湿漉漉的闽南。

多年来,通过妈妈的无数电话,她成了小弟的不在场证人,小弟害妈的,再双倍给她。爸妈坚信小弟会越来越好。这几年,小弟跑回家的时间越来越频繁。抑郁发作时,小弟看起来像个正常人,瘫在家里,几日不起床。妈中午开电动回家,带餐厅的沙茶面给他吃。就算这样,爸妈也很满足。

小弟把门打得嘭嘭响。她吓了一跳,回过神,对他嚷:"再敲给林北歹歹去边透。①"

"我跟你说了好久的话,你一点反应都没有,到底谁鬼遮眼?"小弟看上去很平静。

"没有工作给你,我这里钱也不多。不过你帮我一个忙,我自然会给你钱。"娜迦拿笔敲着纸,"我想问你,你控制不住的时候是什么感觉?"

15

澄净的一片海,翻着波光粼粼的金。我的内心很平静。我是神的凡间体,只有神才可以支配一切,谁都不能阻拦。一切人在我眼中退到像蚂蚁那么大,根本不了解我这种幸福,可以凌驾万物,我踏裂一片高楼,城市在我脚下如尘埃般逝去。这种掌控广袤的快感和爆裂的预约比任何肉体的高潮更甚。不知道这样对阿姊说,她会不会觉得我是变态。那种奔涌激烈的感情,我不知道怎么说,好像是心中有片大海,我恨不得剖开我的胸口,让那片大海倾泻而出。小时候看武侠片

---

① 再敲给老子滚一边。

或者奥特曼,我喜欢对着墙壁或者柱子打拳,似乎可以运出我的拔鼎之力。如果不用力,全身都像有虫在爬。邻居在电视上看了,跟爸讲我是多动症,让我爸妈带我去厦门的大医院看,不然会很影响学习。爸妈忙于生意,四处缝补都来不及,哪顾得上我们姐弟。

阿嬷那边还有阿仄一家要照顾,追债的人有时上了阿嬷家,阿仄先是拿着棍子隔着门骂,再转过头跟爸打电话,经常爆粗口。总之,他是不想我们借住在阿嬷那里。到了暑假,我们就只能待在自己家。而那些追债的人,自然是不肯放过我们的。千两银毋值一个亲生囝,多吓几次小孩,爸妈自然就会快快还钱。

每次我们看电视一到兴头,要债的人便循声而至。阿姊拖着我躲进衣柜,那种热气让我窒息,我不断在里面站起又蹲下,闹着要出去。阿姊便给我剥花生和瓜子,最久的一次,我们在里面待了两个钟,我在柜子里昏昏沉沉睡去。我害怕门外的人,也不想躲进衣柜。闷热,窒息,还有阿姊和我的汗味。我的胸口像是被插了把刀,又好像这把刀从我胸口破土而出。如果有什么神明鬼怪,一定是那阵在我身上落了根。那些潮气在我的皮肤下扎根,悄悄地潜入我的骨髓,日夜撕咬我,我的身体里拧出一团粗麻。他们将线头留在了我脑子里,日日夜夜在头里搔我,告诉我,有朝一日,会将我点燃。

我们的古厝靠海,我总想去海边或者水池。我爱水浸我身,可家里看我很紧,就这一个囝仔,出了事会毁了全家。算命的说我命里火太多,缺水,家里怕我贪水,给我起名叫力源。可阿姊不怕,她从小就比我胆大。每次等那些人走以后,她都要带我去戏水。海边有时带沙回来,会被爸妈发现,我们只能穿拖鞋去几里地以外的水塘。

那里的蜻蜓真的是世界最漂亮,头顶还有蓝绿相间的美丽蜂虎,天气越热,那些蜂虎飞得越欢快,它们飞快俯冲下来,一瞬,就将正在交尾的蜻蜓衔进口中,又急速冲向电线杆。小时候我的视力很好,能清楚地看见蜂虎胸前的羽毛,黑色的过眼纹下,灵活的红棕色眼珠中,能瞟见远处波光粼粼的大海。

那日,阿姊带我去捉蜻蜓,我正得意扑到最漂亮的那只,把在手中赏玩。阿姊忽然在我身后大叫,我一回头,鱼塘的看守阿伯那头老猪哥,正把阿姊往一边的野树丛里拖。正值午后,大家多在午睡,没有任何人注意到这边的河塘。我跑不快,根本来不及。我大声叫:"阿姊!""阿姊!""阿嬷啊! 阿姊啊!"

树丛在摇动,阿姊的声音越来越小。我扔掉蜻蜓,捡起几块石头冲进树丛,用力地掷向那人的头。那人被我砸得头破血流,吃痛转过身,光屁股站起来,一把抓住我拎到水塘边,把我扔了下去。

我曾经那么渴望能拥有一只栗喉蜂虎,将它紧紧地攥在手里,用嘴吸吮它的喙,口腔中感受它柔软轻盈的羽毛,然后一口吞进肚中。我的皮肤逐渐纤维化,变得透明,生出绿色的覆羽,眼底更加清灵,能看见每一只蜻蜓的翅痣,可以迅速扎进水塘,捕捉正在点水的蜻蜓。我甚至能感觉到它那双复眼中的惊愕,那有两万双瞳孔的复眼,无一不惊异于我从小男孩儿变成蜂虎的飞行轨迹,它能准确而敏锐地捕捉到每一丝空气的颤动,却无法躲开我的致命捕捉。我甚至能感觉到我的嘴里塞入它精美透明的翅膀,折断的清脆声正如玻璃海苔,我衔住它的肉身,满意地准备飞回。

我听到了阿姊的哭叫,我才发现水浸没了头顶。我看见了一只巨脉蜻蜓,很多年后我才知道那是巨脉蜻蜓,生活在三亿年前的石炭纪,翅膀展开七十五厘米,是世界上已知出现过的最大的蜻蜓,这些都是我在网吧搜的。那只巨大的蜻蜓,正划翅破浪而来,它的复眼有阿姊的头那么大,它咀嚼型口器钳住了我的头,将那团乱麻从我的腔里抽出来,不断抽走我的一切,我的内部空了,被全部吸光,变得像水流一样冰凉而平静。我和池塘中的水体同化了。我变成漂浮的一颗卵。

醒来已是几天后，我浑身酸痛，听爸爸在门外大声咒阿姊，说师公反复交代不要让我去水边，她还要带我去水边乱乱蛇，就是想害死我。

可能阿姊都不记得这些了。我起先只知道他欺负阿姊，并不懂到底发生了什么。家里人报了警，把那头猪推我下水的事闹到了派出所，但阿姊的事，他们选择瞒下来，怕阿姊以后嫁不出去。光杀人未遂这一条就可以送他去坐监。但乡下人十嘴九尻川，流言蜚语很快传开来。那个暑假，阿姊几乎一直卧在床上，蒙着被子，我怎么逗她，她也不笑。遇到人来，我只能自己躲进柜里，怎么推阿姊，她也一动不动。

到了夜里，我总是做噩梦，醒来有时看见阿姊在窗边走来走去，头发疯长，背对着我，像个女鬼。漫长的病假结束，爸妈借钱，把我送去厦门一个全托的学前班，而阿姊被送到了远房一户亲戚家，转去了厦门的外来务工子女学校。只有过年或是佛生日，我们才会回到古厝。不知为什么，阿姊离我越来越远，眼睛里生满了毒刺，看我一眼，我浑身都疼。无论我怎么讨好她，剥花生和瓜子给她吃，她都会躲开我。我体内的那团麻不断扎我，扎得五脏六腑发疼发痒，好像菩萨上身。我没办法控制自己的愤怒，在汉语拼音听写时，我总会用橡皮把纸搓个大洞。我一直不明白，为什么阿姊会那样恨我。

一日，同学笑嘻嘻地羞辱我，"听说你阿姊脱光光去救你喔？羞羞脸！"周围的小孩哄堂大笑。像是被一口钟压成了肉泥，被人拍扁就像一只苍蝇，他的声音在钟内无限扩大。那些笑声都变成了鼓励，几乎要震碎我的头盖骨。插在我心里的刀破土而出，我拿着铅笔扎他的脸，他捂着眼睛反击，狠狠踢到了我的胯下。

剧烈的痛让我无法呼吸，我突然就看清了，一年多以前，在水里见到的巨脉蜻蜓，是我的阿姊。原来那蜻蜓的复眼，真的是阿姊的头。

阿姊救回的是我的身，可是属于我灵魂的一部分却永坠池中。我的学习越来越烂，我恨我周围的每一个人，我甚至恨我的爸爸妈妈，为什么没能保护好我和阿姊。他们让阿姊独自负担了这么多，让阿姊也恨我。

无数次，我一入睡，都梦见阿姊躲在柜子里，长长的头发遮住脸庞，不断地给我剥着花生和瓜子，剥到指甲破裂，血流如注，染红了花生和瓜子组成的大山。我拼命叫阿姊别剥了，她头也不抬，什么也听不见。在梦里，她也始终未看我一眼。

"你走以后，我去厦门海边玩过，不过厦门水不好看，泡着也没意思……"

"海水……红孩儿的三昧真火，正是被观音菩萨用南海的水给熄灭的。"娜迦短暂忘记了小弟的事，完全浸入创作。为什么小弟说得如此精准，好像是真的红孩儿出现在眼前，让她感到恐怖。内心的茧被什么东西啮破，几乎要将她吸入那黑洞，经历那缓慢的粉碎。为了抑制这种痛苦，她飞速拿起笔写下歌词。

这种感觉就像在爱情喜剧里加了一帧恐怖镜头。人眼无法捕捉到这种帧数的异常，只会感觉到好像有一幕奇怪的东西闪过，意识并不能确认那是什么，潜意识却早已敏锐捕捉到，并将电信号传入大脑，引起了肌体的莫名冷战。

水与火，共工与祝融，哪吒和龙王三太子，红孩儿和南海观音，水与火的两种图腾代表，也许是人体的邪气和愤怒，喷火太旺而烧尽人心，无法控制住便需要水来收。这火焰燃尽后又是什么？

娜迦问小弟："你每次发作后，有什么感觉吗？"

"就像刚打完一场拳，全身轻松。"

"你不后悔伤害别人？"娜迦捏紧了笔。

小弟说："哪里有那么多后悔，做都做了。"

娜迦冷笑，安慰自己无挂碍故，无生恐怖。

16

  周三,去了医院,医生建议小弟还是按照剂量吃药,并叮嘱娜迦做好监督。小弟坐在桌子前,腿大剌剌地分开。医生看了看满头乱发的娜迦,"病人嘛,需要长期服用药物,只需维持精神稳定就可以。家属要实在压力大的话,也可以去找心理医生。"

  很快下一位。娜迦和小弟走出诊室。门外的走廊里坐着很多衣着光鲜的年轻人。他们在其中,看起来再普通不过。在这个精神病人都因人口而比例更多的超级都市,小小一个臭弟,又算什么。或许我那隔壁的邻居,也觉得我每天的念词是发疯。小弟在我身边,仍是一个定时炸弹。可惜爸妈受过的苦,注定要渡到我身上。

  走出医院,外面的绿树叶都被光打得颤滚,北方高大的白杨树,叶片像打了蜡,高温让扰流变得明显,可是有的树叶还是过早地下落了。人只有一条路,那就是向前走。还是要做事情,只有做事情才能抵挡一切未知的恐惧。未成名时,总想着成名之后的各种造型,现在的娜迦总会在做造型时睡着,手里还攥着各种台词。

  回到家中,她塞给小弟半个西瓜,给他打了一些钱,叮嘱他好好吃药,继续去忙。小弟在她身边也好,起码不会出去惹事。

  写的词删了改,改了删。中途听了一些摇滚,愈发觉得头痛,吃了布洛芬,压不下去。小姐妹推荐了卖红参口服液的厂家,她又让小弟去便利店买些红牛和力保健。他回到家,带了两杯绿豆冰沙。

  陈力源杀完最后一局,抬头一看,阿姊的屋门似乎还透出亮光。他悄悄推开门,看到桌上有一杯未喝完的沙冰水,而阿姊已经歪在靠枕面包上睡去了。他把阿姊散乱的金发从脸颊边拨开,看着那淡淡的眉毛，大而深的眼窝，平缓起伏的鼻梁和微厚的嘴唇，不施粉黛，还是记忆中阿姊的模样。他松口气。

那些短视频和海报里的人看起来艳光四射，他们把阿姊画得像盘丝洞的妖精。金发被卷成大波浪，眉毛被勾勒得很弯，半扇墨绿的金属眼影，横扫出一片孤寂冷佗，戴了深绿色美瞳，猩红的上唇翘着，露出不可一世的笑容，俯瞰着众人，仿佛全世界都在她的麾下。和出事后剃了短发，在人群中总是缩头含胸，戴着鸭舌帽和耳机的阿姊全然不同，和此时在靠枕面包上熟睡的阿姊也毫不相同。她似乎要把古厝的那个女孩从身体里永远撕出去。

他用手摸了摸阿姊的脸，如同摸到水流那样软，被空调吹得又有些冰。她没有醒，只是皱了皱眉。他低下头，像小时候那样，亲了亲阿姊的脸颊。接着再用手指去探，还是那么软，那么冰，丝毫没有因他滚烫的嘴唇而升温。他把她抱到床上，关了空调，盖上被子。五岁之前，阿姊抱住他，给他念从阿嬷那里学来的闽南童谣。有时他要抓住阿姊的胳膊，阿姊总嫌热，必把他的手捏起来，放回他自己身上。

娜迦梦见了幼时古厝的那片山野，不知道为何，那片山野中层层叠叠冒出许多空中的楼梯。楼梯呈蛹形，不断变换上下的方向，而她攀住一根梯子，不断从底层的污泥处往上爬。身后的旷野中，有什么东西在隐隐约约逼近。这让她感到恐惧，她不断地往上爬，想逃出这漫山遍野的绿色。周身好似裹满了泥浆与水汽，越来越难以呼吸，想要将她从天梯上摇下来。正在爬着，她蓦地惊醒，睁眼感觉有人在身边呼吸。

一转头，小弟在床的另一端，空调关了，挤得她浑身都是汗。她翻了个白眼，摸来遥控器调整，又拿了凉毯来给他盖好。

窗外的月娘竟这样光，白惨惨的打得人心透亮，她觉得整个胸膛都被照得很满。多年荒唐，小弟显得比她更老，甚至过早地有了抬头纹，细看，满脸密布着晒斑。他的睫毛在睡梦中抖动，闭着的眼睛在骨碌骨碌地转。她坐在床边，想起小弟小时的睡脸，那时阿嬷夸小弟是菩萨送来的团仔，真古锥呀真缘投①。如果将过去看成许多盘磁带，而小弟这一盘，她可以选择听或不听。如果我将那一盘有病的磁带永久销毁，就这样一直过，不知可否？

她想起明天要赶的通告，看看手机，凌晨四点多，准备起身去做事。刚挪动，就被小弟抓住了手腕。小弟的手掌提醒她，小弟不再是那个有着小肉手的团仔了，而是个成年男子了。

她无奈地说："去做工。"

小弟迷迷糊糊，"阿姊不要丢下我。"

她只好坐在床上刷微博，脸被打出不同的光斑色块。小弟也慢慢坐起身，月光下，眯着大眼睛，眼袋鼓出，迷蒙地看着窗外的月影，月娘在他眼中凝成两个小点。

他喉结滚了几下，"阿姊，你有过男朋友吗？"

"问这个干什么？"

"……你会不会被迫要做一些事……"他松开她的手腕，盘起自己的腿。

她感觉小弟的眼睛像钻出一万只火金姑，来咬她的肉。

"人变成什么样子，都是自己选择的结果。"娜迦倚着窗台，"人要是想烂，会一直烂下去。"

其实她很想跟小弟讲，刚来北京那时阵，晚上十二点和小姐妹结伴从理发店离开。沿途碰到持刀抢劫，两人的手机和钱都没了。俩人去隔一条街的派出所报案。回家已经是两点多，倒头就睡。第二天还要早起去店里排队，等着店长复盘训话。她发誓凑够钱买部新手机，

---

① 真可爱真好看。

立刻辞掉这份工,去找音乐相关的工作。

同好给她介绍了个小厂牌的制作人,那制作人看她漂亮,唱得还可以,问她要不要在一起,说给她介绍团队,慢慢混起来。那人不让她再去理发店上班,而是让她多混混圈子,人脉才会起来。她经常陪他出席酒吧派对,听一帮人坐在沙发上吞云吐雾,喝洋酒吹牛,只能自己悄悄塞一只耳机,藏在头发后面悄悄听歌。

这些局里,偶尔会有一个叫 NeZha 李的说唱歌手出现,他戴着眼镜,皱紧眉头,只叫一杯星巴克,抱着一个笔记本在角落里调音乐工程。他会玩一些很新的东西,比如把民乐和军鼓融在一起,敲进副歌打底。她有时会向他去讨教,他跟她讨论一些欧美说唱歌手的音乐技巧和各种乐器的音色和应用,说起这些技术性问题简直停不下来。他说比起当歌手,他更想做制作人。

不久后,她在男朋友那里看到了很多备份女人。她才知道她是给人当马子。每次想起来都会啐一口,庆幸自己没有染上什么病。好在那段时间她认识了 NeZha 李,知道音乐可以像方程式那样进行计算和铺垫,通过数学计算来编曲会更有意思。两人合作,出了几首有意思的小曲,远在地摊公主的头衔到来之前。

这些小弟永远不会知道。

她挨个回复完信息,头靠着面包靠枕,等着天空像 Coldplay 的《Yellow》那样逐渐亮起来,小弟不知何时又昏睡过去。她一瞬间想和小弟互换。

17

赶到三环那间录音室,美猴王压着鸭舌帽走进来,头发剃得很短,录音室里的人都停下了动作。娜迦在试那段总在卡壳的三押,脑中不断回旋汤显祖那句"不妨拗折天下人嗓子",怎么也找不到感觉。她放下试词,金发散落在手边,夜晚下肚的鸭血粉丝汤,残余的白胡椒面在喉头发起来,汗滴到下巴。

杨青桃站在玻璃外,和录音师聊天。看她有些局促,说:"你可以先用闽南话找找感觉,普通话也许没有你说方言有感觉。"

她笑笑,声音拍在录音室的墙上:"你又不是闽南人,又如何定义闽南唇。"

她在有响棒和沙锤的前奏中念完那段民谣,感觉很好,用一种极空灵的鼓引进,在心腔轻轻地锤。重新回到广袤的榕树下,冰凉的老石板路,滚烫的脚板贴到石壁。韵律像池塘将她浑身染成透明的。她也变得像藻花。

接着,杨青桃和她在一起选了一些曲子,仔细琢磨着其中的节奏和鼓点,想着用怎样的词组、呼吸和押韵来配合。杨青桃更想从其中得到惊喜,闽南的民谣,对于北方的语境来说,有着更多神秘与陌生。最终,他们选了一首西域风格的伴奏,不仅可以制作出变幻的韵唱,还可以有更多加肉的空间。杨青桃刚录完一首《避水金晶兽》,他说这个受她的启发,觉得从妖魔鬼怪入手不错。

时间已晚,打车回大兴太远又不安全。她在城里这几天都有录制,杨青桃的家在附近的老小区,问她要不要暂住一下。她有些愕然,"这样合适吗?"

"我离婚都三年了。"杨青桃皱皱眉,"我不喜欢跟我的合作伙伴搞什么花边新闻,纯属有病。"

杨青桃还跟她解释,如果一个人要打美猴王的人设,至少在做专辑的这段时间里,要保持童心本源。至少要进入西天取经,要有玄奘那般心无旁骛的心境,不要被外界声色所诱惑。

她说他入戏太深。杨青桃连忙双手合十,"阿弥陀佛。"

娜迦看着街口那间黑灯的麦当劳，不得已打消了夜宿麦当劳的念头。过去还有很多快餐店可以坐一夜，一些流浪汉会帮麦当劳收拾桌子，来换在里面坐一坐。最近几年，很多二十四小时的店都关门了。她哼着流行歌，压低帽檐。她跟着他上了老破小的楼梯，隔着薄薄的门板，还能听见楼里起夜老人的咳嗽声。

直到杨青桃打开家门开了灯。她才发现，和那陈旧的楼道不同，他的房子宽阔明亮，橡木色的地板上，巨大的羊毛地毯摊在地上一如化开的奶油。地毯侧面是一排通顶的透明手办柜，里面摆着造型各异的动漫角色，旁边是一个立体的生态循环缸。他邀请她进门，在手边扶椅上换了鞋，招呼她早些休息。她坐在豆包沙发上，看见一整面光洁的电影幕布和圆盘形的 B&O A9 音响，看起来像是家中支起了外星信号接收器。

她知道 A9 这款音响，他们平时开玩笑都叫它大铁锅。她歪着头半躺在豆包沙发上散神，忽然看见小弟戴着彩色塑料耳机，坐在火车上闷闷听音乐。她的心像是被装进了大铁锅里翻炒。小弟的最后一条消息是，"阿姊你早点回家"。不知多少年未回闽南，当地的比赛也不敢参加，过年都推说工作忙，和同样不愿回家的朋友一同 K 歌喝酒。偶尔去南方商演或者活动，最南也不过江浙沪。

躺在客房，深蓝色的床，进入未知的海洋，水母的身体闪烁着星光，窗外起风了。一个人在北京，能睡在这样安逸的房中，当然有心情读《西游记》。

闹铃响起，她迷迷糊糊摁掉，又挣扎起来看消息和工作，准备洗漱出门。杨青桃在茶几上摆了早点，他在幕布上放了一早的球赛，说以前熬夜做歌，有时候累得睡不着。看看夜里的比赛，很快就能入睡。醒来以后，球赛刚好播到集锦或早间体育新闻，觉得自己并不孤独。

杨青桃吃完葱花油条，喝了两口豆浆，去厨房冲了两杯咖啡。两人看着球赛,在屏幕的亮光处,看见上浮的空气不断荡漾,扭出各式各样的轮廓,似乎已经相识了一辈子。

被迫按下的静止键里,她得到了一分钟的舒缓。有那么一分钟,她能在回忆的暗盒里,不去想小弟这根刺,或是那个暗盒忽然张开一道缝,射出许多光。

很快,手机铃声响起,不是甲方,竟是小弟:"你在哪里,怎么没回家?"

"我有个小节目要录制,这几天都不回家,在外面住,你照顾好自己。"

"哦——"电话那头传来一声长叹,"你是不是在躲我?"

"没事先挂了。"她挂了电话。

又是一个禁区内的射门,没成功,左边锋抱憾。杨青桃拍了下大腿,"是你弟弟?"

"我不想他问太多。"她挥挥手,拿出了歌词。

大铁锅放着选好的 Beat,和杨青桃在客厅中对了对词。

18

三昧真火

Intro

(闽南童谣)一年仔侄侄,二年仔孙悟空,三年仔吐剑光,四年仔爱膨风,五年仔上帝公,六年仔阎罗王,阎罗王……

Verse(陈)

看,从吐鲁番烧起八百里火焰一直刮到闽南

他生来体内便有三昧真火烧到东海也无法平静

铁扇公主太过宠他甚至无视他所带来的灾难
无数次轻飘飘对土地公说一句保佑我团平安
圣婴大王喝酒打牌讨债上门爸妈寝食难安
眼看他将古厝土地内的无数生灵骨髓吸干

Bridge（杨）
你这小畜生，不识高低！看棍！
（童音啸叫）泼猢狲，不达时务！看枪！

Hook（杨）
混世的圣婴大王，嗡嘛呢叭咪吽
混世的圣婴大王，嗡嘛呢叭咪吽

Chorus（陈）
莲花座，降魔杵，步步拜去珞珈山，解得我苦
杨柳枝，一点露，泼过这三昧真火，终得极乐

Verse（陈）
总是逃避四处祈求哪个神明会发慈悲显灵
看业火烧干他青春我在深渊内默念手足情
惨绿的盛夏我在咱厝里看遍山烧出的红云
无可奈何我背井离乡去冰天雪地躲避瘟神
雍和官的佛与菩萨能否助保生大帝一臂之力
山河湖泊四海龙王日夜雷电可否驱得煞气
南海也好东海也好只求菩萨借一点甘露吧

Bridge（杨）

妖精！你如今赶至南海观音菩萨处，怎么还不回去？

（童音啸叫）咄！你是孙行者请来的救兵么？你是孙行者请来的救兵么？

Hook（杨）

混世的圣婴大王，唵嘛呢叭咪吽

混世的圣婴大王，唵嘛呢叭咪吽

Chorus（陈）

莲花座，降魔杵，步步拜去珞珈山，解得我苦

杨柳枝，一点露，泼过这三昧真火，终得极乐

Outro

（闽南童谣）一年仔倥倥，二年仔孙悟空，三年仔吐剑光，四年仔爱膨风，五年仔上帝公，六年仔阎罗王，阎罗王……

"成了。"杨青桃弹一下稿子，"这歌儿绝对炸，等你结束这两天的活儿，咱们就去录。"

她也从密不透风的罩子中撕了口空气，转身歪到沙发上，问他有没有可以录视频的地方，她需要线上录个节目，需要好一些的麦克和录音设备。杨青桃很快将书房收拾干净，给她装好了设备。

终于录完一期节目，已经接近下午三点，她刚假笑着退出会议，就接到了小弟的电话："阿姊你到底在哪儿？你是不是故意要甩掉我？"

受不住这样黏腻的小弟，恨不得躲到爪哇国去。新歌的顺利也无

法冲淡她这种沮丧，一股闷腥的感觉涌在喉头。

她喝口水，把那股邪火强压下去，"我在录节目，至少要几天才能回家。你今天吃药了没？小心我给你妈打电话，把你抓回家。"

"你妈能管我的话，干吗还叫我来找你？"小弟又变得黏糊，"总之你快点回家，我一个人待着没意思。"

她敷衍着挂了电话，门外就响起了敲门声。

杨青桃问："垫点东西吗？下午三点了，晚上再出去吃点好的吧。"

她跟着他去了厨房，看见挂面，不由摇头。刚来北京那时阵，泡面还算贵，为了省钱吃盐水挂面，彻底吃到伤。她问有没有云吞之类的速食，他说冰箱还有速冻饺子。打开冷藏室，那根光杆司令胡萝卜分外惹眼。

她问他是不是不怎么在家吃，冰箱里唯一的绿色怎么都是些无精打采的芹菜。杨青桃苦笑，"都怪我，经常在外面跑来跑去。不过我囤了好多碳水，足够我坐吃山空了，是不是有点像玉帝降罪的那个米山和面山。"

接着他拉开储物柜，满满一柜的泡面、挂面、荞麦面和意大利面，还有各种酱料和调料包。看见娜迦苦笑，杨青桃又安慰道："没关系，鸡蛋也会有的，蔬菜包也会有。"

娜迦摇摇头，她冲了点麦片。

麦片、薯条和汉堡包，快速果腹为这快节奏，午夜那快餐店的金字招牌，工事繁忙总让我徘徊。

娜迦想起一个老掉牙的问题："喂，你觉得说唱对你来说意味着什么？"

杨青桃靠在沙发上，拨弄着一把小尤克里里，即兴诵念："是火焰山的芭蕉，是蟠桃盛宴的佳肴，是炼丹炉的巽位，是取经路上的魑魅。有时候舞台上看起来很辉煌，可缝纫的每一刻都感觉那万千奔腾的雄心，都要靠那些深山鬼岭里的魑魅魍魉来磨。直到把雄心那方宝剑都磨得看不清剑身，被岁月斩得斑驳，过后又自我腹诽，觉得自己在创世记的同时又觉得生命毫无意义。为什么要穿这层美猴王的画皮？恐怕是因为我属猴，很小就将孙悟空当成偶像，总觉得背靠着那一座与天同寿、长生不老的大山，就觉得自己有无穷无尽的力量。"

娜迦歪着头，"而我只想远远地离开闽南，永远不再回去。"

"离开家这么久，家里人不会想你吗？"

"如果你的家就在你身上，而你想远离的那个人就像水蛭那样甩不掉，何谈想不想。"

"闽南有很多榕树，枝干落地生根，是不是像你说的那种家庭关系一样，彼此连接紧密，怎么也无法挣脱，而是牢牢地系于那棵老树，一代一代缓慢又强韧地生长下去？"

"如果有选择，我只想做一株南洋杉，我受够了榕树那种盘根错节的家庭关系。"

"嗯，我能懂。我想做杧果树，我爱吃杧果。"

"杧果是我们那边用来吸尾气的。"

"你说的是'我们那边'。"

"也许短期内很难逃离这种话语圈套，就像我们的口音、家乡景色和固定用语。"

在两人都空闲的时刻，杨青桃带她看投屏电影《新神榜·哪吒重生》。电影中的哪吒转世李云祥正在孙悟空的指导下进行内火外导。

杨青桃说："说来也很巧，哪吒和红孩儿都是用的三昧真火，他们在修得正果前，性格都相当偏执。哪吒的元神，自古都被称作杀神，但现实中咱们的 NeZha 李应该还行，我看他人还比较温和。"

娜迦点点头，"他是我好朋友，一直帮我做歌。他不是武汉人嘛，又在'武昌鱼'厂牌。才饮长江水，又食武昌鱼的，自然水克火哈哈哈。"

于是，他们共同决定让 NeZha 李来制作这首歌。

19

后两天，她要参加一个语言类的综艺节目，借住在杨青桃家，在客厅背词。现在这种语言类节目繁多，不是唱歌就是演话剧，还要跨界碰出所谓的火花。她总怕做不好，看着节目组给的台本反复练习。小弟不停地给她打视频，她看见小弟窝在床脚一团，黑黢黢的，只看见两只阴暗中闪光的大眼，真想喊他起来做事。

小弟总是问她些怪话，什么北京哪里有河可以摸鱼抓虾，想去秦皇岛看大海，问她在哪个录音棚见什么明星，他想去"咸鱼"上兜售签名。又说他买了体育彩票，中了一笔大奖，可以载她下五洋捉鳖。她都只听几句，让他自己做点饭吃，不要打扰她。

不胜其烦，她将小弟静音，打算等节目结束后再说。

"我们本该共同行走，去寻找光明，可你却把我，留给了黑暗。"娜迦正在读这句话，忽看见指间有雾气冒出，结成青紫色的薄雾，笼住她全身。一股辛辣的刺激包裹知觉，让她几乎不能呼吸。好在，杨青桃走过来，问她要吃什么，那股白日梦魇才慢慢散去。她看见杨青桃的嘴一张一合，耳朵里却什么也听不清。她拿着台词摇了摇头，心跳却越来越剧烈，可能太累了。想要看看几点，却发现手机已经关机。

她觉得纳闷。等充好电才发现，手机里是铺天盖地的未接来电。

邻居家燃气爆炸。小弟刚好在屋里。

爸妈从厦门赶过来，两个黑黑瘦瘦的人，被泪水浸得皱皱巴巴。她站在病房门外，墙脚两边都长满了家属，像建筑边的野草，东倒西歪地立在墙边，等着抢救结果通知。医院的冷气被沸腾的眼泪蒸干，护士多次提示保持安静，暗涌的呜咽凝聚成一座九层妖塔。嘈杂，炎热，眩晕，人肉相贴。她压低帽檐，遁入虚空。干枯的爸妈相互搀扶。爸捂住眼睛，粗大的骨节，指缝稀疏变形，枯枯巴巴的呻吟。妈向娜迦投来祈求的目光，娜迦则一直盯墙壁或是看手机。大家都戴着口罩，没人能认出她。很多人摘了口罩靠着墙涕泗横流，她才感觉到，自己的口罩是干的。她尚未从那些电话的余震中缓过来，甚至怀疑这是不是一场提前预谋的真人秀。她悄悄转头，企图从这些变形的、湿漉漉的脸庞中找出一个黑洞洞的镜头。没有。她开始商量人生这场大型演出，到底何时可以谢幕。她不愿意面对如此逼真的事。

　　昨天得知消息，她才感受到剧本结尾那通天的巨雷，正将自己贯穿劈碎。她刚崭露头角的事业，又像席卷而来的泡沫，在乌黑的岸边，暗声破灭。在父母的声声责问中，她开始怀疑自己随身携带着什么鬼怪，让小弟一次次替她挡了灾。

　　她捶半天胸口，憋出一声尖叫，瘫软在地。听到响动，杨青桃戴着麦从卧室里冲出来，不断拍她后背，试图把她扶到沙发上。平素勤于锻炼的杨青桃，也拖了三四次。她不断哽住，只吐几个字，又陷入大哭。杨青桃握住她的手，用力抱住她，不断捋着她后背，想将那股寒气顺出。她很快不能呼吸，全身发抖，手指僵硬，他把毛巾塞在她嘴里，防止她咬舌头，迅速拨打了120。

　　呼吸性碱中毒。杨青桃按照医嘱，将一个纸袋子套在娜迦的头上，希望她将过度呼出的二氧化碳吸回去，可以缓解一定的压力。娜迦瞪大眼睛看着这一切降临，口不能言。头被罩住后，她好像在看一出默喜剧。

　　急救车终于赶到。杨青桃松下来，忽然觉得很多词汇都憋在气口，一个也吐不出来。

小弟在爆炸中受了重伤，还好保住了四肢，除了开放性骨折，还有多处外伤，部分皮肉阙如，需要自体和异体移植。他们转院去全国最好的骨科和烧伤科。小弟的异地医保要转手续，报销又麻烦。爸妈就像节日祭船上的木偶，她暂停了很多工作，拉着那艘破破的小船在干涸的陆上走。

她不由得也怪妈，给小弟偷吃保生大帝的龟粿。心中如此恨，恨又无气力。

爸眼眶红肿，口舌和手指被烟熏得焦黄，眼睛像磨花的玻璃珠，珠子茫然转向她，怎么也揩不掉磨损的花纹，"怎么会这样，怎么会这样？小弟怎么刚来就这样？你当时去哪里了？"

这样说来，好像做错的是她。闽南的神明在北方水土不服，符咒从古厝的墙上滑落，观音菩萨也未能镇住这场业火。她一想到小弟在床上呻吟，便觉这一切竟像谶言。她写下的是对小弟的诅咒，让那场火从闽南烧到北京，好报多年前的水中之仇。

杨青桃来看过她几次，每次都约在医院地下的餐厅，跑过来安慰她。NeZha李也跟着来了，戴着一顶度假的草帽，要一杯雪碧，把玩着一块五花肉耳机套。他让她不要担心，这首歌一定会让她风生水起，比《闽南热天》更炸。他说："祸兮福所倚。你要相信人的生命力，你看哪吒变成了莲藕，也能活得很好，无生无死，无死无生。"

娜迦吸一口杨枝甘露，"你说的都太玄了，放自己身上根本熬不过去。"

她坐在床边看着小弟，小弟的脸裹在白惨惨的阴影里，像一只巨大的炭烤蚕蛹，隐隐有焦黑色透出。

赔偿和官司看起来有一顿扯，妈拉着她悄悄问："你还有多少钱？"

她转过脸，"家里钱不够用？"

妈看着她，"上午看有募捐的人来，可以给小弟在线上筹钱，你看要不要搞?"

"别开玩笑。"她语气冷酷,"小弟在我这里出的事,我会负责的,你不要理会那些人。"

"是,你现在出名了,不会不管小弟。"妈妈像潮间带上的河蟹,不断地从嘴里吐出泡泡。妈妈嚼着海藻之类的细小物质。娜迦看着自己被蟹钳紧紧夹住斩碎,送入妈那一开一合的嘴。

好巧不巧,杨青桃又打来电话催录音。她接起来,不待他说话,就说马上过去。娜迦握了握妈的手,想象中的蟹钳,常年浸泡在水和泡沫中,粗糙冰凉,纹理深刻。妈想说什么,又闭上了嘴。她又回头看了眼小弟。护士进来了,准备给小弟换药。她略一颔首,不忍看,走出门去。

20

《三昧真火》这首歌作为美猴王和陈娜迦合作的先行曲,一经推出,很快点燃各大音乐平台,有营销的一番造势,播放量增长很快,评论叠楼很高。

"这首歌的制作人是 NeZha 李,考虑到红孩儿和哪吒都练三昧真火,如今这首歌霸榜也就不足为奇了。"

评论最高赞是:"这首歌聚齐了天庭三大刺头:哪吒、美猴王和红孩儿。"娜迦在被窝里看了这条评论,勉强笑了笑。这条评论的落款还是 NZL。

  莲花座,降魔杵,步步拜去珞珈山,解得我苦
  杨柳枝,一点露,泼过这三昧真火,终得极乐

这段用电子垫音，十分朗朗上口，一经放出，于各个音频视频软件上步步生莲。很快这首歌被买走，给一部西游改编的现代剧做主题曲。关于这首歌的分成，她一直没来得及和杨青桃谈。她现在也顾不上这些了，有人在医院认出了她，也发现了她是爆炸事故的家属，趁她不在的时候跟她父母套话，把这些事发了出来。

《三昧真火》和爆炸事故，有诡异的巧合。陈娜迦怎么在事故之后，还有心情发歌？好似一窝失控的马蜂，它们找到攻击热源，轰向陈娜迦的微博。它们在杨青桃的微博下面说他们吃人血馒头，妄想借用那场爆炸来为自己造势。

更有甚者，有人编出了一套阴谋论，说是在建筑业奠基和电影行业开机时，有时为了大火或改命都要用一些"人偶祭"，传说什么钢筋水泥工地里有捆绑在地基上的"人柱"，让楼基扎得更稳。

看客议论纷纷，甚至比《三昧真火》的热度更高。

"很难不怀疑陈娜迦是为了自己可以大火，故意制造了这起爆炸，希望警方严查……""这场爆炸本身就十分诡异啊，她弟弟爆炸的时候她还不在家……""看业火烧干他青春我在深渊内默念手足情……你看看哪个写歌的会这样诅咒自己的家人？业火烧干？完全是诅咒，陈娜迦居心叵测，不敢深想……"事情很快失控。

娜迦的爸妈刷到那些，对她的态度也变得古怪。偶尔打电话来，话里话外含沙射影，说她和小弟换了命，若不是小弟，哪里有她今天。如果她不肯给小弟掏钱，他们就要把这些事都告诉媒体。

刚吃下一碗泡面，娜迦就在听筒这头吐了出来。她干笑两声，挂了电话。接着，她将马桶清理干净，跑到镜子前看自己通红的双眼。看了许久，想从印堂中看出端倪。

杨青桃打来电话，大叹一口气，说因为这些谣言，自己的新专辑发布也要拖后，他在四处找人帮忙。他发布了澄清视频，但质疑声更加凶猛,又多了很多下流猜想。他看到那些,怕娜迦受影响,劝她先出去躲一躲。

她将很多客户端卸载,电话也关了机。各处活动暂停,可能面临着巨额违约金,经纪人忙得焦头烂额,四处赔礼道歉。他们开了几轮会议,都不知如何澄清如此诡异的巧合。最终决定先沉默应对,小公司也放了陈娜迦的假。

她买了备用手机,让经纪人帮忙办了新号,存了一些必备号码,打了一笔钱给家里,买了张机票直飞海南,跑到天涯海角去,远远地逃离这一切。如果这世界上真的有观音,她只想跳南海。

21

落地先睡,睡了两天,昏天黑地。被一个陌生电话打过来。她接起电话,是 NeZha 李。还未等他开口,她问:"请问哪吒三太子,如何剔骨还父、削肉还母?"

"你现在要伤害自己,在外人看来不就是于心有愧?"NeZha 李的声音听起来比较轻松,"你现在在哪里,我来找你。"

"我在海口的一家酒店,靠近海边,随时可以跳海。"

"定位给我,你一定要坚持到我飞来见你,我再告诉你莲藕人的秘密。"

"好。"

"从现在开始,你不要关机。一路跟我保持通话,直到我上飞机。"

"嗯。"

NeZha 李过来已是深夜,打车长驱到她酒店边的海滩。他穿着短袖和牛仔裤,帆布鞋系带拎在手中,赤脚走在沙滩上。她还是穿着那双假山茶花,拖拖沓沓地走在沙滩上。那时她已经喝了一些酒。

黑暗里，她看不清 NeZha 李所有的颜色，只看清他的双眼，就像动画片《哪吒闹海》里那样，在海风和浪花的湿度中冷冷闪着光。见她来，他变戏法似的从口袋中掏出两瓶虎牌啤酒，用牙齿咬掉盖子，递给她一瓶。

"心情有好点吗？"他问。

"很难说好，还是想死。"她喝了一口啤酒，反流的食道隐隐发胀，"我只是不明白我这么努力，怎么还是一摊烂泥。"

海边还是有路边 KTV，在绵热的海风中，她隐约听到伍佰那大刺刺的嗓音，缓慢有力的鼓和抒情的电吉他 Solo。很快 NeZha 李的声音响起，比伍佰克制，更像是一首歌的贝斯。

他们行走的四周被黑暗吞噬，只有海保持了可怖的湛蓝，头顶的月娘是那样亮，亮得仿佛整个人都冰冻透明，五脏六腑都变成果冻，被广阔的蓝吮吸，要从她身体中将魂魄都吸走。

他们继续向更深的夜里走。NeZha 李说，她的事闹得很大，问她知不知道始作俑者是谁。他似乎想开口，她制止了他，说她不想再知道，不愿意再生事端。如果这是命，一定要认。

娜迦从沙子中间慢慢滑落下去，直到流沙封住她的头顶，她的意识全然被压垮。热带的月娘，怎么会这么冷。闽南的月，有时晚上也黏黏糊糊。她忽然理解了"冰轮"和"广寒宫"。

刺骨的月光里，NeZha 李将她头上的沙拂去，试图将她从那虚幻的沙中拔起，可怎么也拖不动她，索性也跳入流沙中，和她站在一起。他说："我从小有仇必报，我用心做出来的歌，不愿意被这种谣言毁掉。我想说的是，咱们要不要再合作一首歌反击……"

大概过了一次月食那么久，意识才逐渐归位。娜迦好像从地狱中梦回，发现自己的头正枕在 NeZha 李的大腿上，发黑的宇宙将她砸昏。手中余下的啤酒流了一身。她这才想起词汇如何组合，张了半天嘴，

"我想吐。"

他托住她的头，慢慢扶她起来。她脸发烫，胡乱裹着些沙，不知怎么好像被风吹得失去灵魂，发了烧，在水中浸泡。眼前的 NeZha 李似乎长出了三头六臂，将她揽入怀中。她一时间迷惑起来，那个只会抱着电脑跟她分析旋律的男孩，怎会发出如此强烈的热。他的这种热情究竟从何而来，是三昧真火？可是和小弟的那种毁天灭地的火全然不同。她的眼前浮现出一幅画，好像是孙悟空大战哪吒三太子，又好像哪吒和红孩儿用三昧真火在斗法。

这个拥抱来得太快，似乎又来得太晚。她开始回想这些年发生的一切，似乎串起来早有预兆，又似乎是她一直蜷缩在果壳中没有察觉。但她有一点很确定，她不爱吃藕，不喜欢藕炖排骨，不喜欢桂花糯米藕，也不喜欢凉拌藕片。

她推开他，"我还想问你怎么削肉还母。"

NeZha 李推了推眼镜，"很抱歉，我也想摆脱我的家庭。但似乎可能性不大，搞这一行，有时还需要父母接济，所以我才会用 NeZha 的拼音而不是'哪吒'。"

"不如我就留在海南算了，当个酒店保洁或服务员。闽南我回不去，北京又很累，还有那么多 hater、键盘侠。"

"这一切也许不会过去，但为什么要在乎？我们继续写歌就好了。哪吒从不服输。"

"但没多少人是哪吒。"

"这么好的夜，不游泳，可惜了。"

"这么大风在南海里游泳，会不会被刮到南半球。"

"南海有观音的，不要怕。"

"这么多年了，观音在哪里？"

广寂的海面上似晕出无限光环，面前忽现出一艘极精致的象牙宝船，桅杆风帆均缀满宝石，嵌珠镶贝，海豚从波浪中逐出，围绕在宝船周围。这是艘幽灵宝船，船的周身在颤抖，在引诱她开启摇曳生姿的海波之旅。她默念"南无大慈大悲观世音菩萨"，随即跟着那指引上了宝船。一味清澈浸入意识，薄荷酱抹在白面包片上，视野逐渐被湛蓝填满，嘴唇化成血红的珊瑚，牙齿幻作水中发光的水母。她感觉皮肤像海豚与儒艮那样光滑，又不受吸盘与爪牙的困扰，她逐渐失去四肢百骸，伏于海中，变作一瓮海龟祭坛，一座呼吸的海礁，一只海滩上试探的勺嘴鹬，一只净瓶中飞翔的军舰鸟。她入宝船中一方洞天，在竹林间以斧破竹，劈开四季缤繁花雨，似得了宝训，又听得箴言。箴言无形无色无痕无感，只顺着波浪将她摇入深海更深处。她再念一遍话语，又似乎将所有的话语念出，世间所有苦厄一齐涌入心中，海啸翻出几十米高度，小船倾覆，又复翻转回来，风平浪静。藏经楼有一百零八个孔，她在第一百零八个孔隙中看见了小弟的那双眼，隔了纱布，还能感觉地狱之火在烧。幡然醒悟，悔又无悔。空荡的船顶，密密麻麻地密布蛛丝网，怎么也无法从榕树的深根中将自己拔出。

她回过神，天边微微发亮，南海龙王吐出甘霖，龙女们用人鱼的碎鳞装点天空，朝霞变作碎波荡漾，大鲸跃出海面。NeZha李躺在沙子上睡得迷迷糊糊，她拍了拍他，"我们再一起做首歌吧，不然我欠的债也没办法还。"

NeZha李从地上爬起，摇掉很多头上的沙砾，"我们还可以再做很多首歌。"

天完全亮后，那片湛蓝逐渐罩上一层透明的薄壳。他们去街边的小摊，买了陵水酸粉和海南粉吃，陵水酸粉配上黄灯笼辣椒，酸辣的滋味和细细的粉，吃在嘴里像很多小人儿在跳。

"第一次我被网暴，我去了周围最高的一栋楼，真想跳下去，可是窗户推不开,那些窗户早就密封防人自杀了。我只能揣着手,坐在角落里听西海岸说唱。"娜迦手臂像波浪那样滑动,"我忽然想起小弟。我以前也跟你说过,他是我最大的心病,无药可医。我不是想他长大后有多烂,而是小时总跟在我身后,唱'天乌乌,欲落雨,鱼担灯,虾拍鼓'。霓虹阵与车流的红灯交汇,风从窗户缝里吹上来,恐怕不少尾气。我的心也像有虾在拍鼓。我想办法逃到北京,北京也没多大意思。人生哪有什么意义,不过是像我阿嬷那样每天拜观音。"

"《闽南热天》和《三昧真火》都很好听。"NeZha 李拍拍胸脯,"毕竟都是我做的,你每一首歌我都会评论。"

天雷一闪,原来 NZL 就是他。娜迦勉强笑笑,"没想到,最后还是要靠闽南。"

后来几天,他们白日各自昏睡,趁傍晚出街,逛骑楼老街,看青椰在夕阳下散发粉金的光,仔细研究为什么海水会这样蓝,又琢磨水中鱼如何看见这水波,学用动物的眼睛去看世界。娜迦不再化妆,晒得更黑,几乎没人能认出她,认出她也无所谓了。已经背上了恶名,再下一层地狱没区别。

他们谁都没再提杨青桃,据说大圣还在敢问路在何方。

22

一个略有些阴的下午,两人坐在海滨的咖啡厅,正讨论要不要做一首偏东海岸风格的歌来澄清这一切。忽然,NeZha 李被朋友发来的消息轰炸。他匆匆瞥了一眼手机,便忙叫娜迦让她看视频。

镜头中,小弟半坐在病床上,被纱布缠得整个人发着白光,甚至看起来气色好些。他艰难张嘴,一句句澄清那些谣言,有时牵拉到痛处,表情还会扭曲。她从未听小弟说过那样标准的普通话,甚至郑重得有些像演戏。

"我阿姊这么多年来一直照顾这个家,现在因为网暴,我阿姊消失不见了。你们都知道,谣言是会杀死人的,乱说话的人是要下地狱的。警察找我做过笔录了,"他举起责任事故认定书贴到镜头前,"大家看清楚,这完全是一场意外,跟我阿姊的新歌没有任何关系。"

视频最后,那双阴沉的大眼睛也变得像玻璃弹珠了,和爸爸一样,花得看不清。小弟变了乡音,"阿姊,回家吧,这不是你的错,我从来就没有怪过你。"

娜迦还没来得及反应,经纪人的电话就打过来了。

"娜迦,托你弟的福,危机解除。美猴王这些天一直在联络江湖的各个朋友,帮你转发澄清,大家录了一些歌在转发。现在爆上了热搜,大家也愿意跟这个热点。之前的合作方说继续合作没有问题,你赶快回北京,最快的航班是哪一班?……"接着经纪人顿了顿,"包括和你有过节的雾都辉夜,她也愿意为你发声。"

娜迦看着 NeZha 李,两人对着抽烟,一言不发,任由经纪人来安排她的春回大地,北方的夏天就要入秋。

"是美猴王去拜托她的,娜迦,这次真的是猴子给你请来救兵了。"

"嗯,替我谢谢他们。"

两人舍了咖啡去海边。娜迦将手中喝完的椰子送进碧蓝的海中,椰子在海面上浮了起来。

"我听过一个故事,以前东南亚有人无意中发现有片海岛的椰子很好,而且从来没有人登陆过,可以摘来卖钱。但椰树很高不好摘,而且只要他们一靠近,岛上的猴子就拧下椰子来砸他们。于是,他们想出一个好办法。船一开过去,人就用石头打猴子,猴子们非常生气,纷纷摘下椰子冲船上的人砸去。椰子砸不中,都漂在了海上。这些人不费吹灰之力,就得到了这些椰子。"

"我还听说,泰国有人驯猴,让猴子帮他们摘椰子,一天摘三百个,有只猴子实在不堪重负,最后拿椰子把主人砸死了。"NeZha 李说。

眼看那只椰子越漂越远,娜迦脱下那双假山茶花,走入水中摁住它,将它慢慢带回岸边。NeZha 李将她从水里拉起来,笑说:"猴子捞月。"

娜迦舔了舔嘴唇,海风有舒适的咸,"我小弟一直想看大海,可厦门的海不好看。环岛路海岸东边有巨大的妈祖像,夜晚看起来有点巨物恐惧。"

"这里也有海上观音,到了夜晚,都会让人有点敬畏。"

"那就借菩萨这一净瓶。"她说着,想起那天看《西游记》,里面有一段奇怪的闲话。

悟空,我这瓶中甘露水浆,比那龙王的私雨不同,能灭那妖精的三昧火。待要与你拿了去,你却拿不动;待要着善财龙女与你同去,你却又不是好心,专一只会骗人。你见我这龙女貌美,净瓶又是个宝物,你假若骗了去,却那有工夫又来寻你……

可谁都知道,无论是孙悟空还是美猴王,皆无贪痴欲念,他无非就是想借一点杨枝甘露,来泼了红孩儿的三昧真火。

23

回到北京,事业迎来回春,甚至比之前更要火,她因此事更加"出圈",当然也伴随着各种质疑。

日程一直被塞满,甚至连杨青桃都没顾得上见一面。租了个大点的房子,好让爸妈搬进来照顾弟。小弟不再黏她,由于行动不便,很少再打游戏。他的脾气也因没法活动手脚,而无法施展出来,只好憋在绷带里,扭来扭去。小弟似乎真的像红孩儿那样,被观音收在了木吒的莲花中,全身被缚,一步一叩,做了善财童子。

和家人如若碰面,也像池塘的浮萍,碰碰就散。好在她忙得只剩最后一口气才回家,也不用交流什么。从头回忆是困难的,记忆被油炸得酥脆,变成各种奇形怪状的虾片。各种奇妙的马卡龙色,在记忆中酥脆,沙沙作响,真是"田螺举旗叫艰苦"。

《三昧真火》重新上架,但娜迦不再听,也不再点进去,很多人只是跟风,来庆祝她劫后余生。

又一个深夜,她倒头躺在床上,想起曾问美猴王:"欸?小西天,灵山,万寿山,四大部洲,你们北京的地名都跟《西游记》有关系,好神奇。"

"有意思吧,有时间咱们都可以去逛逛。"杨青桃回复。

如今约美猴王会显得很怪,NeZha 李刚好回了"武昌鱼",小弟还躺在床上等待康复。闽南的龙女决定自己走一遍那些奇怪的地名,好像是她去西天取经。这是一场极大的业火,眼看一岁一枯荣,眼看春风吹又生。有什么东西彻底燃尽,夏日也已死去,南海借了杨枝甘露回来,她要好好饮上一杯。她闭上眼睛,决定明天先去小西天看看,不知道那里有没有小雷音寺和黄眉大王。

原刊《当代》第 4 期

截岔往事

孙 频

一

这世界上的河流基本都是亲戚，血脉相连不说，最终还会相聚到同一个地方。文谷河是这个河流家族中最平凡的一条河流，它时而爬行，时而直立行走，从阳关山的峰顶慢慢溜达到了平川上。虽说路途遥远，但它一路上也没闲着，收留了无数条小河，像什么葫芦河、西冶河、中西河、峪道河、禹门河、董门河、向阳河、孝河，这些小河又收留了无数条无名涧溪和泉水。最后，这张河网就像一片巨大的树叶悬挂在了阳关山上。

逛着逛着，从文谷河就逛到了龙门口，这是一个狭窄的谷口，一出谷口，就进入了截岔。

所谓截岔其实就是一个端坐在山谷中的盆地，是文谷河、中西河和西冶河三河交汇的地方，故名截岔。山中其他地方只能种植莜麦、土豆和南瓜，而截岔地区则因为气候温暖潮湿，再加上水源丰富，不仅可以种植小麦、玉米、豆类和谷子，竟然还可以种植水稻，且一年两熟，所以那时候截岔经常以"山上江南"自居，且面无愧色。如果一个人本来正在遮天蔽日的原始森林里走着，走着走着，穿过一道山谷，忽然看到前方卧着一处巨大的盆地，盆地内不仅装着大片碧绿招摇的水稻和麦田，还装满了苹果、葡萄、梨、西瓜、香瓜之类的瓜果，心里不免还是会有一点恐惧的，就像误入了由山鬼变幻出来的深宅大院，虽雕梁画栋，却多少散发着一种阴森感。

事实上，这截岔盆地是整座阳关山上最富庶的地方，没有之一。平川上的人们说起我们截岔的时候，称呼为"截岔上"，这是一种略带歧视性的称呼，以示作为山区的截岔始终无法和平川处在同一个空间里。而当住在深山里的山民要去截岔赶集的时候，则会说"下截岔去呀"，"呀"这个感叹词里兜着一种撒娇式的欢喜，因为河流下游代表着文明和富庶，何况截岔盆地里不仅装着七座村庄，还装着一座武元城，武元城里逢月赶集，还有一年一度的庙会，是所有山民期待的盛大节日。

武元城也是文谷河的出山口，从这里出去，文谷河就缓步进入平川地带了。从唐朝开始，从阳关山上砍下的木材都是通过编木筏的形式，顺着文谷河漂下来，一直漂到武元城的响泉滩上岸，久而久之，这里便形成了一个木集，木材商和方圆十几个县的老百姓都要上这里来买木料。雍正年间，这里成了一个税口，开始征收木税，成为税关之后，人烟也随之稠密了起来，慢慢有了寺庙、道观和戏台。寿宁寺里有一座七层白塔，还有一座四圣宫，里面供奉着尧、舜、禹、汤。圣人扎堆，很是热闹。两条街上也有了饭店、车马店、骆驼店、理发店、中药铺、染坊、旅店，因为用木材方便，所以很多店铺都是用木材搭建起来的，后来又有了城墙和城门，随之孕育出集市和庙会。这里俨然是一座藏在深山中的袖珍木城，木城里最多的就是木料，一层摞一层，木塔一般林立在城中，和迷宫一样，小孩子们最喜欢在那儿玩捉迷藏。那时候无论是民间还是庙堂，建筑的灵魂都是土木，对木材的需求量很大，直到民国年间，税卡废除了，武元城不似从前那般热闹，但新中国成立后成立了木材公司，而木材公司的中转站就设在了武元城，所以林场的木材还是要编筏送到武元城。

截岔的性格和平川不同，和深山老林也不同，平川有点"滑"，深山老林有点"愣"，而截岔的性格是豪爽、慷慨，还有点好斗。比如在平川上，你只能看到包在最外面的一层泥土是什么颜色的，土的下面埋着什么就不知道了，但在截岔不同，它会肝胆相照地让你看到，埋在下面的地层依次是，元古界长城系、下古生界寒武系、奥陶系、上古生界石炭系、二叠系、中生界三叠系及新生界第四系，甚至让你看到它的基底，是太古界河口的古老变质岩系。这些多少亿年前的古老岩层就袒露在盆地的盆沿上，这是拜侏罗纪时期的燕山运动所赐，当时岩层发生了剧烈的挤压和断裂，从而形成了这个盆地。我小时候在截岔盆地里游荡的时候，无论往哪个方向走，迎面碰到的都是这些古老的时间巨兽，你不得不去仰视它们，敬畏它们，然后在它们的威严下屏息而行。

我出生的那座村庄是个独家村，像颗坚硬的牙齿，孤零零地长在河滩上，村里只住着我们一家三口以及一头牛、一只狗和十只鸡。后来我才知道，这里原本是荒滩上的一块空地，我父亲当初离开截岔盆地之后，便来到这空地上盖了两间房，垦了几亩地，养了一头牛，收留了一只流浪狗，后来又娶了个媳妇，就变成了一个迷你村。虽是独家村，父亲还是郑重地为它起了个名字，叫小虎村，这大概是世界上最小巧玲珑的村庄了，而在我出生之后，我的小名也叫小虎，这小小的村庄倒像是父亲送给我的礼物。

我很小的时候父亲就给我讲过，他本是出生在迷虎村的，曾经的截岔七村之首，到我出生的时候，迷虎村已经是一片废墟。我试图去想象它曾经的样子，一座多有名气的山村才会被这样认为，连老虎都能在此迷路。而小虎村听上去更像是迷虎村留在世上的一个孩子。

截岔七村皆是沿文谷河而建，随河蜿蜒，像排列在截岔盆地里的北斗七星，又似被文谷河串起来的七颗珍珠。据父亲说，当年每个村的村口都有一座水磨坊，一半身子站在河岸，一半身子跨在河中，每座水磨坊都有自己的名字，像什么丰盛磨、三义磨、永丰磨、大兴磨、和盛磨。水磨坊曾是一个村里最热闹的地方，商量婚丧嫁娶之类的大事都要坐到里面，小孩子们则欢呼着跑出跑进。因为面粉飞扬，水磨坊里终年像在下雪，所以从水磨坊出来的男女老少个个是白头发、白胡子、白眉毛，这里倒像是圣诞老人存储盒，从里面取出来的全是型号不一的圣诞老人。即使出了截岔，再往河的上游走，只要河边有村庄，就一定有水磨坊，从截岔到阳关山顶峰，这一路简直就是一个水磨坊博物馆，陈列着各种款式的水磨。

父亲小的时候，这里还是典型的农业社会，对农民来说，没有比土地更宝贵的东西了。截岔盆地因为四面环山，只能在河流两岸的河滩地种庄稼，所以土地就分外金贵，可以算得上是寸土寸金。山民们把那些旱涝保收的水浇地称为"刮金板"，可见对其的珍视程度。父亲说，那时候截岔盆地里流行一句话："生是本村的人，死是外村的鬼。"就是说，人死了以后因为舍不得埋在本村的水浇地里，只能埋到荒僻的山林野地里，做个山林中的游魂。

为了引水浇地，截岔七村专门开了一条引水渠，因为共用一条水渠，截岔七村不仅多结为水亲，还时常打水仗，甚至还打出过人命，也是在打水仗的过程中立起了"截岔王"这样的彪悍形象。水亲以水结缘，几个村往来密切，常结为儿女亲家，每年农历的七月初二，截岔七村的人会集体前往武元城赶庙会，白天踩街，看高跷看旱船，晚上坐在戏台下面听大戏。

但一到了枯水期，七个村把脸一翻，谁都不认谁了，扛起铁锹和锄头随时准备打水仗，甚至还会通过"油锅里夹铜钱"这样的险招来分水，夹起几枚铜钱，就能分到几股水。据说，为了能给曲里村分到更多的水，截岔王在油锅里夹铜钱的时候，把自己的两根手指都炸熟了。

分水的前提是，每个村都在村口建了座拦水坝，如果最上游的迷虎村把水拦住，那下面的几个村子就无法用水浇地，庄稼就可能要旱死，所以上游的村子一浇完地就得赶紧开闸放水。但在枯水期，每个村子都想把水拦住，先把自己村的地浇足再说。于是后来，各村达成一个协议，就是轮着浇水，轮到下游的村庄浇水的时候，上游的几个村庄都得把坝打开，好让河水通过。

即使达成了协议，还时常有人在半夜偷水，就是悄悄把河水拦截住，或是把别的村的水坝打开，所以当时有一种职业应运而生，就是看水人。看水人一般都是兼职，且身份琳琅满目，曲里村是截岔王亲自出马镇守；塔上村派出了截岔有名的中医郝树志，因为他医术医德俱佳，截岔人看病都得有求于他，谁还好意思从他眼皮子底下偷水；柏林村则是放出几个黑皮，就是小赖皮；南堡村派出的张有德身上背着自制的炸药包，往河边那么一杵，颇有水王的气势，恐怕截岔王要不服气了。

每年的七八月份，河水到了汛期的时候，就是沿河的那串村庄喜忧参半的日子。喜的是，汛期的文谷河不仅特别肥，还很仁慈慷慨，像圣诞老人一样，总是会从上游捎下来很多礼物，上好的松木、胳膊腿儿还囫囵的家具、成捆成捆的柴火、牛羊的尸体、还没来得及刷漆的空棺材（反正最后谁都要死的，省得再雇人割棺材了），磨盘大的南瓜像童话里的南瓜马车一样从上游驶下来，大葫芦也跟着漂了下来，上面骑两个人不成问题，有时候还会漂下来一座完整的水磨坊，当然里面没有磨盘，还有的时候会漂下来个把死人，脸朝下，静悄悄地浮在河面上，状如一块阴森的浮木。

每到这个时候，截岔七村的人便全体出动，都在河边守着，等着收文谷河捎来的礼物。位于上游的迷虎村自然最占便宜，可以挑拣些称心的礼物，比如木料啊、柴火啊、大南瓜啊，空棺材留着也不错，谁家还没个老人，至于那些破烂家具、死牛死羊和死人就留给下游的那几个村庄。但文谷河向来是有公心的，喜欢尽量做到不偏不倚，它在经过迷虎村和大塔村的时候，尽管捎来了不少礼物，却也会顺便把河滩地里长着的那些南瓜、西瓜、香瓜、葡萄、苹果当作礼物捎走，带给下游的那几个村庄。

所以下游的南堡村和柏林村都懒得种西瓜，因为即使不种西瓜，每年夏天照样可以吃到又沙又甜的大西瓜。等河水开始变肥变宽的时候，下游的村民们就蹲在河边，手搭凉棚，翘首等待着西瓜队伍的到来，等着等着，就看到碧绿滚圆的大西瓜排着队下来了，赶紧伸出捕鱼的家伙，西瓜可比鱼好捞多了，傻呆呆的，一捞一个准，如果在这里漏了网，那西瓜就跟着河水赶往武元城了。偶尔，在捞西瓜的时候会捞起一个光屁股小孩，就好像在西瓜里长出了一个小孩，原来是在河里耍水的小孩，头上戴了半个西瓜皮，本是为了遮阳，却被当西瓜捞了起来。

不过，如果你以为文谷河总是这么慈眉善目得像个圣诞老人，那你就错了。它可是一条河，有着河流难以被驯服的野性。一到雨季，如果连日下雨，就可能酿成洪灾，洪水从山上奔腾而下的时候，状如饥饿的猛兽，会张开血盆大口，见什么吃什么，直至吞噬掉河流两岸的一切，房屋、田地、村庄、树木、动物、人。

二十世纪七十年代因为屯田垦殖和冶铁的需要，阳关山的林木被过度采伐，最终导致了一九七五年的那场大洪水，而迷虎村就消失于那场大洪水。在截岔七村里，迷虎村是离文谷河最近的，所以淤田最多最肥沃，但也最容易受灾，那场大洪水不是卷走两座房屋、几亩淤田就作罢了，而是，轻而易举地把整座迷虎村给端走了。洪水撤退后，迷虎村已被夷为平地，河岸的肥田也被厚厚的淤泥覆盖，多年被驯化和养护出来的良田，眨眼之间又返回蛮荒了。往年也有大大小小的洪灾，都是在洪水过后开始修补房屋，重新垦田，但那一次的洪水实在是太凶猛了，卷走村庄不说，还卷走了十几个人，而迷虎村已经不是修补的问题了，是整座村庄都得重建，淤田也全部需要重新开垦，而最关键的问题是，洪水是年年都要来的，今年重建了村庄，开垦了淤田，到明年发洪水的时候，又得一切从头开始，年复一年，永无尽头。所以，在那次洪水之后，上面就做出了一个决定，那就是迷虎村整村迁移。

后来偶然的一次机会，我从柜子深处翻出了一些爷爷留下来的东西，那些遗物是被父亲藏在那里的。遗物中有一些纸质的资料，已经发黄了，我看了看，大概是那次大洪水之后整村迁移留下的资料。当时的安置原则是"上山不出口，东西两葫芦，分散不集中"，就是说，不打算再集中建村，而是要把迷虎村的村民分散到不同的村庄去，且不许下平川，只许村民们去往海拔更高、条件更艰苦的中西川和葫芦川。大概是在迁移的过程中出现了不少问题，发现实际难度远比想象的要大，所以后来松了些口子，又允许少部分村民下山，迁徙到了平川上。我在那堆资料中发现了一张"迷虎村移民迁居录"，在那份名单里，迷虎村的三百多号村民被分散到了山上山下的五十多座村庄里，有的去了平川上的义望、洪相、广兴，有的去了西社、横岭，有的去了条件艰苦的古洞道、苏家岩，还有的去了阳关山海拔最高的庞泉沟，那里的积雪终年不化，一年有八个月需要在屋里生火炉，六月份的时候还在穿皮袄。在那名单里，居然还有几户迁到了河北、山东，甚至有一户迁去了遥远的江苏。

那张迁居录令我久久难忘。有的村庄只迁过去一户人家两口人，甚至有个叫代家庄的村子，已经快到古交的地盘上了，只迁过去一口人，八成是个老光棍儿或老寡妇，这样一个老人背井离乡，迁往一个人生地不熟的村庄是如何生活下去的，实在难以想象。还有那迁往外省的几户人家，对于几乎没出过山的山民，又是怎么一路千里迢迢寻过去的？在这份迁居录里，还有少数幸运的村民就近留在了截岔盆地里，被分散到了其他六村，其中就包括我爷爷一家，仅仅是从迷虎村迁到了曲里村，而曲里村的淤田数量仅次于迷虎村。

我出生的时候，我爷爷已经死了。那是在洪灾之后，我爷爷带着奶奶和我父亲兄妹三人迁到了曲里村，开始在曲里村盖房垦田。一天，都到黑夜饭时了还不见他回来，父亲便赶紧提着手电筒出去寻找，事实上并不难找，他就躺在刚垦了一半的水田里，后脑勺上被砸了个大窟窿，流出来的血已经凝固成猪肝色，估计死了最少也有半日了。也就是说，他是大白天被人打死在水田里的。我奶奶从此一病不起，两个月后也匆匆离世。

这段往事父亲只是偶尔提起，他和我说起最多的并不是这个，而是爷爷如何吃苦能干又聪明，能打一手好算盘，还会嫁接葡萄，他嫁接的葡萄树上能同时结出绿色、紫色和粉色的葡萄。奶奶身体不好，常年吃药，爷爷从地里回来还要做饭、洗碗、洗衣服，一手把他们兄妹三人拉扯大。一九六〇年的时候粮食不够吃，他把仅有的一点白面掺上高粱面给他们兄妹吃，自己则日日吃用榆树皮和土豆干磨的面，他总能在山里找到榆树，所以，多余出来的榆树皮还拿到供销社去卖。父亲又常说起爷爷如何节俭，一支百草牙膏用光了也不舍得扔，还要用擀面杖反复地擀牙膏皮，直到把牙膏皮擀得像纸一样薄。

这些话反反复复地说，以至于我觉得爷爷还和我们生活在一起，只是他不用吃饭不用睡觉,每天就住在墙上的黑白照片里。

那是他的遗像。

二

爷奶都去世后,父亲便从截岔盆地搬了出来,独自在截岔七村(包括迷虎村的尸骸)上游的荒滩上开垦了几亩地,盖了两间房。他的两个妹妹均已远嫁,一个嫁到方山,一个嫁到古交。父亲一开始娶不到老婆,后来终于娶到了一个文谷河上游的瘸腿姑娘做老婆,这瘸腿姑娘就是我的母亲。

那时,父亲已经在文谷河上做起了放筏工。当时,从阳关山林场砍下的木材主要还是通过筏运的方式被送到武元城的中转站,方圆百里各个煤矿用的坑木、道木,火车用的枕木,火柴厂用的木头,几乎都出自武元城,而筏运木材只能在夏秋两季水肥的时候进行,所以每到夏秋两季,放筏工便格外辛苦。

木筏一般都是把细木料编在前面,越往后的木料越粗越长,所以当木筏从河面上漂流而过的时候,既像一只正在开屏的水上孔雀,又像一片从河流上游漂下来的木头岛屿,大点的岛屿上还有小房子,一般是用油布搭成的帐篷,还有冒着炊烟的炉子和一堆锅碗瓢盆,木筏在水流湍急的地方会泡进水里,有点像木质的潜水艇,这时候,那些锅碗瓢盆便都盛开在了水面上,像朵朵睡莲,随时都会漂走,得有一个放筏工专门来采摘这些锅碗瓢盆。木筏上往往还搭有一个木架,上面繁复臃肿,不是一般的拥挤,挂着蔬菜、莜面口袋、盐袋子、油瓶、衣服、被褥、酒葫芦,还会站一只和放筏工做伴的八哥,因为能讲几句人话,时常被放筏工当作半个人来交谈。吃啦没?吃啦吃啦。再叫唤把你的舌头割掉。一听这话,它便很高兴地威胁道,把你的舌头割掉，把你的舌头割掉。

因为架子上沾不到水，所以成了放筏工们共用的一只水上储物柜，只不过这柜子是透明的，里面的东西看得清清楚楚。筏子上往往还会支起一块长长的木板，大约只有一掌宽，既当凳子又当床，放筏工想休息的时候，需要像耍杂技一样，稳稳地把自己搁在木板上，然后抱着两只肩膀酣睡。睡不着？困得实在厉害的时候，站着都能睡着。

从林场的下油坊木场到武元城，走水路需走半个月，这半个月里，放筏工们吃住都在筏子上。因为漂在水上寒气很大，到了深夜，放筏工们就在木筏上生一只火盆，然后几个人围着火盆喝酒。每个放筏工都带着大葫芦，里面装满高度白酒，用来抵御寒气。这时候如果你站在岸边，就能看到一簇一簇的"鬼火"从文谷河上游漂了下来，好像那些木筏是搭满鬼魂的幽灵船，要赶到河流下游往生似的，"鬼火"在浓稠的黑暗中跳动着，安详宁静，并不恐怖。

木筏是由筏头来掌舵的，他立在筏梢，看准水路，后面的二排和三排紧密配合筏头，小心避开水中的大碛石，也不能让木筏上了浅滩，否则会搁浅，筏梢的人手里拿着一根长木杆，把木杆拖在水中，按水流的缓急来掌握速度。放筏最怕的是叠排，就是后面的木筏把前面的顶了起来，顶成"人"字形，再跌进水里就容易散排，有的筏工在叠排时直接被拍成了肉饼。

父亲后来当上了筏头，总是立在木筏的最前面引路。每次他放筏经过家门口的时候，我和母亲总是早早就在河边等着，眼看漂下来一片木头岛，再一看立在筏梢的人，并不是我父亲，又漂过去一片，又一片，这些木头岛在水中行走的姿势飘逸极了，身形虽庞大，却似一根根轻若无骨的羽毛栖息在河面上，并不向往远处的那些大江大湖，单单是在阳光中和水波里逍遥地漂着，至于漂到哪里，它们似乎并不在意。

又漂下来一片木头岛，我远远就看到父亲的身影正立在筏梢，长长的木筏正驯顺地跟在他身后，只见父亲把手里的长杆使劲往河里一撑，整片木头岛便减速了，等到筏子靠了岸，我和母亲就背着炒面和面豆上了筏子。炒面和面豆都是放筏工常吃的干粮，炒面是把白面、豆面、玉米面放在铁锅里炒熟了，有的人家还在炒面里加些红枣，吃的时候可以加白糖，也可以加咸菜，可以干着吃，也可以用水拌了吃。我上小学的时候，每天都有同学带零食，就是用纸叠成信封，在信封里装满炒面，吃的时候同学之间会互换信封，虽然信封里不过是司空见惯的炒面，却好像收到了远方给自己寄来的信一样，吃的时候竟有种异样的满足感。我也在信封里带过炒面，但从来没有同学和我换过信封，我连一个朋友都没有，不知道是不是因为我是独家村长大的小孩。

如果家里碰巧刚吃过油糕，就给父亲带一罐瘦糕，瘦糕就是没炸过的糕，还保留着糜子的清香，父亲喜欢吃瘦糕。但瘦糕冷却之后会变得像铁一样硬，身上装两块冷糕倒像背着两块砖头，不过只要在火上一烤，那"砖头"就会化为绕指柔，且糜子的弹性极好，有时候能扯到一米多长，绕几圈，都能当围脖用了。

等上了筏子一看，除了放筏工，筏子上已经站了十来个人了，有的带了一头牛，有的领着一头猪。这都是住在河流上游的山民，他们经常搭着筏子去下游办事，或是走亲戚，或是去给自己的猪配种，又或者是去武元城赶集，他们把搭木筏子叫"捎足足"。行到河水湍急处，木筏整个潜进水里的时候，他们会集体惊起，然后又并排栖息在那条窄窄的木板上，很像一群落在天线上的麻雀，还争相把脚跷得高高的，生怕鞋子被打湿了。放筏工则赤足立在水中，再冰冷的水也是如此，所以放筏工上了年纪之后个个腿脚变形，不是里罗圈就是外罗圈，甚至连路都走不了。

父亲对沿河这些想搭筏子的山民有求必应，别的木筏早就漂走了，他却不急着赶进程，一个村一个村地靠岸，人们一般都在水磨坊那里等筏子过来，父亲捎人、捎牲畜、捎东西、捎话，且分文不收。去看坟的风水先生要搭他的筏子，去布道的牧师要搭他的筏子，去亲戚家吃席的老人要搭他的筏子，被大树拍死的伐木工尸体也要搭他的筏子回家。他的筏子简直就是一辆游荡在文谷河上的公共汽车，每个村都是一个站点，他恪尽职守，一站都不肯落下。

　　一过龙门口，木筏就开始漂进截岔盆地了，一旦进入截岔盆地，即使当时还是个少年的我，也会忽然之间感到一阵微微的紧张。出现这种紧张，可能是因为我从小就知道我们是截岔人却回不了截岔，还知道我爷爷当年就是被打死在截岔盆地里的。因为这个，我从小虽然也经常在盆地里晃荡，但是和盆地里的那些小孩却很难成为朋友，我会远远地躲着他们，而他们也不爱和我玩，好像他们是装在盆地里的孩子，而我是孤零零地挂在盆沿上的孩子，不是同一物种。

　　每年到了腊八那一天，截岔的家家户户半夜就会起来做馏米，我家虽然孤悬在盆地外，但馏米也是要做的，过年的时候扁食也是要包的，不然真的觉得自己被逐出人寰了。吃过馏米，我会溜进截岔盆地，把自己藏在一个隐蔽的角落里，等着观看截岔的小孩出来做一个游戏。终于有两个小孩出来了，一个端着一盆馏米，一个拿着一把斧头，他们会用馏米喂自己家门口的石磨、石碾、石狮，在石磨和石狮上各放一小团馏米，就表示喂过它们了。然后，他们还要喂枣树和杏树。只见两个小孩走到自家的枣树底下，拿斧头的那个小孩边砍树根边吓唬树，把这枣树砍了吧，连枣都不结，要它作甚。端馏米的小孩连忙制止道，别砍啦，喂上它一点馏米，明年就会好好结的。说着就把馏米抹到刚砍过的斧痕上。这两个小孩一个唱红脸一个唱白脸，配合得天衣无缝。还有的小孩在给枣树喂馏米之前要先问一句，今年结不结果？

然后马上替枣树回答道，结呀，还要多结哩。那时，我对这种小孩们自编自导的游戏十分迷恋，多年以后我在剧场里看小话剧的时候，总是会想起当年截岔小孩们玩的那种游戏，觉得那些小孩就像站在舞台上一样，天、地、神、树都成了这舞台上的演员，有一种人神共庆的欢愉气质。有那么一刻，我真想走过去，和他们成为朋友，一起来玩这种游戏，但我心里又充满畏惧，生怕被他们拒绝。

每次漂进截岔盆地的时候，我都能感觉到，站在我旁边的母亲甚至比我还要紧张。她因为一条腿有点瘸，站在木筏上的时候，会把我当拐棍拄着，牢牢抓着我的肩膀。因为紧张，她手里会不由得用力，以至于差点把指甲掐进我的肉里。我知道，她总是找各种借口搭父亲的木筏，比如要去武元城赶集、去卖鸡蛋卖木耳、要上筏子给父亲送干粮，其实是想看住父亲。尤其当截岔人开始陆陆续续登上木筏，母亲最紧张了。她总是过度热情地与上了筏子的村民们寒暄着，脸上挂着一副大大的假笑，目光却总是偷偷地系在父亲身上。每次父亲挥动起手里的长杆的时候，她的目光就被那长杆钓起来，抛在空中，划过一道弧线，又重重跌入水中。有一次筏子在水流湍急处又潜入了水中，她忽然拖着一条瘸腿，惊恐地朝众人大喊起来，快跑，快跑啊。众人有些迷惑地看着她，还有人在偷偷地笑，在那一刻，我觉得好丢人，真想把自己的头埋进筏子上的锯末口袋里。

但我知道，连筏子带人一起沉没，或者干脆发生叠排，把筏子上的人齐齐削进河里，这样的场景已经在母亲脑子里演习成百上千次了。

这是因为，我和母亲都知道父亲的一个秘密。他藏有一个小本子，上面写着几十个人的名字，估计是他猜测出来的杀害爷爷的凶手的候选人名单，颇有点像阴间的生死簿。其实，所谓秘密也是他自以为的，趁他不在家的时候，母亲时常把那小本子找出来翻看，每次都把上面的名字数一遍，像数绵羊一样，看看是多了还是少了。有时候，有的名字会被父亲用笔重重画掉，像被放生的嫌疑人，与此同时，另一个新的名字会被捉进本子里。有时候我会凑上去和母亲一起看，她也默许了。大约是母亲知道我很孤独，连个玩的伙伴都没有，所以不管做什么都带上我一起，并不把我当小孩子。她还告诉我，本子上的这些名字，她已经悄悄打听了一遍，有的就是原来迷虎村的村民，有的是截岔另外六个村的，这些人有的还住在截岔盆地里，有的则已经逆流而上，迁到文谷河上游去了，还有的下山去了平川地带。我心想，如果那凶手真的已经进了深山或去了平川，哪里还能找得到，记也是白记。

　　看的次数多了，我都能把本子里的那些名字背下来了。但不管名字如何增减，稳稳坐在头把交椅上的永远是截岔王。这可能与截岔王的威名有关，据说此人身高八尺，豹头环眼，两只拳头握起来的时候就像左右各拎着一只铜锤，最擅长打架，且根本不打算要命的那种。截岔王得以被封王，还是因为分水的事。以截岔王的身手，在人后脑勺上砸一个大窟窿是不费吹灰之力的，况且爷爷当初就死在了曲里村，所以他的嫌疑无疑是最大。把截岔王放在榜首，连我都赞同。

　　在生死簿上稳坐第二把交椅的是柏林村的著名黑皮游家明，此人还有个外号叫"滚刀肉"，其身手之黏软不烂可见一斑。据说当年一到了年根，文谷河沿岸要债的买卖基本都要雇游家明，而他也十分具有职业操守，绝不会轻易让雇主失望。去讨债的时候，他自带着被褥和碗筷，还有他那只大花猫，像顶皮帽子一样蹲在他头上。去了人家家里，他二话不说，先笑眯眯地把被褥铺在炕上最热乎的地方，摆出一副后半生打算就在此安居乐业的架势。锅里的面熟了，他第一个捞上来吃，还说自己不是什么讲究人，有什么吃什么，不挑。他还要翻箱倒柜地找人家家里藏着什么酒，有什么喝什么，真是不把自己当外人。如果主人赌气不做饭，他便笑眯眯地自己动手，和面、炒酸菜、做臊子，做好了他一个人坐在炕头吃，全家人围在炕下看着他吃，他有条不紊地吃面、喝汤，还不忘在面里放两块腊八蒜，待吃饱喝足便歪在炕头剔牙、打嗝、放屁、撩猫逗狗。两天下来，那家人都饿得奄奄一息了，只有他一人生龙活虎，像太岁一样稳坐在炕头，抬都抬不出去。腊月二十三的晚上，连灶王爷都被打发到天上说好话去了，这货照样躺在炕上打呼噜磨牙，岿然不动，就差主人跪下来给他磕头了，你是大爷，大爷快家去吧，再过几天就是年主（除夕）了。他很高兴地说，那正好在你家里过年嘛，有油糕吃油糕，有扁食吃扁食，我这个人，最好交代。说罢，还很疼惜地替自己摇了摇头。果然，除夕炸油糕的时候，炸一个他往嘴里塞一个，等油糕终于炸完了，却一个都不见了，全装在他肚子里了。他就这样，坦然地在别人家一住数日或数月，据说最长的一次住过半年，直至主人像送灶神一样把他送走。

  生死簿上的第三号人物是南堡村的张有德，张有德并不是截岔人，是年幼的时候，随其母从陕北逃荒过来的，母子二人被南堡村的一个老光棍儿收留了下来。不几年，老光棍儿去世，又过了几年，其母也去世了，他便被遗弃在这大山的盆地里，也不知道是怎么长大的。大约因为幼年被遗弃的经历，成年之后，他对集体便有一种过于浓烈的嗜好，简直上瘾，他比任何一个人都更像南堡村的人。为了证明自己是地道的南堡村人，也为了报答当年老光棍儿的收留之恩，他把村里一个外号叫"四洋人"的老光棍儿接到自己家里，认四洋人为干爹，自己能省一口是一口，每天则好吃好喝地供着四洋人。但老光棍儿并不甘心被供着，一有空就跑回自己家里，回家的时候还从不空着手，每次都要搬走一件张有德家里的东西，从锅碗瓢盆到被褥凉席，甚至家具都一件一件地搬到了自己家里。他就像蚂蚁搬家一样，渐渐把张有德家里搬空了。而张有德每次发现四洋人不见了，便哭着去四洋人家里求他，直到把他求回来。睡了一夜，四洋人又跑回去了，歪在炕上跷着二郎腿，专心等着张有德来求他，他已经盘算好了这回的要价，他要吃鸡，吃羊肉也行，还是鸡吧，这个季节的羊肉难免有膻味。

不光是四洋人，南堡村的每一个人都可以躺在张有德家的炕上白吃白住，都可以支使张有德去他家地里白干活，连小孩子都可以支使他。张有德就像一座微型的城邦，谁都可以来他身体里和心里借宿，甚至长住不走，唯独没有他自己的容身之地，当然，他也并不需要他自己。多年之后，当我再次回想起张有德这个人物的时候，忽然觉得，其实他最终还是获得了一种巨大的胜利，一种自己消灭自己的胜利，一种精神打败物质的胜利。对于这样一个连自身都不存在的人来说，派他去给集体抢水真是再合适不过了。果然，张有德不负众望，在看水的过程中，曾做出了把自制的炸药包背在身上的壮举，以至于成功为南堡村抢到了几股水。他并不在乎自己，大概是因为，早在年幼的时候，他的一部分已经先他陨落和消亡了，从某种角度上讲，正是这种残缺让他变得无敌。

几十个名字常年休眠在这生死簿里，使这小小的本子似坟墓，又似火山，不知道哪天忽然就喷发出什么来了。本子的封面已经被摩挲得破烂不堪，可以想见，在只身离开截岔盆地后的这些年里，这小本子大概成了父亲的贴身陪伴，经常出入于他的两只手掌之间和枕下。他不在家的时候，它还会轮流出没于母亲和我的手中。那些名字，一个个被父亲捉住并养在本子里，一养就是十几年，竟被养成了一群熟得不能再熟的人。所以，我家虽然只有三口人，但有时候又会觉得家里熙熙攘攘的，到处都是人影，到处都是目光，除了墙上的爷爷，还有那些养在本子里的名字，他们不时会溜达出来放风，会交头接耳窃窃私语。然而，最恐怖的是，在这些名字当中，有一个名字终究会在某一天长出脸和手脚来，变成一个真正的杀人凶手。也就是说，这杀人凶手也日日夜夜陪伴着我们，在十几年里须臾不曾离去。

这天，我和母亲上了筏子一看，筏子上已经有十来个人了，一看就是从文谷河上游的庞泉沟下来的，因为大夏天他们身上照样裹着棉袄，庞泉沟那地方，好像一年四季都在过冬天。再者，从庞泉沟下来，要乘着筏子走好多天的水路，山中的河流多来自深山，水中的寒气利如刀剑，直刺骨髓，所以筏工们大夏天也要穿棉袄。除了十来个人，筏子上还堆着几麻袋饲料，看样子也是要送到下游去。几麻袋饲料堆在木头岛上，构成了岛中岛。饲料岛上盘踞着两个老人，其中一个裹着皮袄，护着两只雪白的桦皮桶，桶里装着金黄色的沙棘酱。这沙棘酱是用山里采摘来的沙棘果榨成的，只是，那沙棘果只有米粒大小，枝上又长满刺，采摘十分费劲，熬这两桶沙棘酱怕是要费不少时日。看样子，沙棘酱是带给下游的亲戚家的，也说不好是要和亲家走动，沿文谷河结为水亲是常事。

老头一见到有人上了筏子就大声打招呼，上来啦？吃啦没？每次都把这两句话重复一遍，就像一只大号的八哥落在筏子上。即使上来的是张生面孔，但左不过大家喝的都是同一条河里的水，生又能生到哪里去？见无人理会他，母亲忙道，大爷穿得这么厚，是从庞泉沟下来的？老头笑眯眯地说，早先俺行（家）就在截岔的迷虎村，后来迷虎村被冲跑了，俺浑家（全家）才被贬发到庞泉沟，那地方，冷得害怕，三伏天就能下起雪来。

听到"迷虎村"三个字，母亲的脸色变得稍微有些不自在起来，只答了一句，那可要穿戴得厚些，尤其是腿上，最怕受凉了。然后便把脸扭向了饲料岛上的另一个老人。

这是个老太太，干瘪如老丝瓜，没牙的嘴塌陷下去，张开嘴的时候，倒像脸上有个黑洞洞的窟窿，满头白发，像顶着一脑袋雪花，老太太坐在岛上，像孙悟空一样手搭凉棚，打量着每一个刚上筏子的人。她手边还蹲着一只鼓鼓囊囊的编织袋，袋子上扎了两个窟窿，两条颀长雪白的鹅脖子从里面伸了出来,一边眼花缭乱地挥舞着一边嘎嘎乱叫,乍一看,倒像是那编织袋长出了两只脖子两颗脑袋,挺吓人。母亲说,孃孃,这是要去卖鹅?都养这么大了,可是不下蛋了?老太太咧开黑洞洞的嘴巴,戳着鹅的脑袋笑骂道,太能吃了,和养一头猪差不多,又爱打架,打起架来,十只鸡都进(比)不上它,狗都进不上它,下的蛋大倒是大,就是有股土腥气,不想养了,拿到武元城卖了它们换狗。她看到我站在一边,便像变魔术一样,从怀里掏出一只硕大的鹅蛋递给我,那鹅蛋若是放到鸡蛋里,绝对算个巨物,我用双手才能抱住,鹅蛋是煮熟的,摸上去还是温热的。

每逢武元城赶集或赶庙会,都会有一些老人从深山老林的各道缝隙间出来,牵着一只羊,抱着一只大公鸡,或者扛着半袋土豆,聚到河边等木筏漂下来,好让木筏把他们捎到武元城去卖掉东西。坐筏子的次数多了,我慢慢发现,很多从文谷河上游漂下来的老人其实从前都住在迷虎村,是那次洪灾之后被分流到深山里的迷虎村人,如今他们都已经凋谢成老人了。

旁边的老头突然插话进来,她呀,就好养鹅,以前住在迷虎村的时候,她行就养着几只大鹅,像看门狗一样,赖得呀,见人就上来咬,还特别能吃,见甚吃甚,俺行就在她房后嘛,那几只鹅动不动就跑到俺院子里偷吃舀喝,把猪食抢了吃,把鸡饲料也偷吃光,还把院子里刚红眼圈的西红柿也偷吃掉,人家还晓得红的比绿的好吃,你说厉害不厉害?和霸王一个样,卖了好,快些卖了吧。

老太太不高兴地说,怎么不说说你兀会儿(那时候)养的那几只羊,那也能叫羊?跑到俺西瓜地里偷吃西瓜,专挑熟的吃,和人一个样,最后吃得走都走不动道,全躺在了俺西瓜地里,不晓得的还以为是俺给你家的羊下了毒药呢。

老头的兴致倒越发好了,大概是难得有人和他叙旧。他不依不饶地说，迷虎村谁家没有块西瓜地，就你行有啊，羊又不晓得那是谁家的西瓜，上面又没做记号。说起这做记号啊，俺就想起兀会儿在俺西瓜地里，趁着西瓜还是娃娃的时候，俺就在上面刻好名字，把大塔、塔上、西落、柏林、曲里、南堡几个村的老伙计的名字都刻上去，等到西瓜熟了，上面刻的名字也长树式（端正）了，就像是专门为他们结出来的西瓜。等到文谷河的水肥起来的时候，俺就把那些有名字的西瓜挨个扔进河里，它们跟着河就漂走了，俺那些个老伙计，每年到了西瓜熟的时候，都在水磨坊边等着呢，看见有西瓜漂下来了，抱起来一看，不是自家的名字，又放回去，再抱起一个，这个正是自家的名字，便乐呵呵地抱回家去。俺每年伏天寄给他们的西瓜，他们总能收到，基本上没落下过。

老太太揪起筏子缝隙间的水草，一边喂鹅一边撇嘴，又卖谝你识字，俺倒是一天学都没上过，不也能认得自己的名字？在截岔的时候俺还种着几亩稻田，还能吃上好大米，不比那晋祠大米差，俺种点硬大米种点软大米，把软大米磨了，正月十五的时候还能滚几个元宵吃。这阳关山上，也就截岔这一带能长得了水稻，贬到庞泉沟那种地方，还种水稻？逮着喝两口西北风就不赖啦。

老头叹道，人家不让咱们留在截岔，咱们又有甚办法，人就是哪里住惯哪里好啊。

说着说着两个老邻居忽然都陷入了沉默，因为，筏子已经过了龙门口，开始漂进截岔盆地了。

三

一进截岔盆地，眼前霍地就明亮起来，不仅因为山势在这里变缓，更重要的是，盆地里一下多出了很多植物，搞得这盆地真像个聚宝盆一样。沿着河岸可以看到高海拔处看不到的大火草、铁线莲、草芍药、唐松草和凤凰草，树木则除了青杆和油松，还多了红桦、白桦、青杨、乌柳、辽东栎，还出现了大片的枣林、苹果园、梨园、葡萄园，色彩斑斓的果实如宝石点缀其间。河岸的淤田则拼成了七巧板，只见一大块浓烈蛮横的绿色，连根针都插不进去，那肯定是玉米地；在阳光下闪闪发光，好像把庄稼种在了镜子上，那是稻田；正在放紫色烟花的是土豆地；红肥绿瘦的是西红柿地；绿叶间挂满金色星辰的是黄瓜地。西红柿和黄瓜有脚，能自己爬到架子上去，西瓜、南瓜则没有脚，又都是圆胖子，只能在地上滚来滚去。

筏子在截岔经过的第一个村庄就是曾经的迷虎村，如今只剩下一堆被洪水淹过后的残垣碎瓦，其中还有一座幸存的房屋，只是连窗户和门都没有了，里面黑洞洞的，状如鬼屋。从迷虎村的尸骸旁边经过的时候，筏子上的人忽然全都沉默下来，集体注视着那岸上的村庄尸骸，很像葬礼上的默哀，除了父亲，他故意避开了目光。坐在饲料岛上的老头和老太太也一言不发地注视着曾经的家园，神情很是凄怆，鹅大概饿了，伸过头来咬老太太的手，她都浑然不觉。筏子一旦漂过去了，他们又坚决不肯回头去看，似乎铁了心地要把那梦境一般的家园留在过去。

接下来是大塔村，已经有两个老人和一个带孩子的女人等在水磨坊边了，水磨坊成了父亲每站必停的放筏驿站。每逢有水磨坊，他就指挥筏工们让木筏靠岸，再恭恭敬敬地把水磨坊边等着的人一一扶上木筏，上了木筏，还要照顾老人和小孩，把他们安置在稳妥干燥的地方。这次因为筏子上有饲料岛，父亲便把两个刚上来的老人安置到了饲料岛上，加上已经盘踞在上面的那两个老人，饲料岛变成了老人岛。只见父亲笑容满面，忙前忙后，对众人嘘寒问暖，活像一个蹩脚的司仪，生怕对客人们照顾不周一样。与父亲形成鲜明对比的，是那些刚从截岔上筏子的人,尤其是年龄大些的人,都是一副别别扭扭的样子。似乎想上筏子又不好意思上,但因为别的筏子为了赶时间都不肯停下捎人,他们只能上父亲的筏子。上来之后,他们的脸上又多少挂着些惶恐不安,站也不是,坐也不是,父亲伸手去扶他们胳膊的时候,他们会下意识地躲闪一下,好像怕被烫着一样,回过头来,又略带谄媚地对父亲笑笑,笑完便匆忙把目光挪到他处,并不敢与父亲对视。

他们在筏子上说话的时候也是轻声细语,好像周围全是睡觉的人,生怕把别人吵醒了,只是把耳朵递过去,或把眼神送过来,与上游下来的那些山民形成了鲜明对比,那些山民说话的时候都像是喊山,明明只有一步之遥,他们还是要拎着对方的耳朵,把话使劲扔进去,好像生怕别人是聋子,而且个个像话痨,只要张开嘴,那根本就停不下来。不知是不是深山里都是牛羊而人迹罕至,人们被憋坏了的缘故。若是四个人一起上筏子,他们还会抬一张方桌上来,四个人围着方桌打麻将,麻将摔得震山响,身上裹着皮袄,为了防止鞋子被河水浸湿,干脆脱下来,把鞋带一系,把鞋挂在了脖子上,光着脚打麻将。筏子在每个村口都要停留,他们也觉得烦,但没办法,人家筏子是运送木材的,又不是自己包下来的。这筏头也是,宁愿误了工期少挣点钱,也要把每个村的人都捎上,有时候捎的不是人也不是牲畜,就是一句话,也一定要捎上再上路。他们对父亲又是钦佩又是恼火,背地里说他是个滕子(傻子)。

后来我才慢慢想明白,在截岔盆地里,但凡上点年龄的人,都知道我爷爷当年的事,他大白天被人打死在水田里,又因为同村人的相互包庇,找不到任何线索,导致这成了桩破不了的无头案。虽说这已经是十几年前的旧事了,但因为没有了结,所以一直就悬在那里。这桩旧事虽有时间的晕染和冲刷,但显然并没有被时间消化掉,相反,它变成了一根尖尖细细的刺,始终扎在截岔盆地里。

而父亲的那个名单可以说网罗了整个截岔盆地的人，甚至连早已迁出截岔盆地的迷虎村人都被网罗了进来。也就是说，对于父亲来说，沿河上筏子的每一个人都可能是当年杀爷爷的凶手，这也是母亲感到不安的原因，只要父亲把长杆插进河底稍微一拖，就可能发生叠排。然而，父亲掌舵的每一只木筏，慢虽慢了些，却都还算顺利，从没有什么意外发生。而且父亲对每一个乘客都有一种超乎寻常的客气和殷勤，脸上挂着一层厚厚的笑容，但他越是这样，母亲就越发感到害怕。

因为父亲一开始放筏的时候并不是这样的。开始的时候他对截岔人冷冷淡淡，放筏也恨不得能绕过截岔盆地，但人家文谷河才不管呢，人有人道，河有河道，截岔是放筏的必经之地。每次硬着头皮漂过截岔盆地的时候，他几乎一路上都不做任何停留，径直就把筏子漂到武元城了。

他在家里休息的时候，也从不会说起他的复仇计划，只是白天去地里干活，傍晚捡些树枝回来劈成柴火，我家有一面墙整个就是用柴火垛成的，十分雄伟。他不光喜欢囤柴火，还喜欢囤面囤土豆，我家简直就像仓鼠的窝，到处囤满东西。再不然就是修补家什，东西用坏他也不肯扔掉，一张嘴就说自己当年从截岔出来的时候，除了光人一条，什么都没有。我和母亲都害怕听他忆旧，他一旦开始忆旧，我和母亲立刻抱头鼠窜。因为他说起那段苦日子的时候，脸上并没有多少伤感，反而还有点兴奋，好像有一种受虐的快感，简直瘆人。

到了晚上，他便雷打不动地给自己倒一壶白酒，摆一盘花生，开始独自喝小酒，经常是喝了好半天了，才想起该往嘴里扔一粒花生米了。喝了酒的父亲时常会灵魂出窍，他会虚虚地盯着一个地方看半天，眼神邈远空洞，却又像是什么都没看到，不过那里本来就什么都没有。此时如果叫他一声，他好像也听不见，过半天了才终于答应一声，声音好像是从很遥远的地方传过来的。有时候，待着待着，他会忽然朝对面阴森森地冷笑一声，就好像对面正坐着他的仇人，而他实在不知道该怎样去惩罚这个仇人，只能报之以一声冷笑，以表示他极度的愤怒和蔑视。更多的时候，他连愤怒和冷笑都没有，只是木着一张脸，整个人看起来疲惫涣散，连目光也如游魂一般，不知道该躲到哪里才好，偶尔会落在我身上，像只怯怯的小飞虫一样，大概是怕被我发现，倏地又飞走了。更可怕的是，每次喝完酒之后，他都会把他那本生死簿拿出来，从头到尾又欣赏一遍，然后像个判官一样在上面勾勾画画，把某个名字慷慨逐出阴间，又毫不留情地把另一个名字从阳间拖进来。

我猜测，对于父亲来说，酒具有招魂的功能，在那些年里，只要喝点酒，父亲便可以为自己召唤来一个福尔摩斯，那福尔摩斯在他脑子里纵横驰骋，拼命破案。酒精变幻成的福尔摩斯把这些嫌疑人一个个拎出来分析，再一个个排除，排除完的又重新分析，觉得还是有嫌疑，于是有些名字写上了又画掉，画掉了又写上，都不知道在他那本子里生生死死多少回了。而母亲担心的是，父亲从不向任何人说起这个本子，包括她，如果他能像诉苦一样正大光明地把这小本子摆出来给她看，说他多么想找到这个仇人，她倒也放心了。除了酒后津津有味地摆弄小本子，父亲还会偶尔在梦中吐出一两句内容不清晰的梦话，因为没头没尾，就那么孤零零的一截横在黑暗里，所以更显得恐怖。

我开始时觉得，他不肯向任何人讲述这个小本子的原因是，他每向人讲述一遍，就意味着把自己心里的仇恨又喂养得肥大了一点，语言的创造力有时候是惊人的，说的次数多了，假的也会变成真的，反之，真的也可以变成假的。但后来，我在爷爷的遗物里发现了那张迷虎村移民迁居录之后，我开始意识到，父亲的不愿讲述，可能还有一个原因，那就是，他也发现了爷爷留下来的那张迷虎村移民迁居录，那张迁居录应该让父亲感到了一种更为复杂的痛苦。因为，就连我无意中看过那张迁居录之后，我心里都难受了好几天，尤其是名单上那个独自迁往代家庄的老人，虽然并不认识，却令我久久难忘。

母亲一心只想让父亲和截岔人和解，后来她打听到在文谷河上游的呼家村有一座小教堂，教堂里住着一个老牧师。从河流上游到下游可以搭乘筏子，从下游到上游则要靠走路、骑自行车，或者搭乘林场的东风大卡车。因为父亲常年帮林场运输木料，和林场比较熟，就说好了搭乘林场的大卡车去呼家村。天还没有亮，我正睡得迷迷糊糊的时候，就听到门外传来汽车的喇叭声，接着就听到父亲和母亲连滚带爬地跑了出去，生怕汽车走了，那时候开汽车的可都是大爷。那天，父亲和母亲去了更深的山里，只留下我和一个独家村相依为命，我的食物是炒面，满满一大瓮立在墙角，只要不受潮，炒面放几年都坏不了。平时我如果得了什么不想被父母发现的好东西，比如捡到截岔小孩玩丢的玻璃球，再比如舅舅给我的一块钱，我就会把它们藏到炒面里。我很喜欢藏东西时的那种感觉，把手埋进炒面里，甚至可以把整条手臂都埋进去，那种柔软的旋涡能把你整个人都吸附进去，把一颗玻璃球或一块钱藏在炒面深处，就像把一粒种子埋在黄土中，过不了多久，炒面里就会长出更多的玻璃球和一块钱。

那天，父母走后，我一个人站在盆沿上望着盆地里的那几座村庄，就像一个人坐在热气球上俯视着脚下的地球，熟悉的孤独感变得前所未有的庞大，那一刻，我如此渴望能拥有一个朋友，不管他是谁，也不管他是老人还是小孩。后来我想，父亲当初离开截岔盆地，只身来到荒滩上盖房垦地的时候，是不是也有过与我类似的感受，在那么一两个瞬间里，我几乎就要被那种巨大的孤独感完全吞噬掉了，连点骨头渣都不留。而那时候的父亲还买不起牛，也还没来得及收留那只流浪狗，唯一陪伴他的就是那本生死簿，生死簿里的几十个名字日日夜夜陪伴着他，从某种程度上讲，这种非同寻常的陪伴是不是也减少了他的孤独感？就像一个流落到荒岛上的人，也许会把自己的影子都当成朋友。

天快黑的时候，父亲和母亲又搭乘林场下山的车回来了，下山的大卡车车厢里装满木料，父亲和母亲被堆在了木料的顶端，大概是怕车开得快了把他们甩出去，两个人还用绳子把自己绑在木料上，倒像两个被押送的囚犯。好不容易解开绳子下了车，我一看，两个人都变成了雷震子，头发向上竖起，直指天空，大概是被山风雕刻成这个样子的。他们并没有给我讲见到牧师后的情形，但过了些时日，母亲又带着父亲去了趟呼家村，还是去拜访那牧师。

后来我在父亲的筏子上也见过那牧师几次，他搭乘筏子去武元城布道，看上去和普通人也没什么区别，就是一个瘦小的老头儿，戴着副巨大的眼镜，上了筏子有人和他打招呼，他就说，主与你同在。有人要给他让地方坐，他就不客气地坐下，然后对那人说，主保佑你。有一次，筏子上的两个男人因为抢一块干燥的坐处而打了起来，牧师走过去正色道，主不喜欢你们骂人，主喜欢你们宽恕人、爱人，要去爱别人，爱，这是主所喜悦的。打架的两个人竟真的偃旗息鼓下来。我猜测，牧师当时在呼家村的教堂里向父亲布道的时候，大概也是这么说的，要去爱，要去宽恕。因为，父亲去了两次呼家村之后，忽然就做出了一个决定，当木筏从下油坊木场漂下来的时候，他要在每个沿河的村口都停留一下，好让需要去下游的人们搭上筏子。为此，有好几个筏工都不愿跟他干了，因为这么做实在太浪费时间，人家别的筏子都跑两趟了，他们才跑一趟。他也不勉强，辞了就辞了，他另找了几个新手做筏工。只要筏头没换就好，因为筏头是一条筏子上的定心丸。

从此，父亲摇身一变，变成了一个牧师的劣质仿制品，不过他不是出现在教堂里，而是漂流在文谷河上。即使隔着二里地，都能看到他脸上堆着一层厚厚的笑容，这笑容太过丰盛肥厚，以至于溢得到处都是，简直有些触目惊心。这笑容可不是随手安装在脸上的，是父亲对着镜子苦练出来的。有了这个打算之后，又生怕人家不敢上他的筏子，他便开始对着镜子苦练笑容，白天练，晚上练，连梦里都在练。微笑，大笑，冷笑，狂笑，慈祥地笑，豪迈地笑，不屑一顾地笑，不露齿地笑，三十二颗牙齿全露在外面地笑。他对着镜子笑，对着墙笑，对着狗笑，对着空气笑，吃饭时在笑，睡觉时在笑，骂人时也在笑。他把所有笑的品种演习了成百上千次，然后摩拳擦掌，只等着在筏子上投入实践了。

  筏子再经过截岔盆地的时候，父亲一改往日的冷淡，一反常态地热情招呼人们上他的筏子，但人人都觉得其中有诈，哪敢上他的筏子，谁不知道他父亲当年就是被打死在截岔盆地里的。如果遇到有老人带着个小孩正等在岸边，他会像个狼外婆一样，掏出一块他自己舍不得吃的红薯糕，笑眯眯地引诱那小孩，小儿快上来，上来给你个好吃吃。小孩乐呵呵地被红薯糕钓到了筏子上，后面的老人急得直跳脚，但孩子不能不要，只好也跟了上去。再则是因为愿意停留下来捎人的筏子越来越少了，谁都不傻，筏工们都想着多跑一趟就多挣点钱，想去武元城的人们，如果不想步行，就只能搭乘父亲的筏子。毕竟有些好汉不怕死，坐就坐了，爷又不是被吓大的。果然，坐就坐了。不光是坐了，他们还发现，筏头的态度好得吓人，像孙子一样。

  既然筏头像孙子，有些人上了筏子便像大爷一样横，要求把最干燥舒适的地方让出来给他坐，换了别的筏头，早一杆子把他挑进河里去了，你他妈谁啊，敢跑到我筏子上横？但父亲不但不生气，还笑眯眯地帮这大爷找地方坐，甚至还殷勤地给人家递过去一根烟。他显然在效仿呼家村的老牧师。伫那老牧师，不管别人信不信，他自己总归是信的，这种信仰使他变成了一种更纯粹更坚硬的存在，戳在人群里，却又比谁都虚无轻盈，好像只是一团气体。而父亲不同，他更像是在扮演那老牧师,他只是一个演员,但并没有真正理解角色,光是得了些皮毛,所以他是滞重的、混沌的,有时候难免还会显得有些滑稽,倒更接近于一个喜剧演员。

四

既然坐过父亲筏子的人也没见少了胳膊少了腿,囫囵着去了武元城,又囫囵着回来了,一来二去,敢坐父亲筏子的截岔人就慢慢多了起来。虽然不乏个别黑皮敢在筏子上称大爷,但多数上了筏子的截岔人,还是有些神情紧张,不敢不笑,也不敢使劲笑,更不敢大声说话,只是相互交头接耳,倒像个秘密组织。有的大人带着小孩,在上筏子前,还要特意在小孩身上绑个葫芦,以作为掉进河里之后的救生工具,看来是随时准备着要跳河逃走的。主要是父亲突如其来的热情委实把他们惊着了,他们只觉得是不是有什么阴谋在里面。

其实连母亲也是这样想的。当父亲在放筏的间隙里回家休息的时候,母亲并没有看到一个焕然一新的宽恕者,还是那个旧的父亲,白天下地,晚上闷声不响地喝半天酒,喝下去半壶了才想起来要往嘴里扔一粒花生米,好像他根本就不是在喝酒,他只是为了迎接酒后被召唤出来的福尔摩斯。更恐怖的是,因为他在筏子上笑得太多太用力了些,以至于把脸都笑瘫了,不笑的时候脸上也不由自主地挂着一层笑壳,连发怒的时候也像在笑,活像戴了副小丑面具。母亲明白,呼家村怕是白去了,父亲还是没有学会宽恕。她一边偷偷观察着父亲脸上的笑容,一边却又好像不忍心多看,只是假装漫不经心地对我说,小虎,我像你这么大的时候也是班上的好学生,要不是瘸了一条腿兴许还能考上大学,在城里有份好工作,你晓得我这条腿是怎么瘸的?十四岁那年放暑假的时候,我去山上采药材,摔下山摔断了一条腿,父母怕花钱，由它自己长好了，结果长好后就瘸了。和你说吧，其实我都不止一次地寻过死，觉得活得没意思，一个瘸子这辈子还能干什么？结个婚都被人挑三拣四，不过我后来想明白了，我得先放过自己，不然，自己就是自己最大的仇人。

我知道这话不是对我说的，便假装听不见，父亲也假装听不见，只是一杯接一杯地喝酒，嘴角还控制不住地上扬，喝酒的时候也像是笑着喝的，真是吓人。一壶酒喝得差不多见底了，他照旧又翻出那个破旧的小本子，笑容可掬地研究着上面的那些名字。那可怕的笑容真的是瘫在脸上了，连做噩梦的时候都是笑着做的。

母亲忽然罕见地爆发了，她一把夺过那个本子扔到了地上，满脸是泪，她冲父亲说，我晓得你要不是当初被赶出截岔你也不会找我，可我要不是因为十四岁时摔断一条腿落下残疾，我也不会找你。既然走到一起过日子了，我就不会丢下你，你也不要早早死在我前面。你要是真杀了你的仇人，你不用偿命吗？你有几条命？父亲有些吃惊地看着母亲，可是，他连吃惊都是笑着吃惊的。我真想把舅舅送我的那副墨镜翻出来戴上，不要再看到父亲脸上可怕的笑容。

他慢慢捡起本子揣在怀里，只说了一句，谁说我要杀仇人了。然后便披了一件衣服，走到屋外，又出了院子。我跟出去的时候，父亲正坐在河边抽烟。大山里的夜晚，初看是一种纯净的毫无杂质的黑暗，看久了才发现，黑暗其实也有很多层次，层层叠叠，如一幅在山河间铺开的水墨画卷，夜空里挂着一弯上弦月和几点寒星，文谷河在黑暗中长出了银色的鳞片，散发着一种温柔的明亮。我们的小虎村在黑暗中变身为一盏孤零零的灯光，异常瘦小微弱，前面的截岔盆地里也亮着灯光，像是装了一盆星星。无论如何，这些年里，那些灯光都是我们的陪伴，尤其是除夕的晚上。

除夕晚上，整个截岔盆地都在放鞭炮，主要是二响炮和麻鞭，有的人家把麻鞭挂在枣树上，有的是小孩子提在手里，一边跑一边到处噼里啪啦地响。这家的刚放完，那家的又接上了，好像一条火龙在截岔盆地里乱窜，在此起彼伏的鞭炮声中，总有二响炮飞到半空中大吼一声，看吓到别人了，便满意地消隐而去。还有的小孩放起火和摔炮，起火是绑在竹扦上的，起火蹿上去的时候就像一颗流星从人间飞到了夜空里，再盛开成一朵金色的菊花。拿着摔炮的小孩子则专门往人多的地方摔，摔炮像五光十色的老鼠一样在人们脚下乱窜。若是去了武元城，还能看到烟火，像什么炮打灯、浓车火、城儿壁子、海底捞月、平火。平火是烟火里最威武的，一般用来压场，平火分大、中、小三组，分别称为大将军、二将军、三将军，大将军个头最大，笨重异常，需要十几个年轻后生才能搬起来。放大将军的时候，开始喷出来的是金色的小星星，像金色的喷泉一般，但这喷泉还在不停地往高里长，最后，它居然长到了三层楼那么高，真正是烟火中的大将军，几里地之外都能看到，它还慷慨地掏出更多的星星撒向截岔盆地。

而我们小虎村，最多就放一串麻鞭、两只二响炮，且那点声音太微弱了，还来不及变成动静就被黑暗全吸进去了。所以我经常想，如果父亲和截岔人和好了，我们一家人是不是就可以搬回截岔盆地了。

那晚，父亲在河边坐了很久，直到我催他回去，他才朝着河水说，小虎，你说人们怎么都不相信，连你妈都不相信，我就是想为人们做点好事，尤其想为截岔人做点好事？很多年之后我才想明白，父亲所谓的"想为人们做点好事"，大约就是从看到那张迷虎村移民迁居录开始。可在当时连我都不信，只要想想他那生死簿，想想他有事没事就翻开那阴森森的小本子数人头，就没人敢相信他是想做点好事。

此后，只要父亲的筏子经过小虎村，母亲就早早在岸边等着。正好我也放暑假了，母亲便把我也一道拉上，等父亲的筏子漂过来。而这简直是我巴不得的事情，对于一个在独家村长大的小孩来说，对人群有一种奇异的迷恋，而一旦真的掉到人堆里，则又是兴奋又是害怕，反而一句话都说不出来了。

后来我回想起那些坐木筏的经历，觉得一只木筏其实就是一场临时性的聚会。整个夏天，有无数场千奇百怪的聚会从文谷河上漂过，而这本身又是木筏之间的盛大聚会。木筏上的人主要有两类，一类是串门走亲戚的，一类是去武元城买东西或卖东西的。除了截岔地带，山村多数都很闭塞，见缝插针地镶嵌在大山的某一道缝隙里，因此，走亲戚和串门对于山民们来说是头等大事。为了走个亲戚，背上干粮走两天盘山路是常有的事。到了亲戚家里，主人和客人都很兴奋，那是一种由衷的欢喜，主人连忙把客人让上炕，摆上炕桌，倒上茶，老婆则忙着生火、架锅、炸油糕，或蒸一大锅莜面栲栳土豆片。主人和客人都像八辈子没说过话一样，好不容易逮到了说话的机会，从见面就开始不停地说不停地说，说得口干舌燥了，喝口水继续说，连上厕所都是跑着去的。吃饭的时候，他们甩着腮帮子边吃边说，吃完了继续说，说到高兴处便哈哈大笑，说到不高兴处便抱头痛哭，哭完接着又说。一直说到天黑了，月亮爬上来了，一家老小都在炕上躺成一长排了，两个人还杵在被褥当中不停地说，一个听着听着都要睡着了，另一个把他叫醒，拎着他的耳朵继续把话灌进去，他为了礼貌，只好一边把眼睛瞪得大大的，防止自己再睡着，一边胡乱应承着，应承着应承着，眼睛又悄悄闭上了。这样一直说到半夜，说着说着，连最后一点声音都没有了，连那个说话的人都睡着了。

有些深山里的山民上了筏子也是这样，八辈子没说过话一样，从头说到尾，从天上说到地下，从古代说到未来，把一筏子的人烦得都要跳河了，他却浑然不觉，只管在那里滔滔不绝地演讲，唾沫四溅，站在离他两尺开外的地方都会被喷一脸。若是有人胆敢抗议，少聒噪两句吧，演讲者便愤然反击，你怎么不在文谷河上盖个盖子？管天管地还管起人说话来了?

　　有的山民上筏子是为了去武元城做点小买卖,这在当时叫"副业"。有个老头儿,我每次在筏子上见到他的时候,他都抱着一只木盒子,盒子里放着一大块雪白的豆腐。原来他每天半夜就爬起来做豆腐,做好豆腐便拿去武元城卖,所以总是搭父亲的筏子。他每次见到我,都要割下一小块豆腐给我吃,母亲连忙推辞,说,大爷快不要割,割开卖相就不好了。老头儿不高兴地说,都是迷虎村的人,娃娃吃块豆腐咋啦? 原来老头儿也是当年洪灾之后被迫从迷虎村迁到葫芦川的。

　　还有一个中年女人,说她打小就是在迷虎村长大的,大洪水之后跟着父母迁到米家庄了,那时候她也就二十来岁。我每次在筏子上见到她的时候,她都挑着两只坛子,坛子里装着酒枣。原来是这女人家里种的枣树多,每年秋天打了枣,她便酿上十几坛酒枣,埋在地里,让酒枣在冬天的时候吸收雪的精魂,待到第二年夏天再挖出来,此时的酒枣已经酒香扑鼻,还夹着一缕雪花的清香,吃几颗人就醉了。每到这个时候,她就搭父亲的筏子去武元城卖酒枣。若是在筏子上碰到从前的熟人,她会拿出酒枣来分给熟人吃,卖不卖倒成了次要的事情,我也被她列入了熟人的范围,每次都会塞给我一把酒枣。有一个老人贪嘴,吃了一把酒枣不过瘾,又从坛子里舀了一大把,吃完不一会儿就醉了,如醉罗汉一般在筏子上东倒西歪地打拳,时而又跑到筏子边,哭着喊着要往河里跳,还说谁也不要拽住他。别人告诉他,根本没人拽他,尽管跳,他便就近裹走一个筏工,说是自己来掌筏,一直开它到东海去。结果,筏子还没来得及掌,他就盘坐在筏沿上打起呼噜来了。

　　还有一次,一个在那次洪水之后从迷虎村迁到水裕贯的老人客死在那里了,老人临死前的愿望是把他送回迷虎村,魂归故里。但从水裕贯到截岔盆地路途遥远,步行的话,至少需要两天两夜,况且还抬着一口柏木棺材。于是，老人的子女便想搭父亲的筏子，带着棺材漂回到曾经的迷虎村去。父亲连犹豫都没犹豫，一口答应，于是，一支浩浩荡荡的送丧队伍便上了父亲的筏子。

那天，我和母亲上筏子的时候，不禁被吓了一跳，筏子上白花花一片，像是哪里都没下雪，就这筏子上下了一场大雪。再一看，原来是一片穿孝衣的男女，戴着白帽，白帽上还有白帘子垂下遮住面孔，有的手里挑着白灯笼，有的举着白色的花圈。在这一片浩瀚的、纯净的白色正中间，却极安静地栖息着一口黑色的棺材，上面还画着艳丽诡异的花卉和鸟兽，一看就不是这个世界上的花卉和鸟兽，面目阴森。几个女人抚着棺材，垂下的白色帘子挡住脸，正发出低低的啜泣声。忽然间，一阵狂暴的山风疾步掠过文谷河，送丧队伍白衣飘飘，几欲集体成仙，两只最大的花圈被吹到了半空中，拿花圈的人怕花圈被吹跑，死不撒手，于是便被山风一起带到了空中。两个白衣人像乘着气球飞到了空中，筏子上的人齐齐仰起脸观看他们的飞行，连哭也忘了。但好景不长，山风的脾气向来捉摸不定，转瞬又撤走了，两个攀着花圈的白衣人没有了依托，直直坠入了河中，花圈上的白花散落，像莲花一样盛开在河面上。

我发现连送丧队伍也认识我，一个司仪模样的人摸摸我的头，递给我一个白布包，我打开一看，里面是花生、瓜子和糖块。后来一想，这送丧队伍里的人基本上是迷虎村的人嘛，显然，他们都把我当作了一个小迷虎村人。但我一想到父亲的那个本子上记的好多名字都是迷虎村的，便又有些不寒而栗，也就是说，父亲一直想找到的那个凶手，可能就藏在这些人中间，只不过他早已易形，也已经变老，可能就是那个卖豆腐的老头儿，或是那个拎着沙棘酱走亲戚的老头儿，还或者是那个正躺在棺材里的老人。

筏子漂过龙门口，终于漂进了截岔盆地，静静地漂到了迷虎村的尸骸前。

一口棺材漂进来的消息早已传遍了截岔盆地，截岔六村的人都跑过来围观，一时间人头攒动人山人海，小孩子从缝隙里插进来，后面看不见的跳起来往里看，简直像赶庙会。这时候我忽然发现，那没有了窗户和门的鬼屋里居然钻出一个老头儿来，好像里面真的住了鬼。后来我才知道，他原来是洪灾之后迁到了平川上的李顺老汉，因为在平川上实在住不惯，加上老伴儿去世了，儿女们又各自成家，他便一个人偷偷跑回了迷虎村，在一堆废墟里硬是挑出一间还算囫囵的房子，起码还有个屋顶，从此便住了进去，加上衣衫褴褛，乍一看到他，还真分不清是人是鬼。

人们都围观着父亲的筏子和那口棺材。倒不是因为亡灵执意要归乡有多稀奇，人老了都讲个落叶归根嘛，而是因为在水上放筏本来就是件风险很大的事情，所以筏工们都是很忌讳触霉头的，连不吉利的话都不许在筏子上说，更不可能帮人送一口棺材，任是天王老子的爹娘没了都不行。但父亲不但把棺材安然无恙地送回来了，还分文不收。人们用半是敬佩半是狐疑的目光看着父亲。还有些更为复杂的目光明明灭灭地闪烁在人群当中。不待送丧队伍把感激的话说完，父亲已经长杆一点，立在筏头飘然远去。

除了死人，父亲的筏子上还坐过孕妇、新娘、病牛、骆驼、拖拉机，乘客的种类之繁多，令人眼花缭乱，真是应有尽有。而父亲的放筏技术一流，即使在涨洪水的时候，他也能保全筏子囫囵漂进武元城，从没有散排叠排的情况出现。但母亲显然还是放心不下，因此，还是一有空就带着我搭上父亲的筏子，像一大一小两个保镖一样护送着筏子去武元城。生怕哪天父亲忽然一翻脸，来个叠排，把一筏子的人全抖搂到河里去。她可能觉得，父亲知道自己的老婆孩子都在筏子上，就绝不至于做出这种事来。母亲把我和她当成两个人质押在了筏上。

自从送完那棺材之后，在截岔的岸边等父亲筏子的人就越来越多了，人们似乎是得到了一个承诺，连最不吉利的死人都能搭筏子，活人怕什么。父亲仍然是每村必停，有求必应，瘫在脸上的笑容也越来越惊心动魄，几乎要刻进肉里了。我后来想，那时候的父亲，在对宽恕的训练上，已经开始渐入佳境了，以至于连他自己都搞不清那宽恕的真假。

虽然上筏子的截岔人越来越多，但我发现，这些人都有一个共同的特点，那就是上了筏子以后，除了神情紧张，不敢大声说话，手里还或多或少会拎着点礼物，几个土豆、一袋银盘、一串柿饼、一包油糕。当他们在筏子上看到我的时候，简直像见了救星，忙不迭地跑到我面前，夸张地笑着，摸着我的头说，这小儿一看就很机明（聪明），跟了他爷爷了。又赶紧把手里的礼物塞到我怀里，然后如释重负地做一回乘客。若是我不在筏子上，他们便会在下筏前把礼物悄悄留在筏子上。那些礼物，父亲从来不拿，统统留给其他筏工。而母亲却在背地里嘱咐我，截岔人给你东西的时候，你就收下，这样他们也坐得心安一点。

这一点，她不说我也明白，所以别人给我什么我都不推辞，像个大号储钱罐，往里面塞什么都可以。于是他们又惊叹道，啧啧，看这小儿懂事得嘞，还真是他爷爷的孙子。不知为什么，我总觉得这话不大像是夸人的。

这天，筏子在经过截岔的时候，我忽然看到一只胖大的莜面口袋晃晃悠悠地上了筏子，口袋下面还长着两条瘦骨嶙峋的腿。我吓了一跳，难道是莜面口袋自己长出腿来了？这时候，莜面口袋被重重摔在了筏子上，一个异常干瘦的老人降落在了我面前，好像是从莜面口袋里孵出来的。其实刚才是老人扛着那口袋上来的，只是那口袋足足比他肥大了两三圈，所以把他淹没了，只剩下两条腿。老人的表情比任何人都要惶恐，上了筏子他谁都不瞅，二话不说便从腰间抽出一条裤带，我以为他要脱裤子，连忙去阻止，却见裤子上还绑着一根麻绳，一抖搂，那裤带竟是只面口袋，他把背上背着的葫芦瓢取下来，便开始从大口袋里往小口袋里舀莜面，舀了半口袋才停下来，然后又把这半口袋莜面背到了父亲面前。还不等父亲开口，他就赶紧抢着开口，眼睛却躲闪到别处，只听他结结巴巴地说，林宗啊，这，这半口袋莜面你千万要，要收下，你要是，要是不收下，俺哪里还敢让你捎俺这对足啊，硬走到武元城去，俺怕就回不来啦，老啦，腿比人还老得快。林宗啊，这两年截岔人得了你不少的恩惠，俺晓得截岔人对，对不住你，这半口袋莜面你留，留下了，俺心里头多多少少也能好受一点。

听到这番话，日夜瘫在父亲脸上的笑容似乎有些冻住了，好像下一秒钟就会坍塌瓦解，眼睛里也忽然变得波光闪闪，但这个过程只持续了几秒钟，片刻之后，我便看到，一团更大更浓烈的笑容像乌云一样从父亲脸上升起，遮天蔽日，把他眼睛里的波光，把他的鼻子嘴巴全都挡住了。我后来想，自从搬出截岔之后，也许父亲是第一次听到有人对他说这样的话，而这番话提醒了父亲，他还有委屈的权利。于是，感到委屈的父亲用一种更欢快的声音对老人说，叔，你说的这是什么话，怎么是你们对不住我了，要收了你的莜面，倒好像你们真对不住我了，那哪行？

老人的惶恐已经接近于忏悔了，好像他此刻正站在教堂里，他仰脸对牧师忏悔道，你爹当年被打死在截岔，俺晓得你心里过不去，给了谁也过不去，可是人总要往前瞅，不然还有甚活头？早都过去的事了，过了就过了，你不要老是搁在心里头。

而父亲脸上的笑容还在升级，还在往宽里和阔里长，以至于长成了一团巨型乌云，覆盖住了筏子上所有的人，乌云里还翻滚着闪电一样的笑容和目光，只听父亲大声笑着对老人说，叔，什么搁心里头，我连记都记不得，只要我林宗还在这文谷河上放筏，我的筏子你随便坐，但你不要给我什么莜面，我不能要。

我后来想，父亲大约就是在那一刻意识到的，原来，宽恕也是一种复仇的武器。

老人用乞求的目光看看父亲，又看看我和母亲。母亲拖着瘸腿走到老人面前，接过莜面口袋说，叔，我最爱吃莜面，莜面给我和给他是一样的，我们是一家子。老人感激地看着母亲，然后，慢慢挪到了那只胖大的莜面口袋前，蜷缩在了上面。这时候，父亲周身席卷着笑容走到母亲面前，用不容置疑的口气对她说，不能要人家的莜面。母亲也生气了，回他道，你不吃我吃。父亲恐怖地笑着说，不能要。母亲使劲瞪了他一眼，转身把半袋莜面扔进了河里，然后自己也跟着跳了进去。我急得差点要哭出来，却见母亲嗖嗖地向岸边游去，没想到，母亲居然会游泳。

筏子上的人们都翘首看着母亲，直到她游到岸上才松了口气，只是，筏子上一片死寂，再没一个人说话了。刚才那老人还坐在莜面口袋上，像个很老很老的小孩守在一座孤岛上，又孤独又惶恐。

五

每年的农历八月初二是河神的生日，这一天晚上，不管是上游还是下游的村庄，都会在文谷河里放河灯。河灯分好几种，一种是用瓷碗做的，装上半碗麻油或煤油，再把用棉花搓成的灯芯放进碗里点着。另一种是用琉璃咯嘣做的，做琉璃咯嘣需把玻璃烧成玻璃液，然后用玻璃吹管蘸上溶液，吹出球形或葫芦形，薄如蝉翼，用这样的玻璃容器做河灯简直再合适不过了，在里面灌满麻油，再插一根灯芯就成了。还有一种河灯是纸灯，用纸叠成碗状或莲花状，然后在底部蘸上石蜡防水,在石蜡凝固之前还要放到沙子上,把沙子粘到河灯底部,一来防止灯被浸湿,二来加重灯的分量,不易被风吹翻。纸灯上往往会写一些祝愿的话,或者,河灯主人会把自己的心愿写上去,好让河神帮自己实现。

到了八月初二这一晚,我早早就守在了河边。随着夜色逐渐浓重下来,文谷河也被染成了一条漆黑的幽冥之河,散发着一种隐隐的恐怖氛围,从山川间爬行而过。突然之间,一片繁星坠落在河面上,幽冥之河竟长出一片金色的鳞片,然后,坠入河里的星星越来越多,不只是多,它们还在河里相互嬉戏追逐,以至于把整条河都点亮了。于是,漆黑的幽冥之河忽然就变得辉煌起来,如一座神庙,好像整条银河都沉入了文谷河当中。

河里的每一颗星星就是一盏河灯,上游村庄放的河灯已经快漂进截岔盆地了,我拦住两盏河灯,上面都写着字,一盏是"风调雨顺,平安是福",另一盏是"请母亲大人托梦回来",下面还有落款"野则河村张开礼",好像是怕自己的母亲回来时迷了路。我把两盏河灯又放回去了。这些河灯,其实就是一个个信使,背着主人的邮件,千里迢迢赶去送信,只是收件人的身份五花八门,可能是人,可能是神,还可能是鬼。所以,这些河灯,看似漂在文谷河上,实则是漂在生与死的界河里,可以从生的世界漂到死的世界里,也许那里的亡灵都在苦苦等待家人的书信,所以万万不能把这些书信半路截和了。

我也做了一盏纸河灯,还悄悄在河灯上写了一个心愿:"我想交到一个朋友,如果那个朋友收到河灯,请把回信放到柏王的树洞里。"柏王是截岔一带最古老、最雄壮的一棵虎头柏,据说它已经活了两千多年了,没有哪棵植物哪座村庄能陪它这么久,导致它变成了介于树、神和精怪之间的物种。树干需要十几个人才能抱得拢,光是树杈间的鸟窝便大得像所小房子,至于底下那个树洞则更是恢宏,够三四个人在里面吃饭睡觉。三伏天的时候，我经常去那树洞里睡午觉，森林的寂静清幽自带一种神性，所以，睡在那树洞里，经常会无端感受到一种庄严感，仿佛自己正在一座世外的庙宇里修行。柏王是截岔一带的地标，上至耄耋老人，下至黄毛小儿，无人不晓此树。所以我才在自己那盏河灯上写上柏王，这样不管是谁收到信都知道去哪儿回信。

我把河灯里的蜡烛点亮，然后小心翼翼地把它送入文谷河中。只见它先是在水涡中打了两个旋，然后便如一朵金色的莲花，静静地、安详地朝河流下游漂去。我知道，它将漂过截岔六村连带迷虎村的尸骸，如果截岔六村没有人收留它，它将漂进武元城，如果武元城也没有人收留它，那它可能会漂进汾河，然后随汾河进入黄河，再随黄河进入大海。如此漫长艰辛的旅途，简直赶得上唐僧去西天取经了。我又想到这小不点的邮差背负着我那么庞大的一个心愿，心里便又有些感动，于是站在河边，久久目送着它的背影。

自河神节之后我就有了一个隐秘的盼头，但又不想让任何人知道，只是每天都要去看望柏王，顺便在它老人家的树洞里躺一会儿或坐一会儿。其实我是想看看有没有人把回信放到树洞里，也不知道河灯最后把我的信捎给了什么人，我勉强按捺着兴奋和期待，猜测了无数次，可能是和我差不多大的小孩，或许还是个女孩，也或许是个老爷爷，说不定最后是大海里的鲸鱼收到了我的信，但它也没法给我回信啊。我去了树洞几次，都扑了个空，心里不免失落，又想到河灯也许已经沉到河里去了，那就真的被河神收到了，也罢。失落之余，我还是每次都在幽寂的树洞里静坐一会儿，山风从森林里奔跑而过的时候，柏王会发出沙沙的声音，好似一个老态龙钟的老人正在和我说悄悄话。

过了几天，正当我灰心之际，却在柏王的树洞里捡到一封信，那是一封真正的信，写在从作业本撕下来的方格纸上，更重要的是，寄信人还用同样的纸折了一只信封，把信装进去，用糨糊把口封上，信封上什么都没写,却画了一张花花绿绿的邮票。我心跳不止,无端觉得这信可能是寄给我的,连忙拆开,果然是写给我的。信里写道,朋友,我收到你的河灯了,既然你的河灯能漂到截岔,说明你肯定在截岔的上游,我猜不到你到底住在哪个村,你有空来截岔耍吧。你见过水稻吗?截岔还能长水稻呢。我们截岔本来有七个村,有一个村被洪水冲跑了,就剩下六个村了。你说你想有一个朋友,我也想有一个朋友,我收到你的信,又给你回了信,那我们就算朋友了。我有一个秘密,不想告诉别人,但我可以告诉你,因为我不认识你。我堂姐放暑假又到截岔来了,她在北京上学,比我大两岁,一见我就谝她是北京人,我很讨厌她,每次都不想看见她。有什么了不起,把你生在山里你就是山里人,把你生在北京你就是北京人,没什么好卖谝的吧。我要是能考上大学,也考到北京去。小时候玩捉迷藏的时候,她知道我躲进了柜子里就故意把柜子从外面锁上,害我在柜子里被关了半天,差点尿了裤子,我好讨厌她。我在家门口挖了一个陷阱,里面灌了水,上面搭了高粱秆,再铺上树叶,结果她没踩进去,倒是我嬢嬢踩进去了,我的复仇计划破产了。

下面没有署名,但我还是激动不已,这是我生平收到的第一封信。而且他不知道我就住在截岔上游的小虎村,而我也不知道他究竟住在截岔哪个村,这让他的来信显得神秘又遥远。他还在信的结尾说到自己的复仇计划,立刻让我想到了父亲和他的小本子,觉得他就是一个小号的父亲,而我对他们这种人简直太了解了。我立刻隆重地回了信,在信中对他表示了深切的同情,并劝慰他要放下仇恨,要宽恕他的堂姐。写完这句,我自己都吓了一跳,自己什么时候也变成一个小型的牧师了?但我觉得还不够,他在信中向我吐露了一个秘密,他给他堂姐挖了个陷阱,只是他堂姐没掉进去。我觉得我也必须在信中说出一个关于自己的秘密,才显得公平。于是我又在信中写道,我住的这个村子只有三口人，就是我爸、我妈和我，另外还有一头牛、一只狗、十只鸡，以上这些便是这个村的全部成员。最后我又补充道，我还养了两条鱼，文谷河里逮到的，也算这个村的成员吧，有时候我会把它们装在罐头瓶里，带着它们出去散步。

我也学着折了一只信封，也在上面画了一张花花绿绿的邮票，然后把信装进去，糊住口，放到了柏王的树洞里。过了两天，我发现我的信被取走了，忍不住心中窃喜。又过了两天，一封崭新的信出现在了树洞里。好像这柏王的树洞变成了一个小小的邮局，一个只属于我们两个人的邮局，藏在这无边的森林里。

他在第二封信里又向我吐露了一个秘密，说他上小学的时候，曾偷了同学的一支自动铅笔，因为大人不给他买，他实在太羡慕那支自动铅笔了。但这支偷来的自动铅笔他一次都没敢用过，只是悄悄藏了起来，藏着藏着后来就找不到了，直到笔丢了他心里才好受了一些，觉得好像又把笔还回去了，但心里面总觉得自己是做过小偷的。

为了公平，我也在第二封信里回给他一个秘密。我说，你知道吗？瘸子也是能游泳的，我妈就是个瘸子，但她会游泳，因为她从小就在文谷河里游泳，后来上山采药材的时候摔断了一条腿，我外公和外婆又不舍得花钱给她治，她那条腿就落下残疾了，可是尽管腿瘸了，她却还能游泳，还游得挺好的。

写完这封信的时候，我心里某个地方隐隐有些不舒服，那时候我还不知道，这是因为我已经感受到了残忍以及由此带来的不适。但我太害怕失去这个朋友了，便不敢再犹豫，把写好的信装进信封，糊了口，又放到了柏王的树洞里。

到第三封信的时候，他又向我吐露了一个更大的秘密，让我一时有些不知所措。他在信中说，他得了病，已经有大半年不上学了，他妈不让他往外跑，他只能趁他妈不在家的时候，偷偷地溜出去，溜到柏王那里。他还去省城看过病，也住过院，但没治好，现在没有一个同学去看他，老师和同学已经把他忘了。他爷爷说他肯定会好起来的，但他堂姐悄悄告诉他，他的病治不好了，他快要死了。他说，人死了不知道会不会疼，看他们村里死了的那些老人，不吃不喝，一动不动地躺在棺材里，就像睡着了一样，不吃不喝地躺着也不错，什么都不用干，也不用考试，只是怕将来考不了大学了，北京也去不成了，也没法向他堂姐报仇了。

　　我心里一阵难过，好不容易才交到一个朋友，这从未见过面的朋友却快要死了。我必须回复他一封更为隆重的信。为了安慰他，我在回信中和盘托出了一个更大的秘密。我说，你不要害怕，我爷爷已经死了很多年了，死了就是睡一个长长的觉，死了的人白天不会和人讲话，但晚上会去梦里和家里人讲话。我爷爷就时常到我爸的梦里来看他，还会和我爸说会儿话。犹豫了一下，我继续往下写，这时候我已经不再是出于安慰了，更多的其实是出于讨好，好像生怕对方不理我了，不再给我回信了，我必须留住他。我写道，我爷爷是被人打后脑勺打死的，流了好多血，他死的时候我还没生出来，我只见过他的照片，人死了就住在照片里了。我告诉你一个秘密，你不许告诉别人，我猜我爸一直想为我爷爷报仇，因为他有一个小本子，专门用来记仇人的名字，那本子上的名字足足记了有几十个，我都能背下来，头一个名字是截岔王，第二个名字是游家明，第三个名字是张有德，下面还有一大串，连那个看病先生郝树志的名字都在上面呢。不过，这个仇他肯定报不了了，因为连他自己都搞不清到底哪个是杀我爷爷的人，仇人多了等于一个仇人都没有。

　　此后我这唯一的朋友就再没给我回过信。我连着去了柏王那里几次，都没看到他给我留下只言片语，我不死心，又给他留了一封信，在这封信里我只问了他身体怎么样了，有没有好起来。因为我已经没有更大的秘密可以出卖了，在前几封信里我已经把自己抖搂得空空荡荡了。过了两天，我又去柏王的树洞里拜访，只见里面安安静静地躺着一封信，我赶紧打开一看，原来是我上次写的那封信。这次柏王失信了，没有帮我把信寄出去。我失落地躺在树洞里，知道自己又返回到从前了，我还是那个挂在截岔盆沿上的孩子，连一个朋友都没有。

父亲一如既往地每村必停，有求必应，别的筏子早跑到武元城卸下木料了，他还不慌不忙地漂着，拉着满满一筏子的人、猪、鸡、马、牛、羊、蘑菇、木耳、土豆、饲料，简直就是一只漂在文谷河上的挪亚方舟。遇到腿脚不便的老人要搭筏子，他会跳下筏子，亲自把老人背上去，简直比老人的儿子还孝顺。有腿脚不好的老人攒下半口袋干木耳，想拿到武元城去，武元城有专门收木耳的人，父亲都不用他们亲自跑，在村口接了木耳，去武元城卖给收木耳的人，还要把卖的钱一分不少地再送回去。在这个过程中，父亲不仅表现得相当愉悦，甚至都有点上瘾了，谁不接受他的帮助他就和谁急。他脸上的那层壳越笑越深，但无论怎么笑都有一种挥之不去的阴森，简直像个出土的青铜面具。就连后来的我都有些搞不清楚，当时的父亲是真的感受到宽恕所带来的愉悦了，还是发现宽恕也可以作为武器，从而把这个武器使用得更加如鱼得水？再或者，是两者兼而有之？

母亲赌气不上父亲的筏子了，却把我派出去，让我做她的小特务，任务还是看住父亲。这一日，父亲的筏子又从文谷河漂下来了，我便一个人上了筏子，父亲见母亲没有上来，好像有些失落，但也没多问，只是撑着筏子继续往下漂。

筏子进入截岔盆地，先是漂过了迷虎村的尸骸，从那尸骸里忽然跳出一个干枯瘦小的老头儿，像是从古老的坟墓里钻出来的，挽着裤腿，赤脚上套着黄胶鞋，嘴角叼着一杆旱烟袋，手里拎着半袋干木耳，是李顺老汉，看样子是打算去武元城卖木耳的。父亲把李老汉捎上，然后继续往前漂。接着漂过了大塔村和塔上村，我总觉得起塔上村这个名字是为了和大塔村较劲，你一个小村子敢叫大塔，那我就叫塔上，总能镇得住你。一进截岔，父亲脸上的笑容更浓烈了，近乎浓墨重彩的晋剧脸谱。筏子漂到曲里村的时候，上来两个人，女的年轻些，总试图扶住自己身边的那个铁塔似的老头儿，老头儿虽然架着一副拐杖，但还是在努力保持一尊铁塔的威严，总是不想让她扶，仿佛一旦被人扶了，就坐实成残次品了。但他走路实在是够费劲的，他的右腿看起来像条假腿，没法打弯，所以走路的时候，就用全身拖着右腿在地上使劲划圈，看他走过的痕迹，简直就是在地上胡乱画圆圈。

父亲远远看到在岸边划圈的老头儿，脸上的笑容似乎凝固了一下，但很快，就像反弹一样，他的脸上又轰然绽放出一种更猛烈的笑容。父亲连忙把筏子靠了岸，然后跳下筏子，要亲自接那老头儿上筏子。老头儿虽不情愿，但再怎么划圈也划不上筏子去，再加上中过风的身躯滞重迟钝，以至于发酵成了过去双倍的分量，两个人都扛不上去，只好又叫来一个筏工，三个人手脚并用，像搬运木头一样把老头儿搬上了筏子。然后父亲又把老头儿安顿在一只干燥的麻袋上，麻袋里装满了锯末，是要运到武元城的那家木材加工厂的，这算是筏子上最舒服的椅子了。

等上了筏子我才发现，老头儿不光是右腿瘫了，连脸都瘫了，右嘴角是歪的，使劲向下扯着，口水从里面滴出来，顺带把右边的一只眼睛也拽了下去，所以两只眼睛一只吊着一只垂着。老头儿的右手抖个不停，其中的食指和中指居然是黑色的，质地有点像烧剩的炭渣，这样两根手指插在一只肉质的手上，使眼前的老头儿有点像改装过的机器人，十分可怖。我怀疑他身上的那些器官，有些是肉质的，有些则也是这种炭渣质地的。难道他在油锅里被炸过？

这时那个从迷虎村尸骸里钻出来的李老汉凑上来，忽然叫了一声截岔王。我才明白过来，原来这就是传说中的截岔王，在父亲的生死簿上稳居头把交椅的那个嫌疑人。想来那两根炭渣般的手指就是当年从油锅里夹铜钱的时候被炸熟了，本来可以锯掉的，一直留着，大约也是一种纪念，就像把勋章佩戴在身上。只听李老汉一点不见外地说，截岔王，你老人家这是瘫啦？连你都能瘫？那俺们还活不活了？截岔王坐在麻袋上一言不发，歪嘴里不停地淌着口水，如果在下面接个盆，估计一会儿就接满一盆了。

他旁边的那个女人不时替他擦一下口水，原来是他女儿。只听他女儿接口道，可不，中了一次风就成这样了。几个从上游下来的人也围过来，七嘴八舌道，瘫子还去赶集？瘫子不好死，在炕上躺七八年不成问题。这是半瘫，没瞅见一条腿还能动？全瘫了就麻烦了，每天往裤子里尿。这嘴都歪成漏斗了，吃饭怕也是件麻烦事吧，吃进去的又都洒出来。

这时候父亲过来了，人群安静而不祥地裂开一道缝，把父亲裹了进去。父亲笑容满面地走到截岔王跟前，人群似乎悄悄往后退了一圈，我想起母亲的嘱咐，便上前一步，紧紧跟在父亲身后。父亲亲热地拍了拍截岔王的肩膀，说，叔，有几年没见你了，心里还挺惦记你的，怎么，这是要去武元城赶集？截岔王斜着眼，歪着嘴角，还是一言不发。他女儿忙抢着替他说，不是去赶集，都半瘫了还赶甚集，他一个老伙计的小子吃（娶）媳妇，要在武元城里摆一天武元席，人家还专门跑过来送的喜帖，他一辈子就好个面子，不去也不好，走路太累，又是个半瘫，想着要是能捎上足，就省得走路了。

我只吃过一次武元席，那是截岔地带最盛大的一种宴席，得有十分重大的喜事才配得上武元席。办武元席的时候，武元城的那条主街全部被占满，从街头到街尾摆满桌子，桌子和桌子之间又首尾衔接，组成一条长龙盘踞在主街上。武元席上的菜也是截岔一带最好的，像传统的"炸五谷"和"八大碗"自不必说。"炸五谷"就是炸丸子、炸烧肉、炸花生果、炸山药、炸红薯,而"八大碗"是指清蒸丸子、八宝饭、红烧鸡、方烧、条烧、喇嘛肉、胡萝卜蒸羊肉、烩莲菜。此外,熬鱼和猪肘也一定会出现在武元席上,还有平时根本吃不到的过油肉、酱梅肉、琥珀肉、柏籽羊肉、黄酒焖肉、烤羊排等菜肴也会出现在武元席上。吃一次武元席够截岔人回味一整年,每天在饭市上讨论的也多是那顿武元席。一回头,吃过武元席一个月了,再一看,两个月了,三个月了,半年了,但还像是昨天刚刚吃过一样。办武元席需要不菲的开销,甚至会花掉一家人一整年的收入,所以一般人是不敢办武元席的,但只要办一次那就是截岔最隆重的节日,主人会把所有的亲朋好友请到武元城,还有朋友的朋友、亲戚的亲戚,甚至连正在武元城赶集的陌生人也可以坐上去蹭席。我吃过的唯一一次武元席就是蹭席,可不,截岔谁会请我们一家去赴宴呢?总之,武元席的隆重和热闹是绝不亚于元宵花灯会的。

她语速很快,好像急于替自己和父亲辩解,又好像急着要掩盖点什么。看来,她也是知晓那段截岔往事的。父亲一边笑一边在身上翻找着什么,人群又无声地往后退了一圈,我却离父亲更近了,像父亲身体里分出的一个影子,我生怕父亲会摸出一把刀来,或是比刀更可怕的东西。父亲扭脸看了我一眼,目光异常明亮,却什么都没说。父亲最后翻出的是半包皱巴巴的纸烟,他往自己嘴里塞了一根,又递给截岔王一根,截岔王没接,父亲宽容地笑了笑,把烟卡在了那两根炸熟的手指中间,然后掏出火柴,先替截岔王点上,之后才把自己那根也点上。天哪,他连抽烟的时候都是笑着的。

截岔王侧着脸看了父亲一眼,因为一只眼睛高一只眼睛低,所以看人的时候不得不侧起脸,好像看得极为专注一样。他伸出颤颤巍巍的左手,从自己那两根炭黑色的手指中间把烟拔出来,塞进了歪嘴里,我担心那歪嘴连根烟都叼不住，结果他还很体面地把大半根烟都抽完了。父亲手里的烟先抽完了，他灭掉烟头，起身又拍了拍截岔王的肩膀，笑着说，叔，有事就说，咱们可不见外。

父亲转身刚要走的时候，截岔王忽然开口了，声音从一张歪嘴里发出来，倒像是从一个曲里拐弯的洞穴里钻出来的，轰隆隆的，含混不清，还带着些回声。他叫了一声，林宗。父亲停住了，慢慢把脸扭了过来，笑容还挂在脸上。只听截岔王又轰隆轰隆地说，听说你保存着一个小本子，专门用来记仇人的名字，名字记了都有几十个了，俺在你本子上坐的还是头把交椅，你倒挺抬举俺。你不用管俺是怎么晓得的，俺小孙子给俺倒歇的。

他很正大光明地把他的小孙子出卖了，我心虚地往后退了一步，我知道他小孙子是谁了，就是那个和我书信往来却从未见过面的朋友。父亲似乎微微一愣，但没吭声，继续笑，等着截岔王往下说。截岔王果然又继续道，几十个人，你自家能弄机明（清楚）到底哪个是你的仇人？怕是你自家也弄不机明吧。听说在你那本子上坐第二把交椅的是游家明，你和截岔不来往，可能还不晓得，游家明得了食管癌，两年前就殁啦。哦，对了，坐第三把交椅的是张有德，是吧？你去看看张有德这会儿活得还像不像个人，身子垮了，什么营生也干不了，刚过五十岁满嘴的牙就掉光了，有人看见他在垃圾堆里捡吃的，送一碗饭摆到他家门口，他还假装看不见，有骨气呢。他还用你当仇人对付？说不来哪天就饿死了。这么多的人，你能分机明到底是谁杀了你爹？怕你也没那个本事吧。你也不用再找了，俺今儿就是来告诉你的，杀你爹的人就是俺，你把俺排到头把交椅上算你有眼光，赶紧把其他名字都勾掉吧，就留下俺截岔王。俺这半条老命你随便拿去，甚时候想拿甚时候拿，俺要是和你哼哼半声，就不是人养出来的。你也看到了，俺现今就是个瘫子了，走路都走不利索，能活几天可不好说，你要报仇就趁早，俺死了你找谁报？你要觉得不够，俺再把俺小孙子一起拉上给你垫背，他得了白血病，怕活不了几天了，俺就这么一个孙子，俺们爷儿俩抵你爹一条命够不够？

他女儿大声打断了他，说甚呢，越说越不像话。一边呵斥一边俯下身帮他擦口水，在他刚才讲话的当儿，从歪嘴里淌出的口水竟把他的衣服打湿了一片。他挣扎着不想让他女儿帮他擦，嘴里还含混不清地喊着，俺就是你那仇人，快不要再找了，以后也不要见人就笑了，怪瘆人的，你去问问哪个截岔人不怕看见你笑？你要不笑，谁都能好受点。这不，仇人就在你对面，以后不想笑就不要硬笑了，对自己的老婆娃娃好一点，你这娃娃，自小俺就见他在截岔里一个人晃悠，连个和他耍的娃娃都没有，也是恓惶。老人们讲求仁得仁，你爹一辈子贪的是好处，俺一辈子要的是个名声，俺死了，这名声正好归俺。

父亲的脸还是笑着的，我却好像看到，他的笑容后面还藏着一个人，那是另外一个父亲，两个父亲交叠在了一起。他特意返回去，其中一个父亲拍了拍截岔王的肩膀，很大度地说，叔，那些过去的事提它作甚？你也上岁数了，把自己的身体保护好才要紧。他刚要转身，截岔王又大声喝住了他，因为右手不听使唤，他只好拼命挥舞自己那只左手，我这才发现，截岔王整个右半边都瘫了，右手、右腿、右边那只眼睛，还有右边那边嘴角，只有左半边还能动，所以左边得费力地拖着右边，好像一头牛正拖着身后笨重的牛车。他的歪嘴轰鸣着，俺就是你那个仇人，谁也别和俺抢，俺说是就是，你记下，等俺死了你就没有仇人了。另一个父亲则淡定地笑着说，叔，你弄错了，我根本就没有仇人。说罢转身走开了。截岔王听闻此话，把左手哆哆嗦嗦地伸进了裤腰里，不知道裤裆里藏着什么，等抽出来的时候，手里却多了一把水果刀，看来是出门之前就有准备的。

众人以为他要用刀伤人，不愧是当年的截岔王，便纷纷向后退去。

不料，截岔王举起水果刀向自己的小腹刺去，把刀刺进去的时候，嘴里还吼道，俺这条命你不拿是吧，不拿俺给你。众人蒙住了，周围一时鸦雀无声，却见截岔王把刀拔出来，哆哆嗦嗦地还要刺，众人这时候清醒过来了，呼啦扑上去把刀夺掉，向一个瘫子夺刀太容易了。只见他小腹上虽然被捅了个窟窿，但因为手上没劲，扎得不深，并没有大碍，只是流了些血。有人脱下自己的裤子做绷带，众人七手八脚地帮他把伤口包扎起来了，截岔王四脚朝天地任人摆布，歪嘴里还大喊着，俺就是你那仇人，俺就是，杀了俺你就没有仇人了，你也好过些，你老婆和娃娃也好过些。

说自己根本就没有仇人比把刀架在仇人脖子上更有杀伤力。看来，父亲还是败给了父亲。

六

过了几天，我又搭上父亲的筏子的时候，听到坐在筏子上的人正在小声议论着什么，看到我过来，还故意把声音放大了一点，看来是想让我，准确地说，是想让父亲听到。原来，截岔王的小孙子昨天夜里走了，白血病，到底没救过来。我心里明白，是我那个唯一的朋友走了，我连他的面都没见过。想起那天截岔王在筏子上说过的话"把俺小孙子一起拉上给你垫背"，又想起那游家明两年前就已经死了，却至今还躺在父亲的生死簿上，心里忍不住替父亲感到愧疚，还有一种隐隐的恐惧感，好像那个从没有见过面的朋友，还有游家明，真的把命都抵给我爷爷了。于是，他们和我爷爷变成了一个人，或者，同一个鬼魂。回到家里以后，我有些畏惧地看着墙上爷爷的照片，他坐在那里，看起来更庞大更阴森了些。

为了与墙上的爷爷对抗，我偷偷做了一件事情，我把父亲的小本子藏到了柏王的树洞里，无论我把什么藏进去，包括我自己，它都会保管得好好的。令我感到意外的是，父亲并没有到处找他的那个小本子，甚至好像都忘记了它的存在，他喝完一壶酒之后，便坐到河边抽烟去了，他久久坐在河边，不知道在想什么。母亲很不放心，派我出去跟着父亲，我只好也坐到了河边。月亮爬上来了，月光点亮了河水，河水又照亮了我和父亲，我和自己做游戏，猜测现在父亲的脸上是笑还是不笑。我赌他不笑，因为他实在没有必要大晚上对着一条河笑，况且，他白天笑，晚上笑，也该笑累了。然后我悄悄扭过头，看着父亲的脸。他真的正对着一条河笑。我赌输了。

就这样又过了几日，这天，母亲说她新晒了些羊肚菌，要拿到武元城去卖，便又带着我上了父亲的筏子，我知道她是找个借口上筏子。父亲见母亲上来了，虽然什么话都没说，还是那副笑脸，但我能看得出他由衷地高兴。我发现我已经不知不觉练就了一种本事，那就是，能辨别出父亲脸上的千百种笑容，高兴的笑、仇恨的笑、宽恕的笑、恐惧的笑、刀光剑影的笑、泪如雨下的笑。

筏子漂进截岔，漂到南堡村的时候，上来一个人。此人极瘦，骨架外面包着一层皮，还是个秃子，头上没有一根头发，光着脚，连鞋都不穿，他张开嘴说话的时候，我才发现，他嘴里没有一颗牙，但他的年龄看上去还不足以牙齿都掉光。总之，他身上有一种强大的荒芜感，强大到不仅不需要鞋，甚至连头发和牙齿这样的点缀他也不需要了，这又使他周身散发着一种奇异的洁净的气息，虽然他身上的衣服已经接近于褴褛了。他上来的时候一手拎一只木桶，盖了盖子，不知道里面装的是什么。我当时还不知道，此人就是生死簿上的第三号人物张有德。

张有德上了筏子以后，放下两只木桶，目不斜视地走到了父亲面前。父亲忙笑着和他打招呼，有阵子没见了，这是要下武元城去哪？

张有德平平静静地看着父亲，忽然就开口了，声音从没牙的嘴里发出来，像风掠过石滩，带着些枯肃和苍冷，但令我印象深刻的是，连他的声音里都带有一种洁净之气，像个参禅得道的僧人。他的话很简单，他说，听说你在找杀你爹的人，我是来告诉你，仇人不是截岔王，也不是游家明，是我。截岔王不过是为了留名，我才是你那个仇人，把我的命抵给你爹，你就可以安生了，以后切勿再找了。

说罢他走回到两只木桶前，众人以为他要从桶里拿什么武器，吓得往后退了一圈，只有母亲脸色一变，拖着一条瘸腿朝张有德走去，在她还没有走到张有德跟前的时候，张有德已经一手拎一只木桶来到了筏子边。在众人还没有反应过来之前，他提着木桶轻轻一跃，跳进了河水中。那两只木桶里装的竟然是石头，所以掉到河里之后，两只木桶拖着他迅速向河底坠去。母亲趴在筏沿上大喊，快撒手，快些撒手。但眨眼之间，张有德已经从文谷河里消失得无影无踪了。

多年以后，当我回想起第一次也是最后一次见到张有德的情形，那情形如同达利的画一样，渐渐扭曲幻化，甚至飞翔，他在画中变成了一个骑士，但他骑的不是马，不是鲸，也不是风，而是两只桶，他骑桶前往的地方，忽而是水草蓊郁阴森的河底，忽而又是白云疾驰而过的天空，而去往这两个地方，本身又是一回事，都是无尽处，都是生死消弭之处，对于他来说，那确实是最好的去处。人要是无法死亡，很多事情就失去了意义。他其实是把自己献祭给了一个概念，比如集体，而概念对人残酷的戏弄，又被献祭这种行为的庄严性弱化了，以至于像他骑桶这样的行为都显得不那么滑稽了。

他们在河底找到他的时候，他的两只手还死死焊在木桶上，撬都撬不开，最后只好连人带桶一起捞了上来，最后把他放到一口薄棺材里的时候，那两只桶依然陪着他，变成了他身上异常忠实的一部分。

我一口气跑到了柏王的树洞里，那个小本子还在，我惊恐地发现，它尽管被我封存在这里，它里面的那些人却一个接一个地走了出来，走到了父亲面前，又从阳间走到了阴间，它真的成了一本可怖的生死簿。我数了数，除了勾掉的，本子里还有三十九个名字，我担心这三十九个名字会一个接一个地从本子里走出来，一个接一个地搭上父亲的筏子，然后每一个名字都郑重告诉父亲，我就是那个你要找的仇人。三十九个仇人，你不知道哪个是真的哪个是假的，只是感觉这三十九个人组成的空间，像极了一个摆满镜子的密室，你无论朝哪个方向看去，都能看到人影。到最后，你会发现，这间密室里其实堆叠着无数个人影，在镜子里，镜子怀抱的镜子里，镜子对面的镜子里，一个又一个的人影像芽一样破土而出。

为了不让更多的人发现小本子里的秘密，我决定把它藏得更隐蔽一点。于是我顺着柏王的树干往上爬，后来在树干上找到一道裂缝，我把本子塞了进去，又在外面伪装了些树叶和青苔，从外面一点都看不出来，我这才放心地从树上下来，回了家。

快到家的时候，天已经黑了，我站在山坡上看着前面那点孤独寒瘦的灯光，那就是小虎村，它像是一切村庄甚至城市的起点，都是从一盏灯光开始的，又像是世界的尽头，那尽头处大概也是这样一盏孤灯吧。进了家门看到父亲又在喝酒，与往日不同的是，桌上连碟花生都没有，只光秃秃地摆着一壶酒和一只酒杯。我怕他问我有没有看到他的小本子，但他没有，甚至都没有和我说话，他只是对着酒杯微笑，一杯接一杯地喝酒。墙上还是爷爷的那张旧照片，黑白色天生的肃杀搭起了一座阴森的小庙，爷爷端坐其中，俯视着我和父亲。

我也抬头注视着他。我发现他变得更庞大了，大概是因为，张有德也被他吸附过去了，也成了他的一部分。到最后，那本子里的三十九个人会不会都被他吸附过去，而他将变成一个巨人，住在那黑白的庙宇里？这时候，只听父亲问我，小虎，你的作业本有没有没用完的？给我一本。我刚要回答，忽然听到传来一阵敲门声。对于一个独家村来说，听到敲门声是一件稀有而不安的事情，这么多年里，除了外公和舅舅偶尔来敲过门，我还从没有见过别的客人登门。

开门一看，门外站着的不是外公也不是舅舅，而是一个真正的客人，这真正的客人出现在小虎村，简直如同天外来客。来人是那个住在迷虎村废墟里的李顺老汉，他从一个村庄的尸骸里走到一个如孤坟一般的独家村，气质上倒还是一致的，都是一些被世界抛弃和遗忘的角落，所以看到他也不应该太惊奇。父亲忙把李老汉让进屋里，说，顺叔，你怎么敢走黑夜路？不怕遇上麻虎（狼）？我低头一看，他的胶鞋都湿了，估计是被山间的夜露打湿的，他也不坐，很不见外地操起桌上的酒壶，给自己灌了两口，似乎是在给自己壮胆，壮完胆之后，如小鸡般瘦小的李老汉大义凛然地对父亲宣布道，林宗，俺就是你要找的那个仇人。

我赶紧想了想生死簿里有没有李老汉的名字，好像是有的。我既恐惧又兴奋地想，完了，本子里的三十九个名字排着队来找父亲了，每一个名字都会对父亲说一句同样的话，俺就是你要找的那个仇人。三十九个仇人站在面前，父亲估计都要应接不暇了，想不到，有一天连仇人都能大丰收。

这时候母亲从厨房出来了，端出小米稀饭和葱花烙饼，请李老汉坐下吃饭，但李老汉不吃不喝也不坐，只是凛然站着，果然是个仇人的样子。以往在翻看父亲那个小本子的时候，我无数次地想象过，那个仇人究竟长着一张什么样的脸，现在，截岔王、游家明、张有德、李顺的面孔都重叠在了一起，然而，还有更多看不清的面孔重叠进来，当三十九张面孔重叠在一起的时候，我究竟会看到一张怎样的面孔？

只见李老汉不但不吃饭，还干脆把脖子往父亲面前一横，说，快些拿去，来给你送人头你还不要？俺就是你要找的那仇人，仇人给你送人头来了。父亲脸上依然堆着笑，他看着那颗花白的头，后退了两步，连哄带骗地对李老汉说，顺叔，要是不吃饭就早点回吧，夜深了怕麻虎都出来了，我家就一张炕，多个人也睡不下。李老汉继续梗着脖子说，半截子进棺材的人了，还怕它个麻虎？有本事让它把俺吃喽，有本事让它连骨头也不要吐。母亲也过来劝慰道，顺叔，林宗他胡写乱画了几个名字，就是闲得没事干，都是一个村出来的，有话好好说。

　　李老汉收起脖子，目光正好与墙上的爷爷相遇，他忽然就跳起脚来对着爷爷说，还能活几年，老子谁也不怕了，林宗，你晓得你有多少个仇人？就你本子上记下的那三四十个名字？你说得不差，截岔王必不住（可能）是你仇人，游家明、张有德也必不住是你仇人，可是，迷虎村下游的大塔村、塔上村、曲里村、柏林村、西落村、南堡村，哪个村没有你的仇人？告诉你句实话吧，那几个村里哪个村都有想杀你爹的人。那时候，你爹仗着迷虎村在截岔的最上游，总是把水拦住为难下游，先把本村的地浇饱，就是本村的地浇饱了，他还是不让坝痛快地打开，下游几个村的地就旱着，最后旱得实在不行了，就有人来偷水，就打起水仗。你晓得他为甚要这么做？因为在文谷河沿岸，控制了水就控制了人，其他六村就都得听他的，水拿在手里就拥有权力啊，他要的就是那点权力。那时候迷虎村的人还都挺吃兴（得意），谁让俺们村在截岔最上游呢，老天爷赏饭，后来报应就来了。不过最吃兴的还是你爹，谁让人家是村主任呢，人家能把迷虎村的地浇得饱饱的，粮食长得最多，村里人谁敢不听他的？人家还把上面也哄得好，上面可信得过人家呢。还有件旧事，俺不晓得你记不记得，以前迷虎村有个叫林三为的人，这人愣，就不服你爹，时常在半夜的时候偷偷打开水闸，给下游的几个村放水，你爹骂他吃里爬外，后来，这个人忽然就没了，哪里都找不到，他爹妈一直在等他回来，他爹直到咽气都没等到。那年大洪水把迷虎村都冲跑了，林三为家的房子也被洪水端走了，洪水过后，房子底下露出一具尸首，烂得就剩下骨架了，也认不出是谁，草草就埋了，可俺估摸着，那骨架就是林三为的，谁能想得到林三为就在自家的房子底下躺着？就是没人能想得到，才把他埋在那里吧。俺说句公道话吧，爱不爱听是你的事，你爹当年就是文谷河上的一个水霸。

父亲没说话，只是扭过脸，笑着看着爷爷的照片，似乎想把爷爷从墙上叫下来对质。李老汉也看着爷爷的照片，于是两个人的对话变成了三个人的，只是其中两个人都不说话罢了。李老汉对着爷爷的照片说，这只是截岔六村，你以为迷虎村的地浇饱了你就没有仇人了？告诉你吧，你在迷虎村的仇人更多。迷虎村后来不是被文谷河收回去了嘛，人家是条河，是爷，俺们不过是些受苦人。迷虎村被收回去以后，上头说不就地建村了，再建还是要淹，干脆把村民们都安置到别的村去，那安置村民的名单就交给你爹来定，人家是村主任嘛，对迷虎村的情况最熟悉，这就又成了他手里的权力。

我发现父亲脸上的笑少了一半，剩下的一半薄薄地浮在脸上，倒更像是一层遮挡自己的面纱，仿佛在半梦半醒中一样。他站在那里，还是一句话都没说。而李老汉已经说上瘾了，根本不管父亲接不接话。他住在废墟里，大概很久没有好好和人说过话了。他还在往下说，迷虎村的三百多号人被分散到了五十多个村子里，有的被分到了平川上的义望、洪相、广兴，俺们一家就被分到了广兴村。说起来还是去了平川呢，结果呢，俺们的口音和人家不一样，吃食习惯也和人家不一样，人家叫俺们"山斗子"，看不起俺们，笑话俺们的口音，俺们还嫌他们寡淡，又寡淡又精，人太精了就没屎意思了，连个串门的地方都没有，说起来是去了平川上了，平川上生活比山上好，那和贬犯人有什么区别？俺是一天都不想在那里待，连做梦都梦见回了山里了，梦里把俺高兴的呀，可算是回去了。后来，俺的几个儿女该娶的娶，该嫁的嫁，俺老伴儿也走了，就剩下俺孤人一个，俺还待在那里作甚？俺就赶紧跑回来了，回来了连电也没有了，但心里舒坦，俺自家种点菜种点山药蛋就够吃了，文谷河的水随便吃，又没盖盖子，平川上吃个水还要掏水费。有的被分到了深山里，像那些老雕都去不了的村子，什么大草坪、金沿，除了牛羊，一年到头看不见个人影影。有些村不靠河不靠路，去哪里都要靠两条肉棍棍腿，从截岔走到苏家岩还不走他个四五天？饿了吃口干炒面，黑夜了就睡在树上。还有的去了庞泉沟，那里的雪就没停过，七八月还在下雪，冬天下的雪能把人埋掉。这都算近的啦，还有的被分到了什么河北、山东，李五金一家还被分到了南方，那去了南方可怎么活？连说话都听不懂。李五金后来就报销在南方了。

　　父亲的脸色开始发白，似乎呼吸也有些艰难了，很像一个掉到河里正在溺水的人，但他脸上还艰难地残留着一点笑容。我看着他残留在脸上的那点笑容，希望连这点笑容也消失掉，似乎只有这笑容全部消失掉，父亲才算痊愈了。这段时日里，笑已经成了父亲的一种疾病。李老汉并没有因此停下来，相反，他的演讲已经逼近高潮了，只听他大声说，你爹把村里人发到无远可近（遥远）的地方，他把自己安排得倒齐全，带着你们全家搬到了曲里，那还用搬？你说说看，除了那几家和他关系好的留在了截岔，迷虎村的人哪个不该是他的仇人？所以，你以为你在本子上记上那三四十个名字就够了？那哪够，每个截岔人都有几个亲戚吧，还有亲戚的亲戚，哪个截岔人的亲戚实在看不过眼了，跑到截岔来给你爹一榔头，然后往深山老林里一钻，也不是没可能吧，那哪还能寻得见？你晓得你为甚一直寻不见那个仇人了吧，因为那个仇人根本就不是一个人。

　　我和母亲一起看向父亲，不知什么时候，他脸上的最后一点笑容也消失了，我很久没有看过父亲不笑的样子，一时竟有点不认识他了。

但渐渐地他脸上重又有了光亮,好像他已经从溺水中把自己解救出来了,然后,他朝着一个虚空的地方,再次慢慢笑了起来,他无声地微笑着,整个人有一种如释重负的轻盈和自由。

我后来想,也许,父亲就是从听到爷爷把文谷河的水当作权力的一瞬间明白了他自己,他把宽恕当成了一种权力。他们其实如此相似,不愧是父子。我想,也是从那一刻起,父亲真正放过了自己。

七

父亲向我要了一个没用过的作业本,把里面的方格纸一张一张地撕了下来当作信纸。他写了很多封信,又专门下了一趟山,在县城找到邮局,按照爷爷留下的那张迷虎村移民迁居录上的地址和名字,把那些信一封一封地寄了出去。沿文谷河的那串村庄,包括截岔七村,他捎的则是口信。所有的书信和口信都是同样的内容,八月十五的晚上他要在武元城摆武元席,请所有的截岔人包括早年迁出去的截岔老人们都来赴宴,一来是为截岔人能过个团圆节,二来是,这可能是最后一次摆武元席了,因为要在武元城这里建文谷河水库了,等水库建起来的时候,武元城就整个沉到水库底下去了。

他还给我爷爷写了一封信,但写好之后就烧了,他说只有烧掉,死人才能收到。我想起我那写在河灯上的信,是河灯做邮差,把它送给了收件人,后来又是柏王做邮差,传递着我和我那唯一的朋友之间的书信。现在,是火做邮差。只见这个邮差伸出蓝色的舌头,舔着那封薄薄的信,那信转瞬之间就变成了黑色的羽毛,在火光里安静而诡异地翻飞着,带着幽灵的气质,大约那个世界里的亡人已经收到了。而信里的那些字,我还一个都没看到就被烧成了灰,这样也好,毕竟是写给爷爷一个人的信,那就应该只让他一个人看到。每封书信都是长有心脏的，都抱着一个秘密，书信若是人人都可以看，那这个世界上就没有暗影和角落了，该多无趣。

　　为了筹办这次武元席，父亲拿出了这几年他放筏攒下的全部积蓄，母亲不仅支持他，还拿出了自己卖鸡蛋和木耳攒下的一点钱。父亲下了两趟山，去平川上置办各种食材，然后请林场的卡车把食材拉到武元城，还拜访了几个红白宴功夫最好的大师傅。因为摆武元席那天是八月十五，准备些月饼自然是必要的，所以母亲也开始前后忙碌起来。她拉着我，漫山遍野地找核桃，找山杏，采野玫瑰花和银盘。山杏和野玫瑰采到后要用白糖腌起来，腌好后可以做月饼馅里的青红丝。我爬上核桃树摘核桃，母亲在树下捡核桃，母亲采野玫瑰的时候，我把花瓣谢去后露出的玫瑰瓶儿放进嘴里嚼，清甜中带着一缕玫瑰的花香。母亲在松树下采银盘的时候，我爬上树摘松果，里面的松子也是做月饼馅的原料之一。还采了些野果，刺李和蛇莓可以酿果酒，茅莓可以做醋，沙棘则可以做成沙棘酱，用沙棘酱可以做一道美食叫"开口笑"，做的时候先把黄米蒸熟，红枣去掉枣核，再把蒸熟的黄米塞进红枣里，然后把南瓜掏空，里面塞上红豆、玉米、松子，再上锅和红枣一起蒸熟，最后把熬好的沙棘酱浇在上面就成了。顺手还采了些草药，比如黄芪和党参，黄芪可以做一道菜叫黄芪煨羊肉，大补。金露梅和银露梅的花瓣则可以泡茶喝，还有些野菜的嫩芽，比如铁扫帚、野葵、小茴蓿什么的，开水一焯再凉拌一下就很可口了。

　　山杏和野玫瑰花腌好了，分别切开做了青红丝，再把核桃、花生、芝麻、松子捣碎，加入黑糖搅拌均匀，从广寒宫的模子里抠出来的月饼要放到泥炉里慢慢焙上两个小时，烤好的月饼是金黄色的，咬一口，满嘴都是玫瑰花香。除了月饼，还要做油糕和馏米，这都是阳关山上过节必备的吃食。油糕是把糜子磨成面粉，蒸熟了揉成面团，里面可以包红豆枣泥馅，也可以包萝卜黄豆馅，还可以什么都不包，那就是素糕，油糕不炸也可以吃，那就叫瘦糕，把包好的油糕一层一层地码到瓮里，可以放很长时间。做馏米的时候则要选用一口最大的锅，足够一个人在里面洗澡的那种，一层黄米一层红枣地铺在笼屉上，再在最上面撒上一层五颜六色的果干，像什么杏干、蛇莓干、山葡萄干、山楂干、枸子干，大火蒸几个小时，每隔一个小时要往米里淋一次水，等到米香四溢的时候就可以出锅了。

父亲则在武元城忙宴席的筹备，很多菜都是需要事先准备好的，像丸子、烧肉、小酥肉、方肉、喇嘛肉、花生果都是需要事先炸好的，红薯和山药也需要事先炸好，沙棘红薯和拔丝山药是小孩子们特别喜欢吃的菜。另外一些菜，比如蒸肉、蛋卷和皮冻也是需要事先做好的，蒸肉需要把猪肉馅和土豆泥和在一起，再上锅蒸熟。买回来的猪、羊、鸡、鹌鹑先后都派上了用场，鸡变成了香酥鸡，鹌鹑变成了鹌鹑茄子，猪头肉、猪蹄和猪耳朵已经卤上了，猪血还做了猪血肠，从文谷河里捕的鱼养在盆里，是准备做熬鱼的。

终于等到了八月十五那天，武元席自然要在晚上摆，顺便可以赏月。我下午就和母亲抬着月饼和油糕去了武元城，只见那条主街上已经摆满了桌子，长桌子、方桌子、圆桌子，各式各样的桌子毫无缝隙地连接在了一起，像条瘦骨嶙峋的龙卧在那里。我眼巴巴地等着，终于等到天黑了，然后，我看到东边的那排山峦上忽然镶了一道银边，便知道月亮要升起了，心里一阵欢喜。等着等着，终于等到一轮巨大的满月从山峦后面慢慢爬了出来，随着月亮的升起，银色的月光像大雪一样覆盖了山谷里的武元城。响泉滩上的那些积水像大大小小的镜子散落在那里，每一面镜子里都住着一轮月亮，甚至连碗口大的小水坑里也住着一轮幼小的月亮，好像全世界的月亮都在这一晚跑出来团聚了。城里那些庙宇、道观、戏台、店铺全都被镀上了一层银光，连主街上的那些桌子都闪着银光。而武元城周围的那圈山峰在月光的反衬下更显黢黑森然，像威严的众神站立于四周，慈悲地俯视着这座小小的木城，大约它们也知道吧，知道这木城即将结束自己的使命，知道今晚的武元席便是最后的盛宴。

祭过月明爷之后，终于开始上菜了，一道接一道的菜被端上了桌子，相同的菜每隔两张桌子就上一盘。炸五谷和八大碗上来了，过油肉、酱梅肉、鹌鹑茄子、黄芪羊肉、扣肉、熬鱼、香酥鸡、银盘炒肉、虾酱豆腐、羊杂割、拔丝山药、开口笑、猪头肉糕、虎皮肘子、佛手卷、烧花油、小烧肉、大烩菜也都上来了。虎头虎脑的铜火锅也摆上来了，里面翻滚着烧肉、丸子、豆腐、土豆、白菜、木耳、粉条。每张桌子还上了一盆头脑，头脑是把羊肉、黄芪、良姜、煨面、莲藕、山药、黄酒糟、羊尾油炖在一起做成的汤食，最好的头脑用的都是雁北羊。只见汤色洁白如玉，每一盆玉白色的汤里都卧着一轮金色的月亮。酒也摆上来了，有黄米酿的黄酒，还有刺李酿的果酒，是专门给小孩子喝的，每只酒碗里也沉着一轮月亮，月饼摆上来了，也是缩小版的月亮。一眼望过去，这"长龙"身上竟然栖息着无数轮月亮，连小孩子的瞳孔里都升起了月亮。到处都是月亮，像是天上那轮月亮的子嗣们都来到了人间。

母亲一直提心吊胆地等着，她生怕宴席摆好了却没有人来赴宴。但随着月上中天，前来赴宴的客人们三三两两地在月光下出现了。他们有的是从山上步行几天下来的，有的是搭乘筏子下来的，有的是骑马过来的，有的是从平川上骑自行车上来的，有的是被林场的卡车捎过来的，有的是从外省坐火车再坐汽车、拖拉机再步行过来的。无论乘坐的是何种交通工具，当他们一个接一个在月光下出现的时候，又好像，他们是集体乘着月光来赴宴的，今晚的宴席应该叫月光宴才对。

菜上齐了，酒斟好了，月饼也摆上了，那条瘦骨嶙峋的"长龙"忽然变得五光十色，近于华美。客人们纷纷入座，多年不见的故人们相互问候，有的还抱头痛哭。宴席就要开始了。父亲也在月光下出现了，他端着酒碗站在"龙头"处，声音洪亮地对着整条"长龙"说，截岔七村的父老们，我代我爹向你们赔个不是，这碗酒就算是我爹敬你们的了。说罢一仰脖子，一碗酒一饮而尽，然后他放下酒碗，后退几步，郑重地跪在了地上。父亲在月光下朝着众人磕了三个头。整条街上鸦雀无声，只有大雪一样的月光纷纷扬扬地将一切覆盖。

在来年春天到来之前，住在武元城里的人们陆陆续续搬了出来，因为开春的时候水库就要开始动工了。几年之后，水库建好了，整座武元城就要沉到水底了。水库放水的那天，截岔七村的人几乎都拥到了水库边，来和武元城告别。随着水位的慢慢升高，孝文庙、观音庙、崇真观、四圣宫、寿隆寺、古戏台渐渐从人们视野中消失了，店铺林立的两条街道也消失了，到最后，只剩下了白塔的塔尖还露在水面之外，所有人都依依不舍地注视那个塔尖，直到它也消失在了茫茫水面上。最终，山谷间长出了一面碧波粼粼的大湖，从唐朝始有的武元城葬身于其中。

又过了两年，阳关山里的盘山公路也修起来了，是顺着文谷河修的，河到哪里路就到哪里，看起来更像文谷河的一道影子。公路从山顶的庞泉沟蜿蜒而下，如一条丝带般一直蜿蜒到水库边，又擦着水库的边过去，一直伸展到平川上，与平川上那些密密麻麻的公路交会在了一起。它也找到了自己的归处，就像河流最终会汇入大海一样。

随着公路修好，还有人们在生活上对木材的需求量大大减少，木筏也渐渐从文谷河上消失了，随之一起从文谷河上消失的，还有放筏工。自从林场不再放筏之后，父亲就在家里专心种地，闲时采采木耳和蘑菇，我家没有再搬进截岔盆地，我们的独家村依旧挂在盆沿上。再后来，截岔的孩子们纷纷离开家乡，都去平川读高中去了，开始了住校生活，其中也包括我。大约是得益于从小习惯的孤独，在学习上倒颇能耐住性子，导致我读高中的时候学习成绩还不错。

但每年夏天一到了汛期，文谷河开始涨水的时候，父亲都会自制一只木筏，从文谷河的上游往下漂，仍是在每个沿河的村口都要停留一下，把那些想去下游走亲戚甚至想去水库钓鱼的人都捎上。筏子依然要走半个月的水路，漂过龙门口，漂进截岔盆地，最后漂进文谷河水库。漂进水库的筏子上已经只剩下父亲一个人了，他会放下长杆，静静立在筏梢，任由筏子随水飘零。烟波浩渺的水面上映着翠峰的倒影和父亲的一叶扁舟，远处的芦苇荡里芦花如雪，不时有几只体态优美的水鸟从芦苇荡中飞出，从水面上滑翔而过的时候，总是会留下一道丝绸般的水痕。

我考上大学的那年，他腿上的风湿性关节炎已经很严重了，以至于腿都变形了，走路的时候也开始一瘸一拐。不过母亲宽慰他道，两个瘸子一共还剩下几条腿？三条。他说，能剩三条也不错。

也是在每年的这个时节，都有很多大南瓜和大冬瓜从文谷河的上游漂下来，有的南瓜和冬瓜大如一座小房子，在上面掏个门，直接就能住进去。每个南瓜和冬瓜上都刻着父亲的名字"林宗"，而且不是刚刚刻上去的，应该是在它们很小的时候就刻上去了，随着它们渐渐长大，那名字便也牢牢长进了肉里，像人身上的文身一样，洗都洗不掉，直至变成了肉身的一部分。父亲不忙的时候会蹲在河边，乐呵呵地收他的邮件，不过，即使父亲没有及时收到那些南瓜和冬瓜，它们顺着河水漂进了截岔盆地，也总有人会把它们送回来，端端正正地摆在我家门口。

因为，那上面是写了收件人的名字的，那是寄给我父亲一个人的邮件。

原刊《十月》第4期

手可摘星辰

黄昱宁

一

易江南的脸越来越具体。

起初只是晃过脸的局部。机场免税店，坐满了三十九个人的旅行大巴，奥斯陆海鲜餐馆贝壳灯罩底下的那一圈橙黄的光晕，都隐约叠着这张脸。颧骨的轮廓，眉眼的间距，嘴唇的弧度，这里一截那里一片，潦草地堆积在李苏的视网膜上，并没有进入大脑皮层。

直到整个旅行团排着队在国立美术馆里轮流跟《尖叫》合影，直到易江南用力托住两边脸颊把嘴挤成一个夸张的椭圆，李苏才清清楚楚地看到了这张脸。完整的脸。记忆的黑影压过来，突兀而坚决，如同十二月里下午三点的奥斯陆，白天与黑夜在瞬间更迭。李苏下意识地想推开这张脸，可她还是绕到导游跟前，努力让自己的声音听起来松软一点。

"这位是易大夫吧？"

"你们认识？"导游在手机上搜索了一通，还是只能模棱两可，"是有位姓易的 —— 是医生？ 抱歉，这个团有点大。"

就像所有美术馆的镇馆之宝一样，《尖叫》看起来充满失真感 —— 周围簇拥的人越多，你越是会疑心昨天深夜，对，恰巧是昨夜，一场完美的计划刚刚得逞，一件连你都能感觉出某种异样的赝品挂在墙上，接受各种颜色的眼睛的凝视、各种型号的闪光灯的腐蚀。至于真品，应该躺在某个恒温恒湿的保险柜里，等着几年以后在拍卖行里震惊四座，那里有长得像舒淇的戴着蕾丝手套的女人不紧不慢地举牌。

当然是心理作用，李苏想，不过此时此刻她需要这个可笑的念头来分散一下注意力。是的，周遭的一切事物都是在帮忙掩饰的同谋。藏青色墙面上那道浅浅的、意味深长的划痕，楼下餐厅里奶味过重的咖啡香，以及不远处那位冲着旅行团鄙夷地皱起眉头、手里却一刻不停地在画板上临摹的学生，全都在静默的空气里交换着无声的秘密。

就连那位瘦瘦长长的、仿佛从蒙克的哪幅真品上走下来的华人导游都像是跟他们串通好的。他毫无理由地放慢参观美术馆的节奏，一张嘴就是车轱辘话。

"各位朋友打起精神来，卢浮宫还有三件宝，咱这里严格说就这么一件。对，就一件。咱不拍白不拍啊是不是？ 还得往好里拍，不留遗憾。多按两张，总有不闭眼的，是不是？ 回头别埋怨我没提醒过你们。"他显然不是北京人，但是努力在每一句断开的地方都让舌头打个卷。

"易大夫，这是你家公子吧？ 一看就有艺术气质。"

少年被推到画跟前，绷紧了全身的线条像是在逃避周围随时可能伸出的手。导游说得有点夸张，但是少年冷色调的皮肤、长得几乎在脸上打满阴影的睫毛，跟身后墙面的颜色搭在一起确实显得很有气质 —— 鬼知道气质是什么意思，但当它存在的时候，你好像就只能用这个词。少年的体型与面孔奇特地属于两个年龄，彼此差了十年光景。

  李苏的心跳漏了半拍，她下意识地收腹提气，仿佛这样就能接住往下一荡的心脏。她当然记得少年的名字叫马超。然而，如果没有刚才易江南的铺垫，李苏不可能把马超给认出来。一个男孩的青春期的变化，足以让最坚固的记忆陷入间歇性紊乱。

  正好是十年，她想，肋间的刺痛从一点弥散成一片。

  导游歪着脑袋挥起一只手，激动地比画着，指挥马超跟大家一样摆出尖叫的表情。少年没动，什么也没听见的样子，双手依然垂在裤腿两侧。足足僵持了半分钟。米色冲锋衣的拉链头，严严实实地抵在他喉结底下。在暖气充沛、人流集中的展厅里，这个显然穿得太多的少年头上并没有渗出一滴汗。

  李苏不知道该怎么形容马超现在的状态：热与冷，空与满，极度松弛与极度紧张，都集中在他的身体上——他自己呢，倒像是早就从这身体里飞了出去，悠闲地悬在天花板上。

  旁边有几个团友也渐渐看出一点蹊跷，他们认真地打量着这张好看的、有着奇特吸引力的脸。他们试图沿着少年的视线找到他究竟在看什么，却分别望到了不同的方向。

  "他就这样。你们不用管他。"说话的是个中年男人，嗓音不怎么悦耳，像是闷着一口痰。他呵呵笑着伸出手，礼貌地挡开导游几乎要扑过去的前臂。

  "我儿子不知道为什么要尖叫，他不会装。"

  还真是合家欢出境游啊，李苏在心里干涩地笑了一声。李苏不记得十年前短兵相接的时候，马超的父亲出过场。她可以肯定，他们没有见过面。然而，对于眼前这个比儿子矮了半个头、显然正在心安理得地发胖的男人，李苏总觉得有几分眼熟。也许看到所有普通的男人都会觉得眼熟吧——她很快说服了自己。

在大多数家庭里，总有一位，至少有一位能融得进外面的世界——成为"芸芸众生"，成为这个世界的宽阔的背景板。显然，在马家，这个角色是父亲。

母亲的声音尖锐地摩擦着周围的空气："马清源你没必要这么说。"

"噢，"马清源顿了三秒钟，又缓缓加了一句，"有没有必要都是你说了算。一向如此。"

"不是我，马清源，不是我说了算。你还记得颜大夫是怎么说的？要耐心，要正面，少替他判断，更不要下命令，你答应过我的。"最后一句声音压得很低，以至于李苏怀疑是自己的幻觉。

大部分团员都在兴高采烈地翻新尖叫的姿势，并没有几个人注意到眼前刚刚打完一场局部战争。导游已经缓过神来，自己给自己打圆场："可以可以，不看镜头才有高级感嘛。出片，出大片儿。"

少年还站在画前。直到母亲叹口气问他："我们是不是要看下一幅？"他一个激灵，原地转了半圈，嘴里喃喃地说："乱了乱了，应该是顺时针，乱了。"只有易江南懂他的意思，轻轻扶着他的肩膀往回转了小半圈，像夸张的言情剧那样托住他下巴，看着他的眼睛，说："没事的没事的，逆时针也是一样的。"

"不一样，乱了，不一样。"马超还在念念有词。然而他到底还是被易江南挽着手臂往前走去，渐渐汇入旅行团的队伍。李苏死死盯着他的背影。她在心里默默地数了十几步。马超走得不快也不慢，速度没有问题，但是半脚深，半脚浅。还不至于到明显跛足的地步，不过，也许，右腿要比左腿长那么一丁点儿。

已经是个奇迹了，她想，毫无疑问。

把李苏从泥泞的记忆里一把捞回现实的是倪可。一向是倪可。他看起来最多比穿着厚底靴的李苏高三厘米，费了一点力气才用右手揽住她的右肩，贴着她的左耳说："你不太对劲。又想逃回去？"

直到出发的前一天晚上，李苏还在从他们共同的行李箱里往外扔第三条围巾。她说："大疫三年我已经习惯哪儿都不去了，这样也挺好的不是吗？"倪可一只手抓住围巾一只手就像现在这样费力地揽住她的肩膀说："没事没事，三条都带上。黑的长，蓝的短，红的毛茸茸就是条大披肩。都好看，箱子里全都塞得下。"他们之间，常常以某种答非所问的方式达成平衡。她有点不好意思地笑起来，往后一仰倒在床上，盯着天花板，眼睛发亮，等着他的脸凑过来，横在她的脸和天花板之间。这是他们之间永远有效的仪式。第二天去机场的路上，她居然哼起了他最近一直在念叨的《罗刹海市》。他诧异地看着她。"看什么看啊，"她说，"我会唱，是因为这歌太难听了，听一遍就不可能忘记它。"

"我没想过逃回去，"美术馆门口，李苏从包里摸出酒红色马海毛大披肩搭在肩膀上，"真的，无处可逃。"

"那就好——"

"有些事情，你放过了它，可它不见得会放过你。"

二

马超曾经是月半湾实验小学三年级九班里个头最矮的男孩。隔了十年，李苏依然记得他在教室第一排的座位。李苏刚来月半湾的时候，马超还靠着窗坐。三个月以后，班主任钱老师就把马超拎到离讲台最近的那一列，旁边坐着齐刘海的学习委员。"这个年纪的男孩呀，"钱老师边说边叹气，"你以为他在听，实际上大眼睛瞪着你，就像看空气。这个马超更绝，装都不跟你装，他宁可看窗外。窗外有什么呢，他那个窗口连棵树都没有。"李苏忍不住说："那换了位置就有用吗？"钱老师没好气地讲："那你说怎么办？"

李苏也不知道怎么办。不过自从被钱老师戗了一句之后,她发觉自己讲课的时候会忍不住朝马超那边瞥一眼。马超坐得很端正,甚至比别的同学更端正,可大半时间他的眼神都是空的——空就空了,他还空得那么坦然。久而久之,能不能让马超有点反应,渐渐成了李苏衡量自己上课有没有意思的标准,就好像挑剔的食客总是能激活好斗的厨师。

马超的语文成绩中等偏上,写字要比说话强。李苏记得有两篇马超的周记,她给全班念过。一篇写在游乐园里坐过山车没玩够,被妈妈硬拽回来;还有一篇写在学校的池塘里看见小蝌蚪游得很欢快,完全没有找妈妈的必要。当时李苏在班上说:"马超的周记很生动,怎么想就怎么写,比有些同学更有真情实感。"说"有些同学"的时候,她忍不住扫了一眼齐刘海。

钱老师说马超的数学只能算中等,其实还偏下,因为太不稳定。学除法那阵子他怎么也弄不清余数是怎么回事,到轴对称图形的那一节却又能考满分。李苏想难怪啊,难怪有一节语文课要用课件,黑板上悬下投影幕布,马超举手说老师歪了很难受。这是李苏记忆里马超第一次——也是唯一一次——主动举手。课堂里笑成一片,只有马超不笑。他用他那空洞而坦然的眼神凝视着李苏,直到她明白歪的不是老师而是幕布,难受的不是李苏而是马超。"你看,"马超说,"难受,不对称,两边,一点点,很难受。"

"有的孩子,"钱老师摇摇头说,"后面的路怎么走,你是吃得准的,比如那个齐刘海。可马超,明天会怎样,下一个钟头会怎样,我都说不好。"

"不好猜的孩子,往往潜力更大吧。"李苏又忍不住顶了一句。

"小李,你才教过几天书?你的一手材料还太少,总结经验的话,还是应该让我这种有二十年教龄的来讲。"

现在回想起来,当年李苏敢跟钱老师顶嘴,多少跟语文教研组长魏老师的态度有关。与其说是魏老师喜欢李苏,不如说是迷信985。月半湾虽然是这一带抢破头的重点小学,985本科毕业生来应聘倒还是头一回。魏老师领着李苏来见钱老师的时候,把这事念叨了好几遍。她越说越激动,最后把李苏的应聘跟这几年的语文课程改革形势联系在一起。李苏当时就听得糊涂,如今更是连个囫囵意思都想不起来。总而言之,她想,镀在学历上的那层金还是管用的,随时可以剥下来,贴在月半湾的招生简历上。

"是外地来的吧,"钱老师嘴角浮出一丝微笑,"我们民办的现在是挺热门,可没有教师编制。你可得想想好。"

魏老师横了钱老师一眼,说:"老钱你不要把人家小姑娘吓跑好不好,要是没有新鲜血液输进来,新形势咱们跑着步都跟不上 —— 更何况那是985的血,蓝血。"

话里话外潜台词丰富,李苏一句都接不上茬。最后她只能放弃努力,僵着脸傻笑。她不好意思说自己其实还挺喜欢站在课堂上的感觉,喜欢窥破十岁的孩子的秘密然后并不点破他们。一幅明亮的充满孩子的画面,不时掠过条状的蓝灰色的阴影,会让她既困惑又着迷 —— 这一点,在二十二岁的李苏眼里,也许要比教师编制或者上海户口都重要。但是她知道她不能用这么诚实的方式跟她们讲话,那会显得她很不诚实。

李苏只是没想到她自己也在这画面里。蓝灰色的阴影变成一大团黑雾突然飘过来的时候,她发现自己站在画面中心,甚至来不及托住脸颊发出一声尖叫。事情发生在2013年11月19日,星期二,阳光明媚,气温高得不像深秋应该有的样子。三分之二个办公室在拉开躺椅午睡,这是李苏记忆里最后一次听到钱老师那粗重的、多少有点呼吸障碍的鼾声。李苏讨厌自己把这件事的每一个细节都记得那么清楚,她相信这是一种病态。

推门进来的男人就像一座随时要爆发的火山，细密的火山灰从他彬彬有礼的外壳里溢出来。

"请问这里有一位李苏老师吧？"他说，"我不知道孩子有没有写对。"

李苏有一半还停留在午后微甜的倦怠中，另一半却被糟糕的预感震得手脚发麻。钱老师已经从躺椅上坐起来，一边揉着眼睛，一边本能地摆出了防守的姿态。

"我是马超的班主任。我没见过您吧，您是哪个孩子的爸爸？"

"不是爸爸是舅舅。我是马超的母亲易江南女士的表哥。不过我也是律师，可能用这个身份交流，我们都能冷静一点。"

火山一直绷着脸，凝重的表情使得他撒一圈名片的动作显得格外荒诞。但是李苏笑不出来，她想起今天早上九班的语文课，马超没有来，钱老师说家里也没人来请过假。她麻木地接过名片。八达律所，罗思捷。

办公室里一片死寂。李苏没有看钱老师冲着她比画的手势。她凑近罗思捷，站定。她听见自己的声音就像是一部矫情的文艺片里的画外音，空洞，遥远。

她听见自己说："你好，我是李苏。"

火山微微震颤，也可能这只是李苏的幻觉。事后想起来，在当时的情境下，火山口一定堵着千言万语，但律师罗思捷最后还是战胜了舅舅罗思捷。火山没有喷发，他镇定地从包里拿出一个笔记本，蓝色封面上有个戴着潜水镜的卡通小黄人。

"11月18日。今天的语文课上，李老师说今天半夜里会有shi子座流星雨。每年都有。李老师见过，不用望远镜就能看。那是她小时候最快乐的一天。她说流星像闪电一样，一颗接一颗从天上划过去，每一颗都能用手接住。"罗思捷翻到那一页，哑着嗓子，一个字一个字念出来。

"我问妈妈，她说十岁的小孩每天应该睡十个钟头，所以我最晚应该九点上床。我问爸爸，爸爸心不在 yan，说以后带我去爬佘山，那里有天文台。但是我还是相信李老师。我猜我今天晚上会睡不着。"

李苏死死盯住罗思捷手里的日记本，后一页有整齐的被撕下的痕迹。

"李苏老师，"罗思捷合上日记本，"你是不是可以解释一下，昨天的课上你到底讲了什么？"

此后的几天、一周，甚至一个月以后，李苏都在一遍一遍地回答这个问题。魏老师，石校长，教育局调查员，记者，民警，心理干预专家，最后是易江南。在李苏的记忆里，他们的脸像千层蛋糕那样重叠在一起，她对着这张厚厚的、公共的面孔，叙述越来越流畅，细节越来越充分，以至于她完全忘记了第一次面对罗思捷的时候，到底有多么语无伦次。

11月18日的那一节是李苏试用期结束之前的公开课，整个语文教研组都坐在最后一排，全程有录音。后来，为了佐证她的叙述，李苏也陪着他们听了好几遍。录音里的李苏，嗓音比平时更清脆更敞亮，积蓄着暗暗的兴奋，就像一个好演员在舞台上最自信的时刻。

"我们读李白的诗，从来都不会觉得跟他隔了一千三百年。那是因为他的诗，好像随随便便就能跨越很多东西——时间的，空间的，各种各样的距离。大家想一想，我们在二年级就学过他的一首《夜宿山寺》，他是怎么写的？"

男孩和女孩的嗓音错落交叠。有的在认真地拿腔作调，有的敷衍着想赶快念完，谁也不迁就谁，拼在一起便成了荒腔走板的合唱：

"危楼高百尺，手可摘星辰。不敢高声语，恐惊天上人。"

"对,大家都记得很准确。诗写得好,就一点儿也不难背,是不是?你们看,我们的大诗人是不是跟谁都不见外? 什么样的问题对他都不是问题。一抬手就可以摘星星,说话声音响一点儿就会惊动天上的神仙。我说过,想象力就是李白最厉害的武器。其实我喜欢上这首诗,就是跟你们一样大的时候,就在十二年前的今天。"

北方的海边小镇。2001年的狮子座流星雨。11月的第十九天。平生第一次见到凌晨一点半的夜空。竟然没有雾。电视剧里的台词。男孩与女孩的约定。黄色的绿色的流星,一颗,两颗,很多颗。就像在电影里点燃一支"夜明珠",然后慢速播放烟花弹射的镜头。长久的静默。长久静默之后的欢呼。

那时候他们真是什么都信。相信欢呼声后面有漫无尽头的延长线,可以顺着海岸一路传到南方去,跟住在那里的陌生人的欢呼声连在一起。没有人拍照,因为至少还得再过四五年,数码相机才会出现在这座小镇里。没有图,所以不会有真相,没有人可以证明 —— 甚至连李苏自己都无法确定,那些关于流星雨的叙述有多少是真的,有多少是她自己的想象。

但录音可以证明,在昨天的课堂上,李苏确实从李白讲到了流星雨,确实说过这样的流星雨每年都会在同样的时间段发生。那是她的临场发挥,她不可能把每句话都说得那么周密,她没有时间在一堂语文课上精确地定义一种天文现象;她没想过有必要强调,仅凭肉眼就可以观测的狮子座流星雨,每隔三十几年才会出现一次,她只是碰巧在2001年撞上了最好的时机;她更没有想过,如果她的童年在一座像上海这样光污染严重的城市里度过,那即便守到天亮,也无济于事。

然而,罗思捷说:"然而,一个更有责任感的老师,会意识到潜在的危险,会提醒年幼的学生分清幻想与现实,告诉他们同一件事情碰上不同的客观条件,就会出现天壤之别。一个更有责任感的老师会懂得这样一个道理：当你没有把握将这些信息交代清楚，当你要讲的故事超过了十岁的孩子可以理解的范畴，你完全可以选择不说。"

"如果我早知道——"李苏的舌头和牙齿绕不出一个有效的词语。她的眼前晃过昨天上课时魏老师赞许的表情。对，她想起来了，紧接着她又朝马超那边看过一眼。马超听得很认真，他专注的眼神让她颇为得意，忍不住又多说了几句。

"我讲的有点道理吧，李苏老师？"罗思捷的语气越来越专业，像不锈钢表面反射的冷冷的光。

钱老师凑过来，她胖胖的身体挡在李苏与罗思捷之间。

"罗先生，我觉得，这事情是不是应该让马超的爸爸妈妈来？"

"马清源先生和易江南女士都在医院里。他们一直都在那里。"

所有人都觉察到这场谈话的顺序完全不合情理，但大家好像都宁愿晚一点听到那条最重要的信息。当罗思捷不得不揭晓答案的时候，人们恨不得捂上自己的耳朵。

"是的，昨天晚上，大约两点还差七八分钟的样子，超超，我们的小超超……从阳台上……

"不小心，是的，当然是不小心——不然呢？他还是个孩子啊。

"他以为能看见流星雨，在那个位置。我想是这样。

"是的，他们家住十二楼。"

三

从美术馆出来以后，易江南便隐隐感觉到李苏的存在。这个女人总是出现在易江南视野所及的地方，总是恰好站在一个适合观察她的位置。易江南用眼角的余光看不清她的表情，倒是更容易瞥见跟在她身边的年轻男人。男人和女人以一种并不常见的方式达成了般配的效

果 —— 他们看起来都有弹性，但她像一副冷硬的弹簧，而他像一团松软的海绵。

易江南没有心思去琢磨这个似曾相识的女人究竟是谁。出门在外，她的弦比平时上紧了好几倍。她的头等大事，是确保马超一直在她眼前。截至目前，马超的表现很正常，甚至比同意他们旅行的颜大夫预测的更正常。今天在饭店吃自助早餐的时候，顶着一头红棕色鬈发的侍应生冲着他说 Morning，他甚至回了一个得体的微笑。

"到新鲜的环境改善社交能力，锻炼生活技能，是一种非常有益的辅助治疗手段。"颜大夫确实说过这样的话。"但是 ——"紧接着她深吸一口气，把话又滴水不漏地绕回来，"整个旅程最好根据 —— 嗯 —— 根据患者的特点作细致规划，在专业人士的指导下才能发挥最大的作用。"

没有什么专业人士能指导一个三十九个人的境外旅行团。就像这十年里经历的一切，天上从来没有在易江南需要的时候掉下一个靠谱的专业人士来。易江南对于靠谱的理解是一锤定音，是抓大放小，是不说"但是"。然而她来来回回撞了那么多年，从神经科撞到精神科、心理门诊，没有一位专家能给她确凿的答案，没有一个人不说"但是"。她着急，她发狠，她沮丧地自言自语，还要防着马清源的冷箭 —— 他只需要一个反问句，就能把易江南噎得说不出话来。

"你不也是医生吗？"

"我是 —— 又怎么样？你不知道我是什么科的吗？"

"嗯，我知道，外科嘛。那你们毕竟学了这么多年的医 ——"

易江南每次听到这话就想冲着他吼。她想说外科也分很多种，我专攻消化道，可你好像从来就记不住。她想说我们学医的可不读心理学，在我们外科医生看来，心理学就像你们文学一样遥远，一样荒唐，一样虚头巴脑。可她终究没有说。马清源这个人，怀里通常只有一支冷箭，箭一出手他整个人便矮了一截。面对这样的姿态，易江南再发火便是胜之不武。然而火气不会凭空消失。易江南运用自己所有的解剖学知识，感觉到这一团火大约堵在横膈膜位置。她想象那里静静地烧成了焦炭的颜色。

"奥斯陆的面积相当于十四分之一个上海，商场里的东西既不够时髦，又贵得莫名其妙。"导游说这些话的时候把手一摊，表示他对于游客们的不满毫不意外。仿佛只是信步一个拐弯，他把一群人带进易卜生故居，说："给你们半小时足够了吧？"

女人们三三两两围着易卜生的老家具讨论他家境如何，只有马清源站在红色半透明的塑料牌子跟前看英文解说。易江南看到他脸上又浮现出一抹诡异的微笑。每次他这样笑的时候，身上就好像多了一层玻璃罩子，自动隔绝周围的杂音。等他终于走开，易江南跑过去瞥了两眼。牌子上写着易卜生的感情生活。那位跟易卜生纠缠了一辈子的女人，被他描写成"缺乏逻辑感，却有强烈的诗性，对任何琐碎小事都怀有近乎暴力的仇恨"。

十二月初的奥斯陆，天气难得有好脸色，所以从故居里出来，导游见到一缕阳光洒在街面上就当机立断砍掉了进中餐馆吃团餐的时间。三小时，他说我们只有三小时的户外活动，下午三点天会准时黑，那时正好返程。隔壁快餐馆里送来一堆汉堡薯条，导游在摇摇晃晃的大巴上数人头发点心，然后一挥手说："我们出发，去于特岛。"

"于特岛离奥斯陆市中心只有四十公里，原本是当地人夏天最喜欢去露营的地方，十二年前，"导游说，"一场枪击案改变了一切。一名恐怖分子在市区引爆炸弹声东击西，然后又跑到于特岛上假扮警察扫射，遇难的全是十四岁到十八岁的少年。罪犯只判了二十一年，他在法庭上伸直右臂行纳粹军礼，得意扬扬地去全世界生活条件最好的监狱服刑。"

易江南的太阳穴一跳一跳地发痛，下意识地紧紧盯住马超。

起初，马超并没有什么反应。像往常那样，在大部分时间里，易江南根本吃不准他有没有在听。直到一车人全上了岛，沿着一条长长的散步道穿过树林，在一块空地上看到几棵松树上悬着一个硕大而笨重的不锈钢圆环时，马超才突然用他奇怪的节奏一字一顿地大声说："七十——七。数一数，要数一数。一个都不能少。"

不锈钢圆环表面镂空刻着七十七个死难者的名字。先前一车人都在吃汉堡打瞌睡的时候，可能只有马超记住了导游念叨的细节。他沿着圆环数那些错落排布的名字，颈部肌肉别扭而紧张地拉伸。身旁那些忙着拍照的游客，时不时地在他顺时针绕行的路线上造成障碍。走到第二圈，他似乎仍然没有数对。易江南清清楚楚地听到他叹了一口气。

那个一直出现在易江南视野里的年轻女人凑过来，微笑着对马超说："我站着不动，你绕一圈过来，看到我马上停下，就不会错了。"马超连眼皮都没有抬一下，但他顺从地又开始绕新的一圈。这一回，数到第七十七个名字的时候，他整个人都朝女人这边倾斜过来，差点踩上她的脚。

"谢谢你，"易江南双手按住儿子的肩膀，扭过头对那女人说，"我们应该是在哪里，见过？"

阳光似乎就在这一两秒之间消失。透过树林能看见于特岛周围的海面悄悄升起了一层雾，奥斯陆市区顿时变得遥不可及。易江南知道这只是错觉，但她的心里还是浮起一阵恐慌。

"易大夫，我叫李苏。十年前，我在月半湾实验小学。"李苏不由自主地压低了嗓门。她和易江南来不及交换眼色，就同时朝着马超的方向望过去。马超紧挨在马清源身边，父子俩都在仰着头看一棵笔直而高耸、单薄得让人担心会折断的松树。哪怕只是看侧影，马超也比马清源英俊得多。他的外貌显然更像母亲易江南。

"李老师——没事——他——超超什么都想不起来。对,我是说那件事。"易江南也不明白自己怎么会接得如此顺口,仿佛十年不是问题,上海与奥斯陆的距离不是问题,她和李苏之间曾经有过的恩怨也不是问题。那件事,似乎就发生在此时、此地。

十二个小时之后,易江南再次与李苏面对面,是在奥斯陆丽笙酒店大门口。李苏脖子上缠着一条黑围巾,又被那条大红披肩兜头兜脸地裹住。她在帆布斜挎包里一通摸索,最后掏出一盒烟、一只打火机。

"易大夫,来一根?"

"不用吧——行,来一根。你什么时候学会的?"

"忘了,也许第一次在大学里,跟着那时的男朋友。但是进了月半湾以后,我以为不可能再碰这个。没想到——我在那里只需要待半年。"

凌晨三点的奥斯陆,并没有易江南想象的那么冷,然而站得久了,寒气还是从脚底往上爬。她想跺两下,可是脚趾发麻,不听使唤。

"所以,李老师——那件事以后,你改了行?"

"不仅改行,而且失恋。一切重来一遍。"

"这我真没想到,李老师,我不知道对你影响这么大。"

尽管被披肩裹得只露出两只眼睛,李苏还是掩饰不住满脸的嘲讽。易江南想象着她披肩底下抽搐的嘴角,跟她那双看得见血丝、妆没有卸干净的眼睛拼在一起,胸中突然生起一阵怒意。

"李老师,这怨不得我。十年了,我也不知道应该去哪里讨个说法。"

李苏似乎早就预料到会有这句话,但她没有顺着说下去。一口烟含在她嘴里,她既不吞下,也不急着吐,只让它慢慢从鼻孔里溢出来,在寒气中缭绕成一团雾。

"易大夫，这个点下楼，时差还没倒过来？"

"这也怨不得时差，我在上海也睡不好。本来倒是好的，如果不是那种可以倒头就睡的人，很难当上外科医生。可是，从十年前开始，事情就不一样了。"

眼看着话题又要绕回去，李苏从嗓子里挤出两声干笑："反正我得怪挪威人。三天了，我醒来就看表——他们一到两点半就开始在大街上砸瓶子。我那间靠街面近，听得一清二楚。倪可照睡不误，他顶多就是把呼噜打得更响一点儿，可我不行。我想我今天一定得起来看看，我得看看他们长什么样。"

她并没有看到他们。伏特加瓶子砸在石板路面上的声音在深夜里有惊人的穿透力，李苏跑到酒店门口才发觉那是从隔了一排房子的那条街上传过来的。她仍然不知道他们长什么样，甚至无从分辨是几个人还是几十个人，是纪念日狂欢，还是一群素昧平生的醉鬼。男人和女人们扯着嗓子嚷着笑着唱着咒骂着——虽然李苏和易江南什么都听不懂，还是能感觉出他们在各说各的，谁也不听谁。最后这些声音和情绪汇合在一起，调子逐渐变得无比凄厉。

"他们是在哭吗？"

"不知道，反正比哭还难听。"李苏给自己和易江南又续上了一支烟，"你知道吗，我今晚睡不着的时候，一直在想下午那座岛。"

"嗯？"

"他们本来的方案，是要把海岬劈成两半，当中挖空，隔着几米远的海水。他们说要给那个岛留下一个永远的伤口。这样一来，你如果沿着下午我们走过的那条路一直往前，就不会看到那个平庸的圆环，而是突然发现自己站在锋利的切口边缘。那些名字，嗯，七十七个，就刻在对面那块岩石的表面上——近在咫尺，遥不可及。"

"真是……疯了……"

"对，地质学家，还有当地居民都说设计师疯了。倪可，我现在的男朋友，在网上搜索到的时候，也说他们疯了。"

"还好没搞成。"

"也许吧。可我今天晚上睡下去的时候，眼前全是那座岛，岛上的伤口，逼真得不像是在图纸上。有些伤口是不会痊愈的。不管你看得见看不见，它都在那里。反正我再也想不起来圆环长什么样了。"

"你真的应该好好睡一觉，我们都需要充足的睡眠。明天要去卑尔根，七个小时的火车。"易江南掐灭只抽了一半的烟，然后伸手夺过李苏嘴里那支，连同从地上捡起的两只烟头，全都交给打着哈欠过来干涉的侍应生。

"Sorry. No smoking. I know.We know."

两个人转身进门，眼看着快到电梯口，易江南说："晚安吧，我不上楼……没错，是我要求住一楼的。这十年里，我到哪里都只住一楼。"

四

在过去的十年里，易江南和马清源吵的每一架，几乎都是从这句话开始的："咱们有事说事，谁也别提那件事，提了伤感情。"接下来，他们说的每一句话、每一个字都没有离开过"那件事"。当易江南开始咬嘴唇，张开左手手指插入一头鬈发时，当她终于决定卸下一个外科医生的冷静的耐心时，马清源就会慢吞吞地说："归根结底，去月半湾，住在十二楼，那是你的主意。"

他没有讲错。租下月半湾十五号一二○一室是易江南一个人的决定。从马超四岁半开始，她就物色了十几家小学，在电脑上做好Excel表格，按照硬件、软件、生源、发展潜力、入学路径，给它们打分、排名、算账，千挑万选才在"月半湾实验小学"旁边打了一个郑重其事的钩。那几年，房地产集团给高端楼盘配套的民办学校正在风口上，月半湾实验小学的名气很快就超过了月半湾社区，慕名来念书的租客并不比业主少。按照马清源的说法，这是因为月半湾社区的房价与月半湾实验小学的教学质量构成了完美的正反馈闭环：因为房价高，所以在月半湾念书的都是贵族，所以月半湾就是培养贵族的学校，所以房价就会更高。

"这不是很自然很正常的决定吗！"易江南冲着马清源嚷，"就因为我操心得多，所以锅就得我来背，是吗？"

"你当然没有错，你从来都不会错。空关着我们一楼的房子没有错，大老远跑过去租那间十二楼的房子也没有错。那么大的阳台不封窗，搬把凳子就可以——摘星星——这样的房子能有什么错？"

所有关于那套房子的细节，那些易江南很想遗忘的细节，都被马清源拉扯出来。那本来应该是构成一个完美家庭的配方，只要不出错，它们本来可以达成精确的平衡。一旦出错，这样的平衡就会被一股不知从哪里冒出来的巨大的离心力，甩出黑色喜剧的效果。当罗思捷拿着小区禁止封阳台的告示去找开发商维权的时候，接待他的业务员小心翼翼地说：

"退一万步讲，罗律师，您也不能只拿封不封阳台说事儿。凌晨两点钟，小朋友，不管哪里的小朋友都应该在床上做梦，梦见海绵宝宝和灰太狼——这样才比较正常。马超同学——他睡不着，他有别的想法——这事儿咱们也不能说，对吧，就没有家庭的、学校的、社会的——责任，对吧？我的意思是，这事情不可能只跟阳台有关。"

"如果你们的规定不是那么死板，如果，基于安全的考虑——"

"可是，您知道，从十二楼——这事儿最后没有产生太严重的致命的后果简直堪称奇迹——那是因为我们恰巧——也是基于安全和美观的考虑——用维修基金给十五号的外墙安装统一的空调架,顺便还粉刷了一道。我是说,那两天如果十五号没有搭脚手架的话——"

所有人都在刻意避开"坠落"这个词,就好像出了那件事以后,这个词已经从马超家里的词典上、语言中、空气里完完全全地清除了。如果没有脚手架——易江南不止一次地问过自己——她甚至来不及组织后半句,眼前就模糊了一大片。

有媒体采访过某某专家,结论是:当时哪怕马超换一个角度,或者换一个部位,换一种方式从第一根脚手架弹落到第二根脚手架上,结局都可能是"不堪设想"的。

"尽管是否会留下后遗症尚有待观察,"专家在镜头前慈祥地微笑,"但这已经堪称不可思议的奇迹了。"

那条新闻写得很短很轻快,有一个耸动的标题,配了几张小区照片,结尾不痛不痒地呼唤全社会关心青少年的心理健康和高楼住户的安全,看起来更像是月半湾售楼处的公关稿。

这样的新闻总是飞快地被另一条新闻覆盖,"有待观察"就是没有人观察——除了易江南自己。11月19日下午,在医院——易江南工作的医院里,她的同事告诉她,谢天谢地,孩子"脱离了危险"。实际上,送到医院的时候,他们就可以确定马超并没有生命危险,只不过要等所有的检查报告都出齐之后,才能下一个正式结论。左侧髋关节骨折,这确实有点麻烦,但这事儿得慢慢养,急不得。至于马超为什么昏睡了两天,醒来也不说话——那可能,只是因为受到了惊吓。

只有易江南固执地相信事情没有那么简单,就像在那段日子里,她的生物钟被死死钉在凌晨两点,她总会在那个点醒来,浑身冒汗。她记得保安砸她的门,用颤抖的声音大喊"一二○一家孩子出事了,躺在楼下的泥地里一动不动",他们不敢挪他的身体,他们怎么负得起这个责任?那一刻她完全没法动弹,就像是自己被自己绊倒在梦里,醒不过来。马清源第一个冲下楼去,而她被保安拽着扔进电梯里,出电梯便看到马清源抱着孩子飞奔的背影。从那一刻起,她的世界就被劈成两半,一半在前,一半在后。她的儿子,她真正的儿子,被留在前一个世界里。

当她试图向马清源表达这种感觉时,马清源那张本来就没有棱角的脸被他自己的手掌拧成了一团愤怒的橡皮泥。"你不要再自寻烦恼了好吗,易江南,"他几乎是在哀求她,"真正的儿子是什么意思,另一个世界是什么意思?那你说,现在乖乖在家里养病的超超是谁?"

易江南想说那只是一个空壳,超超的空壳,可她知道自己不能这么说。她还没有疯,家里已经够乱了,不能再多一个疯子。

罗思捷也这么说。他说:"南南你要稳住,你不能发疯,你发了疯就什么都要不回来了。这种事情你不相信律师还能相信谁?你跟马清源不管有什么问题,现在都得先放下来,为了马超——你用脑子想一想,是不是这样?"

易江南说不出话来,只是死死盯住母亲高海鸥。高海鸥知道她的意思,却并没有扬起脸来接住女儿的目光。有气无力的字从高海鸥嘴里一个一个蹦出来:"到了这个份上,你还有什么好多想的?是,我跟小捷把这些话都说开了,他也不是外人。都是为了你好。"易江南的视线一格一格往下移,看见高海鸥一边说一边抓紧了姐姐高海燕的手。

一如既往,高海燕总是知道该在什么时候一锤定音。她按按海鸥的肩膀,说:"马清源跟南南是个问题,但那是小问题。我们这代人哪,苦惯了,都晓得忍一记,最多最多,忍两记,事情也就过去了。你和南南的爸爸,我和小捷的爸爸,哪个不是?我看小马也是晓得利害关系的,他就超超这么一个儿子,如果这种时候放手,他还是人吗?"

高海鸥一定是把易江南和马清源闹过离婚的事情都跟高海燕说了,说不定还把签过名但是没有机会生效的离婚协议书都拿给罗思捷看了。

想到这里，易江南在嘴唇上咬出惨白的牙印，她想，好吧，都是命，如果不是这样见鬼的事情落到她易江南头上，高海鸥怎么会把高海燕当成救命稻草？

易江南小时候有一半时间寄养在外婆家。在她混乱的童年记忆里，姨妈高海燕永远能用最少的语言说出最多的意思，妈妈高海鸥就相反。她难得回家一次，积攒了许久的变质的怨气从角角落落的缝隙里挤出来。易江南渐渐习惯听她兜圈子说话，在她说隔夜饭馊掉或者黄梅天衣服永远都干不了的时候，辨别出几粒走调的弦外之音。

"两岁，你想想看，我只比高海燕小两岁"——每一回，只有等高海鸥终于说到这一句的时候，悬在易江南头顶上的靴子，才算是掉下来。

就因为小两岁，海鸥说，她就失去了海燕的一切。海燕是关闭高考大门前的最后一届高中毕业生，她考上了复旦，而海鸥是全家第一个插队落户的，发配到了西双版纳。易江南记得，那是全家最安静的时候，也是她的耳朵最为灵敏的时刻。邻家鸽棚里放出的十几只鸽子，扑棱着翅膀，擦过石库门房子的瓦片。鸽哨一路呼啸，经过树丛时听起来若隐若现。一圈，两圈，易江南耐心地数。鸽群飞到第十圈的时候，海鸥开始把账算到了小舅舅海星头上，说："海星去上海贴贴隔壁的海丰农场，统共待了两年半也好意思叫苦？那我是不是不要活了？落实政策我高海鸥是最后一批回城的，差点就跟着没出息的易保华在昆明扎了根。""你们把我扔在那里，"她说，"让我被蚊子咬咬死算了。"

海燕起身，倒水，加进一勺端午节蘸粽子才舍得用的绵白糖，一根筷子顺时针搅三下，然后递到海鸥跟前。海燕按按海鸥的肩膀，三句话层层递进，每一句都咬住海鸥的死穴。她讲："我们从来没有放弃过，这个你又不是不知道；你们先前都把关系转到昆明了，再调回来有多难，这个你也不是不知道；我托人安排保华到无线电厂上班，窝在工会发发电影票,那也是铁饭碗,厂里哪个不夸一句老易人好,什么话都听你的——这你也不能装作不知道吧?"于是,刚才还叉着腰斜倚在桌边的海鸥腿一软,一屁股坐进海星跟他的小兄弟一起打的棕色猪皮单人沙发。沙发四个脚不太稳,回弹乏力,被她压深了表面的凹坑和裂纹,也吸走了她最后一点力气。千言万语,她是多一句也讲不出来了。

易江南知道,海鸥理亏,嘴笨,这场持久战她从无胜算。日复一日,海鸥把自己手里的牌数了一遍又一遍,唯一拿得出手的那张就是她的女儿易江南。南南长得争气,书也念得争气,从小到大,不多不少,样样都能压着海燕的儿子罗思捷半个头。"男孩子嘛慢热一点也是有的,"海燕对海鸥说,"关键时刻踏踏准,才是顶顶要紧的。"海鸥讲:"话虽如此,这一脚深一脚浅的,会不会踏空,谁说得好呢?"海燕笑笑,并不急着怼回去,只说:"有道理,他们年纪轻的,都欢喜走夜路,等后半夜,天一点点亮起来,路才看得清爽。"

马清源第一次上门,高海鸥就没看上眼。按照易保华的说法:"这事情主要不怨小马,换谁你妈能满意?她一辈子手里就捂了一张好牌,拿什么配对都舍不得出手。马清源最多负个次要责任,他的工作(出版社怎么可以跟三甲医院比?)和眼神都太飘,不落地。"老易悄悄跟南南讲:"你妈说啦,别看这小子人不怎么样,你照样抓不住他。"

细说起来,这场婚事没黄,还真是姨妈海燕帮了忙。她才跟马清源打了个照面,转头就说:"南南还是在医疗系统里找人合适,要不你早上七点进病房,这种文化人大白天在外面跟女孩子喝杯咖啡也算工作的,你怎么搞得过他?"海鸥当面点头称是,回到家却跟老易嘀咕起来:"海燕能真心为咱们南南好?你信吗反正我不信。"

谁能想到,超超的意外让高家第一次同仇敌忾。海燕捧着一包餐巾纸一张张递过来,海鸥擦着眼角和鼻腔一圈圈渗出来的黏稠液体,最后干脆把半张脸都埋进去。那天，罗思捷不管说什么，听起来都是那么善解人意。他甚至抽空讲了个故事，说："去年接过一桩案子，三岁的小朋友在电热毯上触了电，没救过来，更惨的是那男孩的妈妈第二年也跟着走了。"说到这里罗思捷朝易江南瞥了一眼，说："是急性白血病，就是因为太伤心了。"

易江南差点说白血病致死概率跟"太伤心"并没有医学上的必然联系，可是高家空前和谐的氛围让她不好意思开口，只好任凭罗律师继续侃侃而谈。

"你知道我有多后悔吗？我对电热毯厂就应该更强硬一点。证据不够充分我知道，可我应该死死拖住的，就打质量问题。赔不赔钱，赔多少钱，都不是重点，你猜孩子的妈这时候最需要什么？她需要有人分担责任，真的，假的，虚的，实的，总之不能让她一个人扛着吧，是不是？听听那些冷冰冰的词儿，什么电器使用不当，超过合理使用年限，或者是连续使用时间过长。也许都有吧。你知道这种说法是什么？这是判决，死刑判决。我见她的最后一面，整个人连骨带肉的不满七十斤，真的，我知道内疚可以把人，把一位母亲，压成什么样子——"

"为什么只压垮了母亲？男孩的爸爸呢？"

罗思捷手一挥，勉强挤出一丝笑意，好像易江南在这种时候还要提这种问题，太不懂事。但是，毕竟，在"这种时候"，所有的不懂事都是可以被原谅的。

2013年的高家早就搬出了虹口区的石库门房子，隔壁再也没人养鸽子。然而，易江南还是觉得自己清清楚楚地听见一大群鸽子呼啸而起，在屋外的天空里飞了一圈又一圈。第五圈，好的，我跟马清源能过下去。第八圈，是的，我们本来就没什么问题。十三，当然，一切为了孩子。十五，都是学校的错——我也说不清楚——李老师？——

其实，我根本就不认识她。

"她的试用期刚到第三个月，所以你还没来得及在家长会上见到她。"

噢。鸽子的声音渐渐消失。

"我们是应该去见一面，等超超的情况更稳定一些。"

噢。易江南身上一阵奇痒。她觉得，房间的每一处空隙，都被那些看不见的鸽子的羽毛填满了。

五

倪可用夸张的动作把窗帘拉开，窗外的光线却并不比屋里亮多少。天空，屋顶，停在瓦片上的两只正在互啄的海鸥，只是深灰、中灰与浅灰的差别。奥斯陆仿佛昼夜颠倒，早上八点半清静得几乎能听见修道院（现在还有没有修道院？——她问倪可）的钟声，让你怀疑凌晨两点半那些清脆地砸在石板路上的酒瓶，其实并不存在。

"我什么也没听见，"倪可顺势递来纸杯装的咖啡，"你是不是，心理压力太大了？产生幻觉了？"

见鬼，用幻觉可以解释酒瓶，但可以解释易江南、马超，或者十年前的流星雨吗？如果可以，李苏求之不得。

一次性纸盘装着湿漉漉的看不见油的炒鸡蛋、水煮三文鱼、焦黄的吐司和几片生菜，端到李苏鼻子跟前，又被她推开。但倪可很坚持。"三小时以后要上火车，一口气坐六个半小时，不吃饱怎么行？"

关于十年前发生的那件事，倪可早有耳闻。但李苏的讲述从来不成系统，碎片与碎片之间需要倪可耐心缝合，才拼得出大体的形状。李苏并不是个缺少逻辑的人，所以，反过来，倪可能掂量出这件事给李苏的磁场发射了多大的干扰频率。他努力安慰她，说："十年前及时退出教育一线,对你是塞翁失马,你想想如果你今天还在月半湾——呃,就跟那位,钱老师还是魏老师来着——跟她们一样你会甘心吗?"

这话有道理。李苏很清楚,无论是收入、名声、眼界,还是发展前景,她现在混的互联网公司人力资源岗都要比月半湾优越得多,优越到她没有任何理由再给倪可摆一张矫情的脸,猜一个无解的谜。

去年春天,李苏被关在跟倪可一起租的古北的公寓里。那会儿正在返乡探亲的倪可一觉醒来,突然发现自己进不了上海。四天变成十四天、四十天、两个月。他们俩在手机上说完了半辈子的话,但倪可还是没弄明白那件事为什么对李苏如此重要,那道隔了十年的阴影为什么在拐了几个弯以后竟然会笼罩在他身上。

"咱们为什么就不能把手续给办了?"

"因为我没想好。"

"没想好什么?"

"我不想要孩子。"

"那我们就不要孩子。"

"你会后悔的。"

"我当然不会。李苏你不能不讲道理,你不能替我后悔。"

于是话题就在要不要孩子以及会不会后悔之间来回兜圈。他先失去耐心,在对话框里发了一串表情包,各种拥抱与亲吻,然后说:"都是我的错,你现在担惊受怕的,还要测核酸抢菜,我跟你啰唆这个,纯属添乱。等一切恢复正常就好了,我们去旅游,我们去北欧,我们去追北极光。"

"没关系,"她冷静地回答,"不怪你,说开了也好。"

然而并没有说开。一说到那件事,李苏就讲得支离破碎,拒绝给倪可清晰的时间线和因果链。就像昨天半夜,李苏不知道什么时候溜出去,又不知道什么时候溜进来,倪可好像在梦里看到她坐在书桌前或者窗台边或者靠着床头板,幽幽地说了一句:"我没认错,就是她。"

"谁?"

"马超的妈妈。"

"马超是谁?"在说这句的时候倪可其实已经意识到发生了什么事,可他实在不愿意醒来。直到早上,窗外照进来一抹勉强可以算是白昼的光,他们才续上了昨天的故事。

过去两年里倪可从李苏那里得到的信息,加在一起也没有今天早上多。李苏甚至说到了2014年2月的最后一天,她在月半湾第一次见到易江南。那一回,李苏完全可以不去,因为她已经结束了在月半湾的见习期,并且下定决心这辈子不会再跟教育系统有一点瓜葛。但是钱老师打来电话,说:"马超家已经决定转学,家属跟学校达成了赔偿协议,但要求跟'当事的'老师再见一面。"钱老师说,"小李你放心,我们都咨询过了,在法律上你没有责任,学校也没有,我们就是人道主义一下,我们只是 —— 同情马超。"

但是马超并没有露面,人们积攒了三四个月的同情一时之间失去了落点,只好各自小心翼翼地避开四目相对的机会,努力将视线落在安全的地方。整个会议室里都在回荡着罗思捷的口齿清晰的陈述 —— 口齿清晰只是李苏事后想起来的印象,当时她什么也听不进去。

她只记得罗思捷说到一半的时候易江南的鼻子抽了两下,截断话头:"谁说事情就圆满解决了? 圆满是你们的,我是不会圆满的。我不是说他的髋关节,那个问题总还有办法,可以针灸,可以按摩。问题是,以后的日子那样长,那些看不见的后遗症怎么办,怎么办? 这里的,这里的 ——"她一边说一边在太阳穴和胸口附近来回比画,"你说说看,针往哪里扎,手往哪里按才治得好?"

罗思捷关切地拍拍易江南的肩膀,慢条斯理地解释了一通马超现在的状况:"苏醒后短暂的失语符合脑部创伤的典型症状,好在不到一个星期他就恢复了语言能力。问题是,他开口以后,你甚至觉得离他更远。谁也看不出马超有任何后怕的迹象,似乎那件事从来就不曾存在过 —— 当然,家属也没有必要和胆量去主动刺激他,没有人想加深他的创伤记忆。孩子明显比以前沉默,你很难让他集中注意力听你说完一件事,你会发现他跟你好像根本不在一个空间里。别家的孩子都开始了一个新的学期,但马超没有。"

"我们没有时间表,"罗思捷说得字正腔圆,"医生没有结论,脑部CT没有提示确定有用的信息,我们只能密切观察。"

"他是不是 ——"李苏吞吞吐吐地追问了一句,"我是说,马超同学,我记得他一直就有点……特别。"

"什么意思?"

"我也说不清。他其实挺聪明的,但是会对一些细小的事情特别偏执。还有,我一直觉得,他很孤独。"

"李老师,你只是在这学校里待了三个月,还是见习期。你怎么 —— 你哪来的根据 —— 你,怎么敢 —— 说他孤独?"

李苏试图跟倪可形容,易江南说"你怎么敢"的时候脸上扭曲出怎样的表情。但她找不到合适的词语,只能从纸盘子上拿起还沾着炒鸡蛋的叉子,在空中画了一道不知所云的弧线。

"她长得很好看,可是那个表情我永远也忘不了。"

"然后呢?"

"然后我就豁出去了。我说我这两个月也没闲着,听说马超的情况以后也去咨询过医生,我知道外伤之后引发脑部创伤的典型临床表现不是这样的,我的感觉是这场意外诱发了 —— 我也说不清诱发了什么。也许该追溯一下他的童年,也许得回忆一下他最近看过什么听过什么,也许该考察一下家庭情况,也许应该马上给他一个瓶子和并不匹配的瓶盖 —— 我听说有的小孩会别扭一下午,因为怎么也拧不上去。他会重复那些没有意义的动作,就像掉进一个黑洞,直到在那里越陷越深。如果出现这样的自闭症状,再不及时干预那就晚了,真的晚了……"

"等等,那天,你真的一口气说了这么多,这么完整——在那样混乱的情况下?"倪可打断了她。

李苏愣了一下。什么也瞒不过倪可。

"好吧,我也许只说了一两句、一两个字。当时她很激动,我是说易大夫,她一直在打断我,我就算把这些话都说出来,她也一个字都听不进去。她反复说我在逃避责任,说我控制了她那简单纯洁天真的男孩,说我害了他一辈子,害了他们家一辈子。没人能拦得住她。"

"关键在于,连你都觉得她说得有道理。十年了,在你内心深处,你一直相信,你确实要负一点——也许是很多——责任。那个没人知道究竟发生了什么的夜晚——十二楼的窗台——构成了你最大的心理障碍。这是你恐婚恐育的根源。"

叉子从李苏手里飞出去。苦笑爬上法令纹,凝固在嘴角。"自作聪明,陈词滥调。"她喃喃地说。

六

从奥斯陆开往卑尔根的列车,有宽敞的座椅和巨大而透亮的景观窗。倪可一边往行李架上扔东西,一边兴奋地念叨他看来的攻略:"这条线路不简单,铁路工程学上的奇观——"

马超静静地堵在倪可跟前,手里捏着车票。倪可挺直腰,头顶只能够到马超的鼻尖。

"四十八号,是我的。"马超一连重复了三遍。易江南挤过来,冲着李苏和倪可说:"真不好意思,给票的时候我也没看清,我是四十五，我们四个换一换，那咱们就都顺了。"

本来只需要靠一个眼神就能解决的问题，一旦投入马超的认知世界，就搅拌出一场小小的灾难。他就一动不动地站在过道上，僵着身子皱紧眉头，从四十五数到四十八。正一遍，反一遍，再跳着数一遍。易江南冲着他说："我们一个团的都是自己人怎么坐都不要紧。"她的声音越提越高，但显然一个字都钻不进马超的耳朵。李苏往旁边瞟了一眼，看见孩子的爸爸好像早就习惯了这样的场面，干脆抱起胳膊，斜过身体，给后面的乘客让路。

李苏拍拍倪可，示意让他往四十六号那边靠，然后深吸一口气，说："多大点事儿啊，我们就按票坐吧。"这话顿时让马超安静下来，他的双手在前排座椅的靠垫上轻轻一撑，瘦长的身体顺势挪到了靠窗的四十八号座椅上。李苏把自己的票在他眼前晃了晃，然后在他旁边的四十七号上坐下来。易江南有点蒙，嘴里说："这样不好吧不好吧，车上那么长时间，给你添麻烦我怎么好意思？"

"能有什么麻烦呢？等我应付不了的时候，咱们再商量。"

事实证明，并没有什么应付不了的事情。坐在李苏身边的马超安静得就像一只正在午睡的猫。你看不出他跟一般人有多大的区别，最特别的地方是他不用手机。易江南跟李苏说过，关于自闭症患者能不能用手机的问题，"医学上有争议"，她就没给马超买。在一车人都举起手机盯着窗外拍照的时候，马超是最悠闲的那一个。

隔着过道，坐在四十六号上的倪可一会儿抬头拍照，一会儿低头研究手机上的攻略，不时兴奋地冲着李苏报沿路经过的站名。他很喜欢用那种兴致勃勃的反问句，就像是刚刚用机器翻译过来的外语。

"这样的铁路，难道真的是十九世纪建成的吗？你能相信吗李苏？"

李苏心不在焉地哼哼了两声。车速不快，她即便不盯着窗外看，也能感觉到挪威的乡野在午后的日光中渐渐醒过来。远山与枯黄草地搭配的开阔景色并没有持续多久，那些本来只是悬浮在远处的山崖、松林和蜿蜒狭窄的海峡，似乎在不知不觉间就逼到了眼前。倪可说列车已经驶入著名的峡湾地区，那是第四纪冰川消融以后形成的特殊地貌。倪可的手比画着冰川、海水和峡谷之间的关系，手指完全不够用。"反正，"他说，"峡湾叫 fjord。"他夸张的咬字，听起来好像牙齿有点漏风。

　　李苏以为马超什么也没听见，但她又发现，当倪可宣布此行要经过一百八十多条隧道之后，马超就开始一条一条地数。每次从隧道里钻出来，李苏都看到他脸上的表情像一根被稍稍拉松的橡皮筋那样，闪过一丝不易觉察的舒展，就像呼吸一样自然。

　　窗外的阴云与大风越压越低，把列车裹在其中，李苏恍惚间觉得自己正在被一股强大的力量从深秋推入隆冬。"要翻雪山了，那个叫哈什么的高原。"倪可努力控制声音里的亢奋，几乎要下意识地去拉身边易江南的手。易江南却浑然不觉。大部分时间里，她的视线都要辛苦地绕过倪可和李苏，落在马超那清瘦的轮廓上。有好几回，她让李苏提醒马超喝水上厕所，都被马超摆摆手拒绝。然后，就在易江南自己离开座位找厕所的当口，马超突然站起来，飞快地往相反方向走，到后面那节车厢里上完厕所，赶在易江南之前回到了自己的座位。

　　李苏忍不住低声问他："你怎么啦？"

　　"我怎么啦？我去上厕所。"

　　"我知道——可是你是在躲你的妈妈吗？"

　　"我是在躲我的妈妈吗——"马超每次都要认真地把问题重复一遍，就像在一堂语法课上练习造句，"我，其实，是在跟她做游戏。"二十岁的马超，脸上绽开了十年前的笑容。

　　冲动涌上来，李苏抛出一个危险的问题："马超，我认识你，早就认识你。你听好我的问题：你认识我吗？"

  列车又从一条隧道钻出来，就像游乐场里那种带虚拟现实的过山车，刹那间就转成了风雪交加模式。铁轨沿着高低起伏的山岭延伸，列车就在茫茫白雪中穿行。李苏眯起眼睛，尽量往远处眺望才能看到一点不一样的颜色。远处滑雪场里有移动的人影，更远处的小黑点也许是动物。"多半是成群的野生驯鹿。"倪可说。车厢里开始响起压抑不住的惊呼，此起彼伏。贴在玻璃窗上的大大小小的手机屏幕挡住了后面的视线，于是靠过道这一排的人几乎全都站了起来。

  "一百一十三。"马超又数了一条隧道，然后慢慢转过头，盯着李苏的眼睛，"我认识你吗？有可能。我觉得我可能见过你。可能性有——百分之七十四。"

  "那你还记得月半湾小学吗？"

  这一次是飞快地、坚决地摇头。"我要专心，"他说，"要不就数乱了。"李苏刚刚把马超从他的世界里拽出来一点，实在不甘心眼睁睁地看着他再缩回去，于是指着窗外说："你看啊你看，上海见不到这样大的雪。"

  马超那张干净而好看的面孔凑近玻璃，最后几乎全贴上去。这个动作维持的时间是那么漫长，以至于李苏暗暗后悔自己为什么要把他推入窗外那个茫然而未知的世界。有那么几分钟，她听到马超在念叨几种会冬眠的动物。蛇，松鼠，刺猬，北极熊。李苏猜他是觉得自己能穿透积雪跟它们说话。可她不敢打扰他，不敢追问他。

  窗内的世界充满正常的、专属于文明社会的喧闹。连着有几拨高大的挪威人站起身来，抓起行李架上的滑雪板，穿好荧光色的滑雪衣，在沿路停靠的站点下车。倪可说："李苏你看，他们会住在远处的那些小木屋里。滑雪滑累了就躲进去，喝黑咖啡，吃油煎三文鱼，看以前住过的人扔在那里的平装书。"

"北欧人就这么好学吗？"坐在后面一排的马清源冷不丁插进来。

"呃——"倪可愣了一下，紧接着，因为多了一个听众，他变得更为兴奋，"好学倒是也有限——你猜他们最爱看什么，全是侦探小说，连环杀人的那种。"

马清源笑起来，"说得也是。这里确实有那种氛围——你想啊，这么安静的地方，这样厚的雪，这么少的人，有什么样的事情，什么样的痕迹，是藏不住、抹不掉的呢？"

七

"冰雪奇缘"挪威半自助旅行团是易江南报的。她甚至没有问过马清源这段时间是不是能请得出假来。她只是用微信通知他时间地点。那一条太不显眼，与马清源的工作群信息混在一起。直到晚上易江南从手术台上下来，又发过来一条，他才反应过来。

"十天休假，这不是个小事儿，你应该先问问我。"

"超超需要出去走走，这事儿本来早就该办的。颜大夫也支持我，我们都说好的。"

"我说的是休假问题。"

"我一个外科医生，两周的门诊说停就停了，你的假比我还难请？"

马清源没有再往下说。他收拾起桌上的碗筷，对着吸顶灯在桌面上投下的一圈倒影苦笑。在外科医生易江南的眼里，马清源在出版社的工作根本就不是什么工作，而是一叠卡在门缝里被压扁的文学梦。他早先当编辑的时候还可以算个半吊子文人，情书里夹着刚刚发表在《诗刊》《美文》或者《微型小说》上的文章。易江南现在已经想不起来，这些从未超过两页的作品，究竟怎么会打动她，也许只是因为她那时刚刚当上住院医师。一个动不动需要值夜班的女人最坚强也最脆弱，马清源的文章碰巧击中了后一半。

后来国营出版社搞市场化改革,三十岁以下的年轻编辑分批到发行科轮岗,轮了三个月以后社长把小马叫到办公室里谈心,说:"你这样知书达理但又比一般书呆子要灵活的人,就是咱们现在最需要的人才啊,听我的就待在发行科吧,这里升职要比编辑部快得多。"一转头发行科长便拍拍他肩膀说:"小马你猜我为什么问社长要人?我看中你小子能喝两杯,跑渠道少不了这点花样。"

马清源果然很快升职,从发行员混到科长再到副社长,但他的酒量并没有给这家七八十人的小出版社增加什么效益。他没法跟易江南,也没法跟自己说清楚,为什么始终不放弃这家离开"书号合作"就没法完成指标的企业,为什么从来没试过跳槽,为什么进了发行科以后就再没发表过一个字。他只能努力让自己显得很忙,跟易江南一样忙,用来循环论证他的所有选择都是合理的。然而易江南并不放过他,尤其在超超出事之后。她似乎不需要任何行业经验,就可以冷冷地看穿他。马清源不得不承认,那也是一种天分。

"一天天的,瞎忙。"

"你怎么知道是瞎忙?"

"什么都写不出来了。"

"我在构思。我在卖书。"

"卖出几本跟你们也没什么关系吧?那都是人家什么公司的。你们就收点书号钱。"

"说这个有意思吗?"

"那么说什么有意思?要不我们来讨论一下马超的治疗方案?"

"马超没病,我认为。"

"你认为,嗯,你认为——马清源你醒醒,你有没有办法让学校也这么认为?你有没有办法让马超上一所正常的学校?"

马清源的脸上掠过一丝难以觉察的苦笑。事后想起来，自从罗律师让月半湾赔了钱退了学以后，他们家多半已经在教育圈里默默地出了名。易江南试过几次转学，见过十几张为难的校长或者教导主任的脸。有两所小学同意试试，但总是刚刚挨过一周，学校就会打来电话让他们过去。这一回没有校长也没有教导主任，只有保健室的医生（这也能算医生吗——易江南悄悄跟他嘟囔）和班主任。她们捏着嗓子说："恐怕不行啊，我们从来没有碰到过这样的情况。"

"什么情况？"

"小朋友融不进这个集体——他总是一个人。"

"慢慢会好的，他适应一下就好了。"

"我见过太多孩子了。我分得清不习惯和做不到之间的区别。"班主任的声音。

"马超妈妈，我们是学校，你们需要的是医生。"保健老师的声音。

"我，本人，易江南，就是医生。"她侧着身，不看她们的脸，僵硬的声带发出没有充分润滑的机械转动时的异响。

"我知道。我们知道。"对方的拒绝越来越轻，却也越来越坚决，"我们知道您是外科医生，可是马超需要的是更专业的——嗯——"

好像有一大把词语撒在保健老师眼前。精神，心理，抑郁，自闭，宛平南路六百号。太多了，她挑花了眼，最后没有发出一个完整的音。最后总是马清源，在这一地的狼藉里捡起破碎的易江南，带着她走出学校。

他知道又要开始一轮。学校让他们找医院，医院让他们找学校。医生迟迟打不下自闭症的结论，因为尽管确实有部分症状符合指征，却不够典型，既"不符合原发性自闭症儿童的典型情况"，也难以建立这种症状与坠落事故的因果关系。在医生看来，回到学校里，回到人群中，"也许有助于加速孩子心理复健"。

"可是我们怎么才能回到学校？你告诉我们怎么回去？"

没人觉得有必要回答易江南的问题。那时候学校和医院之间还没有多少缓冲地带，医生还不会递来儿童自闭症干预中心的名片。诊室里每一秒钟的沉默都是奢侈，很快就会有下一个病人把病历卡塞进来。

马清源其实宁愿跟着易江南或者罗思捷或者他们家的任何人在外面奔波，寻找一个越来越渺茫的机会。这要比回到家里好得多。他们俩的抽屉里留着好几个离婚协议书的版本，有一份甚至签过字。自从那天晚上之后，没有人再把它们翻出来，就好像他们迅速达成了一份新契约，默默地覆盖掉了旧合同。

那是一份漫长的新契约，包含很多义务和禁忌。他们曾经为了松绑而努力，如今却被更紧密地捆绑在一起。他们不再有激烈的吵架。关于马超的每一个决定，在经过一番争论之后都会被搁置起来。他们退了租，回到原来那套一楼的房子。马清源买了一张折叠沙发床搁在书房里，一到晚上就拉开。

沙发床一点都不舒服，可他觉得独自窝在那里是一天里最好的时光。这房子在小区里最靠外的一排，前面没有高楼遮挡，即便是底楼光线也不差。当初装修的时候书房没打算让人睡，只装了一层薄窗纱，可是当易江南提出要给他再加一层厚窗帘的时候，他没同意。易江南不知道，老马睡觉的时候是连这层纱也懒得拉起来的。那些被月光照醒的午夜，当隔壁马超粗重的呼吸声传进来，马清源觉得自己总算能找到一点久违的安全感。他会想，不管怎么说，儿子还是在长大。至少他活着。

五年前，还是四年前，总之也是那样一个晚上。月光透亮，可是马清源睡得很踏实。把他弄醒的是易江南。她的面孔就飘浮在他的鼻梁上方，嘴里呼出的是一种进口漱口水的味道。那是一个很小众的牌子，易江南只用这种。马清源的意识还停留在一段毫无情节的梦境中，上半身已经弹起来，下半身却麻着动不了，于是腰部被凭空拉扯出一阵剧痛。

"别怕，是我。"

"我知道是你，但为什么是你？"

"我们说好的。"

"说好什么了？"

马清源一手托住腰，另一只手在空气中抓了一把，又沮丧地垂下来。他想起易江南这几天一直在跟他念叨二孩政策放开的事情，而他照例不置可否，以为沉默就能打消她这疯狂的念头。

"你是不是，可以冷静一点？"

"马清源，我很冷静。没有人比我更冷静了。我们没法照顾超超一辈子，你知道的。"

"所以呢，所以你就要给这个世界再制造一个可怜的孩子，然后把这个烂摊子交给他吗？"

易江南的手指正从马清源睡衣的缝隙里滑进去，听到这话就僵住了，停留在他右侧肋骨附近。

"马清源，你说说看，这个烂摊子是谁造成的？"

"又来了。你不是就想说都是我干的吗？是我，行了吧，是我。"

腰下意识地挺直，换来又一阵剧痛。马清源整个身体都瘫软下去，沙发也跟着一起塌陷。易江南的手指从睡衣里猛地抽出来，拽飞了一颗纽扣，落在黑夜里的地板上，发出清脆的声响。一大捧月光，死死地照在那块地面上，像是清冷的舞台上打了一道惨淡的追光。

"别闹了，南南，我不好，对，我是说，我不行，早就不行了。"

小名都喊出来了。两个人同时被尴尬堵在了死角上。

"你真没种。"易江南咬着牙从喉咙口里挤出一句话，"你连一个机会都不肯给你的孩子。"

一时之间,马清源弄不清易江南指的是哪个孩子。是马超,还是那个没有机会出生的孩子。

门外,马超起身上厕所,冲马桶,一连串清醒的、节奏铿锵的脚步声让人怀疑他根本就没有睡。易江南努力压抑的抽泣,断断续续地和上门外的节拍,听起来像一段荒诞的二重奏。

八

卑尔根码头上高低错落的彩色木房子,顶上落了一层雪,厚度刚好够在手机里的照片上镶一道高级的花边。

旅行团在卑尔根安排的是民宿,三十九个人分布在十几栋木结构小房子里。就像一个俗套剧本的最偷懒的那种设置,马清源一家三口和李苏这一对分在了一起。马家在二层的两间卧室里,李苏和倪可住进三楼带坡顶的那间。马清源跟倪可说:"真不好意思,委屈你们了。"倪可说:"没事儿啊,房间面积是不大,可阳光不错——我是说,在有阳光的时候。而且,楼上还特别安静。"

说到"安静"两个字的时候,马清源看了倪可一眼,确定对方只是随口一说,并没有指责他们家不够安静的意思,于是又把目光挪到别处。我们当然很安静,他想,比任何正常的三口之家都更安静。半夜里,我会睡到一楼的沙发上去,他想,那里离窗户很近。想到又可以独享一片月光,他觉得身体里有一部分,被轻轻地用几根羽毛拂过。也许是那个叫横膈膜的位置,让他忍不住想唱一句什么。

卑尔根并没有太多可以打卡的景点。一行人用一个上午就扫完了弗洛伊恩山和博物馆,下午两点以后就被导游领到海边的鱼市里转悠。导游说:"今天主打一个养精蓄锐,轻松随意,请各位体会体会一个懒散的卑尔根人的典型市井生活。民宿离鱼市不远,称点三文鱼龙虾什么的，溜达溜达就能回去煮着吃，反正厨房里什么都是现成的。"

自从火车上有了一段邻座的经历之后，李苏总是可以在自己的视野范围里看到马超的身影，也不知道算不算被他跟着。她在水产摊边一扭头，就看见马超在专注地盯着一只活龙虾发呆。两只大钳子用宽皮筋绑着，虾尾轻微扭动。李苏说："要一个吧，咱们一起分？"马超似乎被这个提议吓了一跳，随即垂下眼帘。站在不远处的马清源被易江南推了一把，赶忙挤过来说："行行，我们过会儿一块儿算钱。"

水煮龙虾端上桌的时候，马超似乎已经忘记了这团卧在大白瓷盘上的红色躯壳，便是下午被他决定了命运的那只活物。李苏往他盘子里搁了一块半边带壳的虾肉，顺手递给他一副刀叉，却被易江南劈手夺过去。

"超超不用刀叉的，"她说，"从来不用。太危险。"

李苏顿了一下，说："我在厨房里翻过，没找到筷子。"

易江南不作声，把马超的盘子挪到自己眼前，单手用叉子拨弄两下，肉与壳便完美分离。外科医生的手腕转动，就像呼吸一样自然。

盘子又被推回到马超眼前。易江南顺手撂了一把勺子在上面。"超超，"她刻意柔声说，"新鲜的，好吃的。"

马超吃得很少。易江南像一个催眠师，在他耳边轻声慢语，他才按照指示用勺子一样一样往嘴里送。李苏想起易江南曾经跟她说过，马超给困在一个只有他一个人存在的世界里，所以他感受不到我们这个世界的欲望——包括食欲。在他的世界里，不存在饥饿感。

倪可忍不住低声问马清源："过去这几年里，是不是这么大的孩子常常只能在家里上网课？这日子都是怎么过来的？"李苏心里一紧，不知道这哪壶不开提哪壶的局面该怎么破解。没想到，马清源还来不及开口，话头倒先让易江南给接了过去。

"超超从十岁以后，上学就是断断续续的。断的比续的多。休学，留级，我们什么都试过了，前几年连中考都报上了名，还是没考成。超超这个状态……不说了，医生也说不清楚，谁都说不清楚。然后我想怎么办呢，再等等看。这一等就把疫情给等来了。跟他一样年纪的，有的在专升本，有的考上了大学，有的在找工作。不过，他们也没办法，待在家里上了很多网课。然后我就安慰自己，差不多，大家都差不多。你们说好不好玩——这段不正常的日子，倒是让我们的生活，显得正常了一点。"

易江南说得清晰、稳定而快速，脸上没有什么表情，就像在学术会议上，背后墙上放着PPT。马清源试图打断，却插不进去，只好讪讪地低语："别当着孩子的面——"

"当着超超的面讲，也没什么。他把自己隔绝在现实之外，我们走不进去，可这不等于说，他就永远不需要面对现实。现在疫情也结束了，别人都走出来了，再也没有什么可以让我逃避现实了。他也一样，都一样，马清源你明白吗？"

李苏下意识地站起来，却发现这对于缓解气氛毫无帮助，只好再坐下来，往马超的盘子里加了一勺沙拉。马超没有碰沙拉，也没有在听任何人说话——至少看起来是这样。

倪可尴尬地在厨房里扫视了一圈，最后把脸埋进摊开的手掌中。"这个，都怪我话多，"他说，"都是我不好。"

"不怪你，是我自己想说。"易江南叉起一块已经凉了大半的香煎三文鱼，塞进嘴里。她嚼得很慢很细，一点点咽下去，直到再无可咽之物，牙齿和舌头仍然在口腔里绝望地搅动。倪可给她倒满一杯啤酒，她几乎是抢过来，一饮而尽。

这是我们这个家的常态，她想。她几乎是赌着一口气，就是要把这种常态演出来，演得越夸张越好。但是，为什么要让李苏和倪可当他们的观众？她不知道。他们能看懂这奇怪的关系吗？这不重要。

在这个家里，易江南和马清源有时候觉得对方是最大的敌人，有时候又意识到他们才算是真正的相依为命。是的，捆绑他们的绳索坚不可摧，只有他们才能以一种近乎仇恨的方式互相理解。在他们的对面，是一个从十岁之后便拒绝长大的男孩。她使出了浑身的力气，也看不到他的未来。她想拽着马清源一起用力，可她拽不动。有时候，易江南甚至觉得自己发疯一样地嫉妒她自己的儿子。凭什么他就可以钻进玻璃罩子，获得与世隔绝的特权？

甚至连去年参加外婆高海鸥的葬礼，马超都有置身事外的自由。高海燕拉着他的手抹着眼泪说："你外婆一辈子都劳碌命，你得让她安心。"一旁的易江南恨不得冲过去把她的手掰开。马超的身体兀自僵直，就任凭姨婆拉拉扯扯，任凭她带着几分伤感炫耀最后的胜利。灵堂里一共也就十几个人，主持告别仪式的工作人员明显在简化程序，加快节奏，因为那一阵子殡仪馆的日程表排得很满，罗思捷找了黄牛才挤进去。易江南的身体越来越软，好几次几乎要坐到地上，只是在恍恍惚惚间听到超超开口说了一句话。

"冷，"他说，"外婆冷。"

"暖气是不太足。"——那是罗思捷，还是马清源的声音？易江南不记得了。

卑尔根。及时打破尴尬的是一场雪。天早已全黑，没人发觉窗外的风一阵紧似一阵，卷起一团团雪霰。等风缓下来，米粒大的雪珠子就变成片状，打着斜线飘落下来，平等地铺满所有表面。是马超发现在下雪。他背对着窗，却能听见雪飘落的声音。

"下完一场大雪，"他问李苏，"是不是会有很多虫子和老鼠埋在里面？"

"呃，为什么问这个？"李苏站起身，扑到窗前。雪花在路灯洒下的光柱周围，仓皇飞舞。

李苏陪着马超聊了一会儿雪地里的虫子、老鼠，也许还有飞不起来的鸟。她发现这孩子虽然话说得磕磕巴巴，词跟词之间并不怎么挨着，但只要耐心地连在一起，也能讲出一个模糊的轮廓来。李苏甚至讲起了一个叫"夜鸟"的北欧童话。

马超问："什么叫夜鸟？"

"恐惧是在黑夜中飞行的鸟。书里是这么说的。"

"为什么？"

"你想象一下，恐惧，就是害怕，在伸展，在蔓延。到处都是鸟。鸟在黑夜里撞来撞去。"

"鸟太多了，会有禽流感吧？"

屋子里有人低声笑起来。倪可说："马超你这个脑回路真的绝了。"

慢慢有人进来插话，说起两家人都挑了"冰雪奇缘"的自选项目，明天赶同一班飞机去特罗姆瑟看极光。马超的眼睛又开始发直，也可能是困了。他径自站起来，一个招呼也不打，便上楼走了。

"他很少会主动提问，很少，"易江南目送着他的背影，喃喃地跟李苏说，"所以，谢谢你。我们也算不白来一趟。"

"马超需要更多的专业治疗，那些门道，我也不太懂。而且，恕我直言，对自闭症儿童——呃，成年也一样——自闭症治疗最好是全家一起进行。我在大厂里搞人力资源，进修过一个在职的心理学学位。我读过一本书——"

"李小姐，我找过很多医生，他们都读过很多书。每次治疗，他们都很有信心。然后就会有瓶颈，有平台，有怎么也跨不过去的障碍。他们说，超超的症状不典型，没有可以直接参考的案例，你明白吗？"

"我是说，那本书里讲过，无论是面对什么样的案例，治疗孩子之前，先得——把父母治好。"

碟子与碟子码齐了塞进柜子的声音。倪可和马清源渐渐远去的脚步声。易江南觉得自己的耳朵突然也有了马超的听力,她也能听见雪越下越大,不动声色地掩埋了一草一木、一砖一瓦、一悲一喜。

"自闭症治疗的很多理念也一直在更新。药物和过多的重复性动作训练,有时候也可能很危险。还有父母、监护人,长期监护之后会代入某种类似于'殉道者'的角色,这会叠加,会反噬,会——"

"对不起,我也要上楼了。明天要赶早班机,你还记得吗?"

九

一到特罗姆瑟,易江南就在新组成的二十五个人的旅行团里见识了语言和肤色的多样性。然而每张面孔都严严实实地捂在颜色和款式大同小异的羽绒服和冲锋衣里,多样性很快被单一性淹没。一对健忘的日本老夫妻总是试图跟他们攀谈,说上两句才意识到他们只会跟着点头。她很快确定,在整个团里,尽管有十来个中国人,可他们只认识李苏和倪可。

导游维贝克看起来也就二十出头,戴着一顶带着麋鹿角的大绒帽子,像是刚从雪堆里蹦出来,鼻子上一圈浅浅的雀斑在灯光下闪闪发光。她蹦到李苏跟前说:"你好,我在学中文,我会唱《欧若拉》:爱是一道光,如此美妙,指引我们,想要的未来,魔力北极光,奇幻的预言,赶快去找不思议的爱。"

没有人跟唱,维贝克便收住歌声,用一半英文和一半中文解释了一通。她说,technically speaking①,她还在实习,导游证过两天就下来,今天的服务她只能拿一半的日薪。这个团中国人多,维贝克是全公司中文讲得最好的,所以碰上现在这样的旺季,就派她过来。

---

① 英语,中文意思是"严格意义上讲"。

"Well, to improve? I am not sure, something like that①."

"But I'm sure."李苏说,"You're great②."

没过半小时,李苏就发现维贝克是真正意义上的话痨,也许还带着轻度强迫症。她仿佛怀着一腔不切实际的雄心,想焐热所有冷清的场面,捡起所有掉在地上的包袱,续上所有断了线的风筝。她很快就在人群里找到一个注定会让她挫败的对手——马超。

白天都是在特罗姆瑟市内逛。他们坐缆车上山,到造型像悉尼歌剧院的公共图书馆里拍照,然后在水族馆里喂海豹。维贝克的视线,几乎没有离开过那个与她年龄相仿、看起来却要比她清冷一百倍的男孩。

"小马——我可以叫你小马吧,"维贝克抓起一绺金栗色鬈发,往耳朵后面拨,"这个名字让我想起pony③——这样叫是不是也很好听?"

马超的目光没有焦点,但一如既往,他漂亮的五官给涣散的眼神赋予了某种不可言传的气质——连李苏都觉得着迷,何况维贝克。李苏只好努力挤在他们俩身边,充当一个翻译不像翻译、保姆不像保姆的角色。易江南、倪可和马清源茫然地在不远处往同一个方向移动,形成了第二方阵。

"我叫马超,不是小马。"他的语调里照例没有情绪,就是认真地陈述一个基本事实。

维贝克不介意,继续滔滔不绝地讲:"这里虽然在北极圈,其实并没那么冷,只是地面天天一层雪一层冰的,太滑了,实在太滑了。"她一边欢快地抱怨,一边脚下生风,走得飞快,没有一丁点担心摔跤的

---

① 英语,中文意思是"(派我来是为了)改善(一点什么)? 呃,我吃不准"。
② 这句英语是"但我吃得准,你很棒"。
③ 英语,小马的意思。

意思。

抵达特罗姆瑟的第二天，维贝克领着一大团人坐着哈士奇拉的雪橇在雪原上狂奔。这回易江南没有让李苏帮忙，拽起马超一起登上雪橇。马超坐在前面，易江南在后面揽住他的肩膀。五六只哈士奇疯跑起来，二十多只爪子腾起的雪珠雪粒将眼前的一切都蒙上一层迷雾，易江南的面颊被溅得生疼。在特罗姆瑟，你很难看到太阳明确的形状，只有光线一阵稍亮一阵稍暗的变化提示着太阳和地球之间的相对运动。透过滑雪眼镜的边缘，几道略带浅紫的白光晃过——易江南想这一定是幻觉。

从雪橇上下来，易江南把马超的眼镜拉下来，看到他紧闭着双眼。
"超超你一直闭着眼睛？"
"嗯。"
"你害怕？"
"闭着眼睛，会有鸟飞来飞去。我数到第十七只的时候，就到了。"

雪原上有不少正在营业的小帐篷，一行人都进去烤火吃午餐。只有三种选择。维贝克给所有人都点了麋鹿肉炖菜或者麋鹿肉汉堡，自己却只要了一大盘素食，凯撒沙拉配面包。

炉火映在维贝克的脸上，看起来一只眼睛偏蓝，另一只偏绿。斯堪的纳维亚人缺少日晒的皮肤，白得叫人忧伤。李苏说："你在这里住久了，是吃腻了鹿肉吧？我第一回吃还觉得挺好的。有点像羊肉，但羊肉的味道更冲。"

"自从我哥哥——"维贝克用英语说，"我就只吃素。"

李苏预感到前面有个漫长的故事，但箭在弦上，不问下去就有点反人类了。

维贝克讲得平淡而飞快，就像是在讲别人的故事。周围没有人英语听力比李苏更好，而李苏也只能听懂一大半，所以维贝克不用担心她的听众会有什么过度反应。

"我们家原来不住这里，在挪威西南面，斯塔万格。嗯，那地方不值一提，十几万人口，比中国一个 —— 你们叫什么？对，街道 —— 比你们街道里人还要少。除了沙丁鱼之外，那里最出名的是一块石头，一块大石头。

"从斯塔万格码头坐轮渡过去，就能到奇迹岩。一块大石头横在两座山崖之间，你得从一座山崖往下跨一大步，跳一跳，才能到那块石头上。这块石头离地有一千多米。看起来特别惊险，其实一般也没事。夏天，那里一直有人排队，跳上去拍照，都是年轻人，像我哥那样的。

"我哥叫约恩，比我大五岁，喜欢在山上、在峡湾里徒步旅行。他如果还在，应该也在跟我做一样的事情。可他不在了，物理意义上，消失了。

"那天他说要去看那块奇迹岩，我说我也要去，他说那是成年人才能去的地方，你得再长大一点。其实我知道，他是要跟西西莉亚一起去，我是多余的那一个。我当然是。

"但是西西莉亚是一个人回来的，准确地说是被几个警察用毛毯裹起来放在担架上抬回来。我没有见到她，只知道她一直在哭，根本说不清楚那天发生了什么。她父母跟警察嚷嚷，说不能再吓唬她了，她也是未成年人。她不知道约恩是不是从那块石头上掉下去的，怎么会掉下去的 —— 她说她不知道。医生说她受了刺激，提到了一个奇怪的医学名词，我忘了那是什么。没有找到旁证，一个也没有。那天天气不好，雾很大。"

李苏学着外国电影里的口气说："I am so sorry."

"西西莉亚以前给过我一种橙色的软糖，要我尝尝。她说吃下去，就会觉得整个人不需要用力，也会被风推着往前走，往前飞。约恩抢过去不让我碰，可我看到他自己在偷偷地吃。我知道他一直睡得不好，我知道西西莉亚说什么他都会听。后来我翻过他的抽屉，没有找到那种糖，我想他那天是放在旅行包里，跟西西莉亚一起带走了。没有找到尸体和旅行包，所以在警方记录上，他只是失踪。斯塔万格的警察局，就是个笑话。"

"所以他可能还活着，是吗？"

"他一定还活着，我相信。"

马超的英语水平，最多只有小学三年级，如果他还记得那几个单词的话。但奇怪的是，他听得很认真，他眼神的聚焦难得地明确而清晰。故事之间的褶皱，那些需要停下来吸一口气的空隙，他好像都跟得上。有一瞬间，李苏真的害怕他全都听懂了。

真是不可思议，李苏想，同样是创伤后的应激反应，马超和维贝克的症状是完全相反的。一个把自己锁起来，一个不知疲倦地打开，再打开。但他们有他们的沟通方式。他们可以相互感应，彼此触及，在某个未知的、超越语言的空间里。

十

去野外追极光是晚上的自选项目，但二十五个人都报了名。维贝克在大巴车厢里挨个告知，整个过程从晚上六点半持续到凌晨一点半，整整七小时。"今天的天气'很一般'，可能会下雪。"维贝克说，"我真的没办法承诺一定能追到极光，如果想放弃现在可以退款。"她用英语和中文讲了两遍，讲中文的时候，"退款"两个字加重了语气。

没有人退款。谁也不舍得大老远跑这一趟，不把这最重要的仪式履行一遍。

大巴在黑夜中前进。没有固定路线，司机凭着经验在可以选择的营地之间取舍。去光污染少的，去云层不那么厚实的，去那些看起来能在这漫漫长夜里给一车人带来希望的山坡和原野。

第一次停车下营地的时候,李苏听到的都是欢笑和跺脚的声音。人群的亢奋达到顶点。没人舍得躲进帐篷取暖,因为传说中的绿光总是转瞬即逝。没有下雪,但云层互相堆叠,拿不定主意的样子。你盯着天看,觉得它就稳稳地罩着你。漫长的人生,还有的是需要打发的时间。

自从马超在十年前出事以后,这还是李苏第一次放任自己沉溺在关于流星雨的回忆中。然而那段二十年前的记忆早就被风干了所有水分,像夹在厚厚的小说里的一枝枯花,没有湿润的细节。她只是凭着某些耸动而抽象的概念,在过往人生的素材库里,竭力抓取某些可供想象的东西。她想,那样的年纪,那样的晚上,流星划过夜空的时候,身边是必须有个什么人才对吧。她沿着这逻辑再想下去,却想象不出一张具体的脸,或者一种确凿的气味。

她发现马超又在愣愣地跟着她,就转过脸。"你好吗?"她在没话找话。好像在这种情境中,人跟人都可以再认识一次。

整个营地里暗得深沉,人与人只能借着那些从帐篷里透出来的光看见彼此。马超说:"我认识你的。"

李苏的心跳漏了半拍。"你是不是想起了什么?"她的声音里就像盛了一盘子碎玻璃。

但是马超没有沿着她的期望说下去。月半湾小学的见习教师李苏,不知道被他埋进了记忆的第几个考古层。他只是伸手在斜挎包里扒拉了两秒钟,摸出两块石头。

昏暗的光线中,李苏看不清石头上的细节,只能大致看出都是薄薄两片,都是樟树叶般大小,都是黑底浅纹。

"有一块是你的,"马超说,"你还认得出来吗?"

"什么?为什么——这是我的?"

"我就知道你不认得了。"马超咧嘴一笑,李苏惊讶地发现他在这个问题上思路异常清晰。

"你不认得它,可它认得你。长得是很像,可是石头跟石头不一样。人跟人也不一样。"马超顺手捡起原野上的一根树枝,在地上积的一层残雪上画了几道。似乎这些谁也看不懂的符号,能帮着他解释人跟人有多不一样。

李苏接不上话,只好钻进帐篷拿了一杯热咖啡。才喝了一半,她就被人流裹着一起出来,上车,本来给倪可留的位置也被马超默默地坐下来。两块石头大概已经被马超放回了包里。大巴继续在公路上追光的时候,谁也没有再提石头的事情。李苏的太阳穴一跳一跳地痛,似乎在阻止她继续在记忆里徒劳地搜索。

下车,进帐篷,出帐篷,上车。肾上腺素的分泌呈断崖式下降。陌生人之间也早已用各种语言说完了场面话。有人抱着吉他在帐篷里唱英文歌,唱迪伦或者科恩。掌声渐渐稀疏。李苏站在帐篷外面听,倪可过来揽住她肩膀,替她把围巾裹严。云越堆越厚,不苟言笑的样子。倪可说:"你困不困啊,我们要不要进去取个暖?"

"你看,这是在作雪。如果下,还不像是小雪。"

"好吧,那我陪你冻着。总算马超没黏着你,大概是困了。"

"这孩子让我有点害怕——"

"什么意思?"

"就刚才。我突然觉得,别看他说话云里雾里的,其实他知道的东西比我更多。"

倪可的喉咙里咔咔一阵响,听不清是咳嗽还是干笑。他努力分散着李苏的注意力,想拉着她跟周围的人一起讨论天气。还剩两个半小时要打发,维贝克正在人群中蹦来蹦去,调动越来越低落的情绪。一定有人在暗暗地希望车能早点开回酒店睡觉,但谁也不会说出来。

时间在冷冽的空气中呈凝固状。李苏也许会想起石头从哪里来，但不是现在。也许她将会有顿悟的瞬间，也许没有。正常人手里都只有一块积木，没有人能看清事情的全部。那些被人忽视的细节只有某些反常的人——比如马超——才会捡起来，他把所有的细节都嵌到合适的地方，但他的表达不属于常人的世界。他拼好的作品，被自己的语言，被只有他自己才懂的语言，封印起来。

十一

如果真存在超越时间与空间的视角，有那么一道冷冷的目光从高处看下来，TA 会皱着眉头说：公元 2013 年，还存在见光死这回事吗？

据说那一年是网络世界从大屏走向小屏的分水岭，据说那一年移动支付即将打开潘多拉魔盒，据说网吧即将大面积消失，据说网恋正在告别纯真年代，转型成网骗。然而，所有的据说都是回溯性的，跟局中人无关。他们什么也没有听见。

那一年的 10 月 19 日，周六中午，衡山路香樟花园的二楼转角咖啡座，还是一个特别适合网友见面的地方。玻璃窗擦得很干净，看得见半黄半绿的梧桐树叶子反射着秋日里醇厚如酒的阳光。女生提前了十分钟到，远远看见那个预订好的位置还空着，于是绕一圈又出门，直到第二次上楼，才看到男人已经坐定。

他们在报出自己的网名的时候，陡然降低了声调——因为他们更习惯将这个名字打出来而不是说出来。女生叫眉间尺，男人是鲸鱼座，他们在咫尺论坛诗歌吧里交换网名的时候就意识到了性别与名字的微妙错位。

几乎在迎面走过去的时候，眉间尺就已经开始后悔。这是她第几次被论坛上的网友约出来见面——第三次，还是第四次？每次都是这样,她每次都会在心里默念奥登的《这挚爱的一个》。

"这句优雅的问候,'日安,好运',意味着不真实的相遇,和本能的表情……"

也许,她就是在享受不真实。也许,她隐隐意识到,以后也不会再有这样的机会了。

不过这一次好像尤其尴尬,尴尬到她后来一离开香樟花园,就决定赶紧忘记他。为此,她甚至马上钻进衡山电影院,一个人看了一场《金刚狼2》,让休·杰克曼的肌肉迅速覆盖鲸鱼座的脸。并不是因为他比她老十几岁 —— 早在见面之前她就对年龄差距有心理准备,鲸鱼座并没有骗她。可是她没有想到,他的乏味和疲惫就不加掩饰地悬挂在表皮上。她说要一杯冰美式的时候,他几乎条件反射地说已经秋天了要不要换杯热的。

他给自己点了红茶,说这几天睡得不好要远离咖啡因。他的声音不难听也不好听,说普通话,平翘舌音能分得很清楚,清楚得有点刻意。在2013年,他们说好要坚守网络的古典伦理 —— 联络方式止于诗歌吧和MSN。有一段时间,他们曾经频繁上线,看那两个小人挺着肚子转啊转啊,心跳渐渐加快。正好有一星期赶上MSN崩溃,据说是太平洋底下有一段光缆出了问题,被迫断线的局面催生出思念的幻觉,以至于后来又挂上的那一刻他们同时说,我们好像有一百年没有见了 ——

就在那一天,他告诉她情绪不稳定的时候最适合读奥登。比如,《某晚当我外出散步》。

"我将永远爱你,直到大海 / 被收起晾晒,海水干涸 / 直到那天上的北斗七星 / 化身为嘎嘎尖叫的鹅。"

在MSN上,他们从北斗七星怎么会变成鹅、鹅的尖叫是不是嘎嘎声,一直说到海边小镇的流星雨,说到蠢蠢欲动着想惊动天上人的李白。他们说黑夜充满崇高感。他们每句话都不需要负什么责任，只管挥霍那些说出来就为了被遗忘的词语。见面的时候，这些字眼他们好像一个也想不起来。鲸鱼座似乎在努力扮演一个理科生，跟眉间尺说小时候他参加过天文兴趣小组。

"所以说，你知道你念念不忘的流星雨是什么吗？"鲸鱼座得意地嘬了一口茶，"就是行星和彗星的碎片流形成的流星体，用很快很快的速度进入地球大气层。有的在路上就给烧光了，有的就会落入地表，成为陨石。"

他居然为这个没有一丁点知识含量的知识，准备好了道具。当他把黑底浅纹的陨石放在眉间尺眼前晃的时候，嘴里念叨的词儿就跟昨天晚上面对十岁的儿子时一模一样。

"你想想它在抵达地球之前飞过了一条多么明亮而美丽的路……陨石有好几种，这个可能是铁陨石……有一种说法是地球上之所以会有生物与陨石有关，因为陨石里富含有机物……哦，不值什么钱的，我上回出差买的，真的不值钱……没有两块陨石是长得一模一样的……所以，送给你。"

尴尬倒吊在半空。眉间尺不想用一番客气拖延会面的时间，喝下一大口冰美式，顺手就拿下了这份"小礼物"。他们都小心翼翼地不触碰现实生活里的身份，鲸鱼座在一大堆科普知识里提到了一两次"单位"——而不是说"公司"，这多少有点泄露出他上班的地方不怎么时髦。

他没有提过自己已婚或者未婚，如果他当时胆敢有所暗示，她一定会尴尬得尖叫起来。她及时把话题又扯回了星空，尽管在正午的太阳越升越高的时候谈论星空，多少显得有点滑稽。

没人提加微信的事，尽管他们很清楚，这个新玩意儿一定躺在每个人的手机里。他们告别的时候，都松了一口气。他们很清楚，不会再联络了。只有那些不希望失联的朋友，才会把MSN的联系人往微信上搬，因为人人都知道MSN的关闭只是时间问题。临走前，鲸鱼座说那陨石并不娇贵，没什么可保养的，顺手放家里玩玩就好。

"噢，好啊，谢谢你。"

眉间尺并没把石头放在家里，她顺手塞进了办公室的抽屉。将近一个月以后，有个小学生给班主任叫到办公室里等她。等的时间有点长，班主任隔壁桌的抽屉没有关紧，小学生只是就势把抽屉再往外拉了两厘米。男孩带走了那块石头，也许只是因为这一块跟他自己那一块长得特别像。他想问问爸爸，它们是不是属于同一颗流星。

眉间尺没有发现抽屉被拉开过，更没有发现那块廉价的、也许根本是假造的批量生产的陨石不见了踪影。就连眉间尺这个网名，都将在两个月，也许是半年以后，成为史前记忆。那个管她叫李苏的世界，尽管并不友好，却毕竟是真实的。

鲸鱼座大约要用后半辈子的时间，后悔那天晚上为什么是他最后一个走进儿子的卧室——而在此之前，他跟孩子的妈妈刚刚吵完婚后最惨烈的一架。

轻易破解的密码。敞开的聊天记录。用一个下午也根本来不及看完的精神出轨史。浪费在网恋对象和缥缈星空中的才华与时间。

他被妻子逼着在最新一版离婚协议书上签名。有那么一恍神的工夫，他差点签上"鲸鱼座"。然后，他想起来，在荒芜的真实世界里，他叫马清源。

马清源说："我们这样真的不好。超超每一个字都听得见。"

易江南冷笑："你在给别人写诗的时候，怎么没想过超超？"

马清源走进马超的卧室，他果然没有睡。他以为马超会求他们别吵了，满脸爬满眼泪。可他并没有，他的脸平静得就像一杯刚刚投进一块冰的清水。两块石头都捏在马超手心里，可这事儿只有那个高高在上的、能穿透他拳头的视角才看得到。因为那天晚上,直到马清源再从这扇门走出去,他也始终没有把拳头松开。

"爸,我今天可以熬个夜,在窗口看狮子座流星雨吗?"

"我跟你说过不可以。太晚了,你明天要上学。"

门外响起易江南努力平和的声音:"超超你差不多得了。城市里高楼那么多,灯这么亮,星星都看不见几颗,你怎么可能看到流星雨?"

"爸,我只是想看星星落到地面之前,是什么样子。"

"以后吧。下周出差,我再给你找块更好看的石头。"

马清源看着超超钻进被子,退出卧室,关上门。

正常的水面底下,难免有几块看不见的冰。正常的故事的身体里,也总有一段无用的阑尾。阑尾只有在故事疼痛时才存在。大部分情况下,你能感觉到疼痛,却看不到阑尾在哪里,更找不到一把管用的手术刀。

当你开始写一个故事,这样的阑尾通常被视为离谱的巧合,或者臃肿的俗套,它理所当然地应该被切掉。它似乎不应该被你的人物感知 —— 毕竟,知道得越少,人们就越有可能相信自己是无辜的。而且,在一个高级的故事里,对你的读者,你也完全没必要泄露天机。

所以,这很可能不是一个高级的故事。

十二

总算挨到六个半小时,一车的人都成了强弩之末。有几位从包里偷偷找出了藏好的烈酒。已经没人再盯着天空分析云层,维贝克也不再强撑着笑脸解释极光的原理。她不知道什么时候学会了中国成语"塞翁失马",一字一顿地说出来,试图安慰几个中国人。倪可用英文告诉她这个词用在这里有点太严重了。

"我们一般不会觉得,旅行是会改变人们一生的那种事。"倪可一边说,一边觉得这句英文的语法很拗口。

"嗯……嗯,"维贝克已经没有力气发挥,但还是低低嘟囔了一句,"总有例外,比如——"

李苏知道她要提起哥哥约恩。她不想再听下去,就把头转回来,靠着车窗往外面看。她的手在包的外侧摸到一点坚硬的东西。她想,应该就是那块石头,一定是马超从半开的拉链里塞进去的。

石头摊开在手掌上。体积那么小,颜色和纹路那么平常,透着一股子可疑的廉价气息。李苏什么也想不起来,也不愿意继续在记忆里搜寻线索。总是纠缠在水草一般的回忆里,只会被它们拽住往下沉。她本能地把围巾松一松,让潮热的脸颊抵在窗玻璃上冰一冰。

大巴开动。一车人应声入梦,放心地被窗外越来越开阔而深沉的黑暗所吞没。在这样的情境之下,时间刻度显得一点儿都不重要。

易江南一半身体醒来的时候,她的第一个反应就是时间。

"开了多久,多久?"她伸出手绝望地推身边的马清源。

马清源身上的肌肉反射性地跳了两下。十年里无数个被惊醒的夜,在这一刻重叠在一起。

"马超呢?马超在哪里——"易江南的另一半身体也醒了过来。

大巴掉头转回去。时间刻度渐渐清晰,从最后一个营地开出去大约过去了七八分钟,距离营地十三公里。维贝克带着哭腔说:"我忘了数,只有这一回上车忘了数。"除了被酒灌闷的那几位之外,大半车的人都醒了。他们用各种语言互相安慰,互相保证这样的事情没什么要紧——一个二十岁的男孩会有什么要紧?

"可他,不是,普通的,二十岁男孩。他连手机都没有。"马清源的声音里折叠着疲惫和愤怒,但更多的是厌倦。他想,不管是什么结果,易江南一定会爆发。对于这种场面的厌倦,甚至暂时压倒了他对于马超的担忧。这样真是太冷酷太变态了,他想。

然而此时爆发的并不是易江南。她站起来,瞪大眼睛,双手扒住座椅,好像用点力气就能让车开得更快。话最多的反而是李苏,正在跟倪可说:"是我不好,我跟他在一起这么久,居然没发现他没上车。是我不好,是我——"她的喉咙里就像混进了什么小飞虫,呜呜咽咽地扑腾。

"话也不能这么说,你也太能——代入了。你醒醒,你并不是——哎——孩子的妈。"倪可尽量压低嗓门,确保最后几个字只有他和李苏能听见。

车终于停下来,孩子的妈第一个冲下去。

十三

空中飘起一阵急雪。雪珠一粒粒往易江南脸上扑。

她脚底下打着滑,一个帐篷一个帐篷地找过去。时不时地,她麻木的神经末梢,会掠过一种奇特的轻松感。十年了,这是儿子第一次脱离她的控制——也就是说,这也是她第一次脱离他的控制。她从来没想过,如果谁也看不见谁,有没有可能是一种解脱?

紧接着,她又为自己居然会产生这样自私的念头,恨不得抽自己一个耳光。雪珠子钻进鼻孔,鼻黏膜被削出了刺痛。那是比耳光更痛楚的内疚,遥远而熟悉,就跟十年前的那个夜晚一模一样。

易江南哭起来。风,眼泪,雪珠子,痛感在液态与固态之间摇摆。这十年里,她能回忆起的东西,加起来也没有像现在这样多,这样清晰。那个晚上吵架的每一个字她都想起来了。她记得自己就像是给塞进了那种最浅薄的电影,嘴一张就自动说出最糟糕的台词。

她说:"马清源,你不爱我为什么要跟我睡觉? 为什么睡一次啊,只他妈睡了一次就有了孩子？我什么都没有准备好，我没准备嫁给你，没准备面对你妈，更没准备生孩子。十年，你用这个孩子绑架了我整整十年。"

易江南从没有像此刻这样肯定，那天晚上，她在说到这句话的时候，卫生间门外有轻微的青蛙拖鞋踩在地板上的声音。

"他听见了，全听见了。我的儿子都听见了。他听见我不想要他。"

字音破碎模糊，颠三倒四，这不是人类的语言，不可能被任何人听懂。可是马清源在她身边奔跑。他第一次伸手，被她狠命推开，只好放弃拉住她的企图，只是紧紧跟着，一步不落地跟着。他喘着粗气，重复着肯定的语气。"是，对，我知道，我都知道。"他的声音同样被风撕扯成碎片。

那本日记，他想，只有他知道撕下来的一页里有什么。那是一幅画。两个大人牵着一个孩子，都画成了火柴棍的样子。接着，马超用黑色的水彩笔，一笔一笔把孩子的脸、胳膊、腿，整个人形，全都涂抹掉。黑色的斜线打满那个小孩全身，最后那一笔还打着圈飞出去，看起来就是一个触目惊心的删除符号。

是马清源在马超的卧室里发现了那本日记，是罗思捷在捧着它去月半湾实验小学之前，撕掉了那一页。"这对我们，应该说对你们不利。"他说。马清源甚至没有想过要偷偷留下那一页。他就看着罗思捷把它撕碎以后扔进了垃圾桶。

李苏、倪可和维贝克在搜寻队伍的第二个方阵里，再后面是又高又壮的司机汉斯，以及刚从车上下来的肖恩——他在团里专门负责拍照。肖恩一晚上除了抓拍篝火旁的合影，几乎无所事事，现在倒是一脸严肃地端着照相机小跑起来，似乎在等着什么大事发生。

没有大事发生。他们看到易江南、马清源和马超互相支撑着从一个帐篷后面走出来。马超有点瘸，明显能看出一条腿比另一条腿略长。

李苏看到马超手里还握着一根树枝。她想那个帐篷背后的雪地上，也许已经被马超画出了整整一个世界。那个世界里有他的虫子、老鼠和夜鸟。可她没有绕过去看。

肖恩举起照相机，却被旁边的汉斯按住。维贝克跑过去，一把抱住马超，把她知道的所有神的名字挨个念叨了一遍，对他们的保佑千恩万谢。李苏隐约听见了约恩的名字，不太真切，也可能只是她的想象。

凌晨一点多。大巴在原野上加速飞奔，汉斯要把刚才折返营地的那半个小时给补回来。眼看着快要驶回市区的时候，车子突然缓缓停下来。维贝克跑到车头跟汉斯用挪威语聊了几句，便扭头兴奋地指着车窗外嚷起来。

"Wake up everybody. 快醒醒啊，雪停了，真的停了。汉斯看到 aurora 啦。对对，就是北极光。"

车厢里顿时响起维贝克尖着嗓子高唱《欧若拉》的歌声。

整个旅行团仿佛又集体挨了一个耳光。这个晚上，他们被粗暴地在梦与非梦之间撕扯，完全不知道哪一边才是真正的梦。

李苏隔着玻璃望出去，依稀看到云撕开了一个缺口，有色彩从那里涌出来。并非纯粹的绿或蓝，有一点紫，有一点黄，它们不可思议地彼此调和。有那么一瞬间的工夫，李苏几乎疑心自己成了某种程度上的色盲。

但更神奇的是这些颜色在流动，在毫无预兆地扩张。在经过这样一个夜晚的等待之后，面对这一幕，你很难阻止血液往头顶上泵。倪可在旁边拽起她的手，两个人手忙脚乱地跟着人流往车门挤过去。

只有易江南不知所措。马超睡得很熟。刚才，他先是呆呆地倚着车窗，再不知不觉地滑下来，母亲轻轻揽住他，他居然没有像以往那样抵抗，就势靠在她肩膀上。易江南已经有多久没有被儿子这样放松地依赖过了？她不敢细想，不敢计算时间，不敢稍稍挪动肩膀。

有那么零点一秒的时间，窗外流动的光也晃过马超的脸。他的五官真是好看啊，像她。尤其在熟睡的时候，眉眼松开，各安其位，有天地初开的安详。

"这样难得的机会，不去吗？"马清源的声音。

"Do wake him up, please.①"维贝克的声音。

易江南的手心微微出汗。下意识地，她把马超揽得更紧。

原刊《人民文学》第10期

---

① 英语，中文意思是"务必把他叫醒吧，求你啦"。

巴旦木也叫婆淡树

杨 方

方尼娅出生的地方有着近乎无止境的日照，五点刚过，东边天空就开始泛白，直至晚上接近十一点，西边的天光还没有完全黑透。李祖不一样，李祖的白天和黑夜基本平分。

李祖是方海平出生的地方，他对白昼和黑夜的划分习惯以李祖为准。身在其他时区，方海平会发愁白昼没完没了地延长，傍晚的霞光，像极光一样永不消退。这大大扰乱了他的原生生物时间。原生这个东西，往往会伴随着一个人的一生，直至死去。在和李祖有三小时时差的地方，方海平按照李祖的天黑时间开始打瞌睡，进入一种白日梦游的状态。这就好像在水底睁着眼睛看东西。有一天下午，他漂浮在阿拉木图的某个露天泳池里睡着了，醒来的时候，看见水面漂浮着一片巴旦木树叶。周围没有一棵巴旦木树，连其他随便什么树种的树都没有一棵。方海平怀疑这片细长的叶子，是从他梦里掉出来的。他伸出手，将湿漉漉的树叶捞起来。巴旦木叶子的形状，和李祖水蜜桃树的叶片有点相似。这让他猛然想起，在此之前，他生活在一个叫李祖的地方，说语速极快且发音响亮的义乌方言。现在他置身另一个国家，有一个金发的妻子，还有一个混血的女儿。他操俄语说话，有时候也操哈萨克语。

于是在方尼娅六岁那一年，方海平带她回了一趟李祖。这个丘陵地形的江南小村子，一年四季氤氲着水雾之气，好像大地上的一切都在呼吸、吐纳。田畈里青纱帐一样的甘蔗林，晨昏时分被阳光照得如水般闪闪发亮。方海平每天领着方尼娅去认识李祖，一口淹死过人的水塘，水塘旁飞檐翘角、青砖黑瓦的建筑是方姓人家的祠堂，祠堂门口坐着的驼背老人是李祖的太太公。太太公刚生出来的时候肩胛骨的地方长着一对小翅膀，大人们用土布将那对翅膀紧紧地捆绑起来，没法生长的翅膀，最后长成了难看的驼背。

方海平摸摸方尼娅的肩胛骨，方尼娅很瘦，肩胛骨很突出。医学上这叫翼状肩胛骨，属于遗传或后天形成。

李祖人的肩胛骨都很突出，好像有一对翅膀没法长出来，方海平说。

那时候分散于各处的粪缸已经被移走，整治农村环境建设刚刚开始，村子里打算修建两座公厕。方海平回来后慷慨地出了一大笔钱，由于这些钱修建两座公厕绰绰有余，村里于是决定多修几座，这样多少可以弥补粪缸移走后给村民带来的不便。方海平带着方尼娅从正在建造的公厕前走过，有种荣归故里的感觉。一路上都有人和他打招呼。方海平用义乌方言回应他们，这让一旁的方尼娅大为惊异，就好像听见一只低嗓门的棕背伯劳，突然发出了南方柳莺的叫声。尤为让方尼娅不安的是，李祖人当着她的面，热烈地分析这个漂亮的洋娃娃，混杂的长相中哪些部分属于父系血脉的遗传，哪些部分属于母系血脉的遗传。在人类的遗传中，到底是父系基因强大，还是母系基因更为强大。方尼娅看着他们的嘴快速地开合，觉得这些人的脸长得没有太大的不同，人人都面貌相似，而且所有的人都姓方，仿佛来自同一个家庭。

叫李祖的村子没有一个人姓李，这多少有点奇怪。就像叫李子的树上没有一个李子，反而结着另外一种水果。长着亚洲面孔的祖母，通过方海平的翻译，勉强让方尼娅明白最早生活在李祖的是姓李的人，后来方姓人迁徙至此，人口越来越多，李姓人就把村子礼让给了方姓人，为了表达对李姓人的感恩，方姓人没有改换村子的名字，而是一直沿用了李祖。

那么，那些方姓的人是从哪来的？那些李姓的人后来去了哪里？方尼娅的中国话有点生硬，但表达还算清楚。

亚洲面孔的祖母显然回答不了从哪来，到哪里去这样的问题。她伸出粗糙的大手，一把抓住方尼娅，拎着她爬上一根陡立的竹梯，上面是储物间一样杂乱的阁楼，祖母拍打着一口红漆棺材，通过一些肢体动作，让方尼娅明白这是她花了大价钱给自己准备的。为了保证死后可以腐烂得慢一点，每年都要请人给棺材刷一遍漆。

已经刷了六年了，跟你的年龄一样厚，祖母比画着说。

阁楼上很暗，有种天要黑下来的感觉。红漆棺材在这种蒙昧的光线中出奇地红，红得发亮，像是一个崭新的飞行器，悬浮在阁楼上。祖母把方尼娅抱到红漆棺材上，让她通过棺材上方一扇洞口一样的窗棂，看她死后要埋的地方。方尼娅顺着她手指的方向看去，是一片很空的天空。这让她很疑惑。

你要把自己埋在天上吗？

祖母显然把天上听成了山上，她很肯定地点点头。不埋在那里还能埋在哪里呢？李祖所有的人死了，都埋在那里。

方尼娅听懂了祖母用义乌方言说的这句话。有时候就是这么莫名其妙，原本听不懂的语言，包括鸟的、鱼的、猫的、狗的、虫子的，好像有神灵帮忙给翻译了一下，突然就听懂了。

之后的某一天，方尼娅沿着梯子独自爬上阁楼，先是踩在一个矮胖的咸菜坛子上，再踩在高一点的米酒坛子上，然后站到了红漆棺材上。透过洞口一样的窗棂，方尼娅看见落日正沿着田畈上的一座稻秆篷落下去。这个影像让方尼娅一直有个错觉，稻秆篷是太阳的落脚点，宿营地或驿站。以至后来方尼娅无论在什么地方，即便是荒凉得什么也没有的戈壁滩，一望无边的草原，又或是高楼林立的繁华都市，每到黄昏，她都觉得太阳最后一定是从一座稻秆篷上落下去的。

那座稻秆篷委实不够美观，潦草，歪歪斜斜。太阳如果落得快一点，极有可能把它撞散架。田畈里不止一座这样的稻秆篷，方尼娅猜想稻秆篷可能是下雨天用来躲雨的，也有可能是用来放农具的，不知为什么，只有最歪斜的那一座，成了落日落下去的地方。方海平认为这是视角的问题，方尼娅个子矮，只能站在红漆棺材上，通过棺材上方那扇窗棂看出去。其实从阁楼其他窗棂看出去，落日一定是沿着另外的物体落下去的。树梢，电线杆，水牛的背，某个人头上锥形的竹编斗笠。

方尼娅觉得这不是视角的问题，这应该是落日自己的选择，它喜欢那座稻秆篷。

方海平点点头，没有再提此事。他没有告诉方尼娅，稻秆篷里面其实是一口臭烘烘的粪缸。村里人将粪缸置于田畈，是为了浇肥方便。方海平十八岁前每到学校假期，都得跟着父辈在田间劳作，他曾用一柄杆很长的粪勺从粪缸里舀粪浇肥。有人偷砍他家甘蔗，他提着粪勺赶过去，像赵子龙提着亮银枪。柄很长的粪勺，确有亮银枪的威力，大有挥出去，可以荡平一片的气势。方海平单枪匹马地挥了几下，就把几个偷甘蔗的人给臭跑了。不上学之后，方海平挑着担子鸡毛换糖，最远去过江西。二十三岁,方海平怀揣鸡毛换糖挣来的不多的一点钱离开李祖,坐着绿皮火车一路向西,几乎穿过大半个欧亚大陆。西部广袤的天地让他雄心勃勃,同时又有一种前路未卜的忧心忡忡。火车最后把这个矮小瘦弱、充满梦想的义乌人带到了荒凉的边境地带。那里有一个刚刚开放的口岸,每天大批边民带着自己国家的物品在这里进行交易。方海平是第一个来到这里的义乌人。每一个义乌人,都是一个小商品批发部,方海平也不例外,他背着一麻袋义乌小工坊制作的廉价首饰,在尘土飞扬的口岸撑起一把太阳伞,做起了生意。那时候的口岸,还没有来得及建设好,一切都是刚刚开始的样子。几排简陋的红砖平房,是口岸工作人员的办公场所。用篷布搭起来的简易饭店,苍蝇兴奋地在油腻腻的桌子上方嗡嗡欢唱。旧铁皮屋子的小旅馆,在阳光强烈的下午被风吹得咣咣响,有时候这种声音来自另一种原因。人们在毫无遮拦的空地上铺开塑料布,把货物像垃圾一样倒出来,堆在地上售卖。马车车轮、拖拉机车轮、货车车轮从旁边碾过,任何一个移动的东西,都能扬起一大片尘土。尘土在半空中飘荡着,要过很久才会重新落回地面。方海平脚边那些闪闪发亮的廉价首饰,落难般蒙上了厚厚的尘土,依然被从边界线那边过来的人,毫不嫌弃地塞进蛇皮口袋带走。那几年,边界线那边的几个斯坦国,经历了一场经济动荡,物资匮乏,食品短缺,店铺里的货架几乎空空荡荡。方海平毫不费力地从那些蒙尘的廉价首饰身上挣到了大把的钱。他马上用挣到的钱在口岸租了一个几平方米的木头房子当店铺,扔掉了那把风一吹就倒的破太阳伞。木头房子其实比太阳伞好不到哪去,四处漏风,开门的时候稍一用力,门板就有可能扑面掉下来把人砸晕过去。但不管怎样,方海平还是给它取了一个响亮的名字:中亚首饰批发部。他买了瓶墨汁,找来一块纹理粗糙的木板子,用小学生的书法水平,一笔一画竖着写好,然后举着榔头哐哐哐一阵猛砸,把木板子钉在了门边上。

方海平每天在巴掌大的中亚首饰批发部里忙得要尿裤子。茅厕有点远，其间要穿过一片停着马车的空地。拉车的马随地拉撒，去茅厕的人，得在马粪蛋子中穿行。方海平计算过，用最快的速度去一趟茅厕，来回也要十五六分钟。方海平想不通，这里的人宁愿跑很远的路，浪费很多赚钱的时间去上一趟厕所，也不愿就近多建几个茅厕。而他的生意总是那么繁忙，来批发首饰的人，一拨刚走又来一拨，他连去撒泡尿的时间都抽不出来。有时候刚准备出门，来人就把他堵在了门口。中亚国家的男人，个头有他两个那么高。女人的体型也颇壮硕，乳房像两个篮球那么大。他们不容分说，挤进店铺，小小的空间立马被塞得满满的，连转个身都不可能。方海平担心自己夹在其中会有无法预料的危险发生，因为个头矮小，他的脸刚好对着女人的胸部，如果那个女人再靠过来一点，自己肯定会被闷死在那对乳房上。等他们离去后，方海平发现急不可待的尿意已经转换成了其他难以启齿的意。羞耻的同时，他奇怪那些尿液跑哪去了，是被憋了回去，还是变成了汗，从毛孔排泄掉了。他其他的想法，最后其实也是同样的结果。方海平时常疑心自己的汗水里面挟带着浓浓的尿味和荷尔蒙味。久而久之，他练就憋尿的本领，不到不得已，他一般不往茅厕跑。除了抽不开身，另一半原因是那个遮蔽性良好的旱厕，充斥着积怨般的臭气，简直能把人熏得一头栽进粪坑里去。这让他无比怀念起李祖的粪缸来。方海平自来到西部，吃喝方面毫无过渡地就能适应。撒着厚厚孜然粉的烤肉五毛钱一大串，冒着泡沫的啤酒两块钱就能买一大扎，拉条子一盘不够还可以免费加面，对他这种饭量的人来说加面显然有点多余。他更喜欢馕坑里刚打出来的热馕，卖馕的女人看上去比热馕还好吃，她跟她打的窝窝馕一样圆鼓鼓的。每次方海平去买馕，她都要朝他抛眉弄眼一番。买几个馕你？得知方海平只买一个，她大摇其头。这里的人都十个十个地买,你买一个,小气得很,儿子娃娃的不是。方海平没法反驳。

方海平听见别人叫她阿娜儿。阿娜儿说话主语谓语随便颠倒,听得人很错乱。这是边民的语言风格。方海平得在脑子里把阿娜儿的语言重新组合一番,才能懂得其中意思。

哎,那个谁。阿娜儿这样称呼方海平。她对方海平说话的语气带着一丝调侃,也可以理解成挑逗。

一个馕,买起来不嫌麻烦你,我卖起来都嫌麻烦。阿娜儿很干脆地把一个馕送给了方海平。

后来方海平去买馕,每次都要带上点小东西,一对玻璃珠子的耳环,一条假珍珠项链,两个亮闪闪的塑料发夹。他不想白占女人的便宜,也不想在女人身上浪费时间。他的时间是拿来赚钱的。其他可以缓一缓,赚钱刻不容缓。方海平来到口岸没多久,中国改革开放的商业大潮,一路磨磨蹭蹭,像一列极慢的火车跟在他后面,也从南方到达了这个边远的西部口岸。方海平和所有商业嗅觉灵敏的义乌人一样,早于别人嗅到了发财的商机。在口岸还在规划建设商铺的时候,方海平拿出积累的钱,大胆下手,买了几间还仅仅是设计图纸上的店铺,及至后来其他义乌人带着各类小商品纷至沓来,方海平已经站稳了脚跟,独占了首饰行业的批发。他那些亮闪闪的廉价首饰,通过口岸,呈放射状覆盖了中亚地区。每天无尽延长的白昼终于切换成黑夜的时候,方海平哈欠连连地对着一大堆不同国家的钱币发愁。相较于整包整包地批发首饰,整堆整堆地数钱是一项更累人的活。他得把各种钱币区分开来,一张一张数清数目,用橡皮筋一捆一捆捆扎好,塞进麻袋,然后扔在一堆装着廉价首饰的货包中间,这样也许更安全。停电在口岸是经常发生的事,方海平单凭钱币的手感和纸张大小,就能在黑暗中区分出是哪个国家的钱,以及钱的面值大小。他还熟知各种货币和人民币之间的汇率，卢布，坚戈，苏姆，里拉，马纳特，他觉得这些花花绿绿的钱币，是一些和冥币差不多的纸张，唯有人民币，才是货真价实的硬通货。这就跟白天黑夜的划分以李祖为准一样。有时方海平会怀疑数钱的时候，自己很有可能处于一种睡着的状态。理由是他在白天清醒的时候，经常会把钱数错，而在夜晚迷迷糊糊的状态中，却从未数错过钱。有一次，他从对面的镜子里，观察到数钱的自己，耸着肩，驼着背，勾着头，仿佛睡着了一般，只有十根手指头，清醒地、昂扬地点着钱币，钱币在他手中发出的响声，像一队锡纸兵在列队走过。方海平被自己的样子吓了一跳，就好像看见梦中的自己，坐在一堆钱币中，带着做梦的表情在数钱。

　　数钱休息的间隙，方海平靠在脏兮兮的沙发靠背上，想起自己来西部的起因，总不免哑然失笑。他得感谢李祖那些分散于房前屋后的粪缸，那绝对是个获取信息的重要场所。不像西部，茅厕盖得严严实实，里面分隔出来的蹲位，竟然还要加上一块遮挡的木板门，这简直让人不能理解，仿佛排泄是一件见不得人的事。有一次方海平急吼吼地往茅厕跑，迟一秒括约肌就有可能括约不住。他在不知道里面有人的情况下闯进了一个隔间，结果那个体毛茂盛的男人，像个女人一样尖叫起来，他掐住方海平的脖子，几乎要把他的舌头给掐出来。吓得方海平没完没了地道歉。事后方海平实在想不通，一个大男人，反应那么激烈，好像遭受了天大的羞辱，至于嘛。方海平只能把这归于地域文化的差异。李祖那些随意分布的粪缸，仅有象征性的遮挡，几把稻秆，或者几块长短不一的木板子，再不就是几个破尿素口袋，小范围地在后边随意一挡，前面则是完全的开放式。蹲厕的人，基本暴露于外。有人路过，打个招呼，或停下来聊几句，不管男女，皆不避讳。和方海平家紧挨着的女邻居，嗓门大，脾气火暴，经常一边蹲厕一边和公婆吵架，老远都能听到。相亲的时候，婆婆并没有看上她，觉得她额方眉粗，颧骨高突，嘴角下垂，下巴短窄，一张脸长得哪哪都是克夫相。她气恼地跟着媒婆离去的时候，不知是生气还是茶水喝多了，感觉憋得慌，就在路边粪缸蹲了下去。这种生理反应是会传染的，媒婆也觉憋得慌，也蹲了下去。婆婆出于陪客礼貌，虽然不憋，也相陪着蹲在了粪缸上。媒婆不甘做媒失败，想做最后的努力，她大夸女邻居的某个部位长得比脸有福相，大而结实，圆而饱满，旺夫不说，还能生儿子。婆婆伸头一番观察，后悔自己只顾着看脸上的风水，全然忘记了臀部的重要性。幸亏一起蹲了个厕，不然，就给错过了。

一桩婚事，就这么在蹲厕的过程中确定了下来。女邻居嫁过来后，确实旺夫，也确实生儿子，但是脾气不好，不敬长辈，和婆婆一起蹲厕，总是比婆婆抢先起身。婆婆觉得这不合蹲厕礼仪，一般来说，有长辈在旁边蹲着，长辈不起身，小辈是无论如何也不可以先长辈起身的，这道理就跟饭桌上须长辈先动筷子一样。但女邻居不管这些，为此婆媳两人经常在蹲厕时吵架。女邻居凶悍，婆婆吵不过，公公闻声赶来，帮着婆婆一起吵。女邻居坐在粪缸上与公婆对骂，毫无窘迫之感。

那一日女邻居在蹲厕时和公婆又发生争吵，方海平刚好路过，停下来劝架。公婆走后，方海平站着和女邻居聊了几句。出于对方海平的感谢，女邻居向他透露了一个在她看来属于商业机密的信息，中国西部尚有一片义乌人尚未涉足的空白区域，虽然偏远，但靠近邻国，刚开通的口岸，将会成为一个发财通道。而且据说，一条国际货运铁路线将从那里通过。她原本打算让自己的老公先去那里看看，怎奈那个目光短浅的家伙认为西部穷得遍地都是石头，去了那样的地方，可能连根毛线都挣不到，更别说发财了。女邻居在义乌铁路货运部门工作，虽然只是个负责抄货单的临时工，但有机会知道义乌的小商品,通过铁路线都发往了全国的哪些地方。女邻居的脑子里,有一张义乌小商品分布图,如果绘制出来,将是一个以义乌为圆点的放射性网状输出图。中国版图没有被网罗在内的,也就剩下些边边角角的地带了。女邻居断言,这样的边角地带,未来肯定会有大好的商机。

方海平当即起了去的意。

方尼娅听方海平说这些的时候十六岁。自六岁之后,方尼娅再没有回过李祖。她在一个和李祖有三小时时差的地方长大。她上学的学校不教汉语,每天放学,她穿过冼星海大街,经过冼星海的雕像,去一个中国留学生那里学两个小时的汉语。她养的那条花斑狗,狗脸颇具人性。她跟花斑狗说汉语。有一天花斑狗咬烂了陈文秀的靴子,陈文秀把花斑狗卖给了游走的马戏团,方尼娅自此坚持用汉语跟陈文秀说话,尽管陈文秀听不懂汉语。

方尼娅对方海平的首饰生意从不感兴趣,她甚至不清楚方海平在靠什么赚钱。她以为他们什么不靠也能生活。十六岁之后方尼娅就满世界地跑。有一年方尼娅跟团去肯尼亚看动物迁徙,一辆焊着钢筋护栏的敞篷卡车拉着他们在雨季的草原上追着食草动物跑,有人要方便,司机先下车侦察情况,确定没有危险的食肉动物在附近,游客才敢下车,就地匆忙解决。女游客接受不了这种方式,为避免下车,一整天不敢吃喝。方尼娅和男游客一样照吃照喝,下车解决也和男游客一样,没觉有什么障碍。又一年,方尼娅在中国的塔克拉玛干玩沙漠越野,她撑开伞蹲下去的时候,一阵风刮走了她的伞,这时候刚好有一辆越野车开过来,从她旁边开过去。方尼娅淡定地蹲着,只当车上的人全是眼瞎,看不见自己。方尼娅发现自己在这方面有李祖人的底子。

李祖如入无人之境的蹲厕文化,让方海平获得了赚钱的信息,也让方海平在初到西部时吃了不小的苦头。由于生意繁忙，方海平经常得把自己的膀胱功能使用到极限。拉车的马从门前走过，在他面前肆无忌惮地撒尿，那种欢快的排泄声，严重刺激到了他饱胀的部位。方海平忍不住学马在店铺后面就近解决。此举立刻招来一群戴头巾妇女的胖揍，许多只手一起伸过来抓他的头发，揪他耳朵，扭脸，抠眼珠子，连掐带拧。脚上功夫也不比马或者驴差，差点让方海平从此以后都失去了撒尿的功能。离开的时候，每个女人都骂骂咧咧往口袋里塞了一大把首饰，算是对她们的赔偿。其中有个每根手指都戴着戒指的女人，第二天哐当推开中亚首饰批发部那扇摇摇欲坠的门，要求方海平给她调换一个戒指，那个戒指镶嵌的假珠宝掉了，看上去像是被挖掉了眼珠子一样难看。方海平二话不说满足了她。她手指上又长又尖的指甲让方海平恐惧，他身上的很多掐痕有可能出自它们。另一个女的，在几个月后来到店铺，取下脖子上的项链，她觉得这根不够闪亮，要求方海平给她换一根更闪亮的。方海平索性又给了她一根。他可不想再挨一顿揍。

　　阿娜儿的馕坑就在中亚首饰批发部斜对面，她蹲在馕坑上，越过一摞子的馕，目睹了方海平挨揍的热闹场面。这个义乌人像是经历了一场劈头盖脸的沙尘暴，被飞沙走石击打得一片凌乱。阿娜儿笑得差点掉进馕坑里。她告诉方海平，不用跑那么远去上厕所，可以就近去她家。她家的茅厕在院子里最角落的地方，上面爬着隐秘的南瓜藤。

　　方海平去过一次后就不肯再去。这一带边民的茅厕颇有些讲究，严实，隐秘，门上挂着绣花的布帘子，仿佛进去的是个闺房而不是茅厕。茅厕上方悬挂的一个大南瓜，让方海平惴惴不安。那个南瓜实在太大了，方海平从来没有看见过那么大的南瓜，他担心它会突然掉下来，把他砸进粪坑里。最让他恐慌的是茅厕的一角，拴着一只长角的山羊，自始至终，山羊都在盯着他看。在李祖开放的环境下，被人看倒可以坦然淡定，但是在一个封闭的环境里，被一只山羊近距离地看，方海平觉得特别别扭，那只山羊的眼睛里，包含了恼怒、蔑视之类的内容，好像他当着它的面排泄，这种行为严重冒犯了它。它像那些包头巾的妇女一样，几次试图冲过来顶他，用它坚硬的角给他狠狠来上一下。幸亏够不着。后来方海平宁愿跑很远的路，穿过遍地的马粪蛋子，捂着鼻子蹲在臭气熏天的旱厕里，也绝不愿意再去阿娜儿家上茅厕。那简直跟被审判一样。

阿娜儿觉得最好的办法莫过于雇个帮忙的人，这样方海平就不至于跟马一样，当着女人的面撒尿。挨一顿打是小事，她们真发起火来，有可能会把他赶牲口一样赶出口岸，永远也别想再回来。边民的习俗，女人是不容被这样的行为冒犯的。马可以不讲究，人怎么可以不讲究呢嘛。

方海平不想被赶走，这里的一切才刚刚开始。口岸正在建设中，每天巨大的货运卡车轰隆隆地从口岸那边开过来，带来一阵小小的地震。卡车上的货物，永远让人意料不到。有可能是当废铁拆下来的坦克履带，大炮炮管，也有可能是某个工厂的大型机器，某艘航母上的零件。在这些卡车的重压下，方海平感觉到了大地的颤抖，既兴奋，又有点恐惧。他知道一个大冒险的时代到来了。在短暂的时间里，他又积累了一笔钱。他后悔商铺买少了，他的钱应该全部拿来买商铺。到时候口岸整条街的商铺，都是他的。各种钱币，中了魔咒般往他的店铺里飘来。方海平觉得自己将来在口岸弄出一个义乌那样的小商品批发市场来，也不是没有可能。

方海平向李祖的亲戚朋友，包括女邻居借了些钱，加上自己的积蓄，又买下了一些商铺。他准备用他的方式吞下世界。

方海平向女邻居打电话借钱的时候，女邻居已经睡下，得知方海平所在的地方，太阳还要过两三个小时才会落下地平线，女邻居惊讶得瞌睡都没有了。天哪，你那里的一天，差不多有四十个小时那么长，你赚钱的时间，要比这边的人多出两倍。

方海平想了一下，觉得女邻居说得对。女邻居总能发现别人发现不了的问题。这里的一天，似乎真有四十个小时那么长。自己一天里面，似乎真的要比别人多出两倍的挣钱时间。他没理由不发财。

但首先，他得雇一个上厕所时帮他看店的人。如果在李祖一天只需去两到三次厕所，那么，在口岸如此漫长的一天里，至少要去四到五次，这样算来，他光上厕所就要白白浪费掉一个来小时的时间。就算浓缩成三次，也得浪费掉半个多小时。方海平找出一张纸，找人用维汉两种文字写了一张招聘启事贴在门上。阿娜儿看见了，走过去歪着头用汉语把招聘启事念一遍，再用维吾尔语念一遍，念完一把撕下来，扔进馕坑里，动作透着粗蛮。她用主谓颠倒的句式告诉方海平，如果要招人的话，招她就可以了。以前口岸打馕的只有她一个人，随着来口岸的人增多，一下子出现了七八个打馕的人，为了吸引顾客，他们打的馕花样百出，油馕，玫瑰馕，肉馕，辣皮子馕，茴香馕，孜然馕，皮牙子馕。她只打最平常的馕，她的馕变得无人问津。

哎，那个谁，怎么样？点个头嘛你。阿娜儿朝方海平星星一样眨眼睛。她只眨左眼，右眼睁着，负责眉欢眼笑。方海平弄不明白她是怎么做到的。

方海平对着那只右眼拼命摇头，但这种文明的拒绝方式毫不起作用。第二天，方海平来到中亚首饰批发部，看见阿娜儿站在门口等着，头上手上脖子上，戴满了他给她的那些廉价首饰，整个人亮闪闪的，像一个展示廉价首饰的模特。

方海平告诉阿娜儿，他想雇个男的，满身腱子肉，扛东西走路飞沙走石。

阿娜儿打馕每天要揉一大坨面,力气大着呢。她扛起装满首饰的麻袋,从满是虚土的街上走过,脚步掀起齐腰高的尘土。一般来说,一匹马跑过,或者一辆电动三轮车开过,才会产生这样的效果。

不行,我不雇女的。方海平还是摇头。

阿娜儿有些生气。那个谁,你上过我家茅厕,阿娜儿说。

这句话跟她身上的廉价首饰一样亮闪闪的,引得周围人一阵嘎嘎大笑。

方海平想不通,他就上过一次,这竟然可以成为他雇用她的理由。他那时还不知道,这也成了后来其他很多事情的理由。

阿娜儿不管方海平怎么想,她像扒拉一坨面一样扒拉开方海平,走进中亚首饰批发部,开始招呼这一天到来的第一拨批发商。

阿娜儿根本不是个做生意的料,经常弄错货物,算错价钱,而且大方得要命,动不动就给对方把零头抹掉,或者像送方海平馕那样,把方海平的首饰白白送人。这让精明的方海平大为恼火。唯一让他感到满意的是,阿娜儿会说一点俄语。

阿娜儿会说俄语并不奇怪,邻国曾以俄语为主,阿娜儿在那边有亲戚,亲戚家婚丧嫁娶,阿娜儿都会过去参加,她跨过边界,就像跨过一条虚线那么频繁。对那边的情况阿娜儿也熟悉得很,她告诉方海平,那几个斯坦国的女人,没有首饰简直活不了,哪怕没钱买列巴,女人也绝不能没有首饰戴。她问方海平知不知道斯坦是什么意思,波斯语系里,斯坦是地方的意思。伊拉克以前叫亚述里斯坦,中国叫秦那斯坦。阿富汗叫阿富汗斯坦。中亚的这些斯坦国,曾经是古代丝绸之路商业贸易的中心区域。阿娜儿建议方海平去那边做买卖,那边的首饰生意,钱一定可以秃噜秃噜(大把大把)地挣。

方海平听了直摇头,那片区域对他来说陌生得让人恐慌。谁知道在那边会遇到什么。这个口岸曾是丝绸之路上的一个驿站,过往的商队,在这里扎起绵延的帐篷,烧茶的炊烟在黄昏一股一股升起,骆驼和马匹在夕阳最后的光亮中嚼着嘴里的草料。不过有很长一段时间,这个驿站像死了一样,没有商队,没有贸易往来。直至现在,这个口岸又活了过来。就像一个时代结束,另一个时代在他面前开启。方海平看着通往那边的商路,有时也会蠢蠢欲动,想把他的生意做到中亚,乃至更远的地方去。这不是没有可能的事。但目前他得完成最初的财富积累。他是一个聪明的义乌人,绝不干那种没把握的冒险。

方海平很快跟着阿娜儿学会了边民的语言风格,他用主谓颠倒的句式和拖长的腔调说话,俨然一个本地人。他俄语学得也很快,他发现自己很有语言天赋,以他的聪明,没用多久就能用俄语和批发商流畅地交流。随着生意的做大,一些简单的书面合同,不需要请翻译他也基本能自己搞定。这让阿娜儿佩服得不得了。阿娜儿伸出因揉面而变粗大的手指,敲南瓜一样敲方海平的脑袋。

那个谁,你这里面全是脑子。

方海平懒得回答她,脑袋里面不是脑子,还能是什么?

我脑袋里全是大理石,太阳很大的时候,或者生气的时候,我的脑子就会僵硬得什么也不能思考,阿娜儿说。

方海平表示认同。这个非常死板又倔强的女人,经常弄得他头疼不已。她脑子里好像只长了一根筋,遇事不知道转弯,就像拉车的马,只会横冲直撞地往前跑。她还喜欢自作主张,管这管那。不知道的人,都以为她是他的老板,更多的人是把她当成了老板娘。阿娜儿张罗着重新租了间像样的红砖平房,门上挂起显眼的招牌,招牌上"中亚首饰批发部"这几个字,阿娜儿别出心裁地用各种首饰拼起来,亮闪闪的,颇为引人注目。阿娜儿对自己的杰作沾沾自喜,方海平却为白白用掉了那么多首饰心疼不已,明明拿块木板,随便写几个字就可以的事，偏要花那么大的成本。可气的是，阿娜儿才不管方海平怎么想，她一没事就坐在中亚首饰批发部的门口嗑瓜子，一边嗑，一边口吐花瓣一样把瓜子皮吐得满地都是。方海平一旦说她，她就会一扭身子，自他面前扭着屁股走开。经过他身边的时候，她那难以掩藏的狐臭，从衣领里飘散出来，令方海平苦不堪言。他几次提出，现在的医学，可以很轻易地解决掉这个问题。如果她没有钱，他可以借给她。再不济，也可以喷点香水什么的，掩盖一下。

方海平为了自己的嗅觉器官好受一点，买了一瓶香水送给阿娜儿，被阿娜儿嫌弃地扔到一边。

那个谁，你知不知道，狐臭越臭的狐狸，越受狐狸欢迎，这就跟人的香妃一个样，阿娜儿说。

你是人，不是狐狸，方海平说。

人也有自己的气味。

可那是臭味。

臭味也是我自己的气味。

熏得我头晕。

习惯了就不晕了。

习惯不了。

时间长了就习惯了。

方海平气得冒烟。你被解雇了，马上走人。这样的话他对她说过不止一次，他单方面做出的决定等于放屁，阿娜儿根本不做理会。

两个人经常这样叮叮当当地吵，无论方海平怎么抗议，阿娜儿都拒绝对自己的狐臭进行处理。她不仅不接受香水，也不喜欢用洗发水沐浴露之类香气很重的东西。她认为这些散发出化学味道的东西，掩盖了人自身的味道。她如果用了，闻起来，就跟其他所有用了这些东西的女人是一个味了。

那样的话，你就没法通过气味来辨别我跟其他女人的区别。很多动物，都是靠味道来识别喜欢的异性的，阿娜儿说。

我不是只长了鼻子的嗅觉动物，我可以用眼睛来识别。方海平气恼得想撞墙。

可是，如果你眼睛看不见的话，你就得凭气味闻出哪个人是我，阿娜儿说。

方海平不想继续跟她谈论气味这样的问题，也不想再过问她的狐臭。这些东西让他们的雇佣关系听起来有点变味。阿娜儿打的比方也让方海平不安，他担心自己的眼睛有一天真的会看不见。这个乱说话的女人，用词里带着不好的暗示。方海平学西部人的方式，朝地上呸了三口口水。这有点愚蠢。方海平发觉自己越来越像西部人，身上甚至有了西部人的懒散和懒惰，义乌人的勤奋和精明在消失。不得不承认地域文化对一个人产生的影响，这就像是把萝卜种在土豆地里，萝卜会变得越来越像土豆。他现在已经彻底摒弃了李祖人没有章法的蹲厕习惯，学会像西部人一样，把上厕所当成一件隐秘的事情。并且学会了用小水壶里的水洗手。倒一点点水在手心里，尽管水量少到仅能打湿手，也要认真地把每一个手指都搓洗到。如此三次。那种仪式般的洗手，让人觉得清洁自己是一项神圣的事情。西部缺水，方海平听阿娜儿说在没有水的情况下，他们偶尔也用沙子或土替代水来洗手净身。这让他很不解，那东西，怎么洗？阿娜儿指给他看一只鸡是怎样在土坑里替自己洗澡以此清洁羽毛的。毛驴也是，在地上打滚应该就是它们的洗澡方式。

方海平发觉自己正在被这个女人侵蚀。从说话腔调，做事风格，到思维方式。阿娜儿喜欢说慢慢来，这里所有的人都喜欢说慢慢来。这里的一切也是按照慢慢来的方式慢慢地进行着。这让方海平很是崩溃，他从一个说话语速都极快的地方，跑到了一个什么事都慢慢来的地方，简直就像一个急性子的人，坐上了一辆磨磨蹭蹭的毛驴车。商铺的建造进度是那么缓慢，西部漫长的冬天耽误了建筑工人的工作时间，冻土层要到每年的四月份才开始变软，这个时节，地表的黄色野郁金香开始热烈地开放，继而是红色的更为热烈的野罂粟花。在这个地带，所有的花开得都很短暂，风一吹就开，再一阵风吹过，花就落了。夏季也是极其的短，才看见建筑工人动手干活，不到十月就下起了雪，接下来又是漫长的封冻期。等商铺建好，及至开张，野郁金香和野罂粟花已经不知道开了多少次。方海平也已经不再是那个初到西部，口袋里没有几个钱的年轻人了。他留起了小胡子，黑色短胡子增加了他脸上的执着表情。西部的饮食也让他明显发胖，这种体型让人联想到成功人士。

　　方海平留下了位置最好的几间商铺，作为自己的经营店面，其他的，全租给了后来来到口岸的义乌人。这些义乌人，简直把义乌国际小商品批发市场照搬到了这里，义乌市场里所有的商品，这里都有。所有的竞争，这里也有。方海平办理了护照，计划着找个时机去中亚看看。他对那边不再恐慌，随着财力的增加，他的底气也足了起来，那片广大的欧亚腹地，变得对他充满了吸引力。那里也许蕴藏着更大的商机也说不定。

　　方海平在打瞌睡的半下午时光，会有一种抽身而出的脱离感，他像一个旁观者那样，看着自己的生意，从最初的一把破阳伞，到几平方米的木头小屋，再到红砖平房，最后扩展成了很具规模的欧亚首饰批发中心。这个名称是阿娜儿改的，在她对汉语有限的理解里，"欧亚"比"中亚"大，"中心"比"部"大。这些词语代表着她对世界的认知。方海平看着她蹲下身子，认真地在欧亚首饰批发中心的玻璃柜台里摆放各种款式的首饰样品，这些仿真货看上去比真的还要漂亮，但是给人一种冷冰冰的感觉，反而是记忆里那些几毛钱的廉价首饰，更能让方海平生出热爱。热爱是一种有生命力的东西，可以一点点地生长，让他从白手起家，生长成现在的规模。

方海平在琳琅满目的商铺一角，修造了抽水马桶式的卫生间，他再不用跑很远的路去上厕所。通过阿娜儿，欧亚首饰批发中心招了十来个员工。其中几个女的，方海平怎么看怎么眼熟，他在打一个大大的哈欠的时候，猛然想起，他曾经挨过这几个女人的打。她们下手的时候一个比一个狠，有一个，差点把他的耳朵揪掉。现在她们落到他手里，他思忖是不是可以找机会报复一下。她们跟阿娜儿一个样，干事喜欢慢慢来，稍微有点空闲，就坐下来一边谝传子，一边嗑瓜子，口吐花瓣一样把瓜子皮吐得满地都是。这让方海平很是恼火，他威胁要扣她们工资，辞退她们也不是没有可能。但是她们明显不怕他，她们学着阿娜儿的口气跟他说话。

哎，那个谁，听说你在阿娜儿家上过茅厕。她们嘻嘻哈哈，根本不把他当老板看待。有个年纪大点的妇女，开玩笑方海平上过阿娜儿家的茅厕，那就应该娶阿娜儿为妻。人家姑娘上的茅厕，都被你看见过了欸，她说。

旁边的男人们发出一阵猛烈的嘎嘎大笑，这是口岸边民特有的笑。这种狂野的笑声被阿娜儿的兄弟粗暴地打断。阿娜儿有好几个兄弟，其中一个是卡车司机，经常开车去附近的几个斯坦国运货。其中的另一个是夜班车司机，也是经常跑附近几个国家，他的大客车里坐满了来口岸进货的人。两个兄弟人高马大，手臂上长满浓密的汗毛。他们所经之处，空气中飘荡着比阿娜儿浓烈一百倍的狐臭味。看来狐臭是他们家祖传的气味。这两个喜欢用暴力解决问题的男人，大声警告方海平最好别对阿娜儿起歪念头，否则他们会切了他。阿娜儿两兄弟随身带着刀子，拿出来切西瓜，切手抓肉，他们也有可能用刀切别的东西。

毛驴子才动歪念头呢，方海平用义乌方言回怼他们。他弄不懂上了个茅厕怎么就跟婚姻大事扯上了关系，他上过阿娜儿家的茅厕，不等于看见过阿娜儿上茅厕。在李祖，就算看见了也没什么大不了。他奇怪自己的命运似乎总和茅厕这样不宜谈论的东西联系在一起。为了自身安全考虑，他决定辞退阿娜儿。

阿娜儿照旧毫不理会方海平单方面的决定，她也不理会兄弟们的态度。她对方海平说，不行我们私奔，去哈萨克斯坦，或者去别的什么斯坦。那边的首饰买卖肯定比这边更好挣钱。

方海平觉得阿娜儿疯了，他想过去中亚那些斯坦国看看，可从来没想过要和她一起去，更别提跨国私奔了。他不想丢掉他好不容易奋斗来的东西。但是阿娜儿才不管方海平怎么想，她大张旗鼓地着手准备私奔要带的东西。那架势，方海平如果不答应，她会扛麻袋一样扛着他私奔。

口岸很快疯传出方海平要带阿娜儿私奔邻国的谣言。谣言像扬起的尘土一样传播得满天都是，半天不落下来。其实也不能算是谣言，从当事人嘴里传开去的话，怎么能是谣言呢？欧亚首饰批发中心的那几个女人，一副等着看私奔的表情。方海平真正地恐慌了起来，这个又蠢又笨的女人，总是能把事情弄得一团糟。看着吧，接下来还会更糟糕。方海平下定了决心要认真辞掉阿娜儿，这样下去不是个事。

事情的结果是，在他开口前，阿娜儿旋风一样跑到他面前，告诉他她的兄弟要来杀他。他们怀揣着切这切那的刀子，卷起袖子，露着长满汗毛的胳膊，脚下腾起大朵的尘土，正穿过一家家店铺，往方海平的欧亚首饰批发中心走来。他们走得很慢，有时候还停下来和人聊上几句天，好让阿娜儿跑到前头去给方海平报信。

他们不会真杀了你的，阿娜儿安慰方海平。

方海平可不敢拿自己的脖子开玩笑。他揣上护照，飞快地往边检跑去，路上他摔了一跤，磕破了嘴唇。等他狼狈不堪地过了国界，远远看见阿娜儿两个兄弟站在那一边，挥舞着手里的刀子，朝他嘶吼。逆着的风把他们的声音全吹了回去。

方海平转过身，把他们抛在身后。他的面前，亚细亚的群山正笼罩在金黄的阳光下，风从那边吹来，带来那个方向广阔的气息。方海平深嗅几口，品味出干燥的风中那片土地上草木和泥土的味道，还有一种遥远的咸水湖的陌生气息。方海平没想到自己以被人追杀的方式，终于踏上了这片土地。

他随便上了一辆车，一个小时后，扬着尘土的车把他带到了一个叫雅儿肯特的小镇。从口岸通往小镇的路，被超载的大卡车压得坑坑洼洼，一路上颠簸不堪，等到了小镇，一下车就是拉客的司机和混乱的车站，这里大概是一个中转站，去往中亚各国和去往中国的人，大都会在这里停留一下。

雅儿肯特给方海平的第一印象很糟糕，唯有马路倒是很宽敞，马路上有很多标注了限高五米的黄色管道，它们像毛细血管一样遍布小镇。方海平不知道这些管道是干什么用的，他站在这些管道下面，发愁地看着管道上的俄语字母。拼读一番后，他基本弄清楚了黄色管道是天然气输送管。这个国家天然气资源丰富，美女也不缺乏。方海平一转头就看见一个行色匆匆的长腿姑娘，小跑着走路，不时回头看一下，好像后面有人追她。她转头时耳朵上一对亮闪闪的大耳环也跟着显眼地晃动，方海平认出这对耳环出自他的欧亚首饰批发中心。

嗨，杰舞丝卡！

这个俄语里对姑娘的称呼，从方海平南方口音的嘴里吐出来，听上去有点不那么礼貌。

杰舞丝卡收住脚步。你好谢谢不客气再见欢迎再来。她把会的汉语对着方海平全说了一遍，她明显不懂每个词的意思。

方海平抬起手，指指耳环。他还没来得及开口，她立马点了点头，然后迅速朝身后的饭馆走去。方海平很快明白过来，她以为他刚才指的是饭馆，而不是那对耳环。

杰舞丝卡走进饭馆，一屁股在矮沙发上坐下来，等着方海平走进去。她的坐姿有点淫荡，两条长腿伸出去，懒洋洋地摊开来。方海平犹豫了一下，走进去，在对面坐下。

耶娃，她告诉方海平自己的名字。

两个人一起吃了顿饭，还喝了点酒。高度的烈性白酒，让方海平这个南方人有点不胜酒力。小饭馆里闹哄哄的，两个人都没有说话。耶娃毫不客气地吃光了所有的东西，喝光了瓶子里剩下的酒，然后等着方海平付账。走出饭馆后，方海平在街头晕晕乎乎地乱走。不会更糟了，方海平在心里想。他很快又想到，肯定还有比这更糟的。信不信，将来也许会非常糟。他想到自己有可能得丢下口岸这些年苦心经营起来的一切，就有一种割肉的感觉。不过也没什么大不了，以他现在的能耐，完全可以去新的地方，开拓更广阔的市场。边境上的小口岸，早晚有一天，会再度恢复沉寂。被阿娜儿兄弟追杀，也许是一个契机。要不他会死守在那里，看着生意一天不如一天。事实上生意已经一天不如一天了。人们不再愿意跑很多路，花费很多时间，越过边界去中国进货。口岸在它完全建好的那一天，就已经开始从繁闹走向了日渐冷清。

耶娃寸步不离地跟着方海平，他去哪儿，她跟到哪儿。看上去他们像是一起来这个小镇旅游度假的一对儿。但是两人明显地不般配，她的金发很招人，红唇也很招人，她高出方海平一个头还不止。如果他们接吻，方海平这个矮个子的南方人就算踮起脚也还是有点吃力。好在方海平磕破的嘴肿得老高，看上去就疼，这打消了他其他的念头。他们就那样很不般配地相挨着把雅儿肯特小镇走了个遍，好像小镇有他们深情的过往,有他们的故事,他们是来小镇怀念什么来的。走到后来,他们挽起了手臂。

半下午的时候,方海平决定回到中国那边去。他不能这样在异国的小镇浪漫地流浪下去,他得回去打理他的生意,他不在的时候,那帮不可靠的女人,包括阿娜儿,她们啥都不会干,只会把瓜子皮嗑得满天飞。至于那两个扬言要杀他的人,他不信他们真的会杀掉他。

耶娃紧跟着方海平,一副他去哪儿她就去哪儿的做派。他一旦离她稍微远一点,她就行色匆匆,不时回头看一下。这让他觉得说不定真的有人在追杀她。方海平在小镇给她办理了一张临时的旅游签证,办签证的时候方海平发现耶娃不叫耶娃,叫什么什么莎。他有点犹豫要不要带她回到国界那边去。但是耶娃,或者什么什么莎先于他上了一辆开往中国的车,他只能跟着上车。耶娃或者什么什么莎一路上沉默不语,不问方海平要带自己去哪,似乎方海平带她去哪她都会毫无疑问地跟着,就像方海平捡到的一条狗。

当方海平带着漂亮的俄罗斯杰舞丝卡出现在口岸,私奔的谣言不攻自破。阿娜儿的兄弟出来看了一眼,就回家喝酒去了。他们觉得挺没劲的。整日整夜地开长途车,让他们的脑袋里轰轰地响,好像有个发动机在脑子里转得停不下来。他们需要干点别的什么让自己熄火的事情。比如喝点酒,打一架,杀个人。但是这样的机会不多。不管怎样,他们试图杀人,磨好了刀子,把对方,一个有钱的义乌人,追得逃到了另外一个国家去。他们的事情已经在口岸传开了去,这让他们颇为得意。至于阿娜儿,他们宁愿她嫁到边界那边的斯坦国去,也绝不能嫁给一个南方人。斯坦国的法律,男人可以娶好几个老婆,即便是那样,他们也觉得没什么。南方人不一样,南方人的生活习俗和这里天差地别,他们能听懂斯坦国的语言,但是打死也听不懂南方人的语言,而且所有南方来的人,都是长着三个脑袋的家伙,他们太聪明了,赚钱的机会全被他们抢了去。当地人只能拉人，拉货，给他们打工，挣点他们手指缝里漏出来的钱。这太让人生气了。

阿娜儿被她的兄弟们严严实实关在家里。不关起来不行，她会跑去找方海平。就算把她的护照拿走，藏起来，她也有可能铤而走险地去越境。这个没脑子的苕子，什么事都干得出来。

阿娜儿应该是最后一个知道方海平带回了一个俄罗斯杰舞丝卡的人。所有人都担心她会怎么样，但是她并没有怎么样。她用睥睨的眼光打量了一番这个有黄金比例身材的漂亮女人，然后就扭头走开了。那是一种平静的蔑视，仿佛对方是地上的一摊脏水。

那个谁，带了个妓女回来你。阿娜儿朝方海平挤眉弄眼，不改她对他一向的调侃口吻。

你应该知道她是个妓女。她追在方海平后面大声强调。

从她的做派上你难道看不出她是个什么货色吗？阿娜儿一边干活，一边不忘随时来上一句。

她甚至直截了当地问方海平，跟一个妓女睡觉，是什么样的感觉？

方海平能说什么呢？他早应该怀疑一下这个问题。她可以随便跟着随便哪个男人，随便去什么地方。男人随便想怎么样，就可以随便把她怎么样。

方海平抓了一把钱给耶娃或者什么什么莎，示意她走。她不明白地看着他。方海平增加钱，用俄语跟她说让她走，她还是像听不明白。

这也太糟糕了。

还有比这更糟糕的吗？

方海平真想扇自己两耳光。继而方海平想，也许那个国家风气不同，姑娘们都很开放也说不定。内心里他其实很清楚自己对这种女人毫无抵抗力，尤其是那两条长腿懒洋洋地摊开来的时候。方海平瞥一眼阿娜儿，阿娜儿的腿短且粗，坐着的时候两腿习惯性地并拢，而不是摊开来。

她不是妓女，方海平说。

阿娜儿响亮地笑起来。她那魔鬼般的笑声，让方海平心虚极了。他跟耶娃或者什么什么莎说，从现在开始，你跟过去那些名字无关，你叫陈文秀。

不管叫什么，都是妓女，阿娜儿说。

只有妓女才需要用香水来掩盖身体散发出的臭气，那是无数个男人混合的气味。阿娜儿邪恶地朝方海平眨着左眼，右眼里是幸灾乐祸。

当着崭新的陈文秀，阿娜儿一次次肆无忌惮地提到妓女这个词，她觉得她反正听不懂，就算听懂了又能怎样。陈文秀也表现出听不懂的样子。方海平觉得幸好听不懂，否则，真有的好看的。

陈文秀往身上喷很多香水，从街上走过，总有人用蹩脚的俄语冲着她喊杰舞丝卡。那感觉，跟中国人喊小姐一个意思。陈文秀回应每个人她会说的所有汉语，你好谢谢不客气再见欢迎再来。最后一句无疑暴露了她曾经的职业性质。方海平限制她出去，她很听话地待在欧亚首饰批发中心，整天仰着那张漂亮的脸，丝毫不觉疲惫地试戴陈列在玻璃柜里的各种首饰。直到把所有首饰全都试戴了一遍，才停下来。

你好谢谢不客气再见欢迎再来。陈文秀突然对阿娜儿说话，她仰着漂亮的脸，手远远地指着一个上了锁的玻璃柜。把那个给我。她用俄语对阿娜儿说。那里面是一串货真价实的珍珠项链，这是欧亚首饰批发中心唯一一件真货，价值不菲。

所有人都担心她用这种调门跟阿娜儿说话，她也不怕阿娜儿扇她。阿娜儿要是抡起胳膊扇人，肯定能一巴掌把人扇到边界线那边去。她揉面的手掌，力气大着呢。

阿娜儿没有扇她，但是阿娜儿也没有把珍珠项链拿给她。又不关我的事，她说。转身走进隔壁房间忙她的去了。她拒绝做数钱以外的任何工作。她用点钞机数钱,那些钞票像不断吐出的舌头。阿娜儿坐在一堆钱中间,数钱的怒气通过地板,传送到隔壁房间,地震一样把那个陈列着珍珠项链的玻璃柜子给震出了一条裂缝。等阿娜儿数完钱,从隔壁房间出来,看见陈文秀坐在椅子上,两条长腿懒洋洋地摊开来,带着淫荡的意味。脖子上的那串珍珠项链,像萦绕着她的一条亮闪闪的蛇。

欧亚首饰批发中心其他女人都在等着看热闹。她们总是那么爱看热闹,而且喜欢胡说八道,像群母狗到处放屁。方海平陷入了怠惰之中,他没法建立好他想要的生活秩序,无法集中精力去拓展他的生意。有时候他觉得自己像一个在公路上随时有可能爆掉的旧轮胎。女邻居打来电话,告诉他原本有可能要经过这个口岸的那条国际铁路线,将改道从另一个口岸经过。这意味着边境线上另一个口岸的即将兴盛,和这个口岸面临的衰败。想到这些,方海平就心烦。

烦也没用,凡事各有其时。

冬天到来的时候,陈文秀仰着冰冷的脸,穿着在那一边新买的貂皮大衣,走进欧亚首饰批发中心。天气还没有很冷,她完全用不着穿成这样,而且衣服上的吊牌还没有剪掉。她想找一把剪刀,剪掉吊牌。阿娜儿问她为什么不能把它咬断。然后,阿娜儿就伸头咬断了它。她这个动作让陈文秀晚上做噩梦,梦见自己的脖子被咬吊牌一样给咬断了。她以这个为理由,再次去了那一边。她经常找类似的理由去那一边,方海平拿她毫无办法。她越来越鼓的肚子,就像一本可以随意过关,无须签证的护照。她是那么任性又残酷的漂亮女人,方海平心里清楚,就算她叫陈文秀,她其实同时也叫耶娃或者什么什么莎。

阿娜儿对方海平的称呼从"那个谁"变成了"那个苕子"。

那个苕子,为什么不把她揍一顿你。

她在那边喝酒,大着肚子和人调情,我开卡车的兄弟和开客车的兄弟都看见过。

即便是一头毛驴也会生气，你儿子娃娃的不是。

阿娜儿看见方海平的脸羞惭得苦皱了起来，只能闭嘴什么也不说。

冬天阿娜儿不会散发出狐臭味。她不说话的时候，方海平得扭转头用眼睛寻找她。不像夏天只要嗅一嗅鼻子，就知道她在哪个方位。有时候方海平突然想象阿娜儿不在那里，他身上会有一种阴沉的战栗掠过。阿娜儿是他来到这个地方认识的第一个人。如果她不在，谁又能证明他这些年奋斗来的一切是真实的，而不是一个肥皂泡一样的白日梦。每天方海平在半下午的时候就开始瞌睡连连，这让他总以为自己是在白日梦里。包括方尼娅的出生。每每想起，方海平都以为那不过是一个婴儿在他梦里的出生。他打着哈欠，看着陈文秀从国界那边走来，因为个子高，她的孕肚并不是很明显，至少给人一种离分娩还早的感觉。在她跨过边界线的那一刻，一团东西从她的裙子下面掉落了下来。谁也没法说清楚，婴儿是降生在这个国家，还是降生在了那个国家，或者一半生在这个国家，一半生在那个国家。幸好是春夏交接的时节，天不冷不热，风也不大，阳光明晃晃地照着，让周围的一切看上去像是假的一样。方尼娅被边检人员从地上光溜溜地提溜起来，跟提溜一个不长毛的小动物一样交到了方海平的手里。这个在肚子里就经历了无数烈酒的婴儿，谁知道会不会是个傻子。方海平这样想着，把婴儿交到了阿娜儿的手上。她出生的时候那么小，阿娜儿没想过她能活到第二天。她抱着这个不哭也不睁眼睛的婴儿，在医院一刻也不放下地抱着。婴儿保持着没出生前的姿势，好像还没被生出来，还在靠羊水和脐带呼吸。第二天，婴儿睁开了眼睛。她把阿娜儿的怀抱当成了娘胎，让真正的出生延迟了一天。

方尼娅睁开眼睛看见这个世界的第一个人是阿娜儿，这注定她以后的生长中，很多方面都有点像阿娜儿。比如狐臭，方尼娅十几岁的时候，开始发育的身体莫名其妙散发出狐臭来，虽然很轻微，但还是被方海平毫不费力地捕捉到。方海平对这种气味，敏感度异于常人。似乎这种气味，已经植入了他的记忆库里。他坐公交车，像一只嗅觉灵敏的缉毒犬一样，一上车就能闻出哪个座位上的人有狐臭。就算是从大街上走过，他也能大老远地嗅出风中一丝隐约的狐臭出自哪个人的身体。那人看上去干净体面，胡子刮得干干净净，但是他的狐臭，就像狐狸尾巴一样，掩藏不住。方海平本人没有狐臭，陈文秀也没有，方尼娅的狐臭多少有点来路不明，就好像阿娜儿家的祖传气味，隔着肚皮遗传到了方尼娅身上。方尼娅本人认为，这不是没有可能的事。她在长大后的某一天，见到阿娜儿的时候，立刻被一种熟悉的东西给吸引了，她十分怀疑自己是阿娜儿代孕在陈文秀肚子里的孩子，自己跟阿娜儿有很多相似之处，比如狐臭，比如可以不停地眨巴左眼，而右眼睁着。她们都喜欢说关我什么事。而和陈文秀，似乎没有任何相似之处。就连长相和肤色，方尼娅也偏向于亚洲。方尼娅不明白自己和陈文秀究竟有什么关系，这个一喝多了酒，就来回晃动手指，尖声叫喊的女人，每天都能换一副面孔。她走在大街上，行色匆匆，习惯性地不时回头张望一下，好像有人在追她。她经常失踪，隔一段时间突然出现在家里，像是来访的一位客人。

方尼娅走路不紧不慢，从来不回头看，也不环顾左右。她总是让自己隐藏在宽大的衣服里。她和方海平一样，脸上时常露出做梦的神情，她用这种表情把世界关闭在外。

会走路以前方尼娅一直待在欧亚首饰批发中心那十几个女人的怀抱里。她们把她放进一个阿娜儿专门做的羊毛口袋里，干活的时候，她们像袋鼠那样，把袋子捆绑在身体前面，像是方尼娅的一群袋鼠妈妈。

陈文秀觉得阿娜儿真够好笑的，好像方尼娅离开了她做的那个羊毛口袋就会死掉一样。

方尼娅会走路后,有一天陈文秀突然带走了她,去了边界那一边。但是她没有带走那个袋子。方海平拿着那个袋子来问阿娜儿怎么办,阿娜儿回答,关我什么事。

口岸已经日渐萧条,曾经繁忙的海关一天没有几个人进出。许多货物,都不再经过这个口岸,而是转向了有铁路线通过的另一个口岸。从义乌发出的货物,源源不断地到达那里。这里变成了一个被遗忘的地方。方海平决定去阿拉木图看看,到了阿拉木图后,他决定继续往西走,他又去了比什凯克,去了塔什干,阿什哈巴德,杜尚别。他发现这些斯坦国的女人,真的如阿娜儿所说,对首饰格外地偏好。他在一个女人的脖子上,同时看见了六条项链。而几乎每个女人的手,都戴满了戒指和手镯。他毫不迟疑地决定在几个斯坦国的首都各弄个首饰批发点。之后他的主要生意都转到了中亚的五个斯坦国。

方海平在那边除了生意兴隆,其他方面诸事不顺。他从加加林大街走过,树的影子被拉得老长,和他形影相吊。他的住所视野极佳,看出去是起伏的阿拉套山。但是他的房间里很孤独,阳光几乎照不进来。他望向窗外,时常感觉虚弱无力。

过了两年,方海平在口岸的欧亚首饰批发中心终于关门大吉。其他在口岸做生意的义乌人,已经先后离开,方海平是坚持到最后的一个义乌人。没有了义乌人的口岸,一下子沉寂了下去。这个边角地带,一度在李祖女邻居的预言中真的成了一个可以挣大钱的地方,但现在它需要谢幕休息一段时间,也许若干年后的某一天,又会再度兴盛起来也说不定。

方海平锁上欧亚首饰批发中心的门,准备离开的时候,商铺里的电话铃声突然响起。它固执地响了一遍又一遍,口岸因为这个没有人接听的电话显得异常寂静。方海平在电话铃声中沿着街道走去,一家一家紧闭的商铺扑面而来。一个迎面走来的醉汉，莫名其妙冷不丁扇了他一耳光，把他冻僵的脸扇得热乎乎的。他停下来，就像酒醒或者梦醒。他第一次发现，口岸颓废的街道，像个失恋的人一样哀伤。他在这里度过的所有日子，回头看来，真的就是一场白日梦。那些成捆成捆的钱币，在他的银行卡里，也只是一些虚拟的数字。

自此方海平常住那边，后来他把国籍也变成了那一边的。他回来办理一些手续的时候，阿娜儿调侃他，按照那边的法律，方海平在那个国家可以娶好几个老婆。

方海平说，我不是为了娶老婆才去那边的。我是一个有抱负的人。

阿娜儿大笑起来。你真是个苕子。她笑得很开心。

阿娜儿在几年后嫁到邻国的一个小镇，方海平听说后驱车去看她，在那个安静的小镇，他看见一片从来没有看见过的果树林，树上的果实有点像没有长大的毛桃，但又不是毛桃。阿娜儿告诉方海平这是巴旦木，也叫婆淡树。她表现得好像是在透露一个秘密。

方海平想请阿娜儿去阿拉木图帮他，他的生意需要可靠的人。阿娜儿拒绝了他。她生活的小镇靠近里海，那其实是一个巨大的海迹湖，还保留着海的气息。阿娜儿每天吹着来自里海的风，被阳光明晃晃地照着，她忘记了口岸那些廉价首饰般亮闪闪的往事。不过阿娜儿告诉方海平，她的两个兄弟，在口岸冷清下来后整日无事可做。因为闲得慌，不是喝酒就是打架。

方海平闻到从里海刮来的风带着一丝海的苦涩。他告别阿娜儿，直接驱车赶去口岸，找到阿娜儿的两个兄弟，他们想都没想就一口答应了下来。两个人轮换着开车，日夜兼程地跑几千公里，来到义乌，拉上满满一车货，然后再长途行驶，将货直接送往方海平在中亚的几个批发点。这样的操作，可以省去很多中间环节。当这两个跑了很多地方，见识算得上广的司机，第一次到达义乌的时候，被这个传说中的国际小商品城给震住了。他们见到各种肤色，各种穿着，说各种语言的人出现在这里，犹如万国来朝。庞大的市场，让两人晕头转向。他们在里面转了半天，发现这不过是其中某个区的某一层。如果要全部转完，恐怕花上十天半个月也不够。

李祖的女邻居带着他们去她的仓库装货，她早就不在铁路部门干临时工了，女邻居现在和方海平是合作关系，属于供货方之一。方海平发财后，对这个蹲在粪缸上和公婆对骂的女邻居一直颇为尊重，在将生意重心转移至中亚前，他认真地打电话征询女邻居的意见，仿佛她是一个很在行的生意专家。女邻居那天刚好喝了两碗米酒，尽管对中亚的一切一无所知，她还是装模作样地像个会掐掐算算的诸葛亮那样沉吟了一番，然后告诉方海平，他的财运越往西越旺，最好西到不能再西。方海平毫不怀疑地听信了女邻居的酒话。

阿娜儿的两个兄弟一心想去李祖看看，他们在女邻居的带领下来到这个在全国已经小有名气的村子，立刻被那些外形如咖啡屋、书院、城堡、外星人飞碟、歌剧院、童话小屋的公厕给吸引住了。女邻居告诉他们，这些颇具建筑美感的公厕最初的建造资金来自方海平，这些年他一直在为这些公厕的改造做着贡献。其中一座被称作第五空间的公厕，外观造型和内部设计充满了中国戏剧元素，曾上过央视，一度成为网红公厕，每天都有很多人来观摩。女邻居把阿娜儿两兄弟领到第五空间，这座公厕门口的一块大石上，刻着两个字，阿娜儿的一个兄弟觉得应该读"空放"，另一个觉得应该读"放空"，他听人说过，凡是刻在石头或者匾额上的汉字，都应该从右往左读。女邻居也觉得应该是"放空"，进厕所就是为了放空，要不跑厕所里干吗去？石头下方一行小字注明这两字出自弘一法师，阿娜儿两兄弟不知道弘一法师是谁，女邻居告诉他们好像是个和尚，扫地僧之类的，扫地范围应该包括寺庙里的厕所，要不，怎么会在厕所门口刻着他的字。女邻居说的时候，从厕所出来一个戴眼镜的男的，他张了张口，想纠正女邻居的胡说八道，想了想又闭上了嘴巴。

阿娜儿两兄弟从没见过这么讲究的厕所。他们走进每个公厕感受了一下，好像他们的前列腺出了问题，有撒不完的尿。之后他们心满意足地开着装满首饰的大卡车，一路向西。进入中亚后，方海平会跟着车一起跑。这两个曾经拿着刀追杀他的人，不管他说什么，他们都响亮地回答他没问题。但是他们做起事情来，永远磨磨蹭蹭，让人着急。方海平催促他们，他们中的一个回答他阿斯和巴（不着急）。另一个回答贝尔特（慢慢来）。一路上这两个人都在劝说方海平应该多娶几个老婆。一个说，如果你不多娶几个老婆，那你就白移民了。另一个说，如果你不多娶几个老婆，你就儿子娃娃的不是。

方海平无法解释，他移民不是为了多娶老婆，他对这个不感兴趣。他也从没解释过自己的婚姻，荒唐，莫名其妙，但是，谁又能说那不是他的生意通向中亚乃至更西的一个契机呢？途中卡车坏在了一个又干又热的不毛之地，为了节约有限的一点水，阿娜儿的两个兄弟在解手之后，从地上抓了一把土洗手，方海平学着他们，也抓了一把土，像用水洗手一样，他们认真地洗了三次，之后开始拿出肉和馕填饱肚子。阿娜儿的两个兄弟调侃食物吃进方海平的肚子里，最后长成了脑子，吃进他们的肚子里，却长成了肚子上的肥肉，所以他比他们有脑子，而他们是"一点脑子都没有"的人，活该得为他卖力。他们每句话的末尾，都要加上一句骂骂咧咧的后缀"阿囊死给（我×）"。

方海平可以不理会他们的"阿囊死给"，但是，他们的狐臭实在让他无法隐忍。两个体型庞大的男人，同时散发出的气味，简直能把人熏晕过去。他真想让他们滚回家去，让他们整天闲得慌，不是喝酒就是打架去。但是他们手臂上浓密的汗毛，让人看上去很不好惹。方海平走在两人中间，很有安全感。他们不管去哪家饭馆吃饭，都是迈着六亲不认的步伐，径直来到最里面的桌子，一屁股坐下来。其中一个大吼一声，啤酒！另一个跟着大吼一声，要冰镇的！餐馆里的苍蝇都立刻安静了下来。在一个十分混乱的小国家，有人想对方海平装满钱的背包下手，阿娜儿两兄弟只看了那人一眼，充满杀气的眼神就让对方放弃了念头。但并不是每一次都这么幸运，在另一个国家的边境，方海平被人抢走了身上所有的钱财，包括手腕上的表。还好，他们并不想要他的命，他们只想要钱。方海平没有做任何抵抗，他很配合地展示身上所有可以藏匿东西的地方，以示自己已被洗劫一空。

当时阿娜儿的两个兄弟均不在场，一个去卡车上拿东西，另一个去上厕所。

鬼知道他们到底在哪儿。方海平怀疑这是一个两兄弟参与其中的阴谋，不然不会这么巧。但也不能肯定他们真的参与其中，他们的表情是那么坦然，没有丝毫不安。两兄弟安慰方海平破财消灾，只要命不丢，什么都好说。之前来中亚做买卖的商队，经常有人把命丢在了路上。凶悍的哥萨克马匪骑着快马从任何一个意想不到的地方冒出来，上来先掏马屁股，他们老到得很，知道商队一般会把珠宝藏在马的那个部位里。如果马屁股里没有掏到东西，他们会掏人的。有人肠子被掏出来老长，竟然还能坚持活着回到中国。

方海平惊恐地捂住自己的某个部位，他想起抢劫者曾转悠到他身后，盯着他看了很久。

那一趟运气特别不好，他们刚把货卸在其中一个批发点，碰巧遇上骚乱，首饰遭到哄抢，那些做工精美、与真品无异的首饰被当作真货一抢而光，有人甚至为了一根水钻项链动起了刀子。返回的途中，另一个斯坦国和邻国发生了点小范围的摩擦，没人当一回事，这样的摩擦时不时地就会来上一下。方海平途经不安全区域的时候，想下车撒尿，阿娜儿两兄弟劝他先憋着，过了这个区域再撒。方海平一分钟都不想憋，憋尿给他的前列腺带来某种后果，时常令他苦不堪言。他执意下车，两兄弟骂着"阿囊死给"，也跟着下了车。三个人进行曲还没有结束，离他们不远的地方，突然响起一声爆炸，威力不是很大，什么也没炸飞，只把一棵树的头给削掉了，其中一小截树枝飞行过来，彗星尾巴一样扫过方海平的眼睛。三个人并排站着，方海平搞不懂，树枝单冲他飞来，好像那是一架无人机，被一双看不见的手操控着。

　　方海平的眼睛看着伤势不怎么要紧，混乱中找了个医院随便处理了一下，等他们慌忙逃回阿拉木图，受伤的眼膜出现了严重的炎症，虽然经过一段时间的治疗，保住了眼睛，但还是影响到了视力。

　　方海平撤掉了这两个斯坦国的批发点，大多时候待在阿拉木图。方尼娅代替了他大部分的工作。方尼娅对生意一无所知，但又有一种天生的老练，就像所有的义乌人，头脑里仿佛有一本祖传的生意经。起初方尼娅按照方海平的吩咐，去办妥每一件事情。后来她开始反驳方海平，提出自己的方法。再后来，方海平单方面做出的某些决定等同于放屁，方尼娅根本不做理会，她全然按照自己的想法行事。方海平发现，在这一点上，方尼娅和阿娜儿惊人地相似。为了证明自己不比方海平差，有几次方尼娅跟着阿娜儿两兄弟的卡车，去各个地方收款。途中两兄弟停下车方便，方尼娅提醒他们，最好滚到远一点的地方去。方海平担心的抢劫事件，从没有在方尼娅身上发生过。相比方海平，阿娜儿两兄弟更听方尼娅的话，她比他们矮小，但好像是在居高临下地看着他们。方尼娅无论叫他们做什么，他们都跑得飞快。他们中的一个说，如果当初我们不反对，现在你得叫我们舅舅。另一个说，你现在也可以叫我们舅舅，我们就跟你的舅舅一样。

　　方尼娅想象不出如果当初他们不拿刀追杀方海平，自己现在会是什么样，有一点可以肯定，自己肯定不会和陈文秀扯上关系。

　　有一天，父女两个坐在阳台上一边吹风，一边喝着红茶。方尼娅跟方海平说起荷兰的公厕。方尼娅去过几十个国家,大多数国家的公厕,她都能接受。印度那种放着一桶水、一只水舀子的公厕,不管怎样,都在人类理解的正常公厕范围内。但是荷兰,一个算得上文明国家的公厕,露天、敞开式不说,还建在人来人往的大街中央,旁边就是休闲地坐在太阳伞下喝咖啡吃甜点的人们。上个厕所,跟直播没什么区别。如果没有勇气上,那就只能憋着。方尼娅自然不会选择憋着,让她大为不满的是,公厕的设计似乎只替男人考虑,得站着撒尿。而且荷兰人个头高,设施的高度,中国人根本够不着。

方海平听得笑出了眼泪。他以为只有李祖一带的人才有如此强大的心理素质,看来荷兰人也不差。如果此时他面前有个荷兰人,他一定要跑上去和他拥抱一下了。

又一天,父女两个坐在阳台上吹风,喝红茶。方尼娅预判某国的抗议活动可能还得持续一段时间,因为义乌老板们还在源源不断地接到抗议条幅和宣传语的订单。在这一点上,父女两个对"义乌指数"的准确性深信不疑。根据义乌生产小商品的老板们接到的订单及订单数量,能精准地预测出一些国际大事,比如义乌老板们从美国在义乌的订货单中,提前窥探出了美国大选的结果;早在英女王身故前半年,义乌的老板们就预测出英女王身体不容乐观,英国王室向义乌发出的关于女王哀悼活动所需物品的订单,泄露了一切。义乌小商品市场被大家称为第六大情报机构,一个"有神秘东方力量的地方",不是没有道理。

"义乌指数"这个话题,让方海平觉得正在提到的那个地方,离自己似乎极其遥远。他每每想起自己以前的样子,都会被那个矮小瘦弱、身着廉价西装的陌生形象搞得惊诧不已。他那时候的年纪,比现在的方尼娅还要小。方海平发现,自己现在跟方尼娅说话的句式大多为疑问句,而方尼娅是肯定句。她说话的口气不容置疑。

方尼娅自作主张辞掉了阿娜儿的两个兄弟。

这样的买卖太不划算，是时候考虑撤掉批发点，用电商和直播的形式来经营首饰批发了，方尼娅说。

或者，干脆回到李祖去。方尼娅的这句话，声轻而有力。

这句话说出来后，两个人静静地坐着，一动不动，聆听着周遭时间的寂静。好像他们一发出声音，就有可能把这句话吓回去。

方海平视力越来越差，他只能看清楚鼻子跟前的事物，他平时基本靠嗅觉来确定陈文秀是否在家。那个已经肥胖得一塌糊涂的女人，随着年龄的增长，脸上的美色开始像面包上的糖霜那样往下掉落，方海平庆幸自己以后都不用看清她的面孔了。她每天把自己喷得香喷喷的，像一团挥发香精的气体。有一天方海平没有闻到香水的味道，之后的很多天都没有闻到。看来她又一次失踪了。这次失踪得有些久，久到再没有回来。

方海平跟方尼娅说，我应该娶一个安静的女人。

可女人只有死了才会安静，方尼娅回答他。

就是死了也不一定安静。方尼娅补充道。

方尼娅发现方海平的脸看上去像是蒙着一层悲伤的薄膜，方尼娅几次想要伸手把他脸上的悲伤撕掉。六岁的时候她曾伸手撕掉过祖母的头痛。祖母有头痛病，额头总是贴着黑乎乎的膏药，这让她看上去像是被什么无形的东西压制着。有一天方尼娅冷不丁伸手撕掉了祖母的膏药，扔进了水塘里。祖母扬言要打她，但是祖母发现她的头疼在撕掉膏药后竟然好了，自此以后祖母再没有往额头贴过膏药。其实，只要她不贴膏药，她就不会头疼。

方尼娅还撕掉过其他很多东西，一个悲伤的日子，一件突发的事，一张花斑狗的脸，黑夜里的噩梦，耶娃或者什么什么莎，或者陈文秀。

包括阿里法拉比国立大学那位同班的高丽男友。

高丽男友说话带着黏音,他喊她名字的那种口气她一直记得。那个有着明朗容貌和健康身形的男孩,仿佛他的世界充满了温暖的善意,这是方尼娅一直无法忘记他的根源。他们分手的原因方尼娅一直不是很清楚,可能是他们还太年轻,也可能是他有鼻炎。高丽男友严重的鼻炎让他闻不到任何气味,包括方尼娅轻微的狐臭和她因为他而散发出的愉悦的丁酸酯。

方海平曾多次提议方尼娅去做掉狐臭,他担心她会因为狐臭嫁不出去。怎奈方尼娅和阿娜儿如出一辙,坚决不接受手术。至于香水之类的东西,因为陈文秀的缘故,方尼娅想到香水就想呕吐。

我的狐臭没那么严重,偶尔散发一点出来,标志着我汗腺功能正常,方尼娅说。

可那是狐臭。

那是我区别于别人的气味,就像动物对自己的标识。

你太傻了。

傻一点好。

你根本不知道男人是怎么想的。

男人也一样不知道我是怎么想的。

方海平气得想撞墙。另一个能让他撞墙的是阿娜儿。这些年狐臭就像一道暮晚的尾巴,拖在他后面。他怀疑方尼娅简直就是阿娜儿安插在他身边时刻折磨他嗅觉器官的替身。

方海平有时候会靠着仅有的一点视力,走到街上,用他灵敏的嗅觉分辨经过的人是否有狐臭。他发现人可以按很多种方式分类。好人坏人,勤快的人懒惰的人,有情人无情人,快乐的人不快乐的人,还可以分为有狐臭的人和没狐臭的人。他站在那里,一站一个下午,对从身边走过的每一个人做出分类。有狐臭,没狐臭,没狐臭,有狐臭。他在心里默念着,靠这种狐臭分类游戏打发无聊的时间,这几乎成为他的一种乐趣。一段时间后,他发现这世上有狐臭的人还真是多,那么,阿娜儿的狐臭也就没什么可值得大惊小怪了。有一段时间他又会觉得,其实有狐臭的人也没那么多,尤其是女人。阿娜儿的狐臭当属凤毛麟角。方尼娅也是。

方尼娅百味杂陈地看着方海平,她发现方海平脸上悲伤的薄膜在傍晚会变厚。她再次产生伸手撕掉它的念头。

耶娃或者什么什么莎,或者陈文秀走的时候,带走不少钱财,还欠下了一笔不小的赌债。货物仓库也遭受了一次不明原因的火灾,方海平不得不将口岸空置多年的商铺卖掉。他让方尼娅去里海边小镇找阿娜儿,她可以帮忙处理那些商铺。

方尼娅到达里海边的时候,广阔的里海让她产生一种渺茫感。据说人体的水分占比是百分之七十,与地球表面水覆盖率惊人地相似。她看着黄昏在里海的水面变成淡淡的姜黄色,那是一种与梦境相似的颜色。

方尼娅在那里没有找到阿娜儿。她在里海边的小镇住了一夜,听见成熟的巴旦木在夜里裂开来的声音。第二天,方尼娅驱车前往边境,终于在口岸和阿娜儿相见。

阿娜儿拿出无核白葡萄招待方尼娅。吸收了漫长光照的水果,甜到让人生腻。方尼娅靠着这个结实的女人,嗅到她身上的狐臭,就像小羊靠气味找到了母羊。当阿娜儿拿出那个羊毛口袋,方尼娅惊异地看着这个自己曾经待过的类似温暖子宫的东西,头脑里仿佛还保留着出生前的记忆。

口岸现在只有零星的店铺还开着,回到从前的繁荣似乎已无可能。卖首饰的店铺,尽是一些所谓的俄罗斯首饰和土耳其首饰。方尼娅清楚,人们跑到口岸旅游,买异国风情的首饰,最后买到的东西其实全来自义乌。这一点不奇怪,有一年方尼娅在柬埔寨买了一个当地风格的蛇形手镯,回去后方海平认出这个手镯的制造地是义乌。再一次是尼泊尔,那根看似手工制作的脚链上挂着两个铃铛,走一步,响一下,颇具异国风情。方海平确定这是李祖某个亲戚家的手工作坊制作出来的东西。

后来方尼娅不论去哪个国家,都要买一两件当地风情的首饰回来让方海平鉴定,无一例外,方海平几乎看都不用看就确定它们的产地是义乌。方尼娅不太相信,那些非洲原始部落动物牙齿、兽骨之类的首饰也出自义乌。直到她接管了生意之后,才发现从义乌发来的货箱里,囊括了地球上所有风格的首饰,甚至因纽特人的、印第安人的、食人族的。假如月球和火星上有人,他们佩戴的首饰,也一定是义乌制造。

方尼娅觉得这有点好玩,她追踪着那些首饰去了很多地方,而它们来自她的祖地。

一个念头扑面而来,她知道自己迟早要去那里。应该说,是迟早要回到那里。

阿娜儿现在一个人生活,靠打馕为生。她打的家常馕又变得颇受欢迎。她揉面的手粗大有力。不打馕的时候阿娜儿坐在馕坑边嗑瓜子,瓜子皮被她花瓣一样吐得满地都是。

方尼娅告诉阿娜儿,方海平的眼睛看不清东西了。

可他的鼻子跟狗鼻子一样灵敏,阿娜儿说。

他能闻得出从身边经过的人有没有狐臭,方尼娅说。

他嫌弃我身上的狐臭味,阿娜儿说。

方尼娅笑起来。他对狐臭记忆深刻。

关我什么事,阿娜儿说。

2024年1月23日北京时间2时9分,距离口岸几百公里的地方发生了7.1级地震,方尼娅那一刻正躺在阿娜儿家位于四楼的床上,她突然感受到床在晃动，以为床底下藏了个人，惊得跳起来察看。这时候窗子也发出了哗啦哗啦的声音，整面墙都跟着晃动起来。方尼娅以为是风把楼房刮得晃动了起来。她担心这么大的风，会不会把房子刮跑。

距离口岸两百多公里的阿拉木图，同一时刻也在晃动。方海平摸索着想走出去，走到屋子中央的时候，头顶的吊灯掉下来，砸在他头上。

方海平倒下去，和一堆碎片躺在一起。

阿娜儿冲进房间，拉起方尼娅往外跑，她们光着脚，站在雪地里。方尼娅在雪地里跳着脚站了不到两分钟，就叫嚷着要回到楼上去。她觉得就算是死在废墟里，也比在外面光着脚跟不穿鞋的鸡一样挨冻强。

阿娜儿也是这样想的。两个人回到房间，相拥着坐在床上。余震还在发生，有微微的震感。很快她们从短视频里得知这次地震也波及了距离口岸并不算远的阿拉木图。方尼娅打开手机监控，看见方海平躺在地上。她使用手机端进行远程喊话，方海平听见声音，朝监控镜头转过头，对方尼娅的喊话做出了回应，他说的是语速极快的义乌方言，方尼娅完全听不懂。

一种不祥的念头从脑子里闪过。方尼娅把这种念头一挥而散，如同一头牛用尾巴赶走了一只苍蝇。她继续用汉语、俄语、哈萨克语跟方海平喊话，但方海平均用义乌方言回应她。

阿娜儿也感觉出了不对劲，两个人商量了一下，决定立刻往阿拉木图赶。天还没有完全亮起来，边检还没有开关，她们坐在车里等，感觉整个人都冻僵了。那个冬日的早晨灰蒙蒙的，一切都被冻住了一般。好不容易，等到太阳升起来，空气开始流动，路面上开始有了动态的事物，乌鸦也开始发出不好的叫声。等她们过了海关，方尼娅以吊销驾驶证的速度往阿拉木图狂奔。

方海平躺了有一个世纪那么长。他的视力因为头部挨了一击，变得清晰起来。他看见离他不远的地方，有一条闪闪发亮的首饰，那些假的珠子，比真的还要漂亮。

他看见梦境的边界有一抹微光。

他闭上眼睛的时候，正是李祖天黑下来的时间。白昼合拢来，切换成黑夜。方海平死在了李祖白昼和黑夜的分割点上。对他来说，死亡不过是李祖白天和黑夜的界限。他卡在其间，既去不了白天，也去不了黑夜。而他所在的城市，白昼在没完没了地延长，金黄的阳光照在墙上，有一种回光返照的意象。

方尼娅赶到时，所能做的事情，是伸出手，像揭掉面膜一样，揭掉了方海平脸上那层悲伤的薄膜。她相信人的意识永生不灭，这个被埋在巴旦木树林旁的中国小个子南方人，在巴旦木成熟的时候，可以听见果核裂开的声音。飘落的巴旦木树叶，跟李祖水蜜桃树的树叶多少有点相似。

事后方尼娅回看监控，始终弄不明白方海平最后用义乌方言说了什么。平时方海平从来不用这种方言说话。他在死前，似乎把他曾经使用过的其他语言统统忘掉了，只记住了义乌方言。那是天书一样难懂的语言，翻译软件也翻译不了。

为了弄清楚方海平最后说了什么，方尼娅决定回一趟李祖。

方尼娅觉得自己所经历的旅行，从来没有把她带到比李祖更为陌生的地方。李祖很多东西都消失了。消失的速度，显然比发展的速度更快。这个曾经遍布粪缸的江南小村子，已经蝶变成了闻名全国的国际创客村。它比方尼娅想象的更为靠近世界的中心。

方尼娅来到李祖做的第一件事是走进第五空间上了个厕所。来李祖参观学习的人很多，大巴车一辆接一辆地开进李祖，从车里卸下来的人，把小小的李祖弄得拥挤不堪。尽管李祖有好多座公厕，第五空间的女厕前面还是排起了长队。方尼娅看见旁边的男厕空着,不知什么原因,世界上所有的公厕,都是这种状况,女厕排着长队,男厕空着。方尼娅犹豫了一下,径直走进男厕。男厕每一个隔间的门上,都挂着门神一样的京戏大花脸的脸谱。以此推测,女厕那边,应该是花旦的脸。方尼娅出来的时候,发现所有的人都怪异地看着她。方尼娅想,他们可能会猜测她是来自泰国的人妖,要不就是属于性别更为复杂的那一类。但那又怎么样呢? 在这个世界上,每个人都是局外人,她大可不用管别人怎么想。

转而一想,这是在李祖,李祖与别处不同,与世界上任何一处都不同,李祖是她的祖地。方尼娅在洗手台整理了一下自己,她带着朝拜的心,朝祖母的老房子走去。

老房子离戏台不远。戏台叫燕归园,有老人在台上拉胡琴,唱婺剧。那种调门,方尼娅听方海平唱过。方尼娅听着,差点掉进路中间的一个大坑里,正奇怪路中间怎么会有个坑,却发现坑是画出来的。再往前走,随处可见的墙画,皆真假难辨。窗台上蹲着一只看风景的猫,窗台是真的,猫是画的。墙洞里有个老鼠,墙洞是真的,老鼠是画的。拐角处卧着一条狗,走近了,狗就是不起身让路,也是画的。铺着青砖的巷子,走着走着,就碰壁了,巷子一半是真的,一半是画的。

晕头转向间,方尼娅被一个体型肥胖的老女人一把抓住。她盯着方尼娅,吸了一下鼻子,似笑非笑。

方尼娅立刻明白过来,她是那个女邻居。她们因为生意上的事情通过几次视频电话,女邻居开了美颜,跟眼前完全是两个人。

女邻居感慨方海平听了她的话,往西发展,结果西得回不来了。她悲伤了一会儿,然后指给方尼娅看她祖母的老房子该怎么走。如果不是女邻居指引,方尼娅很难找到祖母那座已经完全改头换面了的老房子。祖母在她过世的时候,把老房子的继承权,给了方尼娅的表姐。

祖母是根据头发的颜色来做出这个决定的，方尼娅的头发明显没有李祖表姐的黑。祖母那口刷了很多遍漆的红漆棺材，最后没有能派上用场。祖母曾经指给方尼娅看的那座山，改造成了健身公园，山上祖宗们的坟按照新农村建设的规划，迁往了整齐的陵墓。祖母勉强接受了骨灰盒，她把红漆棺材送给了出嫁的方尼娅的表姐打成了梳妆台。方尼娅的表姐在义乌国际小商品市场有商铺，每天生意兴隆，她把梳妆台供在店铺最显眼的地方。她觉得自己的发财，跟祖母的棺材脱不了关系。

方尼娅的表姐是一个很有经济头脑的人，她和所有的义乌人一样，最擅长的事情是让钱繁殖出钱来。她把这座保留着方尼娅深刻记忆的老房子，租给了几个年轻创客。那是几个清华留学生，法国的，马来西亚的，中国香港的，韩国的。留学生把祖母的老房子改造成了一座叫 Pure Life 的颇具艺术氛围和空间感的咖啡屋。因为发音的缘故，李祖人把它叫飘来。义乌国际小商品市场里的外国商客和城里的文艺青年，会跑到距离义乌不远的李祖，享受乡村慢时光。他们把飘来叫屋顶咖啡，因为坐在飘来的阁楼上，看出去是一片老房子灰瓦的屋顶。

方尼娅六岁的时候，喜欢爬上危险的竹梯，一个人长时间地待在阁楼上。方尼娅的表姐曾恶作剧地拿走梯子，致使方尼娅无法下来。现在通向阁楼的是一道窄而陡立的木楼梯，在方尼娅眼里，那仿佛是一个时间通道，爬上去，就能撞入过去。方尼娅埋头上楼的时候被下楼的人撞了一下，撞得她差点滚下去。她明白，无人能撞入过去而不付出点代价。

方尼娅认出撞她的人，是清华留学生中的那位韩国生。李祖的青年创客榜上有他们的照片和介绍。一道浅浅的暗影落在他面颊的一侧，这让他看上去有点冷峻。韩国生跟方尼娅道歉的时候，说话带着黏音。有那么一刻，方尼娅以为，自己和平行世界里的高丽男友，在另一个地方再次相遇。这不是没有可能的事。高丽男友也许同样会在另外的地方，遇见另一个平行的自己。方尼娅相信平行世界的存在。

在阁楼上，方尼娅一眼看见放着祖母红漆棺材的地方，放着一张暗红色的长沙发，阁楼暗沉的光线中，沙发看上去像是一个轻盈的飘浮物。方尼娅告诉韩国生，那里曾经放着祖母的红漆棺材，自己曾站在红漆棺材上，看见落日从稻秆篷上落下去。有一天，她走出村子，朝田野里的稻秆篷走去，但是一口又大又亮的水塘挡住了她的去路。在以后的岁月中，她经常会隔着什么看见稻秆篷，它在时间的投射中，成了永恒的落日之所。

这次回到李祖，方尼娅没有看见稻秆篷。稻秆篷的消失，让她的心里生起一种隐隐的痛感，好像自己与落日之间的某些关联，断开了。

韩国生对方尼娅说，有一点你不知道，在李祖，一天可以看见四次日落。

四次？方尼娅用眼睛问。

韩国生肯定地点点头。是的，四次。

有一天，他骑着车，追着落日跑。他先是在远处的山尖上看见落日落了下去，随着位置的移动，他第二次看见落日是在低一点的山坳。第三次，落日挂在吊车的钩子上。第四次，他看见落日自一丛通体透亮的芒花上落了下去。

大地上的有些东西，是专供移动的落日休息的地方，韩国生说。

是这样的。方尼娅告诉韩国生，她曾经看见落日停落在火葬场的烟囱上休息。

她没有告诉他，那一天，是方海平的火化日。

如果骑行的速度更快一点，在李祖看见更多次的日落也不是没有可能。韩国生脱下围裙，结束工作，准备去骑行。

方尼娅在红沙发上坐下来，她点开手机里面保存的录音，好像有神灵帮忙给翻译了一下,方尼娅突然就听懂了方海平最后用义乌方言说的话。她马上拨通了阿娜儿的电话,那边的阿娜儿急切地想知道那个苕子最后都说了啥。

他说他要去洗手间,再憋下去他肯定会把自己憋死掉的。

阿娜儿听了笑起来。那个苕子,没想到他不是被吊灯砸死的,他是被尿憋死的。

阿娜儿又说,这也太不应该了。他那么能憋尿,为了赚钱,可以一整天不去茅厕。他最后竟然被自己的尿憋死了,这也太滑稽了。

方尼娅听见阿娜儿吸鼻子的声音,然后听见她哭起来,吹喇叭一样地擤鼻涕。

原刊《野草》第6期

讲述姚君

罗伟章

刚起床,接到姚君的电话。

说话的却不是姚君,而是一个陌生人。

陌生人说,他是姚君的儿子,他爸爸凌晨两点钟走了,后天举行告别仪式,想让我到时候去讲几句。没作任何犹豫,我一口就推了。且不说我昨天刚到珠海出差,要五天后才回成都,即使我在成都,又代表谁讲呢?代表组织吗?那还轮不到我,代表个人,又实在无话可说。

然而,洗过脸,吃过早饭,我仿佛才明白了事情的核心。核心不是我要不要去讲什么,而是姚君死了。半个月前我还见到他,他和他的一帮大学同学聚会,把我也叫上了,其间,他跟人说起,再过十余天,要去光雾山看红叶。在他同学当中,姚君的确显老,干瘦,暗淡,刮得精光的头皮上也叠着皱纹。老是老,却很精神,很昂扬,那之后也没听说他生病,怎么突然就"走了"?

我禁不住怀疑起那个电话的真实性。

近些年来，我身边的熟人时兴拿死亡开玩笑，深更半夜，给关系好的发微信，说："很惭愧，我今天死了。算了算我消耗的粮食，本该为社会再做些贡献才死，可最近老感觉鼻子痒，不如死了算了。"有的是把自己的手机递给旁人，让其装扮成自己的某个亲人，给他最要紧的几个朋友打电话去，说某日某时某刻，机主不幸逝世，现停在哪家殡仪馆，准备哪天火化。

我接的这个电话，会不会同样是恶作剧？

我习惯从声音去揣度人的长相，听起来，对方长着一张大脸，鼻子壮实，但不挺拔，个子在一米七二到一米七五之间，偏胖，走路微微向左倾斜。而这人是不是姚君的儿子，我不知道。我从没见过他儿子。

可怀疑是短暂的。照样是对方的声音告诉我的。恶作剧用的都是假声，即便打电话的跟接电话的并不认识，出于自我保护的本能，也要挤着嗓子眼说话，而这并不难分辨。更关键的还在于，我听到的声音像成熟的果子，外表红润，光亮，顺滑；也就是说，我听不出悲伤。父亲死了，母亲早就死了，作为独子，要跑前跑后地料理，不把悲伤露出来，才是应该的样子。要是假的，会把全部精力用来演绎悲伤，让悲伤能滴出水，让机主的朋友相信。

是的，这类操作都是做给朋友，否则就失去了戏剧效果。但我和姚君算不上朋友。他比我年长许多，我们的交往很晚，联系断断续续，总共加起来，也只有不多的几次；见面更少，半个月前他叫上我，算是见了，却是因为有事情跟我说。他写了一部长篇小说，想让我推荐到一家大刊去，我推荐了，人家三天就回话了，说："鉴于姚君以前的名声，很希望发他的作品，可这作品太烂了。他的笔坏了。早就坏了。不是坏了，是朽了，朽木造不出房子，即使造出来，也没人敢靠近，更别说住进去过日子。而且观念那么老土！整个就是长袍马褂，只差没拖根辫子。笔朽了还可说只是椽子朽了，观念朽了就是柱子朽了。"

回话的编辑比我更年轻些，我根本没想到他竟然知道姚君。这时候他才告诉我，中学时代，他就崇拜姚君，可当他大学毕业进了杂志社，姚君就不再跟刊物打交道了。他还想办法联系过，得到的回音，不是姚君给的，是江湖给的。姚君就像《笑傲江湖》里的林平之，堕落了。自甘堕落。所有的堕落其实都是自甘堕落。这部不堪卒读的小说，就是姚君多年来自甘堕落的明证。

他倒是说得酣畅淋漓，我却不能原样转给姚君。

我想的是，等一段时间，再找机会委婉地告诉他。

没想到他死了。

要讲述一个死去的人，你没法不心软。他没有抗辩能力了。他生前的怪癖、私心、沉沦……只要不是十恶不赦，因为死亡的一了百了，都获得了原谅。这是悼词和墓志铭都说好话的原因。对姚君，我可以啥都不说，但奇怪的是，当我明白他确实不在了，竟感觉到有一种冰凉的寂静，丝丝缕缕地拂过我的身体。

我似乎很怀念他。

是的，就是怀念。

虽然我知道，我是在怀念一个不值得怀念的人。

跟姚君认识得晚，但很早以前，他的名字就装进了耳朵里。

当年，我在成都念大学，成都有本文学刊物，名叫《峨嵋》，编辑部在红星路85号，对如我这般热爱文学的中文系学生来说，成都别的街道都不存在，只有一个红星路，红星路上别的门牌都如同虚设，只有85号才金光闪闪。我们写了稿子，就往那里投。都被退了回来。退稿单多数是铅印，偶尔也有手写，谁收到手写的，就当成荣耀，在同学间传看。啊,这个编辑的字真好! 其实根本不好,一笔一画像长着小脚,勾腰驼背地向前赶路。但也真有好的,每个字都如枝头上展翅欲飞的鸟,虽还在动与静的边界,却能听见风声,看见滑翔。

那个写字好的编辑,名叫庞天富。

庞天富不仅字好,话也好:"读你的作品,恍惚间以为是在读海明威;这是前半部,后半部就软了,就是你吴小光了。"

吴小光就是我。

收到这封信,感觉爬楼梯时并没迈步,却眨眼间就到了七楼,如果我们住在一百楼,爬上去也并不费什么力气。他告诉我一个信息,只要我后半部也硬起来,就不仅能发表作品,成为作家,还可以成为大作家。

某个周三的午后,一个同学找到我,说今下午没课,你带我去个地方吧。我问去哪,他说去《峨嵋》编辑部,找下庞天富。然后眼巴巴地望着我。他分明是在求我,像庞天富给我回了那封信,我在庞天富心里就非比寻常,他就会对我另眼相看,其实,他就回了那一封手书的退稿信,之前之后的,都是铅印。但我想,既然同学想去见他,我何不如跟着去。我一个人是不敢去的。自己热爱的事,就会把那件事的远处,想象成一座殿堂,殿堂里气象森严,紫雾缭绕,因而神圣,因而不敢靠近。同学求我带他去,实则是他带着我。

红星路在市中心,骑自行车去需半个钟头。很容易就找到85号,房檐低矮,门的正中,立着一根大圆柱子,这样看去,门不像门,而像两扇窗子;那柱子上悬着一块匾,烫金的隶书体,写着"中国作家协会四川分会",右边墙上,挂着《峨嵋》编辑部",左边是啥,没注意。我们在门外慌忙下车,向守门的老人请示,他朝里挥挥手,我们便推着车进去,轻手轻脚,连话也不敢说,要说什么,就用眼睛说。我们知道,在这个大院里,住着沙汀、艾芜、周克芹……"不敢高声语,恐惊天上人"，这两句诗，在那一刻是深刻地理解了。

大院里只有一幢楼，墙体很新，连易挂灰的褶皱处，也没来得及沾上灰尘。《峨嵋》编辑部在三楼上，经人指点，知庞天富在302。酷暑天，门开着，见里面一个长头发的中年男人，笼着汗衫，穿着短裤，趿双拖鞋，脸朝窗口，侧身而坐，窗台上一把电扇，对着他吹，头发便如河中水草，逆向游弋。我感觉手上被烫了一下，定是从他头发上飞来的汗珠。同学咳了一声，但里面的人纹丝不动，右手食指在舌头上一沾，又翻过一页放于膝头的稿子。桌上，窗台上，都摞着稿子，有的拆开了，多数还没拆，信封黄的白的，长的短的，宽的窄的，无不是鼓鼓囊囊的，像有说不完的话。但我看见的，不是稿子，也不是稿子上的话，而是一颗颗跳动的心。想到自己的心也曾挤在它们中间，禁不住倒抽了一口冷气。

装咳不管用，同学便敲门。

敲了五声，那人才转过头。

"我们找庞老师。"同学说。

那人把稿子往桌上一丢，厉声呵斥："进来就是嘛，敲啥子门？"

这究竟是欢迎还是拒绝？

两人怯生生地蹭进去，同学马上介绍我："庞老师，这是吴小光。"庞天富茫然。同学又说："就是你表扬他的小说像海明威的那个。"庞天富还是茫然。这弄得我很是尴尬，只好自己补充，说我的那个小说，写一只岩鹰的前世今生，庞老师在我稿子上画了几道红线。他把大得近乎庞大的头颅朝后仰，眼睛翻上去，哦了一声，双手一拍，说想起来了，接着问："你知道我画那几道红线的意思吗？"

我摇摇头。

的确不知道。红线上面不过是几个地名。

他说："那几个地方是姚君写到过的！"

原来如此。

我知道姚君，倒不是从这里，而是念小学的时候就知道了，只是没想到，自己小说中的几个地名，会在一个编辑的眼里跟他联系起来。

"你是姚君的家乡人吗？"

我说是的。

"认识他吗？"

我又摇头。

认不认识不要紧，只要是跟姚君有关系的人就好。这时候，庞天富不仅笑容满面，还笑得很率真，仿佛因为姚君的缘故，我们就已经成了老相识。他请我们坐。屋里没多余的凳子，地上到处堆着书，总不能坐在书上。他说没关系，书可以用来读，也可以用来坐，捧在手上和垫在屁股底下，只要是好书，都一样尊贵。于是我们就在书上坐下了。他轮着眼睛，四处瞅，也不知找啥，最后终于在墙角的乱书堆里，扒拉出一个脱了瓷的盅子，嘬了嘴，噗噗地吹，吹掉在里面安家落户生儿育女的灰尘，再从竹壳暖水瓶里倒了半盅水进去。水无丝丝儿热气，也不知是哪天的。"喝！"他对我们说。尾音未落，就又说起了姚君。

"那是个大才子。"他说。

说的时候晃着脖子，表明那真是个大才子，是拿他没有任何办法的大才子。

三年前，《峨嵋》约姚君一篇小说，七月份约，九月份发，《峨嵋》是双月刊，也就是下一期发，而且给他留的版面是六万字。姚君慢条斯理地答应了。八天过后，他打电话来，说写好了。整个编辑部都很兴奋。姚君是快手，这都知道，但没想到快得像风。为表示郑重和尊重，不是让姚君把稿子寄来，而是去他家取。那些年对名家的稿子都这样，稍晚几年，陈忠实写了《白鹿原》，也不是寄，而是编辑去取。姚君的家,也就是我老家,在东轩市,从成都过去,火车不能直达,要从重庆绕,成都到重庆,十二个钟头,重庆到东轩,八个钟头,转车再一耽搁,差不多就是一天一夜。因姚君发在《峨嵋》的小说都是庞天富责编,两人又都有些放浪形骸,彼此没有拘束,以前就是派庞天富去取,这次还是派他去。

接到姚君电话的当天上午,庞天富就出发了。

次日早上,姚君在火车站把他接住,先在车站附近,吃了东轩名吃牛肉格格、麻辣鸡翅和豆腐稀饭,再搭公交车去姚君家。他家在市中心,距城西的火车站,有六七里地。车刚启动,庞天富说:"我就不等你邀请,准备在你家吃了午饭再走。也不是赖你的饭,主要是想念三妹的厨艺了。"

三妹是姚君的老婆,名叫林惠风。三妹是她小名,姚君这样叫,姚君的朋友也这样叫,后来大家都这样叫,连新闻媒体也这样称呼。人长得好,性格也好,还烧得一手好菜。总之,说到三妹,首先就想到"好"这个字。

听庞天富那样说,姚君悠悠闲闲摸出一支烟来点上。那时候,在东轩的公交车上还可以抽烟。抽了几口烟,他才疑惑地问:"往哪里走?"

轮到庞天富疑惑了。

"当然是背着你的大作回成都啊。"他说。说着拍了拍身上的挎包,是上庙子用的那种土黄色布包;包的两面,都写了个大大的"佛"字。

姚君嗤了一声:"才写三万字呢。"

庞天富嘴巴一张,接着眼睛一顿。就那么张着、顿着。

"你这不是耍我吗?"他终于说。

姚君照旧是不紧不慢地抽着烟:"不是耍你,是请你耍。"

原来,庞天富前几次来取稿子,都走得匆忙,没能在东轩好好玩,姚君很为他惋惜。东轩虽不像成都移步换景，却也自有旖旎。傍城而过的清溪河，水面宽阔，波光乱眼，河上的渔夫，把网撒出去，网随风开放，开成满月，没入水中，过些时候拎起来，淋漓的网坠子，把船板碰得叮当响，出水的鱼，把船板打得砰砰响，单是站在河岸，听那响声，也能听出一种表功、一种挣扎、一种命运。城背后是凤凰山，古旧的栈道两旁，密林修篁，泉水石出，轻风过处，如鸣佩环。千余年前，元稹被贬，来这里做司马，四年里，不仅写出众多诗篇，还政声卓著，他离任时，百姓扶老携幼，登上凤凰山顶，望着他的小船消失在天尽头。现在上去，不仅能把整个东轩城尽收眼底，还能望见元稹远去的背影。

然而，你说这些，与他庞天富有什么关系？他又不像你姚君，姚君是东轩文化局的专业作家，身体和时间，都由自己做主，而《峨嵋》编辑部是点卯上班，就是不点卯，三两天不处理稿子，稿子就淹了脖子，哪能一走七八天？

庞天富想的是，你八天写出三万字，余下三万，也需八天。

但姚君又是嗤了一声："哪要那么久。接了你们的约稿，我还在写另一个小说，那个小说写完，才开始写这个。"

"那你实话告诉我，需要多久？"

"三天。"

接着补充："我是说，顶了天三天。"

虽将信将疑，也无可奈何了。

但要给单位说一声。姚君家里并没有电话，他打电话要么去文化局，要么去邮局，他家楼下不远，就有一家邮局，下了车，庞天富先去邮局给主编讲了情况，没说姚君没写完，只说他想再作修改，需三天左右。然后，跟随姚君，住到他家里去。这也是姚君的风格，客人来了，只要挤得下，都不让住旅馆。住旅馆是外人，住家里才是客人。

三妹上班去了，但两杯茶已泡好，姚君便在客厅陪着庞天富，喝茶，聊天。

庞天富焦灼万分，心想你为啥不去写呀，你陪我干啥呀！

可姚君慢腾腾地吐着烟，慢腾腾地说着话，说文学界的熟人，说文学的最新动态，说读过的书。那时候他胖，穿着浅灰色圆领衫，仰靠在人造革沙发上，稍微换个坐姿，肚子就在衫子底下动荡。这样说了个多钟头，庞天富熬不住了，说："我自己出去玩，你抓紧写，午饭不用管我，晚上我回来吃。"姚君听了，却像没听见，又说起他的上一篇小说。正写的和准备写的，他是不说的，他说写小说就像蒸馒头，不能漏气，漏了气就蒸不熟，而且写作是很私密的事，是作家跟作品之间的隐私，把隐私说出去，就要承受各种喧哗，就静不下来了，没法写了。不说正写的和准备写的，但对刚刚完成的作品，他却说得兴致勃勃，并且预言：那篇小说发出来，定要把文坛吓一跳。

这话倒让庞天富生了嫉妒心，你给别人的要把文坛吓一跳，给我们的呢？

但他忍住了没问。

现在的关键，是要填满那六万字的版面。

姚君却像记不得有那回事，说了小说，又说元稹。他深感困惑的是，古代的文人，既可为文，也可做官，而当下的文人，要么在权利场中沉沦，要么就远离政治，这是为什么？文与政，是什么时候分离的？这种分离意味着什么？科技进步了，人本身却没进步，与这种分离有没有关系？

庞天富懒得理他。

姚君也不需要他理。有个听众就好了。

这时候庞天富才明白，不是姚君在陪他，而是他在陪姚君。

他第一次感觉到，声誉日隆的姚君，原来也是个寂寞的人。

如此，再焦急，也不好打断他了。

整个上午就这样混过去了。

三妹在市图书馆上班，因有客人来，中午提早二十分钟回来了，拎着荤的素的，一大包。七月下旬天气，很热，东轩尤其热，四围是山，城区深陷谷地，热气散不开，如焖在锅里，焖得透熟，竟能发光，到了该黑的时候，也不黑，要比邻近地区晚半个钟头才黑。三妹拎着十多斤重的东西，爬上八楼，身上就像烧着茶炊。然而她总是那么清爽，干净。这是让庞天富十分不解的。

外出参加笔会，许多时候，姚君会带着三妹。反正图书馆没多少事，馆长又给姚君面子，只要三妹说是去陪丈夫，都一律准假。有次庞天富在同一个笔会上，主办方请去钻溶洞，那是未经开发的，脚下积水，顶上滴水，呼吸困难，因为里面的空气，被蝙蝠和老鼠吸光了，蝙蝠黑压压的，在头上身上乱扑，连老鼠也像长着翅膀，唰一声从脸前跃过，蜷曲的尾巴尖戳进人的鼻孔。这样钻了二十多分钟出来，个个冻成了冰棍不说，还是在污泥浊水里滚过的冰棍。三妹当然也是，可别的人看起来脏，三妹看起来干净，似乎比沐浴之后更干净。这让庞天富非常纳闷。他后来想，三妹长得好是一个原因，漂亮本身就是一种光，但更重要的光，来自三妹心里，她是被里里外外的光洗干净了。

那种光弥漫进食物，食物也干净，也好吃。据说有种动物只吃光就能活数百年，证明光不仅能充饥，还有神性，否则只吃那东西活不了那么久。所以对三妹，庞天富再爱打趣，也从不对她说玩笑话。三妹给他夹菜，他双手捧着碗去接。偶尔，他会想，姚君的福气太盛了，福气太盛，并非好事。可这只是即闪即逝的念头。人家是前世修来的福，福修得大，才既拥有才华，也拥有三妹。

拥有才华和三妹的人，竟然也会寂寞……

吃过饭，洗过碗，三妹又上班去了，庞天富也出游去了，留下姚君一个人在家写作。庞天富就在河边转。果然是一条好河！宽阔的河面，摇篮一般，轻轻晃动，河上几条小船，并不见撒网，只无所用心地漂着，这比撒网看上去更美，美在从容和安详；近岸处看不见水，只看见游鱼细石，岸上浅草平铺，野花闪烁，昆虫起伏如雨。这些，是景致，又比景致更深厚，更贴心，好比人的皮肤。

身处其中，本该如闲云野鹤，任光阴自在流走，而庞天富不，他心里一直盘算着：姚君应该写出多少字了，姚君又该写出多少字了……

挨到傍晚，他才踏着霞光，回姚君的家。

门虚掩着，显然是专为他留着的。推门进去，见餐桌上已摆着几道凉菜和一钵红烧肘子，厨房里发出细响，他便去厨房，跟三妹说话，问自己是不是回来晚了，让他们久等了。三妹笑，说不晚呢，他还没起来。

"他"，当然是姚君。

午饭过后，家里人走空了，姚君就睡觉去了。

庞天富在河边为姚君数出的那些字，被一个浪头抹了。

又过了十多分钟，姚君才起来。那时候庞天富坐在客厅的沙发上翻一本杂志，姚君问他去了哪里，感觉怎样，他不答应。问啥都不答应。三妹把最后一道汤菜端上来，说吃饭了，他才把杂志放下。餐桌就是茶几，他转半个身子，就拿起了筷子。吃着人家这么好吃的饭菜，一直不开腔也不成体统，但他即使说话，也只看着三妹说，问三妹儿子在外地念书的情况，好像三妹的儿子不是姚君的儿子。姚君也就懒得理他，只管自己吃，吃完后小坐片刻，就去了书房。

见他走进书房，庞天富的心才放进肚子里。

那天后半夜，庞天富起来上厕所，从客厅里过，伸了头朝书房那边张望。灯亮着，看不见人，只听见奋笔疾书的声音。夜晚安静，笔在稿子上游走，如雨打林梢。"这才像话嘛！"庞天富自语着，撒了尿，又回去睡，睡得特别踏实，三妹把早饭做好，他才起床。而姚君还在书房里。三妹去叫他，他抱怨了几声才过来，过来后一言不发，抓起包子就往嘴里塞，一连吃下四个包子，喝下一碗稀饭，才拍拍肚子，起了身。离开餐桌时，他咕哝说："要是能把饭菜弄成药丸那样的胶囊，吃一粒就管个一天半天，就不这么耽误事了。"说罢，又进了书房。

庞天富这才知道了姚君的写作习惯：晚上八点钟动笔，一直写到次日中午。下午到晚饭之前，是他睡觉的时间，也只有这点时间。

确实没要三天，两天半过后，小说写好了，六万四千字，名叫《山重水复》。

"几乎没有涂改，"庞天富对我和我的同学说，"那么高强度的劳动，字却不乱，一笔一画，都有来历，有讲究，字在他那里，都有尊严，有性格，他不会因为写得快，就让字受委屈。他的字好。钢笔字好，毛笔字也好，只是不常练，更不刻意去练。虽如此，坐标和自我要求，都立在那里。人就这样，越是做得好的事，越不马虎，越珍惜。"

《山重水复》比姚君的前一个小说还先发表。

没等那个小说把文坛吓一跳，《山重水复》就把文坛吓了一跳。

这是一个少年的故事。

那少年名叫黄齐，在他十五岁生日的前一天，也就是那年冬至的前一天，他听到消息：父亲死了。父亲死在远方，过三条河流，翻七座大山，才能到那里。黄齐无兄弟姐妹，母亲本就生着病，再一悲伤，完全迈不开步，各路亲戚又早已疏远，他便挎着褡裢，独自上路，去为父亲收尸。他不知道路，稍走岔一步，就没有路，即使寻出一条路，也被蛇国阻挡，被狼群拦截，被野河割断。野河并没结冰，却也不流动，丢块石子进去，也不发出响声。再大的响声，都刺不破万古寂静。那寂静跟河水是同样的颜色。黑色。黑得心事重重又凶相毕露。幸好岸边有倒伏的树木,能帮他渡河。褡裢里的干粮吃光,就吃木叶,吃草根。那年的除夕过去五天,到次年的正月初四,他才找到那个深山更深处的农场。

父亲早被埋了。他恳求跟父亲同宿舍的人带他去看坟。宿舍里住着七个人。本是八个,现在少了一个,少的那一个,是他父亲。傍门的下铺,空着,那"空",也是他父亲。空床上放着一双快脱帮的布鞋,是母亲为父亲做的,是父亲唯一的遗物,那遗物,同样是他父亲。而那个他能喊答应的父亲,却死了,被埋了。

七个人挺着颈子,像颈子被割了一刀,再不能直起来,再不会说话。开饭的时候,都分出土豆让他吃,去管子上接了水来让他喝,就是不回应他。

吃了,喝了,他一膝头朝他们跪下了。

可是跪下有什么用? 还是不说话。

直到黄昏,一个姓金的大叔才悄悄对他说:"你爸是我拉出去埋的,但是没有坟。死在这里的,哪有什么坟? 你要孝敬你爸,就朝西边磕几个头,在你爸睡过的床上过个夜,天亮就自己回去。"然而,他是来领父亲的,他回去,父亲也必须跟着回去。这话他没有说,只说要去掩埋父亲的地方看看,看一眼,他回去才好向母亲交代。金大叔拗不过他,终于在次日午间休息时,悄悄带他去了西边的峡沟。那里,是农场的坟场。

如金大叔所说,没有坟。也没有碑。滚滚奔腾的大山,自北而南裂出一道豁口,豁口一侧乱石林立,一侧挂着黄土,长着野草。坟场就在野草坡上。而所谓草,只是瘦弱的土地生出的瘦弱的胡须,冬日里,草须子与泥土同体,因而看不出草。人,就埋在这下面。金大叔弯着腰,细心找寻。埋一个新死的人,该有动土的痕迹,可新死的不止一个。死人是很平常的事情。何况这是一条风道，每天清早和黄昏，烈风暴涌，感觉是风劈山开路，才犁出了这道豁口。遇到变天，风声里战马嘶鸣，杀声动地，夹杂着悲呼与号哭。这里曾是楚汉相争的古战场，那些生命死去了，却把死之前的恐惧和痛苦，留存世间。风太硬，太急，再新鲜的泥土，遇风的刹那就被没收了色泽，也削去了棱角。

好在现在无风，天上的云彩和地上的山川，都静如往古。

实在没有什么标记，记忆又早被摧毁，金大叔只能边寻找，边呼唤："老黄，老黄。"呼唤数十声，他像终于听到了"老黄"的应答，于是指着一个地方："是这里！"紧跟着又添了一句："错也错不远。"

黄齐朝金大叔恭恭敬敬地鞠了一躬，说："叔叔，谢谢你！谢谢你埋了我爸，谢谢你带我来看他。"金大叔想说什么，鼻翼抽动几下，却没说出来。天压得很低，远处山梁上的松柏，把天撑着。黄齐又说："金大叔你回去吧，我坐一会儿。坐一会儿我就直接走了，我爸的那双鞋我带上了。"

他没有说的是，除了带走了父亲的遗物，他还偷偷从金大叔他们宿舍拿走了一把短柄镢头和一捆棕绳，都装在褡裢里。

当金大叔走远，他就开始挖。

风把泥土变成了石头，一镢头下去，震得虎口发麻。

幸亏埋得浅，很快就挖了出来。

在不足十米宽的地方，挖出了两具尸体。连草席也没裹，就那样穿着破衣烂衫，埋进土里。尸体焦干，干得发黑。或许，人本是黑色的，是水分让人有了颜色。干尸比腐尸还难辨认。黄齐认不出他的父亲了。正因为认不出来，他才挖出一具又挖一具。两具尸体长短相当，都是瘪脸瘦骨，嘴唇洞开，像在呼喊。如果能听到呼喊的声音，那声音和喊出的话，想必也差不多。但事实上他们喊不出来，嘴里填满了碎土，感觉那些土块是从肚子里一直填上来的。

黄齐知道，父亲的腰部有颗痦子，长得像颗心，他就去两具尸体上寻那颗长得像心的痦子。可是痦子也被风干了，再被皱缩的皮肤一叠，完全看不出来。他用手去摸，只摸到一种坚硬，坚硬得如同拒绝，甚至呵斥。他奇异地感觉到，他们人死了，但作为人的态度并没有死，态度比生命更持续，在干黑的皮肤底下奔流。那种"态度"看着他的一举一动，很不屑，很恼怒。连自己的父亲都不认识，真是白养了！他羞愧得肠子痛。情不自禁地，他给了自己一耳光，当他的脸从左至右弹过去，又从右至左弹回来的时候，眼里直冒金星。

如此，就更认不出来了。

要是金大叔在……但他不能在。他在，他就不敢挖，也不会让他挖。在这个与世隔绝的地方，活着的和死去的，仿佛是同一种物质，活人和死人，彼此成全，又彼此监视，彼此帮扶，又彼此捆绑。很可能，他已经给金大叔惹麻烦了，不能再去找他了。于是他慢慢回忆，回忆四年前见过的父亲，觉得右边的那个更像。好，那就是他了。他把另一具尸体埋了，把父亲立起来，立不稳，就让他斜靠在上坡上。这时候的父亲，像个很悠闲的人，也像个很有派头的人，如果在他上衣口袋别支钢笔，就又是先前当中学校长的架势了。

他朝父亲磕了几个头，起来后，就把绳子在父亲的腋下和胯下缠绕，缠绕几圈，做成两条背绳，再将自己的两臂穿进背绳里，背着父亲，踏上了归程。

去时空着手，却花了那么多时间，回程背着一个人，反而很顺当。只是，这个人的两条腿，时不时往地上一杵，像在后面推他一把，好多次都差点把他推下山崖，但都没有，推那一把，只是让他脚步更快，也省了力气。而且他没走一点弯路。来时过河，是骑在树上，双手划过去，现在都不偏不倚找到了浮桥。三条河上都有浮桥，竹篾编的，踩上去像踩在波涛上，但它高于波涛，它是河上的路。

正是过浮桥的时候,他猛然想到,是父亲在给他指路。

父亲也想回家。

早就想回家。

迫不及待地想回家。

这么说来,他没有认错,跟他捆在一起的,就是父亲。

然而,真是他的父亲吗?

……

这部小说,在文学界引起强烈反响,确实可以说是"吓一跳"。姚君把去时写得简,回程写得详,详得惊心动魄。如果真的"顺当",就不会有那种惊心动魄。诡谲、荒诞、寓言、象征,是解读这部小说时用得最多的词。那个名叫黄齐的少年,经历了难以想象的艰难险阻,背回家去的,却不一定是父亲。

甚至,是父亲的仇人。

在那方圆五公里的地界,连天上的星星也戴着镣铐,到处都没有路,到处都是铜墙铁壁。找不到出口,就互相撕咬,在撕咬中发泄,也在撕咬着立功,为自己开辟出一条路。头早就麻木了,头脑像用水洗过,并长时间在水里泡过,而眼睛和耳朵,却比动物还灵,你躺在床上叹口气,他在睡梦中也能听见,天没亮明白,你叹的那口气就长了腿,跑进了管理者的办公室。无穷无尽的折磨就开始了。单是要你说清为什么叹气,就能让你脱几层皮,你的任何一种解释,都会被当成强辩、狡辩、诡辩,并因此构成你新的罪证。

如此,黄齐要背回家去的,可能真是他父亲,也可能是告发他父亲的人。甚至,父亲就是因为这次告发,死了。农场寄到家里去的,只是一张死亡通知书,无任何多余的话。怎么死的,不知道。连"因病死去"之类的虚辞,也懒得说。这是不是一种暗示? 同样不知道。对此,作家姚君是有暗示的,他在小说中写道,在过一座浮桥时,走到桥中央，黄齐背上的尸体突然奋力挣扎，像在跟谁搏斗。读者因此猜测，尸体会不会是在跟他父亲的亡灵搏斗？父亲的亡灵想把尸体扔下河去，又怕伤到自己儿子，才不得已放过了他。

一时间，黄齐成为一个话题。

一言难尽的话题。

很快，《山重水复》出了单行本。那时候，将一部中篇小说出成单行本非常罕见，要《阿Q正传》《边城》那种小说才有资格。这意思是，《山重水复》获得了经典待遇。姚君没改一个字，只是加了个题记，题记是陀思妥耶夫斯基的一句话："我只担心一件事，我怕我配不上我受的苦难。"

正是这个题记，引发了人们的好奇。

陀思妥耶夫斯基被发配做苦役，还差一颗米就吃了枪子儿，又身患癫痫，许多时候生不如死，当然苦难，姚君无非是在离家不远的地方当过几年知青，挑过砖，做过土工，朔风凄紧时节淘过河沙，然后就是四季农活，这些，都是当地百姓普普通通的生活，姚君又不出生在大城市，他就是镇上人，抬眼一望，就望到农村，那些地里水里的活路，以前虽没干过，却见人干过，自己干起来，苦是苦，却称不上苦难。而且几年之后，他就考上了大学，成为改革开放后第一届大学生，大学期间就以小说崭露头角，毕业后顺利地做了专业作家，渐次声名显赫，而且身体健康，兼有美妻相伴，"苦难"二字从何说起？

上海一家很有影响的报社，派记者专程到东轩采访，回去后发了篇长文，读了那篇文章人们才知道：《山重水复》里的那个黄齐，就是姚君自己。

那天我跟同学去见庞天富，他说姚君，说姚君的小说，说姚君的名声和影响，听到别的办公室砰砰砰在关门，才惊诧地站起身："啊，这么晚啦?"

人家该下班了,我们就不好再坐了,便起身告辞。

骑车回校的路上,同学很沮丧,原来,他裤兜里揣着一篇小说稿,几次都想摸出来递给庞天富,几次都没敢。不敢,不是因为庞天富,而是因为姚君,姚君像一座山,庞天富一直仰望着那座山,你递给他一粒小石子,他还不当场就扔了?

说得也是。

所以从那以后直到毕业,我们没再去过红星路,也没再向《峨嵋》投过稿。

毕业后我回了东轩,在南城的启明中学教书。南城是新开发的,启明中学也是新建的,气象和气魄同样是新的,巨大的条幅从教学楼顶层瀑布般挂下来:"三年奔北清!""北清"是北大清华的简称,虽是个生造词,但不解释人家也明白。拟这标语的人,很懂得力量在简,如果写成"三年奔北大清华",准确是准确了,却拖泥带水,失了劲道。所以有时候,准确并不构成最高原则。"三年",就是首届高中学生,从高一到高三。口号是用来兑现的,否则就是自己作死。当时的东轩,并不分区划片入学,哪里好,就朝哪里奔,不好,就冷目瞅眼,门可罗雀。启明中学是在做一场赌博,不喊那样的口号,也能温暾暾地办下去,喊了,假如几年后还兑现了,就能迅速成为暴发户。为实现这一目标,教师和学生,都如沙场征夫,仿佛不拼命,就要丢命。

果然,第一届就有个女生考上了清华。但不是我们教出来的,是高考前两个月,花重金从外校挖来的尖子生。这重金包括:给原校某管用的人行贿,让其提供北大清华最有力的竞争者(这在各校都是秘密,到了高三,每次测试成绩也不公开,只有老师和学生自己知道),并帮助启明中学与该生家长取得联系;若家长陪读,学校为该生及其家长提供住房和生活费;到时真能中榜,奖励十万元。那时候,像我这种教师的年收入，不足五千块。

虽然不是我们教出来的，但辛苦一点没少，学校实行坐班制，夜里十点半下晚自习课，教英语和语文的还有早自习辅导，冬季和早春，出门时黑天瞎地，路灯被大雾吃了，去学校的路和整幢教学楼，都如漂浮在汪洋里。

如此，根本抽不出时间写作。

毕业三年，我一个字也没写。

但我从没忘记这城里住着一个姚君。

姚君住在北城，具体住哪里，不知道。我从没想过要去拜访他、认识他。在我心目中，姚君是一段传说，去见他比去见庞天富，更让我着难。

当我送走一届毕业生，又倒回来教高一的时候，《山重水复》开拍电影，是与日本某影视公司合资拍摄的，取景地就在姚君的故乡——东轩市清和县，与我的故乡明和县邻界；事实上，我的家和他的家，只横着一道岩鹰高翔的山野，难怪我们的笔下，会出现相同的地名。那时候，拍电影是大事，合资拍摄是更大的事，因此市里的日报、晚报特别是广播电视报，连篇累牍地报道。当然不只是东轩的媒体，全省、全国，都有姚君的消息，还有大篇幅的访谈。

与此同时，姚君的书密集出版，以前出过被人淡忘的小说，一律重版，再见天日。那些书由四家出版社推出，封面却如出一辙：都是姚君和三妹的合影。三妹梳"堕马髻"发式，穿青花或大红旗袍，姚君身着对襟长衫，头戴瓜皮帽，手执布艺扇。两口子像古装戏里的人物，穿着打扮虽来自不同朝代，但很般配，很好看。姚君算个作家中的美男子，至少长着正常的五官。三妹更不必说，庞天富对她的描述，非但没有夸大其词，还只是挂一漏万，特别是她那双眼睛，有一种深、一种定、一种秋水般的忧郁，仿佛穿越了重重烟雨风云，打开了道道锁钥关隘，经历了几多歌哭悲欢，才降临今世，也才安下心来。庞天富用"干净"这个词去形容她，是非常贴切的，之所以干净，是因为她见识过了，把许多事看穿了。只有看穿，人才能干净，看不穿，就干净不了。

很显然，封面并不是出版社的设计，而是姚君自己的想法。这个想法很为他和他的书加分。郎才女貌这个古老话题又被提起。或许，郎才女貌并不是最适合的搭配，却是经典的搭配，对男对女，都是人生的高光时刻。

但也因此，有了另外的声音。

有一天我去邮局，人多，便坐在那里等。邮局订了很多报纸，挂在墙上，供人翻阅，我随便取下一张，翻到第四版，就看到了姚君和三妹的合影，姚君把手搭在三妹的肩上，两人脸靠脸，两张脸之间，现出一弯弧形的阴影。这照片不甚清晰，显然是从哪里转印的。照片下面，是一篇文章。

这篇文章的腔调让我惊讶。

是说，凡事不可太满，太满必碎。世间之满，都不是真满，而是根底浅、容器小、眼界低、肚量窄。满都是叫嚣出来的，之所以叫嚣，就因为浅、小、低、窄，从而生嫉妒心和自卑感。因此"满"和自信没有半点关系。自信是从容、平等与谦和，是百川归海、厚德载物。与之相反，是峻急、暴躁和丧失尊严，是进取心粉饰下的攻击性，是滑向毁灭的不归路。比如"大日本"，比如"大清帝国"，那个"大"字，就是叫嚣出来的满。落实到具体人的具体事，比如夫妻，夫妻恩爱是在点点滴滴的日子里，是在一日三餐的盐里，是在病床前的药里，别人看不见，只有自己能尝到，因此夫妻恩爱是不可以炫耀的，炫耀是表演，而表演都有谢幕和卸妆的时候。即使表演的是真爱，也终将被夺走：或恩爱不再，关系破裂，或一方或双方，寿数不永。这是因为，表演了一次，下次出演只能以更高的强度，这种隐形支出，是人的命运所不能承受的。人的命运很薄。

读了这篇文章，我惊讶之余，觉得这个署名"第七剑客"的作者，话说得确实难听，却是以宽厚做底子。他或者她，是在规劝姚君。不知姚君看到没有，想必看不到，报纸是外省的，也不是什么大报。

如果看到了，他会怎么想呢？

他大概根本不会在意。有了为父亲收尸的那段经历，他已经不再相信命运的神秘了。命运是坚实的，只有接纳、承受或抗争，没有神秘。

何况很快又传来姚君的好消息：他的一个短篇小说获了全国奖。

那篇小说名叫《秋风引》，是从《山重水复》里演绎出的故事，取其一点：过浮桥的时候，背上的尸体如何挣扎和搏斗。由三段独白组成：尸体、亡灵、"我"。到最后，各个身份都混淆起来，尸体觉得自己是追随而来的亡灵，亡灵也觉得自己是尸体，而"我"，仿佛既是尸体，也是亡灵。总之，都不再是"我"。

那年，我们省只有姚君这一篇小说获奖，因此东轩和省内的各大媒体，很是热闹了一阵，姚君也很是忙碌了一阵，从北京领奖回来，就出席市里的活动，然后马不停蹄，去参加省里的活动，并受邀赴高校做了多场演讲。

忙过这一阵，姚君就隐身了。

既不见他的消息，也没见他的作品。

或许是我没有精力去关注。当时我除了教书，还协助教务处工作。说白了，就是陪领导出去喝酒。喝酒的对象，都是东轩市城区和各县重点中学的"奸细"——那些出卖本校尖子生的人。以前，这样的人只限于科任教师和班主任，现在扩展到教务主任甚至个别副校长。尖子生成了飞来飞去的肉。但那些肉不是被人吃，而是吃人的：家长陪读，学校除提供住房和生活费，还要开工资，许诺的奖励金额也已翻倍。他们知道了自己的价值，今天刚被这个学校抢来，明天另一所学校出价更高，立即拍屁股走人。档案不必担心，有专人为他们炮制。同时，他们也知道了自己无非是商品，抢来抢去的只是被利用，因此对老师再无恭敬之心，骂老师，甚至打老师，都不是稀奇事。老师被骂了、打了，只能忍，不敢说半句重话，否则他们愤而离去，学校将蒙受重大损失。这个责任，老师担不起。

就这样，两年过去了。

这年初夏的某个星期天，我又去清溪河上喝酒。清溪河已不再宽阔，绵延几公里地界，近岸处都有大型游艇，把河道挤了；游艇上吃喝玩乐，应有的尽有，不应有的也有。此外还有快艇，载着游客，劈波斩浪，看两岸青山奔跑，体验速度的快意。在这段河上，打鱼船再无立锥之地，渔夫们抛出的满月，以及任小船随水漂流的闲情，都只能去姚君的书里才能看到了。

那天我们在一艘游艇的四层，好酒喝了，正事谈了，就说些题外话——每次我们都这样，正事谈完必要说些题外话才散，好像我们相聚，没有"正事"，说那些题外话就是正事。那天我们正闲聊着，跟我们接洽的那位外校教务主任，突然变得忧心忡忡起来。以为是他卖了自己学校的尖子生，心中愧悔或害怕呢，连天南地北的题外话也冲不开呢，结果不是。

他问："你们学校有蝗灾没有？"

一时不明白他的意思。

"海伦娜呀！"

哦，有的。所谓海伦娜，是署名海伦娜的小说。从初一到高二，每个班都有不下百本，某些学生，一人就有十余本，部分高三学生也有，夜里熄灯后，蒙着被子，打着手电筒，看到半夜。后来干脆把书带到教室，晚自习课上，凝神静气，以为在思考习题，其实是在看海伦娜，把课本放在上面，海伦娜放在下面。自习课如此，正课也如此。我作为语文教师，本主张学生自由阅读，可是，当我在台上讲课，讲得口干舌燥，还自鸣得意，学生却都跟着海伦娜神游八荒去了，根本没听我，自尊心难免受到打击，同时也担心学生成绩上不去，既误了他们的前程，我也没法交代——扣钱不说，还可能背上误人子弟的恶名，因此必须制止。但我没像其他老师那样把书收了、撕了、烧了，而是让学生借几本给我，我要看看那究竟是何方神圣，居然比我的讲课还更有魅力。

就是通俗小说而已。

而且，是不入流的通俗小说。

这个海伦娜是英国人，但与香港有深度联系，故事发生地，都在香港，大亨、黑社会、交际花、拳师、警察、扫地僧、高级会所、海滨浴场、地下赌场、毒品、黄金、性、枪支、匕首、残肢、尸体、沦陷、拯救、人下人、人上人……诸如此类，串联起来，构成故事的血肉。我翻了五本，每本都如此，只不过换一下串联方式。但我说不入流，还不只是因为这个，书里的很多情节，是从老派通俗小说中抄来的，抄的部分还文通句顺，自己写的，则往往词不达意，漏洞百出。

可就是这样的书，把学生的魂勾走了。

说它们是蝗灾，毫不为过。

蝗灾曾是最可怕的灾难，甚至多次农民起义，都与蝗灾有关。现代农业、现代科技和现代做派，让蝗灾减少了，却诞生出另外的、升级版的"蝗灾"，比如森林锐减、土地沙化、气候变暖、全球性疫情……还比如，海伦娜。

蝗虫有大有小，海伦娜却几乎一般大小：都是二十万字的样子。

蝗虫色泽丰富，黄、翠、褐、黑中带绿、通体粉红……海伦娜主体就一个颜色：浅黄。只是在浅黄的背景上，有一个举枪的剪影或袒露的艳女，或二者兼有。成灾的蝗虫，多为飞蝗，长着翅膀，海伦娜没长翅膀，却比蝗虫飞得更远，在全国范围内，铺天盖地。未成年人读，成年人也读，走到哪里，人们都在谈论海伦娜，要是没读过，就自动丧失了发言权，就是落伍的象征——特别是在中小学生当中。我问过班上一些同学，有些并不喜欢，但大家都读你不读，大家都读得多你读得少，你就被孤立了。被孤立，是集体生活里令人胆寒的惩罚。

又过些日子，坊间暗传：海伦娜不是英国人，是中国人。海伦娜听上去是个女人的名字，但不是女人，是个男人。说"是个男人"也不对，因为海伦娜不是某个人的名字，而是一个作坊的名字。

这个作坊的开创者和领导者，名叫姚君。

前两本，是姚君亲自动笔写的，没想到在极短的时间内，售出四十余万册。那时候书商活跃，书商不是卖书的，是出书的，他们嗅觉灵敏，哪里有肉，就往哪里扑。姚君这里有肉，且是大块的肥肉，就往姚君这里扑。从全国各地赶往东轩的书商，在姚君的家里挤成了饼。不用说，书商们都受到热情接待，都尝到了三妹有光透进去的美食。有的书商，来了就不走，要拿到书稿才走，他们就住在姚君家里，足不出户，也不言语，饭熟了就吃，天黑了就睡。可就算姚君再有捷才，也架不住无数双饥饿的手。于是，他开起了作坊。

作坊里只要男性，不要女性。在姚君看来，故事是属于男性的。他秉持着肥水不流外人田的原则，招员工都招自家亲戚，舅子老表，堂弟侄儿……再不济，也要是父亲当年那些同事和学生的后代，自然是父亲被诬陷被毒打时没落井下石的同事和学生。不落井下石，就算是恩情了。

那些人，受姚君的影响，多多少少都读过几本文学书，至少读过姚君的书，现在都成了他的员工，或者说，写手。每招一个，姚君都发给他们两样东西：一、香港市区图，非常详细，详细到小街小巷；二、人体筋络图，同样有细致解说，点哪个穴位能固血、能致命，都一清二楚。他们多数没有正式工作，有正式工作的，也办了停薪留职手续，都汇聚到东轩城来，租了房子，六七个人租一套，房间住不下，就在客厅搭地铺，各自安张桌子，就可以开工了。

起初，写手们每完成一本，姚君都要审阅、要修改，后来实在忙不过来，就不再看了。那些书文理不通，病句迭出，却毫不影响销量，卖几十万册是常事。读者已经认了海伦娜这个品牌。为防冒用，每本书稿，都由姚君盖上"海伦娜专用章"，并签上姚君的大名，且亲自交到书商手里，这书才具有"法律效力"。

再后来，单靠亲戚和故交已无力应付，于是广招贤才，扩大生产。东轩城区至少十余个文学青年，被姚君纳入了麾下。

我后来想，如果我不是因为教书和忙着去挖别人墙脚，也去刊物和报纸上发表些文字，在东轩那个小小的地方让人知晓，或者，我换一种性格，换一种看待文学的方式，也像别人那样，努力向名人靠近，早早地跟姚君结识，他多半也会找到我。现在说起来，我肯定不会同意，但在当时，就很难讲了。写手向姚君交稿，都是去他家里，稿子放到他面前，他嗯一声，看一眼稿子的厚度——写手们统一使用四百字一页的稿笺，写满五百页左右——就进了里屋，当他从里屋出来，手里就是数过的厚厚一沓现钞：八千块。

当时社会上称呼有钱人，叫"万元户"。

八千，只比万元少两千。

而这只是一本书。最多二十天，写手们就要完成一本书。

我能抵挡住那种诱惑吗？

我不知道。

我所知道的是，那些写手，即便是姚君的至亲，都对他感恩戴德。因为感恩，便服服帖帖，且心生畏惧。去了姚君家，姚君不叫坐，就不敢坐，姚君叫坐，也只敢放半边屁股。后来他并不验收稿子，可是哪怕他咳一声，也心里着慌，两股打战。他把钱递过来，感觉是他的施舍，因此都躬了腰，伸出双手去接。只有走出他的家门，才听到自己的心跳，咚、咚、咚……越跳越急，越跳越响。摸一摸裤兜，胀鼓鼓的，再摸，还是胀鼓鼓的，不仅胀，还硬，比腿骨更硬，腿靠它支撑。八千块啊！街上熙熙攘攘的行人，谁知道我揣着八千块？又有谁拿得出八千块？别说拿出来，想都不敢想。可是你看那个脖子上文了只蝎子的家伙，还在笑呢，不知道他为啥子笑得出来。他笑，我也笑。我是冷笑。笑世人的穷。我冷笑着回到出租房或家里，看着挂在墙上的两幅图，又开始挣另一个八千块。

他们每本书挣八千，而姚君，要挣数十万。

这是写手们很晚才知道的。

许多人说，这是姚君后来众叛亲离的原因。

但我不这样看。我觉得，钱只是一方面，另一方面，是写手们在姚君面前的做小伏低。姚君越来越需要他们卑微，越来越需要他们做小伏低。这让他们受了伤害。是内伤。即使排除重度盘剥这层关系，当海伦娜退出市场，不能再为他们带来财富和满足，单是内伤，他们也会远离姚君，并在心里恨他。

海伦娜如日中天的时候，庞天富问过姚君两个问题。

对此，我是好几年之后才知道的。

那时我已调离学校，去了东轩广播电视报社。去那报社比我在学校，收入断崖式下跌，因为在学校有暗钱。尽管说出来有自我标榜的意思，但我还是要说，那些暗钱坏了我的良心，我想断了那条路，把良心治好。当然,事实上,无论我走到哪里,其实都做着坏良心的事,这话说起来就没个完,不说也罢。

广播电视报是周报,基本工作形态,是剪刀加糨糊。我们订了上百种报纸,上班就翻阅,看到好玩的,比如某女星劈腿,某男星被粉丝堵在厕所超过八小时,某热播剧的拍摄花絮,某歌咏赛的背后黑幕,如此等等,就剪下来,用糨糊刷在稿笺纸上,刷厚厚一本,再作筛选,筛选后再作处理——人家那件事分明发生在天边,而且写了"本报讯",当然就得处理一下。处理后送给编辑部主任,主任再作删改,然后呈送主编。和教书比起来,工作量实在微不足道,特别是,下班就真的是下班,不像教书,下班后还牵肠挂肚,睡梦里也在想哪个知识点没给学生讲到。因为闲,可以抽时间写作了。陆陆续续,我发表了一些小说,庞天富便主动跟我联系,并热情约稿,两人也由此成了朋友。

我暗自觉得,我能跟庞天富成为无话不说的朋友,还是因为姚君的缘故,庞天富把他对姚君的友谊和期待,都转移到我身上了。

因为,那时候姚君,变成了海伦娜。

庞天富问姚君的第一个问题就是:"海伦娜真的是你吗?"

他当然已经知道是,但他估计姚君要回避,甚至否认,他根本没想到回过来的话是这样的:"这么大的事,未必你不晓得?当然是我啊,不是我还能是谁?"

这答言里至少包含两层意思。

其一,姚君很得意。他以前的小说,尽管也有很大影响,但影响再大,能大过海伦娜?海伦娜不是影响,而是现象,是旋风。

其二,海伦娜本是一个创作集体,但姚君把别的所有人都轻轻抹去了。

可就在庞天富问那个问题之后不久,出了个事件。

——某国家大报以整版篇幅批判海伦娜。

言辞犀利，激烈，用语如铁，报纸还在路上，读者就被火药味儿呛住。东轩进入紧急状态，各大媒体都接到通知，凡涉及海伦娜的消息，一律不许刊播。市委宣传部长责令文化局长，让他找姚君谈话，停止作坊生产，不得乱说乱动；如果上面来人调查，虚心听取，真诚反省，全面认错，最最要紧的，是不能解释，更不能反驳，解释和反驳，非但于事无补，还会罪加一等。

局长姓刘，见那阵势，听那声口，即刻唤醒了沉睡的记忆。接到部长的指示，他没有片刻耽搁，就找姚君去了。即是说，他并没以局长之尊叫姚君去他办公室，而是亲自动步去姚君家里。他珍惜姚君，也喜欢姚君。他喝过姚君很多酒，吃过不少三妹做的东坡肘子、鱼跃龙门、白切羊肉。在手紧的日子，姚君也是豪爽之人，挣了大钱，更是慷慨。但刘局长的珍惜和喜欢，与这个即使有关，也关系不大，他不是那种酒肉之徒。主要是姚君为他争了光。去外地开会，人家说："老刘，你那里有个大作家哦。"他就很有脸面。后来，姚君成了海伦娜，就更不得了，那可是风卷残云般的人物，也是风卷残云般的作品，不仅在中国，听说还作为中国当代文学的突出成果，被五种语言十余个国家译介。每当人们说起这些，刘局长都矜持地微笑着。因为海伦娜的缘故，他的政治地位也提高了，以前去省里开会，最多坐三排四排，现在都坐第一排。

谁知风云突变。

姚君的门并没有关。书商来来往往，进进出出，很多时候他家的门都不关。刘局长进去时，有七个人坐在客厅的沙发上，都垂着头，见人进来，才把头扬起，七双牵着血丝的疲惫之眼，猛然间亮了，都亮成七双血影，汇合起来，成一片血光：他们以为又一个抢书稿的竞争对手来了。刘局长径直朝姚君的书房走去。

那一片血光追随着他,像长了牙齿,咬他。

他听见自己的后颈、脊背、屁股和大腿,发出撕裂之声。

他痛。

姚君坐在躺椅上睡觉。

这是上午,还不到九点钟,照他的习惯,不该睡觉。但那是以前的习惯。以前他是作者,现在他是老板。当老板的,想什么时候睡就什么时候睡。

刘局长摇着他的肩膀,连摇带喊:"老姚,老姚!"

姚君醒了,眼里也是血丝。

"我有大事对你讲,请你先把外面那些人打发走。"

刘局长声音抖颤,呼吸滚烫。

姚君揉了一下眼睛,莫名其妙地看着他。

"啥事?"他问。

刘局长耐不住,也不管外面的人了,从裤兜里摸出了那份报纸。他相信,当姚君看了报纸,自己就会屁滚尿流去把客厅清理干净。

姚君读报的时候,刘局长心绪复杂。他知道这是一把大铡刀,不是悬在头顶,而是正凌空垂落。铡刀底下,不仅有姚君,也有他刘某人,这让他沮丧、恐惧。另一方面,他也早就听说了姚君对写手们的盘剥,太狠了,指甲太深了。那些写手在桌前久坐,两腿浮肿、麻木,起身的时候,站不起来,要呻吟着先倒在地上,趴一阵,腿上才能慢慢恢复知觉。他们握笔的手已经变形,拿筷子只能像握笔那样握。其中有个叫何川的,不满二十七岁,女儿才半岁,本在市水电局上班,停薪留职加入海伦娜作坊,昼夜兼程,日复一日,出的作品算他最多,结果累出病来,胸部剧痛,心力衰竭,差点儿死了。尽管没死,却几个月躺在医院里,挣来的钱,大把大把地往医院里填。都以为姚君会为他做些补贴,事实证明,那只是妄想。不补贴,也不过问。你就是个工具，工具坏了，再换一个。想起这些，刘局长觉得，姚君太过分了，铡刀落在他脖子上，也不冤。可是……

当刘局长思绪万千的时候，姚君把那整版文章看完了。

他把桌子一拍，拍得啪的一声。

然后，他未跟刘局长交一言，拿着报纸，去了客厅。

刘局长没动，他等着客厅里传来姚君的恼怒和惧怕。

然而他听到的是："各位，现在要拿一本书，加价百分之二十。"

接着听到的是："你们看看，这是谁在宣传海伦娜？"报纸哗哗有声地扇动之后，又是姚君的话："这可不是一条消息，而是整版！"

是的，从那以后，海伦娜非但没受到压制，还更加风靡更加劲爆了。

刘局长虽比姚君年长，但他有的那些记忆，姚君也有，他的《山重水复》就是明证，但刘局长是官员，姚君是作家，他们的窥视孔不一样。刘局长完全不能明白，批判怎么也能成为一种宣传，而且比赞美更加有力。那篇文章的作者和发表那篇文章的报社，大概也没想到。他们还停留在旧时代里。

庞天富问姚君那个问题的时候，批判文章还没出来，如果出了，并且是那样的效果，不知道庞天富能不能懂得其中的道理。

但我知道，即使他懂，也不是他关心的。

他关心的是姚君这个人，这个作家。

他问姚君的第二个问题是："你为什么要写那种东西？"

在姚君看来，这个问题几乎不是问题。

如果是，也是一个古怪的问题。

所以他没有回答。

那是在姚君家里。为了问姚君的那两个问题，庞天富特意去了趟东轩。第一个问题姚君答了，第二个问题他没答，他只是说："我俩出去转转。"

因是周末，三妹在家，另外还有几个客人，庞天富心想，姚君可能是想两人出去清净一下，顺便给他一个解释。他为姚君可惜，他需要一个解释。

伏天里，东轩的空气一抓一把水，抓过来的水近乎沸腾。庞天富穿着短裤，趿着拖鞋，他在办公室就是这副打扮。姚君更不讲究。局里召开会议，偶尔要专业作家们参加，姚君去会场，穿戴也是家里的样子，若是热天，他在家里的样子就跟庞天富在办公室一样。所不同的是，姚君大冬天也穿拖鞋，他宁愿两双厚袜子重着穿，也不穿布鞋，更不穿皮鞋，只穿拖鞋。人们都说，这是姚君的名士风度，所以即使会议很隆重，有市领导参加，都不跟他计较。

这两个人，就趿着拖鞋下了楼。

楼下是个小花台，花台对面是条马路，过了马路，下一段石梯，就是东轩市最热闹的月亮街。所谓热闹，一是店多人众，二是吆喝声响亮。东轩的店家做生意，喜欢站在店门口吆喝。两人从南向北，缓步而行。庞天富不说话，他等着姚君说。可是姚君也不说。这样默默地走了五六十米，姚君才开口了："进去坐会儿吧。"他朝右手边指了一下。那是家歌舞厅，名叫夜未央。夜未央的门口倒是很安静。这里不缺客人，因此不必吆喝。两个鲜亮的侍者分立两侧。庞天富喜欢唱歌，也喜欢跳舞，那是大学时代就养成的癖好，但他知道姚君讨厌那种场合：有回姚君去成都，他带他去朋友开的夜总会，坐了不到五分钟，姚君就嚷着要走。他受不了那种吵闹，还说，这里面的生命是虚幻的，也是简化的，把血肉腔肠，简化成了一滴，那一滴，是袖珍针管也装不满的荷尔蒙。

因此这时候姚君提出去歌舞厅，还让庞天富有些感动。

去就去吧，他想，唱歌跳舞就免了，只图感受一下那种气氛，而且，有震天价的音响做挡墙，两人正好可以说些掏心窝子的话。

可是庞天富还没来得及表态，其中一个侍者说话了。那侍者多半听到了姚君的话，这时候笑盈盈的，说："两位先生，我们这里穿短裤和拖鞋不能进。"

侍者话音未落，后面一片声回应："等着！"

庞天富回过头，见有几个人，分明就是姚君家里的那几个客人，飞奔着蹿进了旁边的鞋袜店和衣帽店。迅速地，皮鞋和长裤就送到了两人的面前，都是最高档的品牌。他们每人手里都拿着一套，都渴望姚君和他的朋友选中自己的，抢着说我的这套你们穿起来肯定最合身。

姚君淡淡地扫了他们一眼，淡淡地说："算了吧，我又不穿皮鞋。"

言毕，又领着庞天富朝北去。

"你应该猜出来了，那几个人都是书商。"庞天富对我说。

姚君每行动一步，书商们都会尾随，生怕他被某个同行劫走了，生怕他不再理他们了，生怕他忽然间就从世界上彻底消失了；尾随的同时，逮住一切机会为他效劳。那天终于如愿。可惜的是，他们天天围着姚君转，却不知道他不穿皮鞋。他已经好些年不穿皮鞋了。

当姚君对讨好他的人和物不屑一顾，庞天富当即反应过来：他问的第二个问题，姚君已经回答他了。

想当初——当姚君是姚君的时候，说起来也是文学界的风云人物，每出一篇作品，都有人叫好，其中十余篇是普遍叫好、大声叫好，叫好声太响，响成了呼声，"一篇呼声相当高的小说！"这是姚君多次得到的评价。然而，当剥离掉那种虚名，又有谁真正在乎过他？他是个名家，但没有级别，外出开会，没资格坐飞机，只能坐汽车、火车，火车还不能坐卧铺。有次他去重庆出差，出家门后突降暴雨，虽然预料到有雨，带着伞，可那伞是遮雨的，不是遮暴雨的，暴雨下来，哗！

人就成了爆开的水龙头。街上积流成河,没过了小腿,那时候他还是穿皮鞋的,皮鞋顿时就被淹死了。为多写几个字,他是压着时间出门的,火车不等人,要回去换,已来不及,便那样湿淋淋地坐上公交车,又坐上火车。好在到了重庆,阳光普照,他先没到宾馆,是在距宾馆百米开外的街沿上坐了,脱掉鞋袜,放在太阳坝里晒,鞋袜收了表皮的水汽,才又穿了去报到。

如果姚君不是姚君,而是海伦娜,会遭遇这样的尴尬吗?那些尾随他的人,见暴雨下来,会撑着大伞,把他抬上公交车,然后又抬到火车站,一路不让他双脚沾地,而且,会以猴精般的敏捷,为他准备一套新装。

可那时候他不是海伦娜。那时候他是姚君。姚君穿着沤肿了的衣裤鞋袜,在火车上坐了八个钟头,衣服及裤子的大腿以上部分,勉强被体温焐干,而鞋袜不仅没干,还像更湿,湿到皮肤里去了,把骨肉和心,都泡胀了。

恍恍惚惚之间,他想起了自己的知青岁月。仲夏时节,薅秧草,就这样一天半天,把脚泡在水里。每次下田,都有人教他:"别溜秧座子,扯掉杂稗子,草薅死,泥薅活,不然只有吃壳壳。"他就按教的去做。秧苗扫着裤腿,脚心被柔软的泥土吃住又让开,趾缝间也有泥水卷上来,像拉着布匹。每到这时候,肖大汉就起了歌声:"秧歌不唱不宽怀,嘴巴一张歌就来。秧歌好比家常菜,酸甜苦辣唱出来。"肖大汉唱了,郑二嫂唱——他俩是村里的男女歌王,谁也不让谁,肖大汉说他的歌比牛毛多,唱了三年六个月,才唱一只牛耳朵,郑二嫂说她白天黑夜怕唱歌,前年一唱填满沟,去年一唱压断河。说是怕唱,却又唱了,这时候她唱的是:"大田薅秧排对排,莫把身子挨过来。我那男人怪小气,无的说出有的来。"最后一句还没收尾,几个男人偏要朝她挨过去。田野上一片欢声笑语。

然后，歌声停了。

说话声也没有了。

所有人都累哑了。

但离收工还早着呢。

接下来的时间里，感觉麻木，人成了机器，器官成了零件。

可尽管如此，你还知道脚下是地，头顶是天，还能低处看见青青草，高处望见白云飘，你因此心里纯净，没有芜杂。而且，漫山遍野的人都跟你一样，你因此心里坦然，不会羞愧。你很累，或许也很懊丧，但并不羞愧。

而此时此刻，坐在车上，湿鞋子，湿袜子，衣服虽然差不多干了，可浑身上下感觉到的，还是一种湿。于是，你就被"湿"捆绑住了。别人都不这样，只有你，你稍稍一动，鞋子里就传来青蛙叫，呱叽呱叽，你觉得自己真的就是一只青蛙。你作为一只青蛙却坐在火车上，岔眉岔眼，前途未卜……

到重庆后，姚君本来有工夫去买双鞋袜，可是他没有。他舍不得。他待客豪爽，自己却很俭省，吃的用的，都很俭省。三妹的一手好厨艺，很难说不是因为食材粗陋，又想弄出个能入口的味道才操练出来的。那时候不俭省也不行，要养老母亲，要送儿子读书，岳父岳母又双双从棉纺厂下了岗。

姚君的那段经历，曾对庞天富讲过，因此庞天富有理由相信，姚君那天是故意带他从夜未央门前过的。当时，歌舞厅有很多种，有的别说穿拖鞋，就是光着脚板也可以进，在那种地方，客人并不唱歌，有歌手唱，客人只抱着跳舞，抱得很紧，如磨砂轮，因此叫砂轮舞，每跳一曲，男人摸给女人十块钱。像夜未央这样有着装要求的，是比较高级的去处。不管高级低级，姚君都不感兴趣，但他身为作家，一定是了解的，他既知道夜未央的规矩，更知道自己身后会跟着一群随时准备向他献殷勤的人,于是借那场戏,来解释他为什么要写"那种东西"。

月亮街那边,是人民公园。两人在殷红色的吆喝声里,默默地走了很长一段路,走到人民公园门口,谁都没说要进去,但两人的脚步把他们同时领进去了。公园很小,也和东轩城区整体地势一样,高低起伏。却还是寻出两亩平地,挖出了一方荷塘,荷塘上立着个六角形的风雨亭,迎面的柱梁上,有副绿漆楹联:意随清风远,心与白云闲。见亭子里空着,两人便踏上木廊,过去坐了。好在那些尾随者没跟来。他们只聚在公园门口。荷塘外面种着小叶榕,树叶遮挡,只影影绰绰看见他们的几颗头。和聚在姚君家里一样,那几颗头挨得很近,却都像天上的星星,只是看上去近,之间都没有任何交流。

"据我所知,"庞天富说,"海伦娜是你招募人在写,你并不是没有时间,为什么不继续创作像《山重水复》《秋风引》那样的作品?"

"你觉得我有时间吗?我比以前还辛苦。"

说着瞄了一眼树叶那边的几颗头。

庞天富明白了,姚君的确比先前辛苦。他的空间被占满了。房子占满了,心也占满了。他甚至连隐私都没有了。但很显然,这是他需要的。他们离不开他,他也离不开他们。庞天富似乎理解了早在姚君身上发现的"寂寞"。

"可是,"庞天富说,"你真的丢得下吗?"

"我看穿了。"

说这话时,姚君不看庞天富,只望着亭子下面的荷塘。荷叶田田,荷花正开,两只红尾巴蜻蜓,停歇在宽阔的叶片上,一动不动,像是长在上面。

庞天富凭自己的思路去理解姚君的话。

庞天富的老婆姓朱,跟我以前一样,是教书的,朱老师教书的学校,就像东轩的学校,为了生源和与生源密切挂钩的收入,不择手段,挖别人墙脚;每届毕业班,都按成绩分出三六九等,火箭班、飞机班、快铁班、汽车班、自行车班、马车班、牛车班……一听,就知道有些是被直接抛弃的,他们正青春年少,就被扫进了人生的垃圾堆。而那些从外校挖过来的尖子生,包括整个火箭班的,享有无限特权,特权在手,便横冲直撞。有一次,几个老师在操场上打排球,排球飞过来,碰到从旁边路过的一个火箭班女生的袖口,那女生勒令老师鞠躬道歉,而老师们不敢不从。这还并不算过分的。庞天富据此心想,一个国家,如果学校只教书,不育人,而教书的目的,只是为了钱,证明整个社会的道德水准和精神质地,都发生了泥石流。身处其中,不由得人不看穿。

可他又想,你姚君不是作家吗?作家即使被埋入土里,不也应该留下几根硬骨头,并让不屈的头发长出芳草吗?和你为父亲收尸那段岁月相比,即使全人类的眼睛都变成了钱眼,不也有更多的空气可以呼吸、更多的可能性可以发生吗?你那时候没看穿,现在怎么就看穿了?你难道不知道,一个社会给了让你看穿的空间,证明还不是铁桶,证明还有救,因而恰恰不该看穿。

数年之后,也就是海伦娜销声匿迹、姚君众叛亲离之后,那些写手们说出了另外的真相——姚君为什么"看穿",又"看穿"了什么。

他写了很多作品,在中国作家当中,他作品的数量即使不是最多,也是最多的之一。坐得太久,又长时间熬夜,身上不该减的减了,不该添的添了。最初添的是痛风,脚是肿的,一般鞋子根本穿不进去,就算特大号的能穿,也架不住磕磕碰碰的痛。他不穿皮鞋,只穿拖鞋,并非名士风度,是不得已。

如果只是作品多,最多说你是作家中的劳模,而姚君的作品不仅多，还好，那十余篇"呼声相当高"的小说，当时名震文坛，过后也引起持续的讨论，很多后起之秀，都吃着他那些作品的奶，只是不愿承认罢了。然而，写得好又能怎样的？每次评国家级大奖，都没有他的份。每次公布获奖名单之时，就是他接受八方安慰之时。失落和不断加剧的失落，使他深埋水中，艰于呼吸。

直到《秋风引》获奖。

而正是这次获奖，让他看穿了。

作品报上去，他就提前看到了结局：重复往常的故事，接受别人的安慰。安慰他的人，多数是好意，但他也深知，有一种安慰叫幸灾乐祸。以前，不管什么人安慰他，哪怕对方忍不住要笑出来，他都当成真心，努力以淡然的口气，既不让对方得逞，也保持自己的体面。现在他不想这样了。现在他要让幸灾乐祸的人去失落。对那些人而言，他姚君得到了，他们就会不安，就会生闷气。而且，他已年过四十，说起来正值壮年，可日复一日的爬格子，就被格子反噬，病痛在他身体上划出各自的势力范围，除了痛风、颈椎、腰椎、尾椎、血糖、血脂、血压，没一处是好的，没一处是正常的，有时候数日便秘，腹内像烧着炭火，把眼球都烧红了，但就是排不出来。他不知道自己是否还能写出好作品，甚至，不知道自己是否还能写出作品，每写一部，他都觉得是自己的最后一部。

他不能再等了，不想再坐以待毙了。

两天的思索过后，他通知老家的三个人，速来东轩城。

这三个人都是他亲戚，共同特征是模仿能力强。

他需要的就是这个。

不是模仿谁表演，是模仿字迹。一人模仿一个，也就是说，模仿三个人的字迹。那三个人，都是文坛大佬，北京一个，上海一个，本省一个。找到他们的手迹并不难，他们的很多著作，都附有手迹，他们给报章杂志题词，往往也原样影印。只用半天时间，三人就大功告成，连最细微的笔锋，也能以假乱真。

这时候，姚君再给他们每人一封信，让他们抄录。

这三封信，是姚君在他们进城的路上就写好的。写之前，姚君也需要模仿。那是三封推荐信：向评奖委员会推荐《秋风引》。姚君需要根据三位大佬各自的身份，模仿他们的口气、措辞、习惯用语。每封信都写了上千言。其中一位因地位显赫，话说得非常严厉，表达了三层意思：一、文学的最高本质是宣扬人间正道，文学奖是文学的一部分，但并不内在于文学，文学奖若偏离正道，就与文学无关，就可以不评；二、近几年来，某些评委丧失文学精神，私心毕露，背后的苟且路人皆知，若任其发展，对中国文学将带来不可估量的伤害；三、不能因为姚君那样的作家地处偏远，拙于走动，就对他们的贡献视而不见。——即是说，这封信只是"顺便"提到姚君，还根本就没提《秋风引》，但已经足够。

写这几封信时，姚君就想，万一评奖委员会去向三位对质呢？

寄这几封信时，姚君又想了同样的问题。

但他内心的回答都是：那怎么可能。那是不可能的。

可是万一呢？

他思谋着，揣度着。跟三位大佬，他都有过交道，他们也确实表扬过他（虽然都只是口头上），即使去对质，想必也会顺水推舟吧？可万一他们不仅不推，还把水抽干呢？如果是那样，他姚君就是作假，就注定了不能得奖。但这也罢了！反正按常规出牌，奖也不会给他，不如冒险一试。

总之，姚君是豁出去了。

最后的结局都知道，他风平浪静地得了奖。

他由此坚信，文坛就是个圈子，就是个利益集团，文坛不爱惜好作家。

于是，他看穿了。

这件事本来已经成为历史，而且是一段隐秘史，谁知道那三个后来都加入了海伦娜作坊的模仿者，会抖出来，而且见人就绘声绘色地演说一番。

话传到庞天富耳朵里，庞天富哼了一声，说："姚君的那个小说，怎么证明是因为推荐才得了奖？要拿出证明来呀。我说个不好听的话，即使《秋风引》是因为作假得奖，也不丢脸，小说本身的品质摆在那里。"

当庞天富跟我谈到这事，口气就变了。他说："《秋风引》是不错，但跟《山重水复》比，就只是小儿科。那些所谓的象征，所谓的超现实，所谓的哲学意蕴，用好了，是神来之笔，用不好，是夜叉打架。好文学首先要有肉身，没有肉身，就扎不下根，就谈不上人道。好文学自然都有哲学，但好文学是哲学的土壤，不是附庸。《山重水复》是土壤。《秋风引》是附庸。但《秋风引》得奖了，因为文学之外的因素。所以姚君看穿了。这证明他是个有羞耻感的人。"

如何就能证明这一点，庞天富也谈了他的看法。

他认为，写作是走路，再远的路，再难的路，都只能一步一步，靠双脚走。这是写作需要深刻体悟的性质决定的，你没有办法，你不能讨巧。有的作家终其一生，就那样走过来，走到最后，可能有鲜花和掌声，也可能是漠然、嘲讽、无人的荒野、冰冷的铁窗，甚至是一根绞索、一粒子弹，但不管怎样，他们就是那样走过来的。有的作家，知道在远处的某个地方，搭了个颁奖台，几个西装革履的人，坐在那台上喝着清茶，吹着凉风，见有人过来，就发给他们一张奖状；那些作家便直奔奖状而去，开始也是用双脚走，但一方面是嫌累，另一方面也深知自己气力不逮，就在中途坐上了车，当把奖状抢到手，接受别人祝贺时,他们会悄声说:"我是坐了车的。"另一些作家,不仅坐了车,还坐了飞机,但傲岸的神情,让你没法不相信他们就是一步一步走过来的,如果有人跳出来,说他们在哪里上了车,在哪里上了飞机,且有照片为证,他们只是撇撇嘴,鄙夷地哼哼着,把手中的奖状摇得哗啦啦响,并借那张奖状,吃香喝辣,通行四方。

庞天富说,以前第一种人居多,现在第三种人居多,姚君接近于第二种,又在某种程度上比第二种更彻底,由此看出,他还有羞耻感。

"可是,"长时间的沉默之后,庞天富又说,"因为这件事就'看穿',就不去为生活提供证言,就单纯为了钱写作,说明姚君到底算不上一个大作家。他或许认为那是抵抗,其实是堕落。一个作家不再承担了,还说什么抵抗?没有二话,就是堕落!我曾经以为,人把一件事情做得越好,就越懂得珍惜,现在看来,我错了。世间糟蹋自己的人多的是!"

他最后的结论是:姚君不配在书上引用陀思妥耶夫斯基的话。

海伦娜的退出和风行一样,都是不可预见的,轰隆一声,说退就退了。

十年来,姚君家门庭若市,那些人揣着银行卡,只要有机会拿到书稿,就拎着口袋,去银行取钱,取来背上八楼,径直走进姚君的书房,砰的一声砸在地上,再一摞一摞的,码在桌上,让姚君点数。可突然之间,将家门卸掉,也没人进来了。以前,三妹一天拖十遍八遍,地板也很脏,现在三五天拖一下,就干净得让人发愁。书桌是油漆过的,照得见影子,把钱码在上面,既能看见钱,也能看见钱的影子,感觉钱上面是钱,钱下面也是钱,现在却变得这样空,空得割人。姚君受不了那种空,就把书抱出来,把桌子堆满,结果还是空。甚至更空。

他知道,有一种东西,已经失去了。

但他并不甘心,个别书商也不甘心,三个月后,市面上又出现了海伦娜,叫《海伦娜真品本》。书很厚,字很小,共四卷,每卷两部小说。

"真品"的意思,就是先前如蝗虫般的海伦娜,都是赝品,只有这八部小说才是真的,是他姚君本人写的。

姚君众叛亲离,除了对写手的盘剥以及以无意地故意让写手们在他面前做小伏低,与"真品本"的出版也有莫大干系。这是明明白白的抛弃和否定。

然而,姚君招募写手之前,只写过两本,作坊建起来后,他就再没写过,既然如此,八部小说是从哪里来的?

多半是盗用了何川的。

何川累病了,在医院躺了四个多月,仿佛好转了,就出院,出院的当天就又提笔,结果没多长时间就翻了。病不怕得,怕翻。他再没能熬过来,死了。

写手之间,多数相互认识,起初,一本海伦娜出版,执笔者见了同伴,还得意一下,后来写多了,故事雷同了,加上熬更守夜,头昏眼花,连自己写的也认不出来。都是一次性成稿,又没什么底稿。而何川还跟他们都不熟,加上他太玩命,平时也不交往,因此他写了啥,更无一人知晓。但姚君是知道的。每个人去交稿,他都有记录。他备了个十六开的大本子,张三李四王麻子,一人占几页,稿子交给他,他付了钱,再把书名记在某人名下。当时不为别的,只为掌握写手的业绩,也便于自己在钱上心中有数,现在终于派上大用场了,可以明目张胆地盗用死者何川的作品了。

写手们异口同声,都是这么说的。

是真是假,不得而知。

东轩的媒体都开设了文化版,但多数也跟我们一样,是剪刀加糨糊的文化,是别人的文化。为显示自己也有独特性,就特别盼望本地弄出响动来，本地打个雷，马上就淋到了雨。《海伦娜真品本》的出版，正是求之不得的事，因此各报都发了消息。我们广播电视报更是以整版篇幅，梳理了海伦娜的崛起与风靡，"然而，因为市场的巨大诱惑，某些不良文人欺世盗名，瞒天过海，致使泥沙俱下，鱼目混珠，'真品本'适时出版，溯根问底，正本清源……"云云。

报纸发行的当天，就有人找上门来。那人身体单弱，却长着个大脑袋，说话的声音跟脑袋匹配，很响，响得像炸。他走进编辑部，就从挎包里掏出几本书，说是他写的，是他著作的若干分之一。那是几本海伦娜。他怒气冲冲的，说："你们宣传海伦娜，不能只宣传姚君，而是要宣传'我们'；如果我们都是不良文人，我们写的都是冒牌货，姚君就应该把从不良文人和冒牌货身上榨取的钱财吐出来，他不吐出来，我们就上法院去告，除了告姚君，还要告你们报社，你们违背新闻道德，罔顾事实，信口雌黄，不替百姓说话，简直成了姚君的喉舌！"

另外他说，如果姚君出真品本，每个海伦娜都可以出真品本。

他说了大约二十分钟，总编进来了，总编听了几句，就黑着脸把他赶走了。

在进入作坊之后，他就吃着强者的亏，但依然没明白弱肉强食的道理。

不过，他也就是说说而已，其真实意图，无非是想让更多人知道他也是海伦娜。他很为自己是海伦娜感到骄傲。那些和姚君闹翻的写手，无不为自己是海伦娜而骄傲。多年以后，他们会对人说："当年，我写一本书就挣八千块，那时候的大多数家庭，把内裤卖光也凑不出八千块。"他们走到哪里，都希望别人介绍：这某某某，是海伦娜！如果没人介绍，就自己说出来。他们知道，一旦亮明身份，就会引来敬羡的目光，就会有人说，自己当年读海伦娜读得神魂颠倒，天黑了不知道黑了，天亮了也不知道亮了，眼睛肿成一条缝，就用眼药水泡开，零花钱除了买海伦娜，就是买为读海伦娜使用的眼药水；还会有人说，因为迷海伦娜，自己被老师罚了多少站，被父母打了多少回……他们听了，朝对方拱拱手，说不好意思，让你受苦了。然后，在一片敬羡的目光里落座。

至于说到姚君出真品本，他们也要出，这更是妄语。谁为你出？谁买你的账？别说他们，就连姚君出了，也只是像绑上石头沉入水底的人，留给世间的最后影像，是冒出水面的几个气泡，气泡咕嘟两声，没了。

对此，有不少人出来评论，包括那家曾批判海伦娜的国家级大报，也发了很长的评论文章，基本观点是海伦娜品质低劣，所以不能长久。他们根本没感知到时代的风云变幻：人们连书也不读了。什么书都不读。海伦娜不读，鲁迅也不读。其实，那时候手机并未普及，互联网也才刚刚起步，远没有深入家庭、蔓延个体，然而，天地间似乎有一个神秘的声音，提前告知了新纪元的到来，为抢占那个新纪元，人们恨不得把过去打包，当垃圾扔掉。扔得越快越好、越远越好。在将来未来的中间地带，电视有效地填补了空白。亿万人的眼睛，都盯着电视屏幕了。

姚君知道，自己无力回天了。

不数新钱，姚君似乎才有精力去数挣下的钱。数的结果，是他离开东轩，去了成都。老母亲和岳父岳母，都已下世，儿子又在外地读书，因此他在东轩已没有什么牵挂。他去成都买了别墅，是第一批在成都买别墅的人。别墅是买来住的，他作为东轩市文化局的专业作家，住到太平洋岛上去都无所谓，反正平时就不上班，至于偶尔要参加的会议，请个假就是了，后来知道他反正不能来，干脆不再通知他参会。但三妹就不行了，图书馆虽然事少，却不能长时间不去，对此，姚君淡然地说:"上啥班呢,辞职算了。"于是三妹就辞了职,跟他到了省城。

到省城不到半年,姚君家就比海伦娜时代还热闹。

姚君的好客,三妹的厨艺,在业界不胫而走,天南海北的作家,凡到成都,都乐于到姚君那里报到,接受他的款待。他们回报于姚君的,是回去后都写了文章,在报刊发表,《海伦娜的大饭桌》《海伦娜和三妹》《海伦娜现象考》……这是那些文章的题目。即是说,虽然海伦娜已经退出了市场,但符号还在,这符号就是姚君,姚君已不是姚君,姚君被海伦娜替代了。

庞天富没有主动去姚君的别墅,是姚君邀请他去的。那天,姚君给庞天富打电话,说你不是愁拉不到名家稿吗,今天晚上你过来。

在那里,庞天富见到了七位名家,来自五省,都是从单位上退休的老作家,相约到成都旅游。他们不叫旅游,叫采风。这些人,庞天富都曾写过无数封约稿信,其中两人给过,他们是小说家,但给的是散文,写哪里的茶好喝,哪里的臭豆腐好吃;五人没给,连信也没回。毕竟,《峨嵋》在全国还算不上名刊。现在听"老海"帮忙拉稿,几人当即表态,说回去过后,就寄一篇小说来。

最终也没寄来。庞天富当时就知道不会寄来。

他们盛赞海伦娜,说自己写了一辈子,搞出了点名声,却没搞出"现象"。只有大师级人物才能弄出"现象"来。既然是"现象",当然不会永存,但它存在过了,就像一座山,屹立在那里,未来的文学史,只要论及中国大陆的通俗小说,张恨水下来,就该海伦娜了,而就影响力来说,张恨水和海伦娜比,还只是小巫。海伦娜甚至可以比肩狄更斯。狄更斯创作的也是通俗小说,他的书连载时,大洋两岸的孩子都知道不哭,是怕打搅了大人们阅读;有人要死了,弥留之际,还在请求上帝再给他几天时间,等他把下一章读了再死。

他们说着这些，语气轻松。

轻松得近乎轻佻。

他们打心眼儿里看不起海伦娜。

而且，七个人，没有一个人读过海伦娜。

庞天富暗中观察着姚君的神情。

那神情是落寞的。就像一滴水，停在他额头上，过会儿那滴水不见了，是被风干了，或者浸入皮肤里了，但不管怎样，都留下了印迹。落寞的印迹。如果海伦娜还是"蝗灾"，姚君大概腾不出工夫来落寞，但现在，那样的时代已经过去了。过去的不仅是一个"现象"，还是十年的光阴。在这十年当中，姚君收获的，先是玉宇乾坤，如一场漫天大雪，然后，雪化了，现出原形来了，而在座的七位，十年之前都比不上姚君，但十年之后的今天，有三人写出了自己的力作，并受到广泛好评，有一人还写出了近百万言的巨著，说是巨著，并不是因为字多，而是气象深远，品质沉雄，被文学界赞誉为"中国的《飘》"。他们收进怀里的，不会化。《飘》出版半个多世纪，还在被人捧读。

来了这么多大作家，晚餐自然非比寻常，三妹把她的拿手菜都奉献出来了。庞天富和东轩文化局刘局长都吃到过的东坡肘子、鱼跃龙门、白切羊肉，自然都有。朋友从高原寄来的松茸干货，发开来炖老母鸡。中午就着人去成都唯一的海产品市场，买了鲍鱼、龙虾、黄鱼，这些东西三妹打理得少，但也难不倒她，凡生疏食材，就主打清蒸，既营养，又出味。而且她别出心裁，将海鲜黄鱼与河鲜鲫鱼搭配，做成"海河烩"，砂锅揭开，香气壮阔。灯影牛肉本是东轩特产，到成都后，家里也没缺过，那是最俊的下酒菜。酒是茅台，尽管喝。

几个老作家都有好酒量，也有好段子，讲了一个又一个，干了一杯又一杯。庞天富酒囊羞涩，喝到中途，扛不住，就借故上厕所躲开。

别墅是四层，吃饭在二层，庞天富下到底层来，见厅里居然还有一桌,男男女女,挤得像扎笋子,都是年轻人。这当然不是海伦娜旧部,海伦娜旧部都是男人,而且早已经解散,姚君也已众叛亲离,那么这是些什么人?庞天富不知道。但他刻骨地感觉到,姚君已经没有独处的能力了。他需要一群人围着他。不管是什么人,只要愿意奉承他,愿意围着他转,就有好吃好喝。只是辛苦了三妹。三妹一直在厨房里忙,虽也有两个传菜的帮手,但动刀动铲,拿捏火候,都是三妹的事。庞天富本想去厨房看看她,感觉不忍心,就没去。

酒饱饭足,姚君带着包括庞天富在内的八个客人,去洗脚坊。

老作家们精力真好,喝那么多酒,个个连脖子都是紫涨的,白头发都成了红头发,却跟洗脚妹调三侃四,没一刻的消停。

按姚君的规矩,来了客人,只要家里能挤,都住在他家,但有的客人并不想挤,比如这几位作家。他们都是功成名就的人,出行都住高级酒店。成都当时最高级的酒店是锦江宾馆,他们就住在锦江宾馆。从洗脚坊出来,姚君叫了三辆出租车,跟庞天富一起,把他们送过去,一直送进大厅,送到电梯口,待他们上了电梯,才挥手告别。手没挥圆,电梯门合上,把没挥圆的部分,咔嚓一声剪断了。姚君把手放下来的时候,喉结扯动了几下,然后停住不动,接着又扯动了几下。

电梯里的人朝上走,电梯外的人朝外走。

厅很大,人很多,有的分明一动不动地坐在傍窗的沙发上,却也给人忙迫的印象。风尘写在他们的脸上。他们是干啥的?为何来到成都?离开成都后又将去往哪里?这般一路奔波,想要达成怎样的愿望?诸如此类,常常引发庞天富的好奇,并撩动深藏于心的哀伤,甚至是悲凉之雾。实在说不出理由。简直莫名其妙。或许,人生的诸般况味,本就是莫名其妙的。包括那七个老作家——他们都回房间了吧?他们会不会聚在某一个人的房间里议论姚君?——尽管过得很体面,也很有成就,可依然让庞天富心生悯意。他注意到,洗脚的时候,写出"中国的《飘》"的那位作家,先讲了几个荤段子,妹子们还跟着笑,后来他挽起袖子秀肌肉,表明自己身体强健,几个妹子就不笑了,连看都不看他一眼了。他把袖子抹下去的时候,微微喘息着,动作缓慢,是一个老年人的动作。

人虽然多,对姚君来说,却像置身荒漠。当电梯门合上时,姚君的眼里心里,就只剩下荒漠了。这是庞天富明显感觉到的。

出门来,庞天富拐了他一下,问:"再转转?"

姚君打了个激灵,仿佛刚醒过来。

他没回话,但也没招出租,就跟着庞天富走上了右边的梧桐街。

成都是个不夜城,虽接近十一点,街道和店铺里的灯光,还银花雪浪般亮着。梧桐街并不是正名字,是老百姓这样叫,因为沿街梧桐成行。两人走在梧桐树下,低矮的虬枝,时不时刮碰着他们的头,每刮碰一下,他们就把那枝条盯一眼,仿佛要对它说:"你可不可以长高些?"并不是责怪,就是找个对象说说话而已。他们两人之间没有话。是不知道说什么好。沉默是有重量的,人之所以要说话,而且要说很多很多的废话,就因为不愿意承担也承担不起沉默的重量。庞天富很想对姚君说:"你帮我把那几个家伙盯紧些,让他们回去后寄篇小说给我。"但这话分明就是一把盐,而接这把盐的,是伤口。

于是还是沉默。

这让庞天富想起他去东轩问姚君"两个问题"时的情景。

那次从月亮街的夜未央歌舞厅到人民公园的路上,他们也是这般沉默着,可那是另一种沉默,是两人心里都很满的沉默:他们有各自的强势。姚君用一个场景回答了庞天富的问题,而庞天富并不认可那种回答。现在不一样了,现在两人的心里都很空,因为空,沉默就跑过来抢占位置,顷刻之间,所有位置上都坐着沉默。这样的沉默不仅有重量,还是黑色的重量。

正不知如何释放的时候，庞天富发现旁边一家金银店里，没有顾客，只有个二十出头的女店员，他拉着姚君，几步跨进去——差不多是把姚君拖了进去。

"小妹妹，"庞天富眉飞色舞地说，"你认不认识著名作家姚君？"

说的时候，一根指头戳向姚君的脸。

那女店员茫然而带愧意地摇着头。

又问："认不认识著名作家海伦娜？"

还是戳着姚君的脸。

顿时，女店员激动得耳根都红了，眼睛里像开了一盏大灯。

"啊，海老师啊？你就是海老师啊？我还以为是个女的呢！"

接着就啪啪啪的，说她念中学那阵，自己和同学读海伦娜的狂热。

正说得兴起，庞天富却说："小妹妹，你忙你的，我们随便转转。"言毕拉着姚君出了门。

庞天富的这一招收到了效果。

"我必须回头了。"姚君嘟囔着说。

又说："我要让读者记住姚君这个名字。"

这一句说得很清晰，清晰到坚定。

庞天富一把抓住他的双手："你本来就该这样的！"

姚君的嘴皮子抖颤着。

"写吧，"庞天富说，"第一篇小说就给我。"

"好。"

"我也不要你像《山重水复》那样几天就写完，我给你一个月，不，两个月。"

"……好。"

"这两个月内我不催你，也绝不打搅你。今天是八月二十八号，我十月二十八号给你电话。你慢慢写,长短不论,只要署名是姚君而不是海伦娜。"

"那当然。"

"一言为定!"

"总不至于还要拉钩吧?"

姚君的眼里,泛着单纯的、新生的泪光。

那时候,他们站在挂于梧桐枝上的路灯底下。

他们也是在这路灯底下,各招各的出租车,回家去了。

两个月后的十月二十八号,是个星期天,下了半个月的雨,这天也停了,天蓝到了九天之外,太阳一出来,满天满地就金灿灿的,一点也不像深秋。庞天富吃了早饭,就去编辑部,是去那里给姚君打电话,那时候庞天富家里还没装电话,太贵了,装一部要几千块。他想的是,当海伦娜变成姚君,应该又会恢复到以前的作息吧,上午打电话正好,中午去他那里取稿子,顺便蹭一顿三妹做的好饮食,还有淌进那饮食里的光。刚完成一部作品,姚君可以放松放松,下午不让他睡,两人去望江公园走走,这时节,那里的万竿修竹,竹叶飘落如疾雨,覆住薛涛墓,也注入薛涛井,让人感觉那些落叶和那个千余年前的才女,都在以另一种方式活着。每年这时节,庞天富都要去望江公园,今年还没去过。

走进办公室,庞天富从水壶里倒了小半杯残水,喝了一口,才拿起电话。

是个陌生人接的。

难道姚君还养着那些食客?还让大群人围着他?

再一听,却不是陌生人,而是三妹。

三妹的声音完全变了,要不是某些咬字的口音,比如把"你"说成"以",根本不会想到是她。声音变了,腔调也变了。当他反应过来是三妹，就说："三妹，我是天富。"若是往常，三妹哪里需要他报名，如果他先不先报了名，三妹会说："我晓得呢。"她的声音也有长相，长着一张鹅蛋脸，鼻梁圆润，柔媚天成，眼睛细长，生来带笑，脸的两侧，悬几缕发丝，自然弯曲成环状，不动也无风，仿佛也轻轻晃动，且能听到叮当鸣响。那声音不仅有长相，还有味道，甜，直往心里甜。——可这天，庞天富报了名，三妹却说："你是找姚君吧，你给他本人打电话，嗯，再见。"每一句都齐崭崭的，陡峭得如同刀切。

"再见"刚出口，电话断了。

庞天富怔在椅子上。

他后来承认，他朝办公室去的时候，就有一丝不祥的预感，他预感的是，姚君是不是根本就没写，如果他写了，会主动联系。但他又想，或许是还没完成。文字是要养的，不养，就枯了，甚至死了，但他相信，凭姚君的功力，尽管有十年的荒疏，文字的根还活着，慢慢地把土松开，慢慢地浇水，就又能泛青，又能开枝散叶，蓬勃葳蕤。但这需要时间。所以他给他两个月，哪怕两个月里姚君只写出一个短篇小说。其实庞天富并不急，即便姚君用半年才写一个短篇，他照样不急，他只是希望姚君像姚君那样而不是像海伦娜那样写作。他实在是太欣赏姚君，作为读者，更作为编辑，他甚至不是担心而是心痛姚君变得不是姚君。

结果，姚君非但没有写，还离开了成都。

离开大半个月了。

那时候，不是亿万人的眼睛都盯着电视屏幕吗，他就朝电视剧方面发展了。成都毕竟地处内陆，万事慢半拍，在成都写剧，不便于跟影视公司深度合作，也难以掌握瞬息万变的行业动态，因此他需要到前沿去 —— 到北京去。

去之前，跟三妹大闹了一场。

或许不止闹一场，而是闹了很多场。

闹得两人从此分开。

为什么会出这种事，当时和以后，认识姚君和三妹的很多人，都在猜。所谓猜，就是乱纷纷的假想，而如何假想，则出于每个人各自的需要，或者说，各自的愿望。海伦娜的写手们，其中包括姚君的亲戚在内，说的是三妹偷人，不是到了成都才偷人，在东轩就偷，且被姚君捉了奸。他们这样讲的时候，不是猜的口气，而是板上钉钉的口气，就差没说自己是跟姚君一同去捉奸的。他们人多，又曾长时间在姚君家出入，因而具有不可辩驳的权威性。唯一可以怀疑的，是他们跟姚君闹翻了，就可能故意泼脏水恶心人。但一般人不会这样去怀疑。一般人都信。对此，庞天富大骂，说那些龟儿子，心是大粪做的，在他们眼里，花儿朵儿都是大粪。听上去，他倒不是维护姚君，而是维护三妹。

庞天富想的是，姚君已经写不出像样的作品了，在那一个多月时间里，他定然有过极度的挣扎，挣扎的结果，是更深地陷入了不可自拔的绝望。去为父亲收尸的时候，遇黑河阻路、群狼拦截，他也绝望过，但在他的脑子里，翻腾着滚烫的信念，正是那种信念拯救了他。那信念就是：视死如归。他是去领父亲回家的，就算他死了，他的魂，也要把父亲的魂领回来。但是现在，他没有那样的气魄了。他热闹惯了。古人早有告诫，与其淹入人堆，不如淹进大河，淹进大河还有救，淹入人堆就没救了。知道自己救不过来，却不是反省，而是找借口。人世间最好的借口，就是人，那些所谓的替罪羊，就是不能发声的"借口"。三妹就是姚君的借口，姚君把所有的不顺心，都归罪于她。为此，庞天富很内疚，为三妹。他觉得，如果不是自己鼓动姚君"回去"，悲剧就可以避免。

庞天富的猜测，方向是对的，但具体情形有很大偏差。

——是指从姚君的叙述来看。

姚君说:"我不写小说,去写海伦娜……"——又是数年之后,姚君自己也不承认曾经风靡一时的海伦娜算"小说"了——"她没有劝过我一句。她并不是不懂,她在图书馆,闲时看书,主要就是看小说,她认得出好坏。我写出第一本海伦娜,她分明知道不入流,却不劝我停下来。家里来了客人,我陪着喝酒,喝得烂醉,她没有劝过我少喝;是的,我喝醉了,吐得一塌糊涂,都是她收拾,她会收拾得妥妥帖帖,但就是不劝我少喝。她并不关心我。她对我的好,只是尽妻子的义务,好里面没有心。她的心是冷的。"

从这些话里,可以听出姚君的孤独。

只是,他大概从来也没有意识到,这种孤独感是在他小时候就长进骨头里去的,三妹再烫,也焐不热他,因此在他看来,三妹的心是冷的。

事实上,在当时,即使三妹劝他,也不可能把他劝得回来。

这是我和庞天富共同的看法。

我感到好奇的是,对姚君和三妹分开,庞天富毫不惊讶。他只是惋惜,却不惊讶。由此我很怀疑,那个署名"第七剑客"的人,就是庞天富。他那时候就看出了姚君的"满",满则溢,则亏,万物皆然。他想以一种委婉的方式劝诫,又怕伤害到姚君和三妹,就弄了个笔名,把劝诫文发在外省的小报上。他希望姚君看到,又担心他看到。当然这只是我的猜测,我从没问过庞天富。

三妹痛苦的气味,庞天富从电话里也能闻到。那是烧骨头的气味。要不是痛到骨髓里,三妹不会以那样的口气跟他说话。在这样的时候,姚君的任何熟人、朋友,她听到了,见到了,都会成为挑开伤口的尖刀。如果不是痛到骨髓里,她也不会把自己和姚君分得那样清。"你给他本人打电话。"平常夫妻这样说,也不算什么,但由三妹说出口,就是画了一条银河。在姚君家吃饭的时候,如果不是宾客满座,三妹不至于被捆绑在厨房里,也在桌上一起吃喝,一起聊天,就能听出来,姚君是三妹的中心,甚至是她的意义,她提到姚君的时候,必要加个辍语,"我们"——"我们姚君。"其实就是"我姚君"。而现在,把"我"和"姚君",苍苍茫茫地分隔开了。

可她让庞天富给姚君本人打电话,往哪里打呢?姚君有手机,据说他也是最先拥有手机的那批人,但庞天富不知道他的号码,又不好再打电话去找三妹问。

于是,很长时间里,庞天富和姚君断了联系。

而我正是在那之后不久,认识了姚君。

他到北京最多三个月,就回了趟东轩。市文化局给我们报社来电话,说要找吴小光记者。我从同事手里接过听筒,对方说:"海伦娜回来办一个文化展,他特别点名想你来报道一下。"是的,就是说的海伦娜,没说姚君。

为什么特别点我,大概是因为《海伦娜真品本》出版时,我们报纸的宣传力度最大、分量最足,而我又是文化版的责编。文章不是我写的,我只是编,而姚君不方便找到作者,就找到我。另一方面,如果他还关心文学的话,或许注意到我发过了一些小说,找一个同行去报道,他可能更放心些。

我便去了。

说是文化展,其实就是书画作品展,在三妹曾工作过的图书馆里。图书馆二楼因为装修,刚好腾出了一间空屋。空屋里牵了很多绳子,那些书画就挂在绳子上,使那间屋成了纸森林。我去时,姚君他们都没到场,只有两个做服务的中年妇人,斜跨着腿站在门外摆龙门阵。见了我,她们愣了一下,见是个不认识的,便又接着摆。我走到楼梯口去，等姚君他们。这样做，潜意识里是出于对姚君的敬意。海伦娜之前的那个姚君。以前不敢去见他，现在有正当理由，而且是请我来的，心里不怯。

两个妇人的话清晰地传过来。

"她又不缺钱花，大别墅给她住，还把大半存款留给了她。"

我心里一抖，感觉他们说的是三妹。那时候，在东轩地界，"别墅"几乎成了个专有名词，说到它，就自然而然地想到姚君和三妹。

"眼睛都瞎了一个呀，听说是高跟鞋摔过去戳瞎的，现在安的是个狗……"

正这时，听见楼下传来说话声，两个妇人立马住了嘴。

姚君和七八个人上来了。

不用介绍，就知道谁是姚君。脚上的拖鞋，偏胖的身形，下陷到近乎断裂的鼻根，都是他。七八个人里面，那个走路押着手的人，虽然跋着拖鞋却最有气象的人，也是他。他戴着深度茶色眼镜，使他能看到你的眼睛，你却看不到他的眼睛。这让我心里又是一抖。他以前的照片，都不是戴这种眼镜的。难道，他真的被戳瞎了一只眼睛？真的安了个"狗"眼睛？真的是三妹的高跟鞋弄瞎的？如果是这样——这样激烈，又该如何去猜想和理解他们之间的故事？

我做了自我介绍，姚君跟我握手。他的手很湿。

握了手又给我介绍随从：这是李总，这是王总，这是张总……除了在局长位置上坐得起了黄斑的刘局长，还有个文化局的小科员，其余的都是"总"。

字有启功的，画有刘海粟的。这是两个代表。别的书画家还有数十位，各有一到五幅作品。不是印刷品，就是拙劣的赝品——无需火眼金睛就能认出来的赝品。

然而，之所以展，是准备卖的。

印刷品便宜些，赝品标价最低十万，最高五十万。

这深深地出乎我的意料。

不是价格，而是姚君为什么要做这件事。

即使挂出的全是真品，我同样觉得不可思议。

尽管我也是卖力地写了篇通讯，但展出四天，听说一件也没卖脱。姚君离开过后，对他的议论持续了好几个星期。

实在太离谱了。甚至有人说姚君是骗子。他带来的那几个"总"，就是江湖骗子。但也有人说，那几个"总"，都是在北京混的真"总"，姚君去北京写电视剧，要靠他们。这次来东轩，一是应姚君之邀，来他故乡散心，二是欺东轩人没见过世面，识不出真伪，看能不能散心的同时，将就"顺"些银子回去。

然而，就算"总"们不知道东轩，你姚君该知道。东轩的乡民不说，就是城里的，邻家店铺做生意，比试着吆喝，都想把别人压一头，把顾客扒进自家店里。有段时间，他们是用干喇叭，嫌不够劲道，又换成功放，如此，整个东轩城，掀腾着声音的巨浪，彼此干扰，相互撕扯，成一片鬼哭狼嚎，飞机从云天里过，也被吓得跑得飞快。这太不成体统了。不做生意的市民，特别是不做生意的学生家长，成群结队，去市政府反映，市里便做出规定：吆喝可以，吆喝本身也是一种文化，但只能用肉嗓子。如此，就看各人的造化了。可就算嗓子是铁打的，从早到晚嘶吼下来，也是喝口水都痛如针扎。如果吼得作呕，也还是斗不过人家，就可能恼羞成怒，出口伤人，并为此揎头挖脸，弄得血咕铃铛。

那不过是争几个买主，挣些蝇头小利，都那般肝精火旺，不依不饶，你叫他们从哪里去掏十万到数十万买张纸回家？他们又从哪里去生出这个心来？

实在说不出道理。

我觉得，这也不能说姚君就不了解东轩，绝大多数人，都只能从自己的角度去了解一个地方、一个时代，姚君自己有钱，他就会觉得，别人拿出几十万也同样不困难。至于他领人到东轩来做的那个活动，我倒不认为他是讨好"总"们或者骗啊啥的，他可能就是像庞天富说的，热闹惯了，清静不下来了，还没有做好电视剧写作的准备，又跟一群混热闹的人热闹着。

但他写的剧本，终究陆陆续续地拍摄了，在多家省台播放。他的署名，确实不是海伦娜，而是姚君。姚君这个名字，也确实被记住了。

只是记住他的不是读者，而是观众。

对他的动向，我作为广播电视报编辑，当然清楚，这是工作职责。他的每一部剧，我们也都在头版报道，配上剧照和对他的电话访谈。那次他来东轩做展，把手机号给了我。我把他的号码转给了庞天富，他显然没给姚君打过，姚君也没给他打过。姚君有了新剧，我也给庞天富讲，庞天富在那边"嗯嗯嗯"的，然后就不说姚君，只说别的，比如天气之类。他是懒得关注了。但有一回，他"嗯"过几声，又说了天气。包括向我约稿之后，还说了另外的话。

他说："艺术最忌背叛，最忌投降。在战场上打仗，实在陷入了重围，可以投降。但艺术不能。战场上投降，至少还可以带着'将以有为'的念头，艺术却不给你任何机会。在艺术上投降一次，就等同于死亡。我曾经带着幻想，以为姚君写过那么多好小说，底子在，就像一堆熄了的火，火星还在，吹一吹，就又能燃烧起来，结果这只是幻想。他的白旗已经打出去了，不写海伦娜，就写电视剧。我不是说写电视剧就不好，人家有的确实写得不错，而姚君写了什么？完全就是海伦娜的套路，只是换了一种形式。他的那部《明夜星辰》，里面有气息，还勉强像个样子，可是结果呢？结果是三家电视台都只播了不到三分之一就停播了，因为观众不满意，收视率太低。这说明什么？说明你陷入其中，就只能迁就，然而艺术是迁就得的吗？迁就本身就是投降。姚君弄的不是艺术，于是他迁就了，他的下一部剧《哨音嘹亮》，就成功地烂得不见天日！"

由此我才知道，庞天富不是不关心姚君的现状，而是非常关心。他一面关心，一面为姚君痛。要说庞天富跟姚君是朋友，当然也是，但在私人交往上，其实说不上有多么密切。但他就是为姚君痛。为一个好作家的投降痛。

说句良心话，像庞天富这样的文学编辑——这样的艺术坚持，这样的维护作家的艺术生命——已是凤毛麟角了。

那天，庞天富说过了这些，便是一通怒火。

让他冒火的，是曾在姚君家吃吃喝喝的那七个老作家当中的一个。

那位作家前不久又到了成都，推销他自己的一本书，这人给过庞天富散文，因此他也前去捧场。两人见了，老作家主动说到姚君，说他写的电视剧，"老海那家伙，"他抖着花白胡子说，"确实不简单，写啥像啥！"

"真不要脸！"庞天富咬着牙帮，"真不知是何居心！"

在他看来，一个有影响力的作家，不仅要在作品里坚持，言论上也不能张口就来，也须树立一种标准，否则就会混淆视听，就没有尽到对社会的责任。他说"是何居心"，不是指那老作家对姚君，而是指他对读者和社会。

像庞天富这样的人，已是凤毛麟角了。

大约九年过后，听说姚君有一部长篇电视连续剧要在中央台黄金时段播出。是我们总编听说的，总编将大腿一拍，顿时有了主意，他觉得，尽管播出时间尚未确定，但要提前把锅烧热，菜一到，马上炒，以最快的速度端给受众吃。

为全方位展示姚君的风采，总编决定，派我去北京采访他。

如此费事，我知道还有另一层意思。那时候，全国广电报报业协会年年评奖，分消息、通讯、评论三大类。有机会获奖的，当然不是剪刀加糨糊抄来的，而是原创首发，我们小地方，写得再漂亮，遭遇的事情有限，题材上就输，或者事情足够显眼（比如当初报道海伦娜），却与广播电视隔膜，最多就得个二等奖，总和一等奖无缘，特等奖更别去想。这让敬业而好强的总编很不甘心。现在好了，东轩作家写的剧本，要在中央台播，而且是黄金时段，这事放在北京上海的业界，也是大事。总编的想法是，写个整版通讯，去冲击一等奖甚至特等奖。

比较起来，我在这方面更有特长，加上那年姚君回东轩办展，还亲自点过我的名，于是派我去。

活到如今，出差不下五百次，自然也遇到过困难，也有不少糟心的经历，但没有哪一次像此番北京之行，让我不愿意去作片刻回想。

当我在右安门一幢民居的租住房里找到姚君，他非常高兴，是见到家乡人的那种高兴，同时也因为他刚完成一部长篇剧本，心里松快。

姚君胖意未减，但变黑了。深度茶色眼镜依然戴着，我还是看不到他的眼睛。我们说了几分钟话，他把眼镜取了下来。他垂着头，但我注意到，他的左眼流着泪。他取眼镜就是为了擦泪。当他把眼镜戴回去的瞬间，我又注意到，他的左眼比右眼小很多，眼皮耷拉着，眼珠看不清，更不知道是不是狗眼。

很后来，我才从别处听说，他在成都跟三妹闹了一场，或者说，闹了最后一场、最厉害的一场，就跑到北京去做眼睛手术（他本来就要去北京，却没想到去了首先是治眼睛，而不是写剧本），由儿子陪着。他儿子在安徽读了大学，回到成都工作了。当时手术很成功，以至于他兴致勃勃地跟一群人跑到东轩卖字画，但后来发现并不成功，总是流泪。流泪，就成了他往后日子里的某种标签，如果有人要描述他，又不知道他是谁,就会说:"那个经常流泪的人。"

那天,我俩谈了半个钟头,他九次取下眼镜擦泪。

我数了,九次。

半个钟头后,我俩的谈话断了,是因为来了另一个人。

这人跟我年龄相仿,瘦高个儿,花衬衣,外面套着件咖啡色棉质西装。姚君的门是半掩着的,因此他直接就进来了,像被风刮进来,哗的一声,刮到姚君面前,再砰的一声,将一个厚厚的文件袋砸在茶几上,即刻破口大骂。

"我×你妈的,这就是你给我的东西?你用你的狗眼看看这叫不叫东西?我还要怎样交代?我就只差没撬开你的牙为你灌进肠子里去!观众不是要看你这个,不是!"他拍着桌子,拍得自己跳起来,"你他妈能不能多少长个脑壳?你到底想没想过观众为什么坐到电视机前?不就是为了笑几声哭几声吗?哭那几声不还是为了笑吗?你搞出这傻×玩意儿,让人哭不出来也笑不出来……"

在我的感觉里,他泼水般至少骂了一刻钟。

在这一刻钟时间里,姚君一直仰望着他,一直没取下眼镜擦泪。泪水从镜框边浸出来,顺着鼻沟,胆胆怯怯又不由自主地朝下蠕动,他也没擦。

但来人并没骂完,他接着又骂:"动不动就让素芸回到乡下去,她是爱上了乡下的野猪吗?——×你妈的,要写城里,城里!故事只能发生在城里!乡下谁看?又有什么可看?看鸡看鸭?看牛看马?别说城里人不看,乡下人也不看!做电视就是喂药,给观众一勺子一勺子喂,让他们迷幻,让他们做梦!你他妈……"

"够了!"

一声断喝。

是我。

断喝的同时，我起了身。

那人其实就站在我旁边，但我起身时，他明显吃了一惊，吃一惊不是因为我声色俱厉地喝住了他，而是，他似乎根本就没发现我的存在。

"你是谁？"镇定后，他咧着嘴，尖着嗓音问。

"你是问我吗？老子是想打你的人！"

听见这话，姚君像才从滔天谩骂中回过神，连忙绕过茶几，过来拉我。

不需要拉，听说要打他，那人的气焰瞬息成灰，瑟缩着朝旁边躲。

他手中有权，但是他怕。

怕打。

在他那个领域，权力不是武力赋予的，是金钱。

可是姚君缺钱吗？他挣了那么多钱，为什么还要以如此被羞辱的方式从别人手里挣钱？难道人对金钱的欲望，真是永无止境吗？真可抛弃尊严吗？或者，寂寞的姚君只能以这样的方式打发寂寞吗？……

那人没再说什么，走了。

走到门口，扔下一句："三天后给我修改本。"

屋子里静了一会儿。静得像是睡着了。

然后，姚君抓住我的手，重重地握了两下。

他的手很湿。

"这行道就是他那样说话的，就是个说话方式，他没有别的意思。"

这样说着，姚君弯腰拿起了文件袋。

我扫了一眼，见上面写着：垂丝海棠。

想必，这是那个剧本的名字了。

姚君拿着文件袋，进了里屋，也就是他的卧室兼书房。他的步子迈得很快，我甚至要说，是轻快。人家没枪毙他的剧本，是让他修改，他为此心安。

他没关门,整整一个下午,烟味不是飘到客厅,而是灌进来。我很想去为他把门关上,不是怕烟味,是怕我的一动一静打搅到他。但想了想没有。不关门,很可能是他的习惯,从海伦娜时代就养成的习惯。

租住房里没别的人,一直到夜幕降临,也没有别的人来,姚君是怎样过日子的?不知道。又过了一会儿,我饿得不行,就去叫他上馆子吃饭。他说:"小吴我忙,你给我带点回来。"说着掏钱给我,我没要,出去了,给他带回了一盒米饭,另外有竹笋炒肉和清炖猪蹄。当我为他要着这些菜的时候,脑子里跑过三妹的影子。我从没见过三妹,但听庞天富说过多回,说得我就像看见她一样。

当天晚上,我住在姚君那里,睡在客厅的沙发上。

整夜,他都没睡,我在梦里也能听见他摁打火机的声音。半夜我醒来,悄悄去他门边,伸了头看他。台灯照在稿子上,他的脸和身体,呈一团阴影。我在那里站了十分钟的样子,见他抽了两支烟,擦了三次泪。

天亮了,我去向他告辞,说我走了。

他模糊地应了一声,眼睛没离开手上的活。

人家给他的时间,是三天,以前对他来说,是一个很充裕的时间单元,足够他完成《山重水复》的后半部,那时候他年轻,更重要的是,小说怎么写,是由他说了算,现在不一样了,他说了不算,他得听命于权力方的要求,所以在这三天里,他多半不能睡,甚至也不能吃。至少,花不起时间出去吃。

我没再说啥,下楼去,到马路对面的小卖铺里,为他买了大包零食和矿泉水,放在客厅的茶几上。然后,我走了,轻轻地为他带上了大门。

虽然轻,门锁还是响了一声。

这一声把我自己吓了一跳。

下两步楼梯,我回过头看。

我看不到门里了。

但我看到了里面的寂寞。

不止于寂寞。比寂寞更深。

或许,我不应该为他关门……

采访稿没法写。我跟姚君谈过半个钟头,要写,也能够写,但我不想写。别说写,连想也不愿去想。没完成任务,让总编大失所望,而且非常生气,问我为什么。我说姚君不愿意接受采访。"记者的本事不就是把不愿意变成愿意吗?"总编说。我说是的。"那是怎么回事?"我只能说,我不是记者,是编辑。这更让总编愤怒。在我们报社,每个人都是编辑,也都是记者,其实还没有编辑证,只有记者证。总编再次说我没本事,不仅没本事,还不负责任,说早知如此,不该派我去。现在重新派人去也来得及,但一家小报,哪能动不动就车船马轿的去北京?我由着他说,但心里想,如果他再逼问我,我就告诉他:姚君非但不愿接受采访,还对我破口大骂,甚至差点儿打了我。

我宁愿从这方面去诬蔑姚君,也不愿说出他的不堪来。

不知道为什么,我觉得那也是我的屈辱。

有好几次,我想对庞天富说说,但话到嘴边,还是咽回去了。

就让它烂在我的肚子里。

烂了还好,关键是它不烂。

它就像一块生铁。

从那以后,我的肚子里就窝着那块生铁。

好在,传说姚君要在中央台黄金时段播出的剧目,最终也没播,不然我将罪不容赦了。《垂丝海棠》倒是播了,在一家省台、一家市台。里面那个名叫素芸的女人,确实再与乡下无关。剧里的所有人,"别说父辈祖辈都是城里人,宇宙洪荒时,他们那些还是单细胞的远祖,就一定是住在城里的"。这是一篇剧评里的话。不只针对《垂丝海棠》,但包括《垂丝海棠》。虽然讽刺,却也是当时电视剧的真实情景:都与乡下无关,只让乡下人陪着他们哭,陪着他们笑。

就在《垂丝海棠》播出期间,庞天富退了休,去了重庆。他本来就是重庆人,四川大学毕业后留在成都,操劳到硕大的头颅上薅不出一根毛,就回老家去了。

他怎么也没想到,回重庆大半年后,某个冬日的中午,竟然接到姚君的电话。打的是他家座机。那时候座机收费虽然还是贵,但初装费降了大半。长时间没跟姚君联系过,姚君多半是通过他《峨嵋》的同事,知道了他的近况,问到了他的号码。他家在重庆沙坪坝区陈家湾,两口子跟年迈的父母住在一起。

姚君在电话上说:"我今天要到重庆。"

庞天富更没想到的是,听到姚君的声音,听说他要来重庆,自己竟然胸腔发烫,心跳加速。无以自处,便在屋子里乱转,转了几圈,冲到门口,鞋都没换,就一步跨出去,像年轻人那样跑下楼,买回了两瓶好酒。

姚君是坐飞机从北京过来的,几个钟头后,他就坐在庞天富的家里了。

庞天富的老婆朱老师没见过姚君,可她深知,姚君在自己丈夫心里,就像一株庄稼,雨露滋润,他喜,旱涝相逼,他忧。所以她看到姚君时,有一种只有历经天长日久才能浸润出来的亲切与关爱。如果不论身份,只论感情,她就像看到自己喜欢的学生。姚君常擦眼泪,她注意到了。姚君脚肿,她注意到了。姚君嘴角起了个小疱,她注意到了。姚君穿的汗衫，前胸后背，都有几个米粒大的洞，她也注意到了。姚君挣了很多钱，她当然知道，可看他的那身穿着，分明都是几十块钱买来的，而且还被虫蛀了。

这证明，他无心管理自己，身边也没有女人。

姚君来之前，庞天富还说："不晓得姚君跟三妹只是长期分居呢还是已经离了，要是离了，想必姚君又结了，应该早就结了。"

他说这话，是因为想到了三妹。

他打听到，三妹开始跟儿子住在那别墅里，后来儿子谈了女朋友，就不住那里了。是女朋友不愿意，说房子太大，太空，住起来心里发慌，睡到半夜，总觉得有看不见的人出来，到处走动，还蹲到她床前，凑近她头发，呼呼有声地嗅。看不见的人，不就是鬼么？经人点破，就更怕了，鼻子里腥哇哇的，一股阴尸气，喷再浓的香水也赶不走。也不知是姚君还是三妹出钱，或者是两人打伙出钱，在市中心锦江路上，给儿子重新买了一套，房子装修好，儿子结了婚，就彻底搬进了新房，那套别墅，就由三妹一个人住。或许也是觉得太空，她请了个保姆，不在乎有人做事，只在乎有个陪伴。因此保姆进门，三妹只是不再洗衣扫地，饭还是自己做。保姆很不好意思，因为给她的工资很高，她没有不做饭的道理。三妹却还是坚持。或许，这样她才感觉到自己不空，感觉到自己在为一日三餐活着。

不过庞天富不关心这个，他关心的是，三妹没有另外找人。

现在看来，姚君也没另外找人。他嫌三妹的心是冷的，三妹的心再冷，也没让他那样穿过。在庞天富看来，不管是冷的热的女人，只要条件允许，丈夫去外面见人，都不会让他那样穿。

姚君依然不见瘦下来，但老了很多。老朋友相见，第一眼，"老"是一种坚硬的物质，看得见也摸得着，过一会儿，"老"就成了影子，在对方脸上身上，晃来晃去，再过一会儿，连影子也不是了，风一样跑了。到这时候,你发现对方并没有老,对方还是原来的样子。当然这只是感觉,其实不是了。

对方不是,自己也不是了。

都实实在在地老了。

姚君老了,酒量却没减。庞天富本来不大能喝,这天也觉得像是喝水,咕嘟一声,下去了,再咕嘟一声,又下去了。他们就这样喝着,聊着。庞天富的父母对他们的话题不感兴趣,吃过饭,就回房休息去了。桌上只剩了三个人。紧跟着,朱老师说她有事要出去一趟,桌上便只剩了两个人。

开始,庞天富是那样自在和愉悦,当只剩下两个人,他突然尴尬起来。还聊些啥呢?起初聊的,都远在核心话题的十万八千里之外,比如成都动物园里的大熊猫,三星堆遗址的青铜立人,北京的沙尘暴,美国某邪教组织出动坦克和装甲车与警方对峙,日本某女高管在公寓离奇死亡,菲律宾一架军机坠毁……这样的话题,人多的时候可以说来说去,说得像是自己的发现和发明,只剩两个人还说这些,就显得特别古怪,像两人才刚刚认识,不得不无话找话。

庞天富心里的核心话题,不是姚君的个人生活。他的一寸一丝、一举一动,已经暴露了他的个人生活:除衣服上有洞,随身带的茶杯,里面积着深紫色的茶垢,他去上厕所,竟然忘记关门,甚至根本就没有意识到要关门。尽管庞天富也知道海伦娜时代的姚君就爱把门敞着,但上厕所是要关门的。他身边没有人。他身上的气味也能闻到他的孤单。孤单的气味是枯叶的气味。姚君身上就有明显的枯叶味儿。这些,都是他个人生活的鲜明记录,不需要问,也不需要谈。——庞天富心里的核心话题,是文学,但他提醒自己,要干净彻底地避开谈论文学,也要避开谈论姚君熟悉的作家,同时还要避开谈论电视剧。

《垂丝海棠》刚播完,除了零星剧评(都是差评),某家媒体还推出了一篇很有力量的文章：批判电视剧的粗制滥造和虚无主义。点了十五部剧，姚君的占了三部。《垂丝海棠》是批判的重点。文章的副题，就叫"从电视连续剧《垂丝海棠》说起"。这已经不是海伦娜时代了，当年批判海伦娜，非但没把火扑灭，还是火上浇油，现在不同了，现在的批判，不仅仅是一种声音，还是一种气氛、一种方向。何况，海伦娜当年如日中天，姚君具有很大的话语权，具体操作上，又只是单方面和书商联系，而今的姚君，虽然写了很多，也拍了很多，却都是在省市台播放，没多大影响，在编剧界还比较边缘，知名度非常有限，如果不关心，他就谈不上知名度。而且电视剧是综合工程，说话的是投资方，是制片人。本来就边缘，本来就说不上话，再这么一批判，庞天富感觉到，姚君的编剧生涯，恐怕也走到尽头了。

但他绝对不会劝姚君再回头去像姚君那样写小说。

所以，虽然尴尬，他还是只能跟姚君东拉西扯。

好在朱老师出门没多一会儿就回来了。

她是买衣服去了。明着是给庞天富买，实则是给姚君买。"我看这件，跟这件，你说不定能穿，"她对姚君说，"就顺便给你买了。"

姚君接过去，放在身边的沙发上，很坦然，也不说谢，更不说给钱的话。

这倒像先前的姚君，倒真有名士风度。

当天晚上，姚君住在庞天富家里。他自己家去了客人，都是能住家里就住家里，因此当朱老师把床给他铺好，庞天富引他进去的时候，他也很坦然。

第二天，庞天富约上几个朋友，陪姚君去南山公园转了一天。

傍晚时分回来，差不多吃好了，喝好了，朱老师陡然起身，从饭厅跑到客厅接电话，说有电话响。庞天富和姚君一直说着南山公园的陈年旧事——大禹的妻子就出生于南山，那时候叫涂山，史书上把大禹之妻称为涂山氏;隐于山林的茶马古道;当年日机的狂轰滥炸……说着这些,就没注意到电话响。朱老师的声音倒是很响,听上去,是有远方的亲戚要来,还不是来一个,是来一群。

姚君说:"那我就到外面去住。"

"别急,"庞天富说,"等她过来问问,看到底是啥事。"

说着朱老师就过来了。果然是有亲戚要来,是朱老师嫁到东北去的妹妹一家子,老老少少五六个。庞天富说:"姚君说他到外面去住。"朱老师说那何必呢,实在住不下,让他们去外面住也行嘛。姚君说那要不得,人家大老远来。

"他们到哪里了?"庞天富问朱老师。

朱老师说很快就到了,接着禁不住抱怨:"开始不说,到了家门口才说。"

姚君说那我就走了。

庞天富想了想,说:"也行。"

又对朱老师说:"我把姚君带到黄桷树宾馆去,你先招呼一下他们。肯定没吃晚饭吧?你先做饭,酒这里还有大半瓶,你妹夫他们喝得,我回来的时候再带两瓶。"

朱老师还在对姚君说着难为情的话,同时把两件衣服中的一件,从客厅沙发上拿过来,递给姚君。不把两件都给他,意思是叫他明天还来家里。

姚君也没多言,跟庞天富出门去了。

正是这一点,让庞天富在此后的日子里,一直心生感动。他没问姚君来重庆干什么,他觉得姚君来重庆不干什么,就是想见一见他。

黄桷树宾馆不远,下楼走两百多米就到了。进入宾馆大堂,庞天富让姚君在休息区的沙发上等着,他则去了吧台,跟服务员说了些啥,然后取了房卡,过来说:"307,你上去就是,早些休息,我就不上去了。

明天我来接你吃早饭。"

当姚君打开307的门，见房间里已经有一个人。

是三妹。

这天早上，庞天富就给三妹打了电话，说姚君在他家里，问三妹有没有意，如果有意，就买张车票来重庆，他在黄桷树宾馆给他们开好房间。"你来了，先拿一张卡，去房间里等着，晚上我把姚君带过来。"

三妹沉默着。

"我晓得你没找人，"庞天富说，"姚君也没找人。好端端的夫妻，天下人羡慕的夫妻……这是何苦呢！再说都过去这么多年了，还有啥心结解不开的？你们两个干脆见个面，好生谈谈……你说呢？"

三妹沉默着。

沉默不怕。沉默就留有余地，就有救。

果然，三妹说话了："他过得好吗？"

"你是要我说实话吗？"

"说实话。"

"不好。不是不好，是很糟。"

然后，他就把姚君衣服上的破洞，姚君杯子上的茶垢，都说了。

电话里传来抽泣声。

庞天富后来对我说，这是他此生听到的最让他踏实和放心的抽泣。

事情就这样定了。三妹马上去买车票来重庆，庞天富带姚君出去逛。出门之前，庞天富两口子已悄悄商量好，让朱老师去把房间订好，并交代吧台，让他们给两张房卡，下午有个名叫林惠风的女士来，给她一张卡，另一张留着。这听上去很有些鬼鬼祟祟的样子，要是别的地方，就会怀疑了，是不是来这里搞毒品交易啊？但黄桷树宾馆是庞天富的侄儿开的，朱老师把事情的原委给侄儿讲清了。同时对他说，到夜里七点半左右，给她家打个电话，就说有大帮亲戚要来。侄儿耍心大，常跟人去滨江路上喝夜啤酒，很可能喝着酒就忘了，到八点过都没打来，庞天富给朱老师使了个眼色，朱老师会意，就假装着跑过去接听。

第二天早上将近九点钟，庞天富才去了宾馆，在吧台给307打电话。

姚君接的。庞天富说："下来吃早饭。"

很快就下来了。

两个人。

一前一后。

看他们的脸色，庞天富顿时明白，自己的苦心白费了。

姚君穿在身上的，还是那件洞洞眼眼的汗衫，新衣服拿在手上。

他们像根本就没有睡觉的样子。

"是的，"庞天富对我说，"三妹也老了。老得很厉害。完全不该是她那个年龄的老法。以前她跟同龄人比，是显得非常年轻的。我在她身上看见的，没有血肉，只有血肉的影子。她和姚君的关系，大白天里，看过去也是黑乎乎的。黑乎乎的阴影，黑乎乎的深渊。那是无法挽回的了。"

究竟是怎样的裂隙才能造就如此的深渊，永远也猜不透了。

庞天富请他们去他家吃饭，三妹不去。庞天富说不去家里也行，我们就在外面吃点，三妹也不吃。她直接走了，去了火车站。

姚君跟着庞天富回家去了。

进门的时候，姚君走在前面，庞天富走在后面，越过姚君的头，庞天富朝前来迎接的朱老师脸色一镇，又严肃地摇了摇头，意思叫她不要提起任何事。

于是就啥也没提，就像没那回事。

姚君和三妹那一夜是怎样度过的，因此成谜。

当天下午，姚君也走了，回了北京，穿着朱老师为他买的新衣服。

新衣服很合身，姚君穿着，不像是新买的，而是他本来就那样穿的。

三妹从重庆回去，最显著的变化是不再自己做饭了。

但并没一下子放手，她教保姆做，手把手地教。那保姆姓杨，刚过十八岁，生得细巧爽净，做事百伶百俐，很快她就把最微妙的地方都学过去了，烧一碗白水萝卜，三妹吃起来，也像是她自己做的。于是，她把厨房完全交给了小杨。

谁知道，就在这之后没多久，三妹病了。

一病不起。

然后死了。

对此，我觉得，是三妹不做家务，便彻底空下来了——空闲的空，也彻底空下来了——空洞的空，她的五脏六腑，就不大运转了，不运转，就病了。但庞天富不这样看。为三妹的死，很长时间过去，庞天富都没从内疚里走出来。他觉得，是他害了三妹。他的那个策划，非但劳而无功，还成了递给三妹的刀子。

庞天富觉得，自己算不上个软心人，甚至都算不上善心人。当那么多年编辑，把他的心磨硬了，在某种角度上也磨恶了。有些作者，眼见从青年写到中年，就是写不成气候，他是那样虔诚，那样刻苦，但一篇不行，二篇不行，十篇百篇都不行，你给他退稿，自己却要经历鞭打般的折磨，简简单单的几句话，要琢磨老半天，生怕哪个词会伤害到他。然而，退稿本身不就是最大的伤害吗？因此，把退稿信寄出去后，作者还没痛苦，庞天富自己先就痛苦起来。他架不住这种痛苦，分明知道有些作者完全不是那块料，还是尽量想法帮他修改，促成他发一篇。后来的事实证明，不能帮的，就绝不能帮，否则既是遗毒，也是养害。有一个县上的作者，每过一段时间就往成都跑，四十出头，就躬腰驼背的，见了他，就点头哈腰的，他受不了一个人这样卑躬屈膝，一字一句帮他改小说，让他发一篇，希望他能把腰挺直。确实挺直了，自从发表了那篇小说，以前称庞天富老师，现在叫"兄"，这也罢了，在他那县上，这个瞧不起，那个看不上，简直要飞起来咬人了，并且因此当上了县作协主席，时常去给中学生传经送宝。

有了这些教训，庞天富就常常去反思一件事，关于"做好事"。

他得出的结论是：做事就是做事，即便做的是好事，与"做好事"也没什么相干。做事是心甘情愿，不掺杂别的想法。一旦把"做事"变成"做好事"，就有了杂念，就附带了做过之后的期望。这期望可能是别人的感激、回报，也可能是想对方从此把腰板挺直。但不管怎样，都不纯粹了。

所以从那以后，庞天富再不在别人的写作上"做好事"，有修改价值的，细心提出意见，实在不行的，直接一张退稿单。在他编辑生涯的后期，别的编辑，不用的扔掉就是，不给作者任何回复，庞天富还是要回复。有的作者，庞天富认为再写下去会耽误正事，就说："文学是心灵的日记，写了不一定发表，写作也不一定要当作家。看来你当不了作家，因此不必在这上面较劲。好好干些别的吧。"写着这样的句子，他觉得自己不仅心硬，还心恶，可也无所顾忌了。他是"做事"，不是"做好事"。当然也有看走眼的时候，可那不是更好吗？即使被他规劝的人功成名就之后跑来羞辱他，他也无所谓，因为他当初就是"做事"而已。况且，谁又能说清不是因为他的刺激，让对方戳开了孔窍呢？

本来不再"做好事"的庞天富，却在姚君身上没能坚持。

结果，第一次"做好事"，让姚君和三妹分了手。

第二次"做好事",让三妹死了。

庞天富自己是这样看的。

——三妹死的当天,姚君回成都奔丧。

回去的次日,他给庞天富打电话,庞天富才知道三妹死了。当时他正吃早饭,一粒煮鸡蛋才剥开,没顾得上咬一口,立即出门。朱老师慌忙叫住:"你穿那一身像啥子!"是不像,太亮了。朱老师进卧室为他取了件黑上衣来。

到成都北站下了车,直奔殡仪馆。

殡仪馆区域有很长一段路,出租车不能进去。是一段水泥路斜坡,毁损严重,到处是坑。也不知去殡仪馆的路怎么会坏成这样子,能进来的车,大多拉着逝者,又不重;去世的人魂魄跑了,只剩了个躯体,比活人还轻。可是谁知道呢,很可能,逝者活着的时候,因为要把日子往下过,便让往事随风飘散,死了,就把往事都收回来了,人生一世,有多少往事是轻松愉快的呢?九成以上,都很沉,很重。不仅有往事,还有未竟的愿望,那些愿望本是远处的光,人死后,就变成了铁,压到逝者的胸口。不仅有愿望,还有悔恨、有遗憾,这就太多了,每一种悔恨,每一个遗憾,哪怕只各占二两,加起来也有上千斤吧?这些,都聚在逝者身上,都要他们带走。如此说来,往这条路上跑的车,全是载重车。

水泥路两侧,贩子们占据摊位,出售鲜花,白的黄的,红的紫的,一路的花团锦簇。右手边有个很大的餐厅,那些臂缠黑纱、等着亲人火化的家属,男的女的,老的少的,饿了,就来这里填肚子。里面拥挤不堪。

庞天富在餐厅门外,抬头向高处望了一眼。

二十米开外,是一幢恢宏的建筑。

那里面有太平间,有火化炉。

他正朝上面走,餐厅里奔出一个人,左手拿根油条,右手一把将他拽住。

是姚君。

"你去帮我看看她吧,"姚君说,"我这个身份……不好再进去了。"

庞天富听不明白。"我这个身份",什么身份?哪怕你们离了婚,你是她的前夫,进去看她一眼有什么关系?何况她又没再婚。即使再婚了,同样没有关系,前妻死了,因为她再婚过,前夫就不能去吊唁,法律没这规定,民俗也没这忌讳。

庞天富不明白。

他只是含糊地说了声:"我就是来看她的。"

事实上看不到她。十余个平方米的灵堂里,她本人并不在,只挂着她的一张照片:穿着大红旗袍,黑鬒鬒的、绾成"堕马髻"的发式,跟姚君的某两本书封照一模一样,只是放大了尺寸。她本人,自从送到这殡仪馆来,就安安静静地待在冷库里,耐心地等着入殓师为她化妆。要到明天清早火化之前,才会把化了妆的她推出来,让亲友确认,也看她最后一眼。

姚君的儿子小名叫丁丁,庞天富也只知道他的小名,他去东轩时见过,那次七个老作家来,晚饭时丁丁也在场,因此彼此都还认得。丁丁的双眼肿泡泡的,不知是哭过,还是熬夜守灵熬的。他叫了声庞叔叔,他旁边一个容长脸面的女人也跟着叫庞叔叔,想必是他妻子。庞天富说了"节哀"之类的话,就望着三妹的照片。他感觉那照片要活过来,要跟他说话。那次在重庆,叫她去家里吃饭,她不去,叫她在外面吃,她也不吃,"不去","不吃",就是她跑那么远的路过来,对庞天富说的全部言语。那时候,姚君是一张冷脸,她也是,但冷也有不同的冷法,有一种冷是冰雪的冷,有一种冷是暖水瓶的冷,庞天富感觉到，三妹的冷属于后者，她只是没有机会和心情把盖子揭开，把滚烫的水倒出来。

现在，姚君不在，她有什么不好当着姚君说的话，都可以说。

庞天富等着她说。

可等来的，是从廊道刮进来的风。三妹和围着她的青松翠柏，飒飒作响。

响声过了，就又只剩下低回的哀乐。

三妹不说，庞天富就说了。

"到那边去，自己好好过日子。"这是对三妹说的。

"你爸爸在外面。"这是对丁丁说的。

三妹没回答他，丁丁回答了。

"管他的，"丁丁说，"他进来就进来，不进来算了。"

语气平和，听不出任何情绪。

这期间，来了几个吊唁者，跟丁丁夫妇年龄相仿，看来是他们的同事或朋友。几人面朝遗像，鞠了三个躬，本来是例行公事的程序，可其中一个女子鞠完躬，刚把头转过来，又别过去，对着遗像，瞪圆眼睛，半张着嘴，随即，脖子一缩，拉住丁丁："哇，你妈这么漂亮啊！"丁丁笑了一下。"这么漂亮的人就不该死呀！"那女子说。她本人就长得非常漂亮。她的一个男同伴说："死不可怕，可怕的是美人迟暮。"那女子一巴掌扇过去。男的躲开了，嘻嘻笑着。几人这么开了几句玩笑，便在灵堂门边的塑料凳上坐了。塑料凳围了一圈，中间是张圆桌，桌上放着瓜子、花生、桂圆、开心果和散开的香烟，他们抽着烟，剥着干果，吐槽着各自领导的笑话，以及某次被领导批评的不忿。说了二十余分钟，离开了。

庞天富也是当天离开的。

那时候的火车快了很多，成都到重庆，只要五个多钟头。

他没等到看三妹最后一眼。他不想看。

他也没再见到姚君。从殡仪馆出来，他简直把姚君忘了。姚君想必没有离开那片区域，但他也没截住庞天富。或许，那时候姚君刚好上厕所去了也未可知。总之是错过了。人要与人错过，打个喷嚏也就错过了。

回去过后，庞天富才给姚君打了手机。

没说更多的话，连三妹遗照的发式和穿着，他也没说。

姚君是又过了几天才回到北京的。

在这几天时间里，他去了别墅——那幢他离开多年的别墅。旧了。房子也老了。外墙上的常春藤，枯藤活藤，互不相让，都爬在上面。门上的颜色也老了，但还是那个颜色。浅蓝色。老了的浅蓝色差不多变成了灰白色，但那是晃眼看去，仔细看，还是能认出来。姚君跨上台阶。五级台阶之上，就是门。开门的钥匙，是儿子交给他的。这幢别墅，本来是他和三妹的，后来变成三妹一个人的，现在又变成了他一个人的。枯藤到底要给活藤让路。而所谓让路，是活藤要挤对枯藤的身体。姚君不愿意进去。儿子给他钥匙的时候，他就说："我又不住，以前那房子是你们妈妈的，现在是你们的。"说着看向儿媳。儿媳没言声，儿子却说："你是我见过的最自私的人。"很突兀，突兀得陡峻，可语气照样平和，听不出任何情绪。为这句话，更为儿子陈述事实一般的冷静，姚君震惊了。

他整个身体都在抖动，对儿子说："你也是个男人，你不该这样指责我。"

儿子把脸掉向一边。

过了一会儿，儿子说："你年纪大了，不该再像狗一样在外面流浪了。我们自己有房子住，不会去那里住的，你要是不回来住，就让它烂在那里。"

"我在你心里，就是狗？"

"我没说你是狗，我说的是像狗一样流浪。"

"我没流浪，更没像狗一样流浪。"

"你没流浪，那你的家呢？"

姚君无言以对了。

这些话是别人传出来的，到处疯传。父子俩的对话，想必父和子都不会往外传，如果不是丁丁的老婆传出来的，就是人们想象出来的。

那天，姚君站在别墅的门口，不想进去，但还是开门进去了。

脚往门里一踏，脸上就被扑了一下，就听到呜呜声响。

是满地的纸片在飞。

并没有风，门外的树木花草，在阳光下纹丝不动，但那些纸片却高高低低地起伏着，像它们长着腿，也长着翅膀，在比试着跳高、舞蹈和飞翔。

这不可思议的情景，姚君后来倒是给庞天富和朱老师描述过。

那是在北京。

姚君在别墅里住了几夜，就回北京去了。数月之后，庞天富和朱老师去北京旅游——去了北京，当然会去看望姚君，姚君那次到重庆，分明没有任何事，专门就是看他呢。很难说，庞天富夫妇上京城去，是不是也只为了看姚君。听庞天富说来，姚君还是住在右安门的那套租房里。但他进出要关门了。生活也变得有了滋味。他请了保姆。庞天富和朱老师去北京的第一顿饭，就是在姚君家吃的。

吃第一口菜，只嚼两三下，庞天富就愣住了。

愣片刻，又嚼两下，再次愣住了。

愣得身子一颤，脖子一梗。

"咋回事？"姚君问他。

朱老师也奇怪，同时也担心，以为他是咬到了石子儿。近两年来，庞天富牙齿不好，怕冷，怕烫，自然也怕石子儿。可就算咬到了不该咬的东西，你吐出来不就行了？不好在餐桌上吐，吐到厕所去不就行了？再是老朋友，毕竟是在人家屋里做客，你那么一惊一乍的，像什么样子？

可是他还愣着呢。

朱老师也问："咋回事？"

他不回答，闭着嘴，舌头在腮帮子里轻轻卷动，似在咂摸。

这实在太不像话了。

幸亏保姆还在厨房里忙，不然还以为是嫌她没把菜弄干净呢。

当姚君再次问他咋回事，庞天富才说："我……不能说……"

姚君说："你不说我也知道。"

这菜的口味，彻头彻尾是三妹的手艺！

是的，就是三妹的。

现在姚君请的这个保姆，就是三妹手把手调教出来的小杨。

三妹教小杨的时候，就想着有这一天。是因为，在重庆跟姚君见了面，回到成都去，她似乎就预感到自己来日无多了，才把厨艺教给了她。

平时三妹就对小杨好，现在又不加保留地教她做饭做菜，小杨便以加倍的好回报主人。三妹生病期间，在床前寸步不离的，不是儿子儿媳，是小杨。虽然生着重病，但三妹一直很清醒，去世的前一天，她拉着小杨的手，给她说了两件事。

也可以说，是一件事。

两件事是这样的：一、给了小杨一大笔钱，说是让她以后置办嫁妆；二、她死之后，让小杨去北京，给姚君当保姆，照顾他的生活。

一件事是这样的：之所以给小杨大笔嫁妆费，是希望她去北京照顾姚君。

"我听了，心里一阵阵隐痛。"庞天富对我说。

但那天，姚君并没有透露这些，是小杨过来说的。小杨说的时候，姚君没插任何话。小杨说完，姚君才说到他怎样打开了别墅的门，进去看到一地的空白纸片，纸片见了他，腾空而起，呜呜乱飞。他伸手去抓，可怎么也抓不住。分明抓住的，张开手，却啥也没有。听到这些，朱老师后来偷偷对庞天富说："我觉得，那姚君不能再漂在北京了。"她的意思是，漂泊过久，人无依傍，就会心意浮动，进而胡思乱想。姚君已经胡思乱想了，神志有些不正常了。

说姚君神志不正常，庞天富并不同意。他说："姚君是作家，作家的现实有两种，一种是眼睛里的，一种是内心里的。姚君说的，是内心里的现实。"在庞天富看来，那些纸片是三妹动荡不安的心。她的身体在别墅里枯萎，心却一直潮水般起伏，姚君看不到她的身体了，她就让他看她的心。

但说他最好不要漂在北京，庞天富完全赞同。如他所料，姚君的编剧生涯也断裂了。他跟不上了，而且没有那种天然生成的根基。他写的城市，只是对城市生活的想象，就像海伦娜对香港生活的想象一样。观众越来越聪明了，也越来越挑剔了。挑剔有时候并不是要求更高，而是要更符合自己的口味。他们的口味已无规律可循，变幻莫测，捉摸不定。一部平庸至极的剧，可能突然就火了，而你根本不知道它为什么火。这得靠碰，比狗咬蚊子还难千百倍。既然是碰，就需要时间去耗，可是姚君年纪大了，耗不起了。何况，网络发达了，看电视的越来越少了。打开电视机的，多是老年人，老年人想看的，已不是"向往"，而是回忆。他们要回顾自己的青春岁月。这一代老人经历的，也是姚君经历的，他们的回忆，也是姚君的回忆，但姚君把自己的回忆斩断了。

早在二十多年前,他就背叛了自己的回忆。

既如此,还待在北京干啥呢?

从情形上看,他在北京并没结交下什么朋友,他在这里这么多年,很大程度上只是工具人。是别人的工具,也是他自己的工具。

不漂在北京,到哪里去呢?

让姚君回东轩,他自己大概也不会愿意。他在东轩的名声很臭了。海伦娜旧部经年累月的卖力宣传,他到东轩去做的那个书画展,都让他的脸上花里胡哨的。但其实,这不是最重要的,重要的在于,除海伦娜旧部能在某些场合招引几许敬羡的目光,那些作品早就销声匿迹,偶尔被提及,也只是贬抑的方便,比如有个著名作家就在他的小说里这样描述主人公:"连海伦娜那种下三烂也读。"另一方面,姚君去北京写电视剧,写了这么多年,竟没有一部在中央台播——说是要播了,最终也没播,还有几部剧中途停播。这些都是失败者的象征。姚君当然还是东轩的名人,可人们看待名人的时候,除了名人本身的样子,还有对名人想象的样子,想象的样子是他要变成更大的名人,否则就非但不被尊敬,还被小看。

世间崇拜强者。

如果强者之上有更强者,就扔掉强者,崇拜更强者。

虽然,在东轩,还无一人有姚君的成就,无论是海伦娜之前的小说,还是之后的电视剧,但人们也觉得,他身上已没有任何光环了。他曾经的光环,已埋进土里,生了绿锈。他回到东轩去,就只能过埋进土里的日子。

不回东轩,回成都是可能的。庞天富觉得有这可能。因为那天,姚君还说了下面的话:他走进别墅,抓不住那些纸片,就不再管它们,沿着楼梯,从底楼上到二楼,从二楼上到三楼,从三楼上到四楼,眼里所见,跟他离开前一模一样。他在三楼待的时间更长些。三楼曾是他的书房。栗色书柜靠南墙站立，书柜顶端，搁着一根鸡毛掸子，本来看不见，但柄尾的米黄色穗子从边沿漏了下来。这也跟以前一样。靠窗，是他的大书桌，大得像公司老板用的写字台，半边用于他作文，另半边铺了毡子，用于他写字。毡子上的黑色大理石镇纸，东西向横着，头子朝东北倾斜了二三十度 —— 这都是他离开前的模样。

这是姚君和三妹分手之后，唯一的一次隐晦地表达感情。
对三妹。
但也可能不是对三妹。
因为这种感情的性质，依然难以把握。维持老样子，是怀念还是放弃，就看各人的理解了。不知道姚君如何理解。理解的方向，取决于背景。姚君和三妹究竟有着怎样的背景？如果姚君父子间的那场对话当真，能很方便地看出相互间的撕扯，仿佛是三妹背叛了姚君，又仿佛是姚君背叛了三妹。依照庞天富的感觉，当是后者。是的，姚君对声色犬马的场合不感兴趣，但这又能证明什么呢？真正的感情，哪里又是声色犬马呢？对感情的背叛，与声色犬马又有什么关系呢？有些时候，正因为对那种场合不感兴趣，背叛才更彻底，更锐利。庞天富认为，姚君对丁丁说的话 ——"你也是个男人，你不该这样指责我。"—— 只是姚君为自己的背叛找的借口。他一定用这个借口去双重伤害过三妹，也双重伤害了那个家，因此丁丁才说他是自己见过的最自私的人。

但不管怎样，姚君用多年来苦行僧般的生活，努力地在为自己赎罪。

"他到底是个有羞耻感的人。"庞天富说。

是吗？是这样吗？如果是这样，他和三妹在重庆相见，就该是另一副样子、另一种结局。他已经不会原谅了。他不原谅的，并不是对方的过错,而是他强加给对方的过错,是为自己开脱而虚构给对方的"事实"。这是有羞耻感吗?

疑问不是结论,却容易被人当成结论。

若此,就是对姚君不公了。

我和我们,都不知道他们之间的事。

我调到成都去的时候,成都已经有了四通八达的地铁,成都到重庆,高铁也开通了,由五个多小时,缩减为两个小时,很快又缩减为一个多小时。但庞天富来成都的时候,反倒比以前更少。他的那些跟他一样老的老同事,路不能多走,酒不能多喝,费心劳神跑来见了,本来正说着话,却突然间都哑静下来。是陷入了各自的回忆里。说着话的时候,世界是单调的、无趣的,独自陷入回忆,却能风生水起,趣味盎然。既然没什么说的,就不来了。再加之,六十九岁那年,庞天富办了一场生日宴,本是为了冲喜添寿,寿添没添不知道,病倒是添出不少来。他经常生病,动不动就被送到医院去躺着,于是就更不能来了。

我依然干着报社的工作,在《蓉城早报》当编辑。这时候的报纸,已成明日黄花,偌大一个成都,《蓉城早报》的发行量,还远不如当初的《东轩广播电视报》。人人都朝新媒体奔,网上的链接成了主流,实体报纸可有可无,说"可有",还有自我安慰的意思,其实完全可以"无有"。发行量下去了,收入也减了,成都的生活费又高于东轩,如我这般拖家带口的,日子很有些困窘。

好在我还有另一份工作:做《峨嵋》杂志的兼职编辑。

在一定意义上,我是踏着庞天富的足迹了。

平时并不到《峨嵋》去,只有开编前会才去。

这个星期一,正是开编前会的日子,吃过早饭,我就沿天仙桥街,朝红星路走。我住的地方，傍河，这条河在都江堰水系里，叫走马河，至成都市区，分成两条，一条叫府河，一条叫南河，于合江亭交汇后，称锦江。我家就住在合江亭附近的锦江河畔，步行到红星路，需四十多分钟。如果是在东轩，走这么久会觉得太遥远，怎么也要坐车去，到了大成都，就不觉得远了。

　　一路经过"我的大学"。以前，从这学校去红星路，骑车都要半个钟头，现在重新开辟了一条直道。学校墙拆了，门换了，门里两排深密的夹竹桃不见了影子。校园扩充了数倍，学生扩充了二十倍。那已经不是我的大学了。我的那些同学们，当年不是在写小说，就是在写诗，为一张手写退稿单也激动不已，现在还想得起那段岁月吗？即使想起来，恐怕也是当成笑话讲吧。他们既不写，也不读，邀约我去拜访庞天富的那位，后来知道我居然还在写作，深感惊讶，说他至少有十五年没翻过一本文学书了。"没意思。"他说。我不知道他说的没意思是什么意思，也没问。人生不易，人生易老，各人都抓紧去找各人的意思。

　　作协大门的圆柱上，照样挂着一块匾，只是匾上的字由当年的"中国作家协会四川分会"，换成了"四川省作家协会"，虽同样是隶书体，却明显不是出自同一人之手。《峨嵋》编辑部倒还在老地方，楼层和办公室都没有变，只是由新楼变成了旧楼，办公室里面的人，由旧人变成了新人。

　　刚进编辑部会议室，就听诗歌编辑高霞说："这个周末我输惨了，别看姚君那干巴老头，牌打得比妖精还精！"

　　"啥？谁？你说谁？"我连忙问。

　　"姚君啊。"

　　"哪个姚君？"

　　"就是你那个老乡啊！"

她竟然都没说"那个作家",而是说"你那个老乡",因此我还是怀疑。之所以怀疑,还因为她说是个"干巴老头",姚君老则老矣,怎么会干巴?

但她说的,就是那个姚君。

只是依然没有说姚君是作家,只说他是东轩文化局的(姚君一直在那里领工资),有只眼睛小很多,还经常流泪。

"姚君回了成都?"

"他本来就在成都啊。"

"不,他一直住在北京。"

"那我不晓得,反正我在成都至少跟他打了三年麻将。"

"你们怎么认识的?"

"麻友还需要认识?"

"那你怎么知道他是我老乡,又是东轩文化局的?"

"牌桌上东一句西一句,就知道了嘛。本来无心知道的,也都知道了。麻将桌上哪里只是麻将?那就是个旋转的宇宙,也是历史和社会,把墙砌起来,然后推倒,又砌起来,又推倒,推倒之后,并不是世界大同,而是有的赢了,有的输了。输了的不服气,赢了的想再赢,于是重新洗牌,再砌,再推,循环往复。"

接着脸一弯,问我:"未必你不打麻将?"

我说我不打,是不会打。

她说不会好:"我认为自己就打得很精了,是一等一的高手了,可以稳赢不输了,但麻林就是武林,强中自有强中手,一直如此,永远如此!"

说着主编来了,我们就开会了。

会议结束,我拉住主编,问他知不知道姚君这个人。

"姚君?写小说的?知道啊,我正在编选《〈峨嵋〉五十年精品集》，里面节选了他的作品。"

"是那篇《山重水复》吗？"

"你怎么知道？"

"他是我老乡，他在《峨嵋》发表《山重水复》的时候，我还没上大学。"

"哦，这人早就作古了吧？"

"没有没有。他就住在成都。"

"这样啊，那你向他约个稿吧。"

回去之后，我给庞天富打了电话。

庞天富又躺到医院去了。他摁了接听键，先传过来两声呻唤，才说："小光。"

我问了他的病情，再问他知不知道姚君已回了成都，而且有几年了。

他不知道。但他说："落叶归根嘛，尽管成都也算不上他的根。"

我听出来，他们又是很长时间没联系过了。他也不把姚君身体的回归，当成是与三妹有关的感情的回归了。但我给庞天富通报姚君的情况，并不是要对他说这些事，而是想问他：主编让我向姚君约稿，我约不约？

"不！"庞天富斩钉截铁，"那你是害他！"

在而今的庞天富看来，姚君心里的文学之树，早就死了；不是死了，是成了灰，当风扬起，不知所终。"文学这东西，"庞天富说，"成就了很多人，但害了更多的人，那些被文学害的，是他们误解了文学，以为能把话写通，或者，能把话写美，就是文学了，哪是呀！文学首先是要有一种精神的，没有精神，就是文学的行尸走肉，文学的行尸走肉哪能叫文学？就像一个人，没有情感，没有灵魂，就是人的行尸走肉，而人的行尸走肉根本就不能定义为人。那是非文学，是非人。

你说姚君爱打麻将了？打打麻将倒也无所谓，很多有成就的人物都打麻将，但对姚君，又另当别论。他是静不下来了。别人闹了，可以静，姚君已没有静的能力。精神是在静当中产生的，有静才能有思考，有思考才能有反思。"

这家伙，躺在病床上，说起自己钟爱的事业来，还是那样不妥协。

我心里嘀咕，如果他看了现在的《峨嵋》，看了发在上面的作品，会怎么想呢？现在的作品当然不是海伦娜似的，那被定义为低级趣味和市场的奴隶，完全没了容身之地，现在的作品分两种：一种是门不打开，窗也不打开，里面没有烟火，也不吃喝拉撒。一种是自己的门窗开着，家家户户的门窗都开着，满天满地，都鲜花盛开，走到哪里，都歌声嘹亮；如果某一处虽然也开着鲜花，却在花上长着刺，大家都会伸出援手，把刺扳掉，让鲜花开得跟别处一样祥和；如果只长刺不开花，就把枝砍掉，根刨掉，填埋新土，重植花苗。两种文学都受到欢迎，但第一种是在暗处，偷偷欢迎，第二种是在明处，敲锣打鼓地欢迎。所以第二种文学成了显文学，也是作家们蜂拥而至去经营的文学。

如果庞天富看到这些，他还能那么理直气壮地去批评姚君吗？还能那么铿锵有力地谈论精神和反思吗？他会不会因此降低标准，认为海伦娜也有了可以肯定的价值？毕竟，海伦娜尽管也坐了车，甚至坐了飞机，坐了火箭，但他要去的地方，是人群，而不是那个鲜花盛开敲锣打鼓的颁奖台。

我没问过庞天富。我不想问。我甚至觉得，因为姚君的放弃、投降和背叛，在庞天富心里是个悲剧，而庞天富本人，又何尝不是悲剧。他太古板了，太不合时宜了，他其实是一个已经被抛弃的人。他的幸运在于，在被新潮文学抛弃之前，时间就抛弃了他。他老了，退休了，可以安度晚年了。

那天庞天富对我说的最后一句话是:"你就让姚君安度晚年好了。"
我同意。

于是我搁下了,没照主编说的向姚君约稿。

没想到二十天后,姚君给我的邮箱里发来了一篇稿子!

他在留言里说:"小光,我听人讲,你调到《蓉城早报》了,在帮《峨嵋》组稿,《峨嵋》是我的老朋友,我想着应该支持一下老朋友,也支持一下你。"

他说的"人",多半就是高霞了,我的邮箱,多半也是高霞告诉他的。

我承认,我非常兴奋,稿子还没下载,就给他回话,对他的支持万分感谢,并且说,主编本来就让我向你约稿,但报社这些天采访糖酒会,一阵乱忙,就没来得及。我还说,当庞天富知道你又支持《峨嵋》,一定会非常高兴的。

他没回话。

那是一篇散文,八千多字。

编那篇稿子,我花了整整两天。

他在文章里写了几个人,都是本省早已过世的名作家,包括艾芜,包括周克芹,写他们的轶事,每个人写了一两千字。写别人的同时,也写自己——写自己跟他们的交往,写自己当年是怎样被艾芜和周克芹们看重。

实话说,自当编辑以来,我从没像编这篇稿子这般尽心,因为是姚君写的,也从没像编这篇稿子这般糟心,因为没有一句话是通顺的。丝毫也没有夸张,就是连通顺也谈不上,更别说美。我只能照着里面的事,重新写一遍。

可能是太过于糟心了,我通过微信,把姚君的原稿发给了庞天富。

庞天富同样没回话。

四个月后，稿子发出来，我要了姚君的地址，把刊物寄过去。

我等着他发表意见，比如，怎么只留了他文章里的内容，却把话全部改了。

或者：小光你费心了。

然而，没有任何意见，只说："我们空了见个面。"

见面是第二年秋天的事了。

成都的季节，特别是春夏秋三季，是由雨水谱写的。春天雨多，夜雨。杜甫笔下的"随风潜入夜"，千载以降，依然如故。我正是从成都的春雨，相信了世间的某些东西，确实是不变的。夜雨停了，夏天就来了，夏天的雨更多，几乎天天下，但多数不是从天上下来，而是让人自己从皮肤里下，从早到晚，身上黏乎乎的潮湿着。当站在高楼上，能看到远处西岭雪山上的雪线，是秋风起了，把空气吹干净了。秋风夹带着华西秋雨，淅淅沥沥，或噼噼啪啪，让鸟不能叫，怕嘴张开，就有洪水灌进肚子里去；不能叫就像不能飞，那还叫什么鸟？因此它们总是等雨勉强小下来，飞出来赶紧叫几声，又躲到树叶丛中或屋檐底下。待鸟儿们的叫声又明亮和大胆起来，证明华西秋雨过去了，再过些日子，那些喜欢追着大自然跑的人，就可以去远山看红叶了。

就在这样的时节，姚君给我来了电话。

这是个星期六，他说："小光，中午我们见个面嘛，河水公园，去过没有？"

在东郊，我知道，但没去过。我读书的时候没有，是后来建的。

"没去过就好嘛，"姚君说，"正好去一下，那地方不错。"

确实不错。是个小丘似的公园，在千里平旷的成都非常难得。"河水"是人造的：丘顶建了个小水库，用抽水机将锦江水源源不断地提上去，再沿曲曲弯弯的渠堰流下来。只是，以其规模和形态，倒不如实打实地叫溪水公园。

公园里啥都有，杂花生树不必说，如织的游人也不必说，本来是山丘，却还修了假山，假山背后，曲径通幽处，是游廊、亭榭和茅庐。所谓茅庐，是在钢筋水泥屋顶上盖了芦苇，年年换新。茅庐是个餐饮雅舍，位于半山，菜品很贵，非常贵，从这里过路的，多数也不敢正眼往里瞧，有胆子进去的，就更少。

我们就在茅庐里聚。

姚君开始并没说有他十余个大学同学，我还以为是我们两个人呢。

十余个全是男同学，想说他们是帮老头子，又不准确，有的人看起来，要比姚君年轻很多，或许也不只是体质和保养的问题，而是他们当年那批大学生，年龄差距本来就大。姚君真的是老了。我是说，太老了。如果没有高霞打预防针，我简直不敢相信那是姚君。他像是从北京回成都的路上，误入过一个黑店，那黑店里住着孙二娘，孙二娘指挥手下，将他麻翻，去大黄桶里刷洗一番，横在案板上剔肉，肉剔净了，只剩下骨头架子了，许是觉得那骨头里熬不出油，就抬出去扔了。可夜深人静时分，那个骨头架子醒了过来，又到人群中行走。他的头发也刮光了。我在北京见他时，那头发虽乱，却还称得上茂密，现在刮光，是因为稀疏了吗？我仔细盯了一眼他头上的发根，的确像戈壁滩上的植物了。

唯一不变的，是依然戴着深度茶色眼镜，每过几分钟，就取下眼镜擦泪。

十余人在茅庐的休息室里，围着个形状不规则的原木茶几闲聊。这种场合，我自然没什么可聊的，就听他们聊。其实，是听姚君一个人聊。他在同学中间，学生时代就已是成功人士，成功人士具有天赋的话语权。他每说一件事，都表明是他亲自参与的，但听不出那些事在哪里发生，又在什么时间发生，而且既与文学无关，也与电视剧无关,很让人摸不着头脑。他的同学们,有的看着他笑、点头,有的抱着手臂,扣着脑袋,像在想自己的事情,有的过会儿就半站起身,望着窗外,望几眼又坐下去。没有人接话,但姚君讲得格外起劲。他的声音很大,每一句出来,屋子里都有回音。那么大的声音出自那么瘦的一个身体,总感觉错位,像不是姚君在说,是另有一个陌生人在替他说,说的也是那另一个人的事,所以大家都听不懂。

这时候,我甚至闪出个念头,听庞天富讲,朱老师曾说姚君神志有些不正常,现在看上去,真有那么一点儿。

好在"不正常"的时间也不算太长,他那样说了将近一个钟头,终于又说出都能听懂的话了。

"再过十天半月,"他说,"光雾山的红叶就到了最美的时候,我们去看红叶。"

又补充:"不叫更多的人,就是今天这些人。"

这意思很明显,一路的开销,都是他姚君负责。今天的聚会,多半也是他包圆儿。我后来知道,在他的同学当中,有经营汽车轮胎的大老板,在四川全省个人财富排行榜上,可跻身前十,但只要同学聚会,只要有姚君在,那老板都没出过钱,都是姚君大包大揽;如果那老板出了钱,姚君会很生气,会如数退还给他。

那老板就坐在我旁边,但当时我不知道,只听他自我介绍说姓唐。

唐听了姚君的话,马上表态:"太远了,我是去不了。"

静了片刻,就阴一个阳一个的,都说去不了。

从他们的话里听出来,这些人,有的是大学毕业后就住在成都,有的是退休后才过来,跟儿女同住,有的一直在外地,今天是专程前来聚会的。

他们去不了,没有更多的理由,都是唐说的理由。

光雾山在我和姚君的老家那边,早年还属于姚君所在的清和县,后来东轩市分成了两个市，从那以后，光雾山不仅不属于清和县，还划到另一个市去了。尽管在我们老家那边，但从我们老家过去，也要翻几座大山、过几条河流才能到，从成都过去自然更远。可再远，也是在本省，而在座的，大概都去全国多地跑过，某些人还去国外跑过。不想去，又实在说不出理由—— 说身体不好么，这聚会不是也来了吗？说要带孙儿孙女么，孙儿孙女早就大了，不需要他们带了。既然唐说了不去的理由，那就跟着他说好了。

理由不重要，跟着唐说，才是问题的实质。

我感觉到，虽然落座之后，就一直是姚君在说话，但在他们之中，真正的主心骨、向心力，不是姚君，而是唐。

或许，曾经一度，姚君是主心骨和向心力，因为他的成功和豪爽。

但现在不是了。

你不去，我不去，大家都不去，姚君顿时像被腾空的口袋，朝沙发上一窝。他开始一直是挺着身子说话的。窝下去他就不说话了，只够着手，在茶几上扯张纸巾，摘掉眼镜，擦了泪，又擦镜片。眼镜取下来，才看见他脸上的皱纹，不算密，但每条皱纹都像风干的海带叶子。

然后，他把眼镜戴上，把放在身后的黑皮包拎起来，望着斜对面的我说："小光，你过来我给你说个事呢。"

说着他起了身，朝外面走。

我跟出去。

出了休息室，左拐右拐，就出了大门。门前有条水渠，或者说，有条"河"，因为坡度的缘故，前面的水和后面的水，都发出响声。从来也不知道，水的响声究竟是在说话，还是在笑，抑或在哭。零落的花瓣被水流从高处带到低处，又带到更低处。渠那边是个草坪，草坪边缘有宽展的木凳，我们就去木凳上坐。高高低低的藤状花木，将草坪围住，凳子上面和凳子底下，都是锦重重的落英。

姚君从皮包里摸出一个大信封。

信封里装着一部长篇小说打印稿。

小长篇，十一万字。

"按我们那时候的标准，"他说，"这应该只是个中篇，现在要算长篇了。现在的节奏快，耐不下心来读大东西。但人们也有应对的办法，就是把概念调整一下，说它是个长篇，就觉得它很短，要说是中篇，就嫌太长了。"

然后他说："《峨嵋》不发长篇，我就不给《峨嵋》了，再说，这是我费心写的一部小说，也应该有个更好的出路。但这些年来，我跟杂志社都没什么联系了，你帮我寄到一家大刊去……算是你帮我推荐一下。"

"推荐"这个词从他口里说出来，显然是有过挣扎、有过努力的。

他非常不愿意承认，他姚君的小说还要请一个晚辈推荐。

但他最终承认了。

接着他又去包里摸，摸出一个U盘，U盘里也装着那部小说。

"当年的编辑，都是看手稿，"他说，"后来听说要看打印稿了，再后来听说打印稿也不看，要在电脑上看。你习惯哪种？"

我说我就习惯在电脑上看，可以调整字号和格式，修改也方便。

"你问下对方喜欢哪种方式，如果习惯看手稿，你帮我寄一下，习惯在电脑上看，你就给我发过去。"

我说好。

我本来想加他微信，让他从微信上发我，不必给我U盘，但想到微信加了也没那么多需要联系的，而且从给U盘的举动看来，他很可能不用微信。

于是就都收下了。

而他又去包里摸，摸出一卷黄绸。

打开来，是他专为我写的《心经》。

此前我听庞天富说过他偶尔练书法，字写得好，但从没见过他的字。的确好。俊逸，畅达，有力度，明显习过王羲之。我知道，练书法的人给人送字，如果对方无特殊要求，所写的内容，都是赠送者自己心里想写的。"……照见五蕴皆空，度一切苦厄……色即是空，空即是色……远离颠倒梦想，究竟涅槃……"我不知道，在姚君心里，《心经》上的这些话，究竟意味着什么。

我感激他的赠予，也收了。

之后我没再进去。即是说，我没跟他们吃午饭，就回家去了。回家后的第一件事，是把U盘上的小说拷贝下来了，用微信发给了一家大刊的编辑。

那编辑很快回了话，退稿不说，言辞还犀利到近乎刻薄。我正想着怎样找个机会，把他的意见委婉地告诉姚君，还想过是不是再帮他投两家刊物，自然也都是他要求的大刊，看看人家又怎么说。虽然，我暗地里承认，那编辑说的定是事实——尽管我没读过那个小说——既是事实，便算不上刻薄，可就算千真万确吧，万一某家大刊迁就一下，给他发出来了呢？

谁知道，想做的事还没去做，姚君就死了。

离我们在河水公园见面，仅仅半个月。

姚君死的时候，光雾山正该是满山红叶。

他本说要去看，结果红叶如期而至，他却缺席了。

永远地缺席了。

他儿子丁丁怎么会想到请我去他父亲的告别仪式上讲话，我一直困惑。大概是他觉得，自己父亲是作家，不该像母亲那样静悄悄地走，应该有个仪式,有人去讲个话,却又实在找不到人,就只能找我这种讲了也白讲的人。姚君早就退出了文坛,相关部门的领导都比他年轻很多,或许当年也读过海伦娜,没读过,也肯定知道,但对姚君这个名字已经陌生了。包括《峨嵋》的主编,编选精品集收录了姚君的小说,并不是他认出了姚君当年的小说好,而是他选的,都是每年第一期、第四期和第五期的头条,他认为,对一本双月刊而言,这几期很重要,第一期对应春天,一年之计在于春,第四期对应七月份,第五期对应十月份(虽然是九月份出),这几个月在中国人的物质生活、文化生活和政治生活中,都有非凡的意义。他找出这几期的头条,短的就收全文,长的就节选。

我跟丁丁以前没有任何交道,他用他父亲的手机给我打电话,很可能是姚君在他面前提到过我。毕竟,姚君把自己费心写的一部作品,交到了我的手上。

接了丁丁的电话,推掉了他的请求,我立即就想到了庞天富。

如果庞天富去告别仪式上讲话,是最合适的。

但我没给丁丁说,也没跟庞天富联系。

我是想到,庞天富一直在病中,怕他受刺激。

当然这也是个借口。丁丁会告诉他的。丁丁的母亲去世后,庞天富就去过,我后来知道,去跟三妹告别,庞天富是姚君唯一的朋友。丁丁定会从父亲的手机里翻出庞天富的电话,报告父亲的死讯。

我不跟庞天富联系,是不想听他关于姚君死亡的任何看法。

说不出道理,就是不想听。

尤其是在看不到脸的电话上,更不想在看到一张假脸的视频上。

我是准备从珠海回去过后,专程去趟重庆,一是探望庞天富,二是跟他当面聊聊姚君,遗憾,悲伤,或者干脆就觉得,对姚君来说,死亡是一种最好的解脱,如此等等,都是可能的,也都可以接受。当我们这样谈论了他，估计就没有人再谈论他了，他就真的死了。那几天，我特别注意了媒体，包括我所在的《蓉城早报》，都没有关于姚君离世的任何消息。

然而，姚君火化的次日，我还在珠海，庞天富的电话就来了。

"听说你也没参加？"

我说了原因。

"如果你在成都呢？"

"不让讲话我就去。"

"是我让丁丁请你讲话的。他让我去讲，你晓得我动不了身。"

"哦……我不知道讲啥……"

"还能讲啥？他死都死了，就歌颂嘛！赞美嘛！"

我没言声。

两人陷入沉默。

"这段时间，"他终于又说话了，"我也不是完全动不了，就算行动困难些，还有老婆陪着，她身体好得很，把我搀上搀下，也不是问题。我是想去，又不想去。你大概不明白，我对姚君，有求全之毁。因为这个，我俩之间，就有不虞之隙。我们的关系是非常复杂的。他想见我，就如同我想见他；他不想见我，也如同我不想见他。这是他活着的时候。他死了，就绝对不想见我了。"

这话让我听出来，事到如今，庞天富也有所妥协了吗，不然怎么说"求全之毁"？

我问他是不是这个意思。

可是他又不说话。

两人陷入更长时间的沉默。

"你知道姚君怎么死的？"

突然过来一声，吓我一跳。

我没答言，他就说了："自杀的！"

我浑身一震。

"他这种死法，就是不愿意见任何人，更不想见我。"庞天富说。

随即又告诉我："他自杀身亡这件事，是丁丁对我说的。他说他父亲的熟人朋友，他只对我一个人说了。在那幢别墅的书房里，他割断了自己的动脉。那时候，小杨买菜去了——就是以前那个小杨，小杨从北京到成都，都给他当保姆，其间只有生孩子离开了一段时间——他就把自己脖子上的动脉割断了。说他这几年非常消瘦，但是血流了一屋子。他哪来那么多血呢？"

我想象着那场景。

不是血流了一屋，而是他把刀架上自己脖子的场景。

那是一把怎样的刀？它被当成工具致人死命的时候，会是怎样的心情？它是否有过抵抗？比如眼看就靠近血管，又退了回来。再靠近，再退回。如此反复，但最终，还是架上去了。对此，你怎么能责怪它呢？它就是个工具而已！

接着，我听见了刀刃切割的细响。

然后才看见血。

"难怪，"我幽幽地说，"半个月前我还跟他见过，他当时精神很好，除了眼睛上的老毛病，别的没看出有病，他还说再过十天半月，要去光雾山看红叶。"

"去哪里？"庞天富急慌慌地问。

"光雾山。在我们老家那边。"

"我知道……"

然后问我："他为什么要去那里看红叶？"

"那里的红叶这些年打造得很出名。"

"红叶出不出名不重要！"庞天富断然地说。

我有些蒙，不懂这话是什么意思。

"那是他为父亲收尸的地方！"

我再次浑身一震。

"你们见面是为啥事？"

我说了他让我推荐小说的事。但没说编辑已经回话，只是说："他多半在那半个月之间，自己把那个小说否定了。最后连自己的生命也否定了。我幸好没去他的告别仪式上讲话，去了肯定也会像你说的那样，赞美他，歌颂他，可一个连自己生命也要否定的人，哪还愿意听什么歌颂和赞美。"

"那倒不一定……"庞天富说了一半停下了。

我等着他继续说下去，他却没什么说的了。

那年春节期间，老婆孩子到哈尔滨看冰雪世界去了，行前给我一个任务：把凌乱不堪的屋子收拾出来。这件事他们不能做，只有我自己做，因为是废纸残片和书报杂志把屋子弄乱的，他们不知道哪些要留，哪些该弃。

就这样，我翻出了姚君的那部小说稿。

是在客厅墙角翻出来的，也不知当时拿回来怎么扔到了那里。

是好奇心驱使，还是那时候我就有些想念姚君了，一时说不清楚，我立即起身，去电脑上看。却再也找不到了，多半是下载过后又删了。那个U盘也不见影儿了，发给编辑的微信，也早已过期。于是我把稿子拿到书桌上。

本来只准备随便翻翻，然而，我几个钟头坐着没动，直到读完。

那位编辑说得果然没错，姚君的笔坏了，很多话就像我编过的那篇散文，前言不搭后语，而且明显能看出电视剧本的操作痕迹。然而，这是一部多么富有力量的小说！姚君的皮坏了，肉坏了，但他写海伦娜之前的骨头回来了。如果在语言上好好打磨一番,这不仅是一部可以发表的小说,还是一部杰出的小说。

可是那编辑为什么还说姚君的观念"老土"呢?

——是的,也没说错,很土。

因为,这部小说的观念,还是《山重水复》时代的。

我说能发,反而错了。

杰出归杰出,却不能发。

大刊不能发,《峨嵋》也不能发。

我将它装进信封,放上了我的书架。

三年过后,我去一个地方参加活动,竟然在他们的图书馆里,看到历届获奖作品集。放了一整排,但明显没人翻过,尽管有管理员经常打整,书上还是布满细碎的灰尘。我找到姚君获奖那年,抽出来,翻到《秋风引》,看了下标题,又看了下标题左上方姚君的名字,就又放回去,跟随队伍急急忙忙去参观下一个点。

原刊《钟山》第6期

羊毛苹果

崔曼莉

清水君是我不想活的时候"滴"来的朋友。

在万物可"滴"的时代，寂寞可以"滴"，孤独可以"滴"，想骂人可以"滴"，想发疯可以"滴"，想恋爱可以"滴"，甚至想自杀也可以"滴"。

事情还得从六月说起。

六月我大专毕业。众所周知，考公、考事业编、考研都和大专生没有关系。可我的爸妈一心让我升本，升完本让我考研，研究生毕业再让我考公。等我当上了公务员，就可以嫁个好老公了。

我真的不理解他们的逻辑。

每当谈起他们自己，他们就说一辈子就是这样的了，这都是命！谈起我，他们就好像谈论另一个人。只要女儿够懂事、够努力，就一定能升本、考研再考公。当了公务员之后再处个好对象。什么是好对象？要么公务员，要么干大买卖的，再不济也得是医生、警察、老师之类的社会精英。如果我当小官，老公就当大官；如果我开奔驰，老公就开劳斯莱斯。在这个逻辑闭环里，他们虽然一个是家庭妇女，一个是大货司机，却因此扬眉吐气、光宗耀祖，过上了得意洋洋的好日子。

而实际情况是，我不聪明，努力了六年只能勉强上个大专。脑子笨，身体也差，中医说我阴虚阳也虚，松松的一身肉，脸肥得像张大饼。我是个"社恐"，几乎没有朋友，在哪里都是小透明。我还有个六岁的弟弟，他除了玩没有任何长处。

在这座三线城市里，我们一家四口靠我爸一个人跑长途挣钱养活，过得紧紧巴巴，狼狈不堪。

我爸不跑车的时候爱喝大酒，喝多了就打我妈和我。但他从来不打我的弟弟。他打我妈的理由是她不努力管好我，打我的理由是我不努力。因为我们不努力，他的梦还碎着。

我已经二十一岁了，好不容易熬到大专毕业，再也不愿意为他的"梦"浪费三年时间，混个不入流的本科，在抑郁、自卑、没有未来的绝望里挨他打骂。不仅不愿意，我一天都过不下去了。

我一面答应升本，一面偷摸找工作。工作确实不好找，除了饭店服务员、理发店小妹、KTV小姐根本没人要大专生，房产中介都必须本科起步。还好，我从小爱画几笔，后来偷偷学做美甲，我的指甲和同学的指甲都是我做的。我在市里最好的美甲店当上了助理，满勤三个月就可以升美甲师，拿正式工资和奖金。这家店不仅装修得雅致，工作氛围也好，来的客人素质都很高，大家轻言细语的，有免费茶水、点心和好听的背景音乐。

我想先工作几个月，存点儿钱就搬出去。没想到工作一个多月就被我妈发现了，我求她不要告诉我爸，求她让我工作，求她放了我。可是她反过来求我，求我去读本科，求我努力考研，求我当个公务员，这样就没有人敢欺负她和弟弟了。我们娘儿俩抱头痛哭了一场。她当天夜里就给我爸打了电话。一个星期后，我爸跑长途回来，直接把大货开到了美甲店门口。

他冲进店里，薅住我的头发便打，一边打一边骂我是不入流的贱货！店长吓得直接报了警，警察来之前，我躲进洗手间反锁了门。他把门锁弄坏了，又砸了前台的水晶果盘。

警察来了，老板也赶到了。我爸一口咬定是老板拐带的我，我是大学生。警察和老板都无语了，只能让我回家。老板说我这个月的工资还没有发，就当赔门锁和果盘了，但是，我以后再也不许去店里，玩也不行，她是做小本生意的，受不起这样的惊吓。

我爸还要理论，却接到一帮兄弟的电话，说要喝大酒。一听有酒，他撂下了狠话，让我收拾好东西滚回家等他，就开车扬长而去。

我没有东西可以收拾，只有一只粉红色的马克杯，上面贴满假的水钻。

店长好心，给我一只手提袋，让我放杯子。我提着袋子离开了店，店门口的铃铛清脆地响了一声。以往这个声音一响，我就迎到门前说欢迎光临。这次铃铛一响，我滚了出去，再也没有机会踏进这里。

天气闷热，像走在一口大蒸锅里。我不想活了，想去跳海。

我一直往西走，也不知走了多久，感觉快累死的时候，看见路边有一家奶茶店。

我买了一杯奶茶，半死不活地坐了一会儿，实在无聊便登录了游戏。我进了"滴滴房"，上了八号麦，主持人问我"滴"什么？我说我不想活了，有人能陪我吗？

不幸中的万幸，我的声音既糯又嗲，是好多女生拼命夹都夹不出的效果。这让我在"滴滴房"很吃香。一张美女感十足的头像，一个好听的声音足以引人遐想。真实世界的美女总有缺陷，而因声音展开的美女想象不仅完美,而且接近无限完美。

当即有六个男生麦下"扣1"。主持人问我要选吗,我说不用,都跟我走。

我开了自己的游戏房,上了主持麦,六个男生全跟了进来。

我也不理他们,把"我爸打我妈""我成绩不好""不想读书""想做美甲""我爸把我的第一份工作打没了"一口气地吐了出来。

男生们一个一个退场了,只剩下两个人。麦上一个,麦下一个。

麦上的叫路西法,麦下的叫清水君。

我觉得清水君这个名字非常好听,就问他为什么不上麦。他打字说暂时没有嘴,先在下面黑听。

这时路西法说话了。

"我觉得吧,你爸不同意你干美甲,可能是觉得现在社会劳动人民不受尊重,"他的声音低沉,很像爹系总裁,"你想,他是个跑长途货运的,多辛苦,一路上得看多少人脸色,平时生活里又有多少人尊重他?"

"他不受尊重,不代表干美甲不受尊重。"我说。

"那是工作环境和氛围不同,从社会阶层上讲,都是一样的。"

我一时说不出话来,我没有从这个角度想过问题。这时清水君上麦了:"你们能帮我一个忙吗?"

哇!多好听的公子音啊。

"什么忙?"我赶紧问。

"你们加我微信,"他说,"帮我转发两个链接,我请你们一块钱喝一杯咖啡。"

我的脸微微一红,这个小哥哥好会啊,这么顺利地拿到了我的微信。

我们互加了微信,收到了他的链接。我打开来,是某品牌咖啡店的推广活动。我转发了链接后，果然收到了一个优惠链接，可以在全国任意门店订一杯咖啡，只需要一元。

我搜索了一下，本城的咖啡门店离我很远。我打了电话，店里说不论多远都包送。我订了一杯美式咖啡，付了一元钱。

等我返回游戏，路西法也订完了咖啡。他说他家楼下就有这家咖啡店，没有想到可以一元钱买一杯。

清水君得意了起来，他说这样的"羊毛"①多的是，只要他想。

我问他还有什么，他让我打开某地图App②，翻到最下面，再顺着打开好几层链接，居然有一个打车福利，可以享受两元打车一次。

"你想去哪儿就用这个打车，"他说，"算我请的。"

我连忙称谢。路西法见我心情好了一些，便开始劝我回家，说不论我有多痛苦，都别想不开，人生很长，一切要慢慢来。就算父母再不好，也不能不回家，一个女生流落社会很危险，我爸最多打骂几下，受点儿皮肉苦。我反驳他怎么只是皮肉苦呢，我的精神更苦。

"就是，"清水君也说，"原生家庭苦才是苦，社会能有多苦？"

"哎哎，"路西法有些不高兴了，"兄弟，我不管你出于什么原因说这种话，她一个刚刚毕业没有工作的小姑娘，总要先回家吧。"

"我能有什么原因？"清水君更不高兴，"我告诉你吧，这个社会有的是羊毛，那些有钱人不要的东西，穷人拢一拢就够活了，《红楼梦》里刘姥姥咋说的？他们拔根寒毛也比我们的腰粗。"

路西法沉默了。清水君对我说："只要你愿意，你拜我为师，我教你怎么薅羊毛，每天什么都不用干，有吃有喝有钱赚。"

"真的吗？"我眼睛都亮了，"怎么薅呀？"

---

① 薅羊毛：来源于春晚中小品"薅羊毛织毛衣"的做法，现指当代青年利用各种网络金融产品促销手段或商家优惠信息赚钱。"羊毛"特指这些优惠或利益。

② App：手机软件。

叮的一声，后台有私信。路西法说让我小心，网上什么骗子都有。我随手回了个"感谢"。

"这不能随便说，"清水君得意地说，"我当初可是正式拜师的，还给了我师傅1888的拜师费。"

"我没有钱。"我放软了语气，可怜巴巴地说。

"你不用给钱，"清水君说，"以后每天跟着我转发链接，或者点一点链接，我叫你干什么就干什么，薅多了你自然就会了。"

"谢谢哥哥。"我怕他记忆不深，连忙夹起嗓子，这一下子就更嗲了，"哥哥你真好！"

"我就是个大专生，"他似乎没有注意到我声音的改变，"现在每天靠薅羊毛，吃饭、喝东西、打车都不花钱，赚的钱就存着，我爸妈还天天发愁，觉得我不务正业。我告诉你，父母就是死脑筋，你不用理他们，实在不行就搬出去住，哎哟！我师傅喊我有事了，我走了，拜拜。"

房间里一时安静。我问路西法知道薅羊毛吗？他说不知道。他依旧劝我回家，我说我真的害怕，他问我除了美甲还喜欢干什么，我说喜欢画画。他说这就好办了，他有一个好主意。

他让我回家不要和父亲顶嘴，要像一个成年人一样和他谈判，说自己不喜欢读书，也不是读书的料，但是喜欢艺术，可以去学插画，将来当个插画师。

"插画师？"我隐约听过这个职业。

"是的，学成以后可以在动漫公司上班，也可以给网文配图，还可以改行做平面设计，如果自己能创作故事，那就升为作家了。"

我听得心驰神往，但还是有点儿担忧："美甲师不行，插画师就行吗？"

"你不懂你父亲，"路西法说，"美甲和美发在这个社会比较底层，除非你做成了大师级的，否则很难实现阶层的提升，但是插画师不一样，听上去是和老师差不多的层次，而且很时髦，你要告诉他，插画师不仅受人尊敬，而且赚得多，最重要的是可以在家工作，一边工作一边照顾家庭，相信我，他会支持你的。"

"可是，"我还是很忐忑，"插画师和公务员差好远。"

"他为什么让你考公务员？"

"找个好工作呗。"

"不是的，"路西法说，"他是为了让你嫁个好老公，他这样的男人不可能认为女人自己有出路，女人的出路都在男人身上，你嫁了好老公，你和你们家才有出路，才有人扶持你的弟弟，你的弟弟一辈子才有靠山。"

我惊呆了！我做梦也没有想过，我爸妈一直逼我读书是为了弟弟！

"不可能吧？"我脱口而出，"是为了我弟弟？！"

"这是你说的，"路西法回答，"你说他打你妈，发疯的时候也打你，但是从来没有打过你弟弟。"

"是的。"我不禁伤心，"一巴掌都舍不得。"

"你想啊，"路西法说，"他中年得子，自己又没有什么本事，他着急啊，他把儿子的希望全部放在你嫁了什么样的老公身上，你做美甲能嫁什么人，嫁医生？嫁警察？嫁公务员？但你如果是个插画师，有手艺又体面，他就有了希望，如果你再出本书，成了作家，那就更体面。"

"可是，"我期期艾艾地说，"我没有想过要当插画师。"

"现在想也不迟，"路西法说，"苏州有个动漫产业园，里面有很多插画师培训班，你可以去试试，没准儿是个机会。"

"苏州，"我又有点儿绝望，"这么远。"

"你在哪儿？"

"连云港。"

他愣了一下："不是一个省吗？"

"额，我没有出过远门。"

"你搜一下，应该是包吃住的。"

我连忙搜了一下，果然苏州动漫产业园有插画师培训班。我打开招生简章，包吃包住三个月，学费16888。

"学费这么贵？"我不禁吓了一跳。

"贵是贵了点，"路西法说，"但是园区有很多公司，找工作很容易。"

我一页一页翻看着学生作品，有一些画得真好，有一些我觉得自己努力一下就可以达到的。培训班承诺向园区动漫公司推荐就业，许多学生还没有毕业就找到了工作。他们举着自己的作品和工作牌，在园区的办公室、咖啡厅、小花园里各种打卡。我羡慕地看着，仿佛看到了未来的我。

路西法说得对！插画师看上去就是比美甲师体面，都是打工，但这个感觉就是很浪漫、很文艺，那个感觉就是伺候人的。不要说男人找结婚对象，就算我找个闺蜜，也更愿意找个插画师小姐姐吧。

我怯生生地给培训班打电话，问需要什么资格才能入学，培训班老师说零基础教育，只要喜欢就行，最好是高中毕业。

挂断电话，我长长地出了一口气，对路西法万分感激。

"谢谢你呀！"我说，"我都想跳海了。"

他哈地笑了："这叫什么事，哪值得跳海了？你要是遇到我的事，你才不想活了。"

"你怎么了？"

"家家有本难念的经。"他叹了口气，"我现在在家里休息。"

"暂时休息吗?"我小心翼翼地问。

"一言难尽。"他又催我,"你赶紧回家吧,我有事情了,以后慢慢跟你说。"

他离开了房间,我也下了线。这时送外卖的打来电话,说东边下大暴雨,他要超时了,让我千万不要投诉,他五分钟之内肯定赶到。

以前接到这种电话,我是同情的,今天和路西法谈完之后不知怎么了,我莫名有些蔑视。我会嫁给一个快递员吗? 以前我觉得会,只要他勤奋、踏实、对我好。可是现在,我想想别人的男朋友都体面地坐在办公室里,吹着冷气开着会议,我的男朋友只能在暴雨天乞求别人不要投诉,我就不寒而栗。再想想才上小学的弟弟,他已经有个家庭妇女的妈、大货车司机的爸,难道还要有个做美甲的姐姐、跑外卖的姐夫? 我深深地叹了一口气,第一次理解了我的父母。

人,总要有一点儿希望吧。

一阵风狠狠地吹来,我抬起头,黑压压的乌云已经压到塑料门帘了。

不少行人蹿了进来,寻找避雨的地方。众人还未站定,一声炸雷,轰得桌椅板凳似乎都晃了,大雨哗地直浇下来。

水花飞溅,泥土灰尘飞扬,店里人越挤越多,汗味交织,再加上奶茶味香精味,实在令人作呕。

我受不了了,站起来尽量往门边挤。有人立即抢了我的位子。我也坐够了,靠着门空气好些,也方便接我的"羊毛咖啡"。

一辆黑色商务车停在奶茶店门口。一个男人从驾驶位下来,撑着一把大黑伞走到副驾室门前,拉开了门。

一个穿小黑裙的女人从车上轻盈地跳了下来,差点儿扑进男人的怀里。她发出咯咯咯的笑声,小步蹦跳着,高跟鞋溅起一片一片小水花儿。三步两步,她蹦到了门前,像一只无辜的小鹿,好奇地打量着店内。男人双手撑住伞,尽量挡住门外的风雨。

我很迷惑,他们不是有车吗,为什么还要下车避雨?

"老板!"她灿烂地笑着,越过人群朝店内大喊,"有大红袍奶茶吗?"

"有!"服务生隔着人群,在柜台后大声回答。

她的声音清脆明亮,一点儿没夹,却透着好听的清澈:"我要一杯哟,不要珍珠,三分糖!"

"好!"服务生大声重复,"大红袍奶茶一杯,不要珍珠,三分糖!"

我低下头,见她小腿白皙,肉肉的,很可爱。突然,我被震惊了!天哪,她脚上的美甲是什么?不可能吧!我再细细打量,没错,确实是"莲花一夏"!

即便在网上,"莲花一夏"也是个传说,极少有博主发视频说做过这个。据说发明这个美甲的人不是美甲师,是美院的两个学生,一个学国画,另一个学漆艺。两人联手才完成了这幅指尖艺术品。

"莲花一夏"的莲花花瓣以国画分染法染出从深到浅的层次,荷叶上点嵌碎钻,寓意露珠,荷杆则以磨成针尖儿大小的碎贝壳满镶而成。十只甲面图案各有不同,如十幅国画在脚趾尖办了一个大展,一趾一景,十趾联袂。

整个连云港没人做得出,仿都仿不了。

美甲店老板上个月去上海进修,为了看一眼真的"莲花一夏",专门去了趟杭州。要不是亲眼见过"莲花一夏"的照片和视频,我恐怕都认不出她踩着雨水走进街边奶茶店的美甲,就是五万元做一次的"莲花一夏"。

五万块啊!在我们店,哦不,在以前的店都能办十张金卡了,一张金卡做一年的美甲,可以做十年。

我有点儿蒙，欣赏半天后才想起抬头看她的长相。也谈不上多么漂亮，就是自然的好看，健康自信，有一种爱谁谁的松弛。

原来这个世界上真的有人可以花五万块做一次美甲，还可以在暴雨天露着这样的美甲踩着雨水去街边的奶茶店买八块钱一杯的奶茶？

她过得到底多幸福啊？幸福到把吃苦当成一种浪漫？！

"帮我传一下啊！"服务生做好了奶茶，喊着。

一个手提袋从柜台后手传手地传了出来，没人说话，也没有人笑，大家麻木地做着这个动作。因为我站在最外面，手提袋传到了我的手上。

我递给了女人。

"谢谢！"她看着我嘻嘻一笑，两只眼睛弯成了月牙儿。

忽然，一道闪电直劈下来，众人惊呼，她却拿出奶茶，一边津津有味地喝着一边欣赏起瓢泼大雨。

雷电交加，风把雨滷进了店中，人们不得不后退，她却一动不动。撑着伞的男人也纹丝不动。

一辆小摩托顶风冒雨地冲了过来，快到门前时，前轮一滑，连人带车翻在雨里。

众人惊叫一声，我看着都替他疼。女生命令撑伞的男人："你去帮一下。"

男人撑着伞出去的瞬间，女生朝我移了半步，挤在我的身边，躲开了滷进来的雨水。她不知喷了什么香水，有股清淡却强壮的香气，像雏菊又像松木。

男人扶起外卖小哥。小哥连连鞠躬，一面表示感谢一面朝店内急退。

他退得太快了，我吓得猛推了他一下，才避免了他一脚踩上"莲花一夏"。

485

他转过身,满脸满身都在滴水,几乎看不清五官。他从雨衣下解开系在腰间的快递袋,提着大喊:"谁的一元咖啡?"

我的脸红了,在"莲花一夏"面前这也太廉价了!我蚊子叫一样答应:"我的。"

雷声轰鸣,外卖小哥提高了嗓门:"谁的一元咖啡?"

女生指了指我。外卖小哥看着我:"你的码呢?"

"什么码?"

"这个活动要凭码兑换的,我们送的时候都要拍照,"外卖小哥说,"不然说不清楚。"

我慌乱打开微信,点进链接,果然有个二维码。外卖小哥从裤子口袋里掏出一个塑料袋,从袋子里掏出手机,打开拍了一张。他把咖啡递给我,大声嚷嚷:"感谢品尝立德咖啡,选立德,就立得!"

我"嗯啊"地应着,恨不能钻进地缝里。他居然更大声起来:"活动三天啊,分享立德链接,咖啡一块钱一杯!"

"真的吗?"女生如获至宝,"一块钱?"

小哥看着她,愣了一下说:"真的。"

她立即笑靥如花地看着我:"在哪里可以转链接呀?"

我不知如何拒绝她,结结巴巴地说:"得……得加微信。"

"加我一个呗,"她从举伞的男人上衣口袋掏出手机,"我也想要。"

我准备扫她,她却主动来扫我。她的微信名叫"流光灿若辰",头像是一个雨天撑伞的背影。她打开清水君的链接后,倒腾几次后又惊又喜,"真的可以哎。"她对快递小哥说,"我要买一杯。"

外卖小哥绝望地看着她:"姐姐,这么大的雨没人接单了,我也不接了!"

"不需要,"她笑盈盈的,"我选了到店自取。"

她双眼闪亮,似乎找到了新目标。"海海,"她叫着我的微信名微微一笑,"我们微信联系。"说完她走进了雨中,男人撑着伞紧紧跟着她。

他们开车扬长而去。

满店沉默,只有雨击打地面的声音,电风扇轰轰旋转的声音。那风扇扇得如此猛,却毫不解热,像头快死了的怪兽,只剩下装装门面的嘶吼。她来去都不像真的,像雨天里的一个梦。我打开洒了一半的咖啡,喝了一口——苦,实在是苦。

半个小时后,雨忽然停了,众人散去,我坐公交车回了家。我失魂落魄地刚刚进门,我妈就迎了上来,连话也不敢说,拿手朝我比画,意思是:你爸在里面呢。

我叹了一口气,胃一阵作痛。

我进了屋,他躺在床上,直挺挺的。我走过去,怯生生地叫了一声:"爸。"

他不答应。每次发疯前都是这样,像世界末日,又像垂死前的蓄力挣扎。

我妈不敢进来,端着一杯水示意我端给他。我有时怀疑她是故意的,就像一个要唱戏,一个得搭台,没有这杯水,我爸就无法开场。

我只能接过来,放在床边的桌子上:"爸,喝点儿水。"

他腾地坐起来,抓起杯子砸在地上,咣当一声,玻璃碎片与水花四溅:"你爸死了!哪有你爸!"

"他爸,"不等我接话,我妈蹿了进来,可怜兮兮又勇敢万分地挡在我面前,"你别生气,孩子不懂事你慢慢教育。"

他跳起来一记耳光甩在她的脸上:"教育个屁!你天天在家看着她,连个人都看不住!"

换作以前,这个时候我已经崩了,要么哭得无声却撕心裂肺,要么浑身发抖一个字也说不出来。

"爸，"我今天有了准备，颤着嗓子说，"我不去美甲店了，我要去上学。"

我爸准备给我妈第二记耳光的手停在了半空，我妈也转过了头。两个人惊愕地望着我。

我拿出手机，翻出了苏州动漫产业园的招生网页，递给他。

他拿着手机，坐在床边，仔仔细细一条一条地看着，我妈也挨过去，平时我爸总会骂她滚远点儿，这个时候却没有，两口子头挨着头看完了。

"这是……"我妈没看明白，"这是干吗的？"

"插画师，"我爸没好气地说，"就是画家，但不是那种搞艺术的，是上班的。"

"我去读本科也不一定能考上研究生，再说硕士博士毕业找不着工作的也多了去了，我喜欢画画，不如去当个插画师。"

"这是什么工作？"我妈还是不明白。

"这是一门手艺，"我吸了吸鼻子，"从培训班毕业能去动漫公司上班，还能在社会上接活，还可以搞创作，如果出版了就是漫画作家，这个工作很体面的，虽然不如公务员稳定。"我想起了路西法的话，赶紧说明，"但是可以在家里工作，能一边工作一边照顾家。"

我爸低着头，反反复复看着手机，尤其是那些年轻人在产业园打卡的照片，半晌说了一句："倒是个正经手艺。"

"啊，"我妈大惊小怪，"还是个手艺啊？"

"你懂个屁！"我爸说，"这才是手艺，那剃头的、做指甲是什么手艺，那就是伺候人的，和过去的丫鬟奴才没有区别；画这个，还真得喊声老师，要是手艺过硬，还得求着你画呢。"

"那好啊，"我妈见我爸转了口风，连声说，"那好啊，太好了！"

"干这个还能照顾家庭，"我爸问我，"叫搜什么一族？"

"Soho。"我说。

我爸频频点头。"又能画画，又能照顾家，这……"他居然有点不好意思说出口，"这……这也算个才女了吧。"

"我们家叶儿从小就会画画，"我妈赶紧说，"你不知道，她从小学到初中，一直是画画委员。"

"不是的，"我说，"是美术组的组长。"

"都一样，"我爸脸色稍缓，突然又表情一紧，"你要学这个，为什么还去美甲店打工？"

"我怕你不同意，"我只能撒谎，"就想着去赚点儿学费。"

"他爸，"我妈眼泪说来就来，居然抹起来了，"叶儿懂事了，又有计划，还知道自己赚钱。"

我爸长舒了一口气，神色全缓了，半天憋出一句话："你真的打算学这个？"

"我只能在我们学校升本，三流的本科不如不读，我学门手艺工作几年，可以去考艺术类的研究生，"我见他松了口，福至心灵，话说得流畅起来，"到时候又有资历又有学历，不比硬读一个本科强？"

他不说话，似乎在衡量。

"供一个本科再供一个研究生至少五六年，家里压力多大！小弟马上上学，又是一笔开销，再说了，研究生毕业找不到工作有的是，考公也不是随便考的，要是考两年考不上，我都多大了，小弟多大了，到时候又怎么办？"

"你净说丧气话，"他不服气地挣扎，"怎么就考不上？一定要考得上！"

"我不喜欢你逼我也没有用。"我还是了解他的，既然到现在都没有发疯，说明他是赞同了，"我喜欢这个，万一过两年出本书又有名又挣钱，公务员还不如我呢。"

又是一阵沉默。我妈不时看看我再看看他。他去倒了一大杯白酒，进来当着我的面一口干了："学费我出，你要是学不出来，老子弄死你！"

我顿时觉得胸口一紧，像块大石头压在心上。我妈欢天喜地地扫了玻璃碴子，拖了地，哼着小曲儿准备饭菜去了。吃晚饭的时候，我爸只喝了二两，家里气氛意外地和谐，但他说来说去还是那句话，钱他出，我学不出来他就弄死我。

我只觉胃疼、心疼，头更疼。

路西法的建议真有用，我能去苏州学插画了，可是我一点儿也不高兴，我爸那句弄死我不像开玩笑。吃罢饭，他抱着弟弟又亲又唱，坐在沙发上看电视，母亲赔着笑脸坐在他们旁边。

我忽然不想学插画了，也不想嫁个好人家。我是人！不是工具！凭什么要让他满意，要让弟弟将来过得好？我想回美甲店，画我喜欢的指甲，和那些干干净净、客客气气的小姐姐们待在一起。

想到客客气气、干干净净的小姐姐，我又想到了流光灿若辰。她那样的人应该转头就把我忘了吧，没准已经把我的微信删了。我苦笑着打开手机想删了她，以免自己难堪，没想到一开微信，就看到了她发来的消息：咖啡很好喝，谢谢亲爱的。

那么苦的咖啡怎么会好喝？她那样的人，可能觉得这个世界上什么都是甜的吧。

我回了一句"不客气"，没有想到，她又立即回复了，居然问我玩不玩游戏。

我问她玩什么游戏，她发给我一个名字，我说我也玩。她立即要我的游戏名，我发给她，她说加了我好友。我登录了游戏，果然有个新好友，名字和她的微信名一样——流光灿若辰。

就这样，我和流光在线下一面之缘后又成了游戏网友。

我本以为像她这样的人在游戏里的魅力值会很高。魅力值来自游戏好友送的礼物，不管是洋娃娃、钻戒、跑车、洋房，还是梦境、仙鹿、神女峰，都是动图特效，只能在屏幕上一闪而过，却要花钱购买。从一元到几千元不等，最贵的礼物要好几万。游戏礼物不管收多少都是不能变现的，仅仅能换魅力值的表现分数。游戏里有一个魅力值排行榜。每天排行榜都会更新。不仅女生有榜，男生也有榜。长居榜单前十的人，都是每天有人送礼物的。榜首男女的魅力值如果换成人民币，至少价值上百万。

不是一万，也不是十几万，是上百万。

上百万，在我们这里可以买市中心的房子了，至少是个两居。

上百万，够我爸不吃不喝跑八九年长途了。可在游戏里，它只能买到这些数字，把一个漂亮的名字和漂亮的头像挂在一个页面的首位。

所以，我不仅在生活里居于三线、位于底层，在游戏里也是一样。

我以为像流光这样的女生魅力值至少在榜单前十，没有想到，她的魅力值居然没有我高，甚至连我的一半都不到。我已经是个平凡的小人物了，她简直就是个小透明。

这还挺打破我的认知的。我以为魅力榜上的小姐姐们肯定在生活中都是"白富美"，否则谁愿意为她们花那么多钱？如果不是亲眼所见，以流光的魅力值，她告诉我她做了"莲花一夏"，我肯定认为她是个骗子。哪怕她发来图片和视频，我也会认为她是盗图。

我看了一下她的好友位，关注384人，被关注266人。这说明她是个老玩家了，而且她关注的人多，关注她的人少。我很奇怪她为什么不清理一下那些不关注她的人。我的游戏名叫"海海有点菜"，关注48人，被关注265人。这说明我搭理别人少，都是别人追着我玩。这在游戏里是另一种体面。

她可是花得起五万块做"莲花一夏"的人，怎么这么低调？！

没等我多想，她已经开了一把游戏。然后开麦和我边玩边聊天。我发现她真的爱玩这个游戏，要执行什么任务、怎么走、搞什么装备，玩得专业又投入，把对面打得落花流水。如果不是亲眼所见，以她的魅力值、关注位数字和这一手游戏技巧，我肯定认为她是个挂着女生头像的男生。

聊了一会儿才发现她开的是全队麦，果然那些男生们也纷纷开麦加入了聊天。我觉得他们很烦，不就是想和女生搭讪嘛。她却毫不在意，居然指挥起全局。有个男生坚持不听指挥，连续掉点，眼看游戏要输，他越来越慌，转头责骂流光指挥得不好。流光镇定自若，一边继续指挥一边怼他，怼得男生哑口无言。他恼羞成怒，开始飙脏话。我一直沉默，听到他骂脏话觉得我是不是得出来说几句，哪个小姐姐能受这个？何况是"莲花一夏"。没等我开口，流光说："海海你关了听筒。"

我愣了一下，来不及操作，她口吐芬芳骂了起来，骂得那个劲爆。男生也来了精神，二人互喷一直到游戏结束。

好家伙！人类世界的多样性太丰富了！我从没见过流光这样的女生——生活中大小姐一枚，游戏里尽显"屌丝"风范。

她和我之前见过的女生完全不同，也不只是有钱，她身上有股劲儿，说不出来的劲儿。我第一次想和一个女生成为闺蜜，虽然我知道不配，但哪怕是一个游戏里的闺蜜也行啊！

虽然穷，这几年我也存了一些游戏礼物。游戏背包里有"玫瑰花""魔术帽""比心心"等等。这些都是我趁节假日礼物打折的时候买的，还有做任务白嫖的，一点儿一点儿积攒下来，平时都舍不得送人。我开始给流光刷礼物，而且刷得非常大方。当天就刷了十朵"玫瑰花"、五顶"魔术帽"，还有三个"比心心"。

我们俩的亲密度立即从0级升到了2级。按照常理我给她刷礼物她也会给我刷礼物,但是她没有。我想可能礼物太轻了,她没有在意。我就坚持送,每天都送,直到快把我的"玫瑰花""魔术帽""比心心"送完了,她也没有刷一次礼物给我。

五万块做一次美甲的人,不舍得给我刷一个五毛钱的游戏特效?

果然有钱人的世界我不懂。她有多看不起我才会这样对待我,但是她看不起我又要和我玩游戏。这说明什么?她善良!就像她会让司机去扶摔倒的快递小哥!

我只是一个女"屌丝",何必热脸贴别人的冷屁股,强行和一个公主当朋友?

我在游戏里拉黑了流光,也拉黑了她的微信。我很难受,比这个更难受的是我爸出了那笔学费,送我去苏州学动漫绘画。他因为出了这笔钱,对我说话更狠了,几乎每天重复不好好学就弄死我的话。我睡眠一直不好,现在到了夜不能寐的地步。人困得快哭了,大脑就是醒着,而且乱七八糟的什么事情都能想起来。

我得找人说话,不停地说,把难受都吐出来。游戏里有免费心理咨询室,其实都是"吃瓜群众"。我说来说去大家觉得我的故事也不狗血,建议是反正我爸出了学费我就去苏州学就行了;至于流光,一个不回赠礼物的网友算个屁,拉黑完事。

这些安慰根本不是安慰,只会让我觉得无人可以理解。我疯狂地给路西法留言,但他一直没有上线。至于清水君,我像写小作文一样长篇大论地说出我的痛苦,有时写着写着,我就被自己感动哭了。微信显示他已读,但回复的消息永远是任务,刷这个羊毛,点那个链接。我无心薅羊毛,但架不住他声音好听,而且确实薅到了羊毛。我花三块钱刷到一盒十二个且免费快递到家的咸鸭蛋,还有不花钱的试用装口红、粉饼,甚至胸罩。

清水君还教我每天把银行卡的钱充五块钱到电子钱包,然后再把电子钱包的五块钱提现到银行卡。这样操作一下没有真的花钱，但银行会误认我每天消费超过了3.88元，就会补贴消费立得金3.88元——这是真的现金收入。银行活动期间每天刷，除了提现扣除了一毛钱手续费，净赚3.78元。一个月一张储蓄卡至少薅到一百块。清水君有十几张储蓄卡，全部用来薅羊毛。

他说信用卡里的羊毛更多，但他对自己有个规定，决不提前消费，所以他不薅信用卡的羊毛，只用信用卡交水费电费。我问为什么，他嘲笑我什么都不懂，用信用卡交可以打折，我让我妈用信用卡试了试，果然少交了2.75元。

聚少成多，聚沙成塔，他孜孜不倦地教导我。我们玩的游戏也是可以赚钱的。有些限量的手办如果天天刷可以低价刷出来，然后再到游戏群里卖给那些没有买到的"发烧友"，普通的能赚个十块八块，有的甚至能赚上百块。各大平台的会员优惠，我们也可以不停地抽，抽到了再拿到网上拍卖，十块二十的也不是问题。

有钱人的时间赚大钱，穷人的时间赚小钱，他说，时间就是金钱。

渐渐地，我不再吐槽父亲和流光了。夜里睡不着我就到处薅羊毛，刷网、刷链接，这很费时间。倒买倒卖也很辛苦的，需要和人反复沟通。

不知不觉过去了大半个月，我的电子钱包里多出了两百多羊毛，清水君教我存在电子钱包里，并购买了基金。他说这叫以钱生钱。

我吃到了各种免费的快餐面、速食锅，还有奇怪的廉价食品。清水君说，穷病才是真正的疾病，有吃就吃，能填饱肚子就行，吃不死人的。

就在我沉浸式薅羊毛的时候，苏州新一期的插画师培训班开学了。

我还是第一次离开家，行李箱被我妈塞得满满的。临行之前，不仅我妈抱着弟弟哭，我爸也红了眼圈儿。

这份温情来得太过突然，我有点儿不知所措，心一下子暖了，觉得还是要好好学习，为了家人好好奋斗。

我爸开着大货车把我送到了高铁站附近，因为超高，他只能提前把我放下，让我自己走进去。他把大货车靠边，从驾驶位上跳下来，绕到副驾驶室，替我打开门，接过行李箱放在地上，然后朝我伸出了手。

在记忆里，我太久没有和他握过手了，久到好像除了巴掌和拳头，我们父女俩没有其他的身体接触。大货车的座位很高，他又挡在面前，我只能把手递给他。当他的手握住我的手的时候，我心里一颤，几乎不敢看他的眼睛，跳了下来。

因为怕碰到他，我尽量往旁边跳，他却想接住我，我们俩弄拧了劲儿。他一把薅住我，险些闪了腰。

"我去！"他脱口而出，"我的腰。"

"爸，"我吓坏了，又担心他的身体又觉得他粗鲁，"你没事吧？"

"没事，"他咬住牙站好，朝我摆手，"快走。"

我拉开行李箱的拉杆，刚走两步听见他说："好好学！"我低着头"嗯"了一下。

他的声音从背后传来，像威胁又像鼓励："不好好学老子打死你！"

身边的车一辆接一辆朝高铁站台飞驰，天大地大，他的声音听起来无力又荒唐，我想笑又笑不出来，吸了吸鼻子，只觉得想哭。

走了一小段，我忍不住回过头，想看一看父亲，可是他已经开走了。

我失魂落魄地继续往前走，进了高铁站。已经是暑期，站内到处是大人和孩子，一家一家又吵又热闹。我孤身一人坐在检票口前的椅子上。一对老夫妻坐在我的对面，正在吃泡面。泡面香气扑鼻，我感觉很麻木。

就这样，乘高铁，转公交，一路折腾，最后一次转的公交车开出去很远很远，我才到了动漫产业园。

这里以前是家倒闭的纺织厂，晚上六点多我进了园区大门，到处空空荡荡没有人烟。我边看地图边打接待老师电话，在厂区里折腾了半个多小时，找到了培训班宿舍。孤零零的一座楼，在厂区的最里面，房子感觉快塌了。接待老师在楼前等我，她说这里原来是职工宿舍，每间房有两张上下铺，走廊尽头一边是厕所，一边是澡堂。澡堂按时间分男女，晚上七点到九点女生洗，九点到十点男生洗，十点停水，十一点停电熄灯。

房子没有电梯，我只能提着沉重的行李箱往五楼爬。接待老师也不搭把手，例行公事地介绍完后，她悄无声息地跟在我的后面。不时有巴掌大的蜘蛛顺着灰蒙蒙的墙壁飞快地爬行。我又惊又惧又累，只差哭了。

老师把我带进宿舍。门是破旧的木门，窗户是破旧的木窗，上下铺是铁架子的，轻轻一碰就开始摇晃。老师说我来晚了半天，下铺已经住满了，我只能挑一个上铺。

"你试试，哪个爬起来比较稳挑哪个。"她建议着。

我试着爬了一下，床一下子左右打摆，我尖叫起来，不敢往上爬，抱着床柱子。

"你别怕，"她说，"倒不了，这是四条腿的。"

不得已我又爬了几步，摇摇晃晃地上去了。床上铺着草席，床头结着一张蜘蛛网。我又尖叫了起来："这……这上面有蜘蛛。"

"没事，"她嘻嘻笑着，"蜘蛛不咬人。"

她从门后取下一块抹布，递上来给我。我大着胆子把蜘蛛网擦了，抹布上沾满了蜘蛛丝，我用手指拈着抹布边，恶心得想吐。

我把抹布扔给她，她洗干净后又递给我，我把床板的灰擦了擦。

每擦一下，感觉整个床架子都要摇一下。

"老师，"我说，"别的房间还有下铺吗？"

"都满了，"她飞快地说，"上铺好，上铺干净。"

我不好再说什么，忍着委屈把床擦完。她帮我拉开箱子，把床单和盖毯递了上来。我问她哪儿有卖枕头的，她说园区门外有个超市，超市里什么都有。她看了看时间，让我快点下来，食堂八点关门，现在去还有饭吃。

摇摇晃晃地，我从上面爬了下来。箱子没有地方放，门后的橱柜已经塞满了物品。我只能把箱子靠在橱柜边。她给我一张食堂卡，说到食堂把我交给两个室友，她就下班了。

室友一个个子矮，一个个子高。她们对我还算热情，互相打了招呼。她们已经吃过饭了就先回宿舍，我吃完饭在回宿舍的路上给我妈打了电话，报了平安。她问我吃住还习惯吗？我说还行。她就叮嘱我一定要好好学，我爸为了给我挣学费，又接了个大长途，明天就走，这次出门可能要两个多月。

我觉得我应该感动，不，是应该感恩，可是我什么感觉都没有，只觉一块巨石压在胸口。

等爬上五楼，一进宿舍，高个儿室友就气势汹汹地质问我为什么挑她的床睡上铺。

我说老师安排的。她说不可能，这都是个人挑的。

她个子很高很凶狠的样子，我吓坏了，问为什么不能睡在她的上铺。她说睡可以，但我夜里不能翻身，也不能动。我问为什么？她说这床一动就晃得叮当响，我这么胖动起来还不地动山摇的，她还怎么睡？

我欲哭无泪，给老师打电话，老师让我和同学们协商解决，都是成年人了，他们只是管吃管住，不管这些闲事。

矮个儿的同学听了这话，拿起盆、毛巾转身出去了。我只得追了出去，我快她更快，一溜烟儿地进了洗澡房。我刚刚进去，她就骂了起来："你跟着我干什么？变态啊！"

我一下子憋住了，想说也说不出口，像一条狗一样慢慢回了宿舍。高个儿室友见我这样就知道没戏了，便在屋里摔摔打打。我没有地方坐，也不敢爬上去，而且蚊子也多到吓人。她吩咐我去买蚊香，直到我走了很远从超市买了电热蚊香和花露水上来，她的脸色才缓了一点儿。

当天夜里，我躺在床上，睁着眼睛一动也不敢动。夏天天亮得早，我尿憋得急，也不敢动。好不容易忍耐到早上七点，我从上面连滚带爬地跳下来，直冲到厕所，差一秒就尿在了裤子上。

我一边尿一边哭，怎么也想不通招生简章里光鲜亮丽的照片为什么会变成这样的现实？

离开家折腾了一个白天，晚上上刑一样煎熬了整整一夜，我精疲力竭。我不想回宿舍，站在厕所外的走廊上望着荒凉的厂区，感觉就像我的生命死气沉沉。

"活着有什么意思？"我再一次想，"不如跳下去。"

手机响了一声，在我们一家人的微信群里，跳出来我妈的早安问候，我爸以往从来不回这些消息，今天难得地跟了四个字："闺女加油"。我一下子捂住脸嘤嘤地哭了出来。

这时陆续有人起床了，纷乱中不时有人经过我，上厕所的、洗漱的，有男有女，没有人问我为什么哭，又为什么站在这里哭。

等我哭够了，洗了脸胡乱换件衣服去了教室，才发现一个班稀稀拉拉十几个人。还以为来学插画的都很有艺术气质，打眼看去，和原来的学校没什么区别，个别人年纪还比较大。可能是我精神不好，我觉得个个都很猥琐，包括我在内。

这样坐了一个上午,我头重脚轻,什么也没有听明白,但是有件事听懂了,要想学这个,得买一台最好的Pad①,我搜了下价格,至少八千。

我万分怨恨路西法,出的什么鬼主意?早知道这么辛苦,我不如在学校直接升本了,也不用花这么多。如今一万六搭进去了,还要再花八千,我怎么向家里开口?

可是无论我怎么在游戏后台向路西法求助,他就像死人一样没有回复。我只好不停向清水君吐槽。我和他在微信里一个只管说个痛快,一个只管布置任务。他完全忽略我的感受,不给予一丝安慰,虽然让我不舒服,但我没有别的支持了,这样奇怪的交流倒也两不耽误,有胜于无。

没有Pad,班里的课听了等于白听,我只能硬着头皮跟我妈开口,出乎意料的是她没有为难,隔了一会儿便说我老爸同意了。但是我也收到了不知道跑车跑到哪里的老爸发来的第一条语音微信:"东西老子买,给老子好好学,学不出来老子弄死你!"

我几乎在心里默念他的话,和他发出的语音完全同步,没有猜错一个字。

Pad网上下单,第二天就到货了。学了一个星期后,我们开始上机操作,幸好学校配了电脑,不然我还要再去开口要钱。

由于晚上完全睡不好,早上的课我只上个大概,中午回宿舍补觉,又常常会补过了,下午缺的课又借不到笔记,只能根据课程胡乱在网上找些内容自学。来苏州不到半个月,我的生物钟不是颠倒,而是颠三倒四,精神状况更是全面崩溃,除了在薅羊毛时能感觉到一点儿情绪,我好像丧失了喜怒哀乐,肢体也日趋僵硬。

---

① Pad:平板电脑。

我沉默寡言，因为不想见到人，尽量不去食堂吃饭，饿了就吃面包或者快餐面。我也不知道自己算不算努力，似乎把状态好一点儿的时间都拿来学习了，但历史总是惊人相似，一个月后班级小考，我考了倒数第一名。

这是我在来之前怎么也想不到的。我对画画还是有点儿自信的，如今却成了自卑，不，这不仅仅是自卑，更是赤裸裸的侮辱。

一个成年人的培训班，收这么多的钱，又不是义务教育，居然像对高中生一样对待我。他们把第一名到倒数第一名的名次贴在班级的大门外，还贴在园区的公告栏里。

我想不通！

从幼儿园时代就开始面对的侮辱，好不容易经历了小学、中学，终于在大专差不多结束了，没有想到踏上社会的第一课还是如此，而且这份侮辱还是我冒着生命危险向老爸申请来的，是我们家实打实花钱买来的！

他们没有教会我，却把我拉出来游行示众，公开处刑？

可这仅仅是侮辱吗？我再蠢笨也能联想到在动漫产业园的公告栏里张贴成绩榜单对我的威胁——不是毕业，而是就业！

果然班主任在月总结会上说："把排名榜张贴到园区就是为了刺激成绩不好的同学，一共五个月，每月一考，五张告示，是打算排在前面让用人单位抢着挑选，还是排在倒数让自己找不到工作，大家都掂量掂量。钱花了，要花在刀刃上。不努力，钱就打了水漂儿。要对得起自己？还是对得起钱？"

她每说一句，我就在下面打一个冷战。

我预感到剩下的四个月，我还有四次的公开处刑！不仅是这个班级，整个园区都会认识我——一个倒数第一的垃圾。如果从这个园区蔓延出去，是不是整个动漫产业都会认识我？那个谁谁啊，好像专业倒数第一啊!

我的胃开始剧烈疼痛,冷汗一层一层往外冒,我不敢声张,想从后门溜回宿舍,驼着背站起来没挪几步,两眼一黑直接倒在了地上。

醒过来的时候我已经躺在了自己的宿舍,而且是高个女生的床位。宿舍里一个人都没有,我费力支起身体,看见床头摆着一瓶矿泉水。

我喝了几口,胃又抽筋一样地痛。

这时班主任进来了,她小心翼翼地问我要不要去医院。我说不用,我有药。她帮我拿了药,等我服完躺下后她说,学校又新出了一间宿舍,原来在这儿的同学去那间宿舍了,这间给我一个人住,让我好好休息。

"不用,"我连忙说,"给我一个下铺就行。"

"她们说你生活习惯不好,经常夜里不休息。"她笑了笑说,"女生不要老熬夜,熬夜伤身体。"

我怔住了,这才反应过来其实没有人为我考虑,也没有人帮助我。她们嫌弃我,并且抛弃了我。

虽然不是朋友,但毕竟一起住了一个月,总要有点儿感情,怎么能在我昏倒的时候集体搬出去呢? 我这么讨人厌吗? 我做过什么对不起她们的事吗? 我尴尬又悲伤地抬起头,瞥见了班主任既不屑又意味深长的眼神。

"行了,"她站起来说,"你醒了吃了药我就放心了,你好好休息吧。"

说完她转身就走,似乎多待一秒都是晦气。

她重重地关上了木门,只剩下我一个人孤零零地躺在四张床铺的一张上。

我疯了一样寻找手机,拿到手里后立即登录游戏,直接闯进一个心理咨询房,上麦后便放声大哭。

一房间的人都被我哭愣了，主持人连忙劝我别哭，有话好好说。

我一边抽泣一边说了前前后后。

"情况这么不好吗？"我听到了一个久违的声音。

"你跟我走！"我像抓住了救命稻草一样急急下了命令，然后立即退出去，开了自己的游戏房。

路西法上了麦，我不等他开口就抱怨道："我给你发了那么多消息你为什么不回复？我都快活不下去了。"

"抱歉啊，"他的声音里充满了疲倦，"我不太好。"

我听出了他的异样，连忙问："你怎么了？"

他长叹一声："我刚才去那边想吐槽的，太不好了。"

"能和我说说吗？"

"可是你现在这么不好，"他体贴地说，"我怕你听了会受不了。"

"不会的。"

"你，"他迟疑地问出了一句我做梦也没想到的话，"你相信有鬼吗？"

"什么？！"我怀疑我听错了。

"你相信这个世界有鬼吗？"

我环顾空旧的房间，幸好是下午，窗外还有阳光："怎么说呢，我没有见过。"

"我见过。"

"你，你见过？"

"我从小就能见到，不论白天黑夜。"

"白……白天也行？"

"是的，"他虚弱地说，"我夜里是不睡觉的，因为没有办法睡，如果我睡着了，他们就到梦里来找我的麻烦，和我打架，我醒的时候家里的家具都被打坏了，所以一般我只去人多的地方待着。"

"什么地方人多？"

"酒吧、夜场。"

"哦，哦。"

"这几年他们白天也来找我，弄得我很累，我没有办法就只能找人来我家合住。"

"等等，你家里人知道吗？"

"知道，他们不太信但也不是完全不信，我怕打扰他们，要了家里的一套老房子自己住。"

"有人敢去你家住吗？"

"管吃管住当然有，"他长叹了一声，"我前几个月遇到一个女孩，也不是女孩吧，比我大两岁，我们俩怎么说呢，唉……"

"你俩恋爱了？"

"要是就好了，可不是又不能说不是。"

"为什么？"

"她对我真的好，天天做饭给我吃，夜里不论我干什么她都不奇怪，我说家里天天闹鬼她也不害怕。我真的很多年没有享受过家庭生活了，我真的很喜欢，我想着她一个女人天天买菜不是事，就转账给她，她说我天天去夜店把钱都花了，这样不好，我脑袋一热就把工资卡给她了。"

"啊啊啊，你有工作？！"我又震惊了，"你把工资卡给她了？"

"嗯，家里安排的工作，做不做都有钱，工资卡给她也没什么，我就跟她说：'钱你随便花，除了买菜你想买什么就买什么。'"

"你这么喜欢她呀！"我羡慕了。

"不是的，"他说，"我和她不是男女朋友那种，但有她真的好，特别像个家。"

"你有喜欢的女生吗？"

"大学有吧，现在没有。"

"你为什么不喜欢她？"

"感觉，没有那种感觉。"

"培养不了吗？"

"一点儿也不行。"

"那不挺好，你花钱大方她又愿意照顾你。"

"之前是挺好，她还谈了个男朋友，但是那个男的不愿意她住在我家，她又不肯搬走，两人就吹了。那个男的大闹了一场，这下不仅我家知道我们同居了，她家也知道了。"

"啊？"

"现在她妈催婚，我爸妈也催婚，我都不知道怎么解释。"

"她愿意吗？"

"她不愿意，就搬走了。"路西法有气无力的，"自从她搬走后，这些鬼无时无刻不来找我，就我和你说话这会儿，有一个就进来了，坐在我的对面。"

"它，它……它什么模样？"我颤着音问。

"很恐怖，不能和你说，会吓着你的。"

"那你们能和好吗？"

"我不想结婚，我更不想生小孩，但是我希望她搬回来。"

我想了半天，说："这是道无解题啊。"

"是的，"他说，"所以我状态特别不好，根本没有登录游戏，不好意思，不知道你过得这么不好，我们加个微信吧，这样有事就能联系上。"

"没有啦，没有啦，我也不知道你这么辛苦。"我对路西法的怨恨一扫而空，反而很内疚帮不上他的忙。我们互加了微信。我这时忽然想起我和路西法都加过清水君的微信，我吐槽了这么久，他没有提过一句帮我问问路西法，或者把路西法的微信推给我。

我对清水君隐隐不快，但也不好说什么，可能他只关注薅羊毛吧。

下午听了路西法的故事后，晚上我一个人在宿舍更不敢睡了。十一点断电熄灯后，我只能开着手机灯。小小的一束光亮刺激着眼睛，却显得房间明暗不均，更阴森恐怖。这比躺在上铺一动不能动更令人难受，我连着充电宝，打了一夜的游戏，也不知什么时候，打着游戏睡着了。

这一觉睡得深沉，醒来的时候阳光灿烂，不知道几点了。我吓得连忙看手机，发现手机没电了。我赶紧充上电，开机的时候一看，惨！已经下午两点半了！微信班级群静悄悄的，没有一个人找我，班主任和同学没有一个人给我打电话。我飞快地换件衣服，抱着Pad赶到教室，发现教室里也没有人。我只好给班主任打电话，她说今天组织大家参观园区的公司，考虑到我昨天不舒服就没有叫我。

我说我已经好了，我现在就赶过去。

她分享了一个地址，我走了十几分钟，进了一幢大楼。

一进门就是一座两米高的关公像，像前供着香炉。我吓了一跳，连忙对关二爷作了个揖。刚转身往里走，就看见一只大金毛傻呆呆地站在前台旁边。

公司里怎么会有狗呢？我正疑惑，一只巨漂亮的布偶猫悠闲地踱了过去。

"您好，请问您找谁？"一个容貌平平的前台小姐问。

"我找动漫培训班的人。"

"他们在三楼。"

"你们公司养动物？"

"不是，这些都是同事的，可以带到公司来。"

我羡慕地看着高阔明亮的大堂，还有在大堂里吹着空调闲来无事的猫猫狗狗。这是什么样的神仙公司啊！我上了三楼，出电梯时正好遇到了全班的人。没有一个人和我打招呼，我跟在队尾，走进了会议室。

公司的创意总监与设计总监轮流给我们介绍了公司的主营业务以及平时的工作内容。除了前期的设计，还有后期的制作。他们讲完后，班主任重点介绍了考试前五的同学，又请他们提问，与总监们交流。

渐渐地，我意识到这个培训班是真的可以介绍工作的，这个时候，已经为四个月后的毕业打基础了。

我暗下决心要努力，尤其是在参观了创意部与设计部的办公区域后。这两个区域有设计感十足的长沙发，还有进口咖啡机和世界各地的咖啡豆。区域里每张办公桌的桌面都风格迥异，有的贴满画作，有的养着蜥蜴，有的只有一条告示：我是"I人"，无事勿扰。

如果我能在这样的地方上班，我要在桌上放点儿什么？一张全家福，有爸爸、妈妈、弟弟和我。我还要放上漂亮的指甲油，五颜六色、五彩缤纷。等我存够了钱，就找人在假指甲上做十只真的"莲花一夏"，装在镜框内，挂在电脑旁。

直到下午六点，我们才把这幢大楼全部参观完。大家都有点儿兴奋，交头接耳说个不停，没有人和我说话。是啊，我长得不美，成绩又差，他们为什么要和我说话？

这次参观给我打了强心针。晚上我想办法睡觉，睡不着我就吃褪黑素，甚至吃氯苯那敏。白天我拼命学习，晚饭吃过了也在教室自习。有了路西法的微信，我真正多了一个可以交流的朋友。他总是鼓励我，有时候也向我倾诉烦恼。

清水君的任务我也做，块儿八毛的也是收入。虽然我在培训的日子和之前没有区别，却觉得日子有了希望。

第二个月的大考来临了。

头一天晚上我只吃了一片褪黑素,却怎么也睡不着。到了夜里两点,我不得已又加了一片,睡是能睡了,却很浅,每个短短的梦里都在考试。我还梦到了清水君,五官像古画里的公子一样温润如玉,但没有表情,伸着修长白皙的手指,不停地指挥我刷链接。

早上七点半闹钟响了,我昏昏沉沉,疲倦至极。我有一种不好的预感,像从小到大每次考试前的预感一样,我又要糟糕了。

果不其然,培训班二次张榜,我依然是倒数,虽然不是第一,却是第二。上次的第二成了第一。

我只能安慰自己,从倒数第一到倒数第二也算一个进步。路西法也这样安慰我。中午打饭的时候,倒数第一和几个同学吵了起来,骂他们作弄人。我埋头吃饭不想管闲事,可发现很多人盯着我,眼神里闪烁着戏谑。

我正不解,微信响了一声,我点进去一看,是一张台湾歌星伍佰的照片,贴在排行榜的最下方,还有两个箭头,指向我和倒数第一。我略一思索顿时气愤,一个二百五加上另一个二百五,正好是五百。

倒数第一立即指名圈出发图的人:小人!恶心!

但是噩梦一般的场景出现了,其他人立即指名圈出发图的人:点赞!红心!玫瑰花!

班主任就在群内,消失了一般不发一言。

我吃不下去了,眼睛里含着泪水,跑回了宿舍。

一进门,我像抓救命稻草一样给路西法打电话,他没有接,我就继续打,连打三个后他接了电话,却不回答。我听见那边传来嘶吼与殴打的声音,有杯子碎了,还有路西法的惨叫。我不敢再听,挂断了电话。

微信还在不停地响,我颤着双手点开群一看,倒数第一正在发微信语音骂脏话,她骂一条就被无数个点赞、红心、玫瑰花冲到了上面,不"爬楼"根本看不见。这是一场反对集体霸凌的战争，倒数第一孤身作战，越挫越勇，我却无能为力。

她骂着骂着，突然找到我，我打开语音一听："骂你傻×你还真傻×，你装什么死啊，看老子一个人战斗你占着便宜了吗？"

我还没有来得及反应，所有人引用她骂我的这条微信，为她点赞、比心、送玫瑰花。

于是她一条语音骂所有人，一条语音骂我。开始他们还区别对待，后面就一律给她点赞、比心、送玫瑰花。

她骂累了，送给我两个字：小丑！

所有人在下面一条一条地指名圈出我，引用这两个字：小丑！

我完全不能反应，手哆哆嗦嗦地给清水君打语音电话，他飞快地接了："我有事。"说完他就挂了。

我感觉自己已经死了，但还能喘气。我想给我妈打电话，听听她的声音也好，但是我不敢。我说什么她都会向我爸汇报，如果知道我考了两次倒数被全班同学侮辱，我爸有可能杀到苏州来，当着全班同学的面再"杀"我一次。

突然，我在绝望中翻出了拉黑的名单，把流光灿若辰放了出来。我没有时间思索她有没有拉黑我，立即拨打了微信电话。

毛不易的歌声响了起来："一杯敬朝阳，一杯敬月光，唤醒我的向往，温柔了寒窗。"

我像被什么击中一样，心脏疼痛起来，与此同时，流光接了电话："海海，你找我呀？"

听到这一声"海海"，我一下子蹲到地上，号啕大哭。

"海海，你怎么了？"她大声询问，我顾不上回答，只是一味地哭，她就不问了，默不作声。不知过了多久，我以为她挂了电话，再一看，时间的数字还在跳动，我哭了十八分二十七秒。

"流……流光。"我抽泣地喊她。

"我在,"她的声音一如既往地干脆而清澈,却有一种温柔的坚定,"你还好吗?"

"不好,一点儿也不好。"我哽咽着,"我活不下去了。"

"什么事情呢?"

"一句两句说不清楚。"

"那就慢慢地说。"

"你……"我有了一点儿知觉,"你现在有空?"

"我刚刚取消了一个约会,接下来两个小时都有时间。"

我愣了一下,没有想到她会为了我取消约会。我颠三倒四地把我爸怎么威胁要杀了我、路西法建议我学插画、我到了这里宿舍的同学怎么欺负我、清水君教我薅羊毛、考了两次都是倒数、路西法家里闹鬼、同学们在微信群霸凌我、我到处打电话都没有人理全说了出来。

流光一边听一边帮我捋事情的经过,似乎边听还在边打字,有时不屑地哼一声,偶尔骂一句娘。

"你现在立即做两件事情:第一,把班级同学群霸凌的内容全部截图,把班主任在群里的头像也截图;第二,你立即去园区公告栏,把排行榜拍张照片。"

"嗯,这有什么用?"

"你先别管,先去做,做完了把图片全部发给我。"

"好。"

"你把园区的名字还有培训班的招生简章现在也发给我。"

我依言发给了她,把微信全部截图,又去了告示栏,把照片拍给了她。

"除了宿舍和家,你现在有地方去吗?"

"没有……有吧……"

"到底有没有？"她语气急切，有点儿咄咄逼人。

不知为什么，我有点儿不高兴了，赌气说："肯定有。"

"我刚刚帮你写了一封公开信，把事件始末全部写清楚了，我再修改修改，一会儿发给你。"流光根本不管我的语气，一样一样交代，"你收到后发到学校的论坛，论坛地址我已经查到了，再发到学校招生的几个动漫论坛，但是在发之前，你一定要离开学校，去一个你能去的地方。"

"然后呢？"我大吃一惊，不知道她要做什么。

"我在公开信里留了我的微信小号，说我是你的姐姐，让他们有事情找我。"

"找你？"

"我来跟他们谈判，你把手机关了，我们用游戏号联系。"

"这……合适吗？"

"合适。"

"我爸交了钱的。"

"正因为花了钱，他们没有资格这样对待你，他们是做生意的，这件事情很好谈。"

"万一……万一搞砸了呢。"

"已经搞砸了。"

"没有吧？"我嘟嘟囔囔地说，"我还可以接着上。"

"你能忍吗？"

"不……不知道。"

"就算你能忍，如果接下来三次考试你还是倒数怎么办？"

"我……我努力。"

"你努力过了，没有用。"她斩钉截铁地说，"如果你连续倒数，名字继续挂告示栏，你这个培训班就白上了，不仅找不到工作，有可能断了你在动漫圈的前途。"

我真的不高兴了,她有什么权力说我努力了还是没有用,她又有什么资格替我决定接下来要怎么办？就在这时,微信电话响了,是路西法。

我毫不犹豫地挂断流光的电话,接了路西法的。他听上去也快断气了,好像大战了一场。让我没有想到的是,他听说了流光的建议后居然完全赞成。

"这是你的真闺蜜,"他说,"有事情人家真上啊。"

"不是闺蜜,"我说,"就一个游戏网友。"

"这个人可以,你就信她。"

"可以什么呀,明知道我经济不好,还一个劲儿地问我有没有地方住。"

"她让你离开学校,让你住她家,你敢吗？"

我愣了一下。

"她是怕这样建议后你反而不信任她,如果产生了不信任,后面的事情就很难帮你了。"路西法说,"我觉得她做事情果断,考虑问题又全面,你就听她的,如果你没有地方住,你来我这儿,我在河南安阳,我给你安排住处,如果后面她管不了,我来替你谈判。"

"去你那儿？"我有点迟疑,"合适吗？"

"合适,我家附近的酒店我有个长包房,经常招待'面基'的网友,有时候我一个人不敢回家也去那儿住。"他说,"人生嘛就是你帮帮我,我帮帮你,我也苦闷得很,你来了,我和她两个人请你吃饭,你也帮我参谋参谋。"

听他这么说我有点儿安心了:"谢谢啦。"

"谢什么,你赶紧订票吧,今天有票就今天来。"

我和路西法说完后,给流光打了电话,她立即接了。听说我要去安阳，她问我去的地方可靠吗？我说可靠，她便不再问，催我赶紧收拾东西，把 Pad 和喜欢的衣物带上，但要留几件无关紧要的在宿舍里。

"不是要走吗，"我有点儿舍不得，"为什么不都带上？"

"你又没有退学，宿舍当然要给你保留。"

我只得同意。她一个劲儿地催我快一点儿，我从床下抽出箱子，把要紧的东西全部装上。

收拾完后，我坐在床边，订了一张从苏州到安阳的高铁票。现在是下午三点，四点四十刚好有一班高铁，晚上十点二十就能到了。

我订好票，打了一辆网约车直接去了高铁站。在路上，流光把她的"武器"发给了我。不要说内容，我连标题都没有勇气瞄一眼。从小到大，我没有反抗过什么，任何不高兴都是憋在心里。内心深处，我是不想和培训机构对着干的，流光如此推动我也很无奈，但是我影响不了她的节奏，她却可以带动我。我很恨，恨这个世界、恨父母、恨培训机构和那些所谓的同学们，也恨流光。

唯一不恨的是路西法。清水君怎么说呢，我喜欢他的声音，可是他不和我互动，虽然让我不爽，但也不得罪我。

我捏着"武器"到了高铁站，把车票信息发给了路西法，然后说流光建议我关机，只用游戏号联系。他说高铁上有无线网，让我上车后用 Pad 登录游戏，他在游戏里等我。

高铁站人流熙攘，我鼓足了勇气，点开了班级微信群，里面静悄悄的，没有任何消息。页面停留在半个多小时前，一排一排全是指名圈我的两个字——"小丑"！

这个群是死了吗？死在侮辱我的时候？班主任更像死了一样，没有给我发一条微信，也没有打一个电话。

我好恨啊！是真的恨啊！我把流光写的公开信发了上去，不仅招生论坛、动漫论坛，最后我发了班级群，又给流光发了信息，说一会儿游戏里见，便立即关了手机。

恰到好处的是，我关手机的同时，高铁开始检票了。

我心里从没有这么舒服过，抬着头检了票，拖着箱子进了车厢。

我拿出 Pad 联上了网，登录游戏，流光与路西法双双在线。看见他们俩的时候，我忽然有一种公主般的幻觉：是的，在现实世界我一无所有，但是在游戏里，我是声音好听的小姐姐，有愿意帮助我的"左右护法"。

我开了游戏房，流光与路西法立即踩了进来，上了麦。

路西法给我发了酒店地址："你今天到得有点儿晚，我就不去打扰你了，我和她说了，我俩明天中午请你吃安阳菜。"

"她……"我小心翼翼的，"没有不高兴吧？"

"不会。"他说，"我经常和网友'面基'，她都知道。"

我想把流光正式介绍给路西法，但是流光一声不吭，不知在傲气什么。不得已我只好喊她，她打字在公屏上说闭麦了正在和学校谈判，我吓得不敢再问了。

差不多晚上七点，流光开麦了。她说谈判非常劲爆也非常顺利，叮嘱我到安阳开机后不要看学校的任何信息，也不要接学校任何人的电话。

"如果谈不妥你千万别太较劲，"我不放心地叮嘱她，"不行我就回去上课。"

"谈得妥，"流光说，"你放心吧。"

"会被退学吗？"我害怕极了，"我爸一定会打死我的。"

"放心，"路西法说，"他们做生意的肯定能谈妥。"

"就是，"流光说，"成绩不好他们应该想怎么提高你的成绩，而不是在班级里搞阶级分化，鼓动同学霸凌同学。"

"不是他们，"我软弱地反驳，"是同学不好。"

"同学不好就是他们管理的责任。"流光强势地说,"我晚上还有点儿事,十点钟游戏见。"

流光下线之后,路西法好奇地问我们怎么认识的。我就把怎么在线下与流光相遇,她坐着豪车跑到路边买便宜奶茶,脚上美甲是五万元一次的"莲花一夏",因为一元钱的"羊毛咖啡",我们互加了微信,然后一起玩游戏,我给她刷礼物,她不给刷礼物,我就拉黑了她,因为情绪崩溃又加回来的事尽数告诉了路西法。

"刷礼物的事你问她了吗?"路西法说,"我觉得她挺慷慨的。"

"慷慨?"我不禁抱怨,"可能我这样的人对她来说,就是路边店的奶茶,有点儿乐趣吧。"

"别这样说,"路西法安慰着,"朋友之间有误会还是说出来比较好。"

我和路西法东拉西扯地又聊了一会儿,他说有"人"找他就下了线。房间里只剩下我一个人。我实在难受,就在游戏里乱逛,逛进了CP房,发现清水君正在"滴"CP。

"我要'滴'一个生日CP,"他说,"要能现实中见面的。"

"能现实中见面的?"主持人愣了一下。

"是的。"

"这恐怕有点儿难度,"主持人说了一句,赶紧又改了口风,"小哥哥声音这么优质,哪个女生要在现实中和他共度一个生日呢?"

我毫不犹豫地扣了一个"1"。

除了我之外,并无第二个人响应。主持人问清水君要不要我上麦听听声音,他说不用,让我跟他走。

我进了他的游戏房,上了麦。

"我生日你真的来吗?"他一反常态,娇滴滴地问。

"你在哪儿?"我问。

"你不知道吗?"他越发娇嗔。

"我?"我愣了,"我不知道呀。"

"你不是在苏州上学吗,我离苏州不远。"

"你在哪儿?"

"我在昆山。"

"哦哦。"

"真是的,"他生起气来,"离人家这么近,居然把人家忘记了。"

我有点儿摸不着头脑,他什么时候说过他在昆山?还是说过我忘记了?他不再埋怨,劈头又问:"你来给我过生日,给我带什么礼物啊?"

"啊?"我犹豫了,"这……"

"怎么,"他冷笑着,"跟我学了这么久的薅羊毛,连礼物都不给我带?"

"我现在不在苏州。"

"在哪儿?"

"我在安阳。"

"安阳在哪儿?"

"河南。"

"我又不是今天过生日,"他无所谓地说,"你到时候过来呗。"

我张了张嘴,觉得这个人真的有点儿奇怪,他根本不会问我的情况,只是一味说他自己。我本来想吐吐槽的,现在却说不出口了。

如果不是他的声音实在好听,有一种宽袍大袖公子人如玉的感觉,我都不想再搭理他了。

"你到底给不给我过生日?"他又开始娇嗔了。

"过吧。"我懒懒的。

"什么叫过吧?"他说,"今天是周二,我周日过生日。"

"嗯。"

"这样吧,"他突然说,"等你来了我也给你一个礼物。"

"什么礼物?"

"礼物嘛就是惊喜,哪能随便说?你放心,我会精心准备的。"

可能这么长时间的交流他都是单方面地支配我,突然说要给我一个礼物,我还有点儿受宠若惊。苏州和昆山确实离得近,虽然买车票和蛋糕也要花钱,但事到如今,这也算一个回学校的理由。万一我被开除了,我也要去收拾东西,如果没有开除还让我继续培训,我也得抓紧返校。这样算来,我在安阳住到周日回去,就十分合情合理了。

我心里一松,顿时少了漂泊感,似乎去安阳就是为了和路西法"面基",顺便度几天假。

大约因为我答应给清水君过生日,他心情大好,居然和我聊起天来。我第一次比较完整地听到了清水君的故事。

他说他的父母都是小镇的工厂工人,从来不给他零花钱,一分不给。他小时候没有钱,只能眼巴巴看着别的小朋友吃零食、玩玩具。上到小学毕业,他都没有吃过几次辣条。后来他家搬去了市里,他最开心的就是去大型超市,跟着客人们索要购物小票,用购物小票去服务台兑那些有钱人根本看不上的礼物。

"都有哪些礼物?"我问他。

"春节期间有对联、福字,平时乱七八糟的什么都有点儿。"

"你要这些干吗用?"

"可以当礼物送人,还可以和同学换点儿零食。"他声音悠扬地说,"是东西就有用。"

他初二暑假就开始找餐厅打后厨工,每天想办法偷东西吃,还把冷冻的食物偷出来换钱。高一他用上了他爸的二手智能手机,在网上拜了师傅,开始薅羊毛。赚了点儿钱后,他把钱借给同学们,收取高额利息。我说他放高利贷。他说他查过了，年化率高于央行利率的四倍就是犯法，他的利息只有三点八倍。

靠着放高贷他赚了不少钱，他完全不想读书了，只想赚钱，但是他父母逼着他读，还花了一万元送他去学英语，结果什么都没有学会，白花了一万人民币。

"如果这一万块给了我，早就不是一万了！"他愤愤不平地说。

我问他是买股票或者基金吗？他说那些来钱太慢了，他看中了不少生意，都可以用钱生钱。

他开始滔滔不绝地讲他的生意经：数字货币、坐庄套现等等。我渐渐感觉不对，好像涉嫌违法，但我实在插不上话，也幸好有他说话，不然我一个人在路上也着实凄凉呢。

晚上十点到了，流光没有如约上线，路西法的头像也是灰的。

这个世界只剩下我和不停讲话的清水君。

车到站了，我开了手机。叮叮当当进来一堆信息——微信、未接来电提醒还有短信和彩信。我活了二十一年，从来没有这么多人惦记过我。我觉得讽刺里带着一点点爽，莫名让我舒服。

我用手机重新登录了游戏，等上了出租车，告诉司机酒店地址后我问清水君："你谈过女朋友吗？"

"谈过，"他说，"亏得要死。"

"怎么了？"

他说初恋花了他不少钱，结果背着他和校草打视频，被录了挂到网上，传得全学校都是。第二个女朋友是网恋，打游戏认识的，结果她不仅结婚了，还是个孕妇。因为情绪不稳定，一会儿要分手、一会儿要和他私奔，他受不了就拉黑了。

"这都是什么啊？！"我听得目瞪口呆。

"女人呗，"他轻蔑地一笑，"没几个好东西。"

我有点儿不快，但又想他谈了这样的女朋友难免会这样，只好沉默。

流光上线了，"踩"我进了清水君的房间。

"抱歉哈，"她直接对我说，"我刚刚办完事，你没有搭理他们吧？"

"没。"

"你到安阳了？"

"到了。"

"酒店远吗？"

"不远。"

清水君咳了一声，提醒我们他是房主："现在有个链接，刷了可以拿一块五的红包，你们要不要？"

我瞬间尴尬了，流光愣了一下："什么红包？"

"刷链接就可以白得一块五，"清水君说，"想要加我微信。"

"谢谢，"流光说，"我不用了。"

"白得一块五为什么不用？"清水君撒起娇来，声音越发慵懒而迷人。

"不用就是不用。"流光的声音没有任何情绪变化。

清水君完全不知道流光是一块什么样的钢板，继续纠缠："小姐姐，还有人嫌钱多的吗？"

"有。"流光毫不客气。

"谁呀？"清水君问。

"我。"流光回答。

"呦，"清水君的声音冷了下来，"这是谁家的公主，说的话我都听不懂了。"

"你说话别人才听不懂呢。"流光更冷，"一块五毛钱就想加我的微信，帮你免费刷链接，又拿女生的联系方式又帮你打工，你想得倒美，你还有脸问我嫌不嫌钱多。我问你,一块五毛钱也是钱吗?是钱多了的钱吗?"

清水君消失了。他不是离开了自己的游戏房间,而是直接退出了游戏。

"呦!"流光学着他的语气,"占不了便宜就立即破防呀,什么垃圾!"

我不好意思说清水君是我的朋友,更不好意思说我一直跟着他薅羊毛。我想分散流光的注意力,一时无话,情急之中问了出来:"你为什么不给我刷礼物?"

"刷礼物?"她也愣了,"刷什么礼物?"

"我给你刷了好多礼物,"我委屈极了,"你一个都没有回。"

"是吗?!"她声音里透着惊喜与无辜,"我去看看,哎哎哎,我的天哪!你给我刷了这么多!"

"嗯。"我更委屈了,但是抱怨的话也说不出口。

"谢谢,"她说,"我要回你礼物吗?"

我气笑了:"你不想回可以不回。"

"你别急呀,"她说,"游戏里是规定要回吗?"

"只有朋友才互送礼物。"

"这能变现?"

"不能。"

"那送来干吗?"

"魅力值呀。"

"魅力值是什么?"

她是真不知道还是和我装啊?我只能一步一步让她去看魅力值榜,又告诉她在我们的名字旁边都是有魅力值数字的。

"这有用吗?"她还是无所谓的态度。

"当然有用!"我说,"别人会看的。"

"看就看呗。"

"你!"我气得直接闭了麦。

我不想一个人在异乡那么孤独,只能一边生气一边和她待在游戏房间。我不说话她也不说话。没过一会儿,我看见手机屏幕上飘过一只巨大的游轮。我直接傻了,再看的时候游轮已经不见了。瞬间,游戏全网广播打出了标语:流光灿若辰送给海海游轮一只。广播下面是无数个羡慕的表情包。

"哎哎,"流光说话了,"1888两秒钟就没了啊。"

"游轮多少钱?"我震惊了。

"1888呀。"

"你送的时候怎么不喊我!"我着急地说,"我都没有看仔细。"

"我也没有看清,"她说,"不是要魅力值吗,游轮特效不重要。"

她提醒了我,我赶紧去看魅力值,不看不要紧,我的魅力值一下子从3280涨到了18280,足足涨了15000。我又去看当天魅力值最快上升榜,我排在第72名。

"我上榜了! 上榜了!"我激动万分!

流光也去看了,她哈哈笑了:"上榜这么开心?"

"我从来没有上过榜,"我说,"不,是从来没有上过好的榜。"

"可这不能提现,"流光惋惜地说,"白白给游戏公司赚钱。"

"不一样,不一样,"我说,"我可幸福了。"

"你现在还有两个选择,"她说,"一是再得一艘游轮给游戏公司赚钱,二是得1888现金请路西法吃饭。"

"别别别,"我说,"不用了,不用了。"

"论理呢,"她慢悠悠地说,"我应该请你来我家住,但是我们毕竟是陌生人,我担心你不放心,而且回连云港你压力可能也大,最主要的原因是这几天我和老妈闹意见,我直接搬到了同学家,也不好意思再让人家家里添一个人。"

"哦哦,"我说,"没有关系的。"

我很想问问她和她妈闹什么意见,但是又觉得我也帮不了她,问了也是白问。而且她什么都不缺,估计是电视剧或者短视频里的大小姐和母上之间的矛盾吧。

她见我没问也没有往下说,只是让我做个决定。

车已经到了酒店,我办理了入住,进了202房间。

房间不大,在走廊的最尾,床的旁边还有一张小沙发。睡了那么多天宿舍,这里对我来说已经是天堂了。

我告诉流光我想洗个澡,洗完澡再聊,她说好,让我随时"踩"她。

要一艘游轮还是1888现金呢? 还是应该两个都不要?

花洒洒下的热水冲着我的肩膀与背,让我万分舒服。如果有游轮,我的魅力值就会再涨15000,很有可能就冲进榜十。进入榜十的小姐姐会吸引很多人的注意,没准儿就能找到一个有实力的CP。可是我到了安阳,住是路西法安排的,他还要带那个女生一起请我吃饭,我总不能白吃白住,1888现金,至少可以回请他们一顿大餐。

思来想去,哪个都想要,我不禁有些幽怨,这个流光,她又不是没有钱,怎么就不能两个都给我? 有钱人的汗毛说拔也就拔了,凭什么让我做选择?

我被自己的想法吓了一大跳,我一向觉得自己非常善良,这是我唯一的优点。我依稀觉得自己有点儿不好,但也不觉得流光就好。

我洗完澡,去看手机,发现清水君发了一堆吐槽的信息。我只好安慰他,说流光是帮我的人。他问我流光有钱吗? 我说有,非常有。他说他看见了我的魅力值,也看见了流光送我的游轮。他让我小心:"有钱人为什么要和我们这样的人做朋友? 为了友谊?"

我一时语塞，不知如何回答。

他又说："有钱人看我们就是玩具，流光闲来无事，砸点儿钱就玩了我，我还是要有自知之明，别给人当了狗。"

我知道他在恼恨流光，但也不否认他的说法。流光为什么和我做朋友？我一无外貌，二无钱财，三无能力，除了给她当狗、当玩具，还能有什么价值？

我上了游戏，流光正在唱歌房K歌，我进去听了几耳朵，发现她是和同学在线下合唱，她们唱得好听又默契。我默默地下了线，连魅力榜都没有再去看一眼。

她不缺朋友，可能也不缺玩具，只是缺条需要做选择题的狗吧。

躺在一米五的大床上，我翻来覆去不能入睡。生活像一条大河，不知道把我冲向何方。我也不是对学校的事情不关心，一方面我很想打开那些信息看一眼，另一方面我又怕他们更加厌弃我、谩骂我。我太累了，没有自己的家，没有朋友，也没有方向，没有一技之能。我什么都没有，只能随波逐流。

这个房间就是一个临时避难的壳，能躲几天是几天。

我一面唾弃自己一面觉得自己可怜，睡着睡着，眼泪就流了出来。流光给我发微信，我说累了要休息。她没有说别的，给我连发了十个红包。

我一下子坐了起来。

没有人给我连发过十个红包。

这哪里是十个红包，这分明是扔给狗的十块骨头。

我又恨又爱，心里想拒绝手却点了接收。

九个200，一个88，果然是1888。

管她把我当狗还是当别的，我拿到了1888。

流光发来信息，明天你请客吧，这样比较好。

我一阵厌烦,她不就是给了钱吗,凭什么安排我的生活?但是因为收了钱,我只好回:好。她回了晚安,我只好也回了一个晚安。

以前我也失眠过,最常见的刺激是我爸打了我妈,或者连我也打了,怕考试、暗恋的男孩子谈了他喜欢的女孩子、没有零花钱买指甲油等各种各样的原因。到了苏州就更多了:不敢动、怕鬼、怕考试。可从来没有一个夜里像今天夜里这么五味杂陈、难以言说。

我在流光的鼓动下第一次向世界发起了挑战。流光说是朋友也算不上朋友,她是高高在上的有钱人,为了脚指甲可以一掷千金,我是个薅羊毛的穷人,连薅到3.88的现金都会觉得自己赚大了。我二十一岁了,没有被人喜欢过,好男人那么多,没有一个是我的,路西法成熟稳重,可惜不是我的菜,就算是我的菜,他也有一个可以谈婚论嫁的女人;清水君,多么好听的公子音啊,可是他太喜欢薅羊毛了,对我其实并不关心,但是他求我去给他过生日,也承诺如果我去他也给我一个礼物,且是精心准备的礼物!

至于学校,我不想管,有流光呢,她管不了有路西法呢,他们都管不了,大不了被我爸打死吧!反正我也不想活了!

活来活去没有力气!没有尽头!

就这样胡思乱想着我昏沉沉地睡去,倒也一觉睡到了天明。我赖着不起来,耗到了上午十点,收到了路西法的微信,他说十一点过来接我,让我准备准备。

我连忙起床,从箱子里翻出最好的一条裙子。三餐不定、睡眠困难的我居然一点儿也没有瘦,小肚子凸起,把裙子的腰撑满了。我照了照镜子,觉得自己丑得不成样子,想想还是得化妆,打了点粉底画了画眉毛,再点一点口红,还行,脸上有了一点儿气色。

就这样我站在酒店门口,看见了路西法和那个她。

他们俩开着一辆我不知道名字的吉普车,车子底盘很高,衬得他们俩反而比较矮小。路西法的声音听起来是个成熟高大的男人，实际身高只比我高一点儿，大约一米七，那个她就更矮了，比我矮半个头。

两个人都有点儿胖，不同的是路西法是虚胖，那个她则很结实，手臂伸出来都是肌肉。而且他们穿的衣服也差不多同款，乍一看不像男女，像一对兄弟。

我和路西法不是恋人，否则绝对见光死。好"基友"就不存在对颜值的失望了。我上了车，他们俩高高兴兴地带着我往热闹的地方开。我说今天中午我请客，不等路西法说话，那个她一口回绝："那不成，你到安阳就是客人，一切我们来。"

她说话的声音也粗，像个干脆利落的大小伙子。

一路上她说着安排，中午下馆子尝尝道口烧鸡和皮渣，晚上吃点儿小吃，搞碗粉浆饭。她说什么路西法都说好。除了声音浑厚，路西法整个人透着软塌塌的疲倦，似乎靠她把一口气撑在了喉咙。

有她在吃饭的氛围也好，不知不觉我和她说了许多话。我问她在哪里上班，她说她自己开了个服装店，我问赚钱吗，她说基本赔钱，勉强糊口。

她边说话边给我和路西法添菜，把我们的碗里都堆满了。我问，安阳有什么可玩的？她说有个甲骨文博物馆，她没有去过，路西法不肯去。她问我想去吗，我想想算了，我又不懂。正在这时，路西法突然直勾勾地盯着我旁边的空位子，盯了几秒说："我陪朋友呢。"

幸好大中午的又在这么热闹的饭店，不然能被他吓死。我不自觉地往墙边靠了靠，路西法又说："人家让你呢，你也往外让让。"

"来，尝尝血糕，"她给我夹了块血糕，对路西法的言行充耳不闻、视而不见，"你刚才说'莲花一夏'要五万块？你有图吗，给我看看。"

我从手机里找出图片，递给了她。

她放大后端详了一会儿："这不是神经病嘛！"

"怎么了？"

"脚指甲，"她嗤之以鼻，"又不是不长了，过两个月就是五百万也得剪了，做这玩意儿纯属有钱烧的，无聊。"

"可是，"我含糊不清地小声说，"挺好看。"

"不是它好看，"她大口地吃着血糕，"钱好看！"

"那什么……"路西法求助地看着她，"它让我跟它走。"

"走哪去呀？"她不耐烦地说，"你和它商量商量，今天说好了陪朋友。"

路西法一皱眉头，再看我身边的空椅子，脸上露出了欣喜之色："走了走了！"

"就是。"她给路西法也夹了一块，"吃饭。"

我偷偷瞄了一眼空椅子，空空的，什么也没有。刚刚路西法说它在的时候，我也没有体感，既没觉得热也没有觉得冷。路西法的表情明显轻快了，当他看了"莲花一夏"的照片时，仔仔细细地放大后端详，然后叹为观止："画得好，画得太好了！"

"画得好？"我愣了一下，因为一般人只能看出用针尖大小的碎贝壳贴出荷花杆很难，却不知道画出浓淡有度、层次分明的难度。

"花杆的工艺一看就难，"他说，"但是花瓣用分染法就太难了。"

"难在哪儿？"那个她忍不住问。

"指甲油不是颜料，不能兑水，靠两个颜色分染，看着像一个颜色，还要过渡自然已经很难了，指甲的甲面又小，花瓣就更小，能画成这样绝对不是一般的美甲师。"

"这么复杂吗？"那个她看向我。

我拼命地点头，简直是膜拜了："你说得太专业了，我在美甲店画过好几次，不是难，是太难了。"

那个她这才微微一笑，嘴角压不住地得意。唉，我不觉替她惋惜。

路西法博学有礼，待女人体贴又上交工资卡，且事事不隐瞒、句句有回应，做什么事情都带着她，有商有量的样子。如果不是长得不帅又时时撞鬼，可算一个完美的男朋友了。

"流光的家世不一般啊！"路西法说，"她肯为你出头你就安心吧。"

"我觉得不一定。"那个她说，"她们俩就见过一面，一没有交情，二没有利益，听她哭一声就跳出来为她出头，谁知道安的什么心？"

"海海就算拿到好处，流光也占不了便宜，"路西法说，"不用担心。"

"难说，"那个她发出啧的一声，"人面兽心不可不防。"

我有了一点儿感觉，怎么说呢，我突然理解了路西法说对她没有男女之情，但又像一个家人难分难舍。他们俩完全不在一个世界，又好像在一个世界里还挺互补。

周围热闹的环境忽然有些疏离，我和流光呢？我和流光也是这样的朋友吗？

吃完饭路西法说先送我回宾馆，他要回家休息，晚饭时再来接我。就在这时我接到了流光的微信电话。我一接通她就兴奋地说："好消息！好消息！"

我说我在路西法的车上，就是建议我去学插画师的朋友。她让我打开免提，说大家一起听听，给点儿意见。我开了免提，流光清澈的声音像悦耳的音乐在车里流动起来。

她说培训学校答应了三个条件：第一，如果我返校继续上学，取消成绩排行榜，并且派老师补课，把前面的内容补上；第二，如果我现在心情不好，就从第二期再开始上，取消成绩排行榜；第三，如果我不想回学校，可以把所有的课件发给我，由我在家或在宿舍自学，取消成绩排行榜，考试合格后发毕业证书。

在这三个条件之外，还有一条附加条件，我毕业之后培训班负责给我在产业园推荐工作，保证半年之内找到工作，并且保证试用三个月。

她一边说，路西法一边点头。我则惊讶到不行。在我看来混乱不堪已经接近崩溃的世界被她轻而易举地拨乱反正，回归了正轨，而且这条正轨还是专门为我修建的。

我何德何能值得别人这样对我？

我惶恐不安，甚至没来由地有些愤怒。

车内无法四顾茫然，我只能望向窗外。此时此刻，我为什么不高兴不欢呼？我气呼呼的，如果不是怕我爸打死我，我甚至想推翻流光的一切协议，继续把情况砸回原来的烂摊子。

"谈得真好啊，"路西法赞美着，"过程肯定很难吧。"

"确实难搞，"流光咯咯地笑，"我亲身体验了一把一个人单打独斗，他们根本不讲理，还威胁说如果不删帖，就让海海在动漫圈臭名远扬。"

我打了一个冷战，顿时声音高了八度："凭什么？！"声音尖厉刺耳，把我自己吓得略略清醒，把后面一句"都怪你！"生生咽了回去。

"放心，"流光并未听出我对她的针对之音，反过来安慰，"现在嘛，借他们八个胆子也不敢。"

"你是怎么搞定的？"路西法饶有兴趣地问。

"我找了一个干税务工作的朋友，"流光满不在乎地说，"他们不过是个小公司，还真把自己当大学啊。"

"找，找税务？"我愣了，不知该说什么。路西法一副我猜就是这样的样子，在前排频频点头。

"是呀，"流光说，"找教育局也有用，可不如税务直接。"

"你，你，你有朋友？"我已经结巴了。

"家里的朋友，"她不想多谈，转移了话题，"你现在想怎么办？给我一个回话，然后我让律师起草一份协议，让他们签字盖章。"

"不用这么麻烦吧，"我紧张起来，"还要找律师？"

"当然了！"流光说，"肯定要签呀，包括你的成绩他们还要签保密协议。"

"海海，"路西法转过头，"你别管这些了，只需要想怎么办。"

我已经忘了是哪三条，在路西法的复述下我想了起来。我从来没有做过选择，通常只有走投无路。我一时不知怎么办，想想回学校还要面对大家就很尴尬，万一他们再针对我，我总不好再找流光："要不，要不我回家上网课吧？"

"也不是不行，"流光说，"但是在产业园接触公司更方便。"

我想起那家有狗和猫的公司："那，我也可以回去。"

"她回园区可能压力很大，"路西法说，"有了课件让她按自己的节奏慢慢学，反而能学到东西，学会了去领毕业证，在公司实习的时候也能熟悉。"

流光想了想："我觉得合适，海海你觉得呢？"

"合适，"我只剩下说，"合适。"

"我去找律师了，"流光说，"你在安阳好好玩。"

说完她直接挂了电话。不等我和路西法说话，那个她发出一连串的啧啧啧："这个女的家里干吗的？有钱有势！"

"肯定有背景，"路西法说，"税务的朋友说办就办，来头不小。"

"妈的！"那个她说，"要不说社会复杂，这帮玩意儿没有一个好东西！"

我心里一爽，像骂出了我的心声，然后我又羞愧加内疚，毕竟是帮了我呀！

"不能这么说，"路西法语气严肃，"有资源不是罪恶，更何况她还帮海海伸张了正义。"

"怎么不是罪恶?"那个她大声反驳,"怎么她有我没有?!"

路西法呵呵笑了:"可能她爹比较努力。"

突然,车像失控了一样从路中间直接横向朝路边飘移,路西法和我都发出了惨叫。我听见紧急刹车的声音和叫骂声,正惊魂未定,那个她跳下车,站在路边指着路西法破口大骂:"你爹也努力了有什么用? 也不看看你什么样子,还来说老子!"

我吓傻了,路西法坐着一言不发,也一动不动。

她连骂带啐,似乎怎么都不解气,正好有出租车路过,她一招手便上车扬长而去,把我和路西法连人带车扔在了路边。

时间一分一秒地过去,我带着哭腔说:"对,对不起,都是我的错。"

"你会开车吗?"路西法问。

"我不会。"

"那你会吗?"他又问。

我心里一寒。他的头转向驾驶位,对着空荡荡的方向盘发笑:"你也不会,车上这么多人,总有人会开吧?"

"路西法,"我颤着声音,"车上没有人。"

他把头慢慢转向后座,眼圈儿乌青,盯着我的旁边:"你不许吓唬她,她是我的朋友。"

我万分后悔刚刚没有和那个她加个微信,现在我一点儿办法也没有,想逃下车又不好意思,不逃又怕得要死。我哆哆嗦嗦给流光打微信电话:"我在车上,我朋友的朋友走了,我们都不会开车,我朋友又有很多朋友在车上,我不知道该怎么办。"

"什么朋友的朋友,"她咯咯地笑,"你在说什么?"

"路西法他能看见鬼,"我直截了当地说,"他的朋友跑了,车上就我们两个人，他非要说有好多人，还说我旁边也有人。"

路西法的脸像僵住了，眼睛也像死人一般失去了光亮。我越看越怕，尖叫起来："你别看了，转过头去！"

"你打开免提。"流光温柔地说。

"路西法，"免提一开，她的声音响了起来，"你本是光之使者，车上这几个朋友你请它们暂时下去吧。"

路西法精神一振，模糊的五官突然清晰起来，眼睛里闪着自信，威严地看向四周，又朝我微微一笑。

"走……走了？"我问。

他点了点头，声音越发洪亮："你怎么知道我的名字？"

"路西法，最美的天使也是最大的魔王，世人无人不知。"流光说，"你们没有人开车了，找个代驾吧。"

路西法庄严地点了点头，我一边找打车软件，一边控制着手不要发抖，感觉要么是我疯了，要么是世界疯了。

我不敢挂电话，流光也不提挂电话。我们一直等到代驾师傅来，她让路西法说了地址，吩咐师傅把他连人带车送回家，然后让我下车，说有个地方让我去一下。

我下了车，阳光剧烈地晒着我，我双腿发软，只觉死里逃生。

"你打辆车，赶紧回宾馆。"流光说，"如果没事还是别待了，回苏州取行李吧。"

"我打车行，"我还是害怕，"你别挂电话。"

"我陪着你。"

"谢谢！"我第一次真心地感谢流光，"谢谢你！"

"举手之劳，"她说，"别客气。"

我们俩有一搭没一搭地说着话，直到我打上车回到宾馆。看见路西法这副模样，这个房间我也不敢睡了，匆匆订了一张回苏州的车票。

我不知道怎么向路西法告别，流光让我直接走，走了之后给路西法打个电话，她说他会理解的。

我觉得她和路西法之间才有那种理解，他懂她，她也能懂他。不然她为什么一两句话就让路西法换了状态。她说他是最美的天使、最大的魔王，我问她这是什么魔咒？她哈哈笑了，说路西法的名字就是这个意思。我去搜索了一下，这才知道路西法就是西方的撒旦，也真的是天使出身。

这就是他们互相的理解吧。仅仅一个名字，她便知晓其中的深意，而他也能知道"莲花一夏"手法多么难得。虽然我们都是网友，但我们不在一个层面。说实话，路西法和流光在一个层面，我和那个她在一个层面，还有谁呢？我差点儿忘记了——薅羊毛的清水君。

说到清水君，我想起答应他要去昆山帮他过生日。

他星期天过生日，今天才周三，回学校我可以睡宿舍，剩下那三天怎么办？住肯定尴尬，不住去宾馆，三天至少几百块，我舍不得。

可能今天对流光太感激了，我把过生日的事也说了出来。

"什么？"她惊诧了，"一个一块五毛钱都要占便宜的男人，而且机关算尽，你要去给他过生日？"

"他……他也是我的朋友，"我哼哼唧唧的，"这段时间也多亏他和我说话。"

"那你就去嘛，"她说，"朋友就要互相支持。"

"他说如果我去了，他就精心给我准备一个礼物。"

"你要谢谢他陪你说话你就去，礼物就算了。"流光干脆地说，"一块五都要算计的男人能给你什么礼物？"

"他说了！"我强调了一遍，心里又隐隐发堵。流光什么都好，就是不懂照顾别人的情绪。她是有钱，有钱就有钱呗，何必抓着"一块五"不放？强势，我在心里叹气，太强势了！

"行，那送了什么到时候告诉我。"

"好。"我爽快地答应了，想想又打预防针，"他不是有钱人，不会是什么高级的东西。"

"有心意就成，"流光诚恳地说，"关键在于男人的心意。"

"男人的心意？"我虽然在网上刷到过很多这样的视频，但还是在生活中第一次听到一个女生这样说，不由得发问，"什么是男人的心意？"

"心意就是他对你真的关心，比如他会问你喜欢什么，可以正面发问，也可以侧面打听。"

"问我喜欢什么？"

"是啊，就是他愿意了解你，没有了解就没有理解。"

"那……"我有点儿不开心了，"你也没有问过我呀。"

流光发出了一声轻笑，像在惊讶我的问题。她想了想说："第一，我不是男生；第二，我没有问过你，你也没有问过我；第三，我们认识之后我邀请你打游戏，没打两天你把我拉黑了，好像不是我不想问你，是你没有给我机会吧。"

她每一句的第一、第二、第三，就像锤子直击我的心脏，我不仅心疼脸上也火辣辣的，像挨了三记响亮的耳光。

"我……我这么不好，"我的声音抖了起来，人也浑身发抖，"你为什么要和我玩？"

"小姐，"她笑得更奇怪了，"好像你直接把我加回来，又打了我的电话。"

"我不好，我无能，我不堪，"我一连串的"不"之后，又重重地加了一句，"我这样的人不配活着，只配去死。"

"人呐，不要自欺欺人，"她冷冷地说，"一哭二闹三拿绳不是解决问题的办法，你知道这叫什么吗？"

她声音中的冰冷如拒人万里之外，却偏偏一字一字说得清楚，像刀又像剑，挟风夹雪疾劲而来。我害怕了，真的怕，我不想失去流光这样的朋友，更何况苏州的事情还没有办完，但我偏偏忍不住，继续和她硬杠："这叫什么？"

"以弱凌强也是霸凌，我好意帮你，你不说谢谢也无所谓，但是想用道德绑架我，恐怕你找错人了。"

"谁霸凌你了？"我的大脑一片混乱，好像突然回到了家里，被父亲用巴掌扇到了地上。地是瓷砖的，冰冷又防滑。我的手撑着地，手掌有一种奇异的冷麻，只要我把注意力放在那个冷与麻上，就可以忽略掉他的吼叫和我妈的哭喊，"明明是你欺负我？"

"我为什么要欺负你？"她不再冷笑，而是发笑，"我帮你也是错了？"

"你帮我！"我一股脑地说了出来，"你有钱有势，不就是拿我当个玩具吗？玩人多好玩，比玩游戏好玩！你们这些人没有一个好东西！"

说完，我呆住了，也如释重负！

终于搞砸了，终于把二十一年来唯一一个真心帮助我，也确实能帮到我的朋友给得罪了。但是，这就是我的人生。这样的人生才踏实可靠。

我本浮萍无依，我自怜自艾地想，就算你是参天大树，我也靠不上去。

"谢谢你。"流光平静地说。

"谢我？"我愣住了，她为什么谢我？

"我妈说得对，"流光若有所思，"我就是**蠢**，自以为是的好意不过是被人利用，别人利用我还要在心里骂我，我以为我改了，按照孔子说的，不求者不教，你打电话来找我哭诉我才帮你，原来你不过是一

533

边求助一边在心里骂我。"

"不不不,"我急忙解释,"不是这样的。"

"你谴责我不问你喜欢什么,"她继续发难,"你问过我吗? 记得有一天我跟你说,我和老妈闹翻了搬到朋友家去住,你问过一句为什么吗?"

"我,我……"我彻底慌了,我不想伤害她的,"你,你……"

"你什么? 你觉得我不缺钱,所以关心一下都是多余的?"

我震惊了,流光每一句都猜中了事实,我只能无能地重复:"不是这样的。"

"那是哪样的?"她阴阳怪气,"你穷你有理? 你蠢你有理? 你受欺负了全世界都不公正? 你知道为什么这样吗?"

"为什么?"

"因为这是你希望的,是你愿意的,你不敢反抗你爸爸家暴,也不敢反抗别人对你的霸凌,你却对每一个善待你的人嗤之以鼻,觉得他们不怀好意,觉得他们不配你尊重,说白了,你欺软怕硬,和那些欺凌你的人没有区别!"

高铁站里的人流瞬间走动了起来,他们有的席地而坐,有的匆忙奔跑。我逐渐回到了现实,我也坐在某个角落,和那些卑微的人们一起。我和他们有区别吗? 我和那些骂我小丑的小丑们有区别吗? 我和父亲、母亲有区别吗?

我已经无法面对流光,就像我无法面对这些人? 我的生活混乱如此,大不了被我爸打死,被我妈哭死,被我的弟弟拖累死,怪谁呢? 我谁都不怪,怪我自己 —— 没钱、没势、没容貌、没本事,我这样的人没有一点儿配好好活着!

我挂断了流光的电话,再一次把她拉黑。拉黑之前我残存的理性闪了一下:要不要和她道个歉,等她把苏州的事情处理好之后再绝交也不迟？但是我立即又想：我不是利用她的人，我是真心把她当朋友的！

路西法疯了，流光被拉黑了，我蜷缩着身体，坐在冰冷的地上。我打开微信，发现班级微信群已经解散了，如果不是班主任的微信还在，我好像没有去过那个地方。

我给路西法打电话，他没有接，发微信也没有回。我又给清水君发了消息，说我在安阳高铁站，准备回苏州。

他问我要不要先去昆山玩两天，然后给他过生日。他没有提我去了住哪儿，我也不好意思问只能自己查，幸好有家青年旅舍，像宿舍那种，四个人一间高低床，厕所浴室都是公用的，我选了一张下铺，80元一晚。流光给我的1888元够住好几个晚上加吃饭买礼物了，而且还用不完。

想起流光我又隐隐心痛，也不知道心疼自己还是心疼她。我没有人诉说，只能给清水君写小作文，因为写得仔细，倒像在复盘。问题从哪里一步错步步错了呢？从我没有问她为什么和妈妈闹翻，还是从我问的那一句"你也没有问过我"？

问一句"你也没有问过我"怎么就惹她发那么大的脾气？她不是一直情绪稳定吗，怎么突然就喜怒无常了？我隐隐约约地想是不是我错了，我可能伤害了流光，但是清水君立即发来回复，他说流光就是个自大狂，我没有错，错就错在不应该和这样的女生交朋友。

我问清水君苏州的事情怎么办，他没有回答，而是吐槽我和我的父亲愚蠢，一万多块钱干什么不行，如果跟着他学投资，早就钱生钱了，还用受这份罪？

孤立无援之下，我只能暂往昆山。

火车匀速向前，将窗外的风景一格一格抛向身后，我麻木地看着，直到光线渐渐黯淡，黑夜来临。

没有流光，没有路西法，甚至清水君也没有在游戏中陪伴我。二十四个小时日与夜，我就这样一个人拖着行李，踏上了陌生的城市。

我在青年旅舍住下后清水君没有任何表示，既不说后面的安排，也不说请我吃饭，而是缠着我问要怎么给他过一个生日。

以往我过生日都是在家里，我妈炒两个菜再买个生日蛋糕。我说找家小饭店再买个蛋糕，他便不回消息，隔了一会儿我问他行不行，他回了两个字：行吧。

行吧？似乎对我很不满，我千里迢迢地过来光这份心意就可以了，何况我还自己花钱买的车票、住宿费，这个人怎么有点儿不知好歹？我很生气就不理他了。第二天他发来早安，又问今天干嘛，我消了一点儿气说不干嘛，他问要不要今天见面，可以带我四处逛逛。我说行但是反问："我的礼物呢？你说的要给我精心准备的礼物呢？"

他说他从昨天晚上就开始准备了，弄到了大半夜，然后他说他这个礼物万事俱备只欠一个苹果，问我能不能给他带个苹果。

我有点儿开心了。还没有男生给我准备过礼物，而且弄到了大半夜。

我说苹果我来带，今天在哪儿碰面。他说晚上八点，在一个百货商场旁边的小区门口碰头。我有点儿警惕问为什么去小区，他说这里有个古戏台，先带我转转。

约定之后我想起了博学的路西法与流光，便搜索了一下，原来昆山是昆曲的故乡，怪不得要带我去看古戏台。我有点儿紧张了。

清水君这么好听的公子音会不会就是昆曲熏陶出来的？他会不会身材修长，面如冠玉，如小说里写的翩翩美少年，拿着为我精心准备的礼物，像带一个古代的贵族小姐那样带我夜游昆山？

可是我这么丑，这么胖，如果见光死怎么办？

思来想去我给他发了消息，说我长得不好看，他如果不愿意见就算了，他说他不介意，让我不要有心理压力。

尽管苏州的烂摊子压在我的心头，但是晚上的约会还是令我春心荡漾，从麻木与冰冷中解脱出一点点，至少有了点儿活人气。

我洗头、吹头、贴面膜、做指甲，还向前台借了熨斗，把连衣裙熨了又熨。我还是忍不住登录游戏，看看流光和路西法会不会给我发消息，然而没有，两个人一个消息都没有。

整整一天时间，我收拾着自己，漫长又有序。为了显得瘦一点儿，我从超市买了即食土豆泥，只吃这个充饥，买土豆泥的时候又买了苹果。苹果买一个太寒酸了，四个又多了，我买了两个，给清水君一个，自己吃一个。

好不容易等到了晚上，我把苹果放在包里出了门。夜晚的昆山并不凉爽，和连云港一样闷热。我根据地图，坐了一趟公交车，又走了几百米，才找到这个小区。

小区门口黑乎乎的，只有门卫室亮着灯。我担心他远远看见我就逃走了，便走到黑暗处，也不敢刷手机，怕手机屏的亮度暴露了我。过了一会儿，门卫室里走出一个保安，他东张张西望望又进去了。我迅速打开了一下微信，发现清水君没有消息，时间已经到了八点。

蚊子闻着味儿来了，开始吸我的血。我左扑右打了几下，根本没有用，只好先往门卫室走。保安打开门走了出来。我不想被他盘问，转过头看马路。

"是海海吗？"清水君公子一样的声音响了起来。

我吓了一跳，环顾四下无人，难道我在安阳见鬼，在昆山还要见鬼吗？

他扑哧笑了："你在看什么呢？"随着这声轻笑，保安绕到了我的身前，抬头看着我。

这是九〇后还是八〇后？或者七〇后？！在隐约的灯光下，这张脸所有的肉都堆在一起,且往下耷拉着,好像被刻意捶打成这副模样。他的嘴唇厚,眼皮更厚,嘴角眼角都往下垂着,眉宇之间非常阴郁。

我往后撤了一步,还是不敢相信:"你是……?"

"怎么?"他的声音充满了委屈,神情却没有变化,"你嫌弃我?"

"没,没,没……"我不知如何解释,"我,我,我……"

"走!"他的声音又恢复了欢快,"我带你去看看古戏台。"

我只能跟着他往前走。他的背影比前面看着更矮,如果说路西法是虚胖,他怎么说呢?他连背影都是往下耷拉的,没有一点点精气神。

突然,他回头看我,我惊吓之下找了一句话:"你对这里很熟?"

"我在这儿上班,"他说,"晚上八点到九点巡逻,正好带你逛逛。"

"上班?"我匪夷所思。一个保安让我来"面基"?还让我给他过生日?而且还是上班的时候带我在小区巡逻?

"一个一块五都要算计的男人能给你什么礼物?"流光的话在耳边响起。不不不!我在心里呐喊,她就是有钱看不起穷人,穷怎么了,穷也有穷的浪漫。我跟上几步,与清水君在小区中漫步。

小区的路灯很少,只有他的手电一晃一晃地戳亮了前面的物体。忽而是一棵树,忽而是一辆自行车。明暗之间,他的声音把所有的东西都掩盖了下去:"这小区的古戏台有一百多年了,大小算个文物,平时小区的大妈们经常在上面唱戏。"

"嗯。"

"你会唱吗?"

"不会。"

"我是说唱歌?"

"不会。"

"可惜了,"他啧啧咂嘴,"我还想让你在上面唱一段。"

"那个,"我鼓起了勇气,"我的礼物呢?"

"放心，"他说，"到了戏台我送给你。"

说话间我们到了一座宽敞的亭子，古色古香的，亭子旁边还种着竹子。清水君熟练地绕到亭子后面，那是个没有门的小屋，屋子中间有几级台阶，登上去便是戏台了。戏台四角有四盏地灯，把氛围烘托得很好。这也是目前最明亮与最柔和的地方了。

如果忽略清水君的长相，闭上眼睛，站在这样的地方听他说话，真的是人间享受。

"苹果呢？"他问。

我打开包把苹果递给他。

他没有接，而是从口袋里掏出一个东西，好像是一张纸。他借着灯光把纸层层打开，在手里摆弄了几下，变成了一个盒子。

难道，他精心准备的礼物是一个魔术？我不由笑了一下，还没有男生为我努力过呢。

盒子弄好后，他朝我伸出手，我把苹果递给他，他把苹果装进了盒子，然后递给我。

我站着不动，他抬起头，那张接近垮掉的脸面无表情，声音却是轻快的："给，你的礼物！"

我还是无法伸出手："是……是什么？"

"这个盒子特别好看，还是去年圣诞节的时候我攒下来的，水果店免费发的福利，我费了好大的劲儿才找出来的，差点儿忘记收在哪儿了。"他举起盒子，果然，盒子四周印着绿色圣诞树和红色蝴蝶结，"你看，现在装进一个苹果刚刚好就是一个礼物。"

我张了张嘴，没有发出声音，手软塌塌的，根本举不起来。清水君抓起我的胳膊，把装着苹果的纸盒塞进我的手里。

他的手心全是汗。

我一阵反胃，想着这是古戏台，赶紧蹲了下去，对着竹林干呕了几下。

"你怎么了？"他跟了下来。

"可能中暑了。"

"哎呀呀，"他不等我说完惊叫起来，"你赶紧回旅馆吹空调吧，吹会儿空调就好了，别去医院瞎浪费钱。"

我点点头，跟着他往外走。他走得又急又快，似乎很怕我再说不舒服停留在这里。

我们到了门口，却没有出租车路过，我用打车软件叫了一辆车，一回头发现他不见了，微信收到一条消息："我还要巡逻，你先走吧。"

我无力地站着，全身上下只有手中那只"羊毛苹果"拥有重量。

"记住，宾馆的空调是你花钱买的，"他又发来叮嘱，"不吹白不吹，住一分钟吹一分钟，不怕感冒就怕中暑。"

我站在没有光亮的大门口，整个世界都是热的，只有我是冰冷的。人世间为何如此苦，又为何如此孤独？我想念路西法，也想念流光，但我没有力气登录游戏，更没有勇气把流光再加回来。

我还没有死，却已经和死了差不多。

我才二十一岁，却已经活得太够了，太久了。

我想哭没有眼泪，想死又怕疼痛，想活着但是真的太累了。

我丧尸一般直挺挺地站立着，直到网约车来，我上了车，如机器人一般坐在车里，任车带着我在陌生的城市飞驰。

电话响了，没有人接。

电话又响了。我苦笑了一下："师傅，你有电话。"

我的声音又哑又闷，我唯一的魅力在此时也荡然无存。师傅愣了一下："小姐，是你的电话。"

我看了一眼手机，一个苏州的陌生的电话号码。我接通了电话，是个男人的声音："请问是陈思男小姐吗？"

"我是。"

"我是苏州明正律师事务所的律师，我姓刘，我叫刘健。"

"你好。"

"我受流光小姐的委托，为您处理苏州动漫培训公司的纠纷，鉴于您提的要求对方全部答应且没有异议，我们发了一份合同到培训公司，刚刚收到了他们寄来的同城快递，他们已经签字盖章了，我们现在需要您的一个地址，您收到合同后签上名字，合同就生效了。"

我说不出话来。我以为搞砸了的世界再一次被流光拨回到正常。苏州的事情搞定了，我可以回家上网课，还可以拿文凭，还可以得到一个实习期三个月的工作机会。

"喂？"刘律师等了一会儿，"陈小姐，您还在吗？"

"在。"

"我们方便加个微信吗，您后续有任何麻烦都可以找我。"

"好。"

"您的地址可以在微信发给我。"

"好。"

"谢谢！"他说，"再见。"

我打开微信，已经收到了刘律师请求加为好友的申请。我通过后把连云港家里的地址发给了他。他说明天就给我发顺丰快递，请我务必查收。

我有一点儿激动，甚至感受到了心跳的声音。刘律师又说律师费用流光全部负责，让我不用担心。

流光啊流光，你还是对我这么好！可能是福至心灵，我忽然想起网络上的一句话：因为自己淋过雨，才会帮别人撑起伞。再想想流光微信图片，正是一个女生撑着伞走在大雨中的背影。

她到底经历了什么，包括和她的母亲？一句"你也没有问过我"

惹来她那么大的反应,她是不是也曾经像我一样,感觉到苦、孤独与死亡?

我迫不及待地打开微信黑名单,把她放了出来,并且发出了第一条消息:谢谢。

一个红色的感叹号跳了出来:您还不是对方的好友。

我又试图添加,又一个消息跳了出来:对方拒绝添加好友。

我不死心地登录游戏,发现她把她的游戏账号已经注销了。

难怪刘律师说以后有困难就找他,难怪他说让我不要担心,原来流光下决心离开了我的世界,在删除我之前,她为我做了最后一件事——把我委托给律师。

我立即给刘律师打了微信电话,他接听了。

"我想找流光,你有她的联系方式吗?"

"对不起,"他说,"这是她的个人隐私,我无权向任何人透露。"

"我想找她。"

"您可以试试其他方式。"

"刘律师我真的想找她,你帮帮我!"

"陈小姐,"他客气又委婉地说,"我是为您处理苏州培训公司纠纷的律师,其他事务您还是找别人吧。"

"刘律师!"我感觉他要挂电话,声音一下子高了,"我,我,我……"

连说了三个"我",也没有说出我想说的话。刘律师只好等了一下:"您还有事吗?"

"流光为什么要帮我?"

他呵呵笑了:"这我不知道,您要问她。"

"求求你让我联系她吧。"

"我没有权力这么做。"他想了想说,"大家只是网络上的朋友,秒聚秒散很正常,她既然帮了你,你就享受她帮的果实,其他事还是往前看吧。"

电话断了，网约车也到了宾馆，我拿着"羊毛苹果"回到了房间。一进门我就连纸盒带苹果扔进了垃圾桶。我冲进洗手间，无论我怎么洗脸，眼泪就是流不出来。我还是痛苦，却有了一点儿不一样。我不仅为自己痛苦，也隐约地为流光，为路西法，为父亲、母亲、弟弟和这个人世间痛苦。

我善良吗？

这是我人生第一次怀疑自己的善良。我好像一直深陷自己的痛苦之中，没有办法感受他人。我看着镜子中的脸，眉眼阴郁，缺少运动与生气的肥肉往下耷拉着。我打了一个寒战，眼睛花了一下——我和清水君几乎一模一样啊！

我走出洗手间，把圣诞纸盒从垃圾桶里捡了起来。这个纸盒可能被清水君存了很久，颜色已经失去了鲜艳，边角还有划痕。我拆开盒子，取出自己的苹果。多么荒诞和廉价的礼物啊！我扔了盒子，握着苹果瘫软在床上。苹果的表皮并不光滑，略有一些粗糙。握了一会儿之后，它依旧冷冰冰的，我双手用力挤了一下，才发现它不只坚硬，简直坚不可摧。

原刊《天津文学》第11期